马克思主义理论研究
和建设工程重点教材

U0771961

外国文学史

（第二版）上册

《外国文学史》编写组

主　编　聂珍钊

副主编　郑克鲁　蒋承勇

主要成员

（以姓氏笔画为序）

王立新　王守仁　刘　渊

刘建军　刘洪涛　苏　晖

陈建华　郭继德　黄铁池

高等教育出版社·北京

二维码资源访问

使用微信扫描本书内的二维码,输入封底防伪二维码下的 20 位数字,进行微信绑定,即可免费访问相关资源。注意:微信绑定只可操作一次,为避免不必要的损失,请您刮开防伪码后立即进行绑定操作!

教学课件下载

本书有配套教学课件,供教师免费下载使用,请访问 xuanshu.hep.com.cn,经注册认证后,搜索书名进入具体图书页面,即可下载。

图书在版编目(CIP)数据

外国文学史.上册/《外国文学史》编写组编.--
2 版. -- 北京:高等教育出版社,2018.8(2025.9 重印)
马克思主义理论研究和建设工程重点教材
ISBN 978-7-04-050106-3

Ⅰ.①外… Ⅱ.①外… Ⅲ.①外国文学-文学史-高
等学校-教材 Ⅳ.①I109

中国版本图书馆 CIP 数据核字(2018)第 159293 号

责任编辑 刘新英　　封面设计 王 鹏　　版式设计 于 婕　　责任校对 张 薇
责任印制 张益豪

出版发行	高等教育出版社	网　址	http://www.hep.edu.cn
社　址	北京市西城区德外大街 4 号		http://www.hep.com.cn
邮政编码	100120	网上订购	http://www.hepmall.com.cn
印　刷	北京中科印刷有限公司		http://www.hepmall.com
开　本	787mm×1092mm　1/16		http://www.hepmall.cn
印　张	19.5	版　次	2015 年 7 月第 1 版
字　数	360 千字		2018 年 8 月第 2 版
购书热线	010-58581118	印　次	2025 年 9 月第 39 次印刷
咨询电话	400-810-0598	定　价	38.80 元

本书如有缺页、倒页、脱页等质量问题,请到所购图书销售部门联系调换
版权所有　侵权必究
物 料 号　50106-A0

目 录

绪　论

一、外国文学的历史与现实价值

1827 年，德国文学家和思想家歌德说："民族文学在现代算不了很大的一回事，世界文学的时代已快来临了。现在每个人都应该出力促使它早日来临。"① 21 年后的 1848 年，马克思、恩格斯在《共产党宣言》中宣告"世界文学"的时代到来了："各民族的精神产品成了公共的财产。民族的片面性和局限性日益成为不可能，于是由许多种民族的和地方的文学形成了一种世界的文学。"② 1942 年，毛泽东在延安文艺座谈会上的讲话中说："对于中国和外国过去时代所遗留下来的丰富的文学艺术遗产和优良的文学艺术传统，我们是要继承的，但是目的仍然是为了人民大众。"③ 2014 年，习近平在文艺工作座谈会上的讲话中强调："我们社会主义文艺要繁荣发展起来，必须认真学习借鉴世界各国人民创造的优秀文艺。只有坚持洋为中用、开拓创新，做到中西合璧、融会贯通，我国文艺才能更好发展繁荣起来。"④ 为了推动社会主义文化的繁荣昌盛，我们需要系统学习马克思、恩格斯的论断和毛泽东的讲话，深刻领会习近平新时代中国特色社会主义思想关于文艺的重要论述，科学总结外国文学的丰富实践和历史遗产，把最有价值的外国文学成就介绍给中国的读者，作为建设中国社会主义先进文化的借鉴。

我国外国文学教育发展史，可以追溯到 1862 年清末最早培养译员的洋务学堂京师同文馆的成立。同文馆的学习科目主要是外语，外国文学借助外国语言开始走进中国的课堂。经历了两次鸦片战争之后，中国开始抛弃封闭自守观念，寻找强国御侮之道，萌发了向西方学习的思想。晚清西学东渐与西方近代高等教育制度的传入，促使中国传统高等教育开始向近代高等教育转型。20 世纪初，科举制度废止，新式高等教育体系最终确立，外国文学在中国有了传播的土壤，逐渐进入了中国大学的课堂。1917 年，周作人受聘为北京大学文科教授，讲授外国文学课程。他编写的《欧洲文学史》于 1918 年由上海商务印书馆出版，开启了我国编写外国文学史的历史。1923 年，商务印书馆出版了胡愈之等编写的《近代文学概观》。1927 年，商务印书馆出版了郑次川的《欧美近代小说史》。1930 年，在清华大学西语系开设外国文学课程的詹姆斯出版了英文版《欧洲文学简史》。我国高等教育领域的外国文学课程如果从 1917 年周作人在北大讲授欧洲文学算起，其历史

---

① ［德］爱克曼辑录:《歌德谈话录》，朱光潜译，人民文学出版社 1978 年版，第 113 页。
② 《马克思恩格斯文集》第 2 卷，人民出版社 2009 年版，第 35 页。
③ 《在延安文艺座谈会上的讲话》，《毛泽东选集》第 3 卷，人民出版社 1991 年版，第 855 页。
④ 习近平:《在文艺工作座谈会上的讲话》，人民出版社 2015 年版，第 30 页。

已有百年。

　　外国文学既影响了中国现当代文学的发展，也在一定程度上对中国革命的进程产生了推进作用。19 世纪末，近代启蒙思想家、翻译家严复把西方的先进思想介绍到中国，为我国的新文化运动带来新的启示。严复翻译的《天演论》《穆勒名学》等作品为中国知识分子打开一扇新的窗户，促使中国知识分子在思想上纷纷转向西方寻找真理。继严复之后，林纾最先把西方优秀的文学作品介绍到了中国。林纾用文言文翻译英国、法国、俄国、美国、西班牙、希腊、日本等十多个国家的大量文学作品。借助外国文学的翻译，西方的新思想、新观念传入中国，对当时的中国社会产生了积极的影响。

　　鲁迅说："文艺是国民精神所发的火光，同时也是引导国民精神的前途的灯火。"[①] 外国文学直面社会矛盾，洞察人的心灵世界，反抗阶级压迫，关心底层疾苦，敢于自我反省，成为中国作家救亡图存的重要借鉴。1919 年，五四运动爆发，由于反对帝国主义和封建主义的需要，许多优秀外国作家的作品被陆续介绍到中国，如俄国作家普希金、屠格涅夫、托尔斯泰、高尔基，英国作家莎士比亚、弥尔顿、司各特、拜伦、雪莱、狄更斯，法国作家莫里哀、小仲马、巴尔扎克、雨果、莫泊桑，美国作家斯陀夫人、马克·吐温、德莱塞、斯坦贝克，日本作家芥川龙之介、夏目漱石，印度作家泰戈尔，挪威作家易卜生，丹麦作家安徒生等。翻译并介绍外国文学，不仅培育了我国一代著名的翻译家，而且培育了我国一代著名的文学家，如鲁迅、郭沫若、茅盾、徐志摩、闻一多、郁达夫、胡适等。他们在翻译外国文学作品的过程中不断吸收营养，把外国文学的精华融入自己的创作中，给中国读者留下了宝贵的文学遗产。

　　五四爱国运动是在俄国十月社会主义革命后发生的，是我国新民主主义革命的开端，是无产阶级世界革命的一部分。中国先进知识分子把翻译介绍外国文学同实现思想启蒙、政治救亡、文学革命的多重诉求联系在一起，掀起了一场波澜壮阔的思想文化革命。他们高举民主与科学的大旗，期望通过翻译介绍外国文学，以实现提倡新文学、反对旧文学和提倡新道德、反对旧道德的革命目标。这个时期外国优秀文学作品的译介，对于宣传马克思主义，打开思想解放的闸门，推动思想革命的潮流，起到了极其重要的作用。一部分中国先进知识分子接受了马克思主义的科学理论，找到认识中国、改造中国的强大思想武器，从工农大众中找到了中国革命最深厚的社会力量。正是通过他们的努力，才实现了马克思列宁主义同中国工人运动的结合，为 1921 年中国共产党的诞生做好了准备。

　　在新民主主义革命时期，中国共产党坚持正确的知识分子政策，把广大知识

---

① 鲁迅：《论睁了眼看》，《鲁迅全集》第 1 卷，人民文学出版社 2005 年版，第 254 页。

分子团结在自己周围，于 20 世纪 30 年代在上海领导创建了中国左翼作家联盟。此后，翻译外国文学作品进入新的阶段。苏联的无产阶级文学和各国进步的革命文学被大量地介绍到中国，激励众多的中国进步青年投身于民主运动，献身于革命事业。1937 年全面抗战开始，中国知识分子把翻译外国文学作品同抗日斗争结合在一起，当时的《新华日报》《救亡日报》和《抗战文艺》《文艺阵地》《文学月报》《中苏文化》等报刊，都刊载了大量外国文学作品，如恰达耶夫的《我是劳动人民的儿子》、巴甫连科的《复仇火焰》、格罗斯曼的《人民是不朽的》等。优秀的外国文学在教育和鼓舞广大中国进步青年走上革命道路方面发挥了积极的作用。抗日战争和解放战争期间，革命知识分子一直把翻译介绍外国文学作品看成是中国革命事业的一部分，为中国共产党争取新民主主义革命的胜利作出了重要贡献。

新中国成立以后，不仅一批已翻译出版的优秀的外国文学作品被重新翻译或再版，而且许多新的外国文学作品也被译介过来。在翻译出版的外国文学作品中，除了欧美作家的作品以外，还出现了一批亚非国家的文学作品，如日本的古典作品《古事记》《源氏物语》，朝鲜的古典作品《春香传》，印度史诗《摩诃婆罗多》《罗摩衍那》和迦梨陀娑的《沙恭达罗》，阿拉伯故事集《一千零一夜》，埃及的古典作品《亡灵书》等。外国文学的翻译同中国的社会主义事业密切相关，俄国现实主义文学和苏维埃革命新文学受到推崇，在外国文学翻译中独占鳌头。许多作品塑造了一大批同法西斯浴血奋战的英雄形象，讴歌了苏俄—苏联人民的爱国主义精神和坚毅的革命性格，使中国读者从中受到爱国主义精神力量的鼓舞与社会主义思想的教育。例如，奥斯特洛夫斯基的《钢铁是怎样炼成的》，法捷耶夫的《青年近卫军》，西蒙诺夫的《日日夜夜》，英雄系列如《卓娅与舒拉的故事》《普通一兵》《儿子的故事》等，都是中国读者喜爱的作品。

从 20 世纪 80 年代初开始，在改革开放的推动下，我国的外国文学翻译和研究拨乱反正，打破政治禁区，不仅以前作为内部发行的外国文学经典作品公开出版了，而且以前一些遭到片面批判和否定的文学作品也重译或再版了。当时在西方已成文学主流的现代派文学，也进入中国。劳伦斯的《儿子与情人》、乔伊斯的《尤利西斯》、卡夫卡的《变形记》、T.S.艾略特的《荒原》、贝克特的《等待戈多》、尤奈斯库的《秃头歌女》等现代派作家的作品，被陆续翻译成中文在中国出版。对于中国读者而言，以前陌生的象征派小说和戏剧、意识流小说、存在主义小说和戏剧、荒诞派戏剧等，都大量出现在书店和图书馆里，成为热门读物。从此，不仅更多的优秀外国文学作品被翻译介绍到中国，而且大量的文学理论批评著作也被引入进来，中国的外国文学研究和教学呈现出一派繁荣景象。对外国文学的翻译不仅促进了外国思想文化的研究，而且也促进了中国当代文学的发展。中国学者发表了大量的研究论文，出版了大量的学术专著，同时外国文学史教材建设也取得了令人瞩目的成就。

综上所述，无论在我国新民主主义革命时期，还是从新中国成立直至改革开放后的社会主义现代化建设时期，外国文学都是我国精神文明建设中不可或缺的精神食粮。

二、本书的指导思想与结构体系

习近平在哲学社会科学工作座谈会上的讲话中说："新形势下，坚持马克思主义，最重要的是坚持马克思主义基本原理和贯穿其中的立场、观点、方法。这是马克思主义的精髓和活的灵魂。"① 马克思主义的科学世界观和方法论，既揭示了人类历史发展的规律，也揭示了文学的发展规律。只有坚持马克思主义的辩证唯物主义和历史唯物主义，才能真实地描述不同历史时期的文学内容、文学形式和艺术特点，客观地总结不同时代、不同国家文学发展的历史规律，恰当地评价作家作品的历史地位，科学地分析不同文学思潮和文学流派产生、发展和演化的过程，揭示政治、经济、军事、哲学、宗教、道德等各种社会因素对文学的影响。

外国文学史不仅是一门知识课程，更是一门科学文化素质教育课程。新中国成立后，国家对高校课程进行改革，强调用科学的观点和方法编写高校所适用的教材，这促进了外国文学史的研究和写作。改革开放以来，外国文学史课程在我国高校得到重视，外国文学成为中文系七大基础课程之一，也是外国语言文学专业的主干课程。

改革开放以前，我国编写和翻译了一批外国文学史或区域文学史，如《欧洲文学发展史》（1954）、《西洋文学》（1957）、《十八世纪外国文学史》（1958）、《十九世纪外国文学史》（1958）、《欧洲文学史》（1964）、《外国文学简编》（1974）等。改革开放后高等教育迅速发展，促进了外国文学史的研究和编写，各种类型的外国文学史著作大量出版，形成了不同体例、不同风格的外国文学史教材并存的现状。目前已经出版的外国文学史教材可资借鉴，为我们编写新的外国文学史教材奠定了良好的基础。但外国文学的发展上下数千年，国家众多，历史悠久，内容丰富，文学现象异常复杂，因此还需要重新核查许多重要的文学史实，需要更加深入、细致地研究许多过去没有研究过的作家和作品，在坚实的学术研究基础上编写新的文学史。

在结构上，目前的外国文学史教材大多采用两分法编写，即把外国文学分为西方文学和东方文学两大板块。这种结构体系的优点在于能够打破欧洲文学或西方文学中心论的束缚，争取东方文学的世界地位。但是，东方文学史和西方文学

---

① 习近平：《在哲学社会科学工作座谈会上的讲话》，人民出版社 2016 年版，第 17 页。

史相互独立，各成体系，在客观上仍然只是两种有关外国文学的区域文学史，而不是整体的外国文学史。本书在吸收和借鉴其他文学史的基础上，打破把东方文学和西方文学分为两大板块的二分法结构，将西方文学和东方文学合并为一个整体，建立东西合一的外国文学史结构体系。本书按照一体化的思路，用历史发展的线索把西方和东方的文学连接起来，这有利于东、西方文学在一个整体结构中互为参照，东西呼应，有利于科学地学习、认识、理解和评价不同国家和不同地区的文学，建立起整体的外国文学概念。

《外国文学史》是学习和研究外国文学不可缺少的指南和参考书。在人类社会发展史上，以不同形式、不同文字出版的各种文学作品以积累的形式不断增加，作品的数量越来越多。面对海量的文学作品，需要解决的首要问题就是通过研究对现有的文学进行甄别，判断和评价哪些是最有价值的文学遗产，确定哪些文学现象、文学思潮、文学流派和作家作品应该写进文学史。早在文学作品的数量不如今天庞大的时候，这种工作就已经开始了，如古代希腊的柏拉图和亚里士多德等对文学的研究。这种研究是文学的经典化过程，往往通过文学史的形式表现出来。文学史是对文学进行的总体研究，它既有整体性特点，也有阶段性特点；既继承前人的研究成果，又为后人的研究提供借鉴和参考。文学史通过对已经存在的文学进行分析研究、甄别梳理，从而达到去伪存真、去粗取精的目的，最后以史的形式将文学的精华记录下来。从文学史的意义上说，后人的研究实际上是对前人研究的继承和发展。梳理文学史的脉络，就容易了解文学发展史上曾经出现过的优秀文学作品，认识文学的历史成就，揭示文学发展的轨迹，从而为新的研究奠定基础。

为了满足学生学习和教师授课的需要，本书尽力解放思想，实事求是，不仅充分吸收前人的研究成果，借鉴已有的学术思想和学术观点，而且研究外国文学在整个历史发展过程中的现象，关注新问题，以期编写出一部观点正确、知识系统、内容丰富、条理清楚且能够推陈出新的文学史教材。

本书按照社会发展的历史分期，将外国文学史从古至今分为十个阶段构建外国文学史的框架结构。全书内容从古代埃及文学开始至 20 世纪文学为止，共分十章，对不同时期不同国家的文学进行全面系统的梳理和总结。考虑到 19 世纪和 20 世纪是外国文学内容最为丰富的时期，本书将 19 世纪文学分为上、中、下三章，将 20 世纪文学分为上、下两章，以便有足够的篇幅全面反映这两个时期外国文学的成就。需要说明的是，鉴于文学创作具有延续性的特点，本书尽管在时间结构上截止到 20 世纪文学，但在对跨世纪作家进行介绍时，实际上已经把 21 世纪初期的文学包括在内。限于这部教材的篇幅和容量，在章节的具体安排上，我们采用了对某一个时期的文学从总体上加以概述，再结合重点作家进行分析的结构。每一章的概述是对一个时期内文学的较为全面系统的梳理，其中既有完整的历史发展线索，也有文学思潮介绍和作家作品分析，以便读者通过阅读概述能够获得整体的文学史概念。如果把每一章的概述连接起来，实际上就是一部外国文学发展简史。每一章除了通过概述对一个时期的文学进行总体介绍外，还重点介绍这个时期最具代表性的作家，对这些作家的代表性作品进行范例分析。这种点面结合的结构安排，既可以通过概述保障文学史知识的系统性、完整性，又可以通过对重点作家及其作品的分析加深学生对外国文学作品的认识和理解，有利于学习和掌握外国文学史。

鉴于外国文学史篇幅较大，本书分为上、下两册出版。上册自绪论开始至第七章 19 世纪文学（中）止，下册自第八章 19 世纪文学（下）开始至第十章 20 世纪文学（下）止。

三、学习外国文学史的意义和方法

外国文学属于全人类的共同文化遗产，是我们学习、借鉴的文化宝库，对于我国社会主义现代化建设和精神文明建设而言，其思想内容、艺术形式和人文精神，都具有重要的参考价值。

学习外国文学，我们要坚持毛泽东提出的"洋为中用"、"古为今用"的方针，"坚持不忘本来、吸收外来、面向未来，在继承中转化，在学习中超越"的指导思想①，坚持历史唯物主义和辩证唯物主义的科学方法，把学习外国文学同中国实际结合起来，取其精华、去其糟粕，批判地继承外国优秀文学遗产。我们要用实事求是的态度和辩证的方法学习外国文学，既要看到不同历史条件下外国文学的历史局限性，不能全盘西化，又要充分挖掘其历史价值和现实意义，继承优秀的外国文学遗产。例如，在《致斐·拉萨尔》的信中，马克思一方面称赞拉萨尔的剧本《弗兰茨·冯·济金根》"情节的巧妙安排和剧本的从头到尾的戏剧性使我惊叹不已"②，但同时也指出剧本"最大缺点就是席勒式地把个人变成时代精神的单纯的传声筒"③，忽略了"历史的必然要求和这个要求实际上不可能实现之间的悲剧性的冲突"④。在《致玛·哈克奈斯》的信中，恩格斯赞扬巴尔扎克的《人间喜剧》汇集了 19 世纪上半叶法国的全部历史，可从中学到的东西"要比从当时所有

---

① 习近平：《在中国文联十大、中国作协九大开幕式上的讲话》，人民出版社 2016 年版，第 14 页。
② 《马克思恩格斯文集》第 10 卷，人民出版社 2009 年版，第 173 页。
③ 《马克思恩格斯文集》第 10 卷，人民出版社 2009 年版，第 171 页。
④ 《马克思恩格斯文集》第 10 卷，人民出版社 2009 年版，第 177 页。

职业的史学家、经济学家和统计学家那里学到的全部东西还要多"①，同时也指出他"在政治上是一个正统派"和"对注定要灭亡的那个阶级寄予了全部的同情"②。列宁在评价列夫·托尔斯泰时，赞扬他是"俄国革命的镜子"，"创作了无与伦比的俄国生活的图画"和"世界文学中第一流的作品"③，但同时也批评他"不问政治"和"逃避政治"的倾向④。毛泽东在论述中国同外国的关系时也指出："一切民族、一切国家的长处都要学，政治、经济、科学、技术、文学、艺术的一切真正好的东西都要学。"⑤ 但是他又指出："必须有分析有批判地学，不能盲目地学，不能一切照抄，机械搬用。"⑥ 马克思、恩格斯、列宁和毛泽东对不同文学的论述和评价，都是我们辩证地学习和评价外国文化遗产的思想武器。

　　编写外国文学史的目的就是对众多的作家进行研究、分析和甄别，对不同类型、不同层次和不同价值的作家作出评价，对推动文学向前发展的文学思潮、文学流派、文学方法进行总结，揭示外国文学发展的历史规律，全面系统地学习外国文学知识。外国文学史是最基本的学习指南，其作用主要在于帮助那些最初学习外国文学的读者挑选、阅读和学习最有价值的文学文本。外国文学涉及的文学作品数量庞大，流派纷呈，思想和艺术表现出异常复杂的特点。面对海量文学信息的时候，我们在有限的时间中根本无法阅读卷帙浩繁的作品，很难完全依靠自身的阅读经验判断哪些是历史上最有价值的经典文学。如何从不计其数的文学作品中确定哪些是需要阅读的文学文本，如何对这些作品作出基本评价，如何认识外国文学的整体特征，这对于学习外国文学的初学者来说，仅仅通过自己的判断是不能完全解决问题的。因此，外国文学史能够为初学者提供指导，为初学者系统地掌握外国文学知识奠定基础，有助于更好地选择、阅读、学习和研究外国文学。

　　学习外国文学，需要掌握外国文学的基本知识，加强理论修养，培养思考问题、分析问题和解决问题的能力，不断提高对文学作品的鉴赏水平。读者不仅要从整体上认真掌握外国文学发展的基本线索，了解不同时代重要的文学现象、文学思潮和文学流派，处理好古与今、点与面以及史与论的关系，还要突出重点，抓住实质，熟悉各个时代重要作家的文学创作及其特点，理解其代表作品的思想和艺术精髓。要重视把阅读文学史同阅读文学作品结合在一起，把课堂学习同课

---

① 《马克思恩格斯文集》第 10 卷，人民出版社 2009 年版，第 571 页。
② 《马克思恩格斯文集》第 10 卷，人民出版社 2009 年版，第 571 页。
③ 《列宁选集》第 2 卷，人民出版社 2012 年版，第 241—242 页。
④ 《列宁选集》第 2 卷，人民出版社 2012 年版，第 244 页。
⑤ 《毛泽东文集》第 7 卷，人民出版社 1999 年版，第 41 页。
⑥ 《毛泽东文集》第 7 卷，人民出版社 1999 年版，第 41 页。

外学习结合在一起，把系统掌握外国文学知识的学习同重点问题的深入探讨结合在一起，真正掌握外国文学的知识体系。

学习外国文学不能丧失中国立场，要注意中国文学同外国文学、西方文学同东方文学之间的联系与影响、相同与不同，要用辩证的、比较的方法进行思考，充分认识外国文学的思想价值、伦理价值和美学价值。通过外国文学的学习，走进外国文学作品，提高文学审美水平，感受文学作品的艺术魅力。学习外国文学的目标不仅在于获取系统的文学史知识和培养审美情趣，还在于通过文学陶冶情操，从文学中获得道德教诲，认识生活中的真善美和假恶丑，形成正确的人生价值观。

学习外国文学是一个长期的过程，只要坚持正确的指导思想，掌握正确的学习方法，刻苦学习，认真思考，持之以恒，就会取得好的效果。

第一章 古代文学

本章所说的"古代文学",指中古之前的上古世界文学,其历史的跨度,约从氏族部落制社会开始解体的远古时代,直到封建社会建立之前。在这一漫长的历史时期内,亚、非、欧大陆的几大濒河或濒海文明渐次萌发,各自产生了灿烂的文化与文学。这里所谓的上古世界文学即是指中国文学之外、在东西方最初几个文明中心所创造的原始时代和奴隶制时代的文学,主要包括古代北非的埃及文学,古代西亚的巴比伦、希伯来文学,南亚次大陆的印度文学和地中海中西部地区的希腊、罗马文学。

第一节 概 述

上古时代的原始社会后期,人类生存仍然面临着严峻的挑战。当时的生产力水平十分低下,初民的思维方式和认识水平尚处于较为低级的阶段,还无法科学地认识自然界的各种现象和人类社会内部产生的矛盾以及社会的发展规律,因此,人们以诗性的思维方式,凭借高超的想象力,力图用神话来解释自己所生存的这个世界。正如马克思所说:"任何神话都是用想象和借助想象以征服自然力,支配自然力,把自然力加以形象化。"[1] 神话是"通过人民的幻想用一种不自觉的艺术方式加工过的自然和社会形式本身"[2]。这一时期在东西方各文明区域内都出现了大量的神话传说,如关于宇宙创造和人的由来的创世神话,关于神惩罚人类的大洪水神话,关于英雄降妖斩魔为民造福的传说故事,等等。随着原始公社逐渐解体,阶级分化的进程开始,人类社会向奴隶制国家形态过渡。氏族部落之间常常发生大规模的战争,人类的自我意识也逐渐觉醒,于是出现了歌颂氏族首领、展现民族精神特征的英雄史诗和歌谣。需要指出的是,神话传说和英雄史诗最初均产生于文字未立的史前时期,经过了一代代人的口耳相传和艺术加工,到较晚时期才被人们用文字记录下来。在这一过程中,原本散漫的内容一方面得到整理和系统化,另一方面也不可避免地带有后世观念的某些痕迹。奴隶制国家产生后,社会生活的复杂性大大增强。史前时期的原始信仰此时已发展为体系化的宗教,世俗贵族和祭司神职贵族成为统治阶级,并为自己统治广大奴隶阶级寻求"君权

---

[1] 《马克思恩格斯文集》第 8 卷,人民出版社 2009 年版,第 35 页。
[2] 《马克思恩格斯文集》第 8 卷,人民出版社 2009 年版,第 35 页。

神授"和"代神立言"的合法性。统治阶级和被统治阶级之间、统治阶级内部不同派别之间的矛盾是必然存在的，但奴隶制国家时代相对于氏族部落制时代，生产力有了很大的提高，财富有了更多积累，社会分工出现，人类的精神创造活动空前活跃，许多戏剧、诗歌、寓言、散文、早期的小说，乃至对文学创作规律进行探讨的作品都被创作出来。

尽管由于东西方文明内在的差异性决定了各自文学发展的特点也必然有所不同，但上古世界文学仍然具有某些共同的特点。其主要表现为：第一，具有鲜明的民间色彩。氏族部落制末期所产生的神话传说、英雄史诗是不同民族一代代人集体创作的结晶，这些最初的口传文学在后世被整理记录下来后，仍然不失其原有的朴素风格，表达着早期人类的思想感情和理想观念。第二，奠定了各自文明区域内后世文学的基本体裁、美学风貌。当各个民族的历史进入奴隶制国家时期后，文学的各种表达方式不但呈现出丰富多彩的面貌，而且逐渐固定下来，像悲剧、喜剧、文人史诗、抒情诗歌、带有传奇性的叙述体故事（其中的佳作完全可被视为早期的短篇小说）、韵散相间的对话体哲理作品等，都开创了后世同类体裁的先河。第三，宗教信仰对各民族文学创作影响深刻。宗教信仰在上古时期与人们的社会生活关系密切，人们普遍敬畏神灵，祈求得到佑护和丰产，依照神谕去决定家国大事，去窥测人生命运。不同宗教信仰的特征和观念，在各民族文学中得到了生动的体现，如两河流域文学、古希腊—罗马文学所体现的多神信仰，古希伯来文学所表达的一神信仰，古印度文学所反映的吠陀教、婆罗门教、佛教观念；等等。第四，知识内涵的综合性。上古各民族的文学创作，尚不具有后世文学作品那样明确、清晰的边界，许多重要的作品、典籍都如"百科全书"般反映着各种知识领域的内容。文学、历史、宗教神学、法律、道德伦理以及古老的风俗制度常常存在于同一部文集或作品中，具有丰富的文化内涵，成为后人了解那一时代人们精神生活和社会生活的珍贵文献。

一、古埃及文学

埃及位于非洲东北部和亚洲西南部，为亚、非、欧三洲之交通要冲。尼罗河这条由南到北流贯埃及的母亲河，每年定期泛滥，使两岸土地肥沃，宜于耕种，孕育出典型的农业文明。古代埃及人在尼罗河两岸的沃土之上生产劳动，繁衍生息，以自己的聪明才智创造了光辉灿烂的古埃及文化。埃及人早在公元前4000年后期就发明了象形文字，或称图形文字，经过不断发展和完善，在古王国时期，埃及象形文字逐渐形成一种以象形符号和字母为基础的复合文字。起初，象形文字十分复杂，只有祭司和书吏才能使用，后来为了适应世俗生活的需要，又演化出简化适用的世俗体文字。

古埃及从约公元前 3100 年开始步入国家形态，至公元前 332 年被亚历山大征服，先后经历了 31 个王朝，史称"法老时代"，可以分为早王朝时期、古王国时期、第一中间期、中王国时期、第二中间期、新王国时期、后王朝时期等几个阶段。古王国时期（约前 2686—前 2181），埃及文明已经高度发达，国王——法老们为自己修建了死后在另一个世界的永恒之殿——金字塔，成为古埃及文明的象征。中王国时期（约前 2040—前 1786），法老为了满足对外扩张的需要，开通了连接地中海与红海的运河，这成为苏伊士运河的前身。在第十二王朝时，埃及进入了黄金时代，经济、文化空前繁荣。在新王国时期（约前 1570—前 1085），法老们进行了 18 次远征，埃及的版图不断扩大，成为地跨亚非的庞大帝国。公元前 11 世纪后，埃及这个伟大帝国逐渐走向衰落。

埃及最早的宗教是原始的图腾崇拜，太阳、月亮、洪水和各种鸟兽等自然事物都成为埃及人崇拜的对象。埃及人为神祇设计了不同的职能，比如赫尔摩波利斯的图特神发明了文字，是书吏的保护神，孟斐斯的普塔神是工匠神，蟾蜍女神哈凯特是产妇的保护神，阿努比斯是墓地保护神，柯努姆是陶工的首领，等等。由于埃及地域广阔，信仰派别纷杂，宗教的发展绵延久远，因此埃及宗教呈现出兼收并蓄、庞杂难辨的特点。在上下埃及统一前，各地都有自己的保护神，比如底比斯的阿蒙神，赫拉克波利斯的拉神。统一后，太阳神成为古王国时期全埃及的最高神，法老被认为是太阳神之子，代表神统治社会。

奥西里斯也是一个全埃及崇拜的神，他起初是植物生长力和尼罗河赐予人们的生命力的象征。传说奥西里斯是远古时一位仁慈的统治者，后来被其兄弟残忍地杀害，成为冥界之神。他的妻子将其破碎的尸体缝合起来，使他复活，他重新获得了王位。这个神话体现了埃及人死而复生的信仰。尼罗河年复一年的泛滥，赋予了埃及人循环往复的观念。他们认为世界是永恒的，而象征尼罗河与沃土的奥西里斯就具有再生的能力。人的灵魂是不灭的，在肉体死亡后，灵魂将到奥西里斯那里接受审判。清白无罪者可以享受极乐世界的永久幸福，作恶多端者将会被彻底毁灭。因此，死亡不是生命的终结，而是向永恒的过渡。基于这种宗教观念，埃及人制作木乃伊，保存尸体，建造金字塔，雕绘奢华生活的图景，目的是给灵魂一个安栖之地，以满足来世享受的欲求。埃及人希望在现世和来世都享受生命的愉悦。

埃及人尝试用神话传说、诗歌、箴言、故事等多种文学形式来表达他们丰富的感受，传世的作品不仅题材和内容丰富多彩，而且常常具有浓郁的宗教色彩。古埃及最古老的文学形式是神话，讲述了太阳神拉、水神努、土地及丰饶之神奥西里斯、爱神赫托尔等神祇的故事。古埃及诗歌从内容上可以分为劳动歌谣、爱情诗、宗教诗和赞美诗，既有对神和国王的颂歌，也有为广大民众所吟唱的表现生产和生活的抒情诗歌，其中宗教诗和赞美诗的成就较为突出。

宗教诗的总汇和代表作《亡灵书》是世界上辑录时间最早的诗集之一，大约成书于公元前 16 世纪至公元前 11 世纪间。古埃及人认为人死后亡灵在阴间要经受重重磨难，于是便在死者的石棺和陵墓中放入许多指南和超度的诗歌作品，以指导死者应对阴间的种种考验。后人将这一类的作品编辑成集，名为《亡灵书》，其前身和发端是刻在金字塔中的《金字塔铭文》。《亡灵书》本来是一部意在帮助人获得来世幸福的实用性书籍，但其中保存了大量的神话诗、祷文诗、歌谣、咒语等，既有对社会、宗教、经济、政治、哲学、历史、民间生活习俗等方面的描述，也有对冥界生活的想象，具有很高的文学价值。

古代埃及的故事起源于人民的口头创作，传世之作中最早的一篇是古王国时期的《魔术师的故事》，可谓开启了短篇小说的先河；而中王国时期的《遭难水手的故事》则是世界上最早的航海故事，表现了古埃及人的开拓精神。其他有代表性的故事还有《乡民与雇工的故事》《厄运被注定的王子》《昂普与瓦塔两兄弟》等，它们情节曲折离奇，既反映现实，又融进了古老传说，生动刻画了古代埃及人聪明睿智的形象，体现了他们朴素美好的愿望和理想。

源远流长的古代埃及文学成就卓著，不仅堪称世界文学宝库中最古老的、弥足珍贵的遗产，而且在题材、体裁和艺术手法等方面，对古希腊文学、古希伯来文学和中世纪阿拉伯文学都产生了深远的影响。

二、古巴比伦文学

在古代西亚，幼发拉底河与底格里斯河之间形成的冲积平原被称为"美索不达米亚"，意思为"两河之间的地方"，这里是人类文明最古老的发源地之一。苏美尔人是两河流域文化最初的创造者，大约在公元前 3200 年，他们开始创制世界上最古老的图形文字系统。约公元前 3000 年，图形开始简化，人们逐渐用同一图形表示相关联的意思，同声的词经常合用同一个字符，表意文字和谐音文字出现了。这种文字是用削成三角形尖头的芦苇秆写在湿软泥板上，落笔处较粗重，收笔处则纤细，呈尖劈状，故被称为"楔形文字"。到公元前 1500 年左右，楔形文字已成为古代西亚地区通用的国际文字，直到公元前后它才被字母文字代替。楔形文字奠定了后世字母文字的基础，它在漫长的历史时期中一直是两河流域文化传播、交流与发展的重要媒介。古代巴比伦文学作品就是靠刻在泥板上的楔形文字记载下来的。

苏美尔人最初的原始宗教崇拜自然力量，后来人们逐渐将这些自然力人格化，如春风神恩利尔成为众神之父，其祭祀地尼普尔城则成为全苏美尔的宗教中心。在苏美尔神话中，神灵像人类一样个性突出、爱憎分明、有仇必报，这种神人同形同性观和对现世的积极态度，在希腊神话中得到了更加淋漓尽致的体现。

公元前 1894 年，游牧的闪米特人占领了巴比伦城，建立了古巴比伦王国。在第六代国王汉谟拉比（约前 1792—前 1750 在位）的统治下，古巴比伦王国的经济文化高度繁荣，成为后世所说的世界四大文明古国之一。

古巴比伦人继承了苏美尔人的宗教观念，认为神灵有着无上的权威，而人生来就是为神服务的，人对自己的命运无能为力，一切都只能仰仗神的赐予。他们的宗教信仰同样体现出对自然力的崇拜，认为自然界和人类活动的每个领域都有相应的神管理。古巴比伦人信仰的神灵众多，但居于核心地位的两位神祇是创造之神马尔都克和生殖与保护女神伊什塔尔，对前者的崇拜体现着人类对创造天地的神祇的感恩之心，而对后者的崇拜则显露出宗教信仰与世俗需求相结合的鲜明倾向。古巴比伦人的神除了庇护整个城邦、国家的集体事务外，还开始照管个人的日常琐事，接受人们的祈祷。这说明在古巴比伦人的宗教信仰中已经萌发出个体与神灵交流、沟通的观念，后来的犹太教、基督教等宗教都深受其影响。

留传至今的古巴比伦文学作品有神话传说、史诗、赞美诗、祈祷文以及智慧文学等。

创世神话史诗《埃努玛·埃立什》既体现了所继承的苏美尔人的神话素材和创世思想，也反映出了古巴比伦人的创世观念。史诗叙述远古之际，原始父亲阿普苏和原始母亲提阿玛特将咸水和淡水混合而为太初的混沌，从中生出诸神。马尔都克神与提阿玛特大战得胜后，将后者砍为两半，一半为天，一半为地，随后创造出星辰万物，并用神的血造出了人类。他的丰功伟绩得到神界和人间的一致赞美，诸神在天庭兴建神庙和巴比伦塔，以彰显马尔都克的权威地位。马尔都克本是古巴比伦人的主神，这则神话将其从诸神中擢升为众神之主，表现了古巴比伦人统一两河流域的现实。

代表古巴比伦文学最高成就的作品是史诗《吉尔伽美什》，它是现存世界上最古老的一部完整史诗，尽管刻写其定本的泥板被认定在公元前 2000 年左右，但其中的某些神话传说却源于公元前 3000 年的苏美尔时代。主人公乌鲁克国王吉尔伽美什是半人半神的英雄，他和挚友恩启都一起为民除害，杀死林中怪物，救出女神伊什塔尔。后来，因为吉尔伽美什拒绝女神的求爱，天神以夺取他朋友的生命作为惩罚。吉尔伽美什悲恸欲绝，踏上寻找仙草的漫漫征程。尽管他上天入地、历尽磨难却未能成功，但他求索的历程象征了人类希望征服生死极限的理想。史诗汇集了两河流域的神话、传说，充满神秘的幻想，其中的洪水神话，是《旧约》中"挪亚方舟"故事的原型。

古巴比伦的抒情歌谣流传至后世的主要是赞美神的颂诗和表现男女之爱、人世亲情的作品，前者如《宇宙主宰恩利尔赞歌》《沙玛什的赞歌》《对众神的祈祷》，后者像《新郎，亲亲，我的心》《倘若不是我母亲……》《当我，女主宰在天空闪耀……》等。

智慧文学又称"教谕文学"，熔宗教观念和现实思考于一炉，表达了人的理性探索精神，代表作有《咏受难正直人的诗》《巴比伦神正论》和《主人与奴隶的悲观对话》。其中的《咏受难正直人的诗》探讨好人受难及其最终的命运，对希伯来文学的《约伯记》有直接影响。

古巴比伦文学继承了此前的苏美尔、阿卡德文学传统，并在民间口头创作的基础上发展起来，与人民生活联系紧密，体现了古巴比伦人强烈的生存意识、勇敢的求索精神和丰富的情感世界。古巴比伦文学风格古朴、类型多样，对古代地中海文明区域内的各民族文学以及后世的欧洲文学都产生了积极影响。

三、希伯来文学

希伯来人是古代以色列民族和后来的犹太人的祖先，"希伯来人"的原意通常被解释为"越河而来的人"，被认为是古代迦南（今巴勒斯坦）地区的早期居民对那些来自两河流域的游牧、半游牧族群的称呼。大约在公元前 18 世纪上半叶，他们离开了纷争不已的两河流域，转往迦南寻找新的家园。在经历了亚伯拉罕、以撒和雅各三代族长时期后，因干旱饥荒而避居到水草丰美的埃及尼罗河三角洲地区，后来在那里沦为埃及统治者的奴隶。在民族领袖摩西的率领下，他们于公元前 13 世纪下半叶逃离埃及，踏上返乡之路。在 40 年的艰难跋涉中，这些奴隶们按照氏族部落制的原则组织了起来，并在西乃山下接受了对耶和华神的信仰，形成了一个富有凝聚力的民族，从此正式开始称自己为以色列人。摩西去世后，以色列人在新的民族领袖约书亚领导下攻入迦南。构成以色列民族的 12 个部落分占了不同的地区，与迦南当地和周边地区的异族人进行了长期的战争，这 100 多年的历史被称作以色列民族史上的"士师时期"。约在公元前 11 世纪末，为抵御异族的不断进攻，以色列 12 部落联合起来建立了以扫罗（约前 1025—前 1013 在位）为国王的统一王国，以色列进入君主制时期。其后，大卫（前 1013—前 973 在位）和所罗门（前 973—前 933 在位）相继登上王位。所罗门王死后，王国分裂成南北两个国家。公元前 722 年，北国以色列被亚述王国灭亡，南国犹大则在公元前 586 年被新巴比伦王国灭亡，民众被掳到巴比伦河畔，史称"巴比伦之囚"。公元前 538 年，新兴的波斯帝国灭亡了新巴比伦，犹大遗民们得以回归祖先的土地，并在耶路撒冷重建了圣殿和城墙，成为波斯人的臣民。公元前 331 年，马其顿国王亚历山大攻陷波斯首都苏萨，波斯帝国宣告覆亡。正是在这个时期，犹大人的后裔开始被称作犹太人。庞大的亚历山大帝国随着亚历山大大帝在公元前 323 年的猝死而分裂，巴勒斯坦地区先后被埃及托勒密王朝和西亚塞琉古王朝统治。公元前 63 年，罗马大将庞培占领了巴勒斯坦。在罗马人统治期间，犹太人先后两次举行民族起义，均遭到残酷镇压而失败。此后，犹太人开始了向世界范围内大流散的历史。

《塔纳赫》（即《希伯来圣经》）① 是古代以色列民族创作的一部诗文总集，不但是犹太教的宗教经典，也是一部全面展示古代希伯来文化的百科全书式的巨著。基督教兴起后，将《塔纳赫》作为自己经典的一部分接受下来，称作《旧约》。从希伯来文化传统来看，《塔纳赫》全书共有 24 卷，分为律法书卷、先知书卷和圣文集三大部分。律法书卷又称"摩西五经"，包括《创世记》《出埃及记》《利未记》《民数记》和《申命记》，为古代以色列人的法律总汇，也是古代犹太教的基本教律。先知书卷共分为八卷，其中《约书亚记》《士师记》《撒母耳记》和《列王纪》② 这四卷记史书卷，被称为"前先知书"，四卷记载 15 位先知话语的书卷，被称作"后先知书"，它们是《以赛亚书》《耶利米书》《以西结书》这三卷"大先知书"和一卷《十二小先知书》③，反映出民族历史的发展进程和古代以色列社会政治、经济、宗教等各方面的状况。圣文集有 11 卷，包括《路得记》《诗篇》《约伯记》《箴言》《传道书》《雅歌》《耶利米哀歌》《以斯帖记》《但以理书》④ 这九卷文学色彩浓重的作品和《以斯拉—尼希米记》《历代志》这两卷记载历史的书卷⑤，是了解古代以色列民族精神生活的一面镜子。

古代希伯来文学的成就主要体现在《塔纳赫》中，从文学角度看，它那丰富多彩的样式，深刻、智慧的内容，崇高、庄严的旨趣和典雅、优美的语言足堪列入世界文学的宝库之中。其文学类别主要包括神话、传说、史诗、抒情诗、小说、戏剧、先知文学、智慧文学、启示文学等大的类别。

神话和传说集中在《创世记》中，这些作品简洁流畅，充满强烈的感情。希伯来神话包括创世故事、伊甸园故事、该隐和亚伯两兄弟的故事、大洪水故事和巴别塔故事。这些神话故事讲述了宇宙和人类的由来、人类始祖亚当和夏娃的堕落和后代的犯罪、神对人类作恶的惩罚，以及最初的人类从集中到分散的原因，等等，反映了以色列民族先祖朴素的宇宙观和世界观，体现了他们对自然和人类社会各种现象的认识和解释。传说刻画了希伯来族长时期以亚伯拉罕、以撒、雅各为代表的先祖形象，展示了他们筚路蓝缕，开创基业，发展壮大的过程。《出埃

---

① 《希伯来圣经》是学术界对犹太教圣典的称呼，犹太人则称之为《塔纳赫》。"塔纳赫"（Tanakh）是对这部圣典构成的三部分——"律法 Torah"、"先知 Nevi'im"和"圣文集 Ketuvim"的缩写，由这三个希伯来词汇的首字母加元音构成。

② 在基督教《旧约》中，《撒母耳记》和《列王纪》均被分为上下两卷。

③ 在《塔纳赫》中，12 位"小先知"的预言被视为 1 卷，基督教《旧约》中则分为 12 卷。

④ 在基督教《旧约》中，《但以理书》被视为先知书。

⑤ 基督教《旧约》将《以斯拉—尼希米记》分为《以斯拉记》和《尼希米记》，将《历代志》分为上下两卷。

及记》可以看作一部史诗作品，讲述了以色列人在摩西带领下如何战胜埃及法老的重重阻挠，在旷野中克服千难万险，奔向迦南的不凡经历，体现了以色列人打碎奴役的枷锁，向往自由和独立的意志和精神。作品浓墨重彩、气势磅礴，叙述一波三折，充满了传奇色彩。

抒情诗歌主要体现为《诗篇》《雅歌》和《耶利米哀歌》这三卷。《诗篇》是一部由150首长短不一的诗歌构成的诗集，主题多涉及宗教信仰，其中几乎包括了希伯来诗歌的各种诗体形式和韵律。《雅歌》可以称得上是世界上最优美的爱情诗篇之一，恋人们大胆热情地赞颂对方的身体之美，表达出浓烈的爱意，比喻新鲜而奇特，意境优美，韵味悠长。《耶利米哀歌》则是一部五首哀歌组成的小诗集，表达对圣城耶路撒冷陷落和国破家亡的哀痛之情，风格沉郁哀伤，一唱三叹，读之令人涕然嘘唏。

《路得记》和《以斯帖记》已展现出早期小说的鲜明特征，情节动人，结构巧妙，文字优美，特别是作者善用场景描写以及"突转"和"发现"的技巧，成功地塑造了两位温柔、贤良、机智、勇敢的女性形象。

先知文学是对15位先知的作品所表现出的共同文学特征的概括，体现了诚挚、热切的宗教信仰和深刻、激越的社会批判的有机结合。智慧文学的主要代表是《箴言》《传道书》和《约伯记》，前两卷的文字工整隽永，表达对人生经验的总结，兼具警示、劝诫和教导之功用；后一卷《约伯记》是一部具有哲理对话特点的作品，其中激烈的辩驳、气势纵横的韵文以及整篇作品所采用的"封套式"结构引人入胜。

启示文学是宗教类文学中特有的一类样式，大量使用"异象"这一独特的文学修辞手段，以象征、变形的方式，隐晦地暗示、指称已然发生或尚未发生的事件，曲折地表达作者的情感、思想和意图，想象丰富奇特，充满神秘奇幻的色彩，《但以理书》为其代表。

《塔纳赫》成为一代代文学艺术家取之不竭、用之不尽的素材宝库和灵感泉源，他们或借鉴它的题材故事，或化用它的原型意义，或套用它的语言和典故，或学习它的修辞艺术。旨趣幽深的内涵和崇高典雅的气度，铸就了《塔纳赫》的超越品格和美学风貌，就对后世文学的影响而言，罕有其他古代经典能与之相匹。

四、古印度文学

古代的印度是一片辽阔的地域，包括今天南亚次大陆的印度、巴基斯坦和孟加拉国等地。印度文化发源于印度河流域，大约在公元前2000年，随着雅利安人中的一支从伏尔加河流域南迁到印度河流域，印度河文化逐渐与雅利安文化融合，形成独具特色的印度文化。古代印度人民的文化创造，是人类文化宝库中耀眼的明珠，在人类文明史上占据重要的地位。古代印度文学通称为梵语文学，此外，亦有用其他语言记载的早期文献，如早期佛教文献多用与梵语接近的巴利文写成。从文学史的角度看，古代印度文学主要产生在两个重要时期——吠陀时代和史诗时代。

公元前 2000 年左右至公元前 500 年左右，是印度从原始公社解体到阶级社会形成的过渡时期，史称吠陀时代。吠陀时代的印度在宗教上属于多神崇拜，雷神、战神因陀罗在诸神中享有崇高地位，其敌人是妖魔阿修罗。此外，火神阿耆尼、酒神苏摩也都是重要的神祇。

在吠陀时代，重要的祭祀活动都由祭司主持，祭司们将古代流传下来的各种诗歌和自己的一些作品编订成《吠陀本集》，奉为圣典。“吠陀”，古译为“明”或“知识”，即“神圣的知识”之意，也可译为“智慧”，它们所用的语言称为“吠陀语”或“吠陀梵文”，比后世梵语更为古老。《吠陀本集》是印度人最古老的宗教文献，共分为四种：《梨俱吠陀》《娑摩吠陀》《夜柔吠陀》和《阿闼婆吠陀》，其中最具文学价值的是《梨俱吠陀》和《阿闼婆吠陀》。这些古老的典籍，收录了上古时期的巫术、宗教、礼仪、风俗、哲学等各方面文献，虽然并不是纯粹的文学作品集，但是保存了很多古老的优美诗歌。

大约成书于公元前 2000 年至公元前 1500 年的《梨俱吠陀》是世界上最古老的诗歌总集之一，共收录诗歌 1028 首，绝大部分是颂神赞歌，也有一些反映世俗生活的诗歌，其中的部分作品可以追溯到雅利安人入侵印度河流域之前。总体来看，它记录了古代印度人民的思想和生活，充满浓郁的生活气息和乐观主义精神。在《梨俱吠陀》的颂诗中，歌唱最多的是天神因陀罗、火神阿耆尼以及一种可以榨取苏摩酒的植物，包含着许多神话传说。《梨俱吠陀》也兼顾审美需求，关注诗歌的艺术性，有的诗人把诗歌创作比喻为“缝制精美的衣服”，制造经久适用的东西，常常巧妙运用拟人、比喻、双关、夸张和谐音等艺术手法。《阿闼婆吠陀》定型比《梨俱吠陀》要晚，其中大部分诗是作为咒语用来祈福消灾、治病驱邪的，这些诗歌拥有丰富的想象和形象的比喻，表达了古印度人民的思想感情和对神的祈望。

吠陀时代后期，随着奴隶制国家的出现，印度社会出现了等级制度，即种姓制度，后来成为印度社会普遍接受的行为法则，强化并稳定了印度社会中的阶级构架。种姓的划分是由《摩奴法典》正式予以确立的，这一法典产生于公元前 1200 年前后，但成书时间在公元前 2 世纪到公元 2 世纪之间。印度的种姓共分为 4 个等级：婆罗门——祭司贵族，刹帝利——军事贵族，吠舍——从事农业、牧业和商业的平民，以及首陀罗——雇工或手工业者。

与种姓制度密切结合的是婆罗门教，它由古老的吠陀教发展而来，最后形成的时间大约在公元前 7 世纪。婆罗门教以吠陀文献为经典，保留了吠陀教的多神崇拜，但有些观念有所改变。婆罗门教的三大核心教理是：吠陀天启、祭祀万能和婆罗门至上。根据婆罗门教教义，"梵"或宇宙灵魂是唯一的真实，个人灵魂来自"梵"，整个客观物质世界都不过是一种幻觉；人由于有了欲望，而造成"业"，死后要转生为低种姓或牲畜，只有遵循"达磨"，才能转生为较高种姓，以重归于"梵"。婆罗门教有三大主神：创造之神大梵天、保护之神毗湿奴和破坏、毁灭之神湿婆。

婆罗门祭司为了对"吠陀"进行阐释，写出了《梵书》、《森林书》（又译《阿兰若书》）和《奥义书》。《梵书》也称《净行书》《婆罗门书》，是印度最早的散文，附在《吠陀本集》之后，主要记载举行各种祭祀的规定和相关论述，书中虽有不少神秘枯燥的说教，但也保存了许多神话传说。在《梵书》之后，附有各派的《森林书》，内容以神秘主义理论为主，据说只能秘密地在森林中传授，故而得名。《森林书》之后又附有各派的《奥义书》，也称"吠檀多"，其内容除神秘主义的教义阐释外，还有一些哲学家们的密谈，部分内容具有民主倾向和文学色彩。

公元前 500 年左右到公元 400 年左右，是印度文学史上的史诗时代。约从公元前 6 世纪初开始到公元前 4 世纪，印度从吠陀时代进入各国争雄不已的列国时代。动荡不定的现实不但为史诗提供了素材，也突出了刹帝利武士阶层的地位，他们在战争中的英雄故事广为流传。这一切为印度两大史诗的出现奠定了基础。《摩诃婆罗多》和《罗摩衍那》是印度这一时期最重要的文学成就，也是古代印度奉献给世界的宝贵财富。史诗在今天的南亚和东南亚地区如巴基斯坦、孟加拉国、斯里兰卡、尼泊尔、缅甸、泰国等国家喻户晓，在中国古典小说《西游记》中，也可以找到源于《罗摩衍那》的形象原型。

稍晚于史诗出现的"往世书"流传至今的有 18 部，主要以诗体写成，夹杂部分散文体，其传说中的作者是毗耶娑（广博仙人）。"往世书"描绘了从鸿蒙开天、宇宙成形到诸神谱系、功绩和英雄传说等丰富的内容，颂扬为民除害降妖的神祇和英雄，实际上反映了广大民众在现实生活中的爱憎感情。

列国时代的印度社会发生着剧烈的变化，各种反对婆罗门教的思想和宗教派别纷纷出现。代表一般平民利益的耆那教和佛教兴起，它们的政治观点和宗教观点基本一致，即不信吠陀，反对婆罗门的特权地位，在等级森严的古代印度社会具有积极意义。

佛教形成于公元前 6 世纪中叶，由释迦牟尼创立。针对婆罗门教的特权意识，佛教提出众生平等的思想，认为不需要祭司的引导和典礼仪式，每个人都可以靠自己的修行达到真理的彼岸。由于强调公正，不排斥低种姓人群，不强调祭祀仪式，且传教语言通俗易懂，佛教吸引了众多信徒，并在孔雀王朝的阿育王时期（前268—前232）被定为国教。佛经文本得以定型，教义逐渐传播到世界各地，成为世界性宗教。为了吸引和感化各个阶层的教徒，佛教经典常常采用通俗易懂的故事作为宣传手段。这些故事设喻精妙，极富文学气息，著名的有《本生经》《所行经》等，用巴利文写成。《本生经》中共有547个故事，主要写佛陀前生的事迹，同时也保存了大量的寓言故事和智慧箴言，歌颂团结友谊、提倡知恩图报，批判欺诈虚伪、自私残暴。虽然这些故事经过佛教徒的加工，蒙上了一层神秘的宗教色彩，但仍然生动反映了古印度经济、政治、思想、文化、风俗等各方面的状况，它的文学价值更是在印度文学史和世界文学史上都占有重要地位。随着印度佛教文化的流传，佛经故事也为中国、日本、斯里兰卡等国的文学带来了新的意境和独特的美学风格。佛教于东汉时开始传入中国，从四五世纪到10世纪，通过中印两国僧人和学者的努力，不少佛教经典被翻译介绍到中国，《本生经》《维摩经》《百喻经》等佛教经典和佛教俗讲、变文等，影响到了中国小说、戏剧等通俗文学的形成。

约产生于公元1世纪的寓言故事集《五卷书》是一部有世界影响的重要作品，除一个简短的《楔子》外，正文共包括五卷：《绝交篇》《结交篇》《鸦枭篇》《得而复失篇》和《轻举妄动篇》。作品通过一个婆罗门老师教诲三个原本愚蠢、后变得聪明的王子的故事框架，讲述一系列生动有趣的动物故事，将处世之道、治国谋略、道德规范和各种实用知识融为一体，宣传婆罗门教关于修身处世的"正道"。作品在叙事结构上采用故事套故事的方式，这种叙述体结构对中古东西方文学都产生了深远影响。

公元4世纪初，旃陀罗笈多一世建立起笈多王朝，国家政治统一，经济繁荣，梵语文学与佛教艺术均有发展。这一时期，文学作品的思想内容和形式都有新的突破，文人作品和新兴的口语文学也逐渐兴盛起来，故事和戏剧创作极为流行。迦梨陀娑（约350—472）是印度古代最著名的诗人和剧作家。他知识渊博，文学造诣深厚，一生写过很多作品，流传至今的有叙事诗、抒情诗和剧本多种，抒情诗《云使》和诗剧《沙恭达罗》是他的代表作。在《云使》里，迦梨陀娑用深挚细腻的情感和朴素无华的诗句，描绘出大自然的万千姿态，抒发夫妻之间的互相思念之情，极富艺术魅力。七幕诗剧《沙恭达罗》是迦梨陀娑最成功的作品，情节来自史诗《摩诃婆罗多》，表现了国王豆扇陀与净修林少女沙恭达罗之间忠贞不渝的爱情。作品具有浓郁的神话氛围，又极为巧妙地以现实为依托，情节曲折跌宕，表达了作者对爱情、婚姻生活的理想。迦梨陀娑以衔接巧妙的戏剧结构和充满诗意的语言刻画了沙恭达罗这一美好的女性形象，让人们通过关注女主人公的命运思考妇女的社会地位问题。

五、古希腊文学

古希腊在文化地理上主要指爱琴海地区，包括希腊半岛、爱琴海、爱奥尼亚海上诸岛，以及今天土耳其的西南海岸。该地区的文明进程经历了这样几个阶段：爱琴文明或"克里特—迈锡尼时代"（前 20 世纪—前 12 世纪）、"荷马时代"（前 11 世纪—前 9 世纪）、古风时代（前 8 世纪—前 6 世纪）、古典时代（前 5 世纪—前 4 世纪中期）、马其顿统治时代（前 4 世纪晚期—前 2 世纪中期）。

公元前 2000 年左右，克里特就出现了最初的国家，每个城市国家都以王宫为中心形成。约在公元前 16 世纪，克诺索斯国的米诺斯王朝统一了全岛，迎来了爱琴文明的第一个繁荣期。米诺斯王朝的农业、工商业和航海贸易都十分发达，并建立了强大的海军，势力和影响遍及东地中海的广大区域。公元前 1450 年左右，希腊文明的中心由克里特转移到希腊本土的迈锡尼。著名的特洛伊战争就发生在公元前 11 世纪迈锡尼文明末期，希腊人虽然取得了胜利，但也元气大伤，北方的多利亚人乘机南下，灭亡了迈锡尼文明。克里特—迈锡尼文明时代为其后书面记载下来的希腊神话和史诗提供了丰富的素材，"荷马时代"，即是因描写特洛伊战争中英雄故事的"荷马史诗"在该时期开始产生、流传而得名。

古希腊人信奉万物有灵的多神教，既崇拜祖先、英雄，也崇拜宇宙万物和自然神灵，宗教信仰和神话常常混为一谈。就流传至今的各民族神话来看，希腊神话无疑是最丰富多彩的。文字记载的希腊神话最早见于荷马史诗，其后，诗人赫西俄德（约前 8 世纪）的长诗《神谱》对宇宙的起源和神的谱系做了最早的描述，成为后来希腊神话作品的底本。希腊神话包括神的故事和英雄传说两大部分，前者以创世、诸神的产生、神的谱系、神的活动等为主要内容，而后者的主角则是半人半神的英雄。根据希腊神话，主神宙斯与其他诸神以高度组织化的形式共同居住在希腊北部的奥林匹斯山上，构成"奥林匹斯神话系统"，这是现实当中父权制社会的一个缩影。英雄传说是对氏族首领和祖先的赞颂，带有一定的历史真实性。人们将祖先与神的血缘相联系，认为他们是神与人结合所生的后代，不仅智勇双全，还拥有超人的力量。英雄们为民除害，披荆斩棘，为集体的利益不顾个人得失，建立了丰功伟绩，得到一代代后人的景仰和崇拜，久而久之，便被神化了。古希腊的英雄传说，最著名的有建立了 12 件功勋的大力士赫拉克勒斯的故事、伊阿宋率众英雄夺得金羊毛的故事、忒修斯的故事、俄狄浦斯的故事，等等。希腊神话的核心特征是"神人同形同性"，这种观念使希腊神话较早地摆脱了兽形妖灵阶段，并且体现出较强的民主意识和以人为本、注重现实的精神。在希腊神话中，神性与人性之间是相通的，神不仅有着男人或女人的形态，同时又是人的完美体现，代表了人的智慧和美所能达到的最高境界。而且，神与人一样有着七情六欲，喜好争斗、爱慕虚荣、嫉妒心重、贪恋美色，例如神王宙斯就常常想方设法与美丽的凡间女子偷情幽会，而诸神也常常为了一点儿小事大动干戈。古希腊神话始终将人置于神话的中心地位，凸显着人的精神，回荡着积极、乐观、健康的气息，不仅对后世的希腊文学产生了深远影响，而且赋予欧洲文学以人本主义的基本倾向，正如马克思所说的那样："希腊神话不只是希腊艺术的武库，而且是它的土壤。"[1]

公元前 8 世纪末至前 7 世纪初，希腊世界的氏族社会开始瓦解，阶级分化日趋严重。自耕农出身的著名诗人赫西俄德创作了叙事长诗《工作与时日》和《神谱》。《工作与时日》是流传下来最早的一首以现实生活为主要内容的长诗，共 800 多行，诗人以一个劳动者的真情实感，写出许多农村景色的生动画面，劝导弟弟勤于耕作，不要巧取豪夺，反映出当时氏族贵族仗势欺凌小农的现实。长诗《神谱》共 1000 多行，作者通过收集许多古代传说，把不同的神话传说组成一个完整的体系，是希腊文学史上对宇宙起源和神的谱系最早的系统描绘。随着氏族制度的进一步解体和个人意识的增强，适合抒发个人感情的抒情诗歌也繁荣起来。抒情诗起源于民间歌谣，根据伴奏乐器的不同，又分为琴歌、笛歌两大类。笛歌用双管笛伴奏，在内容上可以分为挽歌、战歌和情歌。琴歌用竖琴伴奏，在形式上分为独唱和合唱两种。著名的抒情诗人有提尔泰奥斯（前 7 世纪）、女诗人萨福（前 612？—?）、阿那克里翁（约前 570—?）和品达罗斯（前 518—前 442 或前 438）等，他们的诗歌或抒发对祖国的热爱，或表达对美好爱情与生活的向往，或吟咏自然之美，对后世欧洲抒情诗人影响久远。其中，阿那克里翁的诗歌颂生活、爱情和大自然，清新、优美、形式完整，被后人称为"阿那克里翁体"。与此同时，希腊民间流传着许多以动物生活为主要内容的小寓言，相传为公元前 6 世纪时一个名叫伊索的被释奴隶所作，经后人收集改写为《伊索寓言》。这些寓言反映了希腊下层人民长期积累的生活经验和斗争智慧，总结了古代希腊劳动人民的生活经验，其中一些一直被后人引用，成了人们熟知的典故。

从公元前 8 世纪开始至前 6 世纪，伴随着希腊的商业发展和殖民扩张，许多城邦如雨后春笋般在希腊大地上涌现出来，如雅典、底比斯、斯巴达等，这是一种规模有限、独立自治的共同体。希腊城邦制度的存在对希腊文化产生了重要影响。城邦制度孕育出一系列影响深远的政治概念，如公民、公民团体、政治生活、政治家等。希腊城邦民主自由的政治氛围，为哲学、文学和艺术的发展提供了宽松的环境。人们可以在这里开办学园，进行全民性的戏剧演出，举行宗教节庆和体

---

[1]《马克思恩格斯文集》第 8 卷，人民出版社 2009 年版，第 35 页。

育竞技活动等。城邦制度为古典时期希腊文化艺术的辉煌成就奠定了基础。

古典时代是雅典民主政治高度发展的阶段。民主政治的发展和经济的繁荣，带来了希腊文学的繁荣，特别是戏剧艺术的高度成就。三大悲剧诗人埃斯库罗斯（约前 525—前 456）、索福克勒斯（约前 496—前 406）和欧里庇得斯（约前 485—前 406），喜剧诗人阿里斯多芬（约前 450—约前 388）均在此时创作出了杰出的戏剧作品。这一时期在文艺理论上也取得了较高的成就，最重要的理论家是柏拉图和亚里士多德。柏拉图（前 427—前 347）创立了"理念论"，成为西方客观唯心主义的始祖。他认为文艺是具体事物的摹写，而个别、具体的事物仅是理念或一般的不完全的模仿，因而文艺是不完全的模仿的模仿，是"影子的影子"。他写有对话 40 篇，《理想国》《斐德若篇》《伊安篇》《会饮篇》等均是其中的名篇，涉及宗教、神话、政治、伦理、教育及各种文艺和美学问题，影响了一代又一代的文艺创作者和文艺理论家。亚里士多德（前 384—前 322）是柏拉图的弟子，他的《诗学》对古希腊文学、特别是悲剧创作作出了理论总结，集中探讨了文艺与现实的关系、文艺的社会功用、艺术创作的心理学基础等一些根本问题。在文艺和现实的关系上，他认为，艺术的本质是模仿，文艺是对现实的模仿，现实世界本身是真实的，作为现实之摹本的文艺也是真实的，这种模仿非纯自然的抄录，而是对现实具有普遍性东西的描写。亚里士多德认为悲剧是对一个完整而有一定长度的行动的模仿，其作用在于引起人们的怜悯与恐惧，使人们的情感得到宣泄与净化。亚里士多德为西方文艺理论中现实主义和悲剧理论的发展奠定了基础，至今仍有重要的影响。

公元前 4 世纪晚期，"希腊化"时期开始，希腊本土被马其顿国王亚历山大征服，随着亚历山大的东侵，希腊成为其建立的地跨欧、亚、非三洲的庞大帝国的一部分，希腊文明与埃及、波斯、印度文明发生接触和交流，促进了人类文明的发展。就希腊而言，这一时期只有米南德（前 342—前 291）的新喜剧和忒奥克里托斯（前 310—前 250）的田园诗成就较高。

古希腊文学是西方文学的开端，它开创了欧洲文学的叙事传统、抒情传统和人本主义传统，为后世西方文学提供了丰富的艺术表现手段。古希腊文学的魅力并没有因时代的变迁而消逝，正如马克思所说的那样，希腊的文学艺术"仍然能够给我们以艺术享受，而且就某方面说还是一种规范和高不可及的范本"①。

六、古罗马文学

古罗马的历史是从传说开始的，著名诗人维吉尔在史诗《埃涅阿斯纪》（又译

---

① 《马克思恩格斯文集》第 8 卷，人民出版社 2009 年版，第 35 页。

《伊尼德》）中把拉丁人是特洛伊人后代的神话加以发展，将罗马的创建者与天神联系在一起。而珍藏于巴黎国家图书馆的罗马钱币图案，更是生动表现了战神厄尔斯派母狼到罗马哺育孪生兄弟并建设罗马城的故事。罗马建城后曾先后有七位"王"当政，史称王政时期，实行军事民主制。公元前 509 年，罗马人建立共和政体，罗马作为国家的历史从此开始。罗马共和国建立后便以城市为中心开始对外扩张，到公元前 270 年基本征服了意大利全境。从公元前 5 世纪到公元前 3 世纪，意大利半岛开始呈现罗马化特征，罗马文化和城市文化得到全力推行，希腊文化的精髓被吸收到罗马文化之中。公元前 2 世纪中叶，罗马成为继马其顿帝国后又一个地跨欧、亚、非三洲的大帝国。公元前 27 年，屋大维成为至高者"奥古斯都"，将共和制改为元首制，并实行了各项改革。从公元前 27 年到公元 180 年的约 200 年间，是罗马最辉煌昌盛的时代。公元 330 年，君士坦丁迁都拜占庭，将其命名为君士坦丁堡，体现了罗马文明向东方的转移。395 年，狄奥多西一世将帝国一分为二传给两个儿子，于是出现了东、西两个罗马。随着两个罗马的对抗，讲拉丁语的西部地区与讲希腊语的东部地区之间联系日益减少，地区差异逐渐加剧。日耳曼人趁机南下侵袭，加速了罗马帝国灭亡的进程。476 年，西罗马帝国皇帝被日耳曼占领者废黜，西罗马帝国灭亡。

罗马文学是在继承和模仿希腊文学的基础上发展起来的，公元前 3 世纪中叶，随着国力的强大和经济的繁荣，罗马文学开始呈现出自己的特色。罗马作家、诗人卢修斯·李维乌斯·安德罗尼库斯，被称为"罗马文学之父"，他不仅将荷马史诗《奥德赛》译成拉丁文，还翻译和改编过多部希腊戏剧，供罗马舞台演出。他的翻译活动加深了罗马人对希腊文化的了解，推动了罗马文学和戏剧的发展。

早期罗马文学的主要成就是戏剧。罗马原来流行两种民间戏剧——阿特拉笑剧和拟剧，后来接受了"希腊化"时期新喜剧的影响，在公元前 3 世纪末到 2 世纪中叶，出现了戏剧的繁荣，这一时期的代表作家是普劳图斯和泰伦斯。出身平民的普劳图斯，据说写过 130 部剧本，流传至今的有 20 部。他的喜剧大都根据希腊新喜剧改编，用希腊题材反映罗马人的生活。他利用滑稽可笑的情节，揭露当时罗马上层阶级的生活腐化与道德败坏，以及妇女地位的卑下和婚姻的不自由，具有民主倾向，代表作有《孪生兄弟》《一坛黄金》等。获释奴隶出身的泰伦斯以其严肃文雅的风格，受到贵族文人的赞赏。他的六部喜剧都是根据希腊新喜剧改编的，结构严谨，语言精练，人物性格鲜明，代表作有《婆母》《两兄弟》等。

共和国末期，罗马文学在诗歌和散文方面取得了较高成就，出现了散文家、演说家西塞罗（前 106—前 43），诗人、哲学家卢克莱修（约前 99—前 55）和抒情诗人卡图卢斯（约前 84—前 54）等巨匠。西塞罗被人们称为"拉丁散文泰斗"，他不仅是著名的政治家和法学家，也是杰出的演说家和散文家。他的散文成就主要是书信和演说词，目前尚存的有书信 900 封、演说词 58 篇，其中著名的演说词有《菲力匹克》《驳安东尼》等，流畅雄浑，文辞丰富，句法严谨，极具说服力和鼓动力。

屋大维非常重视文化对维护政权的作用，把当时著名作家聚集在自己周围，为政权服务。在他统治时期，罗马文学出现了所谓"黄金时代"，不仅诗歌达到了高峰，文艺理论也取得了新的成就。维吉尔（前 70—前 19）是罗马最重要的诗人，一生创作了《牧歌》《农事诗》《埃涅阿斯纪》这三部作品。长诗《埃涅阿斯纪》共 12 卷，近万行，是西方文学史上第一部文人史诗，影响深远。史诗叙述了主人公埃涅阿斯克制个人情感，历尽艰辛建国图强的经历，极力展示了罗马的伟大和光荣，抒发了作者浓郁的爱国热情。罗马是一个崇尚力量的民族，尚武善战是他们的本性，这是罗马民族在争取生存的斗争中形成的品格。爱祖国、爱罗马是罗马精神崇高美的主要特征，在维吉尔看来，国家的利益高于一切，可以为之牺牲个人的利益甚至生命。《埃涅阿斯纪》描写埃涅阿斯逃出被毁灭的特洛伊城，在颠沛流离数年后获得了迦太基女王狄多的眷爱。当神谕要他离开狄多去意大利建立新的国家时，他虽不忍离去，但是为了民族的前途，还是舍弃了爱情，终于在拉丁姆地区建立起理想的家园，埃涅阿斯也从此成为罗马爱国精神的象征。史诗借鉴了荷马史诗的某些艺术手法，既有金戈铁马的战争场景，也注重对人物的心理刻画，工于辞藻，善用比喻，风格庄严典雅。

贺拉斯（前 65—前 8）是奥古斯都时期杰出的讽刺诗人和抒情诗人，也是一位有重要影响的文艺理论家。他在文艺理论著作《诗艺》中提出，诗的标准是形式与内容的和谐统一，诗的语言要符合人物的身份和处境，诗的意义在于"寓教于乐"。贺拉斯的主张对后来的古典主义文艺理论产生了很大影响，而他以诗论诗的写作方式也为后人所仿效。奥维德（前 43—约 17）是奥古斯都时期第三个重要诗人，他的代表作《变形记》共有大小故事 250 篇，把古代希腊罗马的神话故事、英雄传说和一些历史人物汇集在一起，运用丰富的想象力和高超的艺术技巧，把它们联系成一个整体。这部希腊罗马神话的总集，为后代的作家和艺术家提供了丰富的创作材料。

从公元 1 世纪直到 476 年西罗马帝国灭亡，罗马文学日趋衰落，比较有成就的是讽刺文学和小说。塞内加的悲剧、马尔提阿利斯和尤维纳利斯的讽刺诗、卢奇安（琉善）的讽刺散文对话、佩特罗尼乌斯的小说《萨蒂利孔》和阿普列尤斯的小说《变形记》（又名《金驴记》）是这一时期的著名文学作品。

第二节　古印度两大史诗

《摩诃婆罗多》和《罗摩衍那》约成书于公元前 400 年到公元后 400 年之间，

是世界古代文学史上篇幅最长的史诗，不但包含了古代印度的历史、宗教、政治、哲学、道德伦理等各方面的内容，反映了印度人民的人生观和价值观，而且体现了古代印度人民非凡的艺术创造力和特色鲜明的审美理想。在印度文学和文化传统中，《摩诃婆罗多》被称作"历史传说"或"第五吠陀"，《罗摩衍那》则被称为"最初的诗"。

一、《摩诃婆罗多》

"摩诃"意思是"伟大的"，"婆罗多"是印度古代王名，《摩诃婆罗多》的篇名意为"伟大的婆罗多族的故事"。诗篇中提到史诗的作者是毗耶娑，意译为"广博仙人"。据说他曾长期隐居森林，目睹和参与了持国百子和般度五子两族斗争的全过程，在般度族五兄弟升天后，他创作了这部史诗。他也被认为是一些"往世书"的编著者，但目前还无法确定历史上实有其人。而且，从史诗的构成与篇幅来看，这部史诗很可能是在相当长的历史时期内，经过多位作者之手创作出来的。从公元前 4 世纪至公元 4 世纪，在这漫长的岁月中，《摩诃婆罗多》以口头方式创作和传诵，内容不断得到扩充，成书后依然长期以口传和抄本的形式存在，因此有许多不同的手写本流传下来，直到 19 世纪才出现印刷文本。从 1919 年开始，印度的一批梵文学者开始编订《摩诃婆罗多》精校本，这项浩大的工程历时近半个世纪，直至 1966 年《摩诃婆罗多》全书的精校本才告完成。

《摩诃婆罗多》用梵文写成，全诗大约有 10 万颂。颂是一种印度诗体，每颂有 2 行诗，每行 16 个音，其长度相当于荷马史诗《伊利亚特》与《奥德赛》总和的 8 倍。全诗共 18 篇，分别是《初篇》《大会篇》《森林篇》《毗罗篇》《备战篇》《毗湿摩篇》《德罗纳篇》《迦尔纳篇》《沙利耶篇》《夜袭篇》《妇女篇》《和平篇》《教诫篇》《马祭篇》《林居篇》《杵战篇》《远行篇》《升天篇》，最后附有一部《诃利世系》，有时作为第 19 篇，但事实上《诃利世系》是一部独立的作品。

《摩诃婆罗多》以列国纷争时代的印度社会为背景，叙述婆罗多族后裔俱卢族和般度族争夺王权的斗争，串联起诸如创世神话、帝王谱系、政治制度、宗教哲学、律法伦理和天文地理等丰富内容。故事的基本情节大致是：婆罗多的后裔中有一对兄弟，哥哥叫持国，是个盲人，生有以难敌为首的 100 个儿子，族名叫俱卢；弟弟叫般度，生有以坚战为首的五子，个个武功出众，族名叫般度。持国和般度的父亲死后，般度继承了王位，但不久死去，由其兄长持国继任国王。后来，般度的长子坚战长大，王位本应由他来继承，但持国的长子难敌企图霸占王位，由此引发了婆罗多族的内部纷争。难敌企图纵火将般度五子及其母烧死，因事先有人通风报信，般度一家得以逃出。在一次邻国公主的招亲大会上，坚战兄弟一箭射中远处旋转的鱼眼睛，五兄弟共同娶了美丽的黑公主为妻，并拥有了自己的盟国。他们克服种种困难，放火烧荒，开辟国土，壮大了自己的势力。面对此种形势，难敌只得同意分治王国，分给他们一半国土，让般度族在西部蛮荒地区称王。难敌见般度族日趋强盛，便再次耍弄阴谋，派人用假骰子与坚战赌博，条件是输了的一方必须流放 12 年，般度族五兄弟被迫答应。坚战输光了一切，兄弟五人连同妻子沦为奴隶，被流放森林 12 年，第 13 年还得隐姓埋名躲藏起来，若被发现就要被再次流放 12 年。13 年流放期满后，般度族五兄弟坚持索还国土，他们在召集盟国举行的军事会议上，决定先派黑天为使者去与难敌谈判。难敌拒绝归还般度一族的国土，一意孤行，致使和谈破裂。于是，双方各自联络盟国，在古称"俱卢之野"（今德里附近）的地方展开了一场可怕的毁灭性大战，当时印度半岛上的国家几乎都卷进了战事。战争进行了 18 天，死伤无数，般度族五兄弟得胜，难敌的 99 个兄弟战死，只有难敌一人逃脱。他躲进一个湖里，用一根芦管呼吸，但被坚战五兄弟发现，终被杀死。坚战回国做国王 36 年，想到家族间的残杀给百姓带来的深重灾难，五兄弟心中深感愧疚。于是，他们将王位交给孙子，带着妻子黑公主登雪山修道升天。

《摩诃婆罗多》的叙事结构庞大而精巧。首先采用倒叙的手法，由歌人演唱原诗的内容，并插入"蛇祭缘起"作为楔子，然后正式开篇。史诗的中心故事大约只占全诗篇幅的一半，围绕着中心情节镶嵌进大量神话传说和寓言故事，汇集了印度古代相传的各种材料和各类知识，以高度的艺术概括力反映了当时的社会面貌、时代矛盾以及各哲学派别的主张。作品中所插入的许多著名小故事，如《那罗传》《莎维德丽传》等，深受人民的喜爱，至今仍广为流传。除此之外，史诗还有大量宗教、哲学、政治和伦理等理论性插话，最有名的是宗教哲学长诗《薄伽梵歌》，长期被印度教奉为圣典。由于这种包罗万象的特点，对印度人民来说，它不是一部单纯的文学作品，而是一部以英雄史诗为核心的诗体百科全书。

《摩诃婆罗多》描写了一场大规模的毁灭性"内战"即"俱卢之战"，所以又被称为大史诗。通过作者对大战这一主要事件的态度，我们可以在某种程度上了解古代印度人民对战争与和平的一些基本观点。和平是最可宝贵的，在战争还没有爆发之前，应该尽一切努力避免战争、维护和平，但是，如果战争不可避免，那么就要以大无畏的精神去勇敢战斗，直至取得最后的胜利。史诗多次描绘了战争造成的巨大损失和人间惨剧，表达了对和平的渴望，对战争的谴责。然而战争不过是政治斗争的延续和暴力表现。从古代印度文化的角度来看，大战之所以爆发，是因为"正法"（"达磨"）遭到了破坏。"达磨"在古代印度文化中是一个具有丰富含义的词汇，古代印度人认为达磨是人世间最高的存在，真理就包含在"达磨"之中。在史诗中，它可以被理解为万事万物的内在准则，是每个人依据其社会地位所应具有的天职。难敌等人的行为违背了自己所应承受的天命，是导致战争的根源。在对战争的惨烈叙述下，围绕王权的政治斗争真实地反映了古代印度王国的纷争局面。史诗中包含的宿命论、因果报应观以及恪守种姓制度的正法思想，在今天看来是具有一定历史局限性的。

二、《罗摩衍那》

"罗摩衍那"的意思是"罗摩的漫游"或"罗摩传"，约有 24000 颂。史诗的作者被认为是跋弥，或称为伐尔弥吉，意译为蚁垤。蚁垤生卒年代不详，传说他原出身于婆罗门家庭，曾一动不动地静坐修行数年，无数蚂蚁在他身上筑巢，他的身体竟成了蚂蚁窝，由此得到"蚁垤"之名。也有人说他是仙人或金翅鸟的儿子，还有人说他是一个语法学家。神的使者向他讲述了英雄罗摩的故事，于是蚁垤用优美流畅的诗句将其记录下来，由此诞生了史诗《罗摩衍那》。蚁垤的生平事迹和《罗摩衍那》的具体创作年代学术界尚无定论，但可以肯定的是，尽管全书各部分写成的年代不同，但基础部分的文体大体一致，因此应该有一位作者对全书进行过加工。与《摩诃婆罗多》一样，《罗摩衍那》最初也只是在口头流传，历经了各个时代、不同作者的增删。全书七篇，其中的第二篇至第六篇是全书较原始的部分，而第一篇和第七篇出现较晚，可能是后加上去的。最早的部分估计写成于公元前三四世纪，而最晚的部分大约写成于公元 2 世纪，全书形成的过程至少长达四五百年。

史诗以罗摩和妻子悉多悲欢离合的故事为主线，表现了古代印度宫廷内和列国之间的斗争，其间穿插着神话传说和各类故事，并以大量笔墨描绘了自然景色和战斗场面，情节曲折委婉，诗句优美精致。全诗包括《童年篇》《阿逾陀篇》《森林篇》《猴国篇》《美妙篇》《战斗篇》和《后篇》共七个部分。主人公罗摩是阿逾陀城十车王经过祭祀天神后所生的长子，他因武艺超群，折断神弓而得娶邻国公主悉多为妻。悉多是国王遮那竭耕地时在犁沟里发现的，因此她的母亲是大地，父亲是遮那竭。十车王年迈，决定立罗摩为太子，让他继承王位。但他的小王妃吉迦伊却想方设法胁迫十车王将罗摩流放 14 年，改立自己的儿子婆罗多为王。十车王虽不情愿，却无奈应允，不久即在痛苦悔恨中死去。罗摩以孝为本，坚决执行父王流放自己的命令，妻子悉多和弟弟罗什曼那陪同他一起踏上流放之路。婆罗多本性善良，不愿登上王位，率领大军到森林里寻找罗摩，劝他回国即位。罗摩不肯接受婆罗多的建议，把一双鞋交给婆罗多，让他以此作为自己的替身，婆罗多便供奉着罗摩交给他的鞋子执政 14 年。罗摩夫妇和弟弟罗什曼那在森林中过着艰辛的漫游生活。10 年后，楞伽城十首魔王罗波那的妹妹引诱罗摩未成，恼羞成怒下怂恿哥哥罗波那设计劫走悉多。罗摩兄弟四处寻找，但始终不见悉多的踪影。在寻找途中，罗摩偶遇被兄长波林夺去王位和妻子的猴国国王须羯哩婆。

罗摩帮助须羯哩婆杀死波林，夺回王位，须羯哩婆派神猴哈奴曼帮助罗摩寻找悉多。罗摩大战罗波那，最终将他杀死，找到悉多，夫妻得以团聚。但罗摩却听信谣言，怀疑妻子悉多被劫后失贞，竟狠心地把有孕在身的悉多抛弃在恒河岸边。悉多得到蚁垤仙人的救护，住在静修林里，生下一对双生子。孩子长大后，蚁垤仙人将《罗摩衍那》传授给他们。在罗摩举行马祭时，双生子演唱了《罗摩衍那》，罗摩虽然得知演唱者是自己的孩子，但仍然将信将疑。绝望的悉多求救于地母，希望母亲能证明自己的贞洁，大地顿时开裂，悉多投入地母的怀抱。最后，罗摩全家在神界团圆。

《罗摩衍那》对于了解和认识史诗时代的古印度社会具有十分重要的价值，特别是其中所反映出的正统伦理观念及其所遭遇到的挑战，真实而生动地折射出社会发展过程中新旧思想的矛盾和冲突。宫廷内部为争夺王位而发生的阴谋与杀戮，英雄们反抗暴政的英勇斗争，主要人物形象体现出的多面性格特征，无不表现了那一时代的社会复杂性。史诗在总体思想倾向上无疑是维护正统道德观念、肯定不平等的种姓制度的，正如《童年篇》第六章的诗句所说的那样："在阿逾陀这一座城市里面，从来没有因通婚而种姓混乱"，"刹帝利服从婆罗门，吠舍又把刹帝利服从，首陀罗忠于自己职责，他们服从前三个种姓"。但是，当罗什曼那批评哥哥罗摩的逆来顺受时，则对婆罗门传统天命观表达出另一种看法："那精力衰竭的胆小鬼，他才受命运的播弄。那些自尊自重的英雄汉，完全不把命运来纵容。"

《罗摩衍那》不仅交代了复杂的情节，而且成功地塑造了不同类型、性格鲜明的人物形象，无论是英勇无畏的罗摩、温婉坚贞的悉多、神通广大的哈奴曼，还是残暴邪恶的魔王兄妹，都给读者留下了深刻的印象。罗摩、悉多、罗什曼那和哈奴曼在印度是家喻户晓的四个形象，作者对他们的音容笑貌和内心世界都进行了精心刻画，其中最具代表性的是罗摩和悉多这两个人物形象。

史诗中的罗摩是一个理想的君主形象和封建道德的典范，面对种种艰难险阻，他勇敢无畏，即使牺牲性命也在所不惜。面对年迈的父王，他忠诚恭顺，宁愿担当苦难也决不让父亲的意愿落空。面对臣民百姓，他仁慈宽厚，坚决维护各族的平等与友爱。史诗称罗摩为"理想的人"，"他的深沉似大海，他的冷静如喜马拉雅山，他的威力同毗湿奴，他的心胸像大地，他爱民犹国君，他视真诚为己任"。在史诗的叙述中，罗摩就是善与正义的化身，他所具有的这些高贵的品质，既体现了古代印度文化的传统，又顺应了印度社会由奴隶制进入封建制过程中的时代要求。作为理想君主的代表，罗摩的行为有利于维护国家的政治稳定和社会发展，符合历史发展的规律。在他的身上，寄予了百姓对国家统一、安居乐业的强烈愿望。然而，尽管史诗赋予了罗摩多方面的美德，作为一个统治者，其历史局限性所造就的矛盾性格依然得到了表现。罗摩工于心计，等级意识和男权观念严重，这在他残杀低等种姓百姓和冷酷无情地抛弃妻子的行为中有着鲜明的体现。

与性格具有矛盾性的罗摩相比，悉多则是一个贤淑忠贞的女性典范，千百年来深受印度人民和各国读者的喜爱。她美丽、智慧，深明大义，富有独立的人格魅力。她"不要王位和王国，不要天堂的欢乐"，甘愿同罗摩在荒林中共度时光，每当罗摩动摇和软弱的时候，悉多总是为他鼓起坚持下去的勇气。她对爱情忠贞不渝，在被暴虐好色的妖魔罗波那劫走、囚禁时，仍对罗摩一往情深。她面对金银财宝和王后宝座的引诱毫不动心，并严厉斥责十首魔王，警告他不准碰自己一下。正像她掷地有声地吟唱的那样："除非月亮的光离开月亮，我才离开丈夫。"史诗中的"悉多之歌"就是一首不畏强暴、传诵千古的爱情之歌："我忠于我的丈夫罗摩，他像大山那样屹立坚挺；他又像伟大的因陀罗，像大海那样毅然不动。"在十首魔王被消灭、悉多和罗摩终于重新团聚后，为了消除丈夫对自己贞洁受损的怀疑，她义无反顾地跳进熊熊烈火，以证明自己的清白无瑕。当反复无常的罗摩再次被谣言所惑，将已有孕在身的悉多遗弃在恒河边的森林中后，她默默地在静修林里度过了十几年孤寂的岁月。最终，面对罗摩的无情无义，她不惜纵身投入大地母亲的怀抱。在对待爱情上，与软弱无信的罗摩相比，刚柔相济的悉多迸发出更耀眼的光芒。悉多的一生充满了悲苦，如果说罗摩是史诗作者心目中理想的统治者，那么悉多身上则不但显示了印度妇女的美丽与哀愁，更体现了女性在古代印度社会中不平等的地位和角色特征。

除了男女主人公外，罗什曼那和神猴哈奴曼的形象也塑造得非常成功，而一些次要人物尽管所占篇幅不多，也被描绘得栩栩如生。如第二篇《阿逾陀篇》，写到老王听到小王妃提出流放罗摩、让婆罗多即位"都要在今天实现"时，"他望着她，像吓昏了的小鹿望着母老虎"，寥寥数笔，就逼真地勾勒出老王的软弱无能和王妃的骄横无理。

《罗摩衍那》艺术上的成就，还特别体现在对自然景物的描写上。史诗善于通过自然景物衬托出人物的思想感情，处处可见情景交融、细腻生动的描绘。如在悉多被劫前后，罗摩眼中的自然景观在史诗作者笔下呈现出完全不同的面貌："悉多，你看呀！四面八方，开满繁花的树火一般灿烂，金输迦树驮着自己的花朵，在这春天里像是戴上花环。""闪电靠在黑色的云边，它好像在那里颤抖震动，我仿佛看到贞静的悉多，颤抖在罗波那的怀中。"这种自然书写的变化，堪称主人公"移情"作用的典范。

《罗摩衍那》的语言生动流畅，充满丰富多彩的比喻，既有美感，又适合叙事抒情。比如对悉多的描写，她"美如荷花、闪着金光，就像那明亮的闪电进入黑色云层一样"，"她的那一些首饰，颜色像火光闪烁；叮叮当当落在地上，像群星自天空下落"。

《罗摩衍那》被印度人民称为"最初的诗",在印度文学发展史上起到了承前启后的重要作用,具有不可替代的地位。近两千年来,《罗摩衍那》一直被印度人民不断地广泛传诵,不但深深影响着人们的道德、宗教和审美观念,还惠及诗歌、戏剧、舞蹈、雕塑、绘画等各个艺术领域。史诗的故事和人物,很早就开始传入南亚和东南亚各国,当史诗在近代被翻译成欧洲诸种语言后,更以其特有的魅力,将东方文学之美呈现在西方读者面前。罗摩的故事也随佛经一起传入中国,在藏族、蒙古族乃至汉族的某些文学作品或宗教文献中都能找到《罗摩衍那》的痕迹。正如这部史诗第一篇第二章中的诗句所预言的:"只要在这大地上,青山常在水长流,《罗摩衍那》这传奇,流传人间永不休。"

第三节   古希腊史诗与戏剧

一、荷马史诗

(一) 荷马的生平与创作

荷马是公认的欧洲最早和最伟大的诗人。关于他确切的生卒年月,他的生平,甚至是否确有其人,由于时代久远,实际上已无从查考。

关于荷马的出生时间,从来没有定论,但多数学者认为荷马生活在公元前11世纪到前10世纪之间,也有学者认为荷马生于公元前9世纪到前8世纪之间。最早记载荷马的著作是希罗多德的《历史》,他在书中认为,赫西俄德与荷马的时代同他的时代相距不会超过400年,据此推断荷马大约生于公元前850年。

关于荷马的出生地,有七个城市声称荷马是在它们那儿出生的。但是在士麦那、罗得岛、科罗风、萨拉密斯、喀俄斯、阿耳戈斯和雅典这七座城市中,多数学者倾向于认为荷马可能出生于喀俄斯或士麦那,是爱奥尼亚人。"荷马"的原意是指"人质",并不是一个完整的希腊名字。在喀俄斯岛上,有一派被称为"荷马立达"的诗人保持着吟唱史诗的传统,把荷马认作他们的始祖,并继续用韵文叙述神和英雄的故事。《阿波罗颂歌》据说是荷马的诗歌,诗人要求诗中的少女听众当有人问谁是最好的歌手时,回答"是一位盲人,他住在岩石崎岖的喀俄斯岛上,他的诗歌异常优美、流传千古"。虽然后来的考证说这是一首伪作,但说明传统上认为喀俄斯是荷马的故乡。在士麦那,现在还有从古罗马时期遗留下来的荷马的木制雕像和祭祀荷马的祭坛,因此当地的人民相信荷马是在他们的城市出生的。荷马老来失明,死于雅典南部基克拉迪群岛的伊奥斯岛。

在历史传说中,荷马是一位盲诗人,他对民间流传的古代诗歌进行了加工整理,为后世留下了两部伟大的史诗:《伊利亚特》和《奥德赛》。根据古代资料,古希腊除了《伊利亚特》和《奥德赛》两部史诗而外，还产生过大量其他的史诗和诗歌作品，其中有些作品如史诗《忒拜》，也被认为是荷马所作，尽管后来有人对《忒拜》的作者是谁提出了争议，但是最初并没有人怀疑荷马是《伊利亚特》和《奥德赛》的作者。喀俄斯岛的希腊抒情诗人西蒙尼得斯（前556—前468）提到过荷马向斯忒西科讲述墨勒阿革洛斯怎样投掷标枪击败了所有的人。品达也有几次提到荷马，还提到荷马立达是编织诗歌的歌唱者。希罗多德、修昔底德、柏拉图、亚里士多德，以及亚历山大里亚的学者阿里斯塔科斯等，都认为荷马是《伊利亚特》和《奥德赛》的作者。荷马作品流传于世的也就是这两部史诗。

由于年代久远，缺少可信的历史资料，早在希腊的古典时代和希腊化时代，人们就因为《伊利亚特》和《奥德赛》的不同风格而怀疑两部史诗非一人所作。这就产生了与荷马身份以及两部史诗的著作权有关的争论，如荷马究竟是谁，作者是一人还是多人，史诗是何时、何地所作等，在19世纪和20世纪，这种争论尤甚。但没有分歧的是，大家都认为荷马史诗最初只是在口头流传，或者是由众多游吟诗人相互传唱，并没有固定的文本。荷马史诗的文本究竟在什么时候形成一直是一个存在争议的问题。一般认为，大约在公元前6世纪或更早一些的时候，最初由歌手吟唱，文人抄写，才形成最早的抄本。庇西特拉图是那个时期的雅典的僭主，因此历史上也有人认为是他组织人抄写和整理了荷马史诗，固定的文本就是从那个时候流传下来的。

荷马史诗不仅是后世诗人难以企及的文学范本，而且也是整个欧洲文学的源头。它不可能被重新创造，也不可能被遗忘。虽然有关荷马史诗作者问题的争论有可能还要继续下去，但是学者们一致认为，荷马史诗是作为一种伟大文学和伟大传统的体现和象征而存在的。荷马是否确有其人，是否为史诗的作者，或者只是一个作者群体的代表，这对于归在他名下的《伊利亚特》和《奥德赛》来说并不十分重要了。

（二）荷马史诗的基本内容

荷马史诗《伊利亚特》和《奥德赛》都以发生在公元前12世纪末的特洛伊战争为背景，前者叙述希腊人如何攻打特洛伊人的故事，后者叙述战后希腊英雄奥德修斯从海上漂流回家的传说。荷马史诗反映的时代始于公元前12世纪，止于公元前9世纪，共约400年时间。由于这个时期很少有其他的文字资料流传下来，唯一的史料就是荷马史诗，所以这个时代也被称为荷马时代。

荷马史诗是古代希腊最早的文学文本，采用六韵步扬抑抑格（也称六韵步长短短格）诗体写作，具有很强的节奏感。这种诗体通常被称为英雄格或史诗格，不押尾韵，属于无韵诗。荷马史诗最初只是通过口头流传，大多由游吟诗人在竖琴的伴奏下吟唱，这种吟唱决定了史诗的音乐性和节奏感。两部史诗各24卷，前者 15693 行，后者 12110 行。两部史诗是姊妹篇，如果对二者的内容和艺术风格加以分析比较可以发现，《奥德赛》是在《伊利亚特》之后产生的，是后者的续篇。两部史诗都描写与特洛伊战争有关的人物和事件，但是《伊利亚特》反映的是特洛伊战争本身，而《奥德赛》反映的是征战特洛伊的英雄奥德修斯在战争结束后的回国经历，同时又通过对这个人物的叙述把史诗同特洛伊战争连接起来。

特洛伊战争的起因与赫拉、雅典娜和阿芙洛狄忒三位女神争夺金苹果的希腊神话有关。爱神阿芙洛狄忒许诺帮助特洛伊王子帕里斯获得世界上最美的女人，于是帕里斯把金苹果判给了阿芙洛狄忒，但也因此得罪了另外两位女神，导致她们后来在特洛伊战争中帮助希腊人。在爱神的帮助下，斯巴达国王墨涅拉俄斯的妻子、全希腊最美的女人海伦跟随帕里斯来到特洛伊，做了帕里斯的妻子。帕里斯的行为触怒了希腊人，导致希腊各个部落联合起来组成一支 10 万人的大军，聚集了 1000 多条战船，推举迈锡尼国王阿伽门农担任联军的统帅，为夺回海伦渡海远征特洛伊，一场旷日持久的特洛伊战争爆发了。天上的众神分为两派，各助一方，赫拉、雅典娜等帮助希腊人，阿波罗、阿芙洛狄忒等庇护特洛伊人。战争进行了 10 年，希腊联军始终未能攻克特洛伊，最后伊塔卡国王奥德修斯设下木马计，希腊军队假装撤退，留下一匹暗藏伏兵的大木马。特洛伊人把木马作为战利品运入城内，晚上伏兵打开木马暗门而出，同返回的希腊军队里应外合，终于攻克了特洛伊城。

《伊利亚特》没有系统地叙述特洛伊十年战争的全部过程，只是集中笔墨描写了战争结束前一段时间内发生的事情。它描写了 4 天的战争和 21 天的埋葬仪式，再加上没有事件发生的 26 天空虚时间，一共仅有 51 天。史诗以"女神啊，请歌唱佩琉斯之子阿基琉斯的致命的愤怒"开头，接着叙述希腊联军主帅阿伽门农同主将阿基琉斯在如何处理被俘的祭司女儿的问题上发生的争吵，阿基琉斯愤而退出战斗，特洛伊人在赫克托耳的率领下乘机进攻，希腊联军接连惨败。阿基琉斯不肯同阿伽门农和解，他的朋友帕特洛克罗斯借了盔甲假扮阿基琉斯上阵，被赫克托耳杀死。阿基琉斯重新上阵为朋友复仇，在决战中杀死了赫克托耳。特洛伊老王向阿基琉斯求情，阿基琉斯准许他赎回赫克托耳的尸体，全诗在赫克托耳的葬仪中结束。史诗没有叙述决战后的战争部分。在古代传说中，后来阿基琉斯被帕里斯射中脚踵而死，特洛伊城也被奥德修斯用木马计攻陷。希腊人毁灭特洛伊后，满载抢来的财富和奴隶返回故乡。

《奥德赛》叙述的是希腊英雄奥德修斯战后回家的故事。奥德修斯是木马计的设计者，他在海上漂流了十年，经过了种种磨难，终于回到了自己的故乡。根据故事情节的发展，《奥德赛》可以分为五个部分：第一卷至第四卷叙述奥德修斯的家庭状况和其子特勒马科斯离家寻父；第五卷至第八卷写奥德修斯离开女神卡吕普索住的海岛，从海上漂流到一个海岛上，被瑙西卡娅公主所救；第九卷至第十二卷，写奥德修斯在阿尔基诺奥斯的宫中追忆特洛伊战争后自己在海上漂流的经过；第十三卷至第二十三卷写奥德修斯回家复仇，父子夫妻终于团聚；第二十四卷写奥德修斯同求婚者家属的斗争与和解。

《奥德赛》叙述的故事有十年的时间跨度，但是史诗采用倒叙、顺叙和打破时间顺序前后穿插的方法，在叙述结构上表现出高超的艺术技巧。史诗叙述许多希腊英雄在战后回到了家乡，而奥德修斯却漂流到女神卡吕普索的岛上，被女神留住。这时奥德修斯远在伊塔卡的家中也发生了一连串事件。100多个贵族子弟聚集在他的宫中，逼着他的妻子佩涅洛佩改嫁。奥德修斯的儿子特勒马科斯见此情景，决定出门寻找父亲。在奥德修斯被卡吕普索留作丈夫七年时，宙斯决定放他回家。奥德修斯造了一只大船，带上食物驾船回家。但是波塞冬不想让他顺利回家，掀起大浪打碎了他的航船。奥德修斯在女神伊诺的帮助下漂流到费埃克斯人的国土，被瑙西卡娅救入宫中。阿尔基诺奥斯国王热情款待了奥德修斯，又请他听盲歌手歌唱特洛伊的故事。奥德修斯听了歌唱伤心落泪，暴露了自己的真实身份，于是在国王的请求下开始讲述自己的冒险故事：他和同伴们到过洛托法戈伊人的海岛，岛上有一种甜美的洛托斯花，吃了就不想返回家乡。他们曾经被独目巨人抓进山洞，后来藏在羊群腹下才得以脱身。在基尔刻的海岛，奥德修斯救出了被基尔刻用魔法变成猪的同伴，游历了冥府，见到了自己的母亲和许多神界与人间的人物，还听了先知的预言。他让划船的同伴堵上耳朵，再让同伴把自己捆绑在桅杆上，通过这种办法欣赏了塞壬女妖的迷人歌声。由于宰杀了日神的牛群，他们受到神的惩罚，船只被风浪打碎，所有同伴都葬身海底，只有他幸免于难。听了奥德修斯的故事，所有的人都深受感动，于是国王送给他许多礼物，帮助他返回故乡。奥德修斯回国后先是扮作乞丐，悄悄地同儿子见面，一起制订了打击妻子的那些求婚者的计划。在举行宴会时，奥德修斯父子用比赛射箭的机会杀死了所有的求婚者，惩罚了背叛主人的奴隶，夫妻终于团聚。最后在天神的调解下，奥德修斯放弃了向求婚者家属复仇的计划，和他们订立了和平盟约。

（三）荷马史诗的时代特征和生活形态

荷马史诗是古代希腊从原始公社制向奴隶制过渡时期的艺术产物，极其广泛而生动地反映了这一时期希腊社会的政治、经济、军事、文化、艺术等方面的情况，成为后人了解古代希腊社会最直接最珍贵的史料。

两部荷马史诗都是围绕特洛伊战争展开叙述的，而关于这场战争，19世纪末叶以前人们只是把它作为一个传说，并未认识到这场战争是真实存在的。荷马在史诗中描写的克里特岛和迈锡尼王国的社会生活人们也知之甚少。19世纪后半叶，崇拜荷马和熟读荷马史诗的德国学者谢里曼（1822—1890）相信古代历史上的确存在这场战争，他来到小亚细亚海岸寻找特洛伊城的遗址。通过艰苦的努力，他发掘出这座在战争中被希腊人焚毁的古城遗址，创造了人类考古史上的奇迹。考古发掘让谢里曼坚信，荷马描写的阿伽门农也是历史上的真实人物，古代希腊一定存在着荷马所描写的高度繁荣的迈锡尼和克里特文明。后来，谢里曼在迈锡尼发掘出了阿伽门农的陵墓和迈锡尼王宫，证明了迈锡尼文化的存在。陵墓的壁画印证了《伊利亚特》第十八章对阿基琉斯盾牌的描写，在富丽堂皇的盾牌上，赫菲斯托斯绘有星空、大地和海洋。谢里曼还找到了同荷马的描写一样的涅斯托尔酒杯：酒杯有四个提耳，每个提耳上有一对金制的鸽子，下面有支撑的长柄。

继谢里曼之后，英国考古学家伊文思根据荷马史诗的指引来到克里特岛，寻找荷马描写的历史遗迹。荷马在《奥德赛》中歌颂克里特是"富庶、美丽、肥沃的岛"，位于"酒绿色的海的中央"，"居民稠密"，有90个城市，最大的城市是克诺索斯。荷马还说那儿住着许多种族，讲各种不同的语言。迈锡尼岛上的考古发现证明了希腊文明是从克里特文明而来。在《奥德赛》里，荷马叙述奥德修斯漂流到费埃克斯岛时，描写的岛上宫殿就是历史上的米诺斯王宫："从宫门到内庭，到处都是铜墙，墙顶都雕刻着绀青的带状装饰。金门深锁着华宫，门口高耸着银柱；银制的横楣，金制的门把手。门的两边各有一只用黄金和白银制成的看门狗，无声无息，从不吠叫，那是赫菲斯托斯鬼斧神工的杰作，造来看护这座巨大的宫殿。宫殿内从左到右，从宫门到深院，靠墙摆放着一排座椅，上面罩着妇女们用巧手精心织成的布。"诗人的歌唱无疑含有文学的夸张，然而这种夸张是以客观现实为基础的。伊文思在克里特岛发现的米诺斯遗址，证明克里特文明是欧洲文明最早的源头。

荷马史诗中有很多反映迈锡尼生活形态和社会制度的吟唱，是对迈锡尼文明遗迹的唯一的文字补充资料，而文明遗迹的再现又印证了荷马史诗的真实性。根据荷马史诗的描述，古代希腊社会的组织细胞是氏族，由氏族结成胞族，由胞族结成部落，由部落结成部族。希腊远古的部落带有军事和宗教的性质，是一种顽强而独立的社会组织，部落领袖是选举出来的军事首领，身兼祭司和领袖之职。他有司法权，根据风俗习惯裁决诉讼，主持全部落的祭礼。但他没有行政和立法的权力，部落中的最高权力属于民众大会，一切重大问题都要在民众大会上讨论决定。在《伊利亚特》第二卷里，荷马描写了阿伽门农召开民众大会决定继续攻打特洛伊还是撤退的情景：

> 手里拿着赫菲斯托斯造的王杖
> 他们集合了，麇集的人群一片纷乱；
> 将士坐下时，大地在他们的脚下呻吟，

会场上喧嚷阵阵。九个传令官大声
制止他们喧哗，要他们安静地聆听
宙斯养育的国王讲话。士兵坐好，
在座位上面控制自己，不再叫嚣。
阿伽门农站起来，手里拿着权杖，
那是赫菲斯托斯为他精心制造。

　　在《奥德赛》里，荷马描写过特勒马科斯在伊塔卡召开的同样的民众大会，民众大会上都是由德高望重的老人最先发言，这些老人发挥咨询作用。荷马史诗中的皮派洛斯国王涅斯托尔就是一个氏族长老的典型。

　　荷马史诗显示了当时军事民主制下的军事首领还没有变成现代意义上的国王和奴隶主，他们同样参加劳动。例如，奥德修斯的婚床是他自己做的，他的妻子佩涅洛佩在家里纺纱刺绣。岛国公主瑙西卡娅到河边洗衣，王后在宫里纺线等。尽管如此，在荷马史诗的描述中，可以看到古代希腊的氏族社会已经开始分化，军事首领在氏族公社中有着超越常人的地位，出现了以拥有土地和畜群为主要特征的私有财产。他拥有"广大的土地，美丽的葡萄园和麦浪翻滚的耕地"。在诗中，荷马通过阿基琉斯盾牌将贵族富庶庄园描绘为麦地、牧场和葡萄园三部分：麦田肥沃、松软，犁过三次；牧场上牲畜成群；葡萄园宽敞奇妙，果实累累。田地里农夫在犁地，地里还有割麦人。田主手持棍棒，监督指挥着田间的劳作。这就是当时贵族庄园的艺术写照。

　　荷马史诗对古代希腊的生产力情况也有所反映。在《伊利亚特》和《奥德赛》中，荷马多次提到灌溉，把阿基琉斯比喻成灌溉车向百花盛开的园中注下的急流。荷马使用的许多比喻也取材于农业生产。由此可见，农业是古代希腊的经济基础，农业生产因而受到高度的重视，即使是贵族，也从不轻视从事农业生产的各种技艺。奥德修斯漂流到了阿尔基诺奥斯国王的岛国，为了显示自己的体力和本领，他提出的方法就是比一比犁地、割草和割麦的技术。

　　荷马史诗还描写了当时的文化生活。在古代希腊，主要的文化活动是游戏和体育竞技，如竞走、格斗、掷铁饼、摔跤、跳高、赛跑、酒宴、弹奏乐器、舞蹈等。人们的生活丰富多彩，自由欢乐。

　　为了更好地满足生活的需要，荷马时代的商业有了很大发展。例如，为了获取商品，墨涅拉俄斯"带着船舶漫游在讲着不同语言的国土，他搜集了异乡的习俗，赚取了大量的黄金"。在商品交换中，牡牛和贵重物品如青铜、铁片、斧头等，充当了交换中使用的货币。职业商人也已经出现了，例如对伊阿宋的儿子欧涅俄斯经商情景的描写：

运酒的船只从勒蒙诺斯来到岸边，

整个船队都满载着美酒。

……

他送给阿伽门农一千升美酒，

又向墨涅拉俄斯送了同样数目，

得到许可，舰队才能开始交换，

有人换了铜，有人换了发亮的铁，

有人换了皮革，有人换了牛，

也有人换了奴隶。

奥德修斯为了交换商品，就找一些知心朋友装上九大船货物远航埃及，他们在埃及劫掠居民的良田，抢劫妇女和孩子，这说明随着财富的增长，当时的自然经济和族长式生活方式遭到了破坏。奥德修斯假扮外乡人同他的妻子佩涅洛佩说："我还注意到，他身上穿的衬衫非常光滑，轻细有如干了的葱皮那样，而且像太阳一样发出光辉。"荷马描写的"轻细有如干了的葱皮"一样的衬衫，很有可能就是在当时商业迅速发展的过程中从中国输入的丝织品。

荷马史诗还描写了当时出现的贫民阶级。由于征战杀伐和苛捐杂税的负担，一些人贫困了，破产了。乞丐数量的增加证明了自由民社会经济地位的恶化。在荷马的描述里，一部分贫民变成了乞丐，疲惫憔悴，流离失所，手持拐杖，背着行囊，在村落城市流浪，沿门乞讨，景状十分悲惨；一部分贫民变成了苦工，地位卑贱，条件恶劣。社会的分化促进了手工业的发展，冶金业最先从农业中分离出来。《伊利亚特》描写的赫菲斯托斯打造阿基琉斯盾牌就是当时手工业发展的艺术再现。风箱煽起熊熊的炉火，那位神匠轻敲重打，熔炉里炼着铜、锡、金、银、铁，武器作坊制造盾牌和盔甲。这时候，希腊社会中出现了铁匠、木匠、皮革匠、纺织工、歌手、医师等民间艺人。

在荷马史诗里，荷马还描写了刚刚从氏族社会中产生的奴隶制。当时奴隶的来源主要是战俘。荷马时代的英雄们四处掠夺，一方面要获得粮食和牲畜，另一方面也要获得奴隶。人一旦沦为奴隶，就变成了主人的私有财产，主人有权自由处理这些奴隶，甚至可以杀死他们，所以奥德修斯回到故乡后处死了许多奴隶而不怕遭到谴责。奴隶也可以通过买卖获得。在《伊利亚特》中，伊阿宋的儿子欧涅俄斯经常带着酒、牛、皮革、铜、铁同在特洛伊作战的阿开奥斯人交换奴隶。奴隶是当时的主要生产力，荷马提到了牧牛奴、牧猪奴、牧羊奴、耕奴等。在阿尔基诺奥斯、奥德修斯以及其他氏族首领的家庭纺织作坊里，劳动的工人大多是女奴，她们有的使用手摇的磨面机，"磨着金黄色的麦子"，有的纺着线，坐在织布机旁织布。女奴隶们充当着熟练的技师，纺织精细的、结实的布，以供那些爱好东方艺术趣味的主人享用。

（四）荷马史诗中的人物形象

荷马史诗不仅全面地反映了古代希腊的社会生活，而且还创造了鲜明生动的古代社会的人物形象，赞美了人民勇敢、正义、无私、勤劳等品质。荷马史诗中的形象大致可以分为五类：英雄形象、天神形象、妇女形象、奴隶形象、魔怪形象。

荷马史诗中最重要的形象是英雄的形象。荷马以其高超的艺术手法，塑造了一系列高大伟岸的英雄形象。在《伊利亚特》里，荷马塑造的是叱咤风云、英勇善战的英雄群像；在《奥德赛》里，荷马塑造的是一个智慧超群、坚毅勇敢和情感丰富的英雄典型。荷马歌唱的英雄都是氏族社会向奴隶制社会过渡时期的人物，都有其丰富的个性特征和时代特点，反映了古希腊人民崇高的英雄主义和集体主义精神。他们身上既体现了与部落集体命运休戚相关的高度责任感，也体现了氏族贵族和早期奴隶主的个人意识。

《伊利亚特》中的主要人物阿基琉斯是典型的个人主义英雄。他的性格特征是勇武、暴躁、易怒。作为原始时代的英雄，他有雄健的体魄、高强的武艺，是希腊联军中最勇敢的大将。当他像可怕的战神一样出现在战场上时，特洛伊最勇敢的英雄赫克托耳都吓得转身逃跑。荷马把他们之间的战斗比作山鹰追鸽子，猎犬追小鹿，甚至连战神也看得呆了。阿基琉斯直爽、粗犷、锋芒外露、嫉恶如仇，在战场上浴血奋战，对特洛伊人痛下杀手。他敢于反抗强暴，不畏权威，公开怒责阿伽门农的私心。他富于正义感，爱好荣誉，忠于朋友，为朋友帕特洛克罗斯报仇雪恨。他任性、执拗，为了个人利益而不顾全体希腊人的利益，拒绝参加作战，造成希腊人在战斗中失利。他还表现出残酷和善良的双重性格特征，如杀死赫克托耳后把他的尸体拖在战车后泄愤，而后又同意普里阿摩斯老王赎回尸体，支持受迫害的祭师及其女儿。但是，阿基琉斯最突出的特点是他易怒的性格特征。他是一个生动具体而又真实的伟大英雄的典型。

《伊利亚特》中的另一个主要人物是赫克托耳，他是集体英雄主义的典型。他对自己的国家怀有深厚的感情，对集体的利益有着高度的责任感。虽然他预感到自己的城邦将在希腊军队的进攻下陷落，预感自己将要在战场上被阿基琉斯杀死，预感到自己的妻子将要沦为奴隶，但是为了整个部族的利益，为了全城人的生死存亡，他毅然出战，不畏牺牲，直到战死。赫克托耳高度的集体主义精神和爱国主义精神在他上阵前同妻子诀别的一幕中得到了充分的表现。赫克托耳的感情比其他的英雄更丰富，更有人情味。在出战之前，他仍然深情地关心着自己的妻子和儿子。当他出战时，宫女们都哭了。当他同阿基琉斯战斗时，他年迈的父母站在城墙上恳求他回到城里去，但是他为了个人荣誉和集体安危继续战斗，最终被阿基琉斯杀死。他死得惨烈悲壮，为特洛伊人作出了牺牲，连宙斯也为他而难过，所有的特洛伊人都为他痛哭，全城为他举哀。在荷马史诗的所有人物中，他是一个富有悲剧性的英雄。

奥德修斯是荷马史诗中的智者形象，其主要特征是机智和刚毅。在海上十年漂流的旅程中，他凭借自己的智慧和勇敢战胜了无数的艰难险阻，终于回到故乡同亲人团聚。他足智多谋，敢于斗争。在误入巨人的洞窟之后，他用甜酒把巨人灌醉，刺瞎了巨人的眼睛，逃脱了巨人的魔掌。在经过塞壬岛的时候，奥德修斯用蜜蜡把伙伴们的耳朵塞起来，把自己绑在桅杆上，既欣赏了塞壬女妖的美妙歌声，又带领同伴们摆脱了灾难。在与求婚的贵族子弟斗争时，他计划周密，暗设巧计，装扮成一个命运不济、年岁老迈的乞丐，凭借智慧取得了斗争的胜利。他对自己的故乡和部落集体怀有深厚的感情，认为"任何东西都没有故乡和父母那么亲密，即使我身在富饶之邦，也不能不怀念自己的祖国"。他对妻子和儿子一往情深。女神卡吕普索的身材容貌胜过他的妻子，但他对女神说："尊贵的女神，请你不要为这件事生气；这一切我自己也晓得；聪明的佩涅洛佩在身材和容貌上都比不过你；她不过是个凡人，你却长生不老。可是我还是天天怀念，想要回家，想看到还乡的那一天。"他身上除了氏族社会贵族英雄的特征而外，也表现出早期奴隶主的特征，为人狡诈，心胸狭窄，残酷凶狠，私有意识明显。当他被朋友送回故乡，下船时也要仔细检查财物，查对数目，怀疑送他的朋友偷他的东西。他对帮助过求婚者的奴隶实行野蛮的杀戮，十分残忍。

荷马史诗中还描写了众多其他的英雄人物，如刚愎自用的阿伽门农、英勇无敌的埃阿斯、勇气过人的帕特洛克罗斯、德高望重的涅斯托尔等，他们都是性格鲜明、高大伟岸的英雄形象。

天神的形象在荷马史诗中占据着重要地位。天神是史诗中众多人物中的一部分，如希腊人的保护神智慧女神雅典娜、海神波塞冬、爱神阿芙洛狄忒、太阳神阿波罗、战神阿瑞斯、神王宙斯等，都是荷马着力描写的天神形象。在荷马史诗里，天神具有概念化和人格化的特点。天神飘荡在诗与现实之间的神奇光辉里，他们具有现实生活中的人物一样的完整形象，但又不完全像现实生活中的人物，他们显现了一种既是神又是人的天真形象。天神属于类型化的人物，他们的出现为史诗增加了欢乐和幽默的气氛，使古老的史诗变得更加完美。

荷马在史诗中描写了一系列远古时代的优秀妇女形象，如安德洛玛刻、佩涅洛佩、瑙西卡娅等。安德洛玛刻充分表现出一个温柔女性的情感特征，丰富的内心世界得到了深刻的展示。由于她的不幸命运和痛苦的感情带有悲剧特征，所以后来她又成为悲剧诗人欧里庇得斯描写的典型。佩涅洛佩贤淑稳重，对丈夫忠贞不渝。她为了应付求婚者的纠缠，假装答应求婚者把一匹布织完就决定自己的婚事，但是她白天织布，晚上又把布拆掉，坚持了三年，表现出了她的机智和忠贞。瑙西卡娅是一个岛国的公主，天真纯洁，美丽善良，是一个童贞女形象。她在海边看见遇难的奥德修斯，把他带回宫殿，介绍给自己的父母。由于她的帮助，奥德修斯最后终于返回到自己的故乡。

荷马史诗中还描写了一群奴隶的典型，重点描写他们的生活情景，揭示了他们的性格特征，如热情善良并对主人忠心耿耿的牧猪奴尤迈奥，不畏强暴、敢于指责贵族的牧牛奴菲洛提奥斯等。史诗中可见荷马在描写奴隶时，明显地带有奴隶主的思想意识。此外，荷马史诗中还描写了一系列魔怪的形象，这些形象都来自希腊的神话和传说，都是人类与之搏斗的大自然的人格化体现。魔怪的形象和外在表现各不相同，如形体高大、性情残忍的独目巨人，外形似鸟、以歌迷人的塞壬女妖，长有12只脚和6个颈的恶怪斯库拉，每天都要把海水吞进吐出三次的可怕怪物卡吕布狄斯。这些出于古代希腊人想象的魔怪，从反面衬托了英雄的伟大和智慧。史诗中描写的英雄对魔怪的胜利，代表着人类对大自然的胜利。

《伊利亚特》格调激越悲壮，具有阳刚之美；《奥德赛》格调幽静平实，具有阴柔之美。荷马史诗作为人类童年时代的杰作，永远保持着"儿童的天性"中的纯真，显示出"永久的魅力"。[①]

二、希腊戏剧

（一）希腊戏剧的起源及艺术特征

古希腊戏剧主要包括三类，即悲剧、喜剧以及作为演出余兴的萨提儿剧等。其产生与葡萄等农作物收获季节的宗教祭祀、歌舞聚会关系密切。

1. 希腊悲剧

大约在公元前5世纪，"悲剧"一词开始在雅典用来指称在戏剧节上表现不幸和苦难的戏剧。在祭祀酒神的活动中，参加祭祀的人身披羊皮装扮成酒神的随从萨提儿（半人半兽的森林之神），组成颂神的合唱队。由于萨提儿的半人半羊形象，因此悲剧最初与山羊有关。"Tragos"一词是山羊的意思，"Tragikos choros"指的则是山羊合唱队，而Tragoidia（悲剧）一词最初的意义就是山羊之歌。在酒神祭祀活动中，祭祀的仪式中还保留着许多远古的残余，如在清脆的长笛和低沉的羯鼓声中狂舞，杀牲献祭，饱餐生肉等。从公元前7世纪起，许多城市都开始举行酒神祭。在雅典，酒神祭由国家负责组织，因此，当时对酒神的崇拜就变成了对国家的崇拜。当时的伯罗奔尼撒北部有许多山羊合唱队，这些合唱队歌唱的主

---

① 《马克思恩格斯文集》第8卷，人民出版社2009年版，第36页。

题大多是酒神或古代英雄所遭受的苦难。

由身披山羊皮组成的歌队在祭祀酒神时唱的颂歌，最初既没有音乐性的变化，也缺乏戏剧的艺术性。从公元前 6 世纪开始，山羊合唱队开始向戏剧发展。在公元前 6 世纪中叶，据说希腊的悲剧演员忒斯庇斯（Thespis，thespian 在现代用语中意为悲剧演员）为了让跳舞的人歇息，改变了娱乐的方式。他最早将主要演员从合唱队里分离出来，从而建立起个人表演的概念。他同合唱队之间的相互问答演变成对话，从而构成了戏剧的基本元素。公元前 5 世纪，悲剧作家埃斯库罗斯增加了第二个演员，后来悲剧作家索福克勒斯又增加了第三个演员。虽然希腊戏剧里的主要演员从来没有超过三个，但是只有一个演员担任主要角色，其他的演员都担任次要角色。

"演员"一词的希腊文是 Hypocrites，原意是"答话人"。诗人实际上就是演员，他需要有人来对自己的提问作出回答，从而把自己的独白变成对话，这时合唱队在戏剧中的作用就充分显示出来。诗人把合唱队分为两组，第一组的歌队长充当了向诗人作出回答的人。旧时完整的合唱队拥有 50 个舞蹈演员和 1 位诗人。即一出悲剧的全部人马应有 48 名舞蹈演员，2 名回答的人，1 名诗人。合唱队后来减至 12 人，最后又增至 15 人。合唱队常用的形式是先由一半的合唱演员从右向左舞动并歌唱，然后再由另一半的演员从左向右舞动作答，最后双方一起合唱终曲。合唱队的演员不戴面具，面向剧中人物而背向观众。合唱队通过歌唱和舞蹈参与演出，安慰剧中人物，对剧中事件发表感想，代表诗人发表政治见解，烘托气氛。合唱队的作用相当于一个演员，它的活动是整个悲剧的一部分。

希腊悲剧都有固定的结构形式，即开场、入场、插曲、退场。戏剧开场时由主要演员朗诵开场白。开场白的功能是将场景和剧情安排在戏剧框架里，是全剧不可缺少的一部分。入场即合唱队的入场，接着便是通常的三场戏，最多可达七场。插曲属于悲剧的两个合唱曲之间的部分，这时有新的合唱队演员进入。退场即结束演出，全体演员从舞台上离去，这同意大利歌剧十分相似。由于雅典民主政治的兴起以及人们对音乐兴趣的加深，公众的音乐修养和鉴赏能力大为提高，普通合唱队的歌曲丧失了对公众的吸引力，所以音乐在埃斯库罗斯和索福克勒斯的戏剧中，其作用日益减小。到了欧里庇得斯时代，悲剧中的音乐又发展起来。悲剧中回答问话的人都是训练有素的歌手，在剧中有许多独唱的颂歌。古希腊悲剧的特点是把表演、舞蹈和歌唱融合在一起，因而更接近歌剧而不是现代戏剧。

在埃斯库罗斯的悲剧中，剧场的道具也逐渐得到发展，开始使用剧场装饰、面具、高低靴、飞行装置、雷声装置和其他器械，演出的场所也有了发展。最初在举行酒神祭祀仪式时，参加祭祀的人只是环绕在设置于山坡上的祭坛周围，这种在斜坡上环绕祭坛而立的最初形式是希腊圆剧场的起源。希腊戏剧后来的演出场所始终保持着这个半圆形的特点，在山坡上露天而建，没有屋顶和帷幕，只有一大片空旷的场地。剧场主要分为观众场、歌队场和前台三个部分。观众场就是山坡上的半圆形空地；歌队场最初是演员的场地，后来变成了歌队站立的地方；前台是悬挂剧场装饰和演出的场所。古希腊的剧场按照能让尽量多的观众观看演出的原则设计，剧场的容量很大，能容纳数万名观众。

悲剧是在酒神祭祀仪式的基础上发展起来的，它描写荷马史诗中的神话和英雄传说的题材，丰富了表现主题。希腊悲剧具有高度的时代意义，它通过神话和英雄传说反映当时的社会现实，表现英雄人物的斗争，剧场成为民众发表政治见解的场所，多方面的主题在悲剧中得到表现，如伦理观念、命运观念、宗教信仰、民主制度、社会关系、国际与国内战争、家庭问题等。在古代希腊，悲剧已经成为社会生活的一部分，当时由国家负责安排酒神节的活动，组织戏剧演出和比赛，并给予获奖演员一定的奖赏。根据希腊历史文献记载，古希腊产生过大量的悲剧作家，但是只有埃斯库罗斯、索福克勒斯和欧里庇得斯有完整的悲剧作品流传下来，成为古代希腊戏剧遗产的代表。

2. 希腊喜剧

"喜剧"一词在希腊文里叫作 kōmōidía，由 kômos（狂欢游行）或 kómē（乡村）同 ōidé（歌唱）组合而成，意为狂欢歌舞剧。喜剧从祭祀酒神狄俄倪索斯的狂欢演变而来。古代希腊收获葡萄时节，农民化装为鸟兽，载歌载舞，狂欢游行。在古代希腊罗马，喜剧只是指称舞台上表演的结局圆满的戏剧。早在公元前 6 世纪初，希腊还有一种描写神话故事和日常生活的滑稽剧，实际上就是希腊喜剧的前身。

古希腊喜剧的发展经历了旧喜剧、中期喜剧和新喜剧三个阶段。旧喜剧大约从公元前 487 年的喜剧竞赛开始，雅典的执政官把喜剧表演正式定为城市酒神节的一部分，大约持续到公元前 430 年为止。在旧喜剧中，合唱队使早期喜剧具有了特定的形式和情调。合唱队演员穿着马蜂、群鸟和云神的服装，积极参与戏剧冲突，在情节的间隙中载歌载舞，唱着优美的或者色情的抒情诗，或是讽刺性的滑稽诗。在插曲中，他们作为诗人的喉舌，向观众直陈其词，或谈论治国安邦的良策，或介绍诗人的生平志趣，或为诗人捧场。旧喜剧是讽刺性的、政治性的、文学性的喜剧，同时也充满了幻想、讽喻、巧智和闹剧场面。旧喜剧时期有许多喜剧作家，对后世影响最大的是克拉提努斯、欧玻利斯和阿里斯托芬，但是只有阿里斯托芬有作品流传下来。

从公元前 404 年至公元前 338 年，是中期喜剧阶段。希腊喜剧发展到公元前 4 世纪，合唱队失去了它在戏剧上的或在诗歌方面的意义，变成了只是在情节发展间隙助兴的一群狂欢者。喜剧成了人生的画卷，反映的是人们生活中司空见惯的事件，如年轻的情侣怎样冲破重重障碍终成眷属，女子在被诱奸之后怎样遗弃了婴儿，后来又怎样凭着某些物证终于找到了自己的儿女。中期喜剧作家倾向于从当代的生活中发掘喜剧性素材，敢于打破旧喜剧传统的藩篱，重视情节的构思，但是不重视诗的形式。喜剧中的合唱队和插曲被缩减，酒神被忽略。喜剧注重日常生活中的语言和人物性格描写，喜欢用双关语、谐谑语，特别是谜语，对话灵活多变，简明扼要，通俗易懂。中期喜剧最著名的戏剧家是安提法涅斯和阿勒克斯，文献记载的著名喜剧有《财神》《醉汉》等。

从公元前 338 年至公元前 290 年，属于新喜剧阶段。新喜剧作家继承了前辈作家的传统，包括情节和技巧等方面的优点。例如米南德剧中诱奸和弃婴的情节就是从阿里斯托芬和欧里庇得斯那里借用的。新喜剧的情节往往包含有事与愿违的喜剧性嘲弄。例如，由于奸淫者的酩酊大醉，父亲的贫穷寒酸，母亲的忍辱偷生等，凌辱妇女和遗弃孤儿的残暴行径也被淡化了，得到了观众的同情和怜悯。新喜剧的结构都有圆满的结局，人物命运的转变往往由逆境转入顺境。新喜剧产生的社会基础也同样发生了变化，国家承担戏剧歌队的经费，取消了观剧津贴，因此看戏者大多是有闲阶层的人，穷苦的雅典人很少看戏。喜剧大多描写家庭生活和爱情故事，表现青年男女要求自由的愿望，一般不谈政治，不讽刺个人，淡化社会矛盾，把生活理想化。虽然新喜剧作家有 70 多人的名字流传下来，但是只有米南德有作品流传下来。米南德于公元前 322 年首次参加喜剧比赛，共写了 105 出喜剧，获得过 8 次奖，但只有两出完整的喜剧流传下来，即 1958 年发现的《恨世者》和《萨摩斯女子》。另外他还有一些流传下来的喜剧片段，如《公断》《剪发》等。

希腊最著名的喜剧作家是阿里斯托芬，其生平历史上没有确切的记载，据说生于雅典，父亲是一个小地主。阿里斯托芬在雅典受到良好的教育，爱好希腊文学，同希腊著名的哲学家苏格拉底和柏拉图建立了深厚的友谊。阿里斯托芬共写作喜剧 44 部，但只有 11 部流传下来，主要有《阿卡奈人》《鸟》《骑士》《和平》《财神》《马蜂》《蛙》等。阿里斯托芬用敏锐的眼光观察社会和生活，把雅典的政党、党派的纷争、以教育家自居的哲人和现实生活中的种种问题搬上舞台，用冷峻的态度加以分析，用辛辣的语言加以嘲讽。他的喜剧大都同当时的重大社会和政治问题紧密联系在一起，攻击权贵，抨击雅典的政治颓风，表现出民主倾向。他的代表作品是《阿卡奈人》和《鸟》，前者表达了反对内战要求和平的主题，后者是欧洲文学史上最早描写理想社会的作品，反映了自由农民的幻想。阿里斯托芬的喜剧在艺术上善于采用夸张的手法，塑造漫画式人物，以此增加喜剧效果。阿里斯托芬的语言朴实自然、诙谐生动，对后世喜剧作家有很大影响。恩格斯称他为"喜剧之父"，赞扬他是一个"有强烈倾向的诗人"[1]。

----

[1] 《马克思恩格斯文集》第 10 卷，人民出版社 2009 年版，第 545 页。

（二）埃斯库罗斯

埃斯库罗斯是古希腊阿提卡半岛埃琉西斯地区人，出生于古老的世袭贵族家庭，在成长过程中经历了雅典民主制动荡时期，他赞扬民主，反对暴政。公元前490年埃斯库罗斯参加了马拉松战役，其兄弟在这次战役中战死。埃斯库罗斯公元前484年参加戏剧比赛并首次获奖。公元前476年，他在色雷斯参战，后来写了反映这次战争的作品《吕枯耳戈斯三部曲》和《波斯人》。公元前470年，他出使西西里并在那儿写作了《埃特那妇女》。公元前468年，他在比赛中被索福克勒斯击败，再次来到西西里，于公元前456年逝世。埃斯库罗斯是古希腊悲剧的真正创始者，恩格斯称他为"悲剧之父"和"有强烈倾向的诗人"①。

埃斯库罗斯写有悲剧90部左右，但流传下来的只有七部：《乞援人》《波斯人》《七将攻忒拜》《被缚的普罗米修斯》及三部曲《俄瑞斯忒斯》。虽然三部曲《普罗米修斯》是埃斯库罗斯最重要的悲剧之一，但是《被释放的普罗米修斯》和《带火的普罗米修斯》这两部已经失传，只有一部《被缚的普罗米修斯》被保存下来。在这部作品里，普罗米修斯同情人类，不仅把天火偷来送给人类，而且把科学、文字、医药、占卜传授给人类，最后被宙斯用雷电劈死。普罗米修斯敢于反抗统治世界的强大暴君，是民主派的化身，被马克思称为"哲学历书上最高尚的圣者和殉道者"②。此剧主题崇高深刻，哲理蕴涵深厚，战斗激情昂扬。

三部曲《俄瑞斯忒斯》是埃斯库罗斯所取得的最伟大的成就，也是希腊悲剧中最成功的作品之一。悲剧分《阿伽门农》《奠酒人》和《报仇神》三部。《阿伽门农》叙述阿伽门农在特洛伊战后回到家中被其妻及奸夫谋害的经过；《奠酒人》叙述俄瑞斯忒斯为报父仇而杀母的故事；《报仇神》叙述俄瑞斯忒斯被复仇女神紧追不舍，按照神谕来到雅典向雅典娜求救，最终被判无罪。埃斯库罗斯通过古老的神话在悲剧中提出了一些重大的社会主题，如从母权制社会向父权制社会转变过程中出现的伦理和道德、正义和法律等方面的社会观念。在《阿伽门农》中，阿伽门农的妻子克吕泰涅斯特拉杀死了丈夫，她为自己的罪行辩护的理由主要有两个：一是阿伽门农杀了她女儿祭神，她要为女儿报仇；二是她跟被她杀死的男人没有血缘亲属关系，而只是一种婚姻关系，因此她没有犯罪。在《奠酒人》中，俄瑞斯忒斯杀死了自己的母亲，为父亲报了仇，但是却遭到复仇女神的追逐。《报仇神》是悲剧最重要的部分，它叙述了俄瑞斯忒斯在阿波罗的指引下来到雅典，向雅典娜寻求庇护。雅典娜成立了一个雅典法庭审判俄瑞斯忒斯杀母一案，并围绕此案出现了与法律、道德和社会正义有关的不同的思想观念。按照母权制时代

---

① 《马克思恩格斯文集》第10卷，人民出版社2009年版，第545页。

② 《马克思恩格斯全集》第1卷，人民出版社1995年版，第12页。

的观念，克吕泰涅斯特拉和阿伽门农没有血亲关系，因而她杀死丈夫是无罪的。而俄瑞斯忒斯同母亲有着血亲关系，因此他杀母是有罪的。但是在埃斯库罗斯时代，母权制已逐渐为父权制所取代，人们按照父权制时代的思想观念对俄瑞斯忒斯的罪行加以判断时，为父复仇而杀母的行为就变成了正义的行为，应该得到赦免。雅典娜作为理性的化身主持正义，坚决地站在父权制一边。最后法庭判决俄瑞斯忒斯无罪是父权制所取得的胜利，复仇女神的转变也表明母权制终于退出了历史舞台。巴霍芬认为，《俄瑞斯忒斯》三部曲"是用戏剧的形式来描写没落的母权制跟发生于英雄时代并日益获得胜利的父权制之间的斗争"[①]。雅典法庭的建立和对俄瑞斯忒斯一案的成功审判，表明一种以父权制为核心的新的秩序得到确立。

《俄瑞斯忒斯》的悲剧冲突是古代社会从母权制过渡到父权制时代初期两种制度发生矛盾冲突的反映。克吕泰涅斯特拉杀死丈夫阿伽门农，这在俄瑞斯忒斯看来是对父权制即男权的侵犯。在两种权力的斗争中，权力利益重于母子亲情。虽然儿子杀死母亲也包含有一个道德命题在内，但是这个命题却被更重要的权力问题掩盖了，因而在法庭的辩论中母亲的地位也就无足轻重了。

《俄瑞斯忒斯》以其伟大的悲剧力量表现出埃斯库罗斯的悲剧美学特征。它是一部崇高而壮丽的悲剧，场面庄严，情节紧张，在一阵阵呻吟叹息和由竖琴伴奏的唱曲中，观众的心受到了强烈的震动。悲剧的结构宏伟，超凡绝俗，显露出英雄的古风。剧中的人物形象鲜明生动，给人以强烈深刻的印象。埃斯库罗斯最先使用了布景、服装、高低靴等演出的道具和装置，使悲剧演出的场面更真实和壮观。他的词汇丰富，比喻广泛。埃斯库罗斯是对后世文学产生了重要影响的古希腊作家之一，马克思特别喜欢他的悲剧，对他有过十分精辟的论述。

（三）索福克勒斯

索福克勒斯生于雅典西北郊科罗诺斯乡，父亲是一个富有的兵器制造商。他幼年受过良好教育，在音乐和体育方面受过严格训练，16 岁时成为竖琴师，曾率领合唱队参加庆祝萨拉米斯战役获胜的演出。公元前 443 年，他就任雅典财政大臣一职，政绩显著。公元前 440 年，他被选为雅典十将军之一。公元前 413 年，他参加反民主的政变，被选为西西里战败后成立的十人委员会委员，审查提交给公民大会的提案，处理战败后的危机。公元前 411 年，有人控告他赞成寡头政治派限制公民权利的宪法，他为自己辩护，说是当时大势所趋，别无他法可取，因此被宣告无罪。公元前 406 年，索福克勒斯逝世，人们在他的坟头上安放了一个善于歌唱的人头鸟雕像。

索福克勒斯是雅典奴隶主民主政治繁荣时期的悲剧作家，被誉为"戏剧艺术

---

① 《马克思恩格斯文集》第 4 卷，人民出版社 2009 年版，第 20 页。

的荷马"。他的悲剧全面反映了伯里克利黄金时代的社会生活、风俗和观念,具有重要的社会意义和历史意义。他的悲剧对后世作家产生了重要影响,促进了欧洲现代戏剧的发展,加强了人们对悲剧美学的认识。公元前 468 年,索福克勒斯 28 岁时第一次参加戏剧比赛并获奖,一生共获奖 24 次。在 60 年的创作活动中,他共写作 130 部悲剧,但只有 7 部悲剧完整地流传下来,它们是《埃阿斯》《安提戈涅》《俄狄浦斯王》《厄勒克特拉》《特剌客斯少女》《菲罗克忒忒斯》和《俄狄浦斯在科罗诺斯》。其中最重要的悲剧是《俄狄浦斯王》。

《俄狄浦斯王》叙述了一个杀父娶母的骇人听闻的故事,在希腊悲剧中占据着特殊的位置。从表面上看,《俄狄浦斯王》写的是人的意志与命运的冲突,然而本质上反映的却是人类文明发展过程中所出现的伦理道德观念上的矛盾冲突,以及社会新秩序在逐步确立过程中所产生的一系列问题。俄狄浦斯逃避杀父娶母的命运,是因为当时新的社会伦理道德关系已经确立,并得到社会的认可和遵守,他要躲避自己破坏新的伦理道德关系的可能性。俄狄浦斯尽管竭力逃避可怕的命运,但还是犯下了杀父娶母的严重罪行,这说明当时已经建立起来的伦理新秩序并不是十分稳定的,仍然面临着遭到破坏的危险。伦理关系的确立也就是社会秩序的确立,俄狄浦斯的犯罪破坏了这种社会秩序,因此给整个忒拜城带来灾难。他要极力追查出破坏秩序的凶犯,这代表了当时人们希望维护伦理新秩序的决心。俄狄浦斯的悲剧说明,谁破坏了新的伦理关系和社会秩序,即使是无意的,也会给社会带来灾难,给心灵带来痛苦,要遭到严厉惩罚。

《俄狄浦斯王》在本质上只是一出伦理惨剧,源于人类文明发展过程中形成的伦理禁忌和俄狄浦斯不断强化的伦理意识。俄狄浦斯的伦理意识的核心是伦理禁忌,而在悲剧中伦理禁忌就是乱伦禁忌,由杀父和娶母两种禁忌构成。在古代希腊法律制度还不完善的时代,伦理禁忌可以看成是一种法律规定或一种道德准则,是约束人的行为的法律,整个社会都必须遵守。俄狄浦斯在无意中杀父娶母,犯下乱伦大罪,并导致忒拜发生瘟疫。为了寻找产生这场瘟疫的原因和消除瘟疫的方法,俄狄浦斯派克瑞翁前去阿波罗神庙求问。神示说这场瘟疫源于老王拉伊俄斯的被害,而消除这场瘟疫的方法只有一个,就是找出杀害拉伊俄斯的凶手,把他处死,或者放逐出境。这是拯救整个城邦的唯一办法。俄狄浦斯作为忒拜的国王和忒拜人民的保护人,他首先将要担负起自己的道德责任,这就是要同大家一起"为城邦、为天神报复这冤仇"。

为了找出那个杀害国王并导致忒拜灾难的罪犯,俄狄浦斯采用了向先知忒瑞西阿斯求助的方法。在俄狄浦斯的一再逼迫下,忒瑞西阿斯不得不指出俄狄浦斯自己就是凶手。悲剧终于揭开了事实真相,但同时也给俄狄浦斯带来毁灭性打击。一方面,他不明白自己为什么会犯下了杀父娶母的乱伦大罪,不理解自己为什么

"成了不应当生我的父母的儿子，娶了不应当娶的母亲，杀了不应当杀的父亲"；另一方面，他也对自己无辜而要承担责任感到不解。俄狄浦斯的乱伦不仅对人类的理性提出了挑战，而且还打乱了家庭和社会中的人际关系。正如俄狄浦斯在宫中寻找伊俄卡斯忒时出现的混乱那样，他是在寻找自己的妻子，还是在寻找自己的以及自己儿女的母亲？他永远也回答不了这个问题。因为这个有关人间伦理混乱的问题比斯芬克斯的谜语更难让人回答。但俄狄浦斯知道一个基本事实就是，他是一个犯下了杀父娶母的乱伦大罪的人。

俄狄浦斯的悲剧是人类在伦理道德建设进程中付出的惨痛代价，反映了古代希腊人伦理观念的演变过程。这出悲剧在当时的意义在于教诲，即用生活中的事实告诉人们乱伦将会带来怎样的严重后果，要求人们严格遵守这一禁忌。索福克勒斯极力渲染乱伦的悲剧性后果，其目的在于警示乱伦的禁忌是不容破坏的，乱伦是一种污染，是要被清除掉的。这出悲剧的意义不在于人无法逃避命运和命运的残酷性，而在于新的伦理道德关系遭到破坏给人所带来的灾难，社会秩序遭到破坏所带来的社会问题，说明了维护新的社会秩序和伦理道德关系的重要性。

（四）欧里庇得斯

欧里庇得斯出生于阿提卡东部的佛吕亚城，父亲出身中产阶级，是一个拥有土地的贵族。欧里庇得斯很早就醉心于哲学，深受当时进步思潮的影响，被称为"剧场里的哲学家"。他不太喜欢社交活动，很少在公共场合露面。他晚年反对雅典的对外政策，不为雅典当局所容，于是客居马其顿，得到礼遇。公元前406年，欧里庇得斯死于马其顿。他18岁开始创作，直到公元前445年才有机会参加戏剧比赛，但遭到失败。在他50年的戏剧生涯中，共写了92部戏，但仅有17部悲剧和一部萨提洛斯剧完整地流传下来。他得过4次一等奖，死后他儿子把他的遗著《伊菲革涅亚在奥利斯》和《酒神的伴侣》拿出来参加比赛，又获得过两次奖。

欧里庇得斯的一生经历了雅典民主制上升、繁荣和衰颓的时期，当时的各种政治和经济矛盾如奴隶主与奴隶之间的矛盾、新产生的城市富豪与贫民之间的矛盾、土地贵族寡头派与工商界民主派之间的矛盾、雅典集团与斯巴达之间的矛盾等，都不同程度地在他的悲剧中得到反映。他拥护民主政治，提倡民主精神，反对雅典对待盟邦的高压政策，谴责给人民带来灾难的战争。在《伊翁》中，他表达了同情奴隶的人道主义思想。在《请愿的妇女》中，他不仅主张要与斯巴达保持和平，而且还主张要同阿耳戈斯结盟。在《赫拉克勒斯的女儿》和《希波吕托斯》中，他宣扬一种乐观的爱国热情。欧里庇得斯突出地描写了妇女题材，对当时社会地位低下的妇女寄予了莫大的同情。在《特洛伊妇女》中，欧里庇得斯通过对安德洛玛刻、卡珊德拉等特洛伊妇女生离死别的描写，表现了特洛伊妇女在战争中所遭受的苦难。在《阿尔刻提斯》里，欧里庇得斯塑造了一个为了忠贞的爱情而敢于牺牲自己生命的妇女典型。在英雄时代和氏族社会解体的时期，母系社会的暂时存在维护了妇女的地位。但是到了公元前6世纪至前5世纪期间，私有制的发展最终形成以男人为中心的社会形态，妇女在家庭和社会中失去经济自主权和政治参与权，几乎和当时的奴隶差不多。欧里庇得斯通过古代的神话题材影射现实社会，通过家庭矛盾表现社会冲突，探索有关妇女的重大问题。欧里庇得斯悲剧中流露出浓厚的女权意识，是妇女权利的坚定维护者。

欧里庇得斯最著名的悲剧是《美狄亚》，它是西方早期典型的"社会问题剧"之一。这出悲剧取材于伊阿宋夺取金羊毛的神话。科尔喀斯公主美狄亚不顾一切地爱上了伊阿宋，和伊阿宋一起逃到希腊结了婚。伊阿宋图谋科任托斯国的王位，决意遗弃美狄亚，娶国王克瑞翁的女儿格劳刻为妻。美狄亚为了惩罚伊阿宋，就把染了毒药的新衣和皇冠作为礼物送给新娘，害死了新娘和新娘的父亲，又在痛苦中杀死了自己的两个儿子，以便使伊阿宋断子绝孙，然后自己乘坐龙车逃走了。

悲剧中的女主人公美狄亚是一个激动人心的人物。为了对伊阿宋的爱情，美狄亚背叛了自己的祖国和家庭，杀死了自己的兄长，同丈夫来到科任托斯。但是她没有任何政治、经济和情感上的保障。根据法律，当时与异国女子结婚是没有法律效力的，丈夫可以轻易遗弃妻子。她的保姆说："在痛苦的打击下，她这个可怜的人才认清了，失去祖国意味着什么。"她还要承受感情上和精神上的巨大痛苦，因为伊阿宋一直把她看成是一个没有开化的"蛮女"，觉得同她的婚姻不体面。在悲剧中，伊阿宋被描写成卑鄙的诡辩主义者和粗暴的利己主义者的典型。他不断为自己的背叛行为辩解，说他另结婚姻是为了保证美狄亚所生的两个孩子的地位，把自己打扮成美狄亚的恩人，振振有词地说他把美狄亚从蛮夷之地带到文明的希腊，让她有可能认识真理和享受法律。

在这出悲剧里，美狄亚为了复仇谋害了无辜的新娘并亲手杀害了自己的两个孩子。她复仇的原因是自己的权利遭到损害，复仇的目的是要让伊阿宋为自己的行为付出代价和受到惩罚。人们在对她的不幸遭遇表示同情时，往往不能宽恕她杀害亲生儿子的罪行。但是，她杀子的动机是出于复仇，而复仇方式和所能达到的效果却建立在她所处时代的伦理观念的基础上。作为一个孤立无援的弱女子，她复仇的能力十分有限。在她看来，要想最大限度地惩罚伊阿宋，就是杀死伊阿宋的儿子，也就是自己的儿子。由于父权制时代伦理观念的影响，子女同父母的关系除了自然的感情而外，更重要的是作为父亲的生命、权力、荣耀、地位和财产的体现存在的，尤其是作为父亲生命的一种延续存在的。因此，如果站在父权制伦理立场上，我们就容易理解美狄亚杀子复仇的行为了。

美狄亚是古代希腊社会中最早的知识妇女的典型。由于她具有丰富的知识，因此她就比其他任何妇女显得更有力量，给当时的男权统治造成威胁，让当时的统治者克瑞翁感到害怕。同时，她也因为自己比别人高明而招致诽谤、嫉妒、排挤。她遭到丈夫的遗弃和克瑞翁的驱逐，无路可走才采取极端的报复手段。因此，这出悲剧和欧里庇得斯的其他悲剧一起加强了有关妇女权利问题的主题。合唱队在剧中用充满感情的诗句唱道："神圣的河水在向上逆流。真理和所有的一切都颠倒了：奸诈成了男人的素质，再也不会有对神盟誓的信仰了。"欧里庇得斯甚至在悲剧中直接提出自己的观点："舆论今后定将把好名声引向我们的生活。荣誉属于女性的时代即将到来，刻薄的舆论将不再诬蔑妇女。"

这出悲剧在艺术上的最大特点是加强了情感和心理的描写。在古代希腊文学中，欧里庇得斯是最杰出的心理描写艺术大师。他对美狄亚杀害儿子时表现出来的复杂情感进行的细腻真实的描述，是古代希腊文学中心理描写的最出色范例之一。欧里庇得斯的悲剧同其他希腊悲剧相比更加接近现实生活。确如索福克勒斯所评说的，他按照人应当有的样子来描写，欧里庇得斯则按照人本来的样子来描写。尽管欧里庇得斯依然从神话中选取创作素材，但是他描写的人物同现实中的人物相去不远。他不太注意悲剧的结构，减少了合唱队的作用。他的语言明白流畅，接近口语。欧里庇得斯对后代文学的影响大于他的两位前辈诗人埃斯库罗斯和索福克勒斯，许多杰出的欧洲作家都曾受到他的影响。但丁、弥尔顿、高乃依、拉辛、歌德、拜伦、雪莱等都在欧里庇得斯的影响下写作过作品。

第四节　古罗马诗歌与戏剧

一、诗歌

（一）诗歌概述

古罗马文学通常以罗马共和国中期即兴盛时期（前265—前133）的文学为"开端"，至5世纪后期西罗马帝国灭亡期间的文学为"终止"。在希腊文学的影响下，罗马文学迅速发展，诗歌和戏剧同时繁荣起来。罗马的第一位诗人是李维乌斯·安德罗尼库斯（前284—前204）。他是南意大利的希腊人，大约在公元前272年被俘，沦为奴隶，后来因为懂希腊文学而获得自由。他的主人玛尔库斯·李维乌斯把自己的姓氏赐给他，让他做孩子的家庭教师，讲授拉丁文和希腊文。安德罗尼库斯最初是受罗马当局委托翻译和改编剧本，用于节庆期间的戏剧演出。根据古代文献记载，安德罗尼库斯改编和翻译了很多剧本如《阿基琉斯》《埃吉斯托斯》《安德罗墨达》等，但是所有的戏剧都没有流传下来。他用罗马诗歌的文体第一次把《奥德赛》翻译成拉丁文，作为讲授希腊文学的教材。直到奥古斯都时代，安德罗尼库斯的译本都是学校的主要参考书。安德罗尼库斯也是一位抒情诗人，曾于公元前 207 年受命编写祭神的赞歌。他把希腊戏剧、史诗和诗歌格律介绍到罗马，为罗马文学的发展奠定了基础。

第二次布匿战争以后，最重要的罗马诗人是恩尼乌斯（约前 239—前 169），贺拉斯称他是第二个荷马。恩尼乌斯出身于地方贵族家庭，精通希腊语、拉丁语，熟悉希腊文学。他同安德罗尼库斯一样，不仅向罗马人介绍希腊文学和哲学，而且还创作诗歌和戏剧作品，为罗马诗歌的发展作出了重要贡献。他的戏剧创作主要是改编欧里庇得斯的作品，他的诗歌创作是用拉丁抑扬六韵步写成的 18 卷《编年史》，现仅存 600 多行残诗。他在诗中说荷马在梦中鼓励他写作这部史诗，因此这部作品是对荷马史诗的模仿。全诗从特洛伊的毁灭写起，期间穿插叙述作者同时代的人物和事件，叙述罗马人的历史功绩，这部作品对卢克莱修、维吉尔等作家的创作影响很大。恩尼乌斯还写有一些"杂体诗"，如《生命与死亡之间的论争》《献给斯奇庇奥的短诗》。杂体诗在当时主要指故事、寓言、短嘲诗、狂诗、传说、哲理诗等。在恩尼乌斯写作的哲理叙事诗《埃庇卡尔姆斯》和《优埃米路斯》中，显现出罗马哲学的最初萌芽。他在诗中宣扬唯物主义的自然学说和伊壁鸠鲁的观点，是罗马文学中理性主义哲学的第一位代表。恩尼乌斯之后，罗马重要的诗人是奈维乌斯（约前 264—前 149）。他的诗歌创作主要是史诗《布匿战纪》，故事由特洛伊城毁灭开始，重点叙述迦太基女王狄多同埃涅阿斯的爱情以及在罗慕洛建立罗马的传说。这部史诗对维吉尔创作《埃涅阿斯纪》影响很大，但现已失传。他还写了戏剧《罗慕洛》和《克拉斯提狄乌姆》。

公元前 2 世纪至公元前 1 世纪，人们越来越反感社会的动乱和个人独裁，开始远离政治生活，这为被西塞罗称为"新诗派"的罗马抒情诗的出现奠定了现实基础。从公元前 1 世纪开始，一群年轻的罗马诗人如瓦列里乌斯·加图、盖尤斯·利基尼乌斯·卡尔伍斯、瓦列里乌斯·卡图卢斯、盖尤斯·赫尔维乌斯·泰纳等，先后以新的诗歌风貌出现在罗马诗坛里。他们抛弃了恩尼乌斯的古老风格，在希腊抒情诗的影响下对拉丁文的诗体语言进行改革，注重对诗歌形式的雕琢和追求华美的词藻。在这群年轻的抒情诗人中间，最重要的是卡图卢斯。他出生于一个富有的骑士家庭，是一个富有创造性的诗人，虽然他用亚历山大里亚体写作的一些诗充满了学究气，但是他的抒情诗感情真挚、纯朴自然。他的诗才通过他抒发自己的爱情表现出来。他用充满激情的诗句描写了自己对爱情的真切感受，描写自己的思恋、渴望和痛苦。比如，他这样写道："我又恨又爱。你也许问我何以如此。我不知道，但是我感到心境如此，痛苦万分。"

在奥古斯都时代，罗马出现了以表现爱情主题为主要特点的哀歌，代表诗人有伽卢斯、提布卢斯、普尔佩提乌斯。公元初，以日耳曼尼库斯为代表的教诲诗和以费德鲁斯为代表的寓言诗也很有影响。到了罗马帝国晚期，诗歌创作开始脱离社会生活，追求奇特的诗歌形式，除了涅墨西安和奥索尼乌斯而外，诗歌成就不大。总体而言，在古代罗马文学中，罗马诗歌在奥古斯都时代获得了高度繁荣，出现了维吉尔、贺拉斯和奥维德三大诗人。

贺拉斯是奥古斯都时代最主要的讽刺诗人、抒情诗人和文艺批评家。早期作品有《长短句》1卷17首，《闲谈集》（又称《讽刺诗集》）2卷18首，揭露社会中的腐朽现象，讽刺投机讹诈和追逐金钱的丑恶人物，在一定程度上反映了当时的社会现实，表现出共和派的倾向。贺拉斯最重要的作品是他在后期创作的《歌集》（又称《颂歌集》）。《歌集》共分4卷，有100余首诗，另有《诗简》2卷。《歌集》是一部抒情诗集，主要描写宴饮、恋爱、娱乐和友谊。他在《诗艺》中第一次提出"寓教于乐"的思想，深刻影响了后世的文学创作。

奥古斯都时代第三个重要诗人是奥维德。奥维德从20岁左右开始写作诗歌。早年以写作爱情诗为主，诗歌风格纤巧，内容轻佻，反映了当时奴隶主贵族社会的淫侈风气和糜烂生活。他中年创作了《岁时记》和《变形记》两部诗作，晚年创作了《哀歌》《黑海零简》《鸩毒》等诗。《变形记》是奥维德最优秀的作品，全诗从天地的开创、四大时代、洪水的传说一直写到当代罗马。既写了神和男女英雄的故事，也写了历史人物的事迹。诗人按照时代顺序采用故事套故事、人物轮流讲故事、对话和利用器物叙述故事等方法，把所有的故事串联在一起，形成完整的线索和结构。《变形记》对文学的贡献在于诗人把古代的神话传说汇集在一起，用崭新的叙事观点和技巧使古老的故事获得了新的生命。

（二）维吉尔

在奥古斯都时代的诗人中，最伟大的诗人是维吉尔。他在意大利北部城市曼图亚的一个村庄出生，父母是农民。维吉尔最初在克雷莫纳学习，后来到米兰和罗马接受教育。他兴趣广泛，曾在伊壁鸠鲁学派哲学家西罗门下学习哲学，在修辞学家埃皮狄库斯门下学习修辞和诗歌韵律。他在罗马学习时间大约有十年，然后返回家乡从事农作，同时创作诗歌。公元前42年，屋大维与安东尼在菲利皮之战中获胜，维吉尔在曼图亚的田产被征收。维吉尔后来创作《牧歌》，没收的田产被发还，但不久又被没收，维吉尔只好到老师西罗的家中避难。屋大维于公元前27年获"奥古斯都"尊号，他当政以后，对维吉尔进行了补偿，没收的田产得以发还，此后维吉尔长期在罗马和那不勒斯两地居住。公元前19年，维吉尔在雅典见到了奥古斯都，被邀请前往罗马参加皇家聚会。维吉尔不顾病体，接受邀请前往罗马，途中病情加重，到达布伦迪西乌姆数日后即逝世。维吉尔去世后葬在那不勒斯。

维吉尔是罗马成就最大的诗人，创作了三部作品：《牧歌》《农事诗》和《埃涅阿斯纪》。维吉尔的诗把恺撒和屋大维的统治理想化，反对战争，歌颂和平，受到屋大维以及当时的统治者的保护，其地位相当于后来的宫廷诗人。

维吉尔最初在希腊田园诗的影响下写作牧歌。他的《牧歌》是一组田园抒情诗，共有十首，其中包括有爱情诗、哀歌、哲理诗、酬友诗等。作者在诗中描写田野自然景色，歌颂农村生活的纯朴和恬静。诗人还采用对歌或独歌的形式抒发爱情，表现田园欢乐。诗人目睹战争造成农村凋敝、给农民带来痛苦的现实，表达了厌恶内战和渴望和平的感情。他在诗中感激元首让他重获土地，歌颂在屋大维统治下黄金时代的重新到来。同时，诗人又对美好的愿望能否实现持怀疑态度，从而在作品中流露出一种感伤的情绪。《牧歌》显示出维吉尔杰出的艺术才能，并以其优美的韵律和词句受到广泛欢迎。

《农事诗》是当时麦凯纳斯委托维吉尔写作的教谕诗，共分4卷，每卷500余行。第一卷写种谷，第二卷写栽种葡萄和林业，第三卷写畜牧，第四卷写养蜂。维吉尔在这部作品上花费了10年时间，广泛使用了有关农业、科学和艺术的文献资料，对当时凋敝的农业恢复繁荣发挥了重要作用。

维吉尔最伟大的作品是他的12卷史诗《埃涅阿斯纪》。诗人用了11年的时间写作这部史诗，在他51岁去世时只完成了初稿。他在遗嘱中要求烧毁手稿，但是屋大维下令把这部史诗保存下来。史诗以有关特洛伊战争的传说为基础，叙述特洛伊王子埃涅阿斯前往意大利建国的故事。诗人创作史诗的目的在于歌颂奥古斯都家族，把奥古斯都的统治说成是神的意志，并以此表达罗马人民的民族自豪感，宣扬爱国主义思想。

史诗在特洛伊战争的背景中展开。特洛伊被希腊人攻陷后，埃涅阿斯因有天神护佑，得以逃脱。他在城外召集起幸免于难的人，伐木造船，打算寻找地方另建国家。他在海上漂流了七年，史诗从第七年开始写起。先是叙述埃涅阿斯被暴风雨吹到非洲北岸，在迦太基登陆，同迦太基女王狄多相爱结婚。后来天神命令埃涅阿斯前往意大利建立新的王国，他只好以国家为重，抛弃狄多离开迦太基，多情的狄多在绝望中自杀。埃涅阿斯到达意大利后，由仙女引入地府，看见了自己伟大的子孙，从尤鲁斯开始直到恺撒和奥古斯都。史诗的后半部写埃涅阿斯建国的经过，但没有写完诗人便逝世了。

《埃涅阿斯纪》具有鲜明的政治倾向，即记叙奥古斯都家族的天神血统，颂扬奥古斯都家族的建国功勋，肯定奥古斯都的统治是神的意志，并展望在奥古斯都统治下罗马的美好未来。埃涅阿斯是爱神阿芙洛狄忒的儿子，因此他的子孙恺撒和奥古斯都也是神的后裔。史诗把埃涅阿斯描写成一个意志坚强的英雄、一个理想的君主。他同希腊神话中的英雄一样，具有比普通人更多的优秀品质，如坚强、勇敢、刚毅。在他的身上，诗人还增添了当时的人们所认为的政治领袖应该有的品质，如对神虔诚、心胸开阔、行事公正、品格高尚、待人仁爱、富有责任感。

他还有伟大的牺牲精神，特洛伊灭亡后他在海上漂流了七年，历经千辛万苦才到达迦太基，获得了女王狄多的爱情。但是为了完成建立罗马帝国的神圣使命，他在爱情和责任之间作出了抉择，为了罗马帝国牺牲了自己对狄多的爱情。这也是欧洲文学中第一次出现的描写责任与爱情冲突的主题。诗人借对埃涅阿斯的叙述歌颂奥古斯都家族对罗马帝国的伟大功绩，认为奥古斯都家族的历史闪耀着荣耀的光辉。无论文治武功，他们都更有理由成为罗马的统治者。史诗洋溢着爱国主义的热情，充满对美好未来的憧憬。罗马人的祖先在神的指引下，战胜无数困难完成了建国大业。在奥古斯都的神圣统治下，罗马人有神的护佑，罗马帝国有着更加光辉的未来。

《埃涅阿斯纪》在主题、结构、情节、语言等方面，都模仿了荷马史诗。12 卷中的前 6 卷模仿《奥德赛》，叙述埃涅阿斯在漂泊过程中的种种遭遇。后 6 卷模仿《伊利亚特》，叙述埃涅阿斯参与的战争和在意大利的定居。史诗以埃涅阿斯为中心展开情节，有较强的故事性。史诗中人物的个性比较鲜明，除了埃涅阿斯外，狄多、图尔努斯等都是史诗中的生动人物。

《埃涅阿斯纪》虽然深受荷马史诗的影响，但它不是荷马史诗的摹本，而是在罗马文学全盛时期由罗马的文学巨匠写成的第一部文人史诗，在许多方面同荷马史诗有本质的不同。荷马史诗是由人民歌手加工而成的口头创作，在人民群众的生活斗争中自然产生，而《埃涅阿斯纪》是由统治者提议、然后由宫廷诗人维吉尔一人写成。前者是民间史诗和自然史诗，后者是宫廷史诗和文人史诗；前者是经过人民群众的集体智慧丰富后加工而成的自然之作，后者是出于歌颂统治者的目的而进行的有意创作。在风格上，前者崇高宏伟、活泼明快，后者严肃规整、委婉哀约。前者的人物形象生动，个性显著，有血有肉；后者的人物形象缺乏个性，缺乏朝气。前者的语言朴素大方，简洁有力；后者的语言文采华丽，过于雕琢。但尽管如此，《埃涅阿斯纪》在世界文学中仍然占有重要地位。它对民间流传的神话进行加工并记载下来，内容丰富多彩，包罗万象，语言精巧，手法多变，有较高的修辞技巧。这部史诗是欧洲文人史诗的开端，使古代史诗在人物结构、格律等方面进一步得到了定型。

维吉尔被公认为最有才华的罗马古典诗人之一。但丁把维吉尔当作自己的导师，认为他最有智慧，最了解人类，在《神曲》里让他做自己游历地狱和炼狱的向导。维吉尔对之后欧洲的文艺复兴和古典主义时期的文学创作产生了很大影响。

二、戏剧

（一）戏剧概述

古罗马戏剧起源于远古时期在丰收季节对农神萨图尔努斯的祭祀。人们在 12

月举行的庆祝丰收的节日里，常常伴随着罗马乡村流行的菲斯克尼曲调互相嘲弄，并伴以一定的动作表演，这种表演带有戏剧对话的雏形。公元前 4 世纪中叶，北方的埃特鲁里亚人来到罗马表演舞蹈，后来这种舞蹈发展成为音乐、舞蹈、对话、动作表演混为一体的杂剧。杂剧发展了原始的菲斯克尼曲调，促成了罗马戏剧的形成。

罗马最早的戏剧是阿特拉笑剧。阿特拉笑剧类似希腊的滑稽剧，由四个戴假面具的主要演员表演。四个演员大多由城市的手工业者扮演，可以在各种不同的场合扮演不同的角色。阿特拉笑剧中常见的人物大多是受骗的老守财奴，驼背的骗子，阴险狡猾的食客等。阿特拉笑剧没有事先写作的剧本，都是即兴演出，内容简单，里面充满了粗俗的讽刺和嘲笑。在公元前 1 世纪，阿特拉笑剧脱离了即兴表演的形式，有了演出的脚本，开始在严肃的悲剧之后演出，对观众的情绪起调节作用。阿特拉笑剧除了一些片段而外，没有完整的戏剧流传下来。

罗马戏剧主要是通过翻译和改编希腊戏剧发展起来的。公元前 3 世纪，罗马人征服了意大利南部，接触到那儿的希腊戏剧艺术。罗马人在民间戏剧发展的基础上，学习和模仿希腊戏剧，以此推动罗马民族戏剧的发展。公元前 240 年，在罗马演出了希腊人李维乌斯·安德罗尼库斯根据希腊戏剧翻译和改编的剧本，从而使罗马有了正式的戏剧演出。安德罗尼库斯主要翻译和改编欧里庇得斯的悲剧和米南德的喜剧，第一次用拉丁语的诗体韵律把希腊戏剧介绍给了罗马观众。在安德罗尼库斯开创的基础上，罗马自己的戏剧开始发展起来。继安德罗尼库斯之后，奈维乌斯是古拉丁语时期罗马著名的史诗诗人和戏剧家，除了翻译改编希腊的悲剧和喜剧外，他也创作罗马的历史剧，即披衫剧。他还第一次把两个喜剧改编成一个罗马喜剧，从而打破了对希腊戏剧的生搬硬套。在他改编的具有希腊形式的喜剧里，增加了纯罗马的特色，罗马的权贵成了被嘲笑的对象。正是由于奈维乌斯的创作，改编的希腊戏剧才有了罗马的精神实质，促进了罗马自身的文学发展。

披衫剧始于安德罗尼库斯对希腊喜剧的改编，是对希腊新喜剧的模仿和移植，因演员表演时身披一块代表希腊演员所穿长袍的披肩而得名。披衫剧讽刺日常现实生活，情节带有传统戏剧的机巧。剧中的人物往往是程式化人物，如吹牛皮军人等。披衫剧是罗马戏剧的古老形式，虽然带有希腊喜剧的印迹，但表现的是罗马生活的细节，反映的是罗马社会的现实。披衫剧的代表作家有奈维乌斯、普劳图斯、恩尼乌斯和泰伦斯，但只有普劳图斯和泰伦斯有完整的戏剧流传下来。

泰伦斯（约前 195—约前 159）出生于北非的迦太基，幼年在罗马一个贵族元老家中当奴隶。因其聪慧，主人让他接受良好的希腊教育，他获得了自由，后来游历希腊，死于旅途中。泰伦斯像普劳图斯一样，翻译和改编希腊的喜剧，使它们适合在罗马的舞台上演出。他一共留存下来六部喜剧，其中大多数是在米南德的喜剧基础上改编的，主要有《福尔弥昂》《两兄弟》《婆母》等。泰伦斯的喜剧大多描写父子、兄弟等家庭成员之间的关系，反映在新经济条件和文化思想影响下产生的各种矛盾冲突。在艺术上，泰伦斯的喜剧保留并发展了新喜剧的基本特征，剧情比较严肃，语言纯洁优雅，结构严密，人物性格鲜明，代表着古罗马喜剧发展的新阶段和新水平。

公元前 2 世纪后半期，披衫剧被长袍剧取代。长袍剧因演员身着罗马长袍而得名。长袍是普通罗马人穿的服装，这表明罗马戏剧在主题、题材、人物等方面发生了变化，注意反映罗马下层自由民的生活。长袍剧情节生动，形象鲜明，虽然回避重大的政治问题和社会事件，但娱乐性的因素增加了，在当时受到观众的普遍欢迎。长袍剧是在披衫剧基础上的发展，模仿的是米南德和泰伦斯的创作。长袍剧除了一些片段而外，没有完整的戏剧流传下来。

罗马戏剧以喜剧成就最高，但是悲剧也有一定的发展。悲剧几乎和罗马喜剧同时出现在戏剧舞台上，不过影响不及喜剧。早在公元前 240 年，安德罗尼库斯改编的希腊戏剧既有喜剧，也有悲剧。但是古罗马悲剧的历史是从后来的恩尼乌斯开始的。恩尼乌斯不仅改编希腊的悲剧，也自己写作悲剧。他主要模仿欧里庇得斯写作悲剧，对悲剧人物的心理分析深刻、细致，有较强的感染力。他的悲剧《伊菲革涅亚》被认为可以同欧里庇得斯的悲剧媲美。由于悲剧激动人心的艺术特点，悲剧在罗马社会里受到高度评价。从恩尼乌斯开始，罗马悲剧在戏剧舞台上得到发展。在罗马帝国时期，最著名的悲剧作家是塞内加。而在塞内加之后，罗马戏剧无论喜剧还是悲剧，都很快地衰落下去了。

塞内加（又译"塞涅卡"，约前 4—65）对罗马文学的贡献主要在于悲剧写作，除他而外，罗马没有其他作家有悲剧流传下来。他的悲剧在形式上模仿希腊的悲剧，从希腊神话中选取悲剧题材，影射罗马的社会现实，反映当时贵族反对派对罗马皇帝的暴虐和专制的不满情绪。他的悲剧没有复杂的悲剧性矛盾冲突，但是剧中充满了凶杀、出卖、复仇、鬼魂、巫术等，渲染了浓烈的恐怖和悲惨气氛，主人公注定要遭受磨难和毁灭的命运，基本上都是类型化的人物，性格缺少变化。他注意悲剧的戏剧结构，把动作限制在一个地点，把剧情的发展限制在一个昼夜之内。塞内加的悲剧在内容和形式上同他之前和他之后的悲剧有所不同，它们更加适合阅读，而不太适合演出。塞内加在艺术上影响了 17 世纪的新古典主义，如"三一律"的戏剧结构。塞内加一共留下来八部悲剧，主要有《美狄亚》《阿伽门农》《俄狄浦斯》《特洛伊妇女》等。

（二）普劳图斯

普劳图斯（约前 254—前 184）是罗马著名喜剧作家，关于他生平的资料不多。他出身于社会下层，曾经是一名演员，长期从事民间戏剧活动，有丰富的戏剧经验。他是一个多产的作家，名气很大，因而有一些人假冒他的名字创作剧本。相传他写作剧本约 130 种，但实际上没有这么多。公元前 1 世纪罗马学者瓦罗曾经对据说是普劳图斯的剧作进行了鉴别，确认了其中的 21 部。这 21 部除一部严重残缺外，其余 20 部喜剧基本上都被完整地保存下来。最重要的喜剧有《孪生兄弟》《喜欢吹牛的军人》《凶宅》《一坛黄金》等。

普劳图斯同他以前的剧作家一样，主要根据希腊的新喜剧进行改编。希腊的新喜剧以普通人的日常生活和年轻人的爱情为主要内容，因为这种题材的喜剧最受罗马人的欢迎。普劳图斯在新喜剧作家米南德、菲勒蒙和狄菲洛斯的作品基础上改编成的喜剧，富有罗马的民族特征和民间色彩，减少了喜剧的严肃气氛，增加了滑稽成分和热闹场面。他改造了希腊喜剧中的典型人物，如机智的奴隶、出色的妓女、寄生虫等。他注重喜剧的演出效果，不太重视喜剧的结构。他在喜剧中使用日常生活中的普通语言，如粗俗的俏皮话、骂人话、谚语等，力求语言和人物的身份性格相称，风格幽默诙谐。他还丰富了新喜剧的诗体韵律，增加了许多新的韵律法。剧中增加的抒情独唱和对唱使喜剧气氛更加浓厚。

普劳图斯的喜剧以城市平民为观众群，在思想感情上表现出民主倾向，如在希腊社会背景中描写雅典的普通市民、商人和农民的日常生活，同时还加入了罗马人的生活细节，以反映罗马的社会现实。他创造了一批生动鲜明的人物形象，如军官、士兵、水手、商人、高利贷者、奴隶、婢女、食客、妓女、浪荡青年、主妇、厨师等。他在喜剧中讽刺富有者的贪婪，嘲讽卑鄙无耻的奴隶商人和高利贷者，抨击道德堕落的社会风气，同情地位低下的人民。他把奴隶描写成机智的人物，同愚蠢的主人形成强烈对照。他笔下的奴隶虽然出身低贱，但比主人更有思想和主见，主人反倒成了奴隶的陪衬。

《凶宅》是普劳图斯的优秀喜剧之一，是在新喜剧作家菲勒蒙喜剧的基础上改编的。这出喜剧叙述奴隶特拉尼奥陪同少主人吃喝玩乐，在老主人归来时，为了帮助少主人逃避惩罚，于是编造出老屋闹鬼和少主人借钱买下邻居住宅的谎话。老主人信以为真，称赞儿子为自己挣了一份好产业，后来真相大白，老主人要严惩特拉尼奥，经过少主人的朋友求情，老主人原谅了少主人和特拉尼奥。剧中的奴隶特拉尼奥始终处于中心地位，主导着情节的发展。他机智勇敢，计谋迭出，老主人不得不任其摆布。特拉尼奥是喜剧中的英雄人物，他在骗得老主人的信任后说："人说亚历山大王和阿加多克雷斯建立了伟大的功勋，我赤手空拳做出来了这样不朽的事业。……驴夫能套上驴，可是我让人上了套，而且叫他们驮什么都可以。"喜剧在赞扬特拉尼奥的机智时，也对奴隶经常遭到主人的严厉惩罚表示同情。喜剧在展开故事情节的过程中，无情鞭挞了贪婪的高利贷者，嘲讽了愚笨庸俗的老主人，揭露了罗马贵族生活颓废和道德堕落的社会现实。

　　普劳图斯对后世影响最大的作品是他根据米南德的新喜剧改编的《一坛黄金》。这出喜剧写本性贪婪的欧克利奥找到了一坛黄金，他把金子埋藏在屋里，一天要查看十来次，白天坐在家里不敢出门，晚上不敢睡觉，总是害怕有人把他的金子偷走。他的邻居梅格多洛斯要娶他的女儿菲得里娅，他也怀疑是为了把他的金子弄到手。他不放心把金子藏在家里，就取出来悄悄埋在树林里。他的行动刚好被卢科尼德斯的奴隶看见，就把金子偷走了。卢科尼德斯是梅格多洛斯的外甥，他同菲得里娅已经有了孩子，请求欧克利奥把女儿嫁给他，又把奴隶偷走的金子还给他。欧克利奥失金复得，就同意了婚事，把金子给女儿做了嫁妆。普劳图斯在剧中用内心独白和旁白的表现手法描写了欧克利奥得到黄金后的心理负担和失去黄金后的颓丧。他得到了金子，但是失去了安宁，整天疑神疑鬼，坐立不安，连他的女仆也认为他精神失常。失去金子后，他终日沉浸在悲伤、灾难、痛苦、饥饿与贫困的感受之中，甚至觉得生命都失去了意义。普劳图斯生动地刻画了欧克利奥吝啬、鄙俗和爱钱如命的特点，并对他把黄金看成自己生活的全部价值的人生观进行了无情的嘲讽。

　　普劳图斯的嘲讽的艺术风格、内心独白的表现手法、幽默有趣的语言文字深刻影响了后世欧洲的戏剧文学。莎士比亚在他的《孪生兄弟》的人物安排和有关情节的基础上创作了《错误的喜剧》，充分表达了新兴人文主义者净化心灵、优化人性的美好愿望；莫里哀把他的《一坛黄金》改编成《悭吝人》一剧，塑造了阿巴贡这个世界文学史上著名的吝啬鬼形象。

思考题：

1. 古代希腊文学与古代东方文学的不同发展历史与特点。
2. 印度两大史诗的思想与艺术价值。
3. 荷马史诗的历史价值和文学价值。
4. 古代希腊悲剧的伦理特点。
5. 古代罗马诗歌的思想和艺术价值。

▶ 第一章拓展阅读

第二章 中古文学

中古时期一般指的是封建社会萌生、形成、发展和衰落阶段。世界中古时期实际上指的就是封建制度在亚洲和欧洲多国以及非洲某些国家占统治地位的历史发展阶段。封建社会的基本矛盾主要是地主阶级与农民阶级之间的斗争，封建神学成为此时精神领域的主要现象。较之古代，由于生产力的发展和民族国家的形成，催生了一些新的文学形式、表现手段和艺术风格，各个民族自身的文学特征更加凸显和进一步定型。

根据当时的文学发展状况，中古时期的亚洲文学和欧洲文学走上了明显不同的发展道路。

第一节 概　述

一、亚洲文学

中古亚洲文学是指亚洲地区封建社会时期出现的文学。亚洲各国进入封建社会的进程先后不一：有少数国家在公元前 200 年左右或更早一些，其社会形态就开始从奴隶制向封建制社会转变。而另外许多国家约在公元 2—3 世纪或 9—10 世纪之间先后确立了封建制度。亚洲各国封建社会结束的时间多在 19 世纪中叶前后，有些国家一直延续到 20 世纪初期。由此可见，亚洲的中古时代要比欧洲的中世纪漫长得多。

大体说来，中古前期的亚洲社会与欧洲相比发展相对较快，文明程度也更高一些。而在中古后期，当欧洲一些国家进入近代产业革命阶段时，亚洲各国仍束缚在封建关系中停滞不前：高度完善的封建政体限制了资本主义发展，自给自足的自然经济模式所造成的社会封闭和僵化，成为亚洲各国各地区经济和政治发展的极大障碍。

在这样的政治及文化大背景下，中古亚洲文学表现出一些相似的特点。

第一，在古代亚洲各国已经取得文学成就的基础上，中古亚洲更进一步地摆脱了文化蒙昧状态，发展出了既具东方一般特征又具民族独特性的文学，创造了亚洲多民族文学相对繁荣的局面。例如，除古代已经取得辉煌成就的中国、印度、希伯来和波斯的文学还在继续向前发展以外，一些新兴国家和民族如日本、朝鲜、越南、阿拉伯的文学也蓬勃发展起来了。

第二，中古时期由于经济发展，各民族间文化交流比古代更加频繁。亚洲各国的文学家们在创作中相互影响，彼此借鉴。如历史悠久的中国文学对邻国文学产生了深远影响；再如，阿拉伯文学就属于阿拉伯地区各个民族共同创作的产物；印度文学中也包括印度教文化、佛教文化以及伊斯兰教文化等多种要素。甚至东方文化与西方文化之间也存在着密切的联系和相互的影响。如西欧的十字军八次东征，就带回了高度发展的东方文化；拜占庭帝国也起到了沟通东西方文化的重要作用；"丝绸之路"的开通、蒙古人在 13 世纪纵横征服欧亚大陆、阿拉伯帝国的向外扩张等众多因素，使得各种文化之间的相互影响远远超过了此前的时代，从而带来了中古亚洲文学的新局面。

第三，宗教对文学产生了巨大的影响。特别是随着佛教、伊斯兰教的兴起以及婆罗门教向印度教的转化，众多作品带有了浓厚的宗教色彩。概括地说，中古时期佛教主要影响中国及东亚、东南亚一些国家；伊斯兰教的影响遍及北非、西亚、中亚等地区；印度教的影响主要在印度及南亚和东南亚一些国家。尽管此时产生的很多文学是世俗化的，但宗教意识在其中仍清晰可见。

第四，集体创作和个人化写作构成亚洲各国文学发展的两条脉络，形成中古亚洲文学的两大景观：一方面，集体创作的民间文学蓬勃发展，显示出强大的生命力；另一方面，文人创作大量涌现，在表现个人情感方面有了长足的进展，并使文学体裁和样式日趋丰富。

（一）日本文学

在远古时代，不同地区的原始人经由北海道、朝鲜、南亚、琉球等地，先后辗转到达现在的日本诸岛。至公元 4 世纪初，大和地方一豪族逐步统一全境，建立"大和朝廷"。6 世纪末，圣德太子摄政。他倡导吸收中国文化。此时日本人从中国佛禅文化中发展出了佛教色彩极浓的飞鸟文化，形成了日本古代文学的滥觞。进入中古时期以后，日本的民族文学才真正发展起来并形成了自己鲜明的特色。

日本中古文学包括奈良时期、平安时期、幕府前期及其后期江户时期的文学。

1. 奈良时期

日本同其他民族一样，虽然很早就有自己的民族语言（日语中谓之"大和言葉"），但就日本文字而言，则是受中国汉字影响产生的。大约在中国的战国时期到秦代，汉字传入日本。公元 5—6 世纪，汉字在日本进入普遍使用阶段。日本的文字形成，大约经历了吸收汉字、使用汉文、以汉字写日语特殊词汇、以日语语序书写汉文、万叶假名、平片假名、和汉混合语体等阶段。汉字的使用，使日本文学从口传时代正式进入文字记载时代。

646 年，孝德天皇进行"大化改新"，废除奴隶主所有制，采用"班田制"（分土地给农民），仿效中国唐代制度建立起中央集权国家并定都于平城京（今奈良），史称"奈良时代"。从"大化改新"起，日本的封建制度开始形成。701 年，天皇颁布了"大宝律令",历史学家一般将其作为封建制度在日本最终确立的标志。712 年,日本出现了最早的比较完整的著作《古事记》,它记载的神话传说较多,文学性较强。720 年《日本书纪》出现,主要记载日本正史,史传的性质比较突出。

"和歌"是日本影响较大的诗歌形式。所谓"和歌",意思是"大和民族的诗歌"。760 年,日本出现了第一部和歌总集《万叶集》。《万叶集》(共 20 卷)所收和歌有 4500 首左右,分为"杂歌"、"相闻歌"、"挽歌"等类。这些诗的作者囊括了社会各个阶层,以无名氏作者为主,有名可考的作者大概有 530 人,其中著名的歌人有柿本人麻吕、山上忆良、大伴旅人、大伴家持等。柿本人麻吕被称为《万叶集》中第一抒情诗人。山上忆良(660?—733?)被称为"社会诗人"或"社会抒情诗人"。他最脍炙人口的诗作是长歌《贫穷问答歌》。这首长歌概括了当时日本民众困苦生活的实景。日本古代文学在艺术上追求所谓的"清纯"美,一向缺乏写实传统。因而,山上忆良在日本和歌史上就显得更为独特。大伴家持(约 718—785)是日本奈良时代的官员和诗人。他的和歌代表了奈良末期的诗歌特点:注重技巧,格调感伤消沉,哀婉动人,很多诗篇纤弱而清丽地唱出了他的孤独心情。这种歌风的形成,与他所代表的旧贵族的社会政治地位衰落相关。《万叶集》中著名诗人的创作活动,正值日本与中国文化交流最为频繁的时代,当时日本向中国派遣大量"遣唐使",故其和歌受到了中国文学较大的影响。《万叶集》的出现,开启了日本文化的新纪元,作为第一部纯文学的和歌总集,对后世日本文学的发展有不可估量的影响。首先,它保存了许多史料,有着极高的认识价值和艺术价值,为日本民族文学的发展奠定了基础;其次,它突破了上古叙事歌谣对诗歌的影响,确立了日本抒情诗传统。

2. 平安时期

794 年,桓武天皇从奈良迁都平安(今京都),开始了持续近 400 年的"平安时期"。在平安时期,日本文学发展成长的一个重要条件是假名文字的创造。此时,物语、日记、随笔等新的文学形式得到了飞速发展。

物语文学是日本特有的一种文学体裁,它大约出现于 9 世纪末或 10 世纪初。所谓"物语",在日语中有"讲说事件和故事"的意思。物语文学最早是故事、传说、传奇之类文学作品的概括性总称,后演变为专指小说。物语文学初起阶段主要有"和歌物语"和"传奇物语"两类,前者的代表是《伊势物语》,后者的代表是《竹取物语》。女作家紫式部的《源氏物语》是日本物语文学的代表,也是日本古典文学的顶峰之作。

日记文学也繁荣于平安时期。比较著名的有纪贯之的《土佐日记》(935)、藤原道纲母的《蜻蛉日记》(974)。紫式部所写的《紫式部日记》也是日记文学中较重要的一部作品。

随笔文学在此时也取得了一定的成就。最初的代表作品是女作家清少纳言（生卒年不详）的《枕草子》，包括作品 300 多段，记叙了作者对宫廷生活及景物变化的感受，文笔细腻，意境优美。另外，鸭长明（1155—1216）的《方丈记》、吉田兼好（1283—1350）的《徒然草》，也被认为是日本随笔文学的佳作。

日记、随笔文学的基本特点在于记录个人生活和作者的感怀，这两种文学体裁成为日本民族文学特色之一，对日本文学有深远的影响，日本近代和现代文学中的"私小说"与其基本精神有一脉相承之处。

3. 幕府前期

10 世纪时，天皇势力衰败，武士阶级兴起。1192 年，镰仓幕府建立。幕府时期持续七百多年，在此期间，武士成为政治舞台的主角。幕府前期最有代表性的文学是反映武士生活的军纪物语，这是一种以战争、战斗事实为基本题材，描写新兴武士集团军事生活的叙事文学作品。军纪物语中最杰出的是《平家物语》，它全面描写了平氏一族 60 年的盛衰过程。作品通过两个武士集团为争夺政权而进行的殊死斗争，反映了日本历史转折时期的社会面貌。

这一时期，平民文学开始萌芽，出现了新的文学样式——能乐和"狂言"。能乐，在日语里意为"有情节的艺能"，是最具有代表性的日本传统艺术形式之一。能乐在十四五世纪时开始盛行。能乐是一种结合了舞蹈、戏剧、音乐和诗歌各种要素的舞台表演。它的主旨不在于戏剧行动的呈现，而是致力于以抒情的形式表达一种情境。当时最具影响力的能乐脚本作家是观阿弥（1333—1384）及世阿弥（1363—1443）父子。"狂言"则是加插在能乐演出之间的一种短闹剧表演。"狂言"只用对白口述，而不同于能乐结合了音乐、舞蹈和对白来叙述故事。"狂言"往往集中一个突出的矛盾，用喜剧或闹剧的手法，讽刺、嘲笑社会上各种欺压民众的邪恶势力，具有较强地反映现实的意味，深受下层民众喜爱。

4. 江户时期

室町幕府垮台后，从 1467 年至 1572 年，日本经历战国时代。最后，德川家康开幕府于江户，全国由分裂复归统一。在此之后，町人（即商人）发展壮大，武士势力衰颓，幕府也在外力压迫、内部纷争的情况下，还政于天皇。1868 年的"明治维新"，使日本走向现代化国家之途。伴随着江户时期商人阶层的兴起，商人文学开始勃兴。

江户时期戏剧的两个基本剧种是净琉璃和歌舞伎。净琉璃是木偶戏，也叫傀儡戏，主要在 17—18 世纪获得发展。净琉璃虽然使用木偶，但并不是儿童戏。许多有名的剧本都是由著名剧作家近松门左卫门（1653—1724）创作的。他一生写作了 100 多部净琉璃脚本，剧本往往以当时社会实际发生的悲剧事件为题材，展现现实社会的不合理和下层人物的苦难处境。他最受欢迎的是情死剧。代表作《曾根崎情死》歌颂了一对男女青年的纯洁爱情和主人公忠厚而刚毅的性格，同时也抨击了视恋爱为邪恶淫荡的封建道德和独断专横的封建家长制，斥责了为金钱而不惜利用别人的善良性格、坑害朋友的卑劣行为。这也是近松的现实题材作品的一贯的主题。他被誉为"日本的莎士比亚"。

歌舞伎差不多与木偶净琉璃同时产生，受能乐和"狂言"影响较大。同时，它也从民间艺术中汲取了很多营养，从而形成了一种新的演剧艺术。

俳句是江户时期成就最高的文学样式。俳句由和歌变化而来，最初作为余兴吟诵，以后独立出来成为一种新的诗体。俳句由五、七、五共 3 行 17 个字音组成，虽然短小，但对创作技巧要求非常高，要遵守固定的规则。因此，俳句强调含蓄、暗示，更要求有弦外之音、言外之意。最早为俳句的独立起到重要作用的是松永贞德（1570—1653），代表俳句最高成就的是松尾芭蕉（1644—1694），被日本人誉为"俳圣"。

松尾芭蕉的诗风以深沉悲凉的情调为主。1691 年，他完成了"闲静"、"清新"和"幽深"风格的俳谐集《猿蓑》。此书的卷首佳句"初飞冬雨，猿犹似想小蓑衣"，被认为是这种风格的杰出体现。他创作的本意是"心深悟而归俗"，把"色润情潜"和"怜世"的美融于世俗中，在艺术上追求更高的飞跃。

松尾芭蕉不仅在艺术创作实践上锐意探索，而且形成了一套诗歌理论。芭蕉提出了"风雅"论，推崇外在风景向内心世界的转化，强调对自然的精神上和灵魂上的占有。此外，芭蕉还提出了"闲寂"论。芭蕉的闲寂艺术论，表现在俳风上，就是细微的心灵感觉和细腻的表现，显示出主体以宁静的心绪对客体进行关照，从而通过客体来表现主体。

"町人"——新兴的市民阶层的出现，导致直接表现"町人"生活和思想感情的町人文学的产生。"町人"既有追求物质生活富裕、进取的一面，也有追求官能享乐、颓废的一面，这在"町人"文学，特别是井原西鹤（1642—1693）的创作中明显地体现出来。自从井原西鹤的《好色一代男》问世后，町人文学获得了飞速发展，出现了"浮世草子"。"浮世"一词，有当代、现世、世俗、尘世的意思，到元禄时期，这个词又包含了字面所没有的"财、色"等意。所谓"浮世草子"，就是"世俗小说"。

井原西鹤的"浮世草子"，有代表性的是色情故事和町人故事。前者的代表作有《好色一代男》《好色一代女》《好色五人女》等，大胆地描写了町人的色情生活。后者的代表作品是《日本永代藏》，它由 6 卷 30 个短篇组成，内容大部分是写商人致富的成功经验。本书可以看成文学化的日本商业发展史。

（二）朝鲜文学

朝鲜在公元 1 世纪前后进入阶级社会。7 世纪中叶，新罗建立了第一个中央集权国家。高丽王朝从 10 世纪初期起始，延续 400 余年。14 世纪末李成桂推翻了高丽王朝，建立了李氏王朝的统治。几百年后，朝鲜也在 19 世纪后半期走上了半殖民地的道路。

古代朝鲜没有自己的文字，汉文是古朝鲜唯一的书面文字。朝鲜汉文学继承了汉文化言志、载道的传统，具有强烈的民本思想和写实主义精神，注重反映社会问题。

新罗时期，朝鲜汉诗文呈现繁荣局面。许多学子被派往大唐留学，其中最杰出的是崔致远。崔致远（857—?），字孤云。是朝鲜历史上第一位留下了个人文集的大学者、诗人。12 岁时他只身西渡，随商船入唐，进入国子监学习。874 年，崔致远参加了唐朝的科举考试，一举及第。876 年冬，被大唐朝廷任命为溧水县尉。880 年任职期满后，经友人顾芸推荐和书信自荐，入幕扬州高骈门下，先后担任侍御府内奉、都统巡官、承务郎、馆驿巡官等重要职务。884 年，崔致远以大唐三品官衔身份回国，凭此受到了当时君主的重用，被任命为侍读兼翰林学士等官职。但由于遭人嫉妒和排挤，几年后便被外放。899 年，不惑之年的崔致远辞官归隐。从此摆脱政务，徜徉山水，谈佛论道，晚年不知所终。崔致远的著作有《私试今体赋》1 卷、《五言七言今体诗》1 卷、《杂诗赋》1 卷、《中山复箦集》5 卷（任溧水县尉时作品），都已失传。只有《桂苑笔耕》20 卷和收在《东文选》等书中的少量诗歌传世。《桂苑笔耕》是朝鲜三国时期流传下来的唯一个人著作集，其中的全部诗文都是他在中国生活时期所作。崔致远一向被朝鲜学术界尊奉为本民族汉文学的开山鼻祖，有"东国儒宗"、"东国文学之祖"的盛誉。

1444 年，朝鲜文字"训民正音"正式创制，从此为朝鲜国语文学的发展开辟了广阔的道路。

这一时期，朝鲜国语小说取得了重大的成就。把国语小说推向成熟的重要作家是金万众（1637—1692），他的两部长篇小说《谢氏南征记》和《九云梦》都以中国为故事发生的背景，作品用朝鲜语写成，后来被译成汉文。

朝鲜古代文学的最高成就之一是《春香传》。该故事早在 14 世纪高丽恭愍王时代就已经初步产生。18 世纪末 19 世纪初才最终形成完整的作品。在流传过程中，该书先后出现过全州土版《烈女春香守节歌》、京版《春香传》、汉文版《水山广寒楼记》《汉文春香传》、抄本《古本春香传》等。作品分为上下两卷，上卷以爱情为主，写南原府使李翰林之子李梦龙在广寒楼巧遇退籍艺妓之女春香，二人一见倾心，私下结为夫妻。不久，李翰林升迁，调任京师。李梦龙迫于家庭压力，无法带春香同行，但相约一定来接她，二人依依惜别。下卷则以反暴政为主，写新任南原府使卞学道昏庸好色，一到任就遍寻美女。他看到春香美貌，就逼其作妾，而春香誓死不从，卞学道将她打入死牢。李梦龙进京时留下照顾春香的仆人，为救春香去京城寻找李梦龙。此时，李梦龙在京应试中举，已被钦点为全罗御使。他化装为乞丐，立即赶回南原，暗察民情。最后查明真相，将卞学道革职惩办并救出春香。二人终于团圆。

小说通过春香和李梦龙悲欢离合的爱情故事，歌颂了忠贞不渝的爱情，表达了人民摆脱封建意识桎梏、追求幸福生活的强烈愿望。同时，小说通过春香对卞学道誓死不屈的抗争，揭露出封建贵族的专横和腐朽，集中表现了对腐败堕落的封建官僚的愤懑和抗议。小说主人公春香的形象十分鲜明。她心地纯洁、感情真挚、忠于爱情、敢于反抗恶势力。虽然出身低微，但人品高尚，从不阿谀奉承权贵。春香是当时朝鲜人民心中理想的女性形象。在艺术上，《春香传》是一部具有浓郁民族特色和民间文学风格的小说。小说描写的古代朝鲜社会氛围和人物关系鲜明、典型。在结构上故事性很强：上卷从春香出生写到与梦龙恋爱、别离，为故事的开端；下卷紧接上文，展开了广阔社会画面和一个个波澜起伏的斗争场面：春香勇斗卞学道、御使暗察南原、狱中相会、寿宴填诗、革职罢官等，一步步将故事情节推向高潮。在风格上，上卷着重抒情，下卷着重叙事，最后以大团圆结局，化悲为喜。整个作品显得完整、统一、和谐。

（三）越南文学

10 世纪中叶前的越南只有口头文学流传，如《貉龙君传》《山精水精》《雍圣》等民间神话故事和一些民歌、民谣等。

越南中古文学受中国文化影响较大。他们原来没有自己的书面语言，汉字从秦朝传入越南后一千多年的时间里，文人们都利用汉字记录和书写本民族的作品，后形成了越南民族文字"字喃"（意思为俗字）。13 世纪文学家和诗人阮诠是越南历史上有记载的第一个使用"字喃"创作诗赋的人。同时，他也成功地把唐诗的格律应用于越语诗歌的创作，形成了越南文学史上的"韩律"诗体。15 至 16 世纪时，阮廌、黎思诚等人写出了大量的字喃诗作。18 至 19 世纪时，字喃文学达到成熟阶段，许多古典名著如《宫怨吟曲》《金云翘传》《花笺传》《蓼云仙传》等先后问世。女诗人胡春香的诗和阮攸的著作，则代表着字喃文学发展的第一个高峰。

阮攸（1765—1820）字素如，号清轩，又号鸿山猎户、南海钓徒。他是越南中古文学最具代表性的作家。生于河静省宜春县大官僚家庭，11 岁丧父，13 岁失母，在同父异母的兄长家中长大。其父兄叔侄都有作品行世，形成"鸿山文派"，享誉文坛。他 1784 年参加乡试，从此步入仕途。1813 年出使中国，归国后晋职。1820 年又奉命出使中国，未成行即辞世。阮攸创作既使用汉字，也使用字喃。汉文诗有《清轩诗集》《南中杂吟》《北行杂录》等，字喃作品有《招魂文》《帽坊青年托辞》《活祭布坊少女文》等。

长诗《金云翘传》是阮攸的代表作，用六八体写成。他出使中国期间，对当时中国文坛流行的"才子书"产生了浓厚的兴趣。作品主人公翠翘事迹最早见于明嘉靖浙江总督胡宗宪属下茅坤的《纪剿除徐海本末》等作品。清顺治、康熙年间《金云翘传》发展成章回小说，又名《双奇梦》。全书 4 卷 20 回，上署"青心才人编次"。阮攸的《金云翘传》采用中国文学的现成故事，依据越南的现实，通过女主人公翠翘的一生，反映出当时越南广大妇女和被压迫群众的悲惨命运。作品另一重要人物徐海，被塑造成锄强扶弱、为民请命的英雄。在他身上，寄托着人民的愿望，体现出民众反抗官府的思想。阮攸巧妙地利用了中国古代的故事影射越南社会现实，基本倾向是进步的。作品不论在思想上还是在艺术上都堪称越南古典文学的典范。

（四）印度文学

印度的中古时代比较漫长，大约在公元初就陆续开始向封建制社会转变。10 世纪左右的印度已经进入了封建制社会的中期。由于地域、文化和发展程度等方面的差异，很长的时间内大大小小的封建王朝林立，未能形成强大统一的中央集权的国家。这使信仰伊斯兰教的民族得以从西北边境连续不断地乘虚而入。这样的情形持续了几百年，直到 16 世纪初才出现了比较统一的莫卧儿王朝。但不久，莫卧儿王朝日渐衰落，各地封建主的地方势力又相继崛起，形成了文化各自发展的局面。后来，葡萄牙、英国殖民者相继侵入印度，从 18 世纪中叶起，印度逐渐沦为英国的殖民地。

印度中古时期文化的显著特点是阶级矛盾和民族矛盾交织。这些矛盾不仅表现在农民、手工业者与大大小小的王公贵族领主之间，而且反映在种姓制度和宗教制度上。种姓制度是印度特有的社会现象，它与印度教结合在一起，加深和激化了阶级矛盾。另外，随着伊斯兰教的传入，伊斯兰教和印度教也产生了矛盾。结果，原来信奉印度教的低等种姓，不少人改宗伊斯兰教。由于种种内外的因素，社会思潮首先从宗教改革方面表现出来。印度教和伊斯兰教各自兴起了一些革新的派别，并相继出现了一些改革家，他们改革宗教的理想实际上包含着改革社会的要求。印度教的改革家罗摩难陀（1356—1467）提倡消除教派内部的宗教偏见，不赞成高等种姓对低等种姓的歧视，主张给予"不可接触者"以拜神的权利。他的目的是维护印度教的传统和文化，为此，他倡导了罗摩教派。伊斯兰教内部也出现了苏菲派，这一教派宣传平等和泛爱，主张消除宗教差异，提倡爱最高的神明，反对偶像崇拜。无疑，这些教派在当时的历史条件下，都具有一定的积极意义。但是，宗教改革解决不了社会的根本问题，只能起一些缓和矛盾的作用。

中古印度文学经历了梵语古典文学时期和方言文学时期。一般认为，印度的梵语古典文学因脱离百姓口语而在 10 世纪以后开始逐渐衰落，而接近人民生活的带有地域语言特点的各种地方文学相继兴起。其中，除了印地语文学以外，还有乌尔都语文学、孟加拉语文学、阿萨密语文学、奥里萨语文学、古吉拉特语文学、马拉提语文学、旁遮普语文学、克什米尔语文学、信德语文学。在南方有公元初期就产生的泰米尔语文学以及泰卢固语文学、马拉雅兰语文学、卡纳尔语文学。这十数种语言的文学产生和发展，大体都有着共同的背景和特点，特别是都继承了梵语史诗文学和古典文学的传统。长时期内，古代的梵语文学优秀作品，在各个地方语言中一再被翻译、改写或再创作；人物一再被重新塑造，成了各地方语言进行文学创作时取之不尽的题材来源。

在诸多的文学作品中，以印地语文学成就最为突出。

10 到 14 世纪是印地语文学的英雄史诗时期，出现了一批歌颂封建贵族抵御外来势力入侵的长篇叙事诗。主要有金德·伯勒达伊的《地王颂》、德勒伯蒂·维杰耶的《库芒王颂》、纳勒伯蒂·那尔赫的《比斯勒德沃王颂》、夏尔格特尔的《赫米尔王颂》、纳勒辛赫的《维杰耶巴尔王颂》、加格尼格的《伯勒马尔王颂》等。很多长诗当时都没有流传下来，一些写本是较晚的时候才陆续发现的。这些作品歌颂抵抗外族入侵的英雄和帝王，表达了人民反对异族统治的愿望。其中也包括了王公贵族相互兼并的许多情节以及其他内容，有很高的认识价值和史料价值。金德·伯勒达伊（约 12 世纪）的《地王颂》是印地语文学中的第一部史诗性的巨著。到现在为止，已经发现有十几个传本。最大型的本子是 16 世纪末记录下来的，分 69 章，有一万几千节双行诗。主要记述了封建王公地王的即位、结婚、抵抗外族入侵和被俘牺牲等事迹。其中，写他抵抗外族入侵和被俘牺牲的章节非常出色，场面宏伟，紧凑生动，表达了人民群众反抗异族统治的愿望。较出色者还有 15 世纪抒情诗人维德亚伯蒂，他写了长篇叙事诗《吉尔蒂颂歌》。这部诗作分四章，169 节，约 1500 行，歌颂了一个王子向侵略者复仇的斗争。他的作品影响最大的是抒情诗，描写以黑天和罗陀为男女主角的爱情。这些诗反映了封建社会的青年男女追求自由爱情的理想。

15 世纪到 17 世纪是印地语的虔诚文学时期。此时的文学大多和当时宗教的"虔诚派"运动有着直接或间接的关系。"虔诚派"运动是指印度教由于受到伊斯兰教影响而在其内部产生的一种宗教思想改革运动。当时出现了四位著名的"虔诚派"诗人：格比尔达斯（生卒年不详）、加耶西（1493—1542）、苏尔达斯（约 15—16 世纪）和杜勒西达斯（1532—1623）。类似的文学作品还有勒维达斯的《勒维达斯之声》和《勒维达斯之歌》、特尔默达斯的《福地》、达杜德雅尔的《达杜德雅尔之声》、松德尔达斯的《松德尔达斯之欢乐》《知识之海》以及南德达斯的《五章乐歌》《黑蜂歌》、勒斯康的《智慧的勒斯康》《爱的花坛》、纳罗德默达斯的长诗《苏达马的生平》、纳帕达斯的《虔诚花环》、阿格尔达斯的《贡德里亚罗摩衍那》《罗摩花簇》等。

　　格比尔达斯的生平已不可考，大约生活在 14 世纪末至 16 世纪初的某段时期内。他出身于低种姓的织布工人家庭。其家庭早在格比尔达斯出生前就脱离印度教而改宗了伊斯兰教。格比尔达斯既反对种姓制度也谴责宗教中落后的东西。他认为神明存在于万物之中，万物中皆有神明。这种泛神论包括了他的某种朴素的唯物主义观点和平等大同的理想。他还主张通过理智和理性来求得和神明的统一。格比尔达斯的诗是他的追随者记录下来的，当时没有定本流传，到底有多少诗是他的作品也无从查考。有的传本多达几千首，有的则只有几百首。他的诗绝大部分是四行诗。如："石头拿来砌成庙，神像也是石头雕，一日石裂自身倒，哪有力量将人保？"

　　加耶西生于印度北方邦的加耶斯村。真名叫默利格·穆罕默德。出身于农民家庭，自幼瞎了一只眼睛，7 岁时成为孤儿。后跟随印度教修行人生活。他的宗教信仰属于印度伊斯兰教的苏菲派，主张平等和泛爱，强调以爱而不是以虔诚和膜拜对待神明。他的思想影响了当时不少人。据说加耶西的作品有 21 种之多，现仅发现 3 种。其中最有名的是长篇叙事诗《伯德马沃德》。这部长诗共分 58 章，600 多节，每节 18 行，共 11000 余行。长诗以勒登森和伯德马沃德为中心，歌颂了他们坚贞的爱情。作者突出了勒登森克服重重艰难险阻、不畏强暴、敢于反抗最高统治者的斗争精神。

　　苏尔达斯生活在 15 世纪七八十年代至 16 世纪八九十年代之间。他生于以歌唱为职业的民间艺人家庭，本人也是说唱艺人。他的作品《苏尔诗海》是一部诗歌总集，是以《薄伽梵往世书》所提供的题材来抒发他自己的感情之作。诗集反复描写了黑天从婴儿到少年的各个方面的生活，形成了一组一组的抒情诗，如母子之爱、偷吃奶油、森林放牧、夏日野游、河中戏水、花丛游乐、牧女恋情、欢度节日、喜荡秋千，等等。诗人描绘了一个为人们所喜爱的人格化了的黑天的形象。

　　杜勒西达斯是印度中古文学中影响最大的诗人。他的作品共有 12 种，全部是诗歌。最重要的是《罗摩功行录》，还有《谦恭书》《歌集》和《双行诗集》等。《谦恭书》中收有 279 首诗，主要歌颂传统罗摩故事中罗摩的各种非凡业绩，是名副其实的宗教赞美诗。《歌集》是罗摩本事的提要。《双行诗集》中有诗作 573 首，大部分是格言诗。他的长篇叙事诗《罗摩功行录》被当作宗教的经典，成为印度中古文学史上最重要的文学作品。这部长诗是在古代史诗《罗摩衍那》基础上用印地语加工、改写而成，但比史诗更为集中精练，尤其是人物刻画生动完美，更具艺术感染力，因此在印度人民中的实际影响要比《罗摩衍那》大得多。长诗通过罗摩的一生，揭露了王室内部争权夺势的斗争，暴露出社会现实中的尖锐矛盾。此外，诗人也在长诗中描绘了一个平等、富庶、祥和、安宁的理想社会——"罗摩王朝"。在这个理想的社会里，"没有人身痛苦，也没有天灾人祸流行，所有的人都相亲相爱，都把吠陀经的教义来遵循"。虽然这一理想不可能实现，但对当时遭受苦难的人民却是一种极大的精神安慰，这也是印度人民几百年来无比喜爱它的原因。

17 世纪中叶至 19 世纪中叶被称作法式时期。这一时期的文学作品很多是庸俗和低级趣味的艳情诗。作者大都是为封建王公领主服务的宫廷诗人，他们写作的目的是为庇护者提供刺激和消遣的材料。从形式上说，诗人追求词藻的华丽，比喻的新颖，矫揉造作，陈陈相因，已成为一种法式。当然也有例外，诗人普生就写作了《西瓦吉五十二首》，歌颂了一个反抗皇帝的起义领袖西瓦吉，表现了民族主义精神。

在中古时期，印度文化和文学开始向东南亚等地区传播。古代印度的一些作品，如吠陀故事、罗摩衍那故事、五卷书故事等，后来逐渐在柬埔寨、泰国等地生根并成为这些国家和民族的文学形式之一。

（五）阿拉伯文学

阿拉伯文学是依靠阿拉伯语和伊斯兰教发展起来的。生活在阿拉伯帝国辽阔版图上的各族人民，都是阿拉伯文学遗产的创造者。阿拉伯半岛在伊斯兰教创立前的 150 年左右，称为"贾西利叶时期"，即"蒙昧时期"。此时属于阿拉伯"口传文学"阶段，以诗歌为主。文字产生之后，出现了最有代表性的诗歌样式：悬诗。阿拉伯在游牧散居时期就有赛诗的盛会，凡被选中的诗篇用金水写在细麻布上，然后悬挂在寺院的帷幕上供人们欣赏，这些诗歌就被称为悬诗。悬诗被视为阿拉伯书面文学的开端。盖斯（500—540）是最有代表性的悬诗诗人，他的长诗《悬诗》是伊斯兰教创立前阿拉伯文学的代表性作品，所开创的"盖绥达"体长诗形式已成为悬诗的典范。

中古阿拉伯文学经历了伊斯兰时期（622—750）、阿拔斯王朝时期（750—1258）和奥斯曼帝国前中期（13 世纪中叶—18 世纪中叶）等发展阶段。

中古阿拉伯文化是在继承并融会了西亚北非几个古老文明的基础上兴起的。中古初期，阿拉伯各部落互不隶属，相互之间纠纷和征战不断。因此，实现统一是当时阿拉伯人的首要任务，民族统一的历史要求使伊斯兰教得以产生。随后伊斯兰教的经典《古兰经》开始传世，成为伊斯兰国家政体和文化的支柱。

《古兰经》（又译《可兰经》或《古兰真经》）共 30 卷，114 章。《古兰经》既是伊斯兰教的基本经典，也是第一部用阿拉伯文写成的散文巨著。《古兰经》具有典雅的风格和丰富的内容，为伊斯兰文学发展奠定了基础并影响了许多民族的文学。它使用了纯正的阿拉伯语，采用了独特的文体和修辞，被阿拉伯人认为是语言的最高典范。

在四大哈里发时期（632—661），阿拉伯世界思想日趋活跃。伍麦叶王朝时期

（661—750）阿拉伯扩张为横跨亚、非、欧三大洲的强大帝国。此时最有价值的文学形式是"情诗"，即出现了表现男欢女爱的"艳情诗"和歌咏纯真的柏拉图式爱情的"贞情诗"。

阿拔斯王朝时期的阿拉伯成为一个高度发展的封建制国家，商业和手工业出现繁荣局面，文化较为发达。此时发生的"百年翻译运动"使原来的阿拉伯民族文化演变成多民族共有的伊斯兰文化。

阿拔斯王朝时期的安达卢西亚地区，出现了独树一帜的诗歌样式：彩诗。彩诗盛行于 11 至 12 世纪，是一种格律富于变化的多韵体诗。人们把它比喻为披在女人身上的彩锦饰带，故得名"彩诗"。

此时，散文文学也获得迅速发展，出现了两位著名的散文大师伊本·穆格法和贾西兹。

伊本·穆格法（724—759）最主要的作品是寓言童话故事集《卡里莱和笛木乃》。它最初的文本来自印度梵文寓言故事集《五卷书》，经古波斯巴列维文转译成阿拉伯文。在保留《五卷书》中心部分的前提下，穆格法对《卡里莱和笛木乃》进行了大胆加工。全书共 19 章（有的版本为 15 或 16 章），主要以几十种动物的活动，组成大小 50 多个故事，每个故事表达一种哲理或某种教诲。其主要内容是以鸟兽生活比喻人生，表达作者的伊斯兰伦理观念和处事原则，抒发作者改革社会、治理国家的政治抱负。他在著译《卡里莱和笛木乃》时，有着明确的目的，即劝诫君主、教育群众、改良社会。因而书中不乏针砭社会弊病，鞭笞种种社会丑恶现象的言辞以及对统治者大胆直率劝谏的内容。基本上，各个不同的故事套连贯穿，结构严谨，层层递进。《卡里莱和笛木乃》在阿拉伯文学史和世界文学史上都产生了重要影响。它同《一千零一夜》一样，都集中体现了阿拉伯文学"承前启后、贯通东西"的特点。

在阿拔斯王朝中期，还出现了一种新文体"玛卡梅"。"玛卡梅"原词义是"集会"，引申为在"集会"时讲的故事。"玛卡梅"属散文体，但有一定的节奏韵律。"玛卡梅"的篇幅不太长，在说唱时又有较强的表演因素，所以有的学者称它为"故事剧"。每一篇"玛卡梅"都有一位主人公，主人公一般都是市井流浪汉，其全部活动不外乎行乞、欺骗和耍计谋。内容流于千篇一律，但讲究文辞，注重音韵，风格诙谐轻快，很合市井听众的口味。一般认为"玛卡梅"的创始人是帕迪尔·宰曼·哈玛扎尼（960—1007）。哈玛扎尼是个出色的说唱艺人，传说他写了 400 篇"玛卡梅"，今存 50 篇。"玛卡梅"的另一位著名作者是哈里里（1054—1122），他写的 50 篇"玛卡梅"被认为是这一文学样式的佳作。"玛卡梅"传入欧洲后，曾对文艺复兴时期西班牙出现的"流浪汉小说"产生了影响。

此时还产生了蜚声世界的著名作品《一千零一夜》和《安塔拉传奇》。

《安塔拉传奇》在阿拉伯地区是比《一千零一夜》更为广泛流传的英雄美人故事，被称为"阿拉伯的《伊利亚特》"。作品根据民间流传的贾希利叶时期悬诗诗人、骑士安塔拉·本·舍达德（525—615）事迹加工整理而成，包含许多神话和虚构情节。安塔拉是阿拉伯半岛某部落头人之子，但因其母为黑人女奴，小时候只好随奴隶放牧骆驼和羊群。长大后身躯魁伟、力大无比，爱上堂妹阿卜莱。但出于偏见，父亲拒不认他为儿子，婚姻亦遭叔父拒绝。他愤然出走，苦练骑射。此后仗义行侠，转战南北，用武功和智谋劫夺伊拉克王的驼群，打败罗马巨人，多次击退敌人侵犯，成为名闻遐迩的神勇骑士。最终与阿卜莱喜结良缘。作品中还编入一些神奇故事和诗歌，全书为韵文体。本书编著者已难考定，一般认为是9世纪阿拉伯说书人艾绥迈伊据民间传说整理而成，后至10世纪由尤素福·本·易司马仪加工增补成书。全书最后定型不晚于14世纪。

奥斯曼帝国时期（13世纪中叶—18世纪中叶），伊斯兰教继续广泛传播，但文学上没有取得更高的成就。

（六）波斯（伊朗）文学

波斯是文明古国，1935年更名为伊朗。波斯文学是波斯、塔吉克、阿塞拜疆以及邻近的各族人民艺术智慧的集体结晶。651年，波斯古代史上的最后一个王朝萨珊王朝被阿拉伯人征服，从此波斯接连遭受阿拉伯人、突厥人、蒙古人的侵略与统治，直到16世纪初叶，萨菲王朝才重新统一了波斯。

阿拉伯人占领波斯期间，波斯兴起了反对阿拉伯统治、主张各民族平等的"舒毕思潮"。它是波斯上层知识分子在伊斯兰教的框架下进行的反对阿拉伯统治者的民族斗争。为保证波斯文学在融入伊斯兰文化语境后保持相对的独立性，波斯人还创制了独立的民族语言——达里波斯语。在当时波斯各地方王朝的鼓励下，以达里波斯语创作的诗歌开始兴盛起来，出现了一大批的优秀诗人和杰出的作品。

鲁达基（858—941）是波斯第一个伟大的诗人，素有"波斯诗歌之父"之称。他的诗歌标志着达里波斯语诗歌走向成熟。应该说，达里波斯语诗歌的主要形式是通过鲁达基和他同时代诗人的创作实践而趋于定型的。

菲尔多西（940—1020）与莫拉维、萨迪和哈菲兹共同被誉为中古波斯诗歌的"四大柱石"。他不仅是中古波斯最伟大的诗人，也是世界杰出的诗人。他费时30多年创作的民族史诗《列王纪》（又译《王书》）是波斯文学史上最具有代表意义的作品。为响应复兴民族文化的"舒毕思潮"，当时许多诗人乐于创作反映古代帝王英雄事迹的作品。在菲尔多西创作《列王纪》之前，波斯已经有5部达里波斯语的《列王纪》存世。菲尔多西的《列王纪》是这类作品的集大成者。

菲尔多西的《列王纪》从开天辟地的神话传说开始，直写到651年阿拉伯人灭亡萨珊王朝止。其中包括传说中50个国王统治时期的兴衰大事，时间跨度为

4600 年。作品由三大部分组成：神话传说、勇士故事和历史故事。勇士故事约占全书一半篇幅，也是《列王纪》中的精彩篇章。勇士故事中的四大悲剧更是作品的精华所在。四大悲剧的主角分别是伊拉治、苏赫拉布、夏沃什和艾思凡迪亚尔，他们都是诗人心目中的理想人物。但是，他们的结局都是悲剧，而酿成悲剧的原因都是由于争夺王权的斗争。四个悲剧主人公虽然命运类似，但性格与人生道路却各不相同。勇士故事的中心人物是勇士鲁斯坦姆。综观鲁斯坦姆轰轰烈烈的一生，可以看出，他的荣誉取决于他的超凡骁勇，而主宰他勇武的灵魂就是无比的忠诚。菲尔多西在塑造鲁斯坦姆时，也没有忽略他性格的另一面：工于心计，近乎狡诈。这在他与苏赫拉布的交战中表现得最为明显。总之，史诗大力歌颂鲁斯坦姆及其家族的赤胆忠心，赞扬了他们把盖世无双的勇武完全奉献给波斯民族的统一行为。这样的描写，既充分体现了菲尔多西的爱国主义激情，也表现了他的王权正统思想。

《列王纪》是达里波斯语诗歌创作的第一个高峰的标志，成就与影响巨大。首先，《列王纪》歌颂爱国精神，赞美忠诚于民族的英雄，意在增强波斯民族的凝聚力；其二，《列王纪》继承民族文学传统，吸收民间文学精华，并为后世作家提供了创作素材；其三，菲尔多西以准确流畅、典雅生动的达里波斯语创作《列王纪》，为这种语言成为民族通用语作出了历史性的贡献。

"鲁拜"是波斯古老的诗歌体裁，又译成"柔巴依"。"鲁拜"是阿拉伯词汇，本义为"四个一组的"（也就是四行诗）。与其他诗歌形式不同，这种诗体不受阿拉伯诗歌韵律的影响，形式短小，擅长表现诗人的瞬间感受和某种深刻的思想。今天能看到的最早的鲁拜诗出自鲁达基的笔下。成就最高的则是欧玛尔·海亚姆（又译为莪默·伽亚谟，1048—1122）。他的创作使鲁拜诗体臻于完美，代表作为《鲁拜集》。对宗教愚昧的揭露和抨击是《鲁拜集》的主要内容，集中表现了科学思想与神学意识的尖锐对立。

波斯文化中心西移后，内扎米·甘哲维（1141—1209）成为波斯诗歌的代表者。他是阿塞拜疆诗人，继承了菲尔多西《列王纪》的叙事传统，但有新的发展和变革。主要成就是包括 5 部各自独立的叙事诗的诗集《五卷诗》。其中最为人们传诵的是第三卷《蕾莉与马季农》，它是一部感人的爱情悲剧。女主人公蕾莉与男主人公盖斯属于不同部落而倾心相爱，终因封建势力的压迫与陈旧观念的束缚，未成眷侣。盖斯因痛苦而疯癫，被称为"马季农"（意为"疯子"、"痴情汉"），最后悲惨死去；蕾莉被迫另嫁，后也郁郁而死。内扎米把流传于西亚地区的民间爱情传奇故事叙述得有声有色，并且赋予了新意，体现了追求个人幸福和自由的人本精神。

中古波斯文学的一个重要现象是苏菲文学的兴起。苏菲文学是指以宣扬苏菲教义及其神秘主义哲理为主旨的文学。苏菲教派专注于精神修炼，主张苦行禁欲，倡导克己守贫、顺从虔信和自律行善。尽管苏菲文学的宗教气息较为浓厚，但那些注重自身修行的作家具有不与统治者合作的傲骨和乐善好施、同情弱者的爱心。很多沉于思辨的作家还提供了富有诗意的人生启迪。苏菲文学的成就主要在诗歌方面。

莫拉维（1207—1273）是苏菲文学的集大成者。莫拉维的一生主要在鲁姆（指东罗马帝国）度过，因此获得了"鲁姆的莫拉维"的雅号，简称"鲁米"。莫拉维的哲理寓言诗集《玛斯纳维集》和抒情诗集《沙姆斯集》被称作苏菲教派的经典。抒情诗集《沙姆斯集》的诗作多采用隐喻、暗示和象征等手法，通过对"挚友"、"情人"的思念、追求，阐发了"人主合一"的神秘主义观点。

在外族入侵之后，文学中心南移，产生了波斯诗坛的"双子星座"萨迪和哈菲兹，他们的诗作都带有苏菲主义思想。

萨迪（1209—1291）是波斯 13 世纪的伟大诗人，出生于南部的文化名城"诗都"设拉子，从小受到浓重的宗教思想熏陶。萨迪 30 岁时没有完成学业就离开了学校，开始了云游生涯。多年的漫游生活使他接触到形形色色的人物，所见所闻丰富了人生阅历，这为他世界观的形成打下了坚实的基础。波斯的本土宗教琐罗亚斯德教提出的"尊善而弃恶"的思想与伊斯兰教"为善"、"禁止作恶"的道德信条深深地影响了萨迪。可以说，抑恶扬善是萨迪道德标准的核心。其善的内容就是爱世人，解除人们的疾苦。长期的布道讲学也锻炼了他的语言表达技巧，形成朴实晓畅、精辟凝练的风格。漫游期间，他完成了诗集《果园》。《果园》除序诗外共 10 章，诗人对美好的情操、正义的品格、纯洁的人性进行了热情的讴歌和礼赞。例如，诗人主张珍惜时光，锐意进取。"昨日已往，明日也未可期望，／只求把眼前瞬间牢握手上。"他歌颂靠勤劳享受幸福生活的人："你要奋发图强自食其力，／付一份辛苦，日后定有一份收益。"萨迪对劳动和劳动者的赞美，在中古的波斯文坛是一种突破。

1258 年，他的散韵结合的另一部著名作品集《蔷薇园》问世。《蔷薇园》是一部以散文为主的作品，其中常常插有短诗借以点明主题，加强效果。《蔷薇园》共有 8 卷，包括记帝王言行、记僧侣言行、论知足常乐、论寡言、论青春与爱情、论老年昏愚、论教育的功效、论交往之道。前 7 卷包括 171 个独立成篇、寓意深刻的小故事，每个故事之后又附有哲理性的短诗，以概括和升华所讲故事的深层含义。第八卷则包括 106 条格言警句。

《蔷薇园》突出表现了萨迪同情人民、反对暴政、主张统治者对人民要施"仁政"的思想。如第一卷第十节，写萨迪"在大马士革的大寺院里"对一个前来朝拜、祈祷的阿拉伯国王说道："你应对那弱小的百姓仁慈。"在萨迪看来，国王

"强硬有力的手掌，不应加在弱小无告的人民身上"，而是应该保护人民。作品在第一卷第二十八节更借一个"托钵僧"之口表达了诗人的这种观点，他说："国王是保护百姓的，不是百姓应该伺候国王。"另一方面，作者对危害人民的暴君更是直接发出诅咒。如作品第一卷第十一节的题诗："暴君，暴君，你是人民的灾难。"在第一卷第六节写道："暴君绝不可以为王，豺狼绝不可以牧羊。国王对人民任意压榨，正是削弱国家的根基。"

萨迪在作品中热烈歌颂了那些勤奋刻苦、自食其力的劳动者，赞美了他们身上所具有的善良、勤劳等优秀品质。作品在第一卷第三十六节叙述"兄弟二人，一个在苏丹那里做官，一个靠双手劳动，自食其力"。当有钱的兄弟劝那贫穷的也来伺候苏丹，以摆脱苦重的劳动时，穷兄弟回答："你若摆脱你这伺候人的可耻地位，岂不更好？圣人说：'与其腰束金带，服侍别人，不如坐在地上自食其力。'"作品第二卷第二十八节更通过一个乞丐之口表达了劳动高于一切的思想："富人如果把金钱放在你手中，你不要对这点恩惠太看重；因为圣人曾经这样教诲：勤劳远比黄金可贵。"

除上述内容外，其中不少内容富含人生哲理，如："有了知识而不运用，如同一个农民耕耘而不播种"，"宝石即使落在泥潭里，仍是一样可贵；尘土虽然扬到天上，也无价值"，等等。这些名言警句使作品充满了智慧的光芒，即使在今天仍能给人们带来启迪。萨迪由于出色的诗歌成就，被誉为"波斯古典文坛最伟大的人物"。

哈菲兹（1327—1390）也是波斯著名的抒情诗人，与萨迪一样也出生在设拉子城。哈菲兹性格独立不羁，诗作常常带有异端思想。《哈菲兹抒情诗集》中的诗作激情饱满，语言隽永，律动优美，是波斯古典诗歌的一个高峰。哈菲兹抒情诗的主要内容是表达对伪善的宗教人士的揭露和谴责，表达对人生自由的向往和追求。哈菲兹抒情诗的另一重要内容是歌唱爱情。他的爱情诗感情炽烈，真挚动人。例如，他在诗中写道："萨姬哟，快用美酒的光辉照亮我们的酒杯，/歌手啊，快唱吧，世事已如我们心意，/我们在酒杯里看见了情人芳容的倒影，/懵懂者啊，怎知我们嗜酒成癖的欢愉。"该诗以"在酒杯里看见了情人芳容的倒影"，把对情人的思念写得刻骨铭心，出神入化，并且把追求爱情与纵酒为乐完全融合在一起。也可以说，哈菲兹把纵情于酒与爱情至上、蔑视教条完美地结合在一起，形成一种落拓不羁的任情性格。

哈菲兹在伊朗人民心目中的地位是崇高的，他被尊称为"设拉子的夜莺"、"神舌"和"神学家"等。欧洲文艺复兴时期，哈菲兹诗歌传到欧洲，产生了很大的影响。后来许多欧洲的思想家和诗人都将哈菲兹视为文艺复兴的先驱。歌德读了哈菲兹的诗集后创作的《西东诗集》，其中的"哈菲兹篇"由若干诗歌汇成，专门献给哈菲兹。黑格尔在其《美学》中也多处论及哈菲兹，并评价说他的许多诗歌"显出精神的自由和最优美的风趣"①。恩格斯也多次谈到哈菲兹，他热情地说道："读一读放荡不羁的老哈菲兹的原著是相当愉快的，它听起来很不错。"② 其他大诗人诸如普希金、莱蒙托夫、叶赛宁以及尼采、丹纳等哲学家，也都给了他很高的赞誉。

二、欧洲文学

从 476 年西罗马帝国灭亡开始，欧洲进入中世纪即封建社会时期。世界史学界和宗教史学界较为公认的看法是："中世纪"概念的首次提出者是神学家德尔图良（150—230）。他认为现在是罪恶和平庸的中间时代（tempus medium），由此，他首创了"中世纪"这个历史观念。③ 今天，很多学者认为，"中世纪"即指欧洲的封建社会形态，包括早期（5—11 世纪初，封建制度形成时期）、中期（11—13 世纪末，封建制度发展和繁荣时期）和晚期（14—17 世纪中叶，封建制度衰落、资本主义生产方式和意识形态出现）三个发展阶段。因为在文化史意义上，中世纪晚期即文艺复兴时期，所以在本书中，我们把欧洲中世纪文学只限定在 5—13 世纪末这段时期出现的文学，即封建社会早期和中期的文学。

欧洲中世纪文学有着和亚洲中古文学完全不同的社会历史文化特点。

首先，欧洲中世纪文学是多种古代文化相融合的产物。它是在古代希腊罗马世界解体、蛮族入侵、东西方文化交流较为频繁的情况下出现的。这决定着在这块土地上既有高度发展的古代希腊罗马文明的文化因子，也有着基督教所带来的东方犹太文化因子。同时，日耳曼人的蛮族文化、北欧拓殖抢掠文化以及西亚文化等对中世纪欧洲的语言及文学也产生了深刻影响。这种复杂的多文化交融甚至可以溯源至远古游牧民族的迁徙、希腊化时期文明的扩展和罗马帝国在纪元之初的巨大成功。因此，和亚洲情况不同，在中世纪的早期，欧洲并没有条缕分明的民族文学之界限，体现着更大程度的跨民族性和跨文化性。但这种文化融合又是在蛮族打碎了古代文明的基础上进行的。诚如恩格斯所言："中世纪完全是从野蛮状态发展而来的。它把古代文明、古代哲学、政治和法学一扫而光，以便一切都从头做起。"④ 尤其是在西欧"黑暗时代"的几百年间，古希腊文化和文学遗产已被摧毁殆尽。人们不得不在新的历史条件下，运用各种已有文化要素进行新的文化重建工作。从这个意义上说，中世纪欧洲文学起始就带有一定程度的多民族文

① ［德］黑格尔：《美学》第 3 卷下册，朱光潜译，商务印书馆 1981 年版，第 226 页。
② 《马克思恩格斯全集》第 28 卷，人民出版社 1973 年版，第 265 页。
③ 参见［奥］希：《欧洲思想史》，赵复三译，广西师范大学出版社 2007 年版，第 8 页。
④ 《马克思恩格斯文集》第 2 卷，人民出版社 2009 年版，第 235 页。

化的统合特征，是在"打碎"古代文化的基础上对多种已有文化要素有选择地进行新的历史文化重构，从而也就带来了中世纪不同于古代希腊罗马文化与文学的新创特点。

其次，欧洲中世纪文化经历了由分散到整合的过程。10 世纪之前的欧洲隐含着四大地缘文化板块：一是以罗马城为中心的西欧天主教文化板块。罗马教会在宗教活动中使用拉丁语以及神父阐释宗教思想的独特方法，逐渐形成了西派拉丁教会的风格。二是以拜占庭帝国（即东罗马帝国）的首都君士坦丁堡为代表的正教文化板块。罗马帝国东部地区的教会因其所在的地理方位，保留了较多的希腊文化传统，在宗教活动中使用希腊语，故习惯上称之为希腊教会或东方教会。三是北欧的文化板块。主要是指挪威、冰岛、芬兰等斯堪的纳维亚半岛地区的文化。在欧洲大陆的封建化急骤发展的时候，北欧地区仍然处在原始社会末期。在维京时代（793—1066），来自斯堪的纳维亚的勇士们开始向四外探险和寻找新的家园。但直到 10 世纪以前，这一地区的文化仍然处在相对封闭的自我发展之中。四是西班牙和意大利南部及西西里地区的文化板块。这几个地方曾经属于欧洲古代文化发生和发展的重要地域。但是，自从 711 年之后，阿拉伯人统治西班牙等地有 700 多年的时间，使这些地区阿拉伯文化高度繁荣。然而在社会生产力发展的作用和基督教会严酷的精神统治下，到 11 世纪之后，这些不同的文化板块逐渐被统辖到欧洲大陆的社会进程和基督教文化的发展进程中来了。

第三，基督教对中世纪文化的形成和发展起到了极为重要的作用。马克思、恩格斯指出："当古代世界走向灭亡的时候，古代的各种宗教就被基督教战胜了。"[1] 基督教产生于公元 1 世纪前后的罗马帝国，"它最初是奴隶和被释奴隶、穷人和无权者、被罗马征服或驱散的人们的宗教"[2]。因此，帝国的统治者起初曾对基督教采取了残酷镇压的政策。但随着高压政策的无效，加之罗马统治者看到基督教思想有可以利用的一面，便由镇压改为扶持。392 年，罗马皇帝狄奥多西一世宣布基督教为国教，基督教成了统治阶级的思想工具。而教会为了生存也在对教义的阐释和对教会组织的改造中，使基督教成为适应封建制度需要的上层建筑。基督教是欧洲中世纪占主导地位的文化，这决定了在中世纪各种文化要素的融合中，体现出了基督教文化的强大的统筹特征。也可以说，基督教文化在形成过程中，不仅整合了多种古代文化，而且以基督教教义为中心，建立起了新的中世纪欧洲文化体系。但这种统筹并非是在平和的氛围中以和平的手段进行的，而是伴随着分裂和融合、武力与文攻等方式实现的，从而形成了一个以地中海为依托的

---

① 《马克思恩格斯文集》第 2 卷，人民出版社 2009 年版，第 51 页。
② 《马克思恩格斯文集》第 4 卷，人民出版社 2009 年版，第 475 页。

基督教文化世界。

还需要指出的是，基督教文化在欧洲取得绝对垄断的政治地位之后，宗教僧侣利用教会垄断文化教育，钳制人们的思想，并将世俗的封建制度神圣化。恩格斯就曾经指出，中世纪的世界观在本质上是神学的世界观，而其他的社会意识形态则不得不沦为神学的婢女。这样的结果就极大地束缚了社会的发展。因此有些学者将此时期称为"黑暗时代"。

第四，欧洲中世纪文学发展也呈现出鲜明的阶段性。早期发展阶段的主要文学成就有"黑暗时代"出现的带有初创性质的宗教文学、早期的民间史诗创作以及北欧的神话和传说等。这些作品反映了混乱时代封建制度形成时期的现实生活和人们的精神需求。6世纪拜占庭查士丁尼大帝"一个国家、一部法典和一个教会"的治国方略的制定、8世纪西欧出现的"加洛林文艺复兴"，是欧洲基督教化基本完成的标志。中期发展阶段是欧洲封建制度的发展和繁荣时期，10世纪之后出现了大量成熟的宗教作品与以世俗生活和人生情感描写为特征的文学艺术作品。各种主要的艺术形式，如规模庞大的宗教颂神诗、带有明显的世俗特征的宗教抒情诗、具有浓厚的基督教思想的史传文学作品、较为完整的宗教戏剧以及其他一些宗教文学样式，都开始出现并走向成熟。更为重要的是，在那些宗教性的文学文本中，早期被认定为宗教"异端"的一些文化成分，在新的基督教教义解释下获得了保留。不仅如此，在中世纪漫长历史时期一直在民间流传的一些史诗和歌谣等，也被教士们以抄写名义加以更好的整理和保存。甚至世俗文化也在这样的氛围中获得了较大规模的发展，例如，随着12世纪前后城市的出现，城市市民文学成为重要现象。可以说，欧洲中世纪中期，尤其是12—13世纪是其文化和文学走向成熟的时代。因此有西方学者将这一时期笼统称作"12世纪的文艺复兴"。正是在这样的文化氛围的持续不断作用下，才诞生了意大利的伟大诗人但丁，也才出现了中世纪晚期的"文艺复兴运动"。

欧洲中世纪文学可以分为教会文学与世俗文学两大类型：

（一）教会文学

教会文学主要是指基督教僧侣写作的以宣扬宗教思想观念为主旨的文学。教会文学是欧洲中世纪特有的文学现象，主要是以宣传基督教思想为目的，以《圣经》的内容和宗教使徒故事为题材。主要形式有史传类著作、宗教诗歌、宗教戏剧、宗教故事等。

教士创作的史传类著作是欧洲中世纪"黑暗时代"特有的文学样式之一。5世纪恺撒里亚的尤西比乌斯开了史传写作的先河，有"基督教教会史之父"的美誉。他著名的作品有《基督教会史》和《君士坦丁大帝传》等。在《基督教会史》中，他建立了一种新的历史阐释方法：不要写作战争的过程和将军们的业绩，而要写"为了灵魂安宁而进行的最平静的战争"。这实际上就把古希腊罗马创立的以人作为历史主体的史学观，变成了以上帝为历史发展动力的神学史观了。《君士坦丁大帝传》就细致地描写了君士坦丁大帝皈依基督教的过程以及在上帝庇护下取得的一系列胜利。拜占庭史学家普罗柯皮乌斯于 550 年出版了《战争记事》（共 8 卷），作者生动翔实地记叙了查士丁尼时代的波斯战争、汪达尔战争、哥特战争、摩尔人战争等一系列重大事件，包括 6 世纪三四十年代发生在君士坦丁堡的尼卡暴乱以及大瘟疫的情况，还有当时不同民族国家的地理位置、宗教信仰、风土人情以及神话传说、自然现象等多方面的内容，成为时代的百科全书。西欧中世纪这类作品的最主要作者之一是生活在 6 世纪的都尔教会的主教格雷戈里（约 538—594）。他的《法兰克人史》是这个历史时期法兰克人留下的最有价值的文化史料。作品全面而细腻地展示了蛮族入侵西欧的混乱状况和对当时社会秩序的严重破坏。其中大量具体生活故事的描写，表现了对下层人民悲惨命运的深刻同情和对那些残暴凶恶的贵族阶级的憎恨，也体现了他要用基督教思想统一人心，建立社会秩序的理想。

诗歌是欧洲中世纪教会文学的重要形式之一。从 4 世纪开始，很多教士和神学家用诗歌来宣传教义，抒发基督徒的信念和情感。东部教会由于和古希腊文化联系较多，随着教会礼仪的日益完备和复杂化，促进了教会歌颂文学的繁荣，出现了很多宗教赞美诗。5 世纪至 6 世纪的罗曼努斯是教会歌颂文学的著名作者，他写的许多赞美诗在中世纪长期流传。在 7 世纪，索菲亚大教堂的祭司乔治·比希狄亚被认为是拜占庭最优秀的诗人。他现存的诗作都是用短长格的诗句写成的，主要有《希拉克略皇帝远征波斯记》《希拉克略皇帝》和《六日》等。从《六日》的题目中可以看出，这首诗作取材于《旧约·创世记》，以对上帝创世的描写来评判当代的事件。该诗韵律整齐优雅，很快传到了拜占庭之外。"黑暗时代"西欧有代表性的诗作是写于 7 世纪并归在盎格鲁-撒克逊诗人凯德蒙名下的《凯德蒙组诗》。这部组诗其实是产生于"黑暗时代"的英国修道士们的诗歌作品的汇集，表现的是修道士们对基督教的坚定信仰，但其中有些诗作也体现了随封建制度的发展而沦为农奴的农民的情感。11 世纪后期西欧封建社会走向鼎盛阶段，此时僧侣们创作的宗教诗歌情感更为细腻，艺术手法更加成熟。封建社会盛期的宗教诗歌体现了两大主题：第一个主题是表达对基督的爱。例如彼得·达密安《是谁在敲门》、杰克芬的《十字架前显慈颜》等。其中部分诗作已在宗教情感中透露出微弱的世俗感情。第二个主题是通过对上帝天国的歌颂表现了人们对美好理想的衷心期盼。在阿贝拉尔的《平安彼岸歌》中，诗人始终把现实的丑陋和天国的美好进行着对比，体现的是诗人空想式的美好社会理想。中世纪著名的宗教学者和诗人圣·方济各在 1225 年初夏写成的《万物颂》是一首广泛流传的著名宗教诗篇。该诗本来是歌颂上帝创造力的作品，但却通过形象化地描绘上帝造物，使得诗歌本身成了"创造物"的赞美诗。诗作赞美了给人以白昼和光明的太阳兄弟，明亮、高贵、美丽、璀璨可爱的月亮姐姐和星辰妹妹，扶持万物生机的风兄弟，谦卑、贞洁的水妹妹，欢畅、热烈、有力的火兄弟以及赋予我们果实、芳草及各色花木的丰沃、慷慨、仁慈的土地母亲。这首诗作没有一般宗教诗歌的那种阴冷、暗淡和恐怖的气氛，表现的是作家对生机勃勃世界的热爱。艺术上各种意象运用贴切、形象，富有情感。

在古代希腊戏剧被长期淹没之后，10世纪前后宗教戏剧在西欧开始萌芽。这些产生于宗教仪式和狂欢节表演中的粗糙戏剧作品，大多是为宣扬宗教思想写成的，所以也被统称为"宗教剧"。"宗教剧"可分为几大类型：第一种是神秘剧，主要叙述《圣经》和教会史中发生的故事；第二种是神迹剧，表现的是耶稣或圣徒的奇迹；第三种是道德剧，往往是为法庭写作的，或是宗教学校的校长为学生们写作的，目的是进行宗教道德教诲。中世纪宗教戏剧的代表人物是女作家罗丝维萨（约935—1000）。她的剧作大多站在基督教的立场反映现实问题，宣扬基督教思想意识和价值观念、鞭挞统治者道德堕落行径。现存的剧本《加里卡纳》写的是加里卡纳作为一位异教的军事统领，爱上了已经献身上帝的贞女、君士坦丁皇帝的女儿康丝坦提亚。耶稣的门徒约翰和保罗劝他皈依基督。他皈依后独身禁欲，最后殉教而死。在临死之前，他还为行刑者的儿子祈祷，最后行刑者的儿子也信奉了基督教。作品主要宣扬的是基督教的教化力量。

此外，欧洲中世纪还有大量的圣经故事、使徒故事以及信徒故事等，虽然数量众多，但总体价值不大。

应该指出，教会文学现象是极为复杂的。第一，在中世纪早期，宣扬上帝万能、神恩拯救、使徒品格坚毅等作品，适应了在混乱中建立封建秩序的需要；而强调精神的至圣和灵魂的纯洁，也符合了当时提升蛮族精神道德的要求，有一定的进步意义。但基督教思想文化体系毕竟是本末倒置的，是为统治阶级服务的意识形态，因此，越到后来越成为束缚人们思想的工具。第二，虽然有很多作品歌颂的是上帝创世、理想天国的，里面包含着大量的禁欲主义、蒙昧主义的内容，但其中有些作品也蕴含着对人的创造力的歌颂和对美好社会理想的追求。因此，对基督教文学现象要根据历史唯物主义的观点加以辨析。第三，基督教文学所创造的梦幻故事形式和寓意象征等表现手法，虽然是为宣传宗教思想服务的，具有晦涩难懂的弊端，却影响了整个中世纪的欧洲文学，成为中世纪欧洲主要的创作手法，也造就了一些文学精品。

（二）世俗文学

除教会文学外，欧洲中世纪也产生了神话传说、史诗与谣曲、骑士文学和城市文学等艺术样式，这些作品以各个民族的世俗生活为题材，以反映不同时期的世俗情感要求为主旨。但在发展和记录写定的过程中，均被或多或少地加进了基督教文化的因素。

神话传说。中世纪欧洲神话传说主要出现在北欧，这与北欧社会发展的相对缓慢密切相关。当欧洲大陆已经进入封建社会的时候，10 世纪前的北欧仍然处在氏族社会末期的发展阶段。

"埃达"是北欧的神话故事和英雄传说的汇集，分为《韵文埃达》和《散文埃达》。北欧神话大致包括两个大神的族系，即阿斯神族、莞讷神族，影响最大的是阿斯神族神话。阿斯神族中有 12 位阳性主神和 12 位阴性主神。奥丁是至上神，又被称为"全能之父"。他主管世界、主管死亡、操纵战争、决定胜负，还从巨人族那里偷走了诗歌创作的天赋，具有高超的诗歌创作才能。他反复无常，性情暴烈，最终在大火神毁灭神的世界时被杀死。莞讷神族也有很多有名的神祇，其中最著名的是雷神弗莱尔，他掌管阳光、雨水、土地以及人和牲畜的繁殖。他的妹妹弗丽娅是掌管着爱与性行为的女神。这些莞讷神族的神祇，后来都融入了阿斯神族的系统中。"埃达"文学中也包括很多英雄传说，《首饰工匠沃伊纶》是最著名的古代北欧的英雄传说之一。沃伊纶是个半神半人的英雄，具有多方面的才能，也是一个心灵手巧的工匠。瑞典的一个地方的国王倪稣斯设计把沃伊纶捉住，割断了他的筋腱。沃伊纶利用智慧，进行了巧妙反抗，并偷偷用鸟的羽毛做成了一件羽衣飞走了。这个传说展现了古代英雄机智勇敢和热爱自由的风貌。

"萨迦"主要是指保存在冰岛手稿中的几十部散文故事。这些口传的萨迦作品，大约在 13 世纪下半叶开始被记录下来。"萨迦"在日耳曼语中的意思就是"故事"，也称"历史"，主要讲述的是挪威、冰岛拓殖者们的英雄事迹。现存的萨迦作品大约可以分为以下几类："古代萨迦"记述的是古斯堪的纳维亚人的生活；"冰岛人萨迦"的内容是关于拓殖者们发现冰岛以及定居冰岛的生活和斗争的经历；"斯德龙萨迦"讲述的是 12 至 13 世纪冰岛人政治斗争的事件；"国王萨迦"大多是讲述挪威国王，特别是"金发王"哈拉尔德业绩的故事；"主教萨迦"则反映的是基督教传到冰岛以后的宗教故事。此外，还有"家族萨迦"、"武士萨迦"、"圣贤萨迦"等。这类故事的情节大都发生在约 780 年直至约 1030 年这段历史时期，反映的是北欧社会的变动状况。其中最著名的萨迦作品主要表现了北欧人，特别是挪威人发现冰岛，拓殖和定居冰岛的艰辛历程；也描写了冰岛人在定居后又向外抢掠，发现格陵兰岛等一系列重大事件；还展示了北欧人接受基督教的历史文化发展趋势。

史诗与谣曲。中世纪史诗主要出现在入侵欧洲大陆的日耳曼人中间，俗称"中世纪史诗"。文学史上常常依据其内容和产生的时间，将中世纪史诗分为两大类：一类是中世纪早期出现的英雄史诗，另一类是中世纪中期出现的英雄史诗。

早期史诗是蛮族氏族社会末期"不自觉"形成的人民的口头创作和集体智慧的结晶。这些作品大都产生在民族大迁徙前后，主人公是氏族部落英雄，描写的是他们所建立的丰功伟绩以及同自然力量所进行的斗争，表现出了强烈的群体意识和英雄精神。早期史诗带有较多的神话因素和多神教成分。流传于后世的主要有盎格鲁-撒克逊人的《贝奥武甫》、日耳曼人的《希尔德布兰特之歌》（仅存 68 行片断）、芬兰人的《卡勒瓦拉》①（又名《英雄国》）等。

《贝奥武甫》是欧洲流传迄今最早而又最为完整的一部史诗，盎格鲁-撒克逊人于 5—6 世纪由北部大陆向不列颠岛迁移时带来了这个传说，经过 200 多年的口头流传，于 8 世纪用中古英语写成，现存最早的手抄本是 10 世纪的。史诗共 3000 行，分为两部。第一部写的是丹麦被水妖格兰德扰害 12 年之久，氏族英雄贝奥武甫率 14 名勇士渡海来到丹麦，先斩杀水妖，继而又下海追杀了为子复仇的水妖之母。第二部写贝奥武甫继承王位 50 年后，不顾年迈体弱，率领民众鏖战火龙，并只身闯入龙穴。在杀死火龙时身负重伤，壮烈牺牲。史诗中现实成分和神话因素交织，以传说和幻想的形式反映了人类与自然和社会邪恶势力的斗争。贝奥武甫作为理想的人物形象，为民除害、勇往直前，完全把个人生死置之度外，体现了氏族英雄的鲜明特征。作品也反映了氏族社会瓦解时期氏族贵族的生活方式和古代北欧人民的理想，艺术成就较高，各种形象的刻画、场景之间的对比、灵巧的插话都很出色。应该指出的是，《贝奥武甫》在长期流传直至定稿的过程中，也受到了某些基督教观念的影响。

芬兰史诗《卡勒瓦拉》反映了斯堪的纳维亚氏族社会向中世纪过渡的生活和芬兰人②对天地万物起源的独特理解：如外来的生灵在大海和狂风的作用下孕育了世界。这样，不利于人类生存的恶劣的自然环境就被赋予了乐观主义的解释。由于自然环境恶劣，古代的芬兰人非常重视人的技能和创造性劳动。在史诗中，大英雄万奈摩宁是第一个播种大麦的人，也是第一个歌手和法师；伊尔玛利宁是熟练的铁匠；勒明盖宁是技艺高超的打鱼人。他们不仅自己能够创造出带来美好生活的三宝（Sampo）③，而且还可以打造出新月亮和新太阳。史诗虽然有很多情节描写了不同部落之间发生的争执和战争，但是，他们从来没有把报复和掠夺财富

---

① 原文为"Kalevala"。

② 有的史书称芬兰人的祖先为鲜卑人。有研究者认为，公元 4 世纪时，一部分鲜卑人游牧迁入欧洲，逐渐到达现今的芬兰地区，后在与欧洲南部的苏姆人、中部的叶姆人、东部的科列勒人融合的基础上形成了芬兰民族。

③ 在芬兰神话中，三宝是伊尔玛利宁创造的一种富有魔力的宝物，类似于中国传说中的聚宝盆。它能给它的拥有者带来好运气。

作为自己生活的目的。史诗《卡勒瓦拉》是芬兰民族融合与历史文化形成发展时期的主要史料。

中世纪中期的英雄史诗是指反映封建社会形成时代的史诗作品。中期英雄史诗的主人公大多是封建国家的英雄，表现的是他们的忠君观念和为民族强盛建功立业的封建英雄主义精神。中期英雄史诗神话因素大大减少，英雄的奇功伟业往往与宗教奇迹融合在一起，甚至有的英雄人物的业绩表现为同异教徒的斗争。中期英雄史诗主要有法国的《罗兰之歌》、西班牙的《熙德之歌》、德国的《尼伯龙根之歌》、拜占庭的《瓦西里·狄吉尼斯·阿克里特》和古罗斯的《伊戈尔远征记》等。这些史诗起初多传诵于10至11世纪，繁荣于12至13世纪，14世纪则被湮没，有100余部史诗手稿在19世纪才被发现。

法国的《罗兰之歌》是中世纪史诗中杰出的作品之一，它的基础是民间创作，形成于11世纪末，后经教会文人加工编辑而成。现存最古手抄本产生于12世纪，1837年始被发现。《罗兰之歌》用罗曼语写成，全诗共4002行。事件发生在查理大帝时代，但情节较之史实有很大变异。史诗记叙法兰克国王查理出兵西班牙，征讨异教徒国家，经过七年战争，只剩萨拉哥撒未被征服。史诗故事开始于战争最后一年，其情节发展可分为查理大帝接受罗兰提议，派遣使者前往萨拉哥撒谈判议和，甘尼伦叛变，与敌手设下计谋；查理大帝班师回国时，罗兰率军殿后，遭到敌军突袭，全军覆没，罗兰战死；查理归国后惩罚叛徒甘尼伦。史诗中的罗兰是一个忠于君王、英勇无畏并立下不朽功勋的英雄人物，他的全部业绩都是在激烈的矛盾中体现出来的。例如他在最后一次战斗中，面对数量多于自己五倍的敌军，毫不畏惧，英勇奋战，"凶猛得像狮子或豹子一样"。同样，罗兰把保卫法兰西的荣誉看成自己的天职，他说："不要由于我而使法兰西丧失威名，我宁可死掉，耻辱决不能容忍。"作者特意描写罗兰牺牲前倚在岩石上，目光投向敌人，表现了他心怀君主、仇恨顽敌、宁死不屈、大义凛然的英雄气概。正是他在与敌人斗争中显示出来的忠君观念，使他具有了不同于早期史诗英雄的风采。在史诗中，罗兰的忠君观念也是同爱民族的精神结合在一起的，这是中世纪中期英雄的时代特征。因为当时开明而强大的君主是统一国家的象征，是社会秩序的代表，所以维护王权有历史进步意义。

拜占庭史诗《瓦西里·狄吉尼斯·阿克里特》最早形成于君士坦丁九世（1042—1055年在位）统治时期。作品主人公瓦西里是拜占庭人心目中的英雄。诗歌说他出生在马其顿时期的小亚细亚，其父是阿拉伯人，母亲则是基督徒。他的姓"狄吉尼斯"意思就是"两个民族的混血儿"，而另一个姓"阿克里特"则是"战士"和"边境保卫者"的意思。作品的主人公瓦西里·狄吉尼斯·阿克里特一生都在为保卫拜占庭的安全与各种邪恶者进行着斗争。史诗围绕瓦西里的身世、生活方式和在战斗中所表现出来的英雄气概的描写，揭示了 11 世纪前后小亚细亚的民族矛盾和民族斗争以及民族融合的历史特点，也表现了拜占庭民族英雄的基本风貌。从某种意义上说，这也是一部歌颂帝国荣光、提升民族士气的作品。而史诗中对阿克里特的家庭和宫廷的描写，实际上揭示了拜占庭时期军事地主贵族割据一方并享有无限的权利和财富的生活。在艺术上，《瓦西里·狄吉尼斯·阿克里特》也明显受到东西方文化的双重影响："这一史诗的风格颇接近西方的骑士传奇，如《熙德之歌》《罗兰之歌》，也同阿拉伯世界的传统故事有很明显的渊源关系。""在这一传奇故事中，可以找到许多与阿拉伯《天方夜谭》和后来土耳其叙事诗中的情节和人物的联系。"[1]

古代罗斯的英雄史诗《伊戈尔远征记》形成于 1185—1187 年间。基辅罗斯王公伊戈尔远征黑海沿岸的波洛夫人的史实是这部史诗的基础。全诗分三个部分：叙述伊戈尔的出征和被俘；基辅大公号召团结抗敌，保卫国家；最后伊戈尔逃脱囚禁回到祖国。"这部史诗的要点是号召俄罗斯王公们在一大帮真正的蒙古军的进犯面前团结起来。"[2] 当时的罗斯处在内忧外患的民族危机之中，史诗肯定伊戈尔的抗敌行动，但是批评他贪图个人荣誉、孤军奋战的错误，号召全罗斯消灭内讧，团结对外。这部史诗的艺术特色是叙事与抒情相结合手法的运用。在史诗中，伊戈尔的远征与罗斯的山川鸟兽、一草一木都息息相关。这种人与自然天然联系的观点和抒情技巧，加深了作品中爱国思想的感人力量。诗中运用了民歌的技巧，采用了象征、比喻、哭诉等来源于民间的创作手法，具有浓厚的民族特色。

在欧洲封建社会发展的成熟阶段，还出现了谣曲。谣曲是一种故事诗，从民间口头文学发展而来。15 世纪英国出现了民谣的繁荣时期，后被记录下来的有 1000 首以上。有的歌咏历史事件，有的歌唱神话传说，也有的传唱其他文学作品中的故事。"罗宾汉谣曲"是一组歌唱侠盗罗宾汉的作品。罗宾汉是一个被压迫的英国农民，英勇的射手。他不愿忍受封建主和僧侣欺凌，聚啸山林，很多贫苦无助的人都投奔于他。他们劫富济贫、仗义疏财，深受人民爱戴。"罗宾汉谣曲"直接反映人民的愿望，塑造了人民喜爱的英雄形象，在中世纪文学中占有特殊地位。

骑士文学。骑士文学是欧洲中世纪封建制度形成和兴盛时期出现的文学样式。由于骑士大多出身于封建主阶级的下层，与人民接触较多；又由于在十字军东征中接触到了东方文化，加之虽效忠宗教又不奉行禁欲主义，故显示出了独特的文学特征，各种文化的交融与影响在骑士文学中表现得十分明显。从骑士文学的内容来看，主要是描写骑士的冒险经历和典雅爱情。骑士文学的主要体裁是骑士抒

---

[1] Vasiliev, A. A., *History of the Byzantine Empire*, 324-1453, Madison：The University of Winsconsin Press, 1952, pp. 369-371.

[2] 《马克思恩格斯全集》第 29 卷，人民出版社 1972 年版，第 23 页。

情诗和骑士传奇。

骑士抒情诗最早产生在法国南部的普罗旺斯。骑士抒情诗是在宫廷诗歌的基础上发展起来的，在形式上多借助民歌形式。有短歌、感兴诗、牧歌、小夜曲、破晓歌等，其中尤以破晓歌最为著名。这些破晓歌大多描写的是骑士与贵妇夜晚幽会后在黎明前分离时的情景和依依惜别的感情，在当时的历史背景下有反宗教禁欲主义束缚的作用。恩格斯曾称赞破晓歌"是普罗旺斯爱情诗的精华"①。大量骑士抒情诗的出现，成为近代欧洲人文主义文学中的爱情作品的发端。

骑士传奇（"传奇"音译为"罗曼"或"罗曼司"）是一种叙事诗，兴盛于法国北方。其主要内容是写骑士为了获得荣誉、保护宗教，或为了赢得贵妇人的爱情而到处冒险，同妖魔鬼怪或异教徒进行斗争。其中超自然的荒诞故事没有历史依据。十字军东侵时，各民族混杂在一起，互相传述奇闻传说，遂使一些骑士冒险故事越过了国界，同一主题的作品在许多民族中流传。骑士传奇依据题材来源可分为三个系统：一是不列颠系统，指以古代凯尔特人的亚瑟王与他的圆桌骑士为中心的不列颠故事诗。其中著名作品有法国 12 世纪诗人克雷缔安·德·特洛亚的《朗斯洛，或坐囚车的骑士》《伊凡，或狮骑士》以及在德、法流行很广的《特里斯丹和依瑟》等。二是拜占庭系统，指以拜占庭流传的希腊晚期传说为题材的故事诗。著名作品有《弗洛阿和勃朗希芙洛》和《奥卡森和尼柯莱特》等。三是古代系统，指模仿古希腊罗马文学故事的叙事诗。亚瑟王与他的圆桌骑士的故事是骑士传奇最常见的题材。亚瑟王被描写成封建社会中一个有作为的君王。他在卡美罗特城堡的大厅里，设立一张巨大的圆桌，周围设 100 个座位，凡有赫赫功勋的骑士均可占一席位，从而引出了许多骑士冒险行侠的功业。这些故事对后来的英国文学乃至欧洲文学产生过较大的影响。虽然骑士传奇美化骑士阶层和骑士制度，宣扬骑士精神，掩盖其为封建主效忠的冷酷残暴本质，宗教色彩浓厚，但这些作品也反映了个人强烈的感情，带有强烈的歌颂爱情和赞美勇敢的成分在内。例如，属于骑士传奇的较有价值的作品《特里斯丹和依瑟》就用象征的手法歌颂了爱情不可抗拒的力量。骑士传奇在艺术上有独特的成就，如浓郁的浪漫情调、离奇曲折的情节、神秘的爱情氛围以及以一两个主要人物的经历为中心线索来组织故事，对人物形象及其内心活动描写生动细致，等等。这些技巧与手法对后来欧洲的浪漫主义文学产生了较大影响。

城市文学（又称市民文学）。在中世纪封建制度发展到鼎盛阶段，即十二三世纪城市市民阶层出现后，包括长篇叙事诗和城市戏剧等形式的城市文学也出现了。其中最重要的长篇叙事诗有法国的《列那狐的故事》和《玫瑰传奇》等。

---

① 《马克思恩格斯文集》第 4 卷，人民出版社 2009 年版，第 83 页。

《列那狐的故事》是法国中世纪出现的非常著名的民间故事诗。一些零散的故事很早就在民间流传。大约1175年前后，著名的中世纪诗人比埃尔·德·圣克卢把这些民间的故事诗做了收集、整理和改编。在12世纪特别是13世纪，欧洲的生产力获得了较大的发展，使得一些离开了土地而专门从事商业贸易和手工业的人成了早期的城市市民。这些脱离了土地和农业生产的城市市民，在很大的程度上是靠智慧和技艺生存的人。作品中的主人公列那狐是一个以智慧和机智作为主要生存手段的新的形象，也是12世纪欧洲新兴的市民阶层的象征。由于列那狐主要靠智慧和计谋来获取食物，决定着它既与那些不劳而获的上层统治者（狮王）有着不可调和的矛盾，也与那些自恃武力强取豪夺的武士们（狼、熊）有着不可避免的冲突，同时也与那些在自己的田地上自给自足的下层民众（鸡、兔）存在着深刻的矛盾。作品揭示，列那狐和其他动物之间的矛盾并不仅仅出于它卑鄙的天性，而且与它所生活时代的生产方式和生存方式密切相关。这一切，恰恰体现了即将到来的新时代的重要特征。

城市文学中还包括城市戏剧。城市兴起后，市民有了自己的戏剧活动，演出地点也搬到了集市上，戏剧的性质也发生了变化。城市戏剧的主要样式有道德剧、傻子剧、笑剧等。道德剧把抽象的伦理观念人格化，内含劝善惩恶的寓意；傻子剧用傻言傻行嘲讽贵族和教士；笑剧（也称滑稽剧），以戏谑的手法反映市民生活，表现他们的"人是机智的人"和"人是乐观的人"的人生哲学，是城市戏剧中现实性最强的一种。其中《巴特兰律师》是法国笑剧的代表性作品，剧本把狡猾当成机智聪敏的美德加以颂扬，显示了市民意识的典型特征。

城市文学的形式还有短小的韵文故事、抒情诗等。如最早产生于法国的韵文故事（或称故事诗）名篇就有《驴的遗嘱》《吃桑葚的教士》《农民医生》等；受法国影响，英、德等国也产生了市民韵文故事，英国的《赛丽斯太太》和德国的《神父阿米斯》也是脍炙人口的名篇。

总之，中世纪欧洲文学是在封建社会所特有的生产力发展的基础上，在独特的社会矛盾作用下，在基督教文化对多种文化因素的不断统筹中，形成和成熟起来的。并且随着其历史和文化的演进，它终于在13世纪末14世纪初诞生了自己最杰出的代表——意大利诗人但丁。

第二节　《一千零一夜》

一、故事来源与成书过程

阿拉伯地区地理特征是多沙漠和丘陵，生活在这一地区的人们，主要以游牧为生，辅之以陆路贸易。因教育落后，文盲较多。孤寂的生活状态以及文盲众多的现实，使得说唱故事和吟咏诗歌的艺术形式较为发达，而游牧生活的所见所闻和流动贸易也常常给人们带来各种各样的新奇见闻和有趣故事。这样的文化环境，客观上为阿拉伯故事文学的产生创造了独特的条件。

《一千零一夜》（又名《天方夜谭》）是阿拉伯著名的民间故事集，也是中、近东地区广大阿拉伯人民、波斯人民聪明才智的结晶。有些故事很早就在阿拉伯地区流传，约在八九世纪之交出现了早期的手抄本。大约 10 世纪中叶，巴格达作家哲海什雅里试图从当时流传的各类故事中选取 1000 个故事编成书，每个故事为一回，一回称一夜。后来人们把这个故事集称为《一千夜》。但他的工作没有最终完成，只整理改写了 480 夜的故事就于 942 年逝世了。到 12 世纪，埃及人首先使用了《一千零一夜》的书名（一千后面加上一夜，言其多），但直到 15 世纪末 16 世纪初才基本定型。《一千零一夜》的成书过程，不仅是广大市井艺人和文人学士在几百年里对不同地区、不同民族的神话、传说和故事的收集、提炼与加工过程，更重要的是在吸收、融会这些故事的同时，又不断进行再创作、继续产生新故事的过程。它深深植根于阿拉伯土壤。因此，其故事不论何种类型，都具有鲜明的阿拉伯文化和伊斯兰教色彩。

《一千零一夜》的故事来源大致有三个方面：一是古代波斯故事集《一千个传说》。而这一部分又来源于印度，最早是梵文，后来由梵文译成古波斯文，再由古波斯文译成阿拉伯文，然后在西亚阿拉伯地区流传，并掺进许多阿拉伯文化因素。有阿拉伯历史学家指出，《一千零一夜》中的第一个故事《国王山鲁亚尔及其兄弟的故事》就是由波斯的一个故事演化而来的。二是出自巴格达，讲的是"黑衣大食"阿拔斯王朝时期流传的故事，特别是何鲁纳·拉加德和麦蒙两位哈里发当政时期流传的故事。这一部分故事的现实感最强。三是来自埃及麦马立克王朝（1250—1517）时期流传的故事。除了上述三部分以外，还有零星源于希腊、罗马、希伯来等地的一些外来故事被巧妙地组织到规模宏大的阿拉伯故事集中。因此，故事背景十分广泛，涉及亚、非、欧甚至美洲。故事发生的地点时而在东方（如有的就发生在中国），时而在西方。就故事的内容来讲，也是丰富多彩的，有历史故事、冒险故事、恋爱故事；有人间现实生活，也有神话幻想世界。

故事集中的"一千"，在阿拉伯语中是"众多"的意思。"一千零一夜"的基本含义就是比"众多"还要"多"。目前《一千零一夜》的版本众多，其中 1835 年开罗印行的"官方订正布拉克本"，包括 160 多个大小故事，而巴登的英译本将故事增补到 264 个。就作品的构成来看，主要是按"夜"的顺序串联起众多故事，形成了一个引人入胜的开头，一个圆满幸福的结尾，首尾照应紧密，故事衔接无隙，具有很强的艺术效果。

《一千零一夜》书名的由来是编撰者根据编辑故事集的需要，再对原有的一个故事进行改造的结果。作品在开头做了这样的交代："相传，古代印度和中国之间有一个海岛，岛上有一个萨桑国。"国王山鲁亚尔因为发现王后行为不端，就杀了她。"从此山鲁亚尔讨厌妇女，存心报复，每天娶个女子来过一夜，次日便杀掉再娶，继续了三个年头。"宰相的女儿山鲁佐德为拯救无辜的女子，自愿委身国王。她用讲故事的方法吸引国王注意力，而每到天亮，恰好讲到最动人的地方就停下来。国王为了把故事听完，只好"暂且不杀她，等她讲完下面的故事以后再说"。就这样，山鲁佐德一直讲了"一千零一夜"。其间，她为国王偷偷生了三个儿子。当故事讲完，国王仍然要杀她的时候，她让仆人领出了三个孩子，最终感化了国王，并和她白头偕老。全书就是通过山鲁佐德给国王讲故事的形式，把众多互不关联的大小故事串联在一起，从而使《一千零一夜》中那些产生在不同地区、不同时代的故事成为一个有机的整体，多方面地反映了阿拉伯及其周围国家和地区的社会状况、风物人情、宗教信仰以及生活状况，成为中古阿拉伯社会生活的一部"百科全书"。

二、思想内容与艺术特色

作为一部经过漫长时间形成的故事集，《一千零一夜》的内容十分驳杂和丰富，但主要体现了阿拉伯人的思想观念、价值理想和道德要求，也表现了封建时期阿拉伯社会独特的精神风貌。

具体说来，全书的思想内容主要有以下几个方面：

第一，宣扬了抑恶扬善的思想观念和以善为本的世界观。《一千零一夜》的核心思想是扬善行，抑恶行，并视其为好人和坏人的评判尺度。从故事集中可以看到，"善"包含着多方面的内涵，如诚实待人、忠诚守信、勇敢无畏、智谋机敏等。《一千零一夜》中这类故事的数量是很多的。如开篇的故事《国王山鲁亚尔及其兄弟的故事》就深刻地体现了这一主题。国王山鲁亚尔的王后和妃子不贞，与黑奴和下人通奸淫乱，违背了妻子对丈夫忠诚的婚姻准则，在故事讲述者看来，这是不符合善的原则的，他们受到惩罚是罪有应得。但山鲁亚尔杀死王后和仆人后，却以残暴的手段对付那些无辜的女子，这也就体现出了国王的不善，因此他也应该受到谴责。这个故事集中地体现了当时阿拉伯人的世界观——任何人都不要作恶，要抑恶扬善；任何作恶，都是违背安拉的意愿的。在《兄弟宰相的故事》《商人阿尤布及其子女的故事》《欧麦尔·努阿曼国王及其儿子的故事》等作品中，都是善良的人和好心的人得到了美好的结局；而那些为非作歹、损人利己和没有信义的人，最后都受到了惩罚。《商人阿尤布及其子女的故事》说，富商阿尤布家财万贯，死后财产都留给了儿子和女儿。儿子加尼姆以善良之心救出了被埋在坟墓中的女子，并且彬彬有礼地对待她。后来发现，这个名叫姑蒂的美女原来是被王后设计陷害的王妃。由于他的善良，最后得到了好报，不仅姑蒂成了他的妻子，而他的妹妹也嫁给了国王，一家人都过上了幸福生活，而那些设计害人的坏人都受到了严厉的惩处。在第六十到第六十六夜的故事中，借美女努兹曼之口全面表现了国王应有的品德：要关心百姓，秉公办事，一视同仁，禁绝暴徒和恶棍的活动。《死神与暴虐君王的故事》《心地不善的老太婆的故事》中，指出不善良的人迟早要遭到报应。善有善报、恶有恶报的思想，是民间故事最常见的主题之一，也是人民群众愿望和要求的体现。《一千零一夜》极好地体现了中古时期阿拉伯社会典型的思想文化特征。

第二，表现了阿拉伯人崇尚智慧和勇气，并凭借智慧与勇气追求财富和幸福生活的独特人生观。《一千零一夜》的大多数故事描写了阿拉伯人独特的人生观和生活理想，即人应该凭借智慧、勇气去追求财富和现世享乐。这在当时的历史条件下体现的是人民群众希图改变悲惨生活状况的愿望和要求。这类主题首先表现在婚姻爱情故事中。在爱情生活中，中古时期的阿拉伯人，强调的是一见钟情，是用勇气和智慧以及冒险精神去追求和占有。如《阿拉丁和神灯的故事》中的阿拉丁，本是穷裁缝的儿子，但他决心娶公主为妻。几经努力，终于凭借自己的聪明机智和神灯的力量，战胜诡计多端的魔法师，娶到公主。《乌木马的故事》讲的是太子偶遇他国公主，彼此一见钟情，但就在太子带公主回国的过程中，公主却被人骗走。太子"不辞跋涉之苦，经历许多村庄、城镇，打听公主的下落"，并"抱着不达目的，誓不回头的决心"去寻找公主，而公主也经受了种种考验，甚至用"装疯"的办法来坚守自己的贞洁。最后，太子经过智慧和努力终于救出公主，和她结成美好姻缘。《巴索拉银匠哈桑的故事》是这类故事中最出色的一篇，描写的是凡人和神女之间的爱情。银匠哈桑爱上神女，就藏起神女羽衣，和神女结为夫妻。后来神女带儿子飞回神界。哈桑为了寻找妻儿，冒着生命危险，越过七道深谷、七个大海、七座高山，闯过飞禽走兽地带和鬼神世界，终于在神王所居住的瓦格岛找到妻儿。但他们的婚姻又受到神女父亲和姐姐的阻挠。哈桑毫不气馁，凭着智慧、勇气和毅力，克服各种困难，最终凭借宝物救出妻儿，过上了美满幸福的生活。这个故事不仅歌颂了忠贞不渝的爱情，还赞美了主人公身上所体现出的为了追求爱情而坚韧不拔的毅力和冒险精神。这类故事比比皆是，如《努伦丁·阿里和艾尼西·张丽丝的故事》，描写的是女奴张丽丝和宰相之子阿里之间的爱情。他们经过艰难曲折的奋斗过程，终于获得幸福。其次，这类主题也表现在商人冒险追求财富的故事中，如《辛伯达航海旅行的故事》，作为《一千零一夜》中的著名故事之一，记述了辛伯达的七次航海冒险的经历。一方面，辛伯达作为一名阿拉伯商人，他不甘于眼前安稳、富足的生活，而是希望去探索更广大的天地，获得更多财富。因此，他的航海冒险动机十分明确——"赚一大笔钱回来过好日子"。故事塑造了辛伯达这个英勇、无畏、智慧，同时又不惜一切攫取利益的冒险家形象。在冒险过程中，辛伯达表现出的勇气、力量和才智值得称赞。比如，在第四次航海中，他敏锐地洞察到食人国王的诡计，成为唯一保持清醒的人，最终在牧人的指示下成功逃脱。应该说，从辛伯达在航海过程中表现出的意志品质来看，他具备成为英雄的条件——果敢、坚韧、智慧。但是，另一方面，辛伯达唯利是图的商贾秉性也暴露了他残忍、自私的一面。如辛伯达被困在坟墓里深感绝望，这时他看见一名来送葬的女子，便拾起一根死人的腿骨打死了她，并掠走她身上的食物和珠宝首饰。应该指出的是，故事作者对他始终持肯定态度，因为这个形象是当时阿拉伯人价值取向的体现。在这类故事里，可以看出中古阿拉伯人对通过正常的、平淡无奇的途径得来的财富不感兴趣，而津津乐道于偶然地获取更多的财富。《一千零一夜》中几乎不描写积少成多、熬年头逐渐积累式的小本经营，也不歌颂谨小慎微、精打细算、省吃俭用的人，最称赞的是那些凭冒险和机遇而成暴发户的人。《一千零一夜》对这类情节的着意渲染无非是为了表明：成功与失败是命定了的，靠神保佑得到的意外之财才最荣耀。从中可以明显地感受到阿拉伯民族以贫为耻、以富为荣的价值观和积极追求现世生活幸福的人生观。

第三，塑造了一批敢于抗争的普通人形象，歌颂了劳动人民的优秀品质和美好精神。在《一千零一夜》中，普通劳动者形象占据了重要的地位，木匠、理发匠、渔夫、厨师、侍役和普通妇女等成为众多故事的主角。许多故事表现了他们勤劳勇敢、与人为善的道德风貌，歌颂了他们的聪明才智、丰富的想象力和创造力。如善良的渔翁无意中救了魔鬼，而魔鬼却恩将仇报要杀死他。在生死关头，渔翁沉着冷静，运用智慧让魔鬼自己又回到了瓶子里，最终制服了魔鬼。在著名的《阿里巴巴和四十大盗的故事》中，塑造了一个机智、勇敢的女仆马尔基娜的形象。强盗们为"杜绝后患"打算杀掉知道藏宝秘密的阿里巴巴，于是派了一个匪徒去探路。这个匪徒找到阿里巴巴家，"便用白粉笔在大门上画了一个记号"，然后回去报告。而马尔基娜"无意间看见门上那个白色记号"，便"料到是敌人作为识别的标记，意在谋害主人。于是她也用粉笔在所有邻居的大门上画了同样的记号"。第二次也是如此。第三次，匪首亲自探路，精心设计，让37个匪徒潜伏在瓦瓮中，而自己伪装成卖油商，住进了阿里巴巴的家，准备半夜动手。马尔基娜无意中发现瓮中藏着人，就不动声色地"给每个瓮里浇进一瓢沸油"，把匪徒都烫死了，匪首只好"逃之夭夭"。最后一次，匪首乔装打扮，利用去阿里巴巴家吃饭的机会，打算在席间杀人，却不料马尔基娜"立刻认出他"，并在表演歌舞的瞬间用匕首刺死了他。女仆马尔基娜身上表现出来的非凡的机智和勇敢，给后世人们留下了极深刻的印象。在歌颂劳动人民的故事中,《白侯图的故事》也很典型。白侯图是一个聪明机智、极具反抗斗争精神的奴隶形象,他善于把谎言作为武器进行斗争。故事中,他被辗转出卖,但仍不屈服,每次都用巧妙的谎言戏弄主人,把主人一家弄得狼狈不堪。更让人惊叹的是,当主人一家发现受骗,要狠狠惩罚他时,白侯图竟然若无其事,理直气壮地说:"你不能惩罚我,因为这是我的缺点,当初买我的时候,这是其中的一个条件,经证人证明过的。你是知道的,我每年要说一次谎话,这次不过说了一半,待年终我再说一半,这才成为一次呢。"在他身上,充分显示了下层劳动人民的智慧和反抗精神。

第四,大量的故事表现了阿拉伯人独特的生活经验和人生智慧。中古阿拉伯人大多生活在干旱的草原和沙漠,生活条件较为恶劣。同时,东西方商路的开通又使其形成了经商和从事贸易的传统。这样的现实使得阿拉伯人形成了很多独特的生活经验。《王子与飞毯的故事》《巴格达剃头匠的故事》以及《辛伯达航海旅行的故事》就讲了人不能总是固守家中,虚度人生,要敢于冒险去追求财富和不寻常的生活的道理。《渔夫和魔鬼的故事》《五斗橱里的五个"人"的故事》等告诉人们为人要聪明、正直和勇敢。尤其是《一千零一夜》所包含的众多诗歌中,很大一部分讲述的也是生活的道理。

固然,《一千零一夜》全方位地表现了中古时期阿拉伯社会的生活现状和风俗场景,多数故事健康而有益,但其中也包含着很多糟粕成分。如宣扬宿命论,把奸诈当成智慧,把肉欲当成爱情,把买卖奴隶(尤其是女奴)当作正常的商业活动,把随意杀人当成英雄壮举以及多处露骨的性描写,等等。

《一千零一夜》在艺术上体现了民间艺术传统。高尔基在《一千零一夜》俄译本的序言中高度评价说,在民间口头创作的宏伟巨作中,《一千零一夜》"是最壮丽的一座纪念碑。这些故事极其完美地表现了劳动人民的意愿——陶醉于'美妙诱人的虚构'、流畅自如的语句,表现了东方各民族——阿拉伯人、波斯人、印度人——美丽幻想所具有的豪放的力量"。[1] 其艺术上的成就主要体现在以下几个方面:

1. 故事集最鲜明的艺术特点是想象力超凡,情节离奇,具有神奇浪漫的色彩。一般的民间文学作品也有想象,但这类想象常常是依据生活逻辑,在现实事物的基础上进行创作的。而《一千零一夜》中的想象,依据的则是情感的逻辑,是在情感需要的基础上产生的。因此,故事集中出现了大量现实中不可能出现的事物,不仅有许多神异形象,还有许多神奇宝贝。如大得像"一幢巍峨高耸的白色圆顶建筑"的神鹰蛋,"身上堆满沙土,所以长出草木,形成岛屿的样子"的大鱼,还有来去自由的乌木马和"飞毯",有求必应的神灯,能驱使神魔的戒指和魔杖等。

---

[1] 高尔基:《论民间故事——〈一千零一夜〉俄译本序》,《光明日报》1962年2月20日。

同时，丰富奇幻的想象又给故事增添了许多曲折离奇的情节，如商人随手扔一颗枣核就凑巧打死了魔鬼的儿子，阿拉丁一擦神灯就能在一夜之间建造好一座宫殿，庞大的魔鬼能够出入小小的胆瓶中，等等，这些情节无不让人感到惊奇。这些想象出来的神奇的事物和情节造成了作品亦真亦幻的神秘氛围，客观上展示了中古阿拉伯文化的神秘性和"天方"世界的神奇特征。

2. "故事套故事"的独特结构。山鲁佐德每夜讲故事构成了故事集结构的中心线索，这是民间叙事文学最常见的形式之一。它的优点在于，作品可长可短，伸缩自如。但《一千零一夜》的特殊贡献在于，它在这种传统的"串珠"型构成方式中，加上了"故事套故事"的形式。这种结构方式，把许多民间故事组织在一起，使之成为一个庞大的故事系统，这不能不说是阿拉伯人在叙事艺术上的首创。在这个故事群中，"山鲁佐德讲故事"作为主线始终贯穿全书。这种结构不仅使故事的包容性无限延伸，而且还不断地保持着对读者的吸引力。大故事套小故事又使得作品层次分明，环环相扣。如《渔翁的故事》，主要是讲渔翁救魔鬼的故事，但其中渔翁又讲了"国王和医师的故事"，而这个故事中的人物（国王和大臣）又分别讲了一个小故事。后来，魔鬼为报答渔翁，就带渔翁去"一个水清见底的湖泊"打鱼，从而引出"四色鱼的故事"，而在探索四色鱼奥秘的过程中，又引出"着魔王子的故事"。这些故事各自成篇，但又有着巧妙的联系，达到和谐统一。这种结构故事的方式，曾深刻影响了薄伽丘、乔叟等欧洲作家的创作。

3. 善用对比、夸张等艺术手法来突出人物的性格特征。《一千零一夜》的许多故事都使真善美和假丑恶形成鲜明对比，从而使人物的性格更为突出和生动。如《阿里巴巴和四十大盗的故事》中，马尔基娜的机智与强盗们的愚蠢形成对比；《辛伯达航海旅行的故事》中，富商辛伯达的进取与脚夫辛伯达的保守形成对比等。通过这种对比的描写，表现出作者鲜明的态度，突出了人物形象。同时，故事为突出人物某一方面的性格特征还经常采用夸张手法。如《白侯图的故事》就是通过白侯图夸张的"说谎"来表现他的性格特征。这些对比、夸张手法的运用，使故事中的人物更为生动、形象，给读者留下了深刻印象。但作为一部民间故事集，《一千零一夜》在人物形象的塑造上又存在着模式化的弊端。大多数人物都带有某种观念的痕迹，属于"扁平人物"范畴。不同故事中的男女主人公的人生际遇、命运转合、性格特点和最终归宿，大致相似，因此同类人物形象之间具有雷同感。当然，这也是民间文学创作中人物塑造的通例——正因为如此，才能受到大众读者的喜欢。

4. 散文和韵文结合，语言生动活泼，充分体现人民口头创作的特点。《一千零一夜》产生于民间，本质上是人民大众的集体创作，因此故事的语言生动活泼、多用形象比喻、通俗易懂，富有阿拉伯语言的色彩。如在《巴索拉银匠哈桑的故事》中，就有这样的描述："哈桑刚吃下甜点，忽觉头重脚轻，顷刻倒在地上，昏迷了过去，不省人事了。原来老家伙放进甜食里面的东西是蒙汗药，足以麻醉倒大象。"这段话可以看出故事集中语言特色之一斑。同样，阿拉伯民族是个喜欢诗歌的民族，诗歌艺术非常发达。加之在流传过程中，由于讲说的需要，更需要诗文相间，说唱结合。《一千零一夜》（布拉克本）就有诗歌 1380 首之多。《脚夫和巴格达三个女人的故事》就是采用散文和诗歌相结合方法的典范。脚夫来到高大的建筑物前敲门，一个女子出来开门后，作品就先用叙述的语言，描写了姑娘的美貌："但见那女子天生丽质，举止有礼，端庄秀雅，身材高挑，明眸皓齿，前额似新月，眉似斋月的月牙儿，面颊像秋天的牡丹花瓣，小嘴儿似苏莱曼的戒指，面似一轮悬挂在中天的圆月，乳房恰似两枚硕大石榴。"讲完这些之后，紧接着就是用一首诗来刻画女郎的美丽和高贵："她启齿微笑的时候，像一串均匀的珠玉，像一阵透明的冰雹，也像芬芳的甘菊。她的头发仿佛是漆黑的夜；她的容颜竟然羞退了晨曦。"丰富的散韵结合，大量比喻，多姿多彩的描写，有声有色的语言，大大增强了作品的艺术感染力。

第三节　紫　式　部

一、生平与创作

女作家紫式部（原名藤原式部）是中古日本文学的杰出代表。她生活在日本中古时期的平安城，尤其是长时间生活在宫廷中，这种生活经历是其他作家所不具备的，这也为她创作出反映城市宫廷生活的作品提供了有利的条件。紫式部确切生卒年不详。一般认为她出生于 978 年，去世于 1014—1016 年间。古代日本妇女社会地位低下，女作家并没有真实姓名流传下来。据考证，紫式部原姓藤原，她的父亲曾任"式部丞"的官职，加之《源氏物语》中的紫姬形象给读者留下了深刻的印象，所以人们把《源氏物语》称为"紫之物语"，把作者称为"紫式部"。

紫式部出身于中等贵族家庭，其祖父、父亲与兄长都是当时有名的歌人，父亲更是长于汉诗与和歌创作。作者因此自幼得以随父兄学习汉诗，曾广泛涉猎中国文化典籍，尤其喜爱中国唐代诗人白居易的诗文，还十分了解佛经和音乐。21岁时，紫式部嫁给比自己大 20 多岁的藤原宣孝，做了他的第四任妻子，宣孝对她才能的赏识令她感到了幸福。不幸的是，这种和谐的婚姻生活十分短暂，两年后，宣孝就因病去世。从此紫式部带着年幼的女儿开始了凄凉的寡居生活。

约五年后，紫式部入宫担任一条天皇的中宫妃子彰子的女官，负责为彰子讲解汉籍和古书（包括白居易的《白氏长庆集》等）。这种经历使紫式部得以熟悉皇家生活，体察了解宫廷内幕。正是在宫廷岁月中，她开始了长篇小说《源氏物语》的创作。紫式部一生主要有三部作品，除《源氏物语》外，还有《紫式部集》《紫式部日记》等。《紫式部集》是作者从少女时代至晚年的一部自选和歌集，这些和歌是了解紫式部思想、和歌风格及生平的珍贵资料。《紫式部日记》记录了 1008 年到 1010 年间宫廷日常活动及紫式部的感受，其中对当时宫廷妇女的服装、容貌、礼节及宫廷的各种礼仪活动等都有详尽记述，不仅有很高的文学价值，还有很高的史料价值。

紫式部的学识才气、一生所经历的生活变故、所体验到的宫廷内部的政治倾轧和权力斗争、皇家婚姻背后的政治图谋、一夫多妻制下妇女的血泪，使其具备了独特的人生理想和美学追求。

二、《源氏物语》

《源氏物语》（约 1011—1014）不仅是日本最早的完整的长篇小说，也是世界文学史上第一部长篇写实小说。全书共 54 帖，80 余万字，人们常将这 54 帖分为三个部分。第一部分为前 33 帖，主要写主人公光源氏的出生、成长、爱情和在浮华生活中沉浮的经历，反映后宫和贵族阶级错综复杂的爱情与政治关系。第二部分从第 34 帖到第 44 帖，主要写光源氏一家的衰落过程。第三部分是第 45 帖至第 54 帖，写光源氏妻子三公主与柏木私通的儿子薰君在任为王的故事。这 10 帖故事背景在宇治，故又称"宇治十帖"。故事涉及三代，历经 70 余年，出场人物达 440 余人，主要以光源氏的一生经历为中心，反映了平安王朝宫廷生活的各个方面，宣扬了人生无常、怀疑厌世、悲苦哀怜、寄托净土等思想。

光源氏是个具有一定进步思想、内心充满矛盾的贵族形象。他并不"爱名尚利"，而是以"仁"为上。可是，这样一个人的一生却伴随着诸多烦恼与痛苦。他生为皇子却不得不降为臣籍，空有济世之才却无心仕途，深爱紫姬却不断拈花惹草，一世风流却落得剃度为僧的结局。他的灵魂始终在与肉欲的斗争中苦苦挣扎，结果又总是欲望压倒理智从而陷入更深的心灵冲突之中。源氏最终弃家出走，面壁向佛，正是这种心灵冲突导致的结果。所以，不论处境的逆与顺，光源氏都无法摆脱悲苦的心境。这诚如他所说："试看古人前例，凡年华鼎盛、官位尊荣、出人头地之人，大都不能长享富贵。我在当代，荣华已属过分。全靠中间惨遭灾祸，沦落多时，故得长生至今。今后倘再留恋高位，难保寿命不永。"由于内心深处不可排遣的无常观，他不断追花逐蝶。表面是好色，实际是无常感作祟。其实，作者写光源氏的无常，意在说明自己对人生的痛苦和悲哀的感伤，显露了作者以哀动人、以悲感人的美学观。另外一位主人公薰君，与光源氏相比更加软弱。他从来没有与年龄相称的活力，对自己的身世抱有深刻的怀疑，内心充满厌世心理和出世倾向。结尾处薰君面对浮舟已去的小野草庵，陷于无限的困惑与迷惘中。

小说还通过展现作品中所有与光源氏命运相关联的女性的不幸遭遇，宣扬了类似的思想。在紫式部笔下，这些女子个个容貌姣好，聪明伶俐，性情可人。然而，就是这些女性，上自皇后，下至贵族家的庶出女儿，虽然地位不同，性格各异，经历有别，但她们的人生境遇却惊人地相似，那就是她们都是被贵族男子玩弄的对象，都不能幸免于悲剧的结局。例如，紫姬是作品中一个完美的女性。尽管光源氏与她感情深厚，可是她的一生并不幸福。由于光源氏不断滥情，紫姬不断受到深深的伤害。她看透了自己的人生，多次坚决要求出家。然而，她的要求还没有来得及实现便含恨去世了。再如，葵姬是光源氏的第一个妻子，她的父亲完全是出于政治需要，将女儿嫁给了并不爱她的光源氏。虽然葵姬"气性高雅、端严庄重"，却无法得到光源氏的感情。新婚不久，光源氏就出去眠花宿柳。由于葵姬内心总是处在异常痛苦、怨愤的折磨之中，不久也死去了。《源氏物语》中还有许多女性以出家弃世、遁入空门作为人生的最后归宿。藤壶妃子因为与光源氏的孽缘而发愿出家；三公主因与柏木的私情而遁入佛门；六条妃子不仅自己看破红尘，而且带着女儿一起出家，希望女儿再也不在男性社会遭受蹂躏。而《源氏物语》中遭遇最不幸、命运最悲惨的则是一批出身中等贵族的女性，如夕颜、空蝉、明石、末摘花等。在男尊女卑的社会环境下，她们作为贵族男子逢场作戏的渔色对象，加之比较柔弱怯懦，命运更加悲惨。

从紫式部的主观意图来说，创作《源氏物语》的目的，就是通过宫廷男女的恋情悲剧，表达作家对人生的悲苦体验，从而激起令人兴叹、使人哀伤的情怀，以便让内心情感超越卑污烦恼的俗世，将人情欲望升华为审美对象。这就是"物哀"美学特征。所谓"物哀"的审美意象，主要来自"人生无常"、"四大皆空"等佛学观，紫式部要通过小说表现"罪与罚"及向往"彼岸净土"的思想。在她看来，人生不过是横流的欲海，而欲海也便是苦海。摆脱欲海的最佳途径，就是皈依佛门。紫式部在这里无意识地宣传了无欲之说，表现了她在佛教思想影响下的人生观、世界观。

但若从社会政治历史的角度来考察，会发现小说具有深刻的社会认识价值。

小说描写了平安王朝时期贵族之间的勾心斗角、争权夺利的斗争，表现了贵族阶级在政治上的腐朽没落。光源氏的情场生活和一生坎坷，始终和贵族社会的权力之争紧紧联系在一起。以弘徽殿及其父右大臣为首的外戚派和以光源氏及其岳父左大臣为首的皇室派，是小说中政治角逐的主要对手。光源氏的荣辱升降，包括情场的得意与失意，无不受这场权力之争的制约。小说创作于 11 世纪初期，其时正是日本贵族社会全盛时期，然而，外表的繁华已遮掩不住贵族内部的尖锐矛盾和斗争，贵族社会危机四伏，已到了盛极而衰的转折点。

小说也描写了贵族阶级生活上的堕落和精神上的空虚。作品对包括光源氏在内的贵族的描写，着重揭露了他们生活糜烂、道德堕落和思想空虚消沉。他们除了热衷于争权夺利就是沉溺女色，荒淫无度。虽然享尽荣华富贵，却又悲观厌世，郁郁寡欢。作品由此反映出这个阶级的没落已经无可挽回的历史发展趋势。

同时，作家对一夫多妻婚姻制度下的女性们的悲惨命运寄予深切的同情。在"摄关政治"极盛的平安王朝时期，贵族统治者们或以妇女作为政治交易的工具，或将其作为渔色享乐的对象。从小说中可以看到，众多妇女没有一个真正过上幸福的生活，结局都很悲惨，不仅肉体上受尽屈辱，精神和情感上也饱受摧残。更为深刻的是，作者认为她们的悲剧命运的根源是罪恶的社会造成的。

《源氏物语》在艺术上取得了很高的成就。

首先，《源氏物语》作为世界文学史上最早的一部长篇写实小说，具有明显的写实主义倾向，被认为代表了日本古典写实文学的最高成就。作品无论是场景的描写、人物形象的塑造、艺术氛围的渲染，都紧紧与当时的社会生活相联系。但这种写实又是作家艺术审美的产物，是在"物哀"美学的基础上理解现实的反映。这种写实手法的新创造，给后世作家们的创作提供了艺术典范。它所创立的写作思想，一直被后世作家继承和发展。

其次，女作家善于运用细腻的心理描写来精细地刻画人物性格，每个人物的个性特点都被赋予了独特的心理依据，使得作品中的人物厚重丰满，栩栩如生。更为可贵的是，作家还善于利用环境的描写来渲染气氛，而这种环境气氛的渲染，又与处在这种环境中的人物的内心世界贴切吻合，使小说具有情景交融的抒情性。

第三，小说采用散文和韵文相结合的形式，以散文为主，其中插入了八百多首和歌，歌与文融为一体。书中还引用了大量中国诗文和文学典故，如引用唐代大诗人白居易的诗句就达九十多处。还经常引用《战国策》《史记》《汉书》等著名中国古代典籍中的史实资料。整部作品具有浓郁的中国古典文学气息。小说语言典雅优美，凝练庄重，笔意缠绵。《源氏物语》富有日本古雅的民族风格，具有独特的审美价值，被誉为日本的《红楼梦》。

第四节 但 丁

一、生平与创作

但丁·亚利吉里（1265—1321）是欧洲中世纪文化向近代文化转型时期最伟大的意大利诗人，他与彼特拉克、薄伽丘并称为"早期文艺复兴三杰"。恩格斯称

"他是中世纪的最后一位诗人，同时又是新时代的最初一位诗人"①。但丁生活的时代，正是欧洲封建的生产关系开始解体，资本主义生产关系已经萌芽的时期。尤其是他所居住和生活的佛罗伦萨城，由于交通便利，加上多次十字军东征，新的生产关系出现得较早，与陈旧的生产关系和观念斗争较为激烈。这使他的创作体现了新旧思想的杂糅，深刻反映了时代的社会、政治、经济与文化的巨大变动。但丁出生在意大利佛罗伦萨一个小贵族家庭，后家道中落。早年曾拜著名学者布鲁内托·拉蒂尼为师，学习拉丁文、诗学、修辞学以及古代希腊罗马文学，同时在绘画、音乐、哲学等方面造诣颇深。但丁的创作开端是与一个叫贝娅特丽采的女子分不开的。少年时期的但丁曾经对邻居家的少女贝娅特丽采产生了朦胧的爱慕之情。贝娅特丽采早逝后，但丁在心目中把她升华为女神，并把从 1283 年开始创作的 31 首献给她的抒情诗用散文连缀起来，取名《新生》出版。这部作品歌颂了男女之间带有神圣意味的爱情，表现出了一定的反对禁欲主义的情绪。特别是艺术上深受"温柔的新体"诗派的影响，具有清新自然的风格。因此，该作被认为是西欧文学史上第一部向读者剖露作者最隐秘的思想感情的自传性作品。但其中也带有中世纪文学的神秘色彩。

但丁步入社会的时候，佛罗伦萨已成为欧洲一个非常强盛的城邦国家，商业和手工业发展规模空前，新的经济关系和旧的强大的封建关系的斗争极为尖锐复杂。经济斗争在政治上的表现是当时齐伯林党与归尔夫党之间的斗争。齐伯林党失败后，归尔夫党内部又分裂为黑白两党。但丁家庭很早就是代表新兴市民阶级利益的归尔夫党的重要成员。青年时期的但丁本人也是归尔夫党积极的政治活动家。归尔夫党得胜后，他曾被选为佛罗伦萨的行政官之一。归尔夫党分裂后，他本来属于受教皇逢尼法西八世支持的黑党，但由于坚决反对教皇干涉佛罗伦萨市政，就皈依了白党。他和白党同道一起，一心要保持佛罗伦萨的独立和自由。由于他的远见卓识和坚定信念，很快成为白党的领导人。1302 年，黑党得势，但丁被流放。

流放使他接触到了更为广阔的社会生活，不仅看到了佛罗伦萨城处在新旧交替之际，就是整个意大利民族，也处在新旧生产关系交替的激烈动荡之时。当时整个意大利的经济发展很不平衡，政治上处于四分五裂的状态。它的北部，矗立着一个个城邦国家，佛罗伦萨、米兰、威尼斯是典型代表。意大利中部大部分土地是教皇的辖地，以罗马城为中心，称为教皇国。南部意大利和西西里岛属于西西里王国。这种分裂的局面，严重地阻碍了国家的统一和民族经济的发展。对此，但丁在《神曲》中就曾经写道："唉，奴隶的意大利，悲苦的住所！在暴风雨中一

---

① 《马克思恩格斯文集》第 2 卷，人民出版社 2009 年版，第 26 页。

只没人掌舵的船！你不再是诸省共尊的女王，而是一个娼妓了。住在这里的人互相残杀，在一个城垣之内，竟也同室操戈。可怜的意大利，你放眼内外看一看吧！从海滨到你的腹地，可曾有一块干净安宁的地方?!"可见当时意大利人民正处在统一还是分裂，前进还是倒退的历史关头。问题的实质是新旧两种生产关系斗争的反映。

正是在这样的情况下，但丁开始了《神曲》的写作。除《神曲》外，在流放期间，但丁还写下了一系列文论与政论等著作，表达出了他对意大利现实问题的思考。其中《飨宴》（1304—1307）、《论俗语》（1304—1308）和《帝制论》（1309）集中体现了他的政治和文化观点，表达了高贵的爱国热忱和人文主义精神，具有显著的学术价值和现实意义。

1321 年，但丁客死在拉文纳。

二、《神曲》

《神曲》是但丁的代表作。《神曲》究竟是但丁从哪年开始创作的，目前已无材料可考，较为一致的意见是大约在他刚刚流放不久即开始动笔。《地狱篇》完成于 1308 年，《炼狱篇》创作于 1308—1314 年间，这两篇均在 1320 年出版；《天堂篇》的情况较为复杂，有人认为此篇大约写于 1315—1321 年间，在但丁死后问世。但据同时代意大利人文主义小说家薄伽丘所说，这篇诗作在最后并未完成，后 13 章是他的儿子补写的。不管怎样，有一点是肯定的，即《神曲》是但丁流放 20 年间的全部心血的结晶。

《神曲》的意大利文原意是"神圣的喜剧"。全长 14233 行，分为 3 部：《地狱篇》《炼狱篇》《天堂篇》。主要情节是写"但丁"在人生旅程的中途（即 35 岁）的时候，在一个黑暗的森林中迷了路。正要登上一座披着光明的小山，突然前面跳出 3 只猛兽（狮、豹、狼）挡住去路。危急时刻，古罗马诗人维吉尔奉天上圣女贝娅特丽采命令，搭救他从另外一条路走出困境。于是，在维吉尔的带领下，"但丁"先游历了"地狱"和"炼狱"；然后在贝娅特丽采的带领下又游历了"天堂"。最后，"但丁"看见了"三位一体"。但丁在《神曲》中所描绘的幽冥三界，据专家考证，完全是按中世纪的传说和古希腊天文学家多禄谋所设想的宇宙体系构造的：认为地球是宇宙的中心，各外星围绕地球旋转，水晶天外是不动的永恒的天府。

《神曲》具有丰富的思想内涵：

首先，作品表现了通过精神提升来解决现实问题的思想，为意大利民族提供了一条精神解放和道德解放的道路。

在意大利社会新旧交替的时代，所面临的主要问题是坚持进步还是倒退的问题。如何适应社会经济发展的新形势，改变意大利四分五裂的现实，使其跟上时代前进的步伐，是每个进步作家必须回答的。但丁自觉地把回答这个问题当作写作《神曲》的头等大事。《神曲》充满了象征意义。有人认为"黑暗的森林"象征当时意大利黑暗的政局，"豹"象征佛罗伦萨的政治迫害，"狮"象征法兰西王的残暴，"瘦母狼"象征罗马教廷的贪婪，"披着阳光的山顶"代表一种光明的境界。人们希望得见真理的阳光，但在作家看来，在当时的意大利分裂和落后的状态下，现实之路是走不通的，必须走另外一条路，即精神和道德解放之路。这条路需要"理性"的帮助和"信仰"的引导。因此，作品中的古罗马诗人维吉尔象征"理性"，贝娅特丽采象征神学"信仰"。但丁正是用中世纪诗人惯用的象征手法，描写了在理性、神学信仰引导下的心灵觉醒过程。由于但丁是把政治问题和思想道德问题混为一谈的，他像当时的很多人一样，认为社会的黑暗是人自身具有罪恶的结果，是思想堕落和道德低下的罪过。所以，社会政治问题的解决主要寄托在人们精神世界的提升和思想道德的改善上。这种认识决定着作品的主题：在战乱频繁、国家分裂，时代处于大动荡的情况下，在意大利人处于混乱和迷惘之中的时候，人类要想得救，主要途径在于提高人的精神境界和道德水准。维吉尔象征理性，就是要人们通过理性来认识罪恶和错误，从而悔过自新。但这还不够，还需要通过坚定的神学信仰，通过对上帝的爱来认识最高真理和达到至善的境界。这就是《神曲》开篇就让维吉尔奉贝娅特丽采之命引他走另外一条道路的深意。

其次，《神曲》体现了作家思想深刻的矛盾性，反映了新旧交替时期意大利现实生活的本质特征。

但丁写作《神曲》的时代，封建的基督教意识形态对社会生活仍然起着重要的作用，但与新的生产关系相适应的思想文化观念也开始萌芽。整个社会新旧思想杂糅、对立冲突激烈。《神曲》深刻地反映了当时的这种本质特征。例如，但丁一方面肯定了理想的基督教，对基督教辉煌历史、理想教徒和所谓卓越的教会人物加以热情的赞美。但另一方面，他深刻地批判现实教会、教皇和僧侣们的贪婪、残暴与伪善。《神曲》伊始，诗人用瘦母狼代表罗马教廷，象征性地指出了教会的贪婪本性。他把贪得无厌的教皇尼古拉三世放在地狱的第八层第三条沟里，并让其自我招供："我虽然穿着大道袍，但确是熊的儿子，为了要繁殖小熊，我便囊括世间的财富。"被但丁放在地狱第九层中的路格利主教的灵魂，是狠毒的化身。生前他不仅将政敌乌哥利诺囚禁在塔楼里，还饿死了乌哥利诺的四个无辜的儿子。被但丁放到地狱第八层中的教皇逢尼法斯八世，为了获得个人的利益欺骗教徒，公然宣称"我是可以开闭天门的"。但丁还批判了教皇干预世俗政权，操纵政治的罪行。在对世俗生活的态度上，《神曲》也表现出了较多的陈旧观念。比如地狱、炼狱、天堂的构造，对受罚、洗炼、享福的灵魂安排，在很大程度上是根据禁欲主义思想来体现的。尤其是炼狱山，实则就是座"禁欲山"。但丁认为人只有克制情欲，刻苦修炼，才能上天堂。但《神曲》中又流露出了肯定现世生活的反禁欲主义倾向。在《地狱篇》第五曲中，他把生前犯了叔嫂通奸罪的保罗和弗兰西斯嘉放到地狱第二层中遭受折磨，让他们的灵魂在阴风苦雨之中漂浮不定。但是当弗兰西斯嘉述说了他们的不幸遭遇之后，但丁又对他们真挚的爱情表示了深刻的同情，并感动得"昏倒在地，好像断了气一般"。在政治态度上，但丁热情地讴歌了理想中的君王和贵族，把祖国统一的希望寄托在了神圣罗马帝国皇帝亨利七世身上，并在天堂里为他留下了位置。在天堂第六层中，他还放上了很多正直君主的灵魂，并让他们被祥云瑞气所环绕。同时，他也无情地批判了当时社会上那些残暴的君主和分裂割据、鱼肉人民的封建诸侯，谴责了他们为了扩大自己权力而进行的封建战争。在《地狱篇》第十二曲中，他就借半人半马的怪物之口，对那些残害人民的君主和贵族，进行了指责和批判。在对待人类文化的看法上，《神曲》认为基督教是人类最伟大、最神圣的思想文化结晶。《神曲》中有对中世纪经院哲学的阐述和对神学思想的讴歌，但同时又对中世纪被排斥的古希腊罗马文化和进步的异教思想，给予了热情的赞美和高度的评价。比如，当诗人来到候判所，见到荷马、贺拉斯、奥维德等人灵魂的时候，兴奋地写道："我心中因看到他们而感到光明。""我能躬逢盛会，心里觉得非常光荣。"这实际上表现出了现实中的意大利人对古希腊罗马文化等异教文化的赞扬和肯定。但丁用维吉尔象征理性，称他是"智慧的海洋"，"拉丁人的光荣"，也表明了他对古代文化的信任与崇拜；但又认为理性不能认识最高的真理，要达到至善的境界还要靠神学信仰和宗教之爱。可以说，这种种矛盾其实正是新旧交替时期意大利社会各种思想矛盾的深刻体现。

再次，《神曲》也深刻地揭示了人类自身精神世界的构成，反映了中世纪转折时期作家对"人"认识的深化。

在整个中世纪基督教文化观念中，人是上帝的造物和带有原罪的"羔羊"，必须无条件地"服从"上帝乃至教会的旨意。这其实凸显的是中世纪的"人"只有一种精神特性，即"服从"特性。但丁继承了基督教文化中人是"服从"精神的载体的观念，同时又对人的其他精神特性进行了探讨。《神曲》显示：人的精神中除了具有"服从"的特性之外，还有"理性"和"信仰"特性。在《神曲》中，作者写道："去掉理性，人就不成其为人，而只是有感觉的东西，即畜生而已。"这说明，在但丁看来，人只有"服从"特性是不够的，人能否遵从"理性"的引导，发现谬误，比盲目的"服从"更重要。此外，一个人没有信仰的指引，没有对信仰的爱，也不能够认识到最高的真理。在《天堂篇》第二十六曲中，当圣约翰考问但丁对仁爱的理解时，他写道："由于哲学的证据和自天而降的威权，这样的爱就深深地印在我的心里。一个人要是明白善之为善，善就会煽动爱，越有德者越甚，所以一个人要是明白善是卓绝无比这一个真理，势必爱那要素。"在《神曲》中，但丁听命于贝娅特丽采派来的维吉尔，跟随着他游历地狱和炼狱。随后又在贝娅特丽采的引导下，一步步走向九重天。这里，维吉尔代表着精神中的"理性"特性，而贝娅特丽采则象征着精神上的"信仰"特性。这样，《神曲》中所描绘的人的精神世界就不再是由单一的"服从"特性构成，而是由"服从"、"理性"和"信仰"三者合一构成的新的精神世界了。这表明但丁对人的精神世界的认识具有革命性意义的深化。但丁还通过情节安排强调，精神领域的"服从"必须跟随"理性"，而"理性"则必须听命于"信仰"，三者中最重要的是"信仰"。由此可见，在对人自身的认识上，但丁看待人的精神构成比中世纪的神学家有了巨大的进步。

《神曲》在艺术上也取得了极高的成就。

第一，但丁在《神曲》中，将中世纪文学所大量使用的象征、寓意、梦幻的手法，同反映现实生活的内容紧密地结合在一起，从而用陈旧的形式表现出了很多崭新的思想内容。像以往整个中世纪以宗教题材为内容的作品一样，《神曲》的整部诗篇都充满着寓意和象征的内容。如他用幽暗森林来象征社会与人类自身的罪恶，披着阳光的山顶象征着一种光明的境界，上帝"三位一体"象征终极的真理。从整个作品而言，主人公的漫游过程象征着人类的灵魂和精神的完善过程。除了这种象征手法之外，还有梦幻的手法。比如诗人游历幽冥三界，本身就是一种梦幻形式，这些都是作家对基督教文学形式的继承。然而，但丁正是通过这些陈旧的手法表现出了强烈的现实精神和崭新的内容。例如他对宗教伪善者的揭发批判，对封建统治阶级的嬉笑怒骂，对世俗爱情生活和异教文化的肯定，以及对当时历史事件和各种人物所作的深刻评判，都是现实生活和时代精神的反映。

第二，《神曲》以艺术结构的严密著称于世。《神曲》结构好像一个严整而有系统的三棱形大建筑，全诗分为"地狱"、"炼狱"、"天堂"三部分；每部分各三十三篇，加上《地狱篇》前的序言，共一百篇。"三"象征着"三位一体"，"百"表示"完全中之完全"。诗中的地狱、炼狱、天堂等部分，也是完全对称的。三部的结尾，都以"星"字收束。这样的结构用连锁韵律（每一诗节三行，其中第一与第三行押韵，第二行与下节第一、三行押韵），在不断变化中一直灌注下去。这种完整而有秩序的结构具有一种造型艺术的效果，是中世纪神权思想的体现。但是这种结构也与人文主义思想家们对古代文化的认识有相似之处。文艺复兴以后的文学家们在谈到古希腊艺术杰作时，认为其优点在于"高贵的单纯和静穆的伟大"[①]。温克尔曼说："希腊人的艺术形象表现出一个伟大的沉静的灵魂，尽管这灵

①　朱光潜：《西方美学史》上册，人民文学出版社 1981 年版，第 302 页。

魂是处在激烈的情感里面；正如海面上尽管是惊涛骇浪，而海底的水还是寂静的一样。"①《神曲》结构上庄严、肃穆而内容上激烈动荡，与古代艺术如出一辙。

第三，《神曲》在塑造人物和描写情景方面也有特点。在诗人笔下，大多数人物都苍白无力，是象征性的，这与中世纪宗教文学中的人物特点相似。然而，但丁在用寥寥数语勾勒人物性格特点方面可以说是位高手。例如，他只用"他挺胸昂首，对于地狱的权威似乎表示一种轻蔑"这样一句话，就把齐伯林党领袖法利纳塔英勇无畏的英雄气概表现得栩栩如生。再如对荷马、贝娅特丽采等人，只是简洁几笔，便使前者显得庄严崇高，使后者显得纯洁慈爱。再如，当他描写两个鬼魂相遇时，用了世间常见的事物进行比喻："那里双方的灵魂抢上去相拥抱接吻……很像黑蚁的队伍，在路上互相擦嘴，以探寻前面食品所在的模样。"这种具体的比喻和生动的细节描写在中世纪梦幻文学中是极为少见的。

第四，《神曲》是使用意大利语写成的。当时教会文学作家主要用拉丁语创作，而但丁用意大利语来写作，正是对封建社会文化霸权思想的反叛。由于但丁第一次用意大利语写了这样重大的题材，就为意大利民族语言和民族文学语言的形成起到了奠基和推动作用。但《神曲》中大量语言和词汇又带有中世纪语言那种烦琐、晦涩、象征的特点，体现了语言的过渡性质。

但丁对后代文化影响巨大，薄伽丘等人都曾受到他的影响。

思考题：

1. 亚洲和欧洲中世纪文学的主要成就及特点。
2.《一千零一夜》的思想内容与艺术特色。
3.《源氏物语》的思想与艺术价值。
4.《神曲》的思想内涵及艺术特点。

▶ 第二章拓展阅读

① 朱光潜：《西方美学史》上册，人民文学出版社 1981 年版，第 302 页。

第三章　14—16世纪文学

14至16世纪是世界格局发生剧烈变化的时期。欧洲主要国家开始从封建主义走向资本主义，从大一统的基督教世界走向近代民族国家，经济发展，文化繁荣。随着欧洲力量的崛起，东方诸多封建国家依其传统惯性独立发展的局面被打破，它们作为原料产地和商品销售地，开始逐渐被纳入由欧洲列强主导的资本主义世界市场体系之中。这一时期的欧洲文学从中古迈向近代，进入蓬勃发展的新时期。而同一时期的东方诸国仍处于封建社会，东西方文学发展呈现极不平衡的状态。随着东西方经济往来日趋频繁，文化交流不断加深，东方语言和文化开始对欧洲文学产生重要影响，文学的世界联动性开始增强。

第一节　概　　述

一、欧洲文艺复兴运动

14至16世纪，欧洲许多国家先后发生了文艺复兴运动。这场运动以研究古希腊罗马文化典籍为先导，以复兴古希腊罗马文化为号召，故有"文艺复兴"之说。但它不单纯是复兴古代文化，还借此摆脱中世纪神学和封建主义的精神桎梏，表达新兴资产阶级的愿望和要求，是资产阶级思想文化的发端。

从中世纪晚期开始，欧洲封建社会发生了一系列重大变化。罗马天主教廷受困于腐败、分裂和异端纷争，陷入统治危机，大一统的欧洲基督教世界逐渐走向瓦解。与此同时，摆脱罗马天主教廷控制的世俗政权开始出现并逐渐壮大，最终发展成近代民族国家。在国家内部，封建主义的主要支柱——庄园制度和骑士制度发生了动摇。随着商业、手工业、金融业的发展，人口向城市集中，国家的经济、政治中心向城市转移，城市出现繁荣，城市资产阶级不断壮大。地理大发现极大地改变了人们对世界的传统认识，扩大了人们的视野，掀起了探索思想上的"新世界"的热潮。活字印刷术传入欧洲之后，在14世纪得到改进和推广，使书籍生产的成本下降，大批量的书籍印刷成为可能，从而极大地促进了各种先进知识和文化的传播。这一系列重大变化持续了300多年时间，是文艺复兴产生和发展的背景与驱动力。

文艺复兴运动经历了一个发展过程。它在14世纪初期发轫于意大利一些城市，早期活动主要是对古希腊罗马文献的搜集、校勘、翻译和研究。中世纪的欧洲并没有完全断绝与古代文化的联系，但教会垄断文化的阐释权，对古代文化往往断章取义，使之为建构基督教思想体系服务。而意大利早期人文学者对古希腊罗马文化深怀仰慕之情，他们力求恢复古代文献的原貌，积极传播其中包含的世俗人本主义思想和价值观，并希望通过对古代作品的模仿和学习，创造出优秀的新作品。诗人彼特拉克是最早以新理念研究古代典籍并取得突出成就的人文学者之一。作家薄伽丘晚年受彼特拉克影响，转向古代学术研究，成果斐然。随后的萨卢塔蒂（1331—1406）、尼科利（1364—1437）、布鲁尼（1370—1444）等人文学者也在搜集、整理古籍和学术研究上取得突出成就。经过几代人文学者的不懈努力，大量在中世纪蛮族入侵和基督教会禁绝中湮没的古代经典著作被重新挖掘出来，传播开去，不断掀起学习的热潮；以古希腊罗马典籍为范本，讲授文法、修辞、哲学、历史、诗歌的非宗教性的人文主义学科也由此产生；与此同时，思想、文学、艺术、科学诸领域的探索和创新运动也轰轰烈烈地展开。

学习古希腊罗马文化之风在意大利兴盛，原因是多方面的。在14—15世纪，意大利北部和中部一些城市，如威尼斯、热那亚、米兰、佛罗伦萨等，利用地中海贸易航线要冲的便利，获得了长足发展，出现了经济繁荣的局面，资本主义生产关系得以确立。在贸易和金融活动中成长起来的新兴资产阶级需要新的文化满足其世俗生活趣味，体现其政治理想。而古希腊罗马文化所包含的人本意识、世俗倾向与教会所宣扬的禁欲主义、来世思想相对立，却适应了新兴资产阶级的要求。上述意大利城邦的实际权力多掌握在市政官、总督或一些大家族手中，这些新兴的城邦统治者出于维护其统治的需要，对世俗的人文学术研究采取扶持政策，他们庇护和供养人文主义学者，创办专门研究古希腊罗马文化的机构，赞助文学艺术活动，促进了文艺复兴运动的开展。此外，意大利遍布古代文化的遗迹，意大利人以古罗马文化的继承者自居，这很容易激发他们对古代文化的热情。1453年，拜占庭首都君士坦丁堡被土耳其奥斯曼帝国攻陷，许多拜占庭学者流亡到意大利，他们携带了大量古代典籍，并以教授这些典籍为业，这进一步激发了意大利人对古希腊罗马文化的热爱。在这些特殊条件的综合作用下，意大利首先出现了文艺复兴运动。

在君士坦丁堡被奥斯曼帝国攻陷的同一年，英法百年战争结束。君士坦丁堡的陷落使欧洲与东方的陆上贸易受阻，导致航运贸易中心从地中海向大西洋转移；百年战争的结束打通了欧洲南北贸易通道。1453年后，意大利经济急剧衰退，却为英、法等国家的经济和文化崛起创造了有利条件。1494年，法国军队入侵意大利。法国人在惊叹意大利辉煌灿烂文化的同时，也纷纷效仿和学习。由于这些因素的推动，从15世纪后半期开始，文艺复兴运动逐渐越出意大利范围，广泛传播到法国、德国、西班牙、英国等许多欧洲国家。整个16世纪及17世纪初，是欧洲文艺复兴运动的高潮期。1642年英国清教徒关闭伦敦的剧院，这场历时300多年的文化思想运动宣告结束。

在 16 世纪，一些欧洲北方国家如德国、英国等，发生了宗教改革运动。从本质上讲，宗教改革是文艺复兴运动的重要形式，但它与意大利文艺复兴主要从古希腊罗马文化中寻找思想武器，追求感官解放和个性自由，肯定人的世俗权利不尽相同。宗教改革运动的领袖们认为中世纪教会统治玷污了基督教本义，主张遵从《圣经》的教导，将重点放在对基督教本义的阐释和教会的改造上。1517 年，德国修道士马丁·路德以反对天主教会出售赎罪券，拉开了宗教改革运动的序幕。16 世纪 30 年代，法国人加尔文创建了加尔文教派。同是在这一时期，英王亨利八世主导创建了英国国教会，摆脱了罗马天主教廷的控制。英国加尔文教派因不满英国国教会保留了大量天主教传统，要求净化教会，发起了"清教运动"，从而诞生了清教。欧洲多个国家先后发生的宗教改革，大都强调通过个人虔诚信仰获得救赎，这实际上把人从教会繁琐的礼仪束缚和严密的组织控制中解放出来，给了人精神上的自由。这与文艺复兴产生的尊重人格独立与自由的人文主义思想是一致的。反过来，希伯来—基督教文化中蕴含的宗教人本思想，如仁爱、平等、宽恕等，经过宗教改革运动的洗礼，积淀为人文主义思想的重要组成部分，对早期人文主义者过度强调原欲解放起到了纠偏作用。宗教改革导致西欧基督教会分裂为新教和旧教（天主教）两大教派，推动了基督教的近代化和民族化，加速了主权国家的崛起。1517—1533 年，马丁·路德用德语翻译《圣经》，奠定了德国现代民族语言的基础。尤其是加尔文教和清教宣扬节俭、勤奋、节制，以劳动和在尘世取得成功来荣耀上帝的思想，成为促进资本主义发展的重要精神力量。

文艺复兴运动标志着欧洲近代史的开端。恩格斯在《〈自然辩证法〉导言》中，对文艺复兴运动的历史作用给予了全面、高度的评价，称其为"人类以往从来没有经历过的一次最伟大的、进步的变革"①。它摧毁了"教会的精神独裁"，催生了欧洲近代新型国家，诞生了"现代的自然研究"和"最初的现代文学"，推动了前所未有的艺术繁荣，哺育了一大批"在思维能力、激情和性格方面，在多才多艺和学识渊博方面的巨人"②。经历文艺复兴运动的洗礼，欧洲人获得了前所未有的世界视野，人本思想、民族意识、科学精神、劳动与创新的观念深入人心，由此奠定了西方近现代文化和思想的基础，并为人类文明的发展开创了广阔的前景。

二、人文主义文学的特征

文艺复兴运动中形成的新的资产阶级思想体系被称为人文主义。它是在反对、

---

① 《马克思恩格斯文集》第 9 卷，人民出版社 2009 年版，第 409 页。
② 《马克思恩格斯文集》第 9 卷，人民出版社 2009 年版，第 408—409 页。

同时又吸收和转化中世纪基督教思想的基础上发展起来的。基督教认为，人类犯有原罪，人生在世，只有克制欲念，忏悔赎罪，才能得到神的眷顾，在来世进天堂得救，免遭下地狱的惩罚。这种基督教神学思想将人看成上帝的奴仆，把现世生活看成通往来世永生的一个短暂准备，把现实世界作为苦修之所。正是基于这种消极被动的人生观和对死亡前景的预期，中世纪基督教神学排斥世俗生活，敌视日常经验和自然知识；它要求民众对基督教教义盲目信靠和追随，不必诉诸理性的思考。在这些思想影响下，人的创造力被压抑，追求美好生活的愿望被遏制，社会的发展也失去了活力和动力。

与中世纪基督教神学相比，人文主义关于人类本质及其在世界中的地位和作用的观念发生了重大变化。人文主义主张以人为本，强调以人作为衡量万事万物的标准和尺度，以人性及其成就作为研究对象，重视人的价值，宣扬人的尊贵和卓越，肯定人的力量、智慧与美德，赞赏生命的昂扬、激越、无拘无束状态，欣赏体格的强健、仪表的秀美和谈吐的优雅。自此，人摆脱了中世纪时的佚名状态，被放置在历史活动的中心；人的创造力被激活，主观能动性得到充分发挥；个体自由、人性发展、自我实现成为人生奋斗的重要目标。

人文主义反对禁欲主义和来世思想，肯定人有追求现世幸福和世俗享乐的权利。在人文主义者看来，追求精神愉悦、感官满足、欲望宣泄以及追名逐利，乃人之本性，因而是天经地义的事情。人文主义者尤其重视爱情体验。在他们眼中，爱情是上天赐予的奇妙果实，是美好生活的体现，应该赞美和追求它，而不应该压抑和排斥它；容貌相悦、心灵相通、品德高尚，固然是爱情产生的重要基础，情欲的满足也是爱情必不可少的元素。人文主义者对财富的态度也是积极的。他们认识到，丰厚的物质财富能够给人带来优裕、有尊严的生活；勤劳致富与宗教信仰并不矛盾，甚至是实现信仰的重要途径。

人文主义反对神秘主义和蒙昧主义，提倡科学与理性，崇尚知识与创造。中世纪经院神学并不排斥理性，只是将信仰置于理性之上；同时，它主张的理性是一种外化理性，实际上是外在神权的控制力量，桎梏了人的精神自由。人文主义者最初通过对古代世俗文献的搜集、翻译和研究，播下了自由思想的种子，培养了看待事物的理性态度和科学方法，点燃了探究知识的热情。通过积极倡导和兴办教育，人文主义知识和思想得到广泛传播，一批批新型人才被培养出来。文艺复兴这种有利的时代氛围酝酿了人类智识前所未有的集中爆发，不仅天文学、解剖学、透视学、生理学、植物学等自然科学领域的成果纷繁迭出，更发展出实验科学的理论与方法，勇于探索自然、追求真理的观念也逐渐深入人心。

人文主义思想本身有一个发展过程。早期人文主义更多从古希腊、罗马的世俗人本主义传统中汲取力量，张扬人的感性生命和自然欲望。后期人文主义认识到私欲膨胀、无所节制所带来的恶果，将基督教主张的仁慈、博爱思想吸收进来，使之更加丰富，更符合人性完善、协调和现实发展的要求。蒙田等思想家更对人之理性的限度进行了反思，使人文主义思想更加深邃。

文艺复兴时期的欧洲新兴文学以人文主义思想为内容，因而被称为人文主义文学。它由此呈现出崭新的文化特质和独特的艺术品格：

第一，鲜明的反天主教会、反封建色彩。中世纪后期的天主教会在很大程度上已经背离了基督教本义，蜕变成一个利益集团，暴露出种种弊端。作家们以现实为摹本，从普遍人性的观念出发，对天主教会的种种倒行逆施进行了辛辣的讽刺和揭露，把这些教会人士置教规教条于不顾，对天主缺乏敬畏之心，为满足个人欲望而作出的种种伤风败俗的劣行，暴露在光天化日之下。人文主义文学也反对各种世俗的封建势力。为对抗封建压迫和奴役，人文主义作家鼓吹自由、仁慈、博爱；为反对封建等级制度和门第观念，他们歌颂友谊、美德、才能，提倡平等；为反对包办婚姻，他们主张个性解放、爱情自由。尽管人文主义文学对天主教会和世俗封建势力的批判还停留在道德和感性的层面，但它无疑开启了资产阶级文学的批判传统，为日后的资产阶级反封建革命进行了初步的思想准备。

第二，创作手法的写实性。不同于中世纪文学的超验性、奇异性和幻想性，人文主义文学把可感的现实世界、世俗人生和个人情感呈现在读者面前。莎士比亚在《哈姆莱特》第三幕第二场中借哈姆莱特之口说："自有戏剧以来，它的目的始终是反映自然，显示善恶的本来面目，给它的时代看一看它自己演变发展的模型。"塞万提斯在《堂吉诃德》的前言中说："描写的时候模仿真实，模仿得愈亲切，作品就愈好。"这表明杰出的人文主义作家们已经开始有意识地应用写实手法，对时代、社会、人性进行认真的描摹，以再现其本来面貌。尽管大多数人文主义作家仍然习惯于选取现成的古代或域外题材，而非直接描写现实，但他们都在其中填充了现实生活的血肉，注入了时代的精神和灵魂。人文主义作家塑造的一系列基于现实的人物形象闪耀着人性的光辉，展现了在世俗欲望激励下的人生百态；他们的反封建、反天主教会意识使他们的作品带有强烈的讽刺性和批判性。

第三，表现民族意识的觉醒与民族性的追求。文艺复兴时期是欧洲近代民族国家的形成时期，也是民族文学的形成时期。欧洲主要国家，如法国、英国、西班牙等，先后建立了中央集权的君主政体，封建割据的状态被打破，罗马天主教廷的行政干预被削弱，民族国家逐渐形成，民族意识被唤醒，并开始爆发出巨大的能量。人文主义作家表现民族历史题材，关注民族命运，抒发爱国热情。意大利作家彼特拉克毕生为意大利民族的独立和统一奔走呼号，他的《歌集》第 128 首是充满爱国激情的诗篇，它痛陈意大利的分裂与战乱，呼吁同胞摒弃仇恨，排除外部势力的干预，为意大利赢得和平与统一。莎士比亚历史剧反映了英国历史通过曲折道路走向民族统一与中央集权的必然趋势，塑造了理想君主的形象，用以表达自己的爱国热情和对开明君主制的向往。塞万提斯的悲剧《被围困的奴曼西亚》表现古代西班牙奴曼西亚城居民抵抗罗马侵略者的壮烈事迹，弘扬了爱国主义精神。这一时期，多数人文主义作家放弃了通用的拉丁文，改用民族语言进行文学创作，他们从拉丁语、古代语言、民间语言中汲取营养，创作了精美的语言艺术作品，为民族语言的丰富与发展作出了突出贡献。这也是人文主义作家民族意识的突出体现。

第四，人文主义文学不仅在思想与精神面貌上焕然一新，艺术形式上也发生了重大变化。在古代与中古时期，文学语言以韵文为主，在文艺复兴时期，开始从韵文向散文转变，这极大地提高了文学的写实能力和表现复杂事物与情状的能力。这种转变虽然在这一时期并未完成，但已经形成了历史趋势，对后世文学影响深远。文类出现了新的分化与整合。一些传统文类，如史诗、骑士传奇等，逐渐走向衰落或消亡；一些新的文类，如小说（长篇小说、短篇小说）、悲喜剧、历史剧、随笔散文等，被创制出来，展现了丰富的表现力。更常见的情形是既有的文类被不断改造和完善，焕发出新的活力。如悲剧、喜剧继承了古希腊、罗马传统，融合了中世纪道德剧的经验，脱胎换骨，为莎士比亚攀登文艺复兴时期的文学顶峰提供了绝佳的形式。再如抒情诗。古代和中古抒情诗的节奏、押韵与体式，与其使用的语言（主要是希腊语和拉丁语）和伴唱乐器相适应。文艺复兴时期的抒情诗改用民族语言，并摆脱了对乐器的依赖，由此导致抒情诗形式的剧烈变化，一些重要的诗体被创造出来，如十四行诗，它产生于意大利，经过彼特拉克、斯宾塞、锡德尼、莎士比亚等诗人的不断锤炼，臻于成熟。在以后的几个世纪里，它又不断发展，为西方文学的繁荣和丰富作出了重要贡献。

应该认识到，人文主义文学并不是在全新的基础上成长起来的，它和中世纪文学存在着千丝万缕的联系。基督教信仰在人文主义文学的主题、题材、结构、意象中仍然大量存在，且发挥着重要作用。中世纪盛行的一些文学样式，在文艺复兴时期仍然流行。中世纪民间文学在文艺复兴时期继续发展。这些都为人文主义文学提供了有益的镜鉴。

三、14—16 世纪欧洲各国文学概况

欧洲人文主义文学首先在 14 世纪 30 年代出现于意大利，彼特拉克和薄伽丘是意大利人文主义文学的先驱。弗兰齐斯科·彼特拉克（1304—1374）出生在佛罗伦萨一个公证人家庭。1312 年，随家人迁至法国阿维尼翁城，在那里接受初等教育。1316 年至 1326 年，先后在法国蒙特波利大学和意大利博洛尼亚大学学习法律。1326 年父亲去世后，彼特拉克重返阿维尼翁，在教廷中谋得一份工作。1327

年，彼特拉克在阿维尼翁的圣基亚拉教堂遇到美丽女子劳拉，对她一见倾心，遂把她当成了终生爱恋的对象和诗歌创作的灵感源泉。1330年，他结识罗马科隆纳家族的乔瓦尼红衣主教，有机会跟随主教游历欧洲，广泛收集古希腊、罗马典籍抄本。他对古典学问的研究也日益精深，逐渐形成了他的人文主义思想。1341年，他被罗马元老院加冕为桂冠诗人。1350年，他与薄伽丘第一次会面，结成莫逆之交。1353年，彼特拉克离开法国，返回意大利定居，1374年7月病逝于自己在阿尔夸的别墅。

彼特拉克一生著作颇丰。拉丁文作品有叙事长诗《阿非利加》（1338—1341）、《名人传》（1338—1339）、《内心的秘密》（1342—1343）等。彼特拉克最重要的作品是用意大利俗语写成的抒情诗集《歌集》，由此奠定了他在文学史上的重要地位。《歌集》收诗366首，主要内容是抒发对劳拉的爱情。劳拉在1348年死于黑死病。彼特拉克《歌集》中的爱情诗，以劳拉之死为界分为两部分。在第一部分，诗人追述了多次见到劳拉时的点点滴滴，表达对劳拉的倾慕和爱恋。第二部分表达了对劳拉的悼念之情，描写失恋的痛苦，以及梦境中与劳拉相会的情形。《歌集》中表现的爱情明显具有新旧两种成分。将恋人理想化为完美的女性，终生在诗歌中歌颂一个恋人，在现实中却与她保持距离，这些都具有中世纪文学描写爱情时重视精神满足和宗教崇拜的特点，让人联想到但丁《新生》的影响。但《歌集》最大的创新，还是对爱情的世俗化、人性化描写。彼特拉克把女性的头发、眼睛、手臂、胸腹、声音、姿态、服饰等纳入描写的范围，征用来自大自然和神话的诸多美丽意象赞美它们，其中混合了情欲的冲动、感官的满足、心灵的悸动，从而开创了歌颂人间爱情的新模式。《歌集》中还贯穿着世俗爱情和宗教信仰的矛盾与冲突。彼特拉克一方面追求世俗爱情和现世幸福，另一方面又渴望灵魂得救和宗教皈依，这种灵肉交战呈现出来的情感复杂性和内在张力，深化了爱情的主题。《歌集》中的诗歌有317首用十四行诗体写成，这种诗体产生于13世纪上半期在意大利出现的西西里诗派，后来的"温柔的新体"诗派和但丁对此有所发展。彼特拉克《歌集》中的十四行诗由两段四行诗和两段三行诗组成，每行11个音节，采用abba，abba，cde，cde，或abba，abba，cdc，cdc的押韵格式。《歌集》的成功使十四行诗走出意大利，对整个欧洲抒情诗的发展产生了重大影响。

从15世纪末至16世纪后期，意大利文艺复兴运动进入全盛期，文学中出现了阿里奥斯托、塔索等一批优秀的诗人、小说家和散文作家。

卢多维科·阿里奥斯托（1474—1533）出生在意大利城镇勒佐-艾米利亚一个贵族家庭，从小热爱诗歌，后学习希腊文、拉丁文和古典文学。当过勒佐城防司令官的父亲在1500年去世后，阿里奥斯托担负起照料家庭、维持生计的职责，不得不在多个宫廷和贵族、主教门下供职，还曾担任加尔法尼亚纳地区的行政长官。

直到晚年，阿里奥斯托才过上清闲安逸的生活，能够专心写作。阿里奥斯托创作过一些抒情诗、讽刺诗和喜剧作品，但最著名的是长篇叙事诗《疯狂的罗兰》。这部作品于 1502 年开始创作，1516 年出第一版，1521 年出第二版，1532 年出第三版。在长达 30 年的创作过程中，阿里奥斯托不断对其进行修改、润色，使之臻于完善。1532 年完成的《疯狂的罗兰》共 46 歌，三万余行。《疯狂的罗兰》中的罗兰取自法国中世纪英雄史诗《罗兰之歌》的主人公。意大利 15 世纪诗人博亚尔多（1441—1494）曾以罗兰为主人公，写过一部骑士叙事诗《热恋的罗兰》，但未完成。《疯狂的罗兰》续其故事，描写骑士罗兰对美丽绝伦的东方公主安杰丽嘉的爱情和执着追寻。查理大帝在与非洲王阿格拉曼特的决战中，曾许诺将遭他囚禁的安杰丽嘉许配给击退敌人的勇士，但安杰丽嘉趁乱逃走。罗兰走遍天涯海角，历经千难万险，寻找安杰丽嘉的下落。当他听说安杰丽嘉嫁给伊斯兰教勇士梅多罗后，因绝望而发疯。骑士阿斯托弗从月球找回了罗兰的理智。罗兰恢复理智后，杀死非洲王阿格拉曼特，助查理大帝取得了战争的胜利。作品虽然借用骑士传奇的题材，但表现了人文主义的爱情理想。它打破宗教偏见，表现基督徒与异教徒之间的爱情，并将这种爱情置于全诗的中心。尤其是主人公罗兰，完全不同于《罗兰之歌》中一心忠君护教的基督教骑士，而是一个为爱而疯狂的世俗形象。在作者看来，爱征服一切，人应该勇于追求爱情，享受现世幸福。作品中主人公不知疲倦的追寻、永无休止的旅行、光怪陆离的东方景观增加了作品的异域情调，也反映了文艺复兴时代的人勇于探索和冒险的精神。

托夸多·塔索（1544—1595）是意大利文艺复兴后期的代表作家。他出生于意大利南部小镇索伦托的一个诗人之家，早年随父亲辗转各地，饱尝颠沛流离之苦。1560 年进入帕多瓦大学学习，开始文学创作，1562 年转入博洛尼亚大学。1565 年结束学业后，进入埃斯特宫廷服务，长达 10 年之久。其间他与贵族、文人结交，创作了包括叙事长诗《被解放的耶路撒冷》在内的大量作品。1577 年，塔索精神失常，被关进疯人院长达七年。罗马教廷推进反宗教改革运动，加紧文化控制和宗教迫害，塔索忧惧这部具有浓厚人文主义思想的作品的命运，是他罹患精神病的重要原因。塔索获得自由后定居曼图瓦城。1587 年他迁居罗马，1595 年病逝。叙事长诗《被解放的耶路撒冷》（1574）是塔索的代表作，它以十字军东征耶路撒冷为历史背景，描写十字军将士在戈德弗雷统率下，与异教国王阿拉丁诺的军队展开决战，终于攻克耶路撒冷圣城的故事。史诗采用八行诗体，大量借用幻象、魔法、巫术和超自然人物，对千军万马的宏大战争场面极尽铺排，渲染东方情调，使作品具有浓郁的浪漫主义气氛。在土耳其不断扩张，威胁到意大利民族生存的时代，史诗表现基督教的胜利，具有鼓舞民众爱国热情、唤起民族英雄主义之效。塔索同样善于和勇于表现爱情。来自相互对立的宗教背景的人物超越宗教偏见相爱，他们缠绵悱恻的爱情是史诗最动人的部分，也是"爱征服一切"的人文主义思想的有力体现。

从 15 世纪晚期开始，意大利先后被法国和西班牙入侵、控制。土耳其奥斯曼帝国的崛起导致欧洲与东方的陆上贸易线受阻，航运贸易中心向大西洋转移，意大利经济陷入衰退。罗马教廷掀起反宗教改革运动，加强了思想控制。这些因素的综合影响，导致意大利文艺复兴运动到 16 世纪末时走向衰落。

法国文艺复兴运动在 15 世纪末露出端倪，在法国国王弗朗索瓦一世 1515 年登基后形成声势，法国的人文主义文学随之产生。这期间频繁发生的对意大利的战争，使法国接触到古希腊罗马丰富的文化遗产，以及意大利文艺复兴时期的艺术品和书籍，引发了模仿、学习的热潮。1530 年，弗朗索瓦一世批准设立法兰西学院，积极网罗人才，翻译、研究古代典籍，培养了自由开放的学术风气。印刷术的广泛应用，王室贵族对文化艺术的倡导和资助等，是文艺复兴运动在法国发展的重要原因。

早期人文主义文学以七星诗社成员的创作为代表。七星诗社成员包括多拉（1508—1588）、龙萨、杜贝莱、巴伊夫（1532—1589）、若代尔（1532—1573）、贝洛（1528—1577）和蒂亚尔（1521—1605）这七位诗人，因被比作银河系昴星团中的七颗亮星而得名。他们有强烈的民族意识，要求以古希腊罗马文学和文艺复兴时期的意大利文学为榜样，创造法国自己的民族文学。1549 年，杜贝莱（1522—1560）执笔的诗体作品《保卫和发扬法兰西语言》代表了七星诗社成员在创建民族诗歌语言方面的共同意见。七星诗社诗人认为，法语同样能够产生与古代媲美的伟大作品。鉴于法语粗陋贫乏的现状，他们建议通过吸收方言、恢复旧词、从希腊语和拉丁语借词，以及创造新词等手段，丰富法语的语汇和表达形式。七星诗社诗人中诗歌创作成就最高的是龙萨（1524—1585），著有《颂歌集》（1550）、《给卡桑德拉的情歌》（1552）、《给爱兰娜的十四行诗》（约 1574）等。龙萨的抒情诗擅长描写宫廷生活，歌咏田园自然美景，表现生气勃勃的爱情生活，在诗歌类型、体式等方面也多有创新，被誉为法国第一位抒情诗人。在法国民族诗歌形成过程中，七星诗社发挥了重要作用。

拉伯雷是法国文艺复兴时期最重要的人文主义作家，蒙田则是文艺复兴运动晚期人文主义文学的杰出代表。米歇尔·德·蒙田（1533—1592）出身于法国波尔多市附近的蒙田堡的一个富商之家。自幼学习拉丁文，后到图卢兹和巴黎学习法律。结束学业后长期担任波尔多高等法院法官。1568 年，父亲去世，蒙田继承爵位。1571 年，厌倦法院事务的蒙田退隐故里，潜心读书写作。1580 年，《随笔集》前两卷发表，蒙田随即赴德国、瑞士、意大利等国游历。1581 年，他被任命为波尔多市长，担任这一职务至 1585 年。1586 年，蒙田离职回乡，继续《随笔集》第三卷的写作，并于 1588 年完成出版。1595 年，经蒙田义女德·古内小姐修订的《随笔集》出版，全书分 3 卷，共 107 章。每章一个论题，各自独立。这些文章的论题范围相当驳杂，涉及历史、政治、宗教、教育、处世策略、人性等方面。如第一卷有《论忧伤》《危险的谈判时机》《论撒谎》《论坚毅》《幸福要等到死后方可定论》《评西塞罗》《论年龄》等，第二卷有《论饮酒》《帕提亚人的盔甲》《反对怠惰》《论父子相像》等，第三卷有《论功利与诚实》《论显赫之令人不快》《论跛子》《论经验》等，其中随处可见蒙田人生智慧的火花。

《随笔集》既是蒙田人生经验和智慧的总结，也能从中一窥其思想的发展。在第一卷中，蒙田更多受到斯多葛主义的影响，强调以冷静的态度观照自己和社会，追求理性与德性。第二卷则流露出浓重的怀疑主义思想。他看到人的认识能力的有限性，认为"人类的理性是一把双刃的、危险的利剑"，过于崇拜理性会导致人类"狂妄和傲慢"。其中的《雷蒙·塞邦赞》集中体现了他的怀疑主义思想。第三卷中，蒙田更多思考如何快乐、幸福地生活。蒙田的怀疑主义思想反映了人文主义的新动向。与早期人文主义者反抗封建神权统治、追求个性解放时表现出的亢奋情绪相比，他多了一份冷静和沉思。这种怀疑精神，既是对 16 世纪晚期法国宗教战争导致生灵涂炭的残酷现实的反映，也标志着人文主义对人的认识不断深化。蒙田随笔风格别具一格，往往是兴之所至，收放自如，且旁征博引，寓说理于生动的形象之中，语言舒展活泼。蒙田的随笔开创了一种新的文学体裁。

15 世纪末，西班牙实现民族国家的统一。随着欧洲贸易航线的西移、新大陆的发现，西班牙迅速积累了大量财富，一跃成为欧洲头等强国，文艺复兴运动随之兴起，西班牙文学迎来了黄金时代。

文艺复兴时期，西班牙第一部获得世界声誉的作品是流浪汉小说《托美思河上的小拉撒路》（又译《小癞子》，1554），作者佚名。"拉撒路"之名典出《新约·路加福音》，其中记载了耶稣使叫花子拉撒路死而复活的神迹，后来此名泛指一切贫儿乞丐。小说中的小癞子出身贫寒，父亲早丧，母亲无法养活他，让他由一个盲乞丐带去谋生。盲乞丐精于骗钱骗物，却心狠吝啬，从不让小癞子吃饱，还经常毒打他。小癞子受不了虐待，跑去投靠一个教士，哪知教士更加吝啬，所有食物都锁在箱子里，经常把小癞子饿得半死。小癞子千方百计偷吃食物，终于被主人发现并赶走。小癞子后来又去服侍一个穷绅士，这绅士身无分文，却死要面子。一次房东来讨拖欠的房租，绅士谎称要把一枚金币换成零钱，一去不归。小癞子以后跟过几个神职人员，都是无耻的图利之徒。小癞子又去当卖水人，当公差的帮手，还给人叫喊消息。这最后一个职务，让他的生活出现转机。他得到圣萨尔瓦铎大神父的赏识，娶了他的女佣。神父与女佣通奸，拿他遮人耳目；他也借此从大神父那里不断得到好处。《小癞子》作为流浪汉小说的鼻祖，最为人称道的是其情节结构。它以主人公在不同场所和地点的流浪为故事线索，将一个个场面串联起来。这一点虽类似于骑士传奇，但它提供的是现实生活场景，且主人公从骑士英雄变成居无定所、食不果腹的底层流浪者，使小说的写实性、批判性以及现实生活容量大大增强。它以第一人称讲述故事，增加了叙述人的作用，使叙述趋于个性化。此外，主人公小癞子以生存为最高算计，弃荣誉、道德、正义如敝屣，开创了欧洲小说中描写不择手段、唯利是图的个人主义者形象的先河。

洛佩·德·维加（1562—1635）是西班牙民族戏剧的奠基者。他出身于马德里一个刺绣艺人之家。1572—1573 年，跟从诗人、小说家维森特·埃斯皮内尔学习过拉丁文。1574 年入耶稣会帝国学院学习。两年后给阿拉维城的大主教赫罗尼莫·曼里克当侍从，受到赏识，被资助进阿尔卡拉·德·埃纳雷斯大学学习。1583 年，维加参加西班牙远征军，攻取特尔塞拉岛。得胜回来后经历过一次与喜剧演员埃莱娜·奥索利奥的荒唐爱情。1588 年，他与一位朝臣的女儿结婚，同年加入西班牙无敌舰队攻打英国，战败后侥幸逃生。此后维加还经历过多次爱情和婚姻。1612 年，维加在遭受了妻死儿亡的打击之后，对自己的荒唐行为表示悔过，皈依宗教，但并没有放弃写作和追求爱情。维加晚年不断遭遇家庭不幸，生活贫困，1635 年去世。维加一生高产，创作有 1800 部剧本，400 余部短剧，但多数作品已经散佚。保存下来的有 426 部剧本，42 部短剧。代表作有《羊泉村》《最好的法官是国王》《塞维利亚之星》《马德里的矿泉水》《傻大姐》等。

《羊泉村》（约 1613）是维加最优秀的作品。卡拉特拉瓦骑士团的队长兼羊泉村领主费尔南·戈麦斯看中美丽聪慧的姑娘劳伦夏，起意霸占，被深爱劳伦夏的村民弗隆多索赶走。费尔南·戈麦斯不死心，又多次威逼利诱，最后竟在劳伦夏与弗隆多索的婚礼现场，将一对新人抓了起来。村长向队长求情，遭到队长羞辱。羊泉村村民对费尔南·戈麦斯的胡作非为忍无可忍，揭竿而起，冲入城堡将他杀死。法官追查凶手，村民一致回答："是羊泉村干的。"最后卡拉特拉瓦骑士团团长向国王表示效忠，国王也赦免了羊泉村民。《羊泉村》取材于西班牙 15 世纪 70 年代一段真实的历史。当时卡斯提尔的伊萨贝尔女王和阿拉贡国王费南多联姻后，分裂的西班牙统一在望。但一些封建割据势力阻挠统一，剧中的费尔南·戈麦斯就是这一势力的代表，他怂恿骑士团团长率军攻占军事要塞雷尔城，以支持葡萄牙王阿尔丰索向伊萨贝尔和费南多争夺王位的斗争，正是这种政治斗争的反映。《羊泉村》引入这一政治背景，把羊泉村的起义从阶级斗争上升为反对封建割据，拥护王权统一国家的斗争，突出了在这一斗争中村民作为一个群体的力量，深化了作品的爱国主义主题。剧中对劳伦夏与弗隆多索这一对青年男女爱情的描写，赞赏了他们没有门第之见，真诚相爱，敢于为争取和保卫爱情幸福而斗争的精神，是新时代爱情观的颂歌。《羊泉村》中多条线索齐头并进，相互交织，戏剧冲突不断，高潮迭起，人物个性丰富，具有很高的艺术水平。

在 16 世纪后 50 年，西班牙国内政治趋于反动，宗教迫害加剧，闭关锁国，导致国力急剧衰退。但西班牙人文主义文学凭借前期积累起来的巨大能量，仍然在发展，到 17 世纪前 20 年达到高峰，出现了塞万提斯这样的伟大作家。塞万提斯之后，西班牙人文主义文学逐渐走向衰落。

14 至 16 世纪，是英国从中世纪向近代民族国家过渡的关键时期。经过百年战争和红白玫瑰战争的消耗，封建大贵族元气大伤，封建割据的局面被打破。资本主义手工业迅速发展，城市兴起，贸易繁荣。宗教改革后，英国国教成立，国王成为教会的最高首领。教权与王权的统一，加强了都铎王朝的统治。1558 年，伊丽莎白女王继位，王权空前加强，资本主义经济蓬勃发展。1588 年，英国战胜西班牙无敌舰队，奠定了英国作为欧洲乃至世界强国的基础。

英国人文主义文学最早可以追溯到 14 世纪的杰弗利·乔叟。乔叟（1343—1400）被称为"英国文学之父"，是一位影响深远的大诗人。乔叟出生在伦敦一个酒商之家，在宫廷和地方担任过多种不同职务，多次出使法国和意大利，阅历丰富。其代表作《坎特伯雷故事集》是一部框架故事集，收有 24 个故事（其中 3 个未完成），借一群去坎特伯雷朝圣的信众之口讲述，绝大部分用双韵诗体写成。这些故事来源不同，但都真实地反映了中世纪英国社会各个阶层的精神面貌和风俗，揭露了教会和神职人员的腐败，表现了人文主义的人生与爱情理想。如《武士的故事》写战败国皇室的表兄弟阿赛脱和派拉蒙因爱上同一个女人而反目、决斗。阿赛脱在决斗中取胜，却在庆贺胜利时落马摔成重伤。临死前，他向兄弟派拉蒙伸出和解之手，并督促派拉蒙与爱茉莱结合。几年后，雅典国王促成了这一桩婚姻。《巴斯妇的故事》写一个犯错的骑士被王后要求去查明女人最大的欲望是什么。一个丑陋的老太婆告诉了他正确的答案，却要求他娶自己为妻。骑士虽内心痛苦，仍然信守诺言。婚后妻子变成年轻美丽的女郎，令骑士大喜过望，婚姻生活幸福快乐。乔叟在这类作品中，把爱情描写成一种自然的、无法抑制的情感，肯定了现世幸福和享乐生活，也颂扬了和解、宽恕、忍让的美德。

《坎特伯雷故事集》的框架故事结构受到薄伽丘《十日谈》的启发，但有所创新和发展。其中的故事讲述者不像《十日谈》中那些教养、身世、年龄相近，谈吐举止缺乏个性的人物，而是来自各个社会阶层和各种职业，性格谈吐迥异，彼此之间逞强斗嘴，赞同或反驳，从而形成种种戏剧性场面，增加了小说形式的表现力和趣味性。除了这些名义上的故事讲述者，作者乔叟还化身为一个人物，加入香客的队伍。他以第一人称身份交代各种关节，将其他信众讲述的故事记录在案。这个故事记录者的存在，无疑使整部小说的叙事层次更加丰富。此外，信众的朝圣之旅本意是表达对圣徒的敬仰之心，对上帝的虔诚之意，在灵魂上得到洗练和净化,而实际上,他们一路所谈所感,却流露出对世俗生活的浓厚兴趣和眷恋,二者形成张力,将朝圣的目的冲淡,而小说的思想内容却被极大地丰富。

托马斯·莫尔(1478—1535)是大法官约翰·莫尔的儿子,毕业于牛津大学坎特伯雷学院。1504 年进入议会。莫尔是政治上的反对派,1535 年被以叛国罪处死。莫尔的历史著作《国王理查三世的历史》(1513—1518)对英王理查三世作了戏剧性的描绘,文笔生动,为莎士比亚历史剧《理查三世》提供了灵感和素材。莫尔的代表作《乌托邦》(1516)采用作者与一个叫希斯拉德(意为"一个瞎聊天的人")的旅行家对话的形式展开叙述,共分两大部分:第一部分写希斯拉德对英国的观感,借此批评了英国现实政治制度和经济制度中的种种弊端,特别抨击了造成千万农民无家可归的圈地运动。第二部分中,希斯拉德讲述了他在海外一个叫乌托邦(出自希腊文,表示"不存在的地方")的神奇岛国的见闻。这个岛国实行民主体制,人人有工作,财富为全社会共同所有,按需分配,人们快乐幸福,一切犯罪现象统统绝迹。作者在书的第二部分中对理想社会的描述,成为文学表现乌托邦想象的经典作品,具有重要的思想意义。

埃德蒙·斯宾塞(1552—1599)出生在伦敦一个布商家庭,获剑桥大学学士和硕士学位。毕业后与诗人锡德尼结交,并经锡德尼推荐,担任过爱尔兰总督格雷的秘书。1591 年,斯宾塞受到伊丽莎白女王的召见并获得终身年金,1599 年去世后葬于威斯敏斯特教堂。斯宾塞的主要作品有牧歌体的《牧人月历》(1579)、十四行诗集《小爱神》(1595)、长诗《仙后》(1590,1596)等。《牧人月历》的主体是 12 首牧歌,这些牧歌按月份排序,每一首牧歌对应一个月份,季节的特征与人物的活动、心绪和气氛相适应。出场的人物有牧羊诗人科林·克劳德,以及牧羊人卡迪、谢诺特等,他们赛诗、歌咏爱情,讨论宗教道德问题,还讽刺宗教神职人员。《牧人月历》中最出色的是《四月》,其中牧羊人吟唱了科林的一首诗,歌颂伊丽莎白女王的种种美德,并暗示她的神圣和不朽。斯宾塞在《牧人月历》中继承和发展了奥克里托斯与维吉尔开创的牧歌传统,把乡村田园作为逃离城市复杂生活的避难所,并利用牧歌进行政治隐喻,对后世产生了深远的影响。《小爱神》由 89 首十四行诗组成,描写了诗人向伊丽莎白·博伊尔一年多的求爱过程,是献给妻子的结婚礼物,同时展现了将个人体验普遍化的技巧。斯宾塞的十四行诗由三段四行诗和一段二行诗组成,押韵采用 abab、bcbc、cdcd、ee 的格式,是对彼特拉克十四行诗韵进行"英国化"改造的产物。

《仙后》是斯宾塞的鸿篇巨制,原计划写 12 卷,但只完成前 6 卷和第 7 卷的片段。诗中的格罗丽亚娜仙后在宫中长达 12 天的宴会期间,每天派出一名骑士除暴安良。与此同时,亚瑟王梦见仙后,就出发去寻找她。骑士在同妖魔、巫师、巨人、怪兽的战斗中,经常与亚瑟王相遇并得到他的帮助。《仙后》有丰富的道德寓意。斯宾塞让每一位骑士代表一种美德,通过他的行侠冒险来实践这种美德,以达到用美德和善行塑造人的目的。同时《仙后》还被认为是一部政治寓言诗。诗人将英国历史的发展巧妙地嵌入骑士的冒险传奇历程中,并让伊丽莎白女王化身为仙后及女英雄尤娜、贝尔弗碧、不列托玛等形象出现,以颂扬伊丽莎白女王的统治,是这一时期文学中盛行的伊丽莎白女王崇拜的代表。《仙后》采用九行诗节,前八行每行 10 个音节,第九行 12 个音节,抑扬格格律,押韵方式是ababbcbcc。这种诗节由此被称为"斯宾塞诗节",对后世的弥尔顿、拜伦、雪莱、济慈都产生过影响。

菲立普·锡德尼(1554—1586)出生于贵族之家,毕业于牛津大学,学识渊博,有很深的语言造诣。他担任过议员、军需副大臣、总督等职务,1586 年在与西班牙军队的战斗中负伤去世。锡德尼的重要作品有田园叙事诗《阿卡迪亚》,十四行诗集《爱星者与星》,文论《为诗一辩》等。其中的《爱星者与星》(1591)是英国第一部十四行组诗,与斯宾塞的《小爱神》、莎士比亚的《十四行诗集》并称伊丽莎白时代三大十四行诗集。《爱星者与星》由 108 首十四行诗和 11 首其他格律的抒情诗组成,表现了诗人对里奇男爵夫人佩内洛普·德弗罗的执着爱情。佩内洛普 14 岁时曾与诗人有一面之缘。1581 年佩内洛普嫁给里奇男爵时,诗人狂热地爱上了她。在这些十四行诗中,诗人赞美佩内洛普的美貌,写自己理智与情感的交战,爱情的受挫和狂喜,勾勒出诗人与佩内洛普真实或想象的罗曼史,并把佩内洛普描写成诗艺灵感的赐予者。锡德尼十四行诗的语言丰富、优雅、灵活,内容与韵律实现了完美统一。《爱星者与星》的出版掀起了伊丽莎白时代的十四行诗热,对英语十四行诗的发展产生了重大影响。

从 16 世纪 80 年代中叶到 1625 年詹姆士一世去世,英国戏剧迎来了长达 40 年的繁荣昌盛时期。最先出现在戏剧舞台上的,是一批被称为"大学才子派"的剧作家,他们是约翰·黎里(1554—1606)、罗伯特·格林(1558—1592)、托马斯·基德(1558—1594)、克里斯托弗·马洛(1564—1593)等。他们大都毕业于牛津大学、剑桥大学,才华横溢,故得此名。基德并没有上过大学,但也被归入此派。大学才子派剧作家吸收了古罗马戏剧、中世纪道德剧的有益成分,创造了复仇悲剧、浪漫喜剧、历史剧等新的戏剧类型,通过戏剧反映了时代精神,对英国戏剧的发展和成熟作出了重要贡献。

大学才子派最重要的剧作家马洛出身于工匠之家。1584 年,他在剑桥大学获得学士学位,1587 年获得硕士学位。马洛在古典研究方面造诣很深,但性格具有叛逆性,这使他不断卷入各种冲突中。1593 年,他在酒馆与人械斗时被杀,结束了短暂而动荡的一生。马洛在短短 6 年的戏剧创作生涯中,写了《帖木儿大帝》(1587)、《浮士德博士的悲剧》(约16 世纪 90 年代初上演)、《马耳他的犹太人》

（约 1592 年上演）等重要作品。《帖木儿大帝》表现帖木儿追求无限权势和非凡武功的故事。帖木儿是 14—15 世纪曾经显赫一时的帖木儿帝国的创建者，他在欧亚大陆杀伐征战，将一个个国家践踏在铁蹄之下，并赢得了埃及苏丹的女儿齐诺克拉蒂的爱情。爱妻病逝，他悲痛万分，仍不放弃征服，直到病死。《浮士德博士的悲剧》取材于德国民间故事。剧中的浮士德学识渊博，但仍感到不满足，他与魔鬼签约，将灵魂出卖给魔鬼，魔鬼则供他驱使 24 年，满足他一切愿望。浮士德如其所愿，但内心时有追悔和恐惧，最后灵魂被魔鬼带进了地狱。《马耳他的犹太人》写马耳他岛上的一个犹太商人巴拉巴斯诡计多端、贪婪狠毒，害人最终害己的故事。马洛这三部作品中的主人公都是被强烈欲望支配的人物，他们疯狂地攫取权力、知识和财富，狂妄自负，蔑视一切现存秩序，为达目的不择手段。这些追求无限扩张的巨人形象，是文艺复兴时期在人文主义思想影响下产生的新的人物类型。

大学才子派之后，莎士比亚登上伦敦戏剧舞台，将文艺复兴时期的英国戏剧推向高峰。莎士比亚时代及其后，有本·琼生（1572—1637）、弗兰西斯·鲍蒙特（1584—1616）、约翰·弗莱彻（1579—1625）、托马斯·米德尔顿（1580—1627）等剧作家活跃于伦敦剧坛，创作了许多脍炙人口的作品。1642 年，在清教徒革命中，伦敦的剧院被关闭，文艺复兴时期英国的戏剧活动宣告结束。

本·琼生活跃于伊丽莎白时代晚期和詹姆士一世时期的剧坛，是继莎士比亚之后英国最重要的喜剧作家之一，创作有《各人气质不同》（1598）、《狐狸》（1606）、《炼金术士》（1610）、《巴托罗缪市集》（1614）等优秀喜剧作品。琼生的喜剧不写浪漫爱情，而是着力讽刺人性的愚昧，表现市井风俗。琼生受到从意大利传入的"三一律"影响，在戏剧时间、场景和情节安排方面，追求整一性，有古典主义风格。琼生还是一位杰出的抒情诗人，写有《警句》（1616）、《森林》（1616）、《灌木》（1640）等诗集。琼生的诗歌多属"应制"之作，喜欢用典，风格节制、典雅，富于音乐性。他的《题威廉·莎士比亚先生的遗著，纪念吾敬爱的作者》《致西莉娅》等诗歌都是脍炙人口的佳作。

文艺复兴时期的英国出现了散文繁荣的局面。新思想的表达、学术的活跃、古希腊罗马作品和外国作品的翻译，是促成散文繁荣的重要原因。1611 年，钦定本《圣经》出版，从文学角度看，是散文领域收获的重要成果。钦定本《圣经》的翻译由詹姆士一世在 1604 年下令组织实施，由 47 位经学家通力合作，历时 8 年完成，其语言典雅、优美、和谐、生动，有很高的艺术性。

弗朗西斯·培根（1561—1626）是英国文艺复兴时期杰出的散文作家。出身于显赫的贵族家庭，父亲是伊丽莎白女王的掌玺大臣，母亲是首相的妻妹。他毕业于剑桥大学三一学院，1582 年成为大律师，1584 年进入议会。1591 年起，他成为女王宠臣埃塞克斯伯爵的亲信。10 年后，埃塞克斯伯爵谋反被处死，培根在审判中发挥了重要作用。1601 年，詹姆士一世继位后，培根受到重用，担任过首席检察官、掌玺大臣、大法官等多种职务，后因受贿遭罢免。培根宦海沉浮数十年，行为道德颇受人诟病。但他的性格是多方面的，他的哲学、文学著述之贡献在一定程度上弥补了人格的缺陷。著作有《学术的进展》（1605）、《新工具》（1620）、《随笔集》（1625）、《新大西岛》（1627）等。他在文学上的贡献主要是《随笔集》。这部作品收入他 1597—1625 年之间发表的散文 58 篇，论述的话题涉及社会、人生的方方面面，有对真理、死亡、宗教、爱情、友谊、读书、美、学习等问题的议论，也有对野心、嫉妒、虚荣、愤怒的剖析，反映了培根一生的经验及对这些经验的反思，堪称"智慧宝典"。尤其是他传达这些人生智慧的方式：举证丰富恰当，说理严谨雄辩，劝诫循循善诱，起承转合收放自如，语言简洁、精致、生动、华美，有一种从容通达、随性闲适之美。培根与法国作家蒙田被公认为是近代随笔散文的开创者。

第二节 薄 伽 丘

一、生平与创作

乔万尼·薄伽丘（1313—1375）是文艺复兴时期意大利最杰出的作家，出生在佛罗伦萨，是父亲薄伽丘·迪·凯利诺与一位不知名意大利女子的私生子。薄伽丘在佛罗伦萨度过了童年时代。1328 年，15 岁的薄伽丘被父亲送到那不勒斯学习经商，6 年后，又令他改学税收法律。薄伽丘对二者都不感兴趣，但酷爱文学。在那不勒斯期间，他有机会出入那不勒斯王国的宫廷。国王罗伯特是一位开明君主，喜爱文艺、学术，周围聚集着一大批文人、学者。薄伽丘与他们交往，丰富了阅历，扩大了视野，培养了对古典文化的兴趣并开始文学创作。1336 年，薄伽丘认识了国王的私生女玛丽亚，对她一见钟情；后来玛丽亚抛弃了他，让他倍感痛苦。这段短暂而狂热的爱情，成为他长久的记忆和文学创作灵感的源泉。

在那不勒斯时期，薄伽丘创作了传奇小说《菲洛柯洛》（1336—1338）、叙事长诗《菲洛斯特拉托》（约 1338）和《苔塞依达》（1339）等作品。其中的《菲洛斯特拉托》取材自中世纪有关特洛伊战争的传说，描写特洛伊王子特洛伊罗斯与先知的女儿克瑞西达之间的爱情与背叛。这部作品借用中世纪骑士传奇的形式，但给骑士爱情注入了肉欲的成分。长诗《苔塞依达》多达 12 卷，故事主线是忒拜国两个贵族青年阿尔奇达和帕莱莫纳同时爱上了雅典王后的妹妹埃米丽亚，最后应雅典国王要求，以决斗赢取埃米丽亚。阿尔奇达获胜，却摔成重伤；临终前，他与帕莱莫纳和好，并要求他娶埃米丽亚。作品兼受维吉尔史诗《埃涅阿斯纪》和中世纪骑士传奇的双重影响，歌颂友谊与爱情，辞采华丽，比喻新奇。

1340 年，薄伽丘父亲的生意陷入困境，薄伽丘不得不离开那不勒斯返回佛罗伦萨。在佛罗伦萨，薄伽丘积极参加政治活动，在市民共和派与贵族复辟势力的斗争中，他坚定地站在共和派一边。他曾多次受共和政府委托，出任外交使节，往来于各个城邦。激烈的政治斗争增加了他的见识，丰富了他的思想。这一时期主要创作有散韵相间的牧歌体小说《亚美托的仙女》（1341）以及散文体小说《菲亚美达夫人的哀歌》（1344?）等。前者将爱情与宗教想象融合为一，隐喻爱情对净化人类灵魂和促进文明的作用。其中 7 位仙女向亚美托讲述自己的爱情故事的安排，被认为是《十日谈》框架结构的雏形。后者的主人公菲亚美达以第一人称讲述自己缠绵悱恻的爱情经历，对女性爱情心理有精妙的把握。1348 年，佛罗伦萨爆发鼠疫，市民死亡过半。遭此天灾，薄伽丘认识到生命的弥足珍贵，开始了他的巨著《十日谈》的写作，历时 5 年，于 1353 年完成。

1350 年，薄伽丘与人文主义作家、学者彼特拉克相识，结为知己。受彼特拉克影响，薄伽丘开始大力钻研古代作品，弘扬古代文化，促进了人文主义思想的产生和传播。1362 年，薄伽丘遭到一个宗教狂热分子的攻击，对自己的世俗创作萌生悔意，想烧毁自己的全部作品，但被彼特拉克劝阻。薄伽丘晚年写有《但丁传》（1375）、《异教诸神谱系》（1350—1375）等学术著作。1374 年，挚友彼特拉克去世，贫病交加的薄伽丘受到很大的刺激。1375 年 12 月，薄伽丘在故乡佛罗伦萨的切塔尔多村逝世。

二、《十日谈》

《十日谈》是薄伽丘的代表作，也是文艺复兴时期意大利最重要的一部文学作品。它采用框架故事的结构。故事的起因是 1348 年佛罗伦萨爆发黑死病。为躲避瘟疫，七位青年女子与三位青年男子先后来到一座教堂，随后相邀到一所美丽的乡间别墅。在那里，他们散步、唱歌、跳舞、宴饮，生活十分惬意。后来，七女子之一潘比妮亚建议讲故事，大家欣然同意。于是，他们每天选出一人来主持活动，督促、引导大家轮流讲故事。他们在别墅住了十多天，因为星期五和星期六是祈祷日，不讲故事，所以实际上讲了十天故事。每人每天讲一个故事，一共讲了一百个故事。瘟疫过去后，他们离开了别墅，各自回家。这十天的故事活动，引出了《十日谈》的全部作品。这种故事中套故事，以一个故事总领其余故事的结构，被称为框架故事结构。这种结构方式起源于东方民间文学，典型的例子是阿拉伯故事集《一千零一夜》。研究者认为，薄伽丘可能是学习东方文学而采用了这样的结构。

人文主义思想是贯穿《十日谈》的一根红线，也是理解这部作品的一把钥匙。在人文主义思想的指导下，《十日谈》反对宗教蒙昧主义、神秘主义和禁欲主义，大胆地揭露天主教会和教士的腐败与欺骗，以及种种悖情逆理的愚行固念。同时，它热情洋溢地歌唱爱情，歌颂人的聪明才智和美好品德，宣扬幸福在人间的积极思想。

《十日谈》中的爱情故事占据相当大比例。薄伽丘宣扬现世幸福的思想，而爱情是现世幸福最重要的体现。他把爱情看成是人的自然欲望和正常要求，一种不可遏制的力量。第四天开始时由叙述人"我"讲的故事中，腓力的儿子在父亲监护下，隐修山林多年，但第一次在繁华都市见到美丽女子，即刻魂不守舍，定力全失。薄伽丘认为，爱情也是人类最美好的感情，它鼓舞人积极向上，使人变得心性高洁，聪明、机智、勇敢。如第五天"潘斐洛的故事"中的西蒙，本是个粗鲁、愚顽青年，但自从爱上美貌仙姿的伊菲金妮亚后，为了与其相配，学会了绅士应有的风度仪表、礼貌举止，精通了音乐、骑术、武艺。第五天"潘比妮亚的故事"中的纪安尼为了与莱斯蒂杜达相爱，经历了生死考验。《十日谈》还有不少作品写青年男女为了爱情自由，不畏强暴，与各种封建势力作英勇斗争，甚至牺牲性命也在所不惜，如第四天"菲亚美达的故事"中的绮斯梦达是亲王的女儿，她突破禁欲主义束缚，打破门第观念，大胆与亲王的侍从、才貌出众的纪斯卡多相爱。父亲唐克烈动用封建宗法和行政力量，残忍地杀害了纪斯卡多。绮斯梦达在父亲淫威面前理直气壮地为自己辩护，义正词严地斥责父亲的暴行，最后殉情赴死。在反抗封建压迫，争取自由爱情的过程中，绮斯梦达表现出敏锐、果断、刚烈、善辩的性格，突出地反映了新时代女性的精神风貌。

揭露禁欲主义和蒙昧主义，批判天主教会的腐化、伪善和欺骗，是《十日谈》的重要内容。薄伽丘从普遍人性的观念出发，把教士、修女等教会人士也看成是有着人之正常欲望的群体；他们与常人一样，有追求现世享乐的要求。但天主教要求教会人士戒除欲望，虔心事主，这和他们的自然欲望发生了矛盾。他们种种丑陋、卑劣、猥琐行为，皆是这矛盾不能解决使然。薄伽丘把这些教会人士置教规教条于不顾，对天主缺乏敬畏之心，为满足个人淫欲而作出的种种伤风败俗劣行暴露在光天化日之下，如第三天"劳丽达的故事"、第四天"潘比妮亚的故事"、第五天"潘斐洛的故事"、第八天"爱米莉亚的故事"、第九天"爱莉莎的故事"等，都充分揭露了神职人员的淫行败德。此外，薄伽丘对神职人员的贪婪、欺骗恶行也进行了深刻揭露。第一天"爱米莉亚的故事"中的方济各派神父外表道貌岸然，本心贪财狠毒。他抓住一个有钱人醉酒时随意说的几句话不放，以火刑相威胁，直到这有钱人给他献上巨额"供奉"才作罢。在第六天"第奥纽的故事"中，一个教士被人用木炭把他吹嘘的"圣物"调了包，他当众传教时才发现，于是灵机一动竟说木炭是当年圣徒劳伦斯受火刑时的遗物，能保证信徒一年之内免遭火灾。在荒谬可笑之中使"圣徒"、"圣物"的光环顿然消失，使所谓"奇迹"赤裸裸地暴露在了阳光之下。薄伽丘不仅对具体的神职人员予以讽刺，还能从总体上揭露教会的虚假和欺骗性。在第一天"潘斐洛的故事"中，作者揭露了一个"圣徒"的制造过程。夏泼莱托原本是一个骗子，但临终时一番忏悔让神父深信不疑。神父四处宣扬他的事迹，使他的圣名越传越广。由此，薄伽丘一针见血地戳穿了所谓"圣徒"的本质。

《十日谈》还对人类性格中的种种偏执、蠢行、愚昧予以了辛辣的讽刺。第一天"劳丽达的故事"讽刺的对象是一个守财奴。第七天"菲亚美达的故事"写一个嫉妒成性的丈夫被妻子愚弄。第八天"爱莉莎的故事"和第九天"菲亚美达的故事"的主人公都是卡拉特林，他头脑简单、性情怪僻，贪财好色，做了蠢事不自知，以致饱受捉弄，洋相出尽。薄伽丘笔下的这些守财奴、嫉妒者、痴情汉、愚顽之人，因执迷不悟，作出种种悖情逆理之事。薄伽丘作为人文主义者，憎恶人性中的种种不健康甚至变态行为，这一类故事反映了作者这一态度。

另一方面，薄伽丘从人文主义观念出发，对人的各种优秀品质，如聪明、才智、慷慨、友情等毫无保留地予以表彰。第一天"劳丽达的故事"把"慷慨"作为"吝啬"的对立面提了出来。"慷慨"所具有的道德高度，令吝啬者汗颜，并从此洗心革面。第六天"劳丽达的故事"中，一位青年女子不畏权势，正义凛然地拒绝了主教和将军的轻薄。第二天"菲罗美娜的故事"写一个商人的妻子，凭借非凡的勇气和才干，历经千难万险，恢复了自己的清白名誉，严惩了诬陷者。《十日谈》中最能展示人性之清明、通达的一面的，是十个故事讲述者。这十个为逃避瘟疫而聚在一起的年轻人，个个英俊美丽，才智超群。他们组成了一个小小的团体，在大自然的怀抱中唱歌、跳舞、谈笑、讲故事。有趣的是，虽然是异性相处，有些人还有情人关系，但在这十天里，他们互相信任，互相尊重，行事节制、理性，表现了高度的组织纪律性。这个小小团体已经具备了一个乌托邦社会的雏形。在瘟疫肆虐、传统社会结构崩坍之际，薄伽丘将人文主义理想应用到处理社会危机中来，有着很深的思想寓意。

《十日谈》具有很高的艺术性。除了前述的外部框架式结构外，它在一百个故事的组织上还遵从严谨的内部结构。按照故事讲述者制定的规则，每天的故事基本上都有一个范围，所以这一百个故事可以按天来分为十大类。第一天的故事以颂扬天主的创造开场，却落实在对教会、教士愚行、乱性的嘲讽上。第二天集中讲人生中的重大变故，饱经忧患，后来又逢凶化吉的故事。第三天故事讲的是在命运面前，人"凭着个人的机智，终于如愿以偿，或者是物归原主"。第四天的故事涉及"结局悲惨的恋爱"。第五天讲的是有情人历尽坎坷磨难终成眷属的故事。

第六天讲的故事围绕"急中生智，逃避了当前的危险和耻辱"。第七天、第八天的故事讲夫妻之间、男女之间如何相互捉弄。第九天的故事没有限定范围，内容也较驳杂。第十天故事的题目是"人们在恋爱方面或其他方面所表现的可歌可泣、慷慨豪爽的行为"。这十天的故事，暗含了一条应对瘟疫的线索：在这场可怕的灾难面前，人们首先想到的是向神，向天主呼求。但由于天主教会的腐败堕落，这种呼求受到阻碍，人只好信托人自己，依靠自己的力量战胜各种灾难，而爱情、才智、品德、运气是战胜灾难的四大法宝。同时，薄伽丘也鼓吹放纵欲望，及时行乐，这是其思想中的糟粕，不足为训。《十日谈》在内容上的预设，使得 100 个故事具有了内在统一性。

《十日谈》在欧洲文学史上占有突出的位置。它是欧洲近代第一部广泛表现现实生活的作品。这部作品题材来源十分广泛，有意大利本土故事，也有取自地中海沿岸的法国、希腊、突尼斯、埃及、塞浦路斯的故事；有古代故事，也有现实生活中的故事。但是不管这些故事来自何时何地，薄伽丘都把它们改造成反映现世生活的生动故事，真实地揭示了意大利的社会面貌，具有浓郁的时代气息。《十日谈》的结构形式在欧洲也产生了广泛的影响。英国乔叟的《坎特伯雷故事集》、法国玛格丽特·纳瓦尔的《七日谈》（1545—1549）、西班牙塞万提斯的《训诫小说集》等都从《十日谈》中获益。此外，《十日谈》在题材处理、人物形象塑造、心理刻画诸方面的经验，对近代欧洲短篇小说的发展也大有助益。

第三节 拉 伯 雷

一、生平与创作

弗朗索瓦·拉伯雷（1494—1553）是法国文艺复兴时期最重要的作家。他出生在法国都兰地区希农镇一个律师家庭，学过法律，担任过教会职务，后又改学医，结业后先自由行医，后于 1532 年进里昂天主教医院当医师。拉伯雷通晓希腊语和拉丁语，对古希腊罗马典籍有深入研究；医生的职业使他有机会接触到社会各个阶层的人民，对民众的疾苦有更深切的感受。这些为他写作长篇小说《巨人传》创造了条件。《巨人传》共 5 部。叙述庞大固埃家世、出生和早期事迹的第二部率先出版于 1532 年。1534 年，叙述庞大固埃的父亲高康大生平的第一部出版。小说受到广大读者的热烈欢迎，却招致了教会和贵族势力的极端敌视，被列为禁书。所幸小说出版时使用了假名，拉伯雷本人逃过一劫。1546 年，《巨人传》第三部获得国王弗朗索瓦一世特许，署真名出版。1552 年，《巨人传》第四部出版，结果再次被禁，出版商甚至被烧死，拉伯雷被迫逃到国外。1553 年，拉伯雷借献词祝贺法王亨利二世得子之机，获准回国，但不久辞世。《巨人传》第五部由他人根据拉伯雷的遗稿整理出版（1564）。

二、《巨人传》

《巨人传》从欧洲民间巨人故事得到灵感，并吸收了其中的人物与情节元素。小说叙述两代巨人及其友人的奇异经历。第一代巨人高康大从母亲的左耳出生，体格食量都异常惊人。婴儿时，他每天要喝近两万头奶牛产的奶，做一件衬衣需要一千码长的布，一双鞋底用一千张牛皮。少年时，他拜诡辩家霍罗费为师，结果越学越蠢；后来被父亲送去巴黎，跟从新老师包诺克拉特学习有用的知识才艺，才有所成就。不久敌国入侵，高康大回国参战，在约翰修士的帮助下打败了敌人。为感谢修士，高康大为他建了一所修道院，修道院唯一的戒律是"做你愿意做的事"。

高康大的儿子庞大固埃长大后在巴黎接受了良好的教育，心智体能得到健全的发展，并与足智多谋的巴汝奇结为至交。在巴汝奇的帮助下，庞大固埃征服渴人国。后来巴汝奇为是否应该结婚而苦恼，庞大固埃极力帮助他；但当他们被新的目标吸引时，这个烦恼就退居其次了。新的目标是寻找能够给出一切问题答案的神瓶。庞大固埃与巴汝奇、约翰修士等一起出发，游历了诸多稀奇古怪之海岛，终于找到象征真理的神瓶，神瓶给出的答案是："喝啊！"

《巨人传》中的巨人故事表面看起来荒诞离奇，但它用这种特殊的方式广泛而深刻地反映了16世纪法国社会生活的各个方面，有强烈的现实隐射和讽喻意味。天主教会是拉伯雷攻击最为用力的对象，各个阶层的神职人员，各种宗教仪式，甚至宗教活动场所和器物，都受到辛辣的讽刺，使其神圣性荡然无存，暴露出逐利、残暴、虚假的本质。高康大初到巴黎，一时兴起，把圣母院塔楼上的大钟摘下来挂在马脖子上当铃铛，这是对教会圣物的公然调笑和戏弄。神学院派神学士前来讨要大钟，神学士"身穿神学袍，肚子里填满了最精心烘焙的面包，灌满了神学院地窖里最醉人的陈年佳酿"，外表道貌岸然，实则是酒囊饭桶。第二部第十七章对教会出售赦罪符的描写，揭露了天主教会利用教义聚敛不义之财的恶德败行。庞大固埃一行在海外寻找神瓶时目睹耳闻各个海岛之"怪现状"，多有对罗马教皇和天主教会种种倒行逆施的隐射：反教皇岛上的居民因被认为做了侮辱教皇的动作，被亲教皇岛的人摧毁殆尽。亲教皇岛上的居民把教皇当偶像，将教皇敕令奉为圣物，对教皇的敕令更是唯命是从；而这敕令带来的唯一好处，是金钱流入罗马，晦气留给人民。钟鸣岛上两只"教皇鹰"因争权发生内斗，搅得民不聊生。"第五元素"国女王一日三餐只吃真理、概念、本质、范畴等抽象之物，且仅凭奏乐就能治愈各种疑难杂症，则是对天主教会神化属灵生活的讽刺。在16世纪宗教改革大潮中，拉伯雷对以罗马教皇为中心的欧洲天主教会反动势力的揭露和批判，反映了时代的进步要求。

《巨人传》的另一个批判重点是封建法律制度和司法机构。在从中世纪神权统治向近代资本主义社会过渡时期的法国，法律制度和司法机构在很大程度上还是神权的延伸，王权的仆从，毫无独立性可言。由此造成的严重弊端之一，是法律条款经文化、教条化，叠床架屋，脱离现实生活，且往往相互龃龉、矛盾，使司法低效，也给腐败以可乘之机。《巨人传》有多处对缠讼和司法拖延的描写。如第二部第十至第十三章描写的一起官司审理过程，是对司法文牍主义、教条主义的嘲讽。原告和被告为了极其抽象费解的理由兴讼，结果难倒全法国最权威、最博学的法官和教授，审理了 46 个星期，积下的案卷 4 只驴子都驮不动，仍无法厘清真相。小说第三部第三十九至第四十四章描写法官布列德古斯因为用掷骰子的方法断案，被告上法庭，布列德古斯引用大量法律条款为自己辩护，居然头头是道。他在解释自己为何拖延判决时，说拖延可以让案卷积少成多，"诉讼这一词的真正意义就是不断地让诉状和卷宗堆积如山，使我们法官有吃有穿"，法律的错乱和荒唐可见一斑。拉伯雷描写庞大固埃一行的海外经历时，对司法腐败与黑暗也有大量嘲讽和批判。诉讼国的法庭执达吏在送传票时，故意侮辱被告以换取挨打，借机敲诈被告的大笔赔偿金；他们与律师狼狈为奸，任意兴讼，把国家糟蹋得一片凋敝。判案岛上的"穿皮袍的法猫"隐射的是穿着貂皮镶边法衣的法官，它们大肆收受贿赂，摧毁并吞食一切田产财物，是极其凶残贪婪的怪物。

《巨人传》主要通过巨人形象的塑造全方位展现了人文主义价值观。小说中的两代巨人出生时即已非同寻常，躯体庞大，体能超常，尤其是食欲旺盛，食量惊人。他们贪吃贪喝，无时无刻不在渴望着珍馐美食、琼浆玉液，似乎也有无穷大的胃口，从来没有填饱的时候。拉伯雷对巨人外形、力量和生理欲望极度夸张的描写，实质上是把人塑造成追求感官欲望满足的异教自然之神，这是对基督教上帝权威的挑战，对基督教禁欲主义和原罪思想的反动，反映了人文主义者对人的力量的自信和对现世幸福生活的肯定。

《巨人传》详细描写了两代巨人接受教育的过程，完整地表达了人文主义先进、科学的教育理念。高康大最初接受玄虚抽象、脱离实际的经院教育，为他请的蒙学老师迂腐守旧、僵化教条，硬是把一个活泼的少年训练得呆头呆脑，像白痴一样。后来高康大的父亲为他更换了一位高明的教师，对他进行系统的人文主义教育。高康大钻研数学、天文学、音乐、修辞学等学问，参加各种体育游戏，接触自然，培养德性，学习烹饪、礼仪等实用知识技能，心智与人格才得到健全的发展。庞大固埃一开始就接受全面的人文主义教育，自然本性得到优化和提升，成长为一个学识渊博，视野开阔、能文能武、建功立业之人。人文主义教育尊个性、重自然、讲实用，强调人的综合发展，这是它能发挥积极作用的关键。

《巨人传》通过巨人高康大为约翰修士创建的特乐美修道院，生动阐述了人文主义者的人生理想。特乐美修道院本身是一座宫堡式建筑，气势宏大，装饰华美。内有宽广舒适的生活空间，图书馆、运动场、游泳池、戏院等设施一应俱全。周围依山傍水，花果繁盛，草木森森，环境犹如仙境。它名为修道院，却没有任何清规戒律。修行者专为发展个性、增进知识、学习才艺而来，不分贵贱，不限男女，出入自由，婚否自由，而且可以享受华服美食，纵情娱乐。建设特乐美修道院，其意义已远远超出了宗教革新的范畴。这是一幅体现了高度物质文明的生活场景，是人文主义者追求快乐人生的思想的集中体现，对天主教会奉行的苦行主义来说，是一种明显的叛逆。

《巨人传》通过对巨人国王治理乌托邦国的具体描写，反映了人文主义关于开明君主政体的理想。高康大推崇柏拉图提倡的哲学家治国的理念，认为"哲学家统治国家将是国人之大幸"。乌托邦国三代巨人国王，个个知识渊博、智慧超群、理性清明、仁慈宽厚，正是哲学家国王的楷模。他们在国内施行仁政，秉持公道正义，使百姓不受苛捐杂税之苦，能够安居乐业，因此深受百姓爱戴。对外采取敦睦友好政策；当国家遇到外敌入侵时，他们能够出色地担负起统帅职责，领导人民保家卫国。取得胜利后，对敌国也没有肆意掠夺，称王称霸。但拉伯雷在理想化开明君主统治的同时，并没有意识到庞大固埃在取胜后，以推广德政、"把一个天使变成了两个"的名义向渴人国大规模移民，其实是一种典型的殖民主义行径，这是他认识上的局限。

《巨人传》第四、第五部描写了庞大固埃一行远渡重洋寻找神瓶的历程，反映了人文主义者渴求知识、追求真理的进取精神和宏阔的视野。高康大刚一出生，就不断喊："喝，喝，喝！"最后庞大固埃一行终于找到了神瓶，神瓶给出的神谕是"喝啊！"这一始一终，两相呼应，象征两代巨人畅饮知识、满足欲望的渴求。虽然拉伯雷对海外游历的描写用的不是写实手法，地理方位也模糊不清，但从其中若干具有异域情调的细节可以看出，巨人一行已经远离欧洲，深入遥远东方的某个异教地区。巨人一行在出发前，曾经在本国遍访贤士高人，对巴汝奇是否应结婚仍不得其解，最后却在异教文明中找到答案。这是文艺复兴时期资产阶级勇于开拓冒险精神的真实写照，也是巨人性格发展的顶点和升华。

《巨人传》中的人物形象塑造和情节结构安排，都采取"旧瓶装新酒"的方法。高康大和庞大固埃原是欧洲民间故事中的人物，拉伯雷在小说中借用了原型人物的体征和主要行迹，但对其内核进行了全新的改造，增强了形象的现实承载力和指涉性，注入了人文主义的时代精神。此外，拉伯雷还塑造了一个完全来自现实生活的艺术形象——巴汝奇，他讲求实际，贪财好色，足智多谋，心狠手辣，反映了现实生活中某些极端利己主义者的特征。《巨人传》借鉴了中世纪骑士传奇以主人公冒险经历串联情节的模式，但扬弃了骑士传奇主人公为了博取贵妇人垂青而外出冒险游历的俗套，把游历与精神成长、真理追求、现实批判结合起来，对情节赋予了崭新的人文主义内涵。欧洲长篇小说脱胎于中世纪的英雄史诗和骑士传奇，其转型的关键是从奇幻走向写实，从供大众娱乐的民间口传作品转为作家个人创作，表达个人对生活的理解。《巨人传》中人物形象塑造和情节结构安排是这种转型的重要表征，对欧洲长篇小说的发展起到了重要的示范和奠基作用。

《巨人传》采取了丰富多样的喜剧化叙事手法。第一是怪诞叙事，即把人与事夸张到不可思议的幅度，使之发生变形，由此产生怪诞感。两代巨人及其活动是怪诞叙事的典型，他们的出生、形体、器官、体能、行动，无不被夸大到极致。其他如巴汝奇的裤裆奇大无比，衣服上缝了 26 万个以上的小口袋；他能把同伴庞斯特蒙被割掉的头颅接上，让他复活。在庞大固埃与同伴的海外旅程中，还出现了禽兽外形人、香肠人、服饰怪异的灯笼人等许多怪诞人物。此外，小说对皮克罗肖王小丑化的描写，毫无节制地罗列事物名称、数字等，都是怪诞叙事的表现。第二是粗鄙叙事。小说对人与动物的生殖排泄器官及其行为功用的描写和隐喻不胜枚举，且用语粗俗，无所顾忌。例如第一部第十三章，大古吉得胜回朝，看望儿子高康大时，问他如何保持全身清洁，高康大回答是找到了擦屁股的新方法。然后就给父亲一一列举擦屁股所用的物品数十种，且多数与擦拭功能无关。物品的形象摆脱了与其功能的逻辑联系纷至沓来，加上高康大罗列并品评时心满意足的语调，凸显了物品使用的闹剧性，令读者忍俊不禁。第三是滑稽模仿。《巨人传》中的许多场景故事，是对圣书、宗教仪式、宗教或民间节日的戏仿。例如《庞大固埃的家谱溯源》一章，是对《圣经》中对亚当与夏娃后代谱系描写的模仿。第一部中，高康大与皮克罗肖王的大战和法国乡村葡萄节上的狂欢相映成趣。巴汝奇对贵妇人的追求和戏弄，是对圣体节宗教游行的滑稽式改编。第四是讽刺叙事，即直接对不合理的事物冷嘲热讽。教会和司法是拉伯雷讽刺火力打击的重点。他借人物之口，讽刺教会人物荒淫，"连修道院钟楼的影子都能让女人怀孕"；讽刺教皇的敕令臭不可闻，擦屁股会长痔疮，包香料全都腐烂，做成面具会使戴的人全部染病。讽刺法律不公，说它像一张蜘蛛网，只逮小苍蝇、小蝴蝶，大牛虻则可以破网而出。这些讽刺总是辛辣犀利，一针见血。总之，拉伯雷采取丰富多样的喜剧化叙事手法，制造出狂欢、哄闹、调笑的效果，对受陈旧观念禁锢的身心是一种解放，对封建制度的神圣性和正当性，则有摧枯拉朽般的破坏作用。

《巨人传》的语言是一个奇迹。它生动活泼，文采飞扬，粗犷不羁，形成了一种驳杂、雄迈、奔放的风格。在 16 世纪的法国，法语的发展还没有成熟，其作为民族语言的地位也没有巩固。拉伯雷以市井百姓口中通行的民间语言为主体，又广泛吸收拉丁语、希腊语等古代和外国语言，极大地丰富了法语的语汇和表现力。

第四节 塞 万 提 斯

一、生平与创作

米盖尔·德·塞万提斯·塞维德拉（1547—1616）是西班牙最伟大的小说家，也是西班牙作家当中国际声望最高、影响最大的作家。他出生在马德里附近的阿尔卡拉·德·埃纳雷斯一个败落的小贵族家庭。父亲是游方郎中，居无定所，生活潦倒，还因负债进过监狱。由于生活颠沛流离，塞万提斯无缘接受系统的教育，只在一所耶稣会学校短暂读过书。1569年，为悼念去世的西班牙王后，塞万提斯写了几首哀歌，受到他的老师、人文学者沃约斯的欣赏和推荐，收入一本献给国王的诗集中。1570年2月，塞万提斯来到罗马，在红衣主教朱利奥·阿夸维瓦手下当侍从，1571年加入西班牙驻扎在意大利那波里的部队，参加了西班牙与威尼斯联军对奥斯曼土耳其的勒班托海战。他作战英勇，多处受伤，左手因此残疾。1575年9月，他带着舰队统帅堂胡安和西西里总督塞萨公爵的两封推荐信回国，希望谋得一个军官的职位，但在途中遭到海盗袭击，被劫到阿尔及尔。他身上因为有大人物的信件，海盗以为奇货可居，要用他换取大笔赎金。他的父亲倾其所有，也未能凑够钱数。在被囚禁的五年中，塞万提斯不屈不挠，多次组织越狱行动，但都没有成功。1580年9月，在家人凑钱并在西班牙教会的帮助下支付了高额赎金，他获得释放。

历经艰险回到祖国后，塞万提斯境况一直没有好起来。他多次求官求职，收效甚微，于是决定从事写作。1584年，塞万提斯结婚，他的牧歌体小说《伽拉苔亚》出版。同年，他来到马德里，靠给剧院写剧本维生。诗体悲剧《被围困的奴曼西亚》就写于这一时期。1587年，塞万提斯另谋生路，当了西班牙无敌舰队的军需员，负责为舰队征收粮食和油料。1594年，他又担任收税员。其间，他因钱款账目问题一再惹出官司，多次被捕入狱，最后费尽周折，才讨回清白。1602年，55岁的塞万提斯开始创作《堂吉诃德》。1605年，小说第一部出版，大获成功，当年就再版了五次。1613年，他创作出版了《训诫小说集》。1614年，因为《堂吉诃德》第一部大受欢迎，有人就冒名出版了《堂吉诃德》的续作，这促使他加快速度，于1615年出版了第二部。1616年，贫病交加的塞万提斯与世长辞，享年69岁。

塞万提斯除了《堂吉诃德》外，还创作过其他重要作品。诗体悲剧《被围困的奴曼西亚》描写古代西班牙奴曼西亚城人民英勇抵抗罗马侵略者的故事。西庇阿受罗马元老院之命，统率军队围攻奴曼西亚。大军压境，敌我力量悬殊。弹尽粮绝之际，奴曼西亚人拒绝投降，他们将城中财物化为灰烬，随后杀身成仁。罗马军队入城后，发现只剩一个少年手拿城门的钥匙站在塔顶。西庇阿试图诱劝他投降，少年纵身从塔顶跳下，英勇牺牲。剧中还穿插了诸如"西班牙"、"杜罗河"、"饥馑"、"战争"、"光荣"等化身人物，对奴曼西亚人的苦难和抗争进行了提炼和升华。整出悲剧格调激昂悲壮，表现了高亢的爱国主义精神，具有震撼人心的力量。

《训诫小说集》是塞万提斯除《堂吉诃德》之外最优秀的作品，它包括十二篇短篇小说，题材丰富多样，以爱情与冒险小说居多。这类作品描写男女主人公曲折离奇的爱情经历，往往是一个出身高贵的女子遭遇不幸流落民间或异乡，又因美德美貌受到贵族男子的爱慕。最后，男子经受住了种种考验，女子与家人团聚，有情人终成眷属。如《吉卜赛姑娘》中，普雷西奥莎在襁褓中被吉卜赛人偷走养大。她有着惊人的美貌，高尚的品德，绝佳的舞技，走到哪里，都会被人围观追慕。贵族青年堂胡安对普雷西奥莎如醉如痴，发誓要娶她为妻。为此，他按照普雷西奥莎要求，加入吉卜赛人的流浪队伍。他习艺却不沦落，美德和教养得到充分展示，逐渐赢得了普雷西奥莎的芳心。一次受人诬陷，堂胡安为维护骑士尊严，杀死侮辱他的士兵。因此变故，普雷西奥莎有机会与市长夫人母女相认，堂胡安与父亲团聚，有情人缔结连理。《训诫小说集》还有表现流浪汉题材的作品。如《林孔内特和科尔塔迪略》写两个游走四方的流浪汉被迫加入了一个组织严密的盗窃集团。这个集团的头目莫尼波迪奥与警察勾结，垄断了赛维利亚城的盗窃生意，对集团成员操有生杀予夺大权。这两个流浪汉目睹了这个集团内部的种种黑幕，最后脱离集团的控制，重回过去自由自在的生活。《嫉妒成性的厄斯特列马杜拉人》是一篇嘲讽人性固念和怪癖的作品。卡里萨莱斯家财万贯，却极其吝啬。他娶了一个美丽少女为妻，由于嫉妒心作怪，他把姑娘关在深宅大院里，禁止她与任何人接触，以免她受"不良"习气的影响。一个花花公子因好奇心驱使，设法打通各种关节，与少女约会。卡里萨莱斯发现后怒火攻心，一病不起。弥留之际才幡然悔悟，认识到自己的嫉妒和妄念是造成悲剧的主要根源。《玻璃硕士》与《双狗对话录》采用超验题材和寓言形式。其中《玻璃硕士》写少年托马斯聪明博学，阅历广泛，卓有成就。一个女子引诱他不成，就想用迷药夺其神志，结果使他发了疯，以为自己是玻璃做的，不肯让任何人接触他。当人们逗弄他时，他就口吐意味深长的格言或警句，见解既怪诞又精辟，往往令人称绝，他也因此成了众人的精神导师和生活顾问。这篇作品虽想象离奇，却包含着深刻的哲理，表达了对现实的讽刺和思考。

《训诫小说集》具有独特的写实性，广泛反映和揭露了 16 世纪末 17 世纪初西班牙日趋败落的社会现实。从外部看，既有西班牙人与土耳其人、阿拉伯人、英国人之间的民族矛盾，也有天主教与伊斯兰教及英国国教之间的冲突；西班牙海上霸权不再，地中海强盗横行。从内部看，统治者欺压人民，窃贼肆虐，流浪汉和乞丐充塞于途；吉卜赛人、犹太人、摩尔人等少数民族则被压在社会的最底层。民族矛盾、宗教矛盾、阶级激化，说明了西班牙帝国在风雨飘摇中走向衰落。《训诫小说集》还表现了塞万提斯的人文主义理想，这其中有对自由幸福生活的向往、对真挚爱情的追求、对美德的歌颂，还彰显了作者的爱国主义精神。塞万提斯非常重视作品的教谕意义，力图通过宣扬健康的思想和高尚的品德，对读者的心灵有所教益。他把这些作品总称为"训诫小说"，就体现了这一用意。《训诫小说集》吸收了流浪汉小说和骑士小说的长处，融写实和传奇为一体，既拓展了反映生活的广度和深度，又充满神奇色彩和异国情调。

二、《堂吉诃德》

《堂吉诃德》是塞万提斯的代表作，也是文艺复兴时期西班牙最伟大的作品。小说叙述西班牙一个叫拉·曼却的地方的穷乡绅吉哈达读骑士小说入了迷，自己也想效仿骑士的游侠冒险生活。他改名堂吉诃德，从祖先遗物中找到一副残缺的盔甲，为自己的瘦马起了个"驽骍难得"的美名，物色了一位邻村姑娘作为意中人，又跑到一家他以为是城堡的客店，强迫店主给自己授封，然后开始行侠历险。他从地主手里解救挨打的用人，逼商队承认天下美女都比不上他的意中人杜尔西内娅漂亮。但不幸马失前蹄摔伤，又被商人跟班痛打，最后灰溜溜地被老乡救护回家。

对行侠依旧兴趣盎然的堂吉诃德不久开始第二次远行。这一次尽管找了邻居桑丘·潘沙当侍从，但桑丘的不断提醒并没有让他从幻觉中走出来。他把风车当巨人，把旅店当成中了魔法的城堡，把理发师的铜盆当成魔法师的头盔，把苦役犯当作受迫害的骑士。看到一群人抬着神像求雨，他以为是强盗抢走了良家女子，冲上去解救；还跑到黑山为爱情苦修。堂吉诃德就这样一路上鲁莽冲撞，结果又闹了许多笑话，被打得几乎丢掉性命，最后被人救护回家。

堂吉诃德在家休养了一个月后，又约桑丘第三次出行。这一次他开局得胜，打败了"镜子骑士"，还成功地向狮子挑战。但随后他们被骗进公爵夫妇的城堡，受尽捉弄。堂吉诃德的邻居参孙为了医治好堂吉诃德的疯病，自己假扮成骑士，准备打败他，让他发誓永不出游。不料二人交手，参孙却败在了堂吉诃德的手下。三个月后，参孙又找到已经饱经沧桑的堂吉诃德，再次与他决斗，终于把堂吉诃德打败。根据二人商定的条件，堂吉诃德一年里不许摸剑，不许外出。堂吉诃德回家后就一病不起。他在弥留之际才明白骑士小说害人不浅。他痛斥了骑士小说对人的危害，并留下遗嘱：唯一的亲人外甥女不许嫁给骑士，否则不得继承自己的遗产。

堂吉诃德是一个具有矛盾寓意的人物形象。他首先是一个沉溺于幻想、脱离实际的人物。他爱读骑士小说，羡慕骑士做派，赞赏骑士精神，于是在装备、服饰、举止、行动上处处模仿，亦步亦趋，完全沉浸在骑士小说的幻想世界之中。问题是，他的周围是一个被日常生活逻辑支配的现实世界。当堂吉诃德按照幻想世界的逻辑在现实生活中行动时，他在世人眼里就显出了疯相和病态。他把旅店当城堡，把酒囊看成巨人头，把傀儡戏舞台看成战场，把羊群当军队，把村姑当贵妇人，满脑子魔法鬼怪、公主美人，总是单枪匹马，猛打猛冲，而且不知在失败中接受教训，结果洋相出尽，害人害己。堂吉诃德扮骑士仗义行侠，宣称要恢复骑士道，不仅脱离现实，而且落后于时代。在16、17世纪的西班牙，枪炮已经被广泛应用于军事，骑士逐渐失去了作用，骑士精神已经式微，堂吉诃德还想提着一杆锈烂的铁枪去征战立功，必然碰得头破血流。从这种意义上说，堂吉诃德作为骑士的形象既是对骑士小说的讽刺，也是对西班牙现实政治的讽刺。骑士小说是盛行于欧洲中世纪的一种文学类型，到16世纪时，在其他国家已经没落，但仍继续繁荣于西班牙。这主要是因为16世纪上半叶西班牙通过连续的战争和殖民征服，建立起地跨欧、非、美三大洲的强大帝国。帝国的繁盛，激发了国民强烈的荣誉感和自豪感，以及冒险扩张、建功立业的冲动，而封建专制政权也乐于以理想主义和英雄主义迷惑人民，借此巩固自身的统治。而描写骑士游侠冒险、包打天下的小说正好迎合了民众这样的心理。以1588年无敌舰队征伐英国失败为标志，西班牙急剧走向衰落。虽然现实发生了巨大的变化，但国家和人民仍然沉醉在盲目乐观自大的幻觉之中，无视日益临近的危机。塞万提斯本人也曾豪气干云，只是在经受了多次打击之后，才清醒过来。在他看来，不能正视现实，思想跟不上时代发展的西班牙人，包括他自己在内，就像受同样脱离实际的骑士小说毒害的人一样可笑可悲。塞万提斯通过堂吉诃德可笑、可怜的遭遇，给游侠骑士画了一幅讽刺的漫画像，借此对西班牙人给予警策和棒喝，让他们从不切实际的幻想中清醒过来。

堂吉诃德的骑士理想和行为有其荒唐的一面，但也有许多合理的成分。他心目中理想的骑士是一个通晓天文、地理、法学、神学、医学、数学的全才。他认为骑士应该除恶扬善、扶弱济贫、爱国爱民、维护正义。他向往一个人人真诚相待，财富不分你我，公正和平友爱的"黄金时代"。他认为自由是人的天然权利，他主张人类要以理性为尊，以美德为贵，而不应该以出身分出贵贱。他悲天悯人，有时刻准备救民于水火的忧患意识和拯救意识，这些思想信念和行动，打的虽然是骑士的旗号，其精神实质却是融合了基督教精神的后期人文主义思想的反映。

堂吉诃德不仅信仰坚定高洁，而且勇于行动，敢于以生命捍卫真理，是一个勇敢的战士形象。堂吉诃德幻想中的江湖世界充斥着妖魔鬼怪，时刻都会遇到艰难困苦的考验，但堂吉诃德总是百折不挠、勇往直前。在和他臆想中的巨人、军队、神怪的战斗中，他从来不惧对手的强大，总是毫不犹豫杀入敌阵，虽伤痕累累而不悔。他对意中人忠心耿耿，拒绝各种诱惑，也不容他人对自己的意中人有任何质疑、嘲笑和亵渎。他在黑山为意中人苦修，桑丘提醒他不要太当真，被他严词驳斥。一旦他确定了为爱情苦修的范式，就不打丝毫折扣，彻底贯彻。在行侠过程中，堂吉诃德并非毫无现实感。他遇到一队苦役犯，一一问明他们招祸的缘由，当即断定："都是法官裁判不当，断送了你们，没让你们得到公正的处置。"他毫不犹豫挺枪打跑差役，释放了苦役犯。他遇到地主把一个孩子绑在树上毒打，立刻上前去制止。除此之外，堂吉诃德还是一个充满童心、智慧，颇有趣味的人。在行侠途中，他和桑丘经常一问一答。对话层次上的堂吉诃德不仅表现得头脑灵活清楚，而且充满智慧。听堂吉诃德滔滔不绝地纵论人生、社会等，是一种绝妙的享受。

　　堂吉诃德性格的两重性还触及人类面临的最深刻的矛盾，即理想与现实的矛盾。他有崇高的理想、纯真的动机、严肃的态度，但是面对着丑恶或庸常的现实，只能遭遇灾祸与不幸，成为悲剧性人物。堂吉诃德的可贵之处在于，他始终对理想保持着纯真的信仰，他在道义上是强大的，他的生命力是强旺的，他的精神为人类在面临理想与现实这一永恒的冲突时如何处置自己，如何保持生命的尊严和勇气，提供了一个光辉的楷模。

　　小说中的另一个重要人物是桑丘·潘沙。他是农夫，被堂吉诃德以海岛总督之职诱来当侍从。他满脑子是功利实际的考虑，只想跟着堂吉诃德封官加爵，让全家享荣华富贵。一路上，他从不亏欠自己的口腹，遇到战事没有吩咐就远远躲开，有战利品则立即冲上去，还时时提醒堂吉诃德兑现诺言；堂吉诃德向他谈理想，谈骑士道，却犹如对牛弹琴。但桑丘除了胆小怕事、目光短浅、贪小便宜的毛病外，性格中也有不少优点：朴实善良、忠心耿耿，有同情心和正义感，有应对日常生活的经验和智慧。从其本色看，这一形象是封建宗法制度下小户农民的典型。但桑丘的性格还有发展的特点。在游侠过程中，他逐渐受到堂吉诃德崇高品格和理想的影响，价值观上有与堂吉诃德"趋同"的倾向，性格上则与堂吉诃德构成互补，成为一对真正的游侠搭档；尤其是被骗到"海岛"上行使"总督"职权时，他断案如神，还无辜者清白，将罪犯绳之以法，把堂吉诃德在虚幻中追求的理想变成了现实，这显示桑丘的思想境界已经超越了所属社会阶层的局限。此外，桑丘形象还对堂吉诃德形象起到了烘托和映衬的作用，增加了小说的喜剧性。

　　堂吉诃德"行侠仗义"的过程，事实上也是一个在西班牙大地上到处流浪、奔波的过程。通过主人公的游侠冒险经历与社会的紧密结合，小说展现了巨幅的社会风俗画卷。随着两人的足迹所至，小说描写了旅店、集镇、乡村、城堡、荒野等场景，刻画了贵族、市民、乡绅、农民、教士、差役、商人、旅店老板、士兵、理发师、牧羊人、妓女、囚犯、强盗等各个阶层的众多人物形象。这众多的场景和人物，代表了塞万提斯反映生活面的广度。同时，塞万提斯通过对场景的精心选择，保证了反映现实的深度。小说用更多笔墨描写的是旅店和城堡。旅店接待南来北往的旅客，汇集三教九流，引发各种事件，是展示下层社会的一扇窗口。城堡则集中反映了上层贵族生活。塞万提斯就这样广泛而深刻地反映了西班牙16世纪末17世纪初的社会现实，揭示了西班牙这个外强中干的帝国内部社会矛盾激化、危机重重、日趋没落的实质，批判了封建制度的罪恶。

《堂吉诃德》借鉴了骑士小说与流浪汉小说惯用的以主人公的游历统领情节的"线性结构"，其中又穿插了一些独立的短篇小说。在欧洲小说发展的初期，这是常见的一种结构类型。这样做的好处是场面多，容量大，自由度高，缺点是情节松散，容易旁逸斜出。《堂吉诃德》取其利而避其害。它安排了主人公的三次出游，每次都以返家结束，从而形成了三个环形，使原本开放的"线性结构"变成了封闭的"环形结构"；同时，三次出行的见闻经历，往往前后呼应；独立的故事与堂吉诃德的游侠主线之间，又常常发生联系，如此经纬交织，使小说情节结构更加严谨，这对初创时期小说的继承与创新是一个极好的示范。

《堂吉诃德》堪称喜剧艺术的典范。塞万提斯写《堂吉诃德》的初衷，是要"把骑士小说的那一套扫除干净"，他采取滑稽模仿的方式做到了这一点。骑士的命名、意中人的指定、举行受封仪式、向贵夫人献殷勤等，这些骑士小说中的典型情节，《堂吉诃德》都如法炮制，但将其置于现实的场景中；又使堂吉诃德与骑士小说中那些骑士形象的光辉造型严重不符，从而产生滑稽效果，暴露出骑士文学荒唐之处。对比和夸张手法在塑造堂吉诃德与桑丘·潘沙两个喜剧人物时发挥了重要作用。他们一主一仆，一瘦一胖，一高一矮，一个重理想，一个讲实际，一个英勇无畏，一个胆小怕事，从身份形体到性格思想，处处形成有趣的对照，而人物却对此不自知；作者又往往夸张人物身上的某种特征，使之趋于极端，更强化了幽默和讽刺的效果。此外，小说中的双关语、笑话、反话、文字游戏俯拾皆是，也令读者捧腹。

《堂吉诃德》采取的是一种到20世纪才被广泛运用的"多元"叙事技巧，即由多个人物、多个来源叙述同一个故事。首先是第一人称叙述人"我"。但"我"并没有直接讲述堂吉诃德的故事，只是一个故事的搜集整理者。堂吉诃德故事的主要记录者是阿拉伯历史学家熙德·阿梅德·贝南黑利，他的《堂吉诃德·台·拉·曼却传》被"我"从市场上偶然购得，请一位摩尔人将它从阿拉伯文译成了西班牙文。这位摩尔人在翻译过程中,不时对原作评头论足,还怀疑下卷的第五章是假造的。除此之外,"我"还从一位老医生手中获得了一份羊皮纸手稿,上面记载着拉·曼却地方上流传的堂吉诃德、桑丘·潘沙、杜尔西内娅等人的许多故事。由此看来,叙述人"我"颇像一位考据家,他以阿拉伯历史学家写的《堂吉诃德·台·拉·曼却传》为主要依据,参考拉·曼却的地方传说和译者的评论,加上自己的推测、分析和判断,从而汇总、整理出堂吉诃德的故事。塞万提斯有意把叙述的层次复杂化,在《堂吉诃德》中营构了一个由不同叙述人相互补充、印证、反诘所形成的叙述场,使各个叙述层次之间充满歧义和张力,打破了单一叙事的稳定性和权威性,大大加强了小说叙事的纵深感。《堂吉诃德》这部欧洲现代小说的奠基之作,对往后世界文学的发展产生了深远影响。

第五节 莎 士 比 亚

一、生平与创作

威廉·莎士比亚(1564—1616)出生在英国沃里克郡艾汶河畔的斯特拉福镇,生日被推定为 4 月 23 日,在约翰·莎士比亚与玛丽·阿登的八个孩子中排行第三,是长子。莎士比亚的父亲是一个商人,主要从事手套制作和销售,当过小镇的治安官和市政官,大约在 16 世纪 70 年代后期,因商业受挫及其他一些变故,家道中落。母亲来自有较高社会地位的家族。大约在 1571—1578 年之间,莎士比亚在当地的文法学校读书。离开学校后,莎士比亚可能帮助父亲经营过店铺生意。1582 年 11 月,18 岁的莎士比亚与比他大八岁的安妮·哈瑟威结婚。第二年,他们的女儿苏姗娜出生,1585 年,一对双胞胎子女哈姆莱特和朱迪丝出生。为养家糊口,他在地方上当过教师。1587 年,他随在自己家乡巡回演出的剧团去了伦敦,开始了戏剧生涯。在剧团里,莎士比亚给有钱的观众照料马匹,在戏里跑龙套,为演员当幕后提词人,这使他逐渐熟悉了剧场内外。大约在 80 年代末期,他开始戏剧创作活动,先是改编别人的剧本,继而独立创作。他创作的第一个剧本是历史剧《亨利六世》(上、中、下)(1590—1592),上演后获得成功。随着莎士比亚在剧坛崭露头角,他也开始与权贵交往,受到显赫的骚桑普顿伯爵保护。1594 年,莎士比亚加入著名的御前大臣供奉剧团(1603 年更名为王上供奉剧团),既当演员,又是剧作家,后来成为剧团的股东,逐渐富裕起来。1596 年,他为父亲申请到象征乡绅地位的家族纹章。1597 年起,他开始在家乡购置产业。大约在 1613 年,莎士比亚回到家乡斯特拉福。1616 年 4 月 23 日,莎士比亚辞世,终年 52 岁。

莎士比亚的创作生涯持续了 23 年,创作的作品中,流传下来且被确认的有 39

部剧本、2 首长诗、154 首十四行诗，以及若干首不同题材的短诗。研究者根据创作类型、思想倾向和风格等因素，把莎士比亚的创作生涯分为三个时期。

第一个时期（1590—1601）主要创作了叙事诗《维纳斯与阿都尼》和《鲁克丽丝受辱记》、十四行诗、历史剧和喜剧。时值伊丽莎白女王统治后期，王权稳固。在 1588 年，英国击败了入侵的西班牙无敌舰队，民族意识和爱国热情空前高涨，英国民众普遍对社会前途充满信心。受这样的时代氛围影响，莎士比亚的历史剧和喜剧洋溢着乐观与欢快的气氛。

叙事诗《维纳斯与阿都尼》（1593）取材于古罗马诗人奥维德的《变形记》。诗中的爱神维纳斯爱上了美少年阿都尼，但阿都尼热衷打猎，对维纳斯全无兴趣。后来阿都尼被野猪杀死，维纳斯伤心欲绝，带着被阿都尼鲜血浇灌过的花朵，回到塞浦路斯岛隐居。诗歌中维纳斯强烈的爱欲与阿都尼冷淡的感情形成鲜明对照；其中维纳斯关于爱的劝解，把爱情看成自然法则、一种不可遏制的力量，反映了人文主义爱情观。《鲁克丽丝受辱记》（1594）同样取材自奥维德的《变形记》，写罗马将军柯拉廷纳斯的妻子鲁克丽丝因被罗马僭王塔昆涅斯的儿子奸污而自杀。她的丈夫率领起义者推翻塔昆涅斯的暴虐统治，将他及其家族放逐。长诗歌颂了爱情的坚贞和生命的尊严。两首叙事诗想象丰富，辞藻华丽，韵律流畅。莎士比亚 154 首十四行诗大约创作于 1592—1598 年之间，出版于 1609 年，主要歌颂友谊和爱情。诗人认为理想的爱情和友谊是真善美的统一；诗人同时认为，诗歌犹如子嗣，也能让美爱绵延不绝。莎士比亚的十四行诗摆脱了从彼特拉克到锡德尼再到斯宾塞一路十四行诗表现典雅爱情的传统，描写了一种奇异、复杂而痛苦的情爱。莎士比亚拓展了十四行诗的表现范围，感情真挚而又节制，语汇丰富，比喻新奇，意象生动，有很强的节奏感。

莎士比亚这一时期写有十部以英国历史为题材的历史剧，其中的《理查二世》（1595），《亨利四世》上、下篇（1596—1598），《亨利五世》（1598—1599），以及《亨利六世》上、中、下三篇与《理查三世》（1592），在反映的历史年代上总体是前后衔接的。此外，还写有反映久远年代英国历史的《约翰王》（1596）。1613 年，莎士比亚又完成了一部反映较近年代的历史剧《亨利八世》。以上十部英国历史剧以王位继承问题为核心，生动地再现了为争夺王位，兰开斯特与约克两大王族的杀伐，英法两国的战争，以及罗马天主教势力的干预，全面反映了英国自 13 世纪到 16 世纪近 350 年的社会历史。

莎士比亚从秩序法则出发，认为无序的王位争夺是一切动乱的根源，因此对谋权篡位的倒行逆施给予了痛切的谴责。《理查三世》中的理查三世是一个残暴毒辣、狡诈伪善的阴谋家、野心家，为了篡夺不属于他的王位，用尽一切卑劣手段，完全丧失了人类的同情心。但随着剧情的发展，反对理查三世的力量开始集结。

他策划了一个又一个谋杀,而敌人却越杀越多。最后,都铎王族的里士满伯爵率兵讨伐。激战前夕,理查三世受到被他杀害之人的鬼魂折磨。他猖狂一时,最终却难逃被推翻的命运。莎士比亚把重建秩序的力量赋予了都铎王朝的历代国王及其先辈。亨利七世是都铎王朝(1485—1603)的开创者,亨利八世是其次子,伊丽莎白一世则是亨利八世的女儿。向前追溯,亨利六世、亨利五世、亨利四世与之血脉相传。在莎士比亚眼中,这些国王代表了正统的王朝世系,而约翰王、理查二世和理查三世,或者是篡位者,或者是倒行逆施者,最后都被推翻。尽管神化都铎王朝是伊丽莎白女王时代正统史学观的体现,但它在客观上准确把握了近350 年英国由乱到治、由封建割据到民族统一、从王权争夺到定于一尊的历史进程的脉动。爱国主义是莎士比亚历史剧的另一个重要内容。在《约翰王》中,莎士比亚通过描写约翰王与罗马教廷的权力斗争,批判了罗马天主教会的腐败和堕落,表达了英国人反对罗马教皇干涉英国内政的态度和情绪。英法两国长期存在领土和王位的争端,这原本是历史遗留问题,但莎士比亚在时代思潮的激荡下,也将它上升到民族利益的高度去认识。在《亨利五世》中,他把对法国作战取胜的亨利五世塑造成安邦立国、推动民族崛起和复兴的伟大君王。在《亨利六世》中,他把与法军作战的塔尔博勋爵塑造成一个足智多谋、英勇无畏的英雄。莎士比亚历史剧皆从 16 世纪多种英国历史书中取材,并加以取舍和改编。他往往将由宫廷谋略和战场厮杀构成的"正史"宏大叙事,与表现"五光十色的平民社会"① 日常生活的"小叙事"相交织,场面广阔,线索纷繁,人物众多,具有史诗的丰富性和多样性,对后世历史文学产生了深远的影响。

《亨利四世》是莎士比亚历史剧的代表作之一,它交织着两条情节线索:一条是一些大贵族、主教如罗森伯兰伯爵、霍茨波、约克大主教等起兵反叛国王和被消灭;一条是亨利王子与福斯泰夫等地痞流氓鬼混、打家劫舍,但最后改过自新的过程,最后亨利王子登基成为亨利五世。剧中展现了英国从封建割据状态走向中央王权统一的过程,表现了亨利王子由一个浪子转化成为英明君王的过程,突出了他英勇善战、贤明公正的君王气度。此外,这部剧还生动、细致地描绘了英国底层社会的日常生活场景,塑造了著名的福斯泰夫形象。这个喜剧角色的蠢行和笑话增加了戏剧观众的快乐,他的广泛活动和交游构成了恩格斯所称道的"福斯泰夫式的背景"②,使他成为各种社会关系的纽结点。

莎士比亚在第一个时期创作的喜剧有《驯悍记》(1590—1591)、《维洛那二绅士》(1591)、《错误的喜剧》(1594)、《爱的徒劳》(1595)、《仲夏夜之梦》

---

① 《马克思恩格斯文集》第 10 卷,人民出版社 2009 年版,第 176 页。
② 《马克思恩格斯文集》第 10 卷,人民出版社 2009 年版,第 176 页。

（1595）、《威尼斯商人》（1596）、《温莎的风流娘儿们》（1598）、《无事生非》（1598）、《皆大欢喜》（1599）、《第十二夜》（1601）等十部。这些喜剧的题材来源多样，但大都歌颂爱情。在莎士比亚看来，爱情是美好人性的集中体现，是不可抑制的天然情感。真诚无私的爱情能够激发巨大力量，扫除一切障碍。正面主人公都出身高贵，男子勇敢、英俊、刚毅、忠诚，女子美丽、聪明、热情、率真，他们为追求爱情自由、个人幸福的人文主义理想，和各种封建势力、自私自利行为及固念成见发生冲突，经过一番曲折，有情人终成眷属。莎士比亚的喜剧色调明朗，情节丰富生动，语言华丽、机智、幽默，抒情色彩浓郁。莎士比亚还善于在喜剧中营造田园牧歌场景，如《温莎的风流娘儿们》中的温莎郊野、《仲夏夜之梦》中雅典附近的森林、《皆大欢喜》中的亚登森林等，表达了对大自然和纯朴生活的憧憬，也为人物的爱情提供如幻如梦的诗意氛围。莎士比亚也惯用乔装、扮丑、闹剧、恶作剧等喜剧元素，使作品充满欢笑和戏谑，剧情更加生动有趣。

《仲夏夜之梦》（1595）中的四个年轻人狄米特律斯与海丽娜、拉山德与赫米娅发生爱情纠葛，在经受了考验和历练之后，认识了自我，走向成熟，也收获了美满的爱情。剧中除了这条情节主线，还有三条辅线：雅典公爵忒修斯与阿玛宗女王希波吕忒筹备婚礼，雅典一伙手艺人为庆祝公爵的婚礼排练和表演剧目，仙王奥布朗和仙后先争执后和好。四条剧情线索交错并行，最后在盛大的婚礼庆典中结束。在剧中，仙王的爱懒花汁具有神奇的魔力，它制造了不少复杂的情境，令人物关系一波三折。五幕戏有近三幕发生在雅典附近的森林里，第一幕虽然在雅典，但人物的活动也是在为进入林中世界做准备。这林中世界为人物的欢恋和舞蹈提供了诗意的场所，增加了戏剧的抒情和梦幻色彩；而戏中戏和小丑等喜剧元素的应用，则加强了全剧的喜庆气氛。

《威尼斯商人》是莎士比亚早期喜剧的代表作之一。商人安东尼奥为帮助好友巴萨尼奥向鲍西娅求婚，不得已向仇视他的犹太商人夏洛克借钱；违约后，只得同意用身上的一磅肉作为赔偿。鲍西娅在法庭上与夏洛克巧妙周旋，助安东尼奥脱困，自己最后也与巴萨尼奥终成眷属。该剧表彰了真挚爱情和无私友谊，对人性中的贪婪、凶狠和仇恨，进行了谴责。戏中的鲍西娅是文艺复兴时期体现了人文主义理想的新人形象，她美丽、善良、仁慈、机智、果断。她扮男律师出现在法庭上，欲擒故纵，引夏洛克上钩；又用杀手锏使巴萨尼奥的官司转败为胜，使夏洛克受到惩罚。把犹太商人描绘成贪婪残忍的高利贷者，是欧洲宗教文化的偏见，莎士比亚也未能避免。不过，莎士比亚并没有把夏洛克性格简单化，而把他的所作所为描写成是犹太民族因长期遭受不公正对待而积累的怨气使然，给予了一定的同情。戏中三匣选夫和一磅肉的故事都借鉴了欧洲中古传说，具有民间故事假定性和表演性的特点，喜感十足。莎士比亚采用他所擅长的多条线索交织发展的情节模式，以巴萨尼奥在安东尼奥帮助下向鲍西娅求婚为主线，辅以巴萨尼奥与夏洛克的冲突，还穿插了罗兰佐和杰西卡、葛莱西安诺与尼莉莎的两条爱情线索，增强了戏剧的层次感和丰富性。

《第十二夜》中的少女薇奥拉因海上遇险，流落异乡，到奥西诺公爵府中充当侍童，以才智和聪明赢得公爵的信任和重用。她热恋着公爵，却因为女扮男装无法向公爵直接表白；更难的是她还必须违心代公爵多次去向奥丽维娅求爱。她的华美言辞和翩翩风度引来了奥丽维娅的追求，也引起了奥丽维娅另一位追求者安德鲁的嫉妒，而不明真相的公爵反过来也责怪她。与薇奥拉相貌酷似的哥哥突然现身，也给她招致了不少误会。这些都增加了薇奥拉爱情的难度。但薇奥拉以执着、智慧和自我牺牲精神，当然还有她高贵的出身和优雅的气质，终于赢得了公爵的爱情。剧中的奥丽维娅最后与薇奥拉的哥哥结为夫妻，管家伏里奥则因愚妄和自负，受尽了捉弄。《第十二夜》中的费斯特是莎士比亚塑造得最成功的小丑形象。他以"愚"示人，实则有大智慧。他的插科打诨和连珠妙语为周围的人带来快乐，也给他们启迪；他几乎在每个关键时刻都出场，穿针引线，调解纠纷，解决问题。

《罗密欧与朱丽叶》（1595）是莎士比亚早期创作的一部悲剧，但洋溢着喜剧精神。剧中的罗密欧与朱丽叶在一次舞会上一见钟情，但他们的家族却有世仇，朱丽叶的父亲还要为她包办婚姻。两个年轻人冲破封建陋习的束缚，追求爱情自由，结果酿成悲剧，双双自杀殉情。《罗密欧与朱丽叶》不仅具有鲜明的反封建内容，还歌颂了纯真的爱情。罗密欧与朱丽叶相爱全无功利考量。罗密欧爱上朱丽叶之后，不仅告别了装腔作势的忧伤，沉浸在由衷的喜悦和幸福之中，而且心胸更加开阔，理智更加清明。爱情也使朱丽叶迅速变得成熟、坚强、勇敢。她要求一个正式的婚姻，使爱情获得保护；她学会用灵活的手腕拖延父亲的逼婚，为自己赢得时间；在准备喝药水的时候，她战胜了对死亡的恐惧。当死亡不幸成为检验真爱的最高尺度时，这一对恋人义无反顾，献上了自己如花的生命。该剧是莎士比亚悲剧中抒情色彩最为浓郁的一部，尤其是罗密欧与朱丽叶在花园阳台上下抒发爱情的两场戏，情绪饱满奔放，意象绵密，诗意盎然，历来为读者观众所称颂。剧中频繁出现的插科打诨和双关语也为《罗密欧与朱丽叶》增添了喜剧色彩。

第二个时期（1601—1608）是莎士比亚的悲剧时期，也是他戏剧创作的高峰期，创作了著名的"四大悲剧"《哈姆莱特》（1601）、《奥赛罗》（1604）、《李尔王》（1605）、《麦克白》（1606），以及《安东尼与克莉奥佩特拉》（1606）、《雅典的泰门》（1606）、《科利奥兰纳斯》（1608）等悲剧作品。

1601—1608 年是英国新旧国王交替的时期。伊丽莎白女王没有子嗣，在其统治末年，王位继承问题日显突出，国内外各种宗教势力、贵族势力、皇室宗亲势力相互角力，蠢蠢欲动。社会矛盾激化，局势动荡不安。詹姆士一世继位初年，局面没有明显改观。莎士比亚看到社会上的种种罪恶，看到人文主义理想与黑暗现实的巨大反差，以及人文主义自身存在的弱点和矛盾，加之受到父亲病重去世、埃塞克斯伯爵叛乱遭诛等具体事件的影响，他对现实的认识深化，态度转趋悲观，遂转向创作悲剧。

莎士比亚悲剧借用已有题材描写久远年代或异国的故事，但都深刻地反映了16世纪末17世纪初英国的社会现实。这个社会的总体特征是私欲泛滥，利己主义大行其道，人文主义所推崇的仁爱、真诚等美德和理性、正义等原则受到肆意践踏。莎士比亚尤其对权欲进行了深刻解剖，挖掘权欲膨胀导致的谋权篡位、负义背叛、嫉妒遗弃等罪恶行为，以及英雄因无法克服的性格缺陷，在权欲的引诱下，走向堕落，招致死亡。他还在剧中塑造了一些具有人文主义理想的正面人物，描写他们与强大的邪恶势力所进行的悲剧性的斗争，以及他们的毁灭和道义上的胜利。这一时期戏剧的风格一改前期的明朗乐观，变得沉郁、悲怆、愤激。

《奥赛罗》的故事取材自16世纪意大利作家钦齐奥的短篇小说《威尼斯的摩尔人》，描写的是一出因轻信与猜忌导致的悲剧。摩尔人奥赛罗靠显赫的武功擢升为威尼斯将领，他的传奇经历和英勇事迹打动了威尼斯元老勃拉班修的女儿苔丝狄梦娜，他们打破门第观念和种族偏见，真诚相爱，秘密结婚。婚姻曝光后，苔丝狄梦娜不顾父亲的坚决反对，坦然承认对奥赛罗的爱情，并随丈夫奔赴前线，表现了新时代女性反抗封建束缚、追求自由爱情的勇气和力量。这种爱情体现了莎士比亚的人文主义爱情理想。但他们的爱情，在新型的利己主义罪恶势力面前，却毫无招架之力。旗官伊阿古是一个邪恶的阴谋家形象，他身上融合了中世纪道德剧中代表罪恶的角色的特点。他鼓动苔丝狄梦娜的追求者罗德利哥向凯西奥寻衅，哄骗凯西奥使其醉酒失态，导致其被撤职，又设计让奥赛罗怀疑苔丝狄梦娜与凯西奥关系暧昧，并利用苔丝狄梦娜遗失的手帕嫁祸凯西奥。他的一连串阴谋奏效。狂怒中的奥赛罗亲手把妻子掐死。事实上，伊阿古作恶的具体动机并不确切，最初是因为奥赛罗没有擢升他为副将，继而怀疑奥赛罗与自己妻子爱米利娅有染，他似乎还觊觎苔丝狄梦娜的美色，又可能隐含了对奥赛罗的种族仇恨。他的作恶动机一再游移，最后转为一种普遍的恶念，对一切美好纯洁的事物都充满仇恨，犹如魔鬼附身，肆意妄为，其表现出的不可理喻的残酷和疯狂，以及巨大的现实破坏力，令人触目惊心。奥赛罗是一个性格有缺陷的英雄形象，他胸怀坦荡，真诚率直，但过于轻信，嫉妒心强。他将苔丝狄梦娜的爱情看成人世间最美好的情感，由于误信苔丝狄梦娜不贞，他的理想遭到毁灭。他杀死苔丝狄梦娜，自以为是根除罪恶，维护正义，实则是鲁莽疯狂之举。真相大白后，对杀妻追悔莫及的奥赛罗承担责任，以自杀对自己做出公正裁决。

《李尔王》的故事来源多样。《官吏镜鉴》（1559）、《霍林舍德编年史》（1587）等历史书中有李尔王的记载，斯宾塞的《仙后》中提到李尔王，1594年有佚名作者写过《李尔王及其三女的悲剧》。莎士比亚可能从这些作品中得到素材和灵感，描写了一出因父亲刚愎昏聩和子女忤逆负义造成的悲剧。传说中的古代不列颠国王李尔年事已高，准备把国土和权力分给三个女儿，但要求她们当面表白对自己的爱。大女儿高纳里尔和二女儿里根为得到馈赠，甜言蜜语说尽，可一旦得逞，转眼就把对父亲的承诺丢到了脑后。她们羞辱父亲，不尽赡养义务，最后甚至把父亲赶出家门。小女儿考狄利娅因实话实说，激怒父亲，被剥夺应分得的国土，远嫁法国。父亲流落荒野，在暴风雨中备受折磨。考狄利娅闻讯兴兵讨伐两个姐姐，不幸战败，与父亲一起死于狱中。戏中另一条情节线索是大臣葛罗斯特的次子埃德蒙陷害哥哥埃德伽，背叛父亲。他施诡计从哥哥手中夺取了财产继承权，还助纣为虐，帮高纳里尔和里根迫害自己的父亲，致使父亲被挖去双眼，悲愤而死。最后高纳里尔和里根因争风吃醋，发生火并，同归于尽；埃德蒙则死于埃德伽剑下。《李尔王》中表现的真爱与忠诚被私欲和背信所践踏，其意义远超家庭悲剧的范围。大臣葛罗斯特描述的"亲爱的人互相疏远，朋友变为陌路，兄弟化为仇雠；城市里有暴动，国家发生内乱，宫廷之内潜藏着逆谋；父不父，子不子，纲常伦纪完全破灭"的情形，正反映了邪恶丛生、纲纪秩序崩塌的普遍社会图景。失去了权威、荣耀和尊崇之后的李尔，在荒野的狂风暴雨中，目睹了流浪者身无片瓦、饥肠辘辘、流离失所的惨状，他的灵魂掀起风暴，开始了艰难的人性复归过程。他认识到自己的过失，体恤到民众的疾苦，看到了权势的罪恶，学会了用平等谦卑的态度对待周围的人，精神也获得了救赎。

《麦克白》的题材取自《霍林舍德编年史》，描写的是一出因权欲膨胀导致的悲剧。剧中的麦克白是苏格兰贵族将领，受女巫预言的蛊惑和夫人的怂恿，将国王邓肯杀害，篡夺了王位。然而，篡位在带给麦克白夫妇无上权力的同时，也让他们惊恐不安，精神备受折磨。同时，反对麦克白的力量迅速聚集起来，在邓西嫩战场，麦克白遭遇惨败被杀。麦克白夫人发疯死亡。邓肯的儿子马尔康继位成为新王，国家重新恢复了秩序。该剧细腻描写了麦克白野心膨胀导致人性堕落的心理过程。麦克白曾经是忠君卫国的英雄，而女巫的出现唤起他内心潜伏的权欲和野心。杀人前，他有过一段从怀疑到犹豫，然后笃信、决断的心路历程；杀人后，他又感到愧疚、自责。可一旦用杀戮打开通往权力之巅的道路，就不得不用新的杀戮巩固权力，不由他不大开杀戒。麦克白是一个权力欲极强、道德感也极强的人物，权欲与道德在他的灵魂深处不断激烈交战，难以释怀，终于导致信仰崩塌，精神崩溃。在麦克白被杀前，他的人性已经彻底泯灭，生命只剩下一具躯壳，如行尸走肉。莎士比亚通过对麦克白僭越权位、祸国殃民，最终招致毁灭的过程的描写，表达了对合法王权的敬畏和支持，对觊觎权位的野心家提出了严重的警告。

除了四大悲剧外，莎士比亚这一时期还从普鲁塔克的《希腊罗马名人传》取材，写了悲剧《安东尼与克莉奥佩特拉》《科利奥兰纳斯》《雅典的泰门》。《雅典的泰门》主人公泰门是雅典贵族，乐善好施。他有钱时，府邸门庭若市，众人争相逢迎。他因过于好客而破产，向朋友求援，遭到拒绝；早前的溜须拍马之徒，也一个个离他而去。泰门看透了世道人心，成为厌世者，诅咒黄金和人类。马克思在《1844 年经济学哲学手稿》等著作中，引用该剧第四幕第三场中泰门诅咒金钱魔力的独白，称赞"莎士比亚把货币的本质描绘得十分出色"①。

莎士比亚戏剧创作的第三期（1608—1613）是传奇剧时期，创作了五部传奇剧：《泰尔亲王佩里克利斯》（1608）、《辛白林》（1610）、《冬天的故事》（1611）和《暴风雨》（1611）、《两位贵亲戚》（1613）。这一时期的莎士比亚恢复了对人文主义的信念，但认识到社会中的罪恶难以根除，转而对现实采取更加容忍的态度，把希望寄托于未来。就个人生活而言，此时的莎士比亚已经足够富裕，阅尽人世沧桑，心理年龄趋于老境，产生了归隐之心。与此相呼应，这一时期的戏剧以宽恕、和解为主题，往往借助超自然力量化解现实矛盾、弘扬人文主义理想。剧情富于传奇浪漫色彩，风格空灵，诗意浓郁。

《暴风雨》是莎士比亚传奇剧的代表作。米兰公爵普洛斯彼罗因沉湎于魔法，疏于朝政，被弟弟安东尼奥篡权夺位。遭放逐的普洛斯彼罗带着女儿米兰达乘船漂流到一个海岛，他动用魔法解救了被囚禁的精灵爱丽儿，控制了怪物凯列班，实现了对海岛的统治。后来米兰僭主安东尼奥、那不勒斯国王阿隆佐及其儿子腓迪南一行在海上航行时，普洛斯彼罗施魔法把他们带上海岛。在海岛上，他安排了那不勒斯王子腓迪南与米兰达相爱，使阿隆佐悔悟，惩罚了安东尼奥等恶人后又宽恕了他们。最后，夺回米兰王位的普洛斯彼罗宣布放弃魔法，与众人离开海岛，重返家园。

《暴风雨》表现了善与恶的冲突。安东尼奥、凯列班、厨子、弄臣等，是恶势力的代表，他们被权力和物欲支配，满脑子邪恶的念头，时时在策划阴谋。普洛斯彼罗代表善的力量，精灵爱丽儿是这种力量的实施者，他们合力压制了邪恶，维持了海岛上的正义和秩序，把海岛变成了一个符合人文主义理想的乐园。《暴风雨》化解邪恶势力的方法，不是加以摧毁，而是进行惩戒和控制，进而宽恕恶人。普洛斯彼罗通过魔法获得绝对权力，却谨慎地行使这种权力，最终甚至放弃了魔法，这被看作对生命限度的自觉，也代表了理性和道义的胜利。普洛斯彼罗回归

---

① 《马克思恩格斯文集》第 1 卷，人民出版社 2009 年版，第 244 页。

现实社会和两个年轻人的爱情，象征了作者对人类社会美好未来的期许。剧中的凯列班是一个引人注目的存在。莎士比亚把这个岛上的土著描写成欲望的化身，活力四射，脏话不离口，时时想造反，却总是走背运。这个喜剧人物及其遭遇包含了文艺复兴时期欧洲人对海外殖民地及其土著民族的想象。《暴风雨》情节紧凑，故事场景安排在域外的大自然中，表演性强，场景瑰丽，具有田园牧歌情调。

莎士比亚的戏剧代表了文艺复兴时期欧洲文学的最高成就，他也是世界文学史上屈指可数的几个最伟大的作家之一。他的戏剧生动地描绘了文艺复兴时期欧洲社会生活的广阔图景和文化风貌，深刻地揭示了从封建主义向资本主义过渡时期英国社会的本质特征。莎士比亚戏剧还发挥了独特的政治影射功能，曲折反映了 16 世纪末 17 世纪初英国社会许多重要的政治事件，尤其是围绕王位继承展开的云谲波诡的权力斗争，成为了解这一时期英国政治生活的重要窗口。莎士比亚站在时代精神的前列，弘扬人文主义理想，讴歌美好人性，主张理性和秩序、仁慈与宽厚，也对早期人文主义在践行中滋生的种种弊端进行反思和批判。他的戏剧还描摹了各种人生的情状和场景，对人性的种种悖谬进行了剖析。这使他的作品蕴含了丰富的人生经验，深刻的思想性和哲理内涵。莎士比亚是戏剧艺术的大师。他在历史剧、喜剧、悲剧等戏剧文类的创作方面取得了后人难以匹敌的成就。他塑造的一系列舞台人物形象不是作者思想和"时代精神的单纯的传声筒"[1]，而是取自生活，血肉丰满、性格复杂的人物。他的戏剧情节在因袭中创新，根据内容需要安排调度，不受僵化教条的束缚，体现了恩格斯所赞赏的"情节的生动性和丰富性"[2]。他的戏剧语言以丰富多彩、生动形象著称，不仅极大地增强了他的戏剧表现力，对英语的成熟和完善也作出了突出贡献。这些艺术成就被马克思高度概括为"莎士比亚化"[3]，成为作家师法的范本，而此后莎士比亚长盛不衰的声誉也证实了他的不朽价值。

二、《哈姆莱特》

五幕悲剧《哈姆莱特》是莎士比亚戏剧的代表作，剧情发生在古代的丹麦。正在德国威登堡大学读书的丹麦王子哈姆莱特回国为父奔丧，却赶上叔父克劳狄斯登基成为新王，并娶了先王的寡妻，也就是哈姆莱特的母亲，他陷入忧郁痛苦之中。这时，父亲的鬼魂出现，向哈姆莱特诉说自己是被克劳狄斯用毒药害死，并要求他为己复仇。哈姆莱特震惊悲痛，几近疯狂；随即他又从自己的失态中受到启发，决定在采取行动前用装疯迷惑对手，保护自己。克劳狄斯不信哈姆莱特

---

① 《马克思恩格斯文集》第 10 卷，人民出版社 2009 年版，第 171 页。
② 《马克思恩格斯文集》第 10 卷，人民出版社 2009 年版，第 174 页。
③ 《马克思恩格斯文集》第 10 卷，人民出版社 2009 年版，第 171 页。

真疯，不断派人试探，都被哈姆莱特识破。哈姆莱特用戏中戏证实了鬼魂的话，在克劳狄斯祈祷时原本有机会杀掉他，但出于宗教的考虑没有动手。与母亲谈话时，他以为是克劳狄斯躲在帷帐后偷听，动手时却将大臣波洛涅斯误杀。克劳狄斯已经把哈姆莱特视为对手，但不敢直接加害他，就派他出使英国，准备假英国国王之手除掉他。哈姆莱特途中发现了克劳狄斯的阴谋，折回丹麦。此时，哈姆莱特的情人奥菲利娅因父亲被哈姆莱特误杀，以及自己恋爱失败等原因，精神受刺激失常，溺水而死。克劳狄斯一计不成又生一计，挑起波洛涅斯的儿子、奥菲利娅的哥哥雷欧提斯对哈姆莱特的仇恨，怂恿他们决斗，并在剑上涂了毒，酒里下了药，要置哈姆莱特于死地。哈姆莱特不知有诈，结果在决斗时被雷欧提斯的毒剑刺中而死；雷欧提斯也被毒剑所伤致死，王后则误喝毒酒而死。哈姆莱特临死前，将国王克劳狄斯刺死，为父亲报了仇。

《哈姆莱特》中的故事早在 9 世纪一些北欧传说中就有了它的雏形，12 世纪末丹麦编年史家萨克索·格瑞玛提库斯用拉丁文撰写的《丹麦史》中记载了这个故事。意大利作家班戴洛（1485—1561）把哈姆莱特的素材写成小说，法国作家贝勒佛瑞斯特（1530—1583）将其翻译改写成法文，收在七卷本的《悲剧故事集》中。1589 年的伦敦舞台上演出过素材取自贝勒佛瑞斯特翻译改写本的复仇剧。莎士比亚通过这部如今已失传的复仇剧了解到这一题材，将其提炼升华为一出深刻揭示 16 世纪末 17 世纪初英国社会现实、反映时代精神的伟大悲剧，创造了世界文学史上的一个奇迹。

哈姆莱特形象是理解这部悲剧的关键，然而这个形象却因其在复仇时一再延宕而令人困惑。按照王位继承法则，哈姆莱特是王位第一继承人；克劳狄斯篡权夺位，是悖天逆理之举。因此，哈姆莱特为父报仇，推翻克劳狄斯，有其正当性。在莎士比亚时代，新兴的资产阶级需要一个开明的君主，能够维护国家稳定，保护资产阶级利益。正如恩格斯所说："在这种普遍的混乱状态中，王权是进步的因素，这一点是十分清楚的。王权在混乱中代表着秩序，代表着正在形成的民族［Nation］而与分裂成叛乱的各附庸国的状态对抗。在封建主义表层下形成的一切革命因素都依赖王权，正像王权依赖它们一样。"① 哈姆莱特的父亲无疑是这样一位"好"国王。而克劳狄斯篡位后，宫廷中奸邪当道，阿谀背信成风，国家内忧外患，使整个丹麦成为"一个荒芜不治的花园，长满了恶毒的莠草"。从这个意义上讲，哈姆莱特的复仇行动虽在维护封建政治秩序，但客观上符合时代要求和民众愿望，具有历史进步性。更重要的是，哈姆莱特在准备复仇的过程中，很快认识到这是整个时代"颠倒混乱"的问题，需要的不仅仅是推翻一个篡位者，而是

---

① 《马克思恩格斯文集》第 4 卷，人民出版社 2009 年版，第 220 页。

"重整乾坤"。这说明哈姆莱特从克劳狄斯的罪恶中看到了更深广的问题，也意识到复仇行动的更大意义，以及自己肩负的更大的社会责任。

哈姆莱特也完全有能力胜任复仇使命。他勇敢冷静、视野开阔、思虑缜密、善于随机应变。在第三幕第一场，奥菲利娅称赞哈姆莱特有着"朝臣的眼睛、学者的辩舌、军人的利剑"，是"国家所瞩目的一朵娇花，时流的明镜，人伦的雅范，举世瞩目的中心"。哈姆莱特还深受民众爱戴。如在第四幕第三场，克劳狄斯谈到他派哈姆莱特出使英国的原因时，说他"为糊涂的群众所喜爱"，这是克劳狄斯不敢直接加害哈姆莱特的重要原因。在戏剧结尾，福丁布拉斯赞扬哈姆莱特："要是他能够践登王位，一定会成为一个贤明的君主的。"这些直接或间接的赞誉，也从侧面证实了哈姆莱特的能力和实力。

复仇合乎天道正义，又有力量做到，但哈姆莱特却在复仇之事上一再犹豫延宕。疯癫是他几近崩溃的精神状态的展示，也是他决定复仇后采取的第一步行动，但这第一步就有消极、退守的成分，而且是霍拉旭无意中启发他的。他用戏中戏证实了鬼魂的话，而戏班子是他偶然碰上的。克劳狄斯独自祈祷时，哈姆莱特原本有机会杀死他，却以宗教的理由把他放掉。克劳狄斯想借英王之手除掉他，他所做的只是自保和让随行两个大臣去送命，回到丹麦再见克劳狄斯时，似乎全然忘记了复仇大事，而是和雷欧提斯在奥菲利娅的墓穴中争执起来。克劳狄斯利用比剑再次借刀杀人，他简直就是迫不及待地投到陷阱中去。最后他杀死克劳狄斯，是偶然的机遇促成，并非深思熟虑的结果。总之，哈姆莱特在剧中的延宕是如此醒目，以致人们根本无法绕开这一点来理解这一形象的性质。

哈姆莱特延宕的原因，有一些是显而易见的。例如哈姆莱特还在读大学，缺乏社会历练。还有他性格的特点：他善于思考，却拙于行动，往往审慎有余，果断不足。再就是敌我双方力量对比悬殊。克劳狄斯能够动用整个国家机器对付他，哈姆莱特基本上是孤身一人。由于敌方力量过于强大，斗争过于复杂、艰巨，哈姆莱特不得不小心应对，等等。

然而，这些原因或许都不是根本性的。根本性的原因，隐藏在文本背后，需要研究者去深入探究和分析。由于文本中对哈姆莱特延宕动机的悬置，以及长于抒情却拙于描述事实的诗性语言的应用，致使留白太多，显得高深莫测，由此引出后人对哈姆莱特延宕之原因层出不穷的解释，形成了百家争鸣的局面。

中国学术界的主流意见，是把哈姆莱特看成一个具有人文主义思想的王子形象。哈姆莱特延宕的根本原因，是他决定复仇的同时，正在经历严重的思想和精神危机，而这一危机使他对复仇的目的和意义产生了怀疑。论者指出，莎士比亚错植时代，让古代丹麦王子哈姆莱特在文艺复兴时期人文主义和宗教改革运动的中心德国威登堡大学读书，接受了人文主义教育；此外，哈姆莱特曾经对世界、对人、对人类关系都抱有人文主义的看法。但在经历了一系列重大人生变故之后，哈姆莱特对人文主义的乐观信念发生了根本动摇。他眼中曾经的美好世界成了"一个不毛的荒岬"，汇聚了"一大堆污浊的瘴气"。他也从相信人性善，到认定人性恶。哈姆莱特斥责母亲对父亲的背叛，不相信奥菲利娅会始终守身如玉。他认为自己的心灵同样是充满罪恶的渊薮："我的罪恶是那么多，连我的思想也容纳不下。"正是认识上的这种变化，使哈姆莱特的复仇行动遭遇到了巨大挑战：既然人性是邪恶的，克劳狄斯弑君篡位就不是孤立现象，而是普遍的人类罪恶的反映；替父报仇、"重整乾坤"就不只是与克劳狄斯斗争，更是与普遍的人性恶斗争，与所有人，也包括与自己的斗争。在人人都可能成为克劳狄斯的预设下，杀死一个克劳狄斯并不能解决根本问题。这样一来，具体的复仇对象反而模糊了，更严峻的人性问题摆在了他的面前。哈姆莱特不可能超越他的时代和自身局限，找到解决问题的正确答案，因此坠入虚无之境，甚至对生命存在的意义都产生了怀疑，从一个乐观的人文主义者，变成一个怀疑的人文主义者，心绪迷惘、忧郁、焦灼，也就有了行动上的延宕。

因为行动的延宕，哈姆莱特付出了生命的代价，"重整乾坤"的历史使命也未能完成，从而成为一个悲剧性人物。但哈姆莱特在延宕中，对社会现状有了真正的把握，对人性有了深刻理解，思想产生了巨大飞跃，同时展现了代表正义的力量、思想的勇气和牺牲精神，并取得了道义上的胜利。因而，这一形象具有重要的思想认识价值和社会批判意义。

从人文主义理想幻灭及反思的角度解释哈姆莱特延宕的原因，已经形成了一个完整的阐释系统，在中国得到广泛的接受，有着最大的影响。但应该意识到，国内外学术界还有许多不同的见解。在 19 世纪之前，歌德、柯尔律治、屠格涅夫、叔本华等著名作家和哲人就此发表过精辟见解。20 世纪以来，新的阐释更是层出不穷。有学者把哈姆莱特看成一个被封建宗法、荣誉观念左右的王子，这使他在现实斗争中面临两难冲突，内心矛盾焦灼，导致了行动的延宕。有学者认为哈姆莱特延宕是北欧原始英雄世界的价值观与基督教文明价值观之间冲突的反映；也有学者认为哈姆莱特的延宕折射的是伊丽莎白时代天主教与清教对教义的争端；还有学者认为，莎士比亚写哈姆莱特的延宕，是为了影射伊丽莎白女王宠臣埃塞克斯伯爵在图谋叛乱时长期的犹豫不决。在西方学术界，还有学者用精神分析理论、文化人类学等理论来分析哈姆莱特延宕的原因。正所谓"一千个读者，就有一千个哈姆莱特"，尤其是哈姆莱特的延宕，更是其性格和思想发展的"司芬克斯之谜"，众多的作家、学者纷纷就此发表意见，但没有最后的结论。这也恰恰说明了这个文学形象具有丰富的内涵和无穷的艺术魅力。

《哈姆莱特》代表了莎士比亚戏剧艺术的高峰。首先是人物形象的成功塑造。

哈姆莱特具有丰富的心理内涵和深刻的哲理寓意，是世界文学史上一个极富艺术魅力的人物形象。哈姆莱特性格内倾、长于沉思和自省，但严峻的局势却要求他立即采取果断行动。克劳狄斯步步紧逼，哈姆莱特的性格惯性却将他不断引向内心，试图通过思考找到行动的充分依据。由于思想发生危机，导致他迟迟无法采取行动，这使他产生了鄙夷自己的情绪；他作践自己，也亵渎奥菲利娅对自己的爱情，甚至绝望到想一死了之。但一想到死后会坠入虚无世界，灵魂不得安宁，他又产生了恐惧的情绪。由此可见，哈姆莱特的延宕是他思想逻辑与行动逻辑背道而驰造成的张力的反映，心理内涵丰富而复杂。同时，哈姆莱特形象还具有深刻的哲理内涵。哈姆莱特的思维，能够在瞬间将具体现实问题上升为生与死、善与恶、理想与现实、责任与意志等哲理问题。这些都使得哈姆莱特形象变得深邃而耐人寻味。

其次是高超的情节结构艺术。莎士比亚充分吸收了伊丽莎白时代流行的复仇剧，尤其是基德《西班牙悲剧》中的诸多情节元素，如复仇作为戏剧主线，被害者亡灵揭露真相，复仇者的疯癫与延宕，戏中戏的安排，敌对双方的死亡等，以满足观众的审美趣味和心理期待。他在情节的推陈出新和安排调度上颇具匠心。哈姆莱特为父复仇是剧情主线，作者同时还安排了雷欧提斯和福丁布拉斯为父复仇这两条辅线，与主线形成对照，丰富了剧情，凸显了主线的意义；而且三条复仇线索彼此关联交织、环环相扣，又主次分明、脉络清晰，不给人杂乱之感。剧中主人公的内心斗争与外部斗争相互勾连，个人抒情场面与敌我对峙交锋场面交错进行，悲剧中有喜剧场面穿插，使剧情张弛有度、跌宕起伏。根据剧情需要，场景也丰富多彩：从宫廷到原野，从大臣府邸到墓地；宫廷里还有许多不同的地点。除舞台上出现的场景外，隐含在剧情中的场景也很多，如挪威、英国、海上、灵界等。作者将复杂的剧情置于广阔的社会背景中，使作品成为一幅展示时代精神和社会风俗面貌的壮丽画卷。

第三是精彩的戏剧语言。《哈姆莱特》中有名有姓的人物有 17 人，不具名的出场者有十余个，从国王、王子、廷臣、贵族，到少女、戏子、水手、小丑，莎士比亚大都能找到适合他们身份、年龄、性别、性格的语言，使他们的对白都充满个性。哈姆莱特的延宕、波洛涅斯的世故、克劳狄斯的奸诈，既表现在他们的行动中，也通过他们的对白呈现出来。同样是饶舌，波洛涅斯透着狡猾、算计和训诫，而小丑的话则充满戏谑、讥讽和民间智慧。即便是同一个人物，在不同情境下，语言的风格也有很大变化。哈姆莱特独处时，他的独白追赶着思想和感情的激流，不阻无滞，滔滔不绝；在对手面前，他的话真真假假，机敏而带嘲讽；在朋友面前，他言辞恳切真挚；在情人面前，他故作尖刻。莎士比亚在《哈姆莱特》中，还大量采用双关、比喻、夸张等修辞技巧，采用民间谚语和俗语，使语言生动活泼，富于表现力。《哈姆莱特》的文体以无韵诗体为主，穿插以格律体和散文体，适应不同的戏剧情境，时而优雅深邃，时而粗俗直白，加强了人物台词的表现力和深度。

思考题：

1. 文艺复兴运动产生的历史背景及社会价值。

2. 人文主义文学的思想和艺术成就。

3.《十日谈》《巨人传》《堂吉诃德》的思想内涵及艺术特征。

4. 莎士比亚历史剧、喜剧和悲剧的主要成就及不同特点。

5.《哈姆莱特》的人物形象与艺术特点。

▶ 第三章拓展阅读

第四章　17 世纪文学

欧洲历史在 17 世纪发展到一个新的阶段。经济中心从南欧向北欧转移。经过文艺复兴洗礼和宗教改革运动的冲击，建立在罗马天主教皇统治基础上的统一基督教欧洲解体，君主专制、君主立宪等近代政治制度在法国、英国等国家先后确立，科学技术取得了长足进步，海外贸易和殖民冒险更加活跃。这些巨大变化带给欧洲人乐观情绪和信心的同时，也引发了他们思想的混乱和精神的迷茫，社会也因此陷入持续的动荡之中。17 世纪欧洲出现的巴罗克和古典主义文艺思潮，正是这一社会现实的真实反映，而英法文学代表了欧洲文学的最高成就。同欧洲相比，17 世纪的亚洲、非洲还处于封建社会，文学的发展相对滞后，除了中国文学取得高度成就外，其他国家的文学成就不大。

第一节　概　　述

一、17 世纪欧洲社会历史概况与文学思潮

在 17 世纪，欧洲的经济、政治局势出现了新的深刻变化。随着欧洲商贸航道从地中海向大西洋转移，意大利不断遭受外国入侵，西班牙无敌舰队战败，两国经济从 16 世纪中后期开始持续下滑，国力大幅衰退。而英、法等国则借助有利条件，踏上了经济发展的快车道，成长为欧洲强国。

法国和英国在 17 世纪分别确立了君主专制和君主立宪的政治制度。路易十四在 1661 年亲政之前，法国两位首相黎塞留和马扎然先后摄政。他们强化中央集权，打击大贵族分裂割据势力，推行重商主义政策，有力地维护了君主专制统治。路易十四亲政后，宣称"君权神授"、"朕即国家"，集国家权力于一身，造就了王权空前强大的"太阳王"时代。法国专制王权的性质虽然是封建主义的，但在资产阶级还未足够壮大的时代，它能够制衡封建贵族和教会力量，适当照顾资产阶级的利益，对资本主义的发展有利，因而有其历史进步性。

在 17 世纪的大部分时间里，英国的政治局势异常纷乱、对立。詹姆士一世统治时期（1603—1625）及其儿子查理一世统治时期（1625—1649），国王不断试图扩大权力，强行统一宗教信仰，迫害清教徒，导致英国社会矛盾激化。1640 年，英国资产阶级革命（也称清教徒革命）爆发。1649 年，查理一世被送上断头台。1660 年，查理二世登基，君主制复辟。1688 年，詹姆士二世被推翻，英国完成不流血的"光荣革命"，确立了君主立宪制，国会成为国家权力的中心，奠定了现代

资本主义制度的政治基础。

在 17 世纪的欧洲，宗教仍然在国家政治生活中占据相当重要的地位，民众的宗教热情持续高涨，教派冲突依然尖锐。欧洲大陆的三十年战争（1618—1648）因天主教与新教的矛盾而诱发，是 16 世纪宗教战争的延续。英国资产阶级革命以捍卫清教的名义进行，其核心力量也是清教徒。但总体而言，政治因素上升为公共事务中的支配力量，宗教实践放弃了建立统一基督教欧洲的梦想，越来越成为个人的信念和选择。

17 世纪具有全欧意义的文艺思潮是巴罗克与古典主义。"巴罗克（baroque）"一词源自葡萄牙语"barroco"，意为"不合常规"，特指形状不规则的、变形的珍珠，后逐渐发展成一个艺术批评用语，专指首先产生于 16 世纪中晚期的意大利，17 世纪兴盛于全欧洲，广泛存在于建筑、绘画、雕塑、音乐和文学之中的一种艺术风格。巴罗克的产生与罗马天主教会发动的反宗教改革运动有密切关系。马丁·路德掀起的宗教改革运动极大地震撼了欧洲人的精神世界，也让天主教会产生了空前的危机感。罗马教廷采取的反制措施之一，就是通过修建大量造型独特新颖的教堂，以及实施罗马城再造工程，传递强烈的宗教情感，鼓舞教民的信心，增强天主教的凝聚力和感染力。巴罗克建筑风格宏大、华丽，富于雕饰、动感和戏剧性，与文艺复兴全盛时期艺术中的和谐、典雅、静穆、匀称、明朗风格形成鲜明对照。巴罗克建筑风格产生后，很快又在文艺复兴晚期社会动荡、思想混乱、人心迷茫的现实环境中，找到了适宜生长的土壤，迅速在各个国家、各个艺术领域传播开来。

巴罗克风格也反映在文艺复兴晚期至 17 世纪的欧洲文学中。一般认为，对忧郁、沮丧、悲哀情感的夸大，对放纵、狂癫、怪诞，甚至残酷行为的迷恋，对乔装、误会、突变、戏中戏等手法的应用，甚至混淆现实与幻想的区隔，打破悲喜剧界限，语言上的矛盾修饰法等，都是这一时期文学中巴罗克风格的反映。塞万提斯、莎士比亚等后期人文主义作家作品中，已经渗入了巴罗克风格。在 17 世纪，文学中的巴罗克风格继续发展。在意大利和西班牙，巴罗克文学甚至占据了本国文学的主要地位。

意大利巴罗克文学的主要代表是诗人贾巴蒂斯塔·马里诺（1569—1625），他出生在那不勒斯，一生放荡不羁。主要作品有《风笛》（1596）、《韵诗》（1602）、《七弦琴》（2 卷，1608，1614）、《画廊》（1620）等诗集，以及叙事诗《阿多尼斯》（1623）等。马里诺的诗歌以享乐为主题，多用奇喻、夸张、对偶等修辞手法，语言华丽、矫饰、富于音乐性，风格奇崛、怪诞。他的叙事诗《阿多尼斯》长达 45000 行，叙述爱神维纳斯与美少年阿多尼斯的爱情故事，感情丰富感人，情节曲折繁复，奇喻精彩纷呈，出版后取得巨大成功。马里诺有意摒弃古典诗歌传统，其独树一帜的诗风引来众多追随者，形成了"马里诺诗体"和"马里诺诗派"，促进了意大利诗歌的发展。

诗人路易斯·德·贡戈拉（1561—1627）是西班牙巴罗克文学的重要代表，出生于科尔多瓦一个贵族世家，担任过圣职，后应诏入宫，成为宫廷诗人。晚年生活窘迫潦倒。创作有大量谣曲、十四行诗、牧歌、叙事诗，代表作品有《波吕斐摩斯和加拉特亚的寓言》（1613）、《孤独》（1613）、《莱尔玛公爵颂》（1617）等。其诗歌意象繁复，比兴夸张，辞藻华丽雕琢，开创了西班牙文学中的夸饰主义传统。西班牙巴罗克文学的另一个重要代表是佩德罗·卡尔德隆·德·拉·巴尔卡（1600—1681），他也是继维加之后，西班牙黄金时代最杰出的戏剧家。卡尔德隆的作品产量丰富，其中最能体现巴罗克风格的是戏剧《人生如梦》。戏中的波兰王子在年幼时，被父亲从天象中认定长大后会当暴君，他被囚禁在深山的高塔地牢，与世隔绝。长大后，父亲想看看天象是否会应验，就把他麻醉后带进王宫。王子醒来后，得知自己的身世，野性大发，父亲以为天象灵验，又把王子麻醉后囚进高塔，并决定传王位给外甥。国王这一决定遭到人民反对，他们救出王子，揭竿造反。国王战败，王子登上王位。戏中的王子经历了命运的大起大落，悟到世事无常，浮生若梦。剧作表现了作者对人生的虚无悲观看法。它有意模糊现实与梦幻的界限，场景在明亮奢华的王宫与阴暗压抑的牢房之间频繁转换，形成强烈的反差对照，戏剧语言夸饰繁复，都反映出巴罗克风格。

巴罗克风格在 17 世纪法国、英国、德国文学中也普遍存在。法国巴罗克文学出现在 17 世纪初，20 年代趋于活跃，50 年代后逐渐衰落。巴罗克诗人有戴奥菲尔·德·维奥（1590—1626）、圣塔芒（1594—1661）等，小说家有奥诺德·德·于尔菲（1567—1625）、玛德莱娜·德·斯居德里（1607—1701）等，剧作家有亚历山大·阿尔迪（1570—1632）等。法国巴罗克文学的一个特点，是结合宫廷贵族沙龙生活中培养起来的典雅趣味，多表现田园生活，有牧歌情调，情节冗长繁杂，风格铺陈夸张。英国 17 世纪的散文、骑士派和玄学派诗歌，都不同程度地受到巴罗克风格的影响；甚至在弥尔顿的诗歌中，也不乏巴罗克风格的痕迹。在德国文学中，格里美豪森（1621—1676）的代表作《痴儿历险记》（1669）以西班牙流浪汉小说为参照，通过主人公西木颠沛流离的生活经历，反映 17 世纪德国破败、凋敝、残酷的社会现实，描写主人公心灵的成长。小说中渗透的厌世情绪，丰富多彩的情节，主人公命运的离奇变化，残暴的现实世界与宁静的隐逸世界之间的频繁对照，都见出巴罗克风格的影响。

古典主义产生于 17 世纪初期的法国。弗朗索瓦·德·马莱伯（1555—1628）是古典主义的先驱人物。他出生于贵族家庭，1605 年成为宫廷诗人。他不满法语在发展过程中，因大量吸收外来语和民间俗语，以及生造词汇而出现的庞杂、混

乱和粗俗现象，提出要做净化和规范工作，以纯洁法语。他认为诗歌创作首要的
不是灵感和想象，而是遵守形式规则，如不同诗体要采用相应的格律，语言要规
范、明晰、纯正等。马莱伯在法语规范化和诗歌体式标准制定方面的努力，适应
了君主专制政体的要求，为古典主义文学奠定了基础。古典主义在 17 世纪六七十
年代达到鼎盛期，17 世纪晚期开始影响欧洲其他国家。

　　专制王权是古典主义产生的政治基础。出于政治需要，王权采取一系列措施
加强对思想文化的控制，力图把思想文化定于一尊，从而巩固和加强其统治地位。
1635 年，在首相黎塞留的大力推动下，法兰西学士院成立。这一学术机构吸纳了
当时法国著名的作家、评论家和学者，定额为 40 人，终身制，去世一个才会增补
一个。因此其成员被称为"不朽者"，享有崇高的荣誉。法兰西学士院创建之初制
定的基本任务是制定语言和文学标准，统一审美趣味。其章程规定要编纂一部字
典、一部语法学著作、一部修辞学著作、一部诗学著作。尽管在这些任务中，只
有《法兰西学士院词典》在 1694 年终告完成，其他计划都未能完全实现，但法兰
西学士院的许多成员活跃于文坛，通过著述、书信、会议、意见书等方式，从不
同方面，积极为语言和文学"立法"。如沃日拉（1585—1650）著有《法语刍议》
（1647），把语言分为"好"和"坏"两类，要求摒弃外省及下层民众使用的粗俗
语言，学习宫廷和优秀作家使用的典雅语言。由于有王权支持，院士的意见往往
一言九鼎，对作家的文学活动发挥了监督和规范作用。尤其是夏普兰（1595—
1674）在 1638 年根据黎塞留的授意，以法兰西学士院的名义，发表《法兰西学士
院关于悲喜剧〈熙德〉的感想》，批评高乃依的《熙德》违反"三一律"，混淆悲
喜剧界限。这给高乃依施加了很大压力，迫使他从此按照古典主义规则写作，也
由此将"三一律"和文类纯洁分立提升到法规的高度，成为戏剧创作必须尊奉的
圭臬。除了创办法兰西学士院这样的学术机构外，法国专制政权还建立了年金制
度、书报检查制度，通过各种奖励和惩罚机制加强对作家的控制，使他们为王权
服务。

　　唯理主义哲学是古典主义产生的思想基础。笛卡儿（1596—1650）在他的
《方法谈》（1637）、《形而上学的沉思》（1641）、《哲学原理》（1644）、《论灵魂
的激情》（1649）等重要著作中，系统阐述了唯理主义哲学观。在笛卡儿看来，理
性首先是主体通过怀疑、思考和推理来认识客观世界、把握真理的能力；人的认
识不是来自感官经验，而是先验存在的这种理性。他反对经院哲学和神学教条，
主张用理性代替盲目信仰。笛卡儿还认为，理性也是一种自我约束和控制的能力。
笛卡儿还是二元论者，他将"灵魂"和"肉体"区分开来，认为必须用理性和意
志对与"肉体"相关的"情欲"加以双重的控制，使之合乎道德原则。对文学艺
术，笛卡儿主张应该确立一些稳定的规则，使之体现理性的标准。

　　宫廷和沙龙文化为古典主义的形成和发展创造了有利的文化环境。16 世纪末宗教战争结束后，随着王权统治的不断加强，大批庄园贵族离开他们世代居住的领地，聚集到巴黎。他们不屑于出任公职，不用为衣食忙碌，日常的主要"工作"，就是参加宫廷频繁举办的聚会，出入贵妇人的沙龙，形成了一个以社交活动为主要生活内容的特殊社会阶层。为显示自己的特权地位和高雅品位，他们在服饰、举止、谈吐、行为等各方面都力图表现得与众不同。尤其是各种贵妇人的沙龙，其主要活动形式是即兴谈话，从政治到文艺，乃至生活中的趣闻逸事，无所不谈，逐渐培养了一种自由的风气和高雅的趣味。沙龙的参加者不仅是贵族，它也对非贵族出身但有才华的文学艺术家开放。他们通过沙龙成名，也接受了沙龙趣味的影响。由于王权的绝对权威性，宫廷和沙龙的语言及审美情趣成为时尚的风向标，引发全社会的竞相效仿。

　　古典主义文学的思想艺术特征是：第一，拥护王权。古典主义作家都与宫廷有千丝万缕的联系，他们领取官方俸禄，受宫廷控制、国王庇护，这决定了他们颂扬专制君主、拥护绝对王权、维护等级秩序的基本政治立场。王权实际上是贵族和资产阶级相互妥协的产物。由于君主专制制度在 17 世纪法国的特定时空下，对反对封建割据、维护国家统一、促进资本主义发展有进步意义，因而古典主义作家对封建王权和秩序的支持符合历史发展的要求。当然，古典主义作家对统治阶级并不是一味歌功颂德，他们对君王大臣的昏庸残暴、贵族的刚愎愚顽、天主教会的伪善，也给予了辛辣的讽刺和批判。

　　第二，尊崇理性。古典主义文学所宣扬的理性主要是指对情感和欲望的自我克制能力。它把人性理解为情感与理性的二元组合，且将情感与理性置于对立状态，认为理性高于情感，主张用理性约束情感、克制欲望，使之宣泄得体、合度。相对于文艺复兴时期人文主义对人性的认识侧重于感性层面，古典主义文学对人性的理解更加丰富，且这种认识是对文艺复兴时期过度追求个性解放导致道德失范、情欲泛滥局面的一种反拨。古典主义文学还重视国家利益，强调公民责任，崇尚美德、纪律、意志和勇气，这些理性原则具有普遍价值。古典主义文学批判因放纵欲望而导致的种种罪恶及悖情逆理的行为，对合乎道德的爱情给予肯定，有惩恶扬善、匡范世风的正面意义。

　　第三，以古希腊罗马文学为典范。古典主义对古罗马文学中表现的政治热情、国家观念、集体意识尤其认同，对古希腊罗马文学中的题材和人物多有借鉴，也学习古希腊罗马文学的艺术形式。例如悲剧"三一律"法则（剧情限定在单一事件，发生在同一地点和一天 24 小时以内），就是对亚里士多德悲剧定义创造性理解的产物。亚里士多德的《诗学》在 16 世纪 30 年代的意大利被翻译出版，随即引发意大利学者的广泛讨论，"三一律"的概念由此被提出。16 世纪 70 年代，意大利学者卡斯特尔韦特罗（1505—1571）对"三一律"作了系统明确的阐述。16世纪后期，"三一律"传入法、英等国家，引发反响。17世纪30年代，围绕《熙德》的争论发生后，"三一律"作为一条指导戏剧创作的原则被确定下来，对古典主义戏剧的定型和发展发挥了重要作用。

第四，要求文学形式遵从规范。古典主义没有把艺术创新放在首要位置，而是制定出详备的规则和纪律，对作家的创作进行约束，这是不同于其他文学思潮的地方。要求悲剧诗人恪守"三一律"即是其中一例。布瓦洛在《诗的艺术》这篇古典主义理论集大成之作中更是对古典主义创作作了理论总结。他要求诗人热爱理性、模仿自然，表现情感要适度得体，叙事合乎常理，语言要典雅、简洁、清晰，避免浮词滥调和矫饰。他尤其就文体的划类分级做了详尽的阐述。他把悲剧、史诗看得最高，喜剧次之，然后是牧歌、悲歌、颂歌、讽刺诗之类。他有针对性地对各种文类的题材、情节、人物、结构、语言等，都作了细致的规定，并反对文类相互混淆。这些规则反映了古典主义的等级观念和宫廷趣味。

二、17世纪英法文学概况

英国和法国文学代表了17世纪欧洲文学的最高成就。

17世纪初期，英国人文主义文学继续发展。莎士比亚创作了他最优秀的作品，培根的大部分散文，本·琼生的主要戏剧、诗歌也创作或出版于这一时期。20年代之后，人文主义文学发展的势头逐渐减弱。

17世纪初期的英国诗坛，出现了骑士派和玄学派两个诗歌流派。骑士派指在本·琼生诗风影响下产生的一群诗人。他们大多出身士绅贵族，出任朝臣或宫廷侍从，政治上属于保皇派，追求骑士生活方式，有古典风范。他们以写爱情诗见长，宣扬及时行乐的思想。诗歌短小、流畅、优美。主要诗人有罗伯特·赫里克（1591—1674）、托马斯·卡鲁（1594—1640）、约翰·萨克林（1609—1642）、理查德·洛夫莱斯（1618—1657）等。其中赫里克成就最高，尤其是他的短诗《致妙龄女：莫误青春》更是脍炙人口。

玄学派指约翰·多恩及其追随者乔治·赫伯特（1593—1633）、理查德·克拉肖（1613？—1649）、亨利·沃恩（1621—1695）、安德鲁·马维尔（1621—1678）等一群诗人。玄学派诗歌的哲学基础是宇宙万物井然有序、相互对应的观念。其诗往往通过新奇的类比和比喻，将表面不同的事物或经验联系在一起，点出其类似之处。玄学派诗歌说理和论辩气息浓重，喜欢炫弄"巧智"，故有"玄学派"之称。其诗还富于戏剧性，语言晓畅，格律严谨。文学史家常常把它归为巴罗克风格在英国的主要代表。

约翰·多恩（1572—1631）是玄学派诗歌的开创者。他出生在伦敦一个天主教家庭，曾在牛津、剑桥大学就读，但因宗教问题未能毕业。1601 年因与一个贵族的侄女秘密结婚，被关进监狱。随后的 14 年，多恩在落魄中潜心宗教研究，转向宗教诗歌的创作。1615 年，多恩改信国教并担任詹姆士一世的私人牧师，1621年出任圣保罗大教堂教长直到去世。

多恩的诗歌以爱情诗和宗教诗最有特色，主要收入《歌与十四行诗》《哀歌》和《敬神十四行诗》等诗集中。他的爱情诗内容丰富多彩，立意也变化多端。既赞美精神之爱（如《幽灵》《封圣》），也歌颂肉体之爱和享乐思想（如《爱的进程》《上床》）。在《歌》和《女人的忠贞》等诗中，他认为女人总是水性杨花；在《炽爱》《明天好》《早安》和《告别辞：莫悲伤》等诗中，他又颂扬忠贞不渝的爱情。多恩的宗教诗是对神的礼赞和渴求神恩拯救的激越呼喊，但也常常混合了内心的不安和挣扎，这是他从天主教改信国教后自感罪孽深重的心理的反映。

善用奇喻是多恩诗歌的最大特色。他用作喻体的物象取自宗教、科学、自然等多个领域，且不避雅俗美丑，而喻体与类比对象的联结也大胆、奇诡，不落俗套。此外，多恩在使用奇喻时，不只是用喻体对类比对象作简单比附，往往还对喻体的特征加以铺陈演绎，使其扩展成一幅幅连续性画面，并将喻体自身的逻辑关系强行置入类比对象之中，使表面上看起来毫无关联的事物产生戏剧性的、"合理"的联系。如他把即将离别的恋人比作圆规的两只脚，身虽分开，但灵魂相依。他劝女子与自己相爱，用叮咬了二人血的跳蚤作比，意思是说既然二人的血已经在跳蚤体内结合，胀大的肚腹犹如受孕怀胎，就应该接受"既成事实"，与自己相爱。离别时，为了劝情人不要太过悲伤，他把眼泪比作映有对方影像的地球，泪水太多，会让地球被大海淹没，情人也会溺水而死。在《早安》中，他把一对情人的脸比作地球的两半，只要有爱，他们就会浑然一体。多恩的奇喻充满奇思妙想，往往不是以情动人，而是以"理"服人，这是他的诗歌得名"玄学诗"的主要原因，也使他背离了 16 世纪英国主流诗歌传统，特别是锡德尼和斯宾塞的传统，开创了一代新风。

英国资产阶级革命时期，围绕政治、宗教问题展开的争论异常激烈，因而政论文和小册子十分流行，涌现出一批清教徒革命作家，其中最重要的是约翰·弥尔顿。1660 年王政复辟后，英国文学发生了很大变化。复辟后的王室在文学上大力倡导从法国带回的古典主义，影响了文坛的风气，出现了一批追随者。德莱顿是其中最重要的代表。

约翰·德莱顿（1631—1700），是英国 17 世纪后期最有影响的诗人、文论家和戏剧家。德莱顿的诗歌创作涉及讽刺诗、叙事诗、颂诗、抒情诗、哲理诗等不同类型，有《回来的星辰》（1660）、《奇异的时代》（1667）、《押沙龙与阿奇托菲尔》（1681）、《亚历山大的宴会》等。德莱顿诗歌的语言机智、幽默、流畅、简洁，诗韵优美。尤其是他的讽刺诗，善于以古喻今，诙谐戏拟，具有很强的批判时政的力量。德莱顿还写了 30 多部戏剧，代表性的有《印度皇后》（1664）、《印度皇帝》（1665）、《格拉纳达的征服》（1672）、《一切为了爱情》（1677）等，这些作品大多表现宫廷生活，描写爱情和荣誉的矛盾，受到法国古典主义的很大影响。德莱顿不仅是古典主义在英国的重要践行者，他的《论戏剧诗》（1668）、《悲剧批评的基础》（1679）还系统阐述了古典主义美学原则，如强调理性和常识，把古希腊罗马文学奉为典范，要求遵从时间、地点和戏剧动作的整一性原则，主张文类有别，以及悲剧的教化作用等。但德莱顿同样尊重英国由乔叟、莎士比亚、斯宾塞等人开创的文学传统，试图在引入法国古典主义原则的同时，又有所突破，以适应英国文学的实际需要。

复辟时期也有坚持革命立场的清教徒作家，其中最重要的是弥尔顿和班扬。约翰·班扬（1628—1688）的主要作品有自传性散文《罪人受恩记》（1665），小说《坏人先生传》（1680）、《圣战》（1682）、《天路历程》（1678，1684）等。班扬的代表作《天路历程》是一部宗教寓言体小说，它采取中世纪宗教文学常用的幻游形式，记述了叙述人"我"的两个梦。小说共分两部：第一部写叙述人梦中所见的基督徒，背负重物，逃离他所居住的"毁灭城"，在"福音使者"的启发下，踏上通往天国城的历程。班扬将这一历程描述得异常艰苦卓绝，是对人的精神和意志的绝大考验，其中既有"固执"、"圆通"先生的劝阻，"世故"先生的蛊惑，"受辱谷"中地狱魔王的攻击，"死影谷"中夜叉小鬼的百般恫吓，"名利场"里的种种引诱和诬陷，也有"疑堡"中"绝望"巨人的折磨。但基督徒在"忠诚"、"希望"的鼓励和帮助下，历经千难万险和重重考验，终于抵达天国城。第二部续写叙述人的梦境。在梦中，基督徒的妻子带着儿女，一起出发，去追随基督徒。他们同样克服了种种困难和考验，最终抵达天国城。作者写《天路历程》的初衷并不是为了要创作小说，而纯粹是为了宗教目的，即指明灵魂通过信仰获得拯救的正确道路，这是他清教思想的表现。但《天路历程》能够得到广大读者的喜爱，还在于其中蕴含了深刻的人生哲理，即人可以通过不断弃恶扬善来达到理想的精神境界，并树立了人人可以效仿的凡人英雄形象。小说中尤其知名的是对"名利场"的描写。这里一切都可以买卖：灵魂、肉体、爵位、荣誉、国家，而窃贼、杀人犯、通奸者、作伪证者在这里大行其道。这是班扬对唯利是图、道德沦丧的资本主义社会的尖锐批判。小说故事生动，人物有血有肉，语言朴质感人，也是其受欢迎的重要原因。

在 17 世纪，英国散文出现了繁荣的局面。17 世纪是一个社会大变革的时期，也是充满动荡和纷乱的时期。客观环境产生了对迅速描摹、记录现实生活，自由表达思想情感，题材多样，风格散淡灵活的散文的需求。蒙田是现代散文的开创者，培根将这一体裁引入英国。在钦定本《圣经》和培根散文风格的影响下，这一满足了时代需求的新文体，迅速发展起来。17 世纪英国散文种类繁多，有人物素描、宗教文、政论文、回忆录、日记、传记、沉思录、格言等，风格上既有简约精练的培根式散文，也有辞采华丽、想象怪诞的巴罗克式散文。罗伯特·伯顿（1577—1640）的《忧郁的解剖》（1621），约翰·多恩的《布道文集》（1640），托马斯·布朗（1605—1682）的《医生的宗教》（1643）、《瓮葬》（1658），弥尔顿的系列政论文，都是其中的精品。

古典主义是法国 17 世纪文学的主潮，以戏剧成就最为突出，产生了高乃依、拉辛、莫里哀等杰出的剧作家。古典主义诗歌方面，寓言诗人拉封丹一枝独秀。布瓦洛则以其古典主义理论总结而著名。

皮埃尔·高乃依（1606—1684）1629 年开始戏剧创作，作品有《熙德》（1637）、《贺拉斯》（1640）、《西拿》（1641）、《波里耶克特》（1643）、《罗多古娜》（1644）等悲剧，以及《撒谎者》（1643）等喜剧。高乃依享有"法国悲剧之父"美誉，是古典主义悲剧的创始人。

高乃依最优秀作品《熙德》的题材取自西班牙作家卡斯特罗（1569—1631）的剧本《熙德的青年时代》。唐·高迈斯伯爵的女儿施曼娜与老将军唐·狄埃格之子罗狄克相爱，二人的父亲却为争当太子师傅而发生冲突。罗狄克替受辱的父亲报仇，杀死高迈斯。出于同样的理由，施曼娜请求国王惩处罗狄克，并表示愿意嫁给杀死罗狄克的人。施曼娜的追求者桑西与罗狄克决斗，但被打败。正在冲突无解时，国王出面调停。施曼娜听从国王的劝告同意与罗狄克结为夫妻，等一年后罗狄克出征归来时与他结婚。《熙德》集中展现了主人公理性与情感的冲突。罗狄克爱施曼娜，但父仇不得不报；而报父仇意味着失去施曼娜。施曼娜也面临同样的处境。于是，一对恋人被置于封建家族荣誉、责任与个人爱情幸福的尖锐冲突和两难选择之中。他们都把荣誉看得高于情感，在二者不能两全的情况下，经过激烈的内心斗争，最后理性战胜情感，选择保全荣誉在先，为爱情献身在后。作者通过展示人物的这一选择，以及在作出这一选择时艰难的心路历程，表现了理性得之不易的胜利。

《熙德》中表现的理性主要是一种自我克制，使情感服从于某种原则、责任的意识和能力，具有普遍性，并不能完全与具体的封建时代君臣之间的责任画等号。作者在张扬理性时，也没有把情感看成"劣质"的人性元素，相反，在理性的节制和引导下，二人的情感得到升华，最后更成为理性的至高奖赏。这种对理性与情感关系合乎常识、清明通达的处理方式，反映了高乃依对人性认识的深化，是人文主义思想在 17 世纪的重要发展。国王在剧中扮演的是一个英明调停者的角色，也是国家利益的象征。施曼娜和罗狄克最后接受国王的调停，相互妥协，正是 17

世纪封建贵族阶级利益与资产阶级利益相互妥协的现实反映。《熙德》风格崇高，剧情紧凑，冲突激烈，语言优雅华丽，是一部杰出的古典主义悲剧作品。

法国古典主义全盛时期的代表剧作家是莫里哀和拉辛。拉辛（1639—1699）继高乃依之后，将古典主义悲剧推向顶峰。他的代表作有《安德洛玛刻》（1667）和《费德尔》（1677），以及《勃里塔尼古斯》（1669）、《伊菲革涅亚在奥利德》（1674）等。

《安德洛玛刻》是一部五幕诗剧，情节取自希腊神话传说。特洛伊主将赫克托耳被阿基琉斯杀死后，他的妻子安德洛玛刻和儿子成为希腊人的俘虏。希腊境内的爱比尔国王庇吕斯爱上了安德洛玛刻，愿意为她和儿子提供庇护，却不愿意遵父命娶爱妙娜为妻。希腊人对庇吕斯的行为感到不安，派阿伽门农之子俄瑞斯忒斯作为使者，劝说庇吕斯交出赫克托耳之子以绝后患，而俄瑞斯忒斯深爱着爱妙娜。安德洛玛刻为保全赫克托耳的苗裔，违心答应庇吕斯的求婚，但准备在婚礼后自杀，以保全名节。爱妙娜恨庇吕斯背叛自己，一时冲动，怂恿俄瑞斯忒斯杀死庇吕斯；但庇吕斯死后，她又追悔莫及，跑到庇吕斯尸体旁自刎而死。俄瑞斯忒斯也因极度疯狂而昏死过去。安德洛玛刻成为爱比尔国的统治者。

《安德洛玛刻》中的人物大多是被情欲驱使，丧失了理智的人。爱比尔国王庇吕斯为满足个人情欲，收留敌人的妻儿，给希腊民族留下祸患；他撕毁与爱妙娜的婚约，也是冒犯友邦的背信轻妄之举。希腊使节俄瑞斯忒斯原是爱妙娜的情人，来到爱比尔后旧情复萌，为博取爱妙娜的欢心，罔顾身份和责任，成为弑君凶手。爱妙娜遭遗弃而报复固然值得同情，但她肆意泄愤，既玩弄俄瑞斯忒斯的感情，又试图谋害未婚夫的性命，将国家和民族置于危险境地。他们虽然都有过内心的挣扎，但最后都屈从于情欲，干出损坏国家和民族利益的可耻行径。剧中唯有安德洛玛刻凭借高度的理性和坚强毅力，最终战胜了邪恶势力，成为胜利者。这两类人物在作品中形成对照，从正反两个方面，肯定了理性精神。

拉辛的另一部著名悲剧《费德尔》中，雅典国王忒修斯的儿子希波吕托斯不堪继母费德尔的虐待，也出于对仇家的女儿阿丽丝无望的爱情，打算远走他乡。费德尔深爱着希波吕托斯，但这违背伦常的爱无法诉说，就通过虐待希波吕托斯的方式来发泄。这时传来消息，离家已经半年的国王忒修斯已死，费德尔觉得不用再掩饰自己，遂当面向希波吕托斯表白了自己炽热的爱情，但遭到拒绝。新的消息传来，国王没有死，并且已经回国。羞愧慌乱的费德尔急于表明清白，就诬陷希波吕托斯要玷污她。国王不问青红皂白，当即把儿子驱除出境，并诅咒他不得好死。儿子果真在路上被神怪杀死。当国王明白真相时，为时已晚。费德尔悲恸欲绝，服毒自尽。

剧中的费德尔是一个被激情和欲望燃烧着的人物，而爱恋对象却是她的养子。

费德尔明知这是不正当的情感，却深陷其中不能自拔，最终走向毁灭。拉辛并没有把费德尔写成一个绝对的恶人。她的乱伦情感一半由个人负责，另一半却是神咒的结果：维纳斯为了报复费德尔的母亲而使她产生了这种罪恶的情感。而她在虐待和陷害希波吕托斯的过程中，内心也有过不忍、忏悔和挣扎；害死希波吕托斯后，她悔恨自杀，承担了责任。但唯其如此，费德尔的性格才更加可信，激情和欲望引发的悲剧才更具"命定性"和震撼人心的力量。

拉辛和高乃依都秉承古典主义奉为圭臬的理性原则，但着力点有很大不同。高乃依的悲剧着重表现理性对情感的驾驭力量，塑造了一批拥有这种力量的正面英雄形象。拉辛的作品表现情欲摧毁理性所引发的悲剧，对理性约束情感的能力产生了怀疑，折射了这一时期法国社会人欲横流、道德沦丧的现实，因而更具批判性。拉辛的悲剧情节更加紧凑，结构更加严谨，情感描写更加细腻，对人物内心世界的观察和把握更加深入，从而把古典主义的悲剧艺术推向顶峰。

古典主义诗人拉封丹（1621—1695）出生在法国香槟地区一个小官员家庭，在乡村长大，熟悉自然和农人生活。1668 年，拉封丹发表《寓言诗》前六卷，1693 年出齐全书 12 卷。《寓言诗》多是动物故事，内容庞杂，素材来源广泛，有的取自伊索寓言，有的取自古代波斯、印度故事，也有的来自法国中世纪民间故事。拉封丹对这些故事进行了创造性改写，融入了对法国 17 世纪社会现实和阶级关系的观察与批判，折射了社会生活的各个方面，使其具有了现实意义。如《患瘟疫的兽类》写动物王国暴发瘟疫，要找出替罪羊献祭弭灾。狮王带头忏悔，承认自己有许多严重罪过，包括杀死羊和牧羊人。但没有一个动物敢建议把狮王作为祭品。更有狐狸还奉承说，吃掉羊这样的"贱民"，不能算罪过，反而是给它的面子。其他强大的动物也都说出自己的罪行，同样被赦免。只有一头温顺的驴子承认自己曾偷吃过教堂边一小片青草，结果所有动物一致认为它罪大恶极，死有余辜，最后"伏法"遭诛。强者无罪，弱者遭祸，这是对封建统治阶级恃强凌弱的辛辣讽刺。其他如《大黄蜂和蜜蜂》《狐狸、苍蝇和刺猬》《猫、黄鼠狼和小兔》《园子的主人和他的爵爷》《小母牛、山羊和绵羊跟狮子合伙》等，借描写动物世界，对法国统治阶级专制暴虐、贪赃枉法、营私舞弊等罪行，进行了尖锐的批判。拉封丹不仅通过动物故事隐射现实生活，而且在动物故事中，经常通过议论，将批判的矛头直接指向各种不合理的社会现象。这类议论是对动物故事寓意的提炼和引申，往往三言两语，直击要害，发挥了很好的针砭作用。拉封丹《寓言诗》中的许多故事，还富含人生哲理的内容，有对人情世态的观察，对常识的赞美，对人类固念愚行的讽刺，对为人处世的忠告等，如《蚱蜢和蚂蚁》《狐狸和乌鸦》《想作牛的蛙》《乡下佬和蛇》《狼和绵羊》等，是人生经验教训的总结，具有很好的道德教谕意义。当然，《寓言诗》中也有许多取悦权贵、宣扬逆来顺受等思想的消极内容，这是拉封丹思想保守性的表现。拉封丹的《寓言诗》善于用优雅的诗体，把故事讲得娓娓动听，富于戏剧性，且文笔幽默，是17世纪叙事艺术的典范之作。

布瓦洛（1636—1711）是古典主义理论家。他的《诗的艺术》（1674）继承亚里士多德、贺拉斯文艺理论传统，在总结当代文学创作经验的基础上，系统阐述了古典主义创作原则。全诗共4章，1100行。第一章是总论，第二章谈"次要的"诗体，如牧歌、悲歌、颂歌、讽刺诗等，第三章谈"主要的"诗体悲剧、史诗、喜剧，第四章对诗人的品德和修养提出忠告。布瓦洛要求诗人师法古典，遵从理性，模仿自然，合乎道德，并按照不同文类的形式规范进行创作。布瓦洛的古典主义文学理论，对后世的文学创作产生了重要影响。

1687年，贝洛（1628—1703）在法兰西学士院宣读了一首长诗《路易大帝时代》。诗歌称颂路易十四时代的文学成就，认为它完全可以与拥有维吉尔、贺拉斯、奥维德等伟大作家的古罗马奥古斯都时代相媲美。在崇尚古典的17世纪，这种把当代作家摆在与古典作家平起平坐地位上的观念是相当大胆的，由此引发了关于古代文学与当代文学的地位孰高孰低的广泛辩论，支持与反对的意见相持不下，成为西方文学史上一起引人注目的事件，史称"古今之争"。它表明作为古典主义文学基础的"古典"原则开始动摇，预示了其黄金时代的结束和一个新的时代的到来。

第二节 莫 里 哀

一、生平与创作

莫里哀（1622—1673）原名让-巴蒂斯特·波克兰，是杰出的法国喜剧家。他出生于巴黎，父亲是王家室内陈设商。莫里哀从小喜欢看集市上的闹剧和江湖艺人的杂耍。1642年莫里哀在奥尔良大学获得法学学士学位。1643年，他不顾当时看不起艺人的偏见，决定从艺。他和女演员玛德莱娜·贝雅尔一家建立了"光耀剧团"，演出流行悲剧，但入不敷出，几次被关进债务监狱，1645年剧团宣告破产。从1645年至1650年，他联合别的剧团，跑遍南方和西部，开始演一些属于意大利式闹剧的、短小的丑角戏。从1650年至1658年，莫里哀担任剧团领导，在里昂周围活动。这种集领导、演员、编导于一身的流浪生活，为他的创作提供了很好的素材和经验。他写出两个喜剧：《冒失鬼》（1653）和《情怨》（1656），模仿意大利喜剧，虽然情节并不真实，但笑料层出不穷，充满巧合，并以大团圆结局。

1659年至1663年是他真正踏入戏剧界的开端，也是古典主义喜剧的开创期。

1658年,《多情的医生》在卢浮宫演出,获得成功,此后剧团被允许在小波旁宫演出。《可笑的女才子》(1659)描写两个外省的女才子来到巴黎,渴望进入上流社会,将仆人当作贵族,闹出了种种笑话。此剧开创了风俗喜剧的先河。《太太学堂》(1662)是莫里哀的第一部大型喜剧,批判了修道院教育和封建夫权思想,赞美了年轻男女的真挚爱情。剧中,企图将养女阿涅丝娶为妻子的阿诺耳弗,不断将自己的防范告诉阿涅丝的情人奥拉斯,由此产生笑料。阿诺耳弗把阿涅丝送进修道院,原本就是要把她培养成自己的附属品和奴隶,阿涅丝告诉他,这不是爱情,这只是占有欲。此剧当年就演出了53场,是莫里哀首场演出最多的一出戏,国王赐给他"优秀喜剧家"称号和年金。莫里哀再次受到人身攻击,于是写出《太太学堂的批评》(1663)和《凡尔赛即兴》(1663),进行还击。莫里哀的喜剧得到了路易十四的支持。

1664年至1668年是他的创作盛期。《伪君子》的上演经历了曲折的斗争,却磨砺出思想和艺术的精品。《唐璜》(1665)揭露了贵族的腐朽堕落、横行霸道。唐璜不仅是一个以勾引女人为乐的浪荡鬼,而且是一个伪君子,因而遭到上天的惩罚,被地狱的火焰吞噬,剧本将现实性与神奇性相结合,悲喜混杂。但莫里哀后来迫于外界压力而停演,在他生前再没有上演过。《恨世者》(1666)塑造了一个愤世嫉俗者的形象。这部剧作揭露了大贵族圈子的庸俗和虚伪。他们表面的彬彬有礼掩盖不住内心的枯槁;他们谈话的艺术在于诋毁别人,交换尖酸刻薄的言辞。《吝啬鬼》(1668)描写了资产者贪婪吝啬、嗜钱如命的本质。阿巴贡具有资本主义发展初期资产者的敛钱方式和活动特点,是欧洲文学史上著名的吝啬鬼形象,他的名字成为吝啬鬼的代名词。莫里哀通过细节的积累来塑造他的吝啬性格:他克扣子女的花费,吞没他们所继承的母亲的遗产;他要用八个人的饭菜招待十个人;他不肯负担儿女的结婚费用,还要亲家给他做一套礼服;他是个狠毒的高利贷者,要二分五厘利息,还用破烂实物来顶替一部分现款。他还有第二种激情,这就是他爱上一个贫穷的姑娘,这种情欲披露了他内心的另一种占有欲和追求享乐的欲望。

1669年至1673年,莫里哀为宫廷的喜庆活动写剧,也创作出一些优秀的风俗喜剧。《贵人迷》(1670)嘲讽了醉心贵族的资产者。《司卡班的诡计》(1671)塑造了机智和敢于逾越等级观念的仆人形象司卡班。在他的斡旋下,一对有情人终成眷属。最妙的是他把藏在口袋里的主人痛打一顿,出了口气。但这部戏却招来布瓦洛的批评,他要求莫里哀少做"人民的朋友"。《没病找病》(1673)是对觊觎财产心理的揭露。阿尔冈听从女仆和兄弟的合谋,发现了续妻的贪婪和女儿的真情,同意女儿的婚事。上演此剧时,莫里哀心力交瘁,但为了剧团开支,不得不担任主角。2月17日,第四场演出中,他颓然倒下,几小时后与世长辞。在路易十四的干预下，巴黎大主教才允许让莫里哀的遗体葬入墓地。法国作家缪塞曾指出，莫里哀作品的喜剧色彩与他命运的悲苦恰成对照；莫里哀的笑从远处看，好像一副滑稽的鬼脸，对于了解他内心的人来说，这却是痛苦的鬼脸。

莫里哀的喜剧可分为风俗喜剧和讽刺喜剧。他认为喜剧要描绘当代风俗，修饰本世纪的肖像。这个"静观人"（布瓦洛语）比同时代作家的经历丰富得多，对人情世态的观察深入细致，在人文主义传统、伽桑狄和古代唯物论哲学家的影响下，在与下层人民接触中形成的民主主义思想的指导下，他的观察高度比别人略胜一筹。他在《〈伪君子〉序言》中指出：喜剧的责任是在娱乐中改正人们的弊病，执行这个任务最好莫过于通过令人发笑的描绘，抨击本世纪的恶习。这是莫里哀的基本创作纲领。他反复强调：一本正经的教训，即使面面俱到，也往往不及讽刺有力；规劝大多数人，没有比描画他们的过失更见效的了。把恶习变成人人的笑柄，对恶习是重大的打击。同时，莫里哀认为：完美的理智逃避一切极端，而期望有节制的明智。

他的风俗喜剧改变了旧喜剧描写的海盗劫掠、女扮男装、海难沉船，最后认亲的俗套。他展现了 17 世纪下半叶的法国社会，从上流社会的生活到农村生活的景象，从资产阶级家庭到平民家庭，从夫妻关系到女子教育，都有极为细致和充分的描写。他在城市中、在宫廷和上层人物的家庭中有过实际的体验，又在广大的农村中长期生活过，对社会各阶层十分熟悉，他的创作自然与社会生活密切联系起来。莫里哀塑造了吝啬（阿巴贡）、嫉妒（阿诺耳弗）、伪善（达尔杜弗）、愤世嫉俗（阿尔赛斯特）、醉心当贵族（汝尔丹）、过分虔诚（奥尔贡）、疑心病（阿尔冈）等嗜癖性的人物，他们具有鲜明的性格，因而莫里哀的喜剧也可称为性格喜剧。其中，阿巴贡发现钱匣失窃后，呼天抢地地叫喊："我完啦，叫人暗杀啦，叫人抹了脖子啦……我可怜的钱，我的好朋友……既然你被抢走了，我也就没有了依靠，没有了安慰，没有了欢乐。……我找不到我的钱呀，跟着就把自己吊死。"这段话将吝啬鬼的性格完美地烘托出来。莫里哀还写出了这个资产者身上存在"积累欲和享受欲之间的浮士德式的冲突"[1]。他虽然过了花甲之年，仍然沉迷于女色，看中一个少女——儿子的意中人。再如对资产者附庸贵族的揭露：汝尔丹是暴发户，忌讳别人提起他的出身。他没有受过贵族教育，一心想补课，贵族的举止是他行动的准则："我宁可手上少来两个指头，也愿意生下来不是伯爵就是侯爵。"结果闹出了一连串的笑话。无疑，莫里哀将欧洲大陆的风俗喜剧提高到一个新阶段。

莫里哀的喜剧敢于接触别人望而生畏的题材，具有强烈的战斗精神。他的喜

---

[1] 《马克思恩格斯全集》第 23 卷，人民出版社 1972 年版，第 651 页。

剧大半以资产阶级家庭为背景，揭露资产者的恶习。他讽刺资产阶级沾染上贵族沙龙的典雅风气，如把镜子说成"风韵的顾问"，把椅子说成"谈话的舒适"。莫里哀犀利地抨击夫权思想：阿诺耳弗把阿涅丝送进修道院，就是为了"尽可能把她变成白痴"，做一个驯顺的妻子。他不加掩饰地说："你们女人活在世上，就只是为了服从：大权都在胡子这边。社会虽然男女各半，可是各半不就等于两下相等：一半高高在上，一半低低在下；一半管理，一半但凭吩咐……丈夫就是她的长官、她的领主和她的主人。"这一席话把夫权思想的谬论和盘托出。《伪君子》等批判资产阶级见识浅陋，为宗教骗子所利用，抨击高利贷者的贪得无厌和爱钱如命。他揭露贵族的糜烂生活，刻画贵族的种种丑态，把侯爵作为"今日喜剧的取笑对象"。与此同时，他赞赏下层人物，描绘了一系列仆人形象，如《伪君子》中的桃丽娜，《吝啬鬼》中的雅克师傅，《贵人迷》中的马丁娜，《没病找病》中的唐乃特等。他们头脑清醒，性格开朗，言语锋利，大胆泼辣，富有反抗意识，比旧喜剧中的仆人更有生气。

在艺术上，莫里哀取得了很高成就。他注重描绘人的本性，常常用简短的对话就刻画出人物的性格。如《吝啬鬼》第三幕仆人进来说："先生，有一个人想跟您说话。"阿巴贡回答："告诉他，我事务缠身，让他改天来。"仆人又说："他说他给您捎钱来。"阿巴贡回答："请您原谅，我马上就来。"这段对话三言两语就写出了阿巴贡爱钱的本性。莫里哀的喜剧具有较多的闹剧成分，有的纯粹就是闹剧，如《逼婚》（1664）、《打出来的医生》（1666）、《乔治·唐丹》（1668）。此外，有些喜剧如《司卡班的诡计》《可笑的女才子》及《丈夫学堂》（1661），甚至《吝啬鬼》《贵人迷》《没病找病》也可看作闹剧。莫里哀既保存了一些传统喜剧的手法，如棒打、刮耳光、乔装打扮等，又加以革新。他抛弃了懒鬼、假充好汉的角色，学究变成哲学家、医生、女才子，仆人不再是骗子。他懂得并不是人物生理上的缺陷使人发笑，而是某种怪癖、某种恶习令人发噱。有这种怪癖和恶习的人并不值得我们同情，而是令人鄙视。但剧中人并不意识到自己可笑，他们生活在脱离实际的困扰中，不知不觉做出的行为便具有滑稽意味。看到他们的可笑行为，观众会庆幸自己摆脱了这些困扰，于是从内心发出笑声。莫里哀善于从情节和场景中，从地位颠倒和意料不到的逆转中，从舞台动作以及从语言（俏皮话、双关语、不和谐音字、词语重复、愚笨仆人朗诵杂拼诗、变化了的方言土语）等方面制造笑料。

二、《伪君子》

《伪君子》（又译《达尔杜弗或者骗子》，1664—1669）是莫里哀最优秀的喜剧，也是法兰西剧院上演场次最多的剧目。上演经历了近五年的斗争。此剧最初是一出三幕诗体剧，1664 年 5 月 12 日于凡尔赛的游园会上演出。巴黎大主教向国王控告此剧"否定宗教"，剧本被禁演。8 月，莫里哀给国王写了第一份陈情表，指出嘲讽伪善完全符合移风易俗的要求，而"达尔杜弗之流暗中施展伎俩"，他要求路易十四主持正义，并且为了取得上演权利，对剧本进行修改，改写为五幕剧。1667 年 8 月 5 日第一次公演，随即被最高法院院长下令禁演，巴黎大主教也下令凡看过此剧者革出教门。莫里哀写出第二份陈情表，指出"如果达尔杜弗之流得逞，那我就无须再想写喜剧了"。直到 1669 年 2 月 5 日，莫里哀呈递了第三份陈情表，才获准公开演出。斗争以莫里哀获胜告终。

《伪君子》的主人公达尔杜弗是个宗教骗子，他骗得了富商奥尔贡及其母亲的信任。奥尔贡要撕毁女儿的婚约，把她嫁给达尔杜弗，但达尔杜弗看中的是奥尔贡的续妻艾耳密尔，他调情的情景被奥尔贡的儿子大密斯看见，可是奥尔贡在达尔杜弗的挑拨下，反而剥夺了儿子的继承权，把财产全部赠给达尔杜弗。在这关头，艾耳密尔巧设计谋，让奥尔贡亲眼看见达尔杜弗如何向自己调情。奥尔贡终于醒悟，要把达尔杜弗赶出去。达尔杜弗这时露出狰狞面目：他掌握了奥尔贡替政治犯藏匿的文件，向国王告密。但英明的国王洞察幽微，下令逮捕了骗子，并赦免了勤王有功的奥尔贡。

《伪君子》深刻地揭露了教会势力的虚伪性和欺骗性。达尔杜弗的主要性格特点是伪善。他宣称整日不离《圣经》，骗取了奥尔贡的信任。其实虔诚不过是他的外衣，他暗中觊觎的是奥尔贡的财产和妻子。口头上他宣扬苦行主义，不离教鞭和苦行衣，但一顿饭他能吃两只鹌鹑和半条羊腿，养得又粗又胖，"脸蛋子透亮"。他当众把募来的钱施舍给穷人，忏悔不该弄死一只跳蚤，似乎仁慈善良，骨子里却凶狠歹毒，事情败露后欲置恩人于死地。他假惺惺地表示不能看妇女袒胸露臂的装束，实际是一个好色之徒，公然说："私下里犯罪不叫犯罪"，"如果只有上天和我的爱情作对，去掉这一障碍，在我并不费事"。他第一次被揭露时，把自己骂得狗血淋头、一钱不值，骗过了奥尔贡。他巧言令色，随机应变，狡猾透顶。这个形象刻画的成功使得"达尔杜弗"成为伪君子的代名词。

达尔杜弗的伪善具有典型性。他是外省的破落贵族，流落到巴黎寻找发财机会。当时外省有不少这样的中小贵族，他们大多成为骗子。达尔杜弗与秘密组织"圣体会"有关系，这个组织的任务是迫害异教徒、自由思想者和无神论者。这股与王权对立的力量 1660 年被取缔，但仍有潜在势力，上层资产阶级是它力图控制的一个目标。达尔杜弗的活动如果得逞，势必会造成社会混乱。莫里哀安排克莱昂特这个人物，目的在于表明自己只是鞭挞假虔诚，而不是反宗教。

剧本对不辨真假、一意孤行、执迷不悟的奥尔贡，还有他的母亲白尔奈耳太太也作了有力的批判。家中所有人都看清了达尔杜弗的嘴脸，唯独他俩两眼一抹黑，对这个骗子无限信任，崇拜得五体投地。奥尔贡不单要将女儿嫁给他，还把自己的家产全部送给他，甚至把投石党事件的政治犯的文件匣交给他保存。他儿子大密斯将达尔杜弗向艾耳密尔调情的场面揭露出来后，他就是不信，反而将儿子赶出家门，剥夺其继承权。奥尔贡的行为失去了一切理智，直到他亲眼看见达尔杜弗要向艾耳密尔求欢的丑态后，才恍然大悟。但是这时他面对的是失去财产、被捕入狱的悲剧局面。不过，莫里哀对他采取的是规劝态度，认为他并非不可救药。

国王在剧中并未出场，却起着举足轻重的作用。他明察秋毫，处事果断，赏罚分明，不忘奥尔贡立过功勋。剧本结尾体现了路易十四的国策，即保持贵族阶级和资产阶级的力量平衡，既然宗教骗子危及他的重要臣民，他自然出面干预。剧本对国王的歌颂是取得路易十四支持的重要保证。

在其他人物中，艾耳密尔聪慧机敏，贤淑贞洁，她对前房子女爱护备至，视同己出。为了让丈夫醒悟，她设计让达尔杜弗上钩。她的一举一动富有大家风范。女仆桃丽娜更是光彩奕奕，她对伪君子的面目认识得最清楚，知道他既想得到主人的财产，又垂涎于女主人。她对儿女婚事的理解确有真知灼见，她对主人的顶撞义正词严："谁把女儿嫁给一个她所恨的男人，谁就对上天负责女儿所犯的过失。"相比奥尔贡的愚蠢蛮横、大密斯的急躁简单、玛丽雅娜的懦弱胆小，她显得格外聪明、善良、敢作敢为，成为反对封建道德、揭露宗教伪善的主要人物。艾耳密尔和桃丽娜都是讲理性的。至于克莱昂特，更是理性的化身、作者的代言人，但他的中庸之道的说教不免削弱了剧本的批判力量。

在艺术上，《伪君子》有独特的创造，体现了精湛的技巧。伪君子形象的塑造手法别出心裁。前两幕是一场又一场家庭争吵，他们争论的焦点是达尔杜弗。这是以"间接描绘"来塑造伪君子的形象。观众虽然已经大体上了解到他的伪善，但百闻不如一见，勾起了好奇心。歌德认为这是他所看到的最伟大的最好的开场了。及至达尔杜弗出场，是一段精彩的对话：

> 达尔杜弗（望桃丽娜）：劳朗，把我修行的苦衣和教鞭收好了；祷告上帝，神光永远照亮你的心地。有人来看我，就说我把募来的钱分给囚犯去了。
>
> 桃丽娜：真会装蒜，吹牛！
>
> 达尔杜弗：你有什么事？
>
> 桃丽娜：告诉您……
>
> 达尔杜弗（从他的衣袋内掏出一条手绢）：啊！我的上帝，我求你了，在说话之前，先给我拿着这条手绢。
>
> 桃丽娜：干什么？

达尔杜弗：盖上你的胸脯。我看不下去：像这样的情形，败坏人心，引起有罪的思想。

达尔杜弗一开口就露出了伪善的本性：他看见桃丽娜，马上抓住机会表现自己，但是欲盖弥彰。他怕别人不知道他穿苦衣，便提一下以示炫耀。给囚犯分钱，是想说明自己心地仁慈，专门做好事。所以桃丽娜不客气地说他装蒜、吹牛，同时也在提醒观众。紧接着的一个动作进一步揭示了伪君子的面目：他突然掏出一条手绢，观众也跟着桃丽娜的喝问，想知道他要干什么。这一段话使他假正经的面目暴露无遗。

莫里哀描绘伪君子所花的笔墨极为简练。全剧总共 31 场，奥尔贡在 20 场中出现，而达尔杜弗的戏只有 10 场；全剧共 1962 行诗，奥尔贡占 342 行，而达尔杜弗只占 290 行，但是他的场次却是关键性的，他的性格塑造得非常鲜明。对这个中心人物所花笔墨之少在莫里哀的戏剧中是独一无二的，在世界戏剧史上也是罕见的。

在《伪君子》中，喜剧手法与闹剧手法密切结合。第四幕第五场奥尔贡藏在桌子底下是富于喜剧色彩的安排。达尔杜弗的表白愈是坦率，就愈是可笑，因为观众知道他的话都让奥尔贡听到了。艾耳密尔既在对达尔杜弗讲话，也是在对丈夫讲话，而且为了让伪君子暴露，设法挑逗他，以便让丈夫觉悟。可是这回奥尔贡倒是沉得住气，始终没有露面，急得艾耳密尔又是咳嗽，又是敲桌子，提醒丈夫她是在做戏。最后，奥尔贡等达尔杜弗出去张望之际钻了出来，藏在妻子背后，直到达尔杜弗动手动脚，才迎了上去，让达尔杜弗吻个正着，至此喜剧效果也达到高潮。莫里哀善于运用词句重复手法：对于桃丽娜报告太太身体不适，奥尔贡不关心，却问："达尔杜弗呢？"桃丽娜回答达尔杜弗身体好得过头，奥尔贡则说："可怜的人！"这样一连四次，喜剧效果强烈。《伪君子》中还有行为和局面的重复：第三幕第六场，达尔杜弗下跪，表示自惭形秽，随之奥尔贡也面对面跪下，显出被人牵着走，十分可笑；达尔杜弗有四次脱下假面具，第一次对奥尔贡承认自己装假，显得滑稽，第二次把自己贬得一文不值，这是大实话，可笑的是奥尔贡不相信，还有第四幕第五场和第七场，达尔杜弗终于露出了他的真正意图。莫里哀以喜剧手法来处理这些有悲剧因素的场面。

第三节 弥 尔 顿

一、生平与创作

约翰·弥尔顿（1608—1674）是 17 世纪英国著名的诗人、思想家和政治家。

他出生于伦敦一个富裕的清教徒家庭。他的祖父是虔诚的罗马天主教教徒，但他的父亲却热心于宗教改革，成了清教徒，独自到伦敦去谋生，后来做了金融界的公证人，收入颇丰。由于父亲具有较高的文化修养，弥尔顿自幼便受到音乐和古典文学的熏陶，这对他日后的诗歌创作产生了重要的影响。大约从 1620 年到 1625 年，弥尔顿就读于圣保罗学校，勤奋地学习拉丁文、希腊文和希伯来文，并开始试译《旧约·诗篇》。1625 年 4 月，弥尔顿进入剑桥大学基督学院学习，在这里，他坚持清教信仰，不屈从于天主教势力，与顽固守旧的导师查普尔发生激烈冲突。后来，他在新思想的引导下，学业进展迅速，并开始用拉丁文写作诗歌和演说辞。1632 年 6 月弥尔顿获得文学硕士学位后，不愿与日趋反动的英国国会同流合污，拒绝了校方让他当牧师的建议，宁愿回到父亲在霍顿的别墅，在那里读书写作。在此后的 6 年时间里，弥尔顿遁身书斋，潜心苦修，钻研古代和文艺复兴时期的文学与哲学，并立志要写出严肃而伟大的好诗。

1638 年 4 月，弥尔顿前往欧洲大陆旅行。他在巴黎各处游览观光，结识了一些闻名遐迩的文人墨客。他在意大利逗留的时间较长，瞻仰名胜古迹，拜访文人学士，直接接触到文艺复兴发源地的灿烂文化。他还拜谒过被天主教会囚禁的"现代科学之父"伽利略，立志学习这位科学家为真理而宁死不屈的战斗精神。翌年，当他准备前往西西里和希腊游历时，得知英国国内政治风云突变，国会与议会之间矛盾激化，革命的序曲奏响了。弥尔顿认为在祖国的同胞为自由而战时，自己不应该逍遥于国外，于是毅然终止在国外的旅行，返回英国。

1640—1660 年间，弥尔顿站在清教立场上，以笔为武器，写下了大量的政论论文，反映新兴资产阶级的要求，向保皇党和英国国教宣战。1649 年 5 月共和国成立，弥尔顿被新政府任命为拉丁文秘书。他夜以继日地撰写政论文，捍卫新生的共和国。由于操劳过度，弥尔顿双目失明，但他仍充满革命的激情，随时准备同走在最前面的人一起为自由而斗争。

1660 年 5 月，共和国覆灭，王政复辟，英国再次进入了黑暗的年代。弥尔顿受到反动当局的迫害，财产被充公，著作被焚毁，行动受到监视。由于他拥有崇高的国际声誉和影响，才未被处以死刑。弥尔顿鄙视那些在白色恐怖面前变节的文人墨客，始终坚持革命立场，用诗歌继续笔战。晚年的弥尔顿完成了他一生中最伟大的三部诗作：《失乐园》（1667）、《复乐园》（1671）和《斗士参孙》（1671）。1674 年 11 月 8 日，他因痛风发作而导致心力衰竭，溘然长逝。

弥尔顿的生活与创作道路，与他热情关注并积极参与资产阶级革命运动紧密地联系在一起。他的文学创作历程，大致可以分为早期、中期和晚期，即参加革命以前（1625—1640）、参加革命期间（1640—1660）和王朝复辟以后（1660—1674）三个时期。

早期创作。弥尔顿参加革命以前，主要用拉丁文、希腊文、意大利文和英文创作中短篇诗歌。其成名作《圣诞清晨歌》（1629）采用古典颂歌形式，描写基督诞生的背景、天使的合唱和异教神的溃逃，表现作为伦理和宗教真理象征的基督身上所体现的道德意义，彰显了诗人纯净快乐的心灵之美。同年完成的短诗《五月晨歌》，表达了对自然美的讴歌和对人文精神的崇尚，体现了出水芙蓉般清新的风格。

1631—1632 年间完成的《欢乐的人》和《沉思的人》是姐妹篇，塑造了快乐的青年和忧郁的青年两个不同的形象，反映出诗人将古希腊、古罗马传统和基督教传统相融合的理想。前者描写一个青年驱走忧郁，进入田园牧歌的世界，烘托出对快乐生活的向往；后者描写一个苦读不休的诗人，时感忧郁袭人，以至于向往教士黑袍的出世生活。前者的"入世"与后者的"出世"，合成诗人完整的自我。不过，诗人日后的言行更倾向于前者。

1632 年弥尔顿还写了一首题为《莎士比亚碑铭》的短诗（1645 年用全名发表），与著名诗人本·琼生的诗歌同时被印在莎士比亚戏剧集第二对开本的卷首。在这首诗中，时年 24 岁的弥尔顿盛赞莎士比亚"一泻千里的天才"，显示出其敏锐的判断力和深厚的文学修养。

1634 年创作的假面剧《科马斯》描写酒神和女妖所生的儿子科马斯放荡不羁，潜居于森林，试图诱使迷路的女郎喝下他的香醇魔酒，但女郎坚决不受诱惑，终于得救。此剧表达了弥尔顿对善终将战胜恶的坚定信念。1637 年，诗人借古希腊牧歌形式写成悼亡诗《黎西达斯》，抒发他对已故同窗好友爱德华·金的哀悼，也表达了自己的政治理想。

中期创作。在弥尔顿参加革命的时期，他直接投入了宗教和政治的论战，主要撰写反主教制、反封建专制暴政的政论文章，这些政论也是思想性强、艺术技巧高的优美散文。在 1641 年到 1642 年间，弥尔顿创作了一系列强劲雄辩的散文，如《论英国教会的教规改革》（1641）、《论教会机构必须反对主教制》（1642）等，对主教掌权制和陈旧的宗教仪式大加抨击，要求把宗教改革推向深入。

1644 年，弥尔顿发表了长达四万言的《论出版自由》，为言论自由、出版自由辩护。他以满腔的激情慷慨陈词："杀人只是杀死了一个理性的动物"，"而禁止好书则是扼杀了理性本身"。该文引古证今，论证有力，是弥尔顿散文中的不朽之作，对后世欧洲文化界产生了深远的影响。1651 年至 1654 年，弥尔顿受革命政府委托，用拉丁文写出了著名的《为英国人民声辩》和《再为英国人民声辩》。这两篇文章有力地驳斥了英国国内外政敌的所谓"弑君邪恶论"，为革命人民处死查理一世进行了有力的辩护，也为年轻的资产阶级共和国进行了辩护。两篇短论旁征博引，尖锐善辩，似重磅炸弹，轰动了欧洲各国。在这一时期，弥尔顿也创作了

16首十四行诗。他的十四行诗思想性和艺术性都很高,内容涉及政治、宗教题材或个人题材,诗作感情真挚,文字朴实,形式十分优美。

晚期创作。王朝复辟以后,弥尔顿进入文学创作最富有成就的时期。他在双目失明的情况下完成的三部不朽诗篇,虽然都取材于《圣经》,但表现了革命性的内容,是英国17世纪时代精神的反映。

史诗《复乐园》是弥尔顿此前创作的《失乐园》的续篇,共分四卷,取材于《新约·马太福音》第四章第一至十一节或《路加福音》第四章第一至十三节,叙述耶稣不为魔鬼撒旦诱惑的故事。圣子耶稣在约旦河畔受洗后,被圣灵引到旷野,禁食40天。魔王撒旦知悉后,前来试探,先后以盛宴、财富、荣誉、王位等引诱耶稣,都遭到拒绝。继而撒旦以可怕的暴风雨相威胁,也归于失败。最后撒旦把耶稣带到耶路撒冷圣殿最高的塔尖,叫他跳下去,耶稣厉声斥退撒旦,毫不畏惧地在塔尖上站立起来。天使们将经受住了考验的耶稣接到美丽的山谷,在神圣的歌曲中庆祝乐园的恢复。诗中的耶稣意志坚定,抵制住了物质和精神的种种诱惑,是诗人自我的写照。因为诗人亲身经历了革命低潮时期,许多文人学士经不住种种试探和威胁,纷纷变节,而诗人自己却巍然独立,始终保持革命气节,坚信胜利会到来。史诗以对话为主,结构严整而紧凑,采用无韵体,音调铿锵,语言丰富而生动。

《力士参孙》(又译《斗士参孙》)是按照古希腊悲剧形式写成的剧诗,情节来自《旧约·士师记》第十三至十六章。古代以色列英雄参孙曾在战斗中屡建奇功,但他娶了非利士女子大利拉,并向她泄露了自己的力气来自头发的秘密,结果被敌人剪掉头发,挖去双眼,囚禁在牢中负轭推磨。剧诗开始时,正值敌人的节日,此时参孙的力气已随着头发的生长恢复了,他的少时朋友、父亲玛挪亚、妻子大利拉和敌手哈拉发相继来看他,与他展开了对话。最后,敌人威逼他去宴会大厅献技取乐,他趁机撼倒了支撑大厦的两根柱子,压死了敌人的首领和达官贵人,自己也同归于尽。参孙的形象和遭遇与弥尔顿自己十分相像,两人都是不屈的战士,尽管双目失明,但意志仍然坚定,决心与敌人战斗到底。史诗细腻地表现了参孙精神复活的过程,歌颂了他为以色列人的解放事业而献身的英雄业绩,表达了诗人对革命事业最终取得胜利的坚定信心。《力士参孙》遵循古希腊悲剧的一些基本创作原则,表现了崇高严肃的主题,人物性格丰满,语言质朴有力,是弥尔顿最后的杰作。

二、《失乐园》

史诗《失乐园》(1667)是弥尔顿创作高峰的标志,是诗人思想发展和文学创作的总结。马克思指出:"弥尔顿出于同春蚕吐丝一样的原因而创作《失乐园》。

那是他的天性的表现。"[1] 早在学生时代，弥尔顿就想写出一部像荷马史诗和但丁的《神曲》那样伟大的作品。他从意大利游历回来后，在从事革命宣传之余，便酝酿着《失乐园》的创作。他原来想将之写成戏剧，曾于 1640—1658 年期间构思并草拟了好几个版本的戏剧提纲，其中有四个草纲珍藏在大英博物馆里，这是能真实反映弥尔顿创作《失乐园》过程的最珍贵史料。但由于革命斗争紧张激烈，弥尔顿始终无法集中精力完成该作品的创作，早年已经成形的写作计划被搁置了近 20 年。1660 年王朝复辟后，诗人隐居创作，决定采用史诗形式完成《失乐园》。诗人在极其恶劣的环境之下，口授史诗内容，由朋友、女儿和外甥笔录。1667 年史诗初版时有 10 卷，从 1674 年第二版起，各卷开头附上了提纲，扼要说明该卷内容，并将第七、十两卷各一分为二，全诗成了 12 卷，计 10565 行。

《失乐园》是欧洲文学史上文人史诗的典范作品，题材主要来源于《圣经》。据统计，它引用《旧约》913 处，《新约》490 处。但弥尔顿逐字引用的只有《创世记》第一至第三章，别的都被弥尔顿以"为我所用"的原则加以改造。史诗依照古希腊罗马史诗的前例，采用倒叙手法，先从故事的中间叙述，前情则由史诗中人物以不同形式补述。第一、二卷写撒旦因反叛上帝被打入地狱，百万叛军皆落入广漠的深渊；撒旦不甘失败，他在深渊中筑起巍峨的宫殿，召集全体天军商议复仇大计，最后决定到上帝新创造的世界里去诱惑人类使之堕落，以此打击上帝。魔王撒旦自告奋勇承担这个艰险的使命。第三、四卷写上帝洞悉撒旦的阴谋，但为了考验人类，便不阻止撒旦；撒旦穿越混沌，骗得光明天使尤烈儿的指点，来到亚当和夏娃居住的伊甸乐园。第五、六卷写上帝看到人类的灾难已近，便派遣天使长拉斐尔来到乐园，警告亚当所面临的危险。拉斐尔以回忆的形式对亚当讲述了原为天使的撒旦在上天发动叛乱的情形及其原因：骄矜自满的撒旦对上帝宣布立神子为诸神的首领心怀不满，率军起义，与上帝对垒，但被神子击败，叛乱天使纷纷下落深渊，在火湖中受刑，神子率天使军凯旋。第七、八卷写天使拉斐尔继续对亚当讲述上帝创造世界和人类的经过。第九、十卷写撒旦寄身于蛇，趁夏娃独处之时，花言巧语引诱夏娃违背上帝戒规，偷尝了智慧树上的果子。亚当知其犯罪，决定和她同死，也吃了禁果。食后，两人知道了羞耻，以树叶遮住身体。亚当劝勉夏娃和他一起用悔罪和祈愿来平息神怒。第十一、十二卷写上帝派天使米迦勒带队把亚当和夏娃逐出乐园。在放逐前，天使向他们揭示了人类将要经受的灾难和考验。

《失乐园》分两条线索来铺展情节，一是撒旦率军反抗天帝，被打入地狱而失去天上乐园的故事；二是人类始祖亚当、夏娃偷吃禁果失去地上乐园的故事。在

---

[1] 《马克思恩格斯文集》第 8 卷，人民出版社 2009 年版，第 406 页。

第九卷撒旦引诱亚当、夏娃犯罪时，两条线索得以交汇。

对撒旦形象的理解是正确把握史诗主题的关键。撒旦反叛的线索是诗人根据《新约·启示录》想象而成。撒旦在《圣经》中是个反面人物，他的失利与受罚昭示了上帝的公正和无上权威。但《失乐园》中的撒旦形象十分复杂，历来引起了极大的争议。在史诗的前半部分，撒旦被刻意描绘成一个敢于蔑视权威、反抗强暴的英雄。他是叛逆天使们的"强大首领"和"威严统帅"，他以王者的赫赫气概，率领天军部下揭旗北进，与上帝分庭抗礼，在激战中表现出了超人的勇气和力量；他有着强烈的反抗精神，虽然被打入地狱，依然斗志昂扬，桀骜不驯。弥尔顿通过描写撒旦的反抗与战斗，赋予其高昂的革命激情，表达出对其不屈不挠的复仇意志和毫不妥协的革命精神的赞美之情。正因为如此，以雪莱等为代表的"撒旦主义派"把撒旦定性为"革命者"，认为撒旦是诗中的主角和英雄，上帝则是否定的形象。别林斯基在《1847年俄国文学一瞥》中说，即使作者不是有意在作品中描写1648年的革命，却也在不知不觉中反映了那个时代的革命精神。"撒旦主义派"能够结合史诗产生的时代和诗人的思想感情来认识作品，敏锐地意识到史诗的革命性质，但他们忽视了诗中的宗教因素和撒旦形象在史诗后几卷中的发展变化，对上帝形象的分析也失之简单化。其实，弥尔顿在歌颂撒旦的英雄气概时，也揭示了其野心勃勃、骄矜自满、为非作歹的恶魔特征。无论是他反叛上帝还是引诱人类，都是由于骄横嫉妒，有主宰世界的野心。他在去乐园引诱人类的征途上曾吐露过心迹："因骄傲和更坏的野心，掀起天上的战争，反对天上无敌的天帝而被迫坠落！"同样由于骄矜和嫉妒，撒旦欺骗了人类的母亲夏娃。当他来到伊甸园内，正好撞见亚当和夏娃互表爱意的情景，于是"魔王见状/因嫉羡转过头去，却又心生恶念，/对他们侧目而视……"为了达到险恶的目的，他先是变作蟾蜍蹲在夏娃耳边托邪梦，继而潜身蛇体以巧言佞词引诱夏娃犯了罪。他的下场是与叛乱天使们一齐瘫倒为蛇，吞吃灰土，彻底失去了天使的光辉。撒旦以上两个方面的特点构成了其性格的复杂性和矛盾性，这也是这一人物形象的独特魅力和价值之所在。诗人赋予撒旦形象以深刻的寓意：既要讴歌当年反对封建专制王朝、建立共和国的那些资产阶级的英雄们，也要批评资产阶级革命者（尤其是领导人物）的傲慢自满、骄奢淫逸，正是这些弱点导致了革命失败。

《失乐园》中的其他形象，如亚当和夏娃，也都具有双重的意蕴，注入了诗人独特的观念和感悟，体现出与《圣经》原型不同的特点。夏娃、亚当是上帝的创造物，原本快乐地生活在伊甸园中。他们违背上帝的旨意偷吃禁果，某种意义上而言是由于追求知识、自由、独立的人格和现世人生所致。但另一方面，弥尔顿也通过他们的故事揭示了人类堕落的根源。夏娃美丽、善良，但轻信、经不起吹捧，抵挡不住诱惑，所以上了撒旦的当。亚当勇敢、刚毅，比夏娃有心智。当他看到夏娃闯下大祸、违反了禁令后，对她进行了谴责与怪罪，但最终仍不忍看她一人受罪，也吃下了禁果。他虽然有理智，但感情用事。诗人从哲理的深度和政治的高度来思考人类堕落的根源：缺少理性，意志薄弱，易于冲动，放纵情欲，无力抗拒外来的诱惑而犯错误。同时，他也赞赏亚当和夏娃对自由意志的追求，同情他们受罚的命运。弥尔顿肯定自由，但强调感情应受理性支配，认为理性能使人认识上帝，坚持真理，不断地追求善而抵制恶。

《失乐园》是弥尔顿感知时代风云、书写英雄行为的杰作。它虽有宗教成分，但不是宗教史诗，也不能划归为"流露了革命热情的宗教史诗"一类。它虽然从故事层面上借用《圣经》故事和语言，但实质上是披上了宗教外衣的革命史诗。史诗折射出英国17世纪的时代精神，歌颂革命者大义凛然、不屈不挠的斗争精神；同时，也分析总结革命失败带来的教训，鼓舞人们的信心，指出未来历史的发展方向。因而，史诗的政治性质是不容置疑的。只不过由于在王政复辟时期无法公开宣扬革命思想，诗人只能在宗教故事中隐晦曲折地吐露心曲，以隐喻的方式艺术地再现革命与反革命势力激烈斗争、社会变革与宗教改革相互交织、新旧思想尖锐冲突的纷繁复杂的时代。

《失乐园》具有鲜明的艺术特色。首先，史诗结构宏伟，场面壮阔，风格崇高。《失乐园》以一万多诗行来吟咏上帝、人类和魔鬼之间发生的故事，在现在、过去和未来之间穿梭，雄括地狱、天国和伊甸园三个组成部分。地狱阴森恐怖、惊心动魄，天国富丽堂皇、气势辽荡，伊甸园幽雅美丽、诗意盎然。史诗中人物活动的场景，从渺渺太空到茫茫混沌，从净火天到地狱火湖，从天界星座到人间乐园，气势雄浑，景象宏伟。如撒旦的叛军与天军作战的场面写得有声有色，惊天动地，雄奇澎湃，蔚为壮观。因而人们公认，崇高的风格是弥尔顿诗作最突出的艺术特征。

其次，采用无韵诗体，节奏感强，富有音乐美。《失乐园》采用了16世纪英国诗人惯用的无韵体诗的格式，诗行通常是五音步抑扬格，音调铿锵，抑扬顿挫，有强烈的节奏感。弥尔顿认为：诗歌的音乐性存在于一个诗节到一个诗节的推移中，在字里行间给人以各种快感，并不在于句尾音韵的雷同。诗人十分自信地表示，《失乐园》树立了以音乐感为诗歌至高形式的样本。该诗依照诗人思想感情的变化来安排诗的节奏和声响，注重意象的明暗、音步的轻重、诗句的长短等一系列诗歌形式的巧妙安排。诗句中长音舒缓别致，短音急促有力，它们长短交错，舒急有序，表达出诗人微妙变化的情绪。整篇史诗，读起来有如行云流水，给人带来极大的艺术享受。

再次，比喻生动，语言瑰丽雄奇。弥尔顿语言修养极高，吸收了《圣经》和古希腊罗马文学的精华，独具风格。《失乐园》大量使用比喻，明喻之中常常夹杂着暗喻，这就不仅使其想象更加生动鲜明，而且大大地拓展了作品内涵的张力。例如第一卷中对邪恶天使昏睡于火湖的描写，为了说明火湖中天使众多，诗人先是把他们比作意大利茂林之下的河上落叶，又比作红海秋后漂泛的海藻，最后又比作《圣经》故事里的情节：上帝的选民以色列人在神的庇护下，涉渡红海后，回顾海面，只见上面漂浮着那么多的尸体和破碎的战车。这些比喻不仅描绘了火湖上天使众多的情形，而且也暗示了他们堕落后的凄惨痛苦境地。诗人还善于运用排比、倒装等多种修辞手法，产生华丽的夸饰效果，形成史诗的崇高风格。

总之，《失乐园》所表现出来的那种构思宏伟、音调铿锵、语言雄奇瑰丽的独特风格，使之在 17 世纪欧洲文学中占有重要的地位。"这部史诗既继承了人文主义的古典文学传统，又表现了清教主义的激情，亦即把希腊罗马文化的重兴与基督教的宗教改革两者结合了起来，形成英国文艺复兴最后的灿烂时刻。"①

思考题：

1. 古典主义文学产生的历史背景及其代表作家。

2. 巴罗克文学的特点及主要成就。

3. 17 世纪英国文学的主要成就及特点。

4. 比较分析莫里哀的喜剧和莎士比亚的喜剧。

5. 《失乐园》中的撒旦形象。

▶ 第四章拓展阅读

---

① 王佐良、何其莘：《英国文艺复兴时期文学史》，外语教学与研究出版社 2006 年版，第 3 页。

第五章 18 世纪文学

18 世纪东西方各国政治、经济、文化的发展极不平衡。此时欧洲发生了深刻的社会变革，一大批启蒙主义思想家和文学家，以无神论和朴素的唯物主义指导下的理性为武器，在思想文化和文学艺术领域对封建制度和宗教思想体系进行了激烈斗争，文学的社会作用得到了极大的发挥。欧洲的启蒙主义作家，如法国的"百科全书派"、德国的席勒和歌德等人，既是思想家，又是文学家，为文学的发展作出了巨大的贡献。但由于社会发展程度的差异，亚洲、非洲、拉丁美洲等国家或民族的文学，变革则较为缓慢，直到 19 世纪之后才由于受到启蒙思潮的影响形成了新的局面。可以说，18 世纪的欧洲文学代表了当时世界文学发展的较高成就。

第一节 概 述

一、18 世纪欧洲社会历史背景

18 世纪是欧洲乃至人类历史上一个非常重要的时期。从社会生产力发展来说，此时欧洲先进的资本主义国家已经完成了原始资本积累过程，开始向大规模的工业生产过渡。其他一些欧洲国家和美洲的一些国家和地区也开始向资本主义生产方式转变。从社会制度发展角度来说，英国国家制度形式在 17 世纪中叶建立后，到了 18 世纪，民族国家的建立已经成为世界历史发展的趋势。在思想文化领域，此时最重要的是无神论思想的出现。以往人类始终生存在"有神论"观念控制之下，导致了"神灵万能"、"君权神授"、"天国来世"、"原罪拯救"等观念控制着人类生活的各个方面。而无神论的出现，无疑冲击和动摇了封建阶级的政治、经济和思想文化基础，呼唤着新的社会形态、文化形态和人类生活方式的产生。

18 世纪的欧洲出现了一次伟大的思想解放运动——启蒙运动。启蒙运动的产生有其深刻的历史原因，它是跟资本主义生产关系得到较快发展和资产阶级已经形成强大的政治力量紧密联系的，也是与第一次工业革命完成所导致的无神论思想的出现密切相关的。它既是资本主义与封建主义继续斗争在思想领域的表现，也是对文艺复兴时期人文主义思潮与近代自然科学思想的继承与发展。它于 17 世纪最早萌芽于英国与荷兰，随后在法国、德国、俄国、意大利等国广泛传播开来，成为思想文化的主潮。其中，法国启蒙主义运动最具典型性。

启蒙运动中出现了启蒙主义思想。启蒙运动代言人的思想特征与理论指向，在于把一切现象都归之于自然人性或以无神论为基础的人的理性。启蒙主义者认为，必须抛弃千百年来神学观念的束缚，用属于自己的思考来决定自己的行动。由此，他们以这种自然或理性的法则去衡量和批评一切现存事物，以证明以往的社会形态、国家形式和传统观念，都应被当作不合理的东西扔到垃圾堆里去。要用无神论为基础的资产阶级革命学说去教育人们，打破宗教蒙昧主义对人们思想的桎梏，消除封建神学意识与迷信，从而在新理性的基础上创立新的"思想体系"。而在现实政治层面上，当时所谓"启蒙"，就是指批判封建制度，破除封建意识，解放人们的思想，进行资产阶级政治革命，建立"理性王国"——资产阶级共和国。也正是在启蒙思想的影响下，1789 年爆发了法国资产阶级大革命。这是资产阶级反对封建制度的一次最彻底的斗争，它完成了由封建贵族阶级统治到资产阶级统治形式的历史转变。

启蒙运动与文艺复兴运动有着紧密的传承发展关系，它继承了人文主义理想，要求从教会的束缚下解放个性，并且把批判的锋芒指向了封建社会的全部上层建筑。同时，启蒙思想家们用信仰自由对抗宗教压迫，用政治自由反抗封建专制。他们创设了"天赋人权"的理论，并宣扬自由、平等与博爱。他们认为，社会制度腐败的根源在于思想的混乱，而这是由宗教迷信造成的。因此，为了破除教会的黑暗统治，就应该推广科学文化知识，"照亮"人们的头脑，启发理性，达到扫除一切社会病根的目的。他们不顾打击、迫害、监禁和流放，热诚地为真理和正义而奋斗。

近代欧洲各国在完成资产阶级政治革命之前，都经历了启蒙运动的思想变革。但是，除英法等国外，其他一些国家的思想启蒙由于各自历史条件所限，发展很不平衡，有的带有较大的妥协性。如德国，出现的是"狂飙突进"运动，包括此后莱辛、歌德、席勒领导的文学革命，康德开启的德国古典哲学革命；在俄国，有拉吉舍夫等反对封建农奴制的思想斗争；在意大利，也建立了很多启蒙团体，它们的主要领导人都自称是法国启蒙运动思想家的信徒和学生。应指出的是，在19 世纪之后，亚洲的一些国家，如日本、中国等才出现了具有启蒙性质的思想解放运动。

二、启蒙主义运动时期的文学

启蒙主义文学是启蒙运动的重要组成部分和强有力的战斗武器，它的产生一方面适应了欧洲资产阶级政治斗争的需要，另一方面也是新时代文学内容要求突破与封建主义相适应的古典主义的各种规律的艺术表达。启蒙文学在欧洲各国的发展各具特色，然而各国文学家们的美学思想与创作取向仍然具有一致性。

第一，鲜明的政治倾向性。启蒙作家往往就是启蒙思想家和活动家。他们在作品中猛烈抨击封建制度和教会，热情宣传自由、平等、博爱思想，描绘理性王国蓝图。启蒙主义文学家们一般站在无神论或朴素唯物论的立场来理解艺术与现实的关系，竭力捍卫艺术的民主倾向，使文学面向广大人民群众，着重描写平民的日常生活，塑造了普通人的正面形象，把普通人的情感和理智、希望和追求、幸福和痛苦，都写进文学作品之中。

第二，深厚的哲理色彩。启蒙作家常常有意识地把自己的政治观点、哲学思想融入作品中，对生活进行分析、思索和评论，使作品带有寓意和象征性，具有说教和政论特色，这类作品尤以小说为多。此类小说被称为哲理小说。但启蒙文学的哲理性和分析性，也给作品带来概念化的缺陷，作品中纯理性的成分较多，忽视对人物性格的刻画，使艺术形象缺乏个性特点，从而削弱了文学作品的艺术感染力。

第三，真实自然的创作风格。狄德罗提出的文学创作"要真实，要自然"的主张，为近代资产阶级文学指出了新的方向。在他们看来，文艺的美应该来自自然，来自生活，因此他们要求艺术真实地反映现实，从而更深刻反映社会生活中的各种矛盾、形形色色的人物以及他们的思想感情。

第四，活泼多样的文学形式。为了更好地宣传启蒙思想，启蒙作家摒弃了古典主义的清规戒律，创造了许多新的文学形式，如正剧（即莱辛的"市民悲剧"和狄德罗的"严肃喜剧"）、哲理小说、书信体小说、对话体小说、教育小说等。其中，哲理小说最受启蒙作家的青睐。在这类小说中，故事情节往往只是一个框架，人物被赋予一种寓意，作家主要是通过富有寓意的形象和故事来表现某种哲理，表达作家对于哲学、政治、社会问题的见解。启蒙文学开创了欧洲文学的散文时代，结束了诗体语言对文坛的统治。

作为启蒙运动组成部分的启蒙文学和文艺复兴时期的人文主义文学既有相同点，也有不同之处：一是两者都是新兴资产阶级反封建、反教会的重要思想工具，但人文主义文学偏重于伦理道德和生活领域，着重揭露教会的黑暗和教士的伪善、贪婪；而启蒙文学则把矛头直指封建制度和宗教迷信，为资产阶级夺取政权制造舆论，具有更鲜明的政治倾向性。二是两者的正面主人公都体现了资产阶级的愿望，但人文主义文学中主人公往往披着帝王将相、才子佳人的外衣，而启蒙文学则直接以第三等级的人物[①]作为歌颂的对象，把封建贵族作为讽刺批判的对象。三是两者在艺术上都运用写实主义手法，强调反映社会现实，但人文主义文学往往

---

① 第三等级，也称"市民等级"。区别于第一等级的教会僧侣和第二等级的世俗贵族，主要由商人、作坊主和城市居民构成。

采用古代和外国的题材，而启蒙文学则大多直接取材于现实生活。此外，两者都创造了一些新的文学形式，如前者首创了十四行诗和小说等，后者独创了哲理小说和正剧等。

（一）英国文学

英国启蒙运动发生在资产阶级革命之后，启蒙思想家的任务不是为革命制造舆论，而是要求把革命进行到底，以彻底扫除封建残余势力；同时也揭露新的社会制度所产生的种种弊病。英国 18 世纪文学的主要成就是小说。它摆脱了以前专写贵人骑士传统的旧小说模式，以日常社会生活为题材，资产阶级或社会下层普通人的生活成为作品所着力体现的内容，力求真实地反映当时社会存在的各种矛盾。叙事语言贴近日常生活。作品通过 18 世纪城乡环境的描写和塑造特定环境中的人物，很好地迎合了城市中产阶级读者的审美趣味。这一时期最有成就的作家是笛福、理查生、斯威夫特和菲尔丁等。

丹尼尔·笛福（1660—1731）是英国文学史上第一个重要的长篇小说作家、新兴资产阶级的代言人。出身于商人家庭，自己也经过商，又参加过政治活动，有着丰富的生活经历。1719 年，在 59 岁时发表了第一部长篇小说《鲁滨逊漂流记》，获得了成功。他的小说还有《辛格尔登船长》（1720）、《骑士回忆录》（1720）、《疫年纪实》（1721）、《摩尔·弗兰德斯》（1722）、《杰克上校轶事》（1722）等。

《鲁滨逊漂流记》是一部取材于现实生活并带有象征意味的作品。主要讲述了一个叫作鲁滨逊的青年，虽然出身于富有之家，却不愿安享中产阶级的闲适生活，情愿外出冒险，寻求财富。他几次航海经商，在巴西购置了种植园，成为社会名流。但仍不满足，又去非洲贩运黑奴，结果船沉遇险而漂流到一个荒岛上。鲁滨逊在荒岛生活了 28 年，其间不仅凭借自己的智慧和双手，创造了一个美好的家园，还驯化了一个野人为自己服务，并将他取名为"星期五"。从显性层面上来说，这部小说的最大贡献在于成功地塑造了鲁滨逊这一资产阶级上升时期的正面典型形象。鲁滨逊所处的正是资本主义四处扩张的时代，作者在他身上很好地概括了上升时期资产阶级的事业心和进取精神。作品热情地颂扬资产阶级的这种精神、力量和意志，是对当时不劳而获、怠惰懒散的封建贵族的批判，证明资产阶级有魄力有才干在社会上占统治地位。恩格斯称鲁滨逊为一个真正的"资产者"①。

但从象征层面来看，鲁滨逊所处的海上"荒岛"其实是人类远古生活状态的象征。鲁滨逊进入荒岛后，是在极其困难的条件下，凭借自己的智慧与双手生存和发展起来的。作品描写他在一无所有的条件下，最初维持生命只能以捕食鱼虾、

---

① 《马克思恩格斯全集》第 36 卷，人民出版社 1975 年版，第 211 页。

野鸟山羊等为食。后来由于工具的进步，捕猎的动物有了剩余，开始驯养动物，从此由渔猎阶段进入了畜牧阶段。又过了一段时间，他尝试种植大麦等农作物，由畜牧阶段进入稼穑时期。他最初只能吃生的东西，像太古初民一样过着茹毛饮血的生活。后来制造出了简易的舂麦子的木臼，碾面粉用的石磨以及烧煮食物用的土陶器皿，由生食阶段进入烧烤烹饪阶段。开始时他只能住在树上和山洞里，后来通过自己的劳动，盖成了安全舒适的"堡垒"。他最初只能够在岛上活动，当凭借自己的力量制造出了独木舟后，从此可以绕岛航行，从陆地走向了海洋。鲁滨逊的这些活动无疑象征了人类从远古走向文明的发展进步痕迹，是人类用自己的双手创造世界历程的艺术化描绘。笛福用这样的故事告诉读者，是人而非神创造了人类世界。

小说在艺术上采用了全新的写作方法。它摒弃了中世纪那种注重抽象观念表达的象征手法的弊端，以写实手法叙述事件的过程，讲究细节的真实，注意在行动中刻画人物性格。作家甚至用翔实可靠的数据来说话，具有强烈的现实真实感；小说还用穿插日记的方式生动地记下了人物内心的感受和对事物的思考，文体简朴，语言通俗，读来亲切感人。这些手法都使其接近现实主义小说，但总体上又表现出了强烈的象征性。笛福的创作方法使文学作品易于为广大的平民百姓接受，开拓了西方小说发展的新时期。

乔纳森·斯威夫特（1667—1745）是英国启蒙主义文学中杰出的讽刺作家，作品有小说、诗歌、散文和书简。小说《格列佛游记》（1726）是他讽刺文学中最为出色的作品。全书共有四卷：第一卷是"小人国"游记，描述了小人国宫廷集团和贵族大臣的阴谋诡计，他们互相之间争宠弄权，议院各派别之间为各自利益而丑态百出并进行无聊的宗教争论，从而揭露了英国统治集团的内部矛盾。第二卷是"大人国"游记，作者在此塑造了启蒙思想家理想中的"开明君主"的形象，该国王利用理智、常识、公理和仁慈来治理他的国家。第三卷是"飞岛等国"游记，作者讽刺了残酷压榨殖民地人民的英国统治者和脱离实际而充满幻想的伪科学家。第四卷是"慧骃国"游记，在该卷中作者极力赞扬有理性的、公正而诚实的慧骃（马形人物），批判了龌龊、贪婪和好斗的耶胡（人形动物）。该小说反映了18世纪前半期英国社会的矛盾，批判了英国上层集团的腐化、两党政治的欺骗，揭露了英国资产阶级在资本主义原始积累时期的罪恶。从表面上看这是一部幻想丰富、诙谐有趣的儿童读物，实质上它是一部多方面讽刺英国政治、教育、文化弊端的作品。通过主人公幻想旅行的奇闻来影射、讽刺当时的英国社会现象，借助童话世界，把幻想、夸张的讽刺手法推到了新的高度。从斯威夫特开始，讽刺成为英国现实主义小说的一个鲜明特色。

感伤主义文学在18世纪五六十年代盛行于英国，随后流传至德国等地区。感伤主义文学的哲学基础是贝克莱和休谟的怀疑论，主要反映的是中小资产阶级的情绪。他们重视情感的力量，对理性采取否定的态度。由于作者找不到正确解决社会问题的办法，因此自怨自艾、多愁善感，显示了强烈的感伤情绪。英国感伤主义文学的代表作家有哥尔斯密斯（1728—1774）和斯泰恩（1713—1768）等。感伤主义的名称即从斯泰恩的小说《感伤的旅行》（1768）而来。

塞缪尔·理查生（1689—1761）是英国感伤主义小说的创始人。他写了一批书信体小说，主要有《帕美勒》（又名《美德受到了奖赏》，1740—1741）、《克拉丽莎》（又名《一个青年妇女的故事》，1747—1748）等。他的小说大多取材于日常生活，以小资产阶级妇女的悲欢离合为主要描写内容，通过生动的爱情故事，颂扬平民的优秀品格和揭露贵族的放荡行径。其作品的最大特点是从个人真实情感出发来刻画处于情感纠葛中的人物心理，打破了古典主义作品对情感的克制。他的创作开启了书信体小说的先河。作品曾流行于西欧，并对狄德罗、卢梭和歌德等人的创作产生过影响。

多比亚斯·乔治·斯摩莱特（1721—1771）是此时英国著名小说家之一。作品包括《兰登传》（1748）、《亨佛利·克林克》（1771）等。他的作品与流浪汉小说传统保持着紧密联系，以揭露社会丑恶为主要内容，以广泛而深刻的批判性为特色。在艺术上更接近于 19 世纪的现实主义小说。

亨利·菲尔丁与理查生、笛福并称英国现代小说的三大开拓者。他的现实主义文艺主张对英国现实主义小说的发展起了重大的作用。

除了这些现实主义小说家，18 世纪末 19 世纪初的英国出现了一位具有承上启下地位的女小说家简·奥斯丁（1775—1817），她以其特有的细致入微的手法和活泼风趣的文字展示了女性的爱情、婚姻和家庭生活。代表作有《理智与情感》（1811）、《傲慢与偏见》（1813）和《爱玛》（1815）。

相比较而言，英国 18 世纪的戏剧成就不高，理查·布林斯莱·谢立丹（1751—1816）是当时最重要的喜剧作家。与当时追求矫揉造作的情感和夸张的戏剧性的创作手法不同，他以启蒙思想家的批判精神进行创作，其代表作《造谣学校》（1777）揭露了上流社会的造谣中伤、伪善、淫逸放荡的风习。

诗歌方面，罗伯特·彭斯（1759—1796）是 18 世纪苏格兰最杰出的诗人。他生活在资产阶级革命的时期，写了许多歌颂革命、自由、平等，反对专制压迫、民族压迫的诗篇，如《自由树》一诗就是歌颂法国大革命的。他的诗具有深厚的人民性，反映人民反剥削、反压迫的要求，表达了苏格兰农民的情绪和资产阶级的启蒙理想。诗中感情淳朴真挚，语言清新明快，成功地运用了民歌体和苏格兰方言。

威廉·布莱克（1757—1827）也是一位著名英国诗人。他的抒情诗集《天真之歌》（1789）歌唱了在自然环境中生活的欢乐和"爱、仁慈、怜悯、和平"的理想。《经验之歌》（1794）描写生活中的不幸和痛苦，对社会进行控诉。此外，布莱克还有一些歌颂自由解放、要求改革现实的作品。他的创作打破了古典主义的束缚，是英国浪漫主义诗歌的先驱。

（二）法国文学

18 世纪法国文学按不同的思想倾向和艺术特点，可分为古典主义文学、民间文学和启蒙主义文学。其中，启蒙主义文学是 18 世纪法国文学的主流。

法国启蒙运动从 18 世纪 20 年代正式展开，到 50 年代形成高潮，直到 1789 年法国大革命爆发，先后持续了半个多世纪。18 世纪 20 年代法国专制政体和天主教会对资本主义经济发展形成了严重的障碍，从而引起了第三等级的强烈不满，为反封建反宗教的启蒙主义思潮出现创造了有利的历史条件。法国启蒙文学也在这一历史条件下应运而生。

法国启蒙作家利用文学来宣传自己关于社会生活、宗教制度、政治体制等方面的看法，创造了哲理小说、启蒙戏剧等新的文学表现方式。哲理小说的作者往往利用带有明显寓意的形象来创作，具有透彻的说理和辛辣的讽刺。其语言明晰简朴，叙事简洁明快，但并不注意情节结构的完整、人物形象的典型性。而启蒙戏剧则打破了传统戏剧中喜剧和悲剧的二分，将它们揉为一体，从而真实地反映了日常生活，并从正面对资产阶级的人物进行刻画，对资产阶级的道德主张进行了有力的宣扬。

法兰索亚·费纳隆（1651—1715）和阿勒·瑞内·勒萨日（1668—1747）被认为是法国启蒙运动的先驱者。费纳隆曾写了《帖雷马克历险记》（1699）、《死者的对话录》（1700—1718）。作者在作品中反对国王路易十四提出的"朕即国家"的主张，公开喊出："国王是政府的仆人。"勒萨日写过戏剧和小说。主要作品有以机智仆人凭借才干成为富翁并受到贵族和资产者阿谀奉承的喜剧《杜卡莱》（1709），以及包括 100 篇作品的《市集剧》（收有喜歌剧、俗语剧、滑稽剧等）。他的长篇小说《吉尔·布拉斯》（1715—1735）主要描写西班牙平民吉尔·布拉斯老实而能干，但却处处受欺骗，时时受凌辱。后来他学会了欺诈，堕落成为骗子，却飞黄腾达，官至首相秘书高位。小说通过主人公的经历，全面地揭露了封建社会的黑暗腐朽、等级制度的偏见和金钱势力的罪恶。由于作家把全部的谴责都指向了社会，因此有为主人公利己主义行为解脱之嫌。作品采用流浪汉小说的结构模式写成，反映的生活面较为宽阔。

孟德斯鸠（1689—1755）原名查理·路易·德·色贡达。出身贵族家庭。曾任波尔多法院院长，后因对封建专制制度不满而自动离职，专门从事学术研究。传世著作有《波斯人信札》（1721）、《论法的精神》（1748）以及《罗马兴衰原因论》（1734）等。他将国家分为共和政体（包括民主制和贵族制在内）、君主政体和专制政体三类。他拥护共和政体，并提出"三权分立"的原则，目的在于防止滥用职权和专制独裁，从而达到保障私有财产和政治自由的目的。他的主张充分反映了资产阶级和自由派贵族对政治权利的要求，为资产阶级创设了一个反对封建专制主义和依法治国的方案，奠定了资产阶级政权建设的理论基础。《波斯人信札》是一部用书信体写成的讽刺作品，由160封信组成。作者假托两位旅居巴黎的波斯青年与本国亲友相互写信的形式，对两个封建专制国家——法国和波斯的现实生活做了广泛描写，暴露了贵族阶级的腐化堕落，批判了专制制度和宗教反动势力，表达了作家对政治、社会、宗教以及道德等方面的启蒙主义观点。

伏尔泰（1694—1778）原名弗朗索瓦·马利·阿鲁埃。出身于资产阶级家庭。年轻时曾因写讽刺诗而得罪贵族，先后两次被投入巴士底狱。后遭放逐。流亡于英国时，对英国的先进思想产生了浓厚的兴趣。回国后大力宣传启蒙思想，写下了大量的关于哲学、政治、历史、文学和自然科学等方面的著作，其中主要有《哲学通信》（1734）、《路易十四年代》（1751）等。而他文学创作中成就最大的就是哲理小说，一共出版了26部之多。著名作品有《查第格》（1748）、《老实人》（1759）、《天真汉》（1767）等。

《老实人》中的主人公是贵族私生子，受教于乐观主义者邦葛罗斯。德国男爵府家庭教师邦葛罗斯认定这个世界是最完美的，认为"事物大小，皆有定数，万物皆有归宿，此归宿自必为最完美的归宿"。寄居在男爵府上的老实人性情温和，头脑简单，就天真地相信了这一说法。一天，男爵发现老实人居然和自己的女儿居内贡达谈情说爱，一怒之下将他逐出家门。从此，老实人开始了流浪的生活。流浪生涯中所经历的种种灾难，所目睹的社会恶习和卑鄙行为使他对邦葛罗斯的说教产生了怀疑，认识到这个世界并不"完善"。"一切皆善"的说教来源于德国17世纪唯心主义哲学家莱布尼茨，他曾提出了上帝所创造的这一个世界是一切可能的世界中最好的，在这个可能最好的世界，一切都趋于至善的观点。这是一种维护现存秩序、为统治阶级服务的理论。作品通过老实人及其同伴，以及邦葛罗斯的悲惨经历，无情地嘲笑了这一为神权和王权辩护的哲学。小说中另一个"哲学家"马丁持有怀疑悲观思想，在他看来，人类是没有前途的，人的生活是没有希望的。伏尔泰也不同意这种观点。因此，他在小说中写了一段老实人游黄金国的故事，勾画出他的乌托邦理想国：在那里没有宗教裁判所，没有战争和罪恶，也没有议会与监狱，国王与普通百姓之间没有根本区别，黄金等同于路边之卵石。这其实是作者自己提出的在理性秩序上建立新社会的构想。最后，小说在老实人与邦葛罗斯的对话中结束。老实人最后的结论是："工作可以使我们免除三大害处：烦闷、纵欲、饥寒。"伏尔泰通过该部小说对当时社会风习以及专制制度、法庭与教会进行了无情的批判，讽刺了以保存现有社会制度为目的的盲目的乐观主义思想和对人类前途的悲观主义态度，提出了空想的社会主义理想。

德尼·狄德罗（1713—1784）是法国新一代杰出的启蒙思想家和作家。他组织编写的《百科全书》成为新兴资产阶级与反动势力进行斗争的理论阵地，并以此把法国启蒙运动推向高潮。恩格斯赞誉他是为了真理和正义献出了整个生命的人。而他的文学成就主要是戏剧及哲理小说。他的戏剧艺术并不出色，但其戏剧等方面的美学思想，则享有盛誉。他用唯物主义思想去解决美学问题，全部美学论著中贯穿着反对贵族艺术，要求艺术民主的自觉意识。他反对古典主义戏剧，主张打破悲剧和喜剧的严格界限，创造出用日常语言来表现一般市民生活的"严肃喜剧"或"市民剧"（后被称为"正剧"）。他主张戏剧应该成为"善良的学校"，达到教育和启蒙的目的。狄德罗的艺术思想还贯穿了强烈的现实主义精神，认为艺术的美就在于真实地反映了客观现实生活。他的艺术主张对当时的美学理论和戏剧创作都产生了积极的影响，为近代戏剧的发展开辟了道路。他的哲理小说主要有《修女》（1760）、《拉摩的侄儿》（1762—1779）与《宿命论者雅克和他的主人》（1773）。而《拉摩的侄儿》成就最高，曾被恩格斯称为"辩证法的杰作"。小说由"我"与拉摩的侄儿之间的对话写成。主人公拉摩的侄儿是一个矛盾的载体。一方面他才能出众、知识丰富且见解独到，对人的自由和尊严无比看重；另一方面，他的性格中又存在着难以克服的弱点，即随波逐流。在丧失财产而成为贵族府第的食客的情况下，为了填饱肚皮，他不惜忍辱含羞而对贵族阿谀奉承，没有勇气去改变现实。拉摩的侄儿是法国由封建主义向资本主义过渡时期的典型产物，他性格中的矛盾正是当时社会矛盾的反映。马克思也曾称赞这部作品是无与伦比的作品。

让-雅克·卢梭与狄德罗处于同一时代，是启蒙主义运动中小资产阶级民主派的代表。

彼尔·奥古斯丁·卡隆·德·博马舍（1732—1799）是著名的剧作家和戏剧理论家。他继承了狄德罗的戏剧理论，提倡介乎英雄悲剧和轻快喜剧之间的"中间类别的严肃喜剧"。他第一个把这种戏剧称为"正剧"，并强调这种戏剧是现实生活的真实反映。他主张描写第三等级的普通人，使用普通人的日常语言。代表作有《塞维勒的理发师》（1775）、《费加罗的婚姻》（1778）等。《费加罗的婚姻》曾被誉为法国大革命的前奏曲，主要写仆人费加罗为维护自身权利，与企图恢复贵族初夜权的主人阿勒玛维华伯爵展开斗争，使伯爵当众出丑，全剧在费加罗婚礼的狂欢中结束。费加罗与伯爵的斗争实际上是大革命前夜贵族阶级与第三等级之间的斗争的反映。费加罗的胜利预示着法国"第三等级"反封建斗争的胜利。剧本在最后说道："人民受着压迫，他们就会诅咒，会怒吼，会行动起来。"以至于法王路易十六读过这个剧本后，下令此剧永远不准上演并逮捕了博马舍，而人民群众则走向街头要求上演。结果国王只好释放了作家，准许此剧上演。1792 年，在大革命三年后，博马舍又发表了剧本《有罪的母亲》，思想走向退步。

（三）德国文学

处于同一时期的德国，其启蒙运动的发生与发展却是在另一种环境中进行的。在 18 世纪，德国经济上占据重要地位的仍然是封建的生产关系，政治上则四分五裂，300 多个小朝廷各自为政，纷争不断。德国的启蒙主义者虽然不满于现实，却因缺乏政治革命的经济基础，没有形成强大的政治力量。因此，德国的启蒙运动也没有形成较大规模的社会运动。德国启蒙主义者面对国家分裂、政治落后的状况，只能以建立统一的民族文学为己任，从而使德国在这一时期的启蒙思想具有了浓厚的民族特色。

在 18 世纪中期之前，德国的启蒙运动只是处在自发的酝酿阶段。大约在 70 年代到 80 年代中期，爆发式地产生了声势浩大的"狂飙突进"运动。这场运动是德国新兴资产阶级城市青年所发动的一次文学解放运动，也是德国启蒙运动的第一次高潮。名称来源于克林格尔 1776 年写作的同名剧本。该运动以反对封建特权和封建束缚为手段，以达到结束分裂局面并实现民族统一的目的。而该运动在文学上的反映就是提倡个性解放、崇尚感情、礼赞天才人物和歌颂大自然，充满强烈的反抗精神。"狂飙突进"作家重视民间文学而非宫廷文学，要求在文学创作中表现民族风格。该运动带来了德国文学的繁荣。但因它的反抗带有自发的性质，所以很快就衰落了。这场运动的理论家和精神领袖是赫尔德尔（1744—1803），青年时代的歌德、席勒以及莱辛等是其主要代表作家。

高特荷德·艾弗拉姆·莱辛（1729—1781）是德国启蒙运动的杰出代表，也是德国民族文学的奠基人。莱辛在 1748 年来到柏林，为报刊撰写评论，后来曾担任报纸副刊编辑，1767 年被汉堡民族剧院聘为剧评家。莱辛著作颇丰，理论著作有《汉堡剧评》（1767—1769）、《拉奥孔，论绘画和诗歌的界限》（1766）等。作为一个启蒙主义者，他特别重视戏剧的教育作用，主张创造德国的民族戏剧。他大力提倡写"市民悲剧"，即着力表现市民阶级的思想感情和不幸遭遇。在美学理论上，他强调艺术必须克服脱离现实的倾向，要发挥各种艺术形式的特性，真实而生动地反映现实。可以说，莱辛的美学思想为德国启蒙主义者建立新文艺扫清了道路。莱辛同时又是杰出的剧作家，他主要的作品有喜剧《明娜·封·巴尔赫姆》（1767）、悲剧《爱米丽雅·迦绿蒂》（1772）、诗体剧《智者纳旦》（1779）等。莱辛的《爱米丽雅·迦绿蒂》是德国市民悲剧的代表性作品，该剧的故事发生在 15 世纪的意大利。主要描写了公爵为强占平民少女爱米丽雅，在她结婚那天，派人在路上杀死了新郎，并把她抢到宫中。爱米丽雅的父亲为保全女儿的贞洁，忍痛杀死了自己的女儿。公爵是残暴专制的代表，作品通过这一形象揭露了封建统治者的罪行。爱米丽雅和她的父亲是市民道德的化身。剧本歌颂了她和父亲不屈的反抗精神，表现了人民群众的反抗情绪。但爱米丽雅父女采取戕害自己的方式进行反抗，不敢直面封建的强权和暴力，又表现了资产阶级市民的软弱性。纵观莱辛的全部创作，他在作品中对封建暴政、农奴制度和掠夺性战争进行了无情的揭露，否定等级特权和宗教偏执，反对建立在不平等、不自由基础上的任何国家制度和社会制度。但是，他又和德国其他启蒙思想家一样，仅仅把批判的锋芒聚焦在了道德批判上，表现出了历史局限性。莱辛的美学理论和戏剧创作，曾影响了后来的歌德、席勒等一代文学大家。

到了 18 世纪 80 年代后期，德国进入了"魏玛古典文学"时代。在这一时期，思想家和文学家们继承了"狂飙突进"运动的斗争精神，继续探求德国民族的前进道路。由于当时德国资产阶级革命的条件尚未成熟，因此这方面的要求只在文学与哲学方面得到了体现，并取得了较大的成就。他们把人道主义作为最高理想，认为人类历史是不断发展的，最终将实现这个理想。但是，他们在构思这个理想时，却把眼光转向了古代，因此强调学习古希腊罗马文学和艺术，认为古代艺术体现出了一种宁静、淳朴、和谐的美。他们要用古典艺术的美来教育人和改造人，期望造就能够自我完善的人和具有审美意识的人来改变现实中德国人的利益纷争与私欲膨胀，从而达到改造现实社会的目的。在艺术上追求内容和形式、自由与法则、理性与情感的和谐统一。德国古典文学阶段的主要代表是歌德和席勒。

约翰·克里斯多夫·弗里德里希·席勒（1759—1805）是德国民族文学的伟大代表之一，与歌德并称。出生于符腾堡公国的马尔巴赫小城。先在拉丁语学校学习，14 岁被送入公爵创办的军事学校。在学校严酷专制的环境下，他偷读了卢梭、莱辛等人的作品。早期的席勒是德国"狂飙突进"运动的积极参与者，曾写下了《强盗》（1780）、《阴谋与爱情》（1783）等戏剧作品，以反封建专制主义为主题。1782 年在受到公爵侮辱后，与朋友出逃到斯图加特，后曾在曼海姆、莱比锡和德累斯顿居住，最后定居魏玛城。

《强盗》讲述伯爵次子弗朗兹为谋取继承权，恶毒诬陷长兄卡尔；卡尔被迫成了强盗的首领。阴谋败露后弗朗兹被迫自杀，穆尔伯爵得知爱子成了强盗首领被气死。卡尔最后决心为真理而死。该悲剧表现了反对封建暴政，提倡人道主义和个性解放的主题。剧本扉页的题词是"打倒暴君！"并引用了古希腊名医希波克拉特的名言："药不能治者，以铁治之；铁不能治者，以火治之。"

《阴谋与爱情》是他的戏剧代表作。故事发生在德国一个小公国里，宰相的儿子裴迪南爱上平民出身的少女露伊斯。但宰相为了讨好公爵，获得更大的权力，逼迫儿子娶公爵的情妇为妻，裴迪南誓死不从。宰相便勾结秘书伍尔牧制造阴谋，企图拆散这对恋人。他们抓捕了露伊斯的父亲米勒，并利用露伊斯对父亲的爱，胁迫她写了一封假情书给宫廷侍卫长作为释放她父亲的条件，还要她发誓保守秘密。然后他们故意让这封假情书落到裴迪南手中。裴迪南以为露伊斯另有所爱，在绝望中与露伊斯一起服下毒药。露伊斯临死前讲出真相，裴迪南后悔莫及。一对纯洁的情侣就这样被罪恶的阴谋夺去了年轻的生命。作家把爱情悲剧和宫廷阴谋联系在一起，在爱情主线上安排了市民阶级和封建统治阶级之间的尖锐矛盾。表面看这是爱情悲剧，但本质是两种社会势力、两种道德标准的激烈冲突，是民主和专制的剧烈斗争。男女主人公不仅是封建等级制度的受害者，而且是宫廷权势斗争的牺牲品，这就有力地控诉了专制统治的暴虐和宫廷的黑暗腐败，大大加强了作品的政治倾向性。恩格斯称它是"德国第一部有政治倾向的戏剧"[1]。作品也反映了市民阶级追求自由平等与个性解放的时代要求及其局限性。裴迪南是贵族阶级叛逆者的代表，他追求个性解放，反对封建权威，但是却缺乏积极的革命行动。而在露伊斯身上，我们也会看到德国进步青年的影子。她蔑视宫廷的奢靡，嘲笑贵族的无能，并因为反对等级偏见而决然和裴迪南相爱，从而达到了追求个性自由的目的。但是，她对自由的追求并不彻底，虽然态度坚决，却又承认父亲对她爱情的反对是正确的，因此不愿意为自己的幸福而抛弃父母，以致最后不得不屈服于权势的压力而写下假情书，从而酿成悲剧。这其实正是德国市民阶级妥协与软弱的反映。在艺术表现手法上，马克思曾指出席勒的创作有"席勒化"的倾向，即"把个人变成时代精神的单纯的传声筒"[2]，"为了观念的东西而忘掉现实主义的东西"[3]。在《阴谋与爱情》中也存在这种缺点。但从整体上说，作品的这种缺点并不算突出，因为它直接取材于德国社会现实，情节丰富生动且有高度的戏剧性，人物性格个性鲜明又具有典型性。

1794年席勒和歌德相识并从此开始了合作的十年，形成了德国18世纪文学的"魏玛古典时期"。席勒和歌德在文学创作上的十年合作，是德国文学史上的重大事件，他们共同把德国古典文学推向了一个新的高峰。在此期间，席勒创作了诸如大型历史剧《华伦斯坦》（1796—1799）、《奥里昂姑娘》（1801）、《威廉·退尔》（1804）等戏剧作品，这一时期的主题是努力唤起民族意识，并号召民族统一，显示了席勒后期思想上的进步。

他一生强调美育，在美学著作《美育书简》（1793）、《论朴素的诗与感伤的

① 《马克思恩格斯选集》第4卷，人民出版社1995年版，第673页。
② 《马克思恩格斯选集》第4卷，人民出版社1995年版，第555页。
③ 《马克思恩格斯选集》第4卷，人民出版社1995年版，第559页。

诗》（1795）中提出用美育方式改造社会的主张。

1805 年 5 月，席勒在魏玛病逝。

（四）俄国文学

18 世纪初，彼得一世实行改革，为进一步向西欧吸取文明开辟了道路。此时俄国文学正处于从古代文学向新的内容和形式过渡的阶段。30 至 50 年代，法国古典主义的影响日盛，俄国古典主义流派也于此时形成，出现了一些俄国作家，如康捷米尔（1708—1744）、罗蒙诺索夫（1711—1765）、苏马罗科夫（1717—1777）等。18 世纪 60 年代，俄国社会矛盾激化。农民运动不断高涨，70 年代爆发了普加乔夫①领导的规模宏大的农民起义。在农民运动的影响下，反对农奴制的进步思想有所发展。由于社会矛盾不断加剧，发生于法、英等国的启蒙思想在俄国也引起了强烈的反响，并广泛传播开来，从而催生了俄国思想界的启蒙运动学派。女皇叶卡捷琳娜二世即位之初，假意接受启蒙思想，标榜实行"开明君主"制度，鼓励文学创作，出版杂志，并亲自动笔写作，但其目的是要使文学为其统治服务。进步作家诺维科夫、冯维辛、拉吉舍夫等则在他们的作品里揭穿了这个"穿裙子的达尔杜弗"，传达了农民的某些呼声。诺维科夫创办《雄蜂》（1769—1770）和《画家》（1772—1773）两种杂志，揭露了农民在地主残酷剥削下濒于绝境的悲惨情况。

杰尼斯·伊凡诺维奇·冯维辛（1745—1792）是俄罗斯最早出现的具有启蒙思想的作家之一。他生于贵族家庭，莫斯科大学毕业后进入外交部当翻译，曾译过一些法国诗歌和剧本。在早期诗歌里，他尖锐地指责沙皇的专制暴虐。他写过各种体裁的讽刺作品，其中以喜剧最为成功。《旅长》（1766）嘲笑了老一代贵族的愚昧和受过外国教育的年轻一代的愚蠢。著名喜剧《纨绔少年》（1782）真实地刻画了普罗斯塔科娃这个农奴主的形象。她奸诈、愚蠢、狠毒，对农奴进行敲骨吸髓的剥削。农奴出身的保姆在她家工作了 40 年，所得的酬报是"一年五个卢布，外加每天五记耳光"。她虐待周围的一切人，包括她的丈夫，却十分溺爱儿子米特罗方，一心希望他娶上成了巨富的索菲亚。在母亲的教养下，米特罗方是个只会吃喝玩乐的纨绔少年。他善于见风使舵，并像普罗斯塔科娃一样凶暴狡黠。喜剧的结构简洁紧凑，是按古典主义的"三一律"原则写成的。

亚历山大·尼古拉耶维奇·拉吉舍夫（1749—1802）是较为激进的俄国启蒙学者之一。他写过哲学、政论著作和文学作品，其中最重要的是《从彼得堡到莫斯科旅行记》（1790）。该书出版后，他立即遭到逮捕，被判处死刑，后改为流放

---

① 普加乔夫：俄国农民起义领袖。1773 年起义，参加者达 10 万人，直接威胁到了莫斯科。起义失败后，他于 1775 年被叶卡捷琳娜二世处死。

西伯利亚服苦役，直到晚年才被召回。1801年，他参加了政府法律编纂委员会的工作。次年以自杀抗议沙皇对他的新迫害。代表作《从彼得堡到莫斯科旅行记》按各驿站的名称将他从彼得堡到莫斯科的沿途见闻分章辑录成书，其中虽无统一的情节，但前后贯穿着农民革命的思想。作品的开端引用特列佳科夫斯基的一行诗作为题词，把专制农奴制度比作一只生有"一百张血盆大口"的怪物。在他的笔下，农民过着极其悲惨的牛马生活，成年累月地为地主服徭役。他们靠糠菜充饥，住在破败的矮屋子里。作者愤怒地诘问地主："贪婪的野兽，永不知足的吸血鬼，你们给农民留下了什么？只有你们无法抢走的空气。是的，只有空气！"作者还详尽地描述了公开拍卖农奴等骇人听闻的事实，指出这一切都是由于"法律给农奴规定了一条死路"。叶卡捷琳娜二世曾告诉伏尔泰，说俄国农民可以随意吃鸡，极力宣扬自己的"德政"。拉吉舍夫在作品中愤怒地戳穿了这个所谓开明君主的假面具。他说，沙皇的红袍上沾满了人民的血泪，手指上有人的脑浆，两脚站在污泥里；人民称沙皇为"骗子、伪君子、害人精"。拉吉舍夫深信农民革命不可避免，说农民到了忍无可忍的时候，就会像冲破堤坝的激流一样，势不可挡。《扎伊佐沃》一章记述全村农民用木棍打死为非作歹的地主父子四人，事后法院给农民判罪，他们仍不屈服。作者站在农民一边，认为他们是无辜的。在其他章节里，他甚至号召农民起来烧光地主的房屋，并希望能够推翻沙皇政权，建立以小农经济为基础的资产阶级联邦共和国。在《特维尔》一章的《自由颂》里，作者满腔热情欢呼革命："我看见利剑到处闪耀，死神变成各种各样的形象，在沙皇高傲的头顶飞翔。"由于诗作强烈的革命性，书一出版便受到统治阶级的封禁。叶卡捷琳娜二世盛怒中在书上批道：拉吉舍夫把希望寄托在农民造反上面，比普加乔夫更坏。这部作品虽一直被列为禁书，但却以手抄本形式到处流传，对十二月党人和普希金产生过很大的影响。

（五）亚非文学

在18世纪欧美社会不断发展的同时，亚非社会却发展缓慢。一是封建社会制度和文化传统的强大惯性，使得此时的亚非社会仍然在原有的轨道上缓慢地发展着，但也显露出一些新的特点。二是自16世纪后期开始，尤其在18世纪西方殖民者开始大肆入侵亚非各国，导致很多东方国家成为殖民地和半殖民地社会。

在这种情况下，当欧美文学向现代文学急骤转型，亚非文学的发展则较为滞后。例如在东亚的日本，此时正是江户文学晚期阶段。亨保元年（1716）开始的所谓"亨保改革"，德川吉宗进一步加强了幕府制度，并对社会进步进行了严格的控制。1720年禁止基督教之外的一切洋书的进口，1723年禁止以情死为题材的一切出版物的出版和剧目的上演。直到1772年以后，由于田沼意次对社会的控制放松，使得明和、安永、天明这24年间，不仅在经济上有所发展，而且也促进了文学上的一些发展。到了 18 世纪后期，上田秋成发表了小说《雨月物语》（1768）等。但 1789 年之后，对出版物的禁令更加严酷，除朱子理学外，一切都被视为异端加以排斥，不少作家遭到迫害，文学上没有什么大的发展。在 18 世纪的朝鲜，文学也在中古思想文化的轨道上发展着。虽然《春香传》在此时最后定型，但仍然没有超出中古文学的观念和方法的窠臼。此时朝鲜文学的代表是朴趾源和丁若镛。朴趾源（字仲美，号燕岩，1737—1805）是 18 世纪朝鲜实学思想家和现实主义作家。他用汉文进行创作，有《从石亭观日出》《田家》《一鹭》等诗作 42 首；有《广文传》《闵翁传》《两班传》等 9 部短篇小说；还有《热河日记》等作品。主要表现的是 18 世纪末期商业资本和官僚阶层相勾结的现实，展现了封建社会末期的朝鲜社会现状。有些作品提出了改革社会的理想。丁若镛（字美庸、颂甫，号茶山、与犹堂，1762—1836）是朝鲜杰出的汉文诗人、朝鲜实学思想的集大成者。作为一个现实主义作家，他非常注重文学的思想性和教育意义。现存他的诗作 23 卷，2500 多首。主要诗歌作品有《述志》《三吏》《饥民诗》《夏日对酒》《狸奴行》《哀绝阳》等，描写劳动人民的沉重苦难，揭露封建官吏和地主阶级压迫人民的暴行，抒发自己的愤懑之情。

在南亚的印度，1757 年至 1849 年英国政府通过东印度公司进行了一系列侵略印度的战争。印度最后沦为英国殖民地。1757 年的普拉西之战，是英国东印度公司征服印度的第一次重要战役。此后在 18 世纪下半期，英国对南印度的迈索尔发动四次侵略战争。1849 年旁遮普的被吞并，标志着英国完成对印度的征服过程。在这样的背景下，18 世纪印度文学创作受到了严重的影响。此时虽然出现了一些表现反抗殖民主义斗争，表现印度人民爱国主义情怀的作品，但总体来说，成就不大。

在东南亚地区，从 16 世纪末开始，西方殖民者就开始进入东南亚，印度尼西亚、马来亚等相继成为荷兰殖民地和英国属地。这样的现状，使得东南亚文学长期处于沉寂的局面。此时马来文学中最重要的作品是大约定型于 18 世纪初的《杭·杜亚传》。作品主要塑造了理想的民族英雄杭·杜亚的形象。

在 17 至 18 世纪的阿拉伯地区，此时文学的发展也相对沉寂。特别是在波斯的沙法维王朝复辟时期（1730—1736），与奥斯曼帝国的斗争非常激烈。因此，文学上只有少数作品问世。需要指出的是，18 世纪中叶之后，以波斯南方的伊斯法罕文为中心，也兴起了一个"复古运动"，要求诗人在创作上恢复"伊拉克体"或"霍拉桑体"，以取代此前流行的立意平衡、用语俚俗的"印度体"诗风。但总体来说，此时阿拉伯地区的文学没有取得引人注目的成就。1798 年之后，法国入侵埃及，标志着西方殖民者侵入阿拉伯国家的开始。

15—16 世纪，欧洲殖民者相继侵入非洲，此后几百年间给非洲带来了无穷无尽的灾难。从 18 世纪晚期到 19 世纪晚期，欧洲冒险家到非洲内地探险达到 200 次。这些探险为帝国主义最后瓜分非洲铺平了道路。此时非洲现代意义上的文学还没有成型。

第二节 菲 尔 丁

一、生平与创作

亨利·菲尔丁（1707—1754）是 18 世纪英国戏剧家和最杰出的小说家之一，也是英国小说得以定型的奠基人，他为欧洲小说的发展作出了里程碑式的贡献。

菲尔丁出生于一个贵族家庭，父亲是上校军官，母亲是一位大法官的女儿。在菲尔丁幼年时母亲故世，家庭不和，父亲和外祖母为了他的抚养问题长期对簿公堂。少年时期的菲尔丁受教于伊顿公学，当时学校的课程完全是古代语言与经典。这给菲尔丁打下了拉丁文和希腊文的基础，并且让他接触到了古希腊剧作家和古罗马作家如贺拉斯、维吉尔和奥维德的作品。1727 年春天菲尔丁开始写作喜剧《戴着各种假面具的爱情》，并在第二年上演后获得成功。菲尔丁 21 岁时赴荷兰的莱顿大学学习语言，兼攻法律。在莱顿学习之余，他仍坚持喜剧的创作，写了喜剧《堂吉诃德在英国》和《结婚日期》。1729 年菲尔丁退学后返回英国，定居伦敦。

菲尔丁的创作生涯大致可以分为两个阶段：前期以剧本创作为主，后期以小说创作为主。1728—1737 年，菲尔丁共创作了 25 部剧本，这些剧本均属喜剧体裁。18 世纪初期和中叶，英国剧坛充斥着贵族作家所写的轻佻、淫秽的轻松喜剧，风气十分低迷，1728 年 1 月，盖伊的《乞丐的歌剧》为窒息的伦敦剧坛送来一丝清风。这部政治讽刺剧巧妙地影射了当权政府的腐败堕落，台词却又轻松幽默，获得空前成功。菲尔丁受其影响，由翻译改编莫里哀的戏剧作品入手，写出了比较成功的喜剧《生气的丈夫》和《法律公子》，受到了英国文艺界的欢迎，由此正式踏入伦敦剧坛。菲尔丁早期所写的 20 多部剧本中，以政治讽刺剧最为突出。他广泛吸收了民间戏剧的手法，用怪诞不经和幽默诙谐表现当时英国的重大政治现实，谴责贵族阶级的道德腐化。但因其作品主题过于敏感，剧作一度遭到各大剧院禁演，于是，菲尔丁和一个朋友合伙买下一个剧团，亲自主持小剧场戏剧。后来，他的社会和政治喜剧触怒了当权的辉格党首领。议会于 1737 年 6 月 6 日通过"戏剧审查法"，菲尔丁的小剧院随之关门，他的戏剧生涯也就此告终。

迫于生计，31 岁的菲尔丁改学法律，仅用了不到三年的时间就完成了四年的课程，于 1740 年取得律师资格。菲尔丁后来担任威斯敏斯特区的治安法官，常常参加巡回法庭的审判工作，得以了解到很多社会底层的现实状况，并以之为素材创作发表了大量的杂文、书简和特写，抨击社会黑暗现象。这段时间的工作加深了菲尔丁对社会的认识，也为其小说创作累积了广泛的素材。他曾先后主编过《战士》双日刊、《雅各宾杂志》和《卡文特花园杂志》，并坚持向各类报刊投稿，从中反映出他对所处时代的敏锐洞察力和鲜明立场，思想及艺术也日臻成熟。

第一部小说《约瑟夫·安德鲁斯的经历》于1742年出版，其初衷是戏讽《帕梅拉》中的伪善道德，但最终被写成了一部借约瑟夫、范妮和亚当斯牧师的漫游经历反映英国广阔城乡生活的现实主义批判小说。正是在这部小说的序言中，菲尔丁第一次提出小说就是"散文滑稽史诗"的构想。《杂文集》三卷本（包含一些杂文，两个剧本，《从阳世到阴间的旅行》和《大伟人江奈生·魏尔德传》）于1743年出版。其中的《大伟人江奈生·魏尔德传》早在1739年就开始动笔，第二年脱稿，所以这本书实际上是菲尔丁创作的第一部小说。这部讽刺小说取材于1725年伦敦的一件真实案例：主角虽然是个强盗头子，但直到犯案之前，他的职业一直是专门替官府缉拿强盗的探子。菲尔丁自始至终运用反讽笔触。他把无恶不作的魏尔德称为"大伟人"，还将他指挥党羽通过诈骗和抢劫疯狂掠夺财富的活动称为"高贵的行为"；当魏尔德被送上绞刑架时，菲尔丁讽刺他终于攀上了"荣誉之树"。但对于心地善良的正面人物哈特弗利，小说却出人意料地用"愚蠢"、"卑鄙"这些贬义的字眼来形容。在菲尔丁笔下，监狱成了英国整个政治社会生活的象征，被他用来影射讽刺两党斗争和议会政治。与此同时，菲尔丁运用斯威夫特式的讽刺手法，揭露人性中虚妄伪装的面目和可笑的本质，以引起人们的"惊奇和快感"，从而达到教育、感化读者的目的。也正是因为菲尔丁刻意地颠倒黑白，用反讽手法塑造人物，所以给读者提供了主动思考、独立做出自己道德判断的机会和可能。1749年出版的《汤姆·琼斯》是菲尔丁艺术成就最高的一部作品，也是18世纪小说艺术发展的高峰。菲尔丁吸收了当时文学中散文叙述形式的有益成分，将"散文滑稽史诗"这一崭新的艺术形式推向成熟。1751年，菲尔丁最后一部小说《阿米利亚》出版，这是菲尔丁最心爱的作品，融入了作家更多真实的个人生活体验。但这部作品基调显得悲观和压抑，出版后反应平平。菲尔丁的现实主义社会批判小说为19世纪英国批判现实主义小说奠定了基础，萨克雷、狄更斯等人的创作都深受其影响。

菲尔丁27岁结婚，子女众多，生活贫困。1743年妻子病故后，他续娶了妻子的忠实女仆。此后他担任了地方法官，任职期间正直认真、秉公执法，还常常救济穷人。虽然生活一直不富裕，但是菲尔丁总能保持乐观奋发的精神。颠沛流离的贫困生活和紧张劳累的工作，使他步入中年后疾病缠身，乃至四肢瘫痪。1754年他携家眷赴葡萄牙里斯本求治，两个月后不幸去世，被安葬在当地的英国人墓园中。

　　菲尔丁是 18 世纪英国启蒙运动的杰出作家，也是较早提出成系统的现实主义小说理论的英国小说家。菲尔丁将小说定义为"散文滑稽史诗"，它既有史诗描绘生活的广阔度，又是含有幽默滑稽成分的散文体创作。用散文写史诗，用"滑稽"而不用"严肃"笔法，小说就可以关注下层普通民众的生活，而作家的任务就是从这些看似轻松可笑的故事情节中提炼出道德价值。同时，在小说结构方面，菲尔丁用空间场景推进故事进程，注意情节的增删繁简、章节的对称整饬，体现出高超的结构调配能力，并用丰富的语言与之相适应，大大促进了英国小说的发展，也进一步奠定了英国小说的现实主义传统。

　　除了小说，菲尔丁在戏剧创作上也做出了重大贡献。1727 年春，菲尔丁以自己同萨拉·安德鲁的爱情经历为素材，创作喜剧《戴着各种假面具的爱情》，在表姐蒙塔古女士的鼓励下，完成了这部五幕剧，并于 1728 年 2 月在伦敦的皇家剧院上演了这一处女作。这部与考利·塞伯的喜剧风格类似的剧作，写的是三位受人尊敬的绅士希求以自己的财富和地位等条件来赢得三位女士的欢心，另有三位品行不端的绅士试图破坏他们的追求。菲尔丁在剧本中讨论了美德与爱情的关系和爱情的本质，批评了当时社会上以财富作为婚姻依据的习俗。

　　通过翻译、改编莫里哀的喜剧，菲尔丁更好地继承了莫里哀的讽刺艺术。他先写出了喜剧《悲剧的悲剧》（又名《大伟人大拇指托姆的生平和死亡》），用以挖苦复辟时期的产物——夸大的"英雄戏剧"；随后又写了挖苦英国选举制度的《堂吉诃德在英国》。1736 年，菲尔丁的著名政治讽刺剧《巴斯昆，时代的讽刺剧》上演。虽然全剧的中心仍然是揭露当时政府的虚伪与腐败，但却别出心裁地以剧作家和演员排演的形式出现。全剧分两个部分：一是喜剧，一是悲剧。之后，于 1737 年上演了《1736 年历史年鉴》，戏分六出，两出是对戏剧界的讽刺，其余四出是对当时社会的邪恶与政治的辛辣讽刺。菲尔丁的社会和政治喜剧剧本毫不留情地揭露英国政府的贪污腐败，谴责贵族阶级的道德沦丧。菲尔丁戏剧的影响力，促使英国首相沃尔波尔爵士于 1737 年在议会通过了反民主的"戏剧审查法"。该法律要求一切剧本上演 14 天前送审，违者罚款并吊销执照。这样便限制了菲尔丁的艺术作品所涉及的领域，也削弱了其作品的讽刺力度。为了彻底使伦敦市民不再看菲尔丁剧团的演出，当局又实行了"扰乱治安法"。没有了观众的剧院只能走向末路，而菲尔丁的戏剧之路也就此完结。

　　菲尔丁的剧本在艺术上广泛地吸收了民间戏剧的手法，继承了欧洲戏剧创作的传统，同时关注当时的社会生活，对英国戏剧的发展作出了贡献。在讨论重大政治问题时，考虑到观众的接受度，菲尔丁还在其中加入了诙谐怪诞的成分，由此创造出了"社会政治喜剧"。正是这种观众喜闻乐见的形式，才使得菲尔丁的讽刺戏剧深入人心，也使得当时的英国政府产生了极大的恐慌。菲尔丁也把这种创作剧本的艺术手法运用到了以后的小说创作中，并取得了更大的成就。

菲尔丁的戏剧、杂文和小说对下层劳动人民的淳朴善良寄予强烈的同情，并深刻揭露上层统治阶级的贪婪自私、虚伪狂妄。在艺术上，菲尔丁主张创作要源于生活，同时也强调"模仿自然"与分析思考并重，这些观点在狄更斯、萨克雷以至马克·吐温的作品中都能找到影子。此外，菲尔丁还大力呼吁作家应该重视自身文学素养的提高。菲尔丁为18世纪的英国留下了史诗般的生活图景，他的小说是18世纪小说发展的一个亮点，为欧洲现实主义小说开辟了新天地。

二、《汤姆·琼斯》

1749年2月28日，菲尔丁出版了《汤姆·琼斯》，该书全名是《弃儿汤姆·琼斯的历史》，是一部叛逆性的作品。在菲尔丁的时代，私生子是下层社会中最为人不齿、最卑贱的人群。直到19世纪中叶，英国法律还明文规定，私生子既不能继承产业，也无权设立遗嘱，甚至不能采用其生父的姓。所有这些规定无一不体现着歧视，而菲尔丁不但使这样一名私生子成为其作品的主人公，还将其塑造得无比诚实、正直、勇敢，超过其他贵族家庭出身的人物。这部作品在一定程度上冲破了传统的道德准则，否定了当时英国的社会秩序。

小说讲述英国富绅奥尔斯华绥妻儿早丧，家里只有他和妹妹白利姬两人。他收养了一个弃婴，并为其取名汤姆·琼斯，与白利姬后来的婚生子布力非一起抚养长大。布力非看似成熟稳重，实则贪婪自私。他把琼斯视为拦路石，看作他在爱情与财产继承权上的不共戴天的敌人，欲铲除而后快。他一方面预谋抢夺琼斯的情人苏菲娅，另一方面不停地在奥尔斯华绥面前说琼斯的坏话。奥尔斯华绥听信谣言，将琼斯赶出家门。而苏菲娅也因为抗拒与布力非的婚约，与琼斯一前一后来到伦敦。最终布力非的阴谋暴露，而琼斯的身份也水落石出，原来他与布力非是同母异父的兄弟。琼斯被改立为嗣，和苏菲娅终成眷属。

主人公汤姆·琼斯被菲尔丁塑造成为一位"自然之子"。这里的"自然"语涉双关，一方面暗指他是私生子；另一方面，又喻示他的高尚道德和纯洁天性，远比当时人们推崇的社会身份和等级更为重要。

琼斯是一个热情洋溢、本性善良的人。他对人忠实诚恳，宽宏大量，富有同情心，总是助人为乐，有侠士气质。打猎回来后，他把获得的所有东西全部送给雇工黑乔治去养家；当黑乔治因被解雇而出现经济困难时，他卖掉了自己心爱的马去救济他；他还多次奋不顾身地保护苏菲娅；对因为家庭困难不得不抢劫的安德森先生，他慷慨解囊……这一连串无私的行为，都说明他是一个侠义勇敢、乐于助人的青年。虽然奥尔斯华绥因轻信谗言而将琼斯驱逐出家门，但琼斯并未因此怀恨在心，只是痛恨自己的错误，并且始终都对奥尔斯华绥极为尊敬。琼斯的仁慈还表现在布力非阴谋败露后，琼斯为曾经虐待过自己的布力非向奥尔斯华绥求情。

菲尔丁认为，人性并非十全十美，即便最善良的人也有一些"小小的、人性所防备不了的瑕疵"。由此观点出发，他笔下的琼斯为人有时鲁莽、草率，好冲动。琼斯时常会有不理智的举动，这尤其表现在他对男女关系的处理上。在这方面，琼斯是轻率的，他不能控制自己的情欲和愿望。虽然他对苏菲娅的爱情是真挚的，但在感情冲动时，他忘却了这一切而干出严重违背道德的举动。小说第五卷第十章有几分嘲讽地写道，当琼斯在户外散步时，思念着心爱的苏菲娅，感慨自己的情怀充满了对她的爱慕："绝世美人在我眼里也显不出姿色，便是给她们搂在怀里，我也将比个出家人还冷若冰霜"。但在看见穿着麻布衬衣、满身汗味的毛丽时，便忍不住内心的欲望，和她躲到绿荫丛里去偷欢。也正是这种有正面亦有负面的写法，体现了菲尔丁的写作原则：大胆真实地描绘人，包括描绘人的生理需要。菲尔丁并没有把琼斯写成一个"完人"，对琼斯因冲动而做出的荒唐事情，也并没有加以掩饰或辩护。最后，琼斯在人生历练中克服了自己的缺点，能以强大的理性意识谨慎冷静地去面对所有危机。他巧妙地拒绝了贵妇人的纠缠，也没有因为经济原因接受没有爱情的婚姻，谨慎稳重，洁身自好，终于重新得到了奥尔斯华绥先生的青睐和苏菲娅的宽宥。菲尔丁的写法使得这个人物更为立体、丰满，使读者感到真实可信。

布力非是个善于见风使舵、诡计多端的伪君子。在长辈面前，他总是表现得百般恭顺。他用彬彬有礼的外表包藏起他自私自利的祸心。他意欲娶苏菲娅为妻，但他对苏菲娅没有爱情，只是觊觎她名下的财产。当他得知苏菲娅喜欢上琼斯后，内心深处无法遏止涌起的仇恨之情，感觉"琼斯取得的成功比他自己失掉苏菲娅要使他痛心得多"。他总是伺机而动，时刻准备抓琼斯的把柄，好在舅父和两位教师面前抹黑琼斯。他先是揭露了琼斯和毛丽的风流韵事，后来又和哲学教师斯奎尔一起诬陷琼斯，说他之前对黑乔治一家所做的善行都不过是为了满足堕落无耻的肉欲而已，从而造成奥尔斯华绥先生对琼斯的误解。紧接着布力非又趁热打铁，污蔑琼斯在奥尔斯华绥病重期间（实际是发生在奥尔斯华绥病情转危为安之后）喝酒逍遥、和毛丽风流快活。奥尔斯华绥先生因此大怒，将琼斯逐出家门。最后布力非隐瞒母亲遗嘱，企图独吞家产的阴谋全部败露时，只好对琼斯坦白，竭力哀求琼斯的宽恕。这使这个人物除了卑劣之外，更多了缺乏尊严的可恨。布力非就是这么一个贪婪、不择手段的奸诈人物的典型。

奥尔斯华绥虽然有段时间识人不明，却是个善良正直的乡绅，他身上具有人性的光辉。在《汤姆·琼斯》里，奥尔斯华绥时常被人愚弄，一度被他所养活的诸如布力非一伙骗子的假道德所迷惑，错把好人琼斯当作坏人逐出家门而把希望寄托在布力非身上。可是后来他醒悟过来，纠正了自己的错误。此外，奥尔斯华绥在婚姻问题上有高于常人的比较开明的见解。他把爱情作为婚姻基石的看法，在18世纪英国资产阶级社会里，确乎难能可贵。

《汤姆·琼斯》是一部包罗英国18世纪生活诸多方面的社会生活小说。读者可以从中了解到当时英国的日常生活，乡村、城市、旅店、戏院、集市、法庭、监狱、杂货铺、生意人的账房、上流社会的沙龙，等等，以及各个阶层中各具特色的人物。这部"滑稽史诗"的基本主题是善与恶的斗争，目的则是"举荐善良与纯洁"。菲尔丁对于道德的讨论贯穿于整部小说中。他往往借助细节和情景描写展示主人公具体的道德处境，真实深入地描绘人物的道德行为与他们理应遵守的道德原则之间某种内在的价值冲突；同时还不时现身说法，讨论其中蕴含的道德价值，读者在阅读过程中仿佛在与其进行一场道德标准大讨论。例如，小说描写苏菲娅不愿与布力非结婚，在女仆的陪伴下前往伦敦投靠一位贵妇人。途中，当苏菲娅得知引路人也曾为琼斯带过路，便下意识地要求他带她们去同一个地方，然后又派女仆四处打听，试图了解琼斯的去向。值得注意的是，有关琼斯的去向问题，向导就可以告诉她们，但"不晓得为什么，苏菲娅一直也没问他一声"。菲尔丁借这里的细节描绘，表明女主人公的这点疏忽反映了她内心深处的某种道德忧虑。因为，尽管她和琼斯两人早已相互确认了对方在自己心里的位置，但他们之间并无爱情或婚姻的口头约定。苏菲娅甚至连自己都不太肯定，私逃行为所具有的道德动机究竟是为了反抗她同布力非的婚约，还是为了自己的婚姻去寻找琼斯。这种混乱的心理状态使其道德抉择也显得暧昧不明。菲尔丁对苏菲娅这种犹豫与谨慎的细节描绘，可以说真实反映了人物所处的道德处境和复杂心理。冷静下来之后，苏菲娅便决心放弃寻找琼斯，直奔伦敦。为了避免泄露自己的行踪，她临时改变线路，却意外发现琼斯正和沃特尔太太在一起。苏菲娅转喜为怨，没有与琼斯相见，只是留下自己的手笼。琼斯看见后追悔莫及，前去寻找苏菲娅。从这里开始，小说叙事便由苏菲娅私逃寻找琼斯转变为琼斯对苏菲娅的追求和诚心悔过，从而在一定程度上改变了女主人公行为中可能会存在的不道德因素。这段描写既体现了菲尔丁精妙的叙事安排，又在微妙具体的道德考量中丰富了人物形象，反映了作家不同于一般道德说教的伦理思考。菲尔丁在小说中对人物道德意识与道德行为的描绘，不仅反映出18世纪英国社会的基本道德状况，而且也通过主人公的成长和自我完善提出了作家的道德理想。

这部小说以布局精巧闻名。全书共18卷，按照故事发生的背景可以分为三大部分：第一卷到第六卷，以偏僻的外省为背景；第七卷到第十二卷，主要描写男女主人公从乡村到伦敦路上的经历；第十三卷到第十八卷，场面移到伦敦，以都市生活为背景。作家采用一种复杂的多重情节并行发展的结构来创作小说，使得琼斯的身世之谜随着情节发展终于大白于天下之时，读者并不觉得是为了结束故事而故意安排的，反而揭示了一种命运的必然性，深刻体现了菲尔丁的现实主义理念。全书大致有四条主线平行展开：弃儿汤姆的身世之谜，琼斯与苏菲娅从相爱到结合的各种波折，琼斯与布力非的对照，琼斯与其他女人厮混的经历。以琼斯的生平为经贯穿全文，又以他同苏菲娅的爱情以及布力非的行为为纬，牵带出各色人物以及相应的事件，使得小说的容量大大增加，紧凑而不纷乱，前后衔接，左右契合，由此全书成为浑然一体的艺术整体。《汤姆·琼斯》展现了丰富而真实的生活，充满着人道主义精神，是菲尔丁所有作品中最富于乐观精神的小说之一。

《汤姆·琼斯》中人物众多，共写了 49 个人物，即使次要人物也写得栩栩如生，与小说的主题、情节密切相关。而菲尔丁对一些主要人物的刻画是极其深刻的。他通过人物在社会关系、语言、行动和日常生活细节上所流露出来的思想感情去表现人物的性格。菲尔丁所塑造的人物个性鲜明，不重复雷同，无论在外表还是在性格特征上都具有独特性。每一个人物都是一种类型的代表，但同时又是独具个性的。

小说每章之前均有序言，用以发表作者对各种问题的看法，各章节中还插入许多论说与旁白。作者在叙事过程中不断进行道德和社会批判，促使读者进行理性思考，起到了深化主题的作用。菲尔丁的讽刺幽默手法是老到而富有新意的，他把正面人物也放在可笑境地，让正面人物置身于他不习惯的、不理解的世界里去，用旁人的眼睛去观察、评论现实生活，以一种新的眼光、不同的视角看出日常生活的有趣、新鲜、滑稽之处。他自称师承于阿里斯托芬、塞万提斯、拉伯雷、莎士比亚、莫里哀、斯威夫特等人，以幽默和讽刺作为向虚伪、谎言、暴虐和罪恶进行斗争的有力武器。菲尔丁为现代小说的发展作出了巨大的贡献。

第三节 卢　梭

一、生平与创作

让-雅克·卢梭（1712—1778），法国启蒙思想家和文学家。他是古典自然法学派和法国启蒙运动的代表，其文学创作是浪漫主义文学的先声。他生于日内瓦，父亲是钟表匠，母亲因难产去世，他从小由姑母抚养。1727 年，他在零件镂刻师那里当学徒，经常挨打受骂。1728 年 3 月的一个星期日，他因游玩误了时辰，城门关上了，他担心挨打而逃走，华伦夫人收留了他。此后他一直颠沛流离，受过教育，学会作曲，当过音乐教师和仆人。30 年代初，他自学社会科学和自然科学，发明了新的记谱法。这期间他写过两部喜剧和一部芭蕾舞剧。1742 年他成为狄德罗的朋友，为《百科全书》写稿。

1749 年夏，卢梭在探望狱中的狄德罗时，看到第戎科学院的设奖征文启事，心中激起波澜："我感到脑子被千百道光芒照亮了；生动的思想纷至沓来"，"我看到了另一个世界，我变成了另一个人"。（《忏悔录》）在狄德罗的鼓励下，他写出《论科学与艺术》（1750），一举成名。该文第一部分指出风俗的堕落总是伴随着智慧的进步，第二部分论述科学与艺术的复兴并未使风俗日趋纯朴，反而带来堕落和毁坏。他的歌剧《乡村卜师》（1752）大获成功，他拒绝觐见国王，认为领取国王的年金会失去自由。他第二次应征第戎科学院的论文《论不平等的根源》（1755）分两部分，分别论述了原始人和社会人。他对私有制提出了疑问，辨析了社会各阶级存在的利益冲突，认为立法的推行和各种经济力量的作用又加剧了这种冲突。恩格斯称赞卢梭对专制君主用暴力进行统治的批判"几乎是堂而皇之地把自己的辩证起源的印记展示出来"①。1756 年，卢梭接受德·埃皮奈夫人的邀请，住到"退隐庐"，又与百科全书派产生矛盾。1757 年冬他又住到卢森堡元帅家。他的《致达朗贝尔论戏剧的信》（1758）反对看戏，认为戏剧不利于道德，悲剧不会使人做出豪侠的行动，喜剧将风俗漫画化，只有腐朽的城市如日内瓦才建立剧院。因观点分歧，卢梭最终与百科全书派反目成仇。

1761 年，卢梭发表了《新爱洛依丝》，获得巨大成功，收到来自欧洲各地的许多信件。1762 年，他出版了《社会契约论》，共分 4 卷，论述了专制、最高权力和法律、政府及其形式、特殊建制。卢梭在书中明确提出："人生而自由，却无往而不在枷锁之中。"这是反封建的最强音。这部著作提出了"人民主权"的思想，对法国大革命起了推动作用，成为雅各宾党信奉的经典，并影响了以后的民主政体。1762 年，卢梭发表了《爱弥儿》，共分 5 卷，论述儿童教育。他主张让孩子自由发展，反对过早的书本教育，认为要按孩子的智力分阶段进行，从经验获得知识，接触自然和社会，了解科学，获得技能。作品开宗明义第一句是："凡是出自造物主之手的东西都是好的，而到了人的手上一切都变坏了。"这句话把卢梭的教育学和他的全部哲学、对文明的批判联系起来。卢梭意在培养体魄健康、知识全面、热爱自由平等和正义的"新人"，这种"新人"观念对康德、歌德等哲人和作家产生了重大影响。《爱弥儿》成为后世教育学的经典名著。但是，卢梭因宣扬有神论得罪了百科全书派，又因自然神论得罪了教会和政府。巴黎最高法院下令烧毁它，并通缉卢梭，欧洲的反动势力掀起了反卢梭的浪潮。

1764 年，卢梭发表了 9 封《山中来信》，表达自己受到日内瓦政府粗暴对待的

---

① 《马克思恩格斯文集》第 9 卷，人民出版社 2009 年版，第 146 页。

愤慨。1765年9月初，卢梭的住宅受到石块的袭击，他不得不避居到比埃纳湖的圣彼得岛，但伯尔尼参议院对他下了逐客令，于是卢梭接受了休谟的邀请，来到英国，先在伦敦，后在武通，住了13个月。不久，他同休谟闹翻，1767年回到法国，到处流浪，直至1770年才定居巴黎。

卢梭在1765年3月至1767年8月撰写《忏悔录》前6卷，叙述他的童年时代和青年时期，直到1740年前往巴黎为止。后6卷写于1769年至1770年，从1741年叙述到1765年离开圣彼得岛为止。这部回忆录他希望在他死后20年再发表，却发表于1782年和1789年。卢梭在《忏悔录》的开卷中说："我造就一件前无古人，后无来者的事业。"他在日内瓦的手稿扉页中也写道："这是绝无仅有的一幅人像，按照本来面目和全部事实准确地描绘出来，它是存在的，但也许将来不会再有了。"卢梭的断言没有夸大。历史上的回忆录数以百计，可是任何一部都对自己有所保留，只忏悔作者认为可以透露的事。卢梭坦白了自己当学徒时养成了偷窃的习惯，诬陷女仆玛丽永偷了丝带。在卢梭看来，一切人的内心，不管如何纯洁，都包含着某些可憎的恶习。而他要让人们看到自己的心像水晶一样透明。自然，卢梭说出自己身上的弱点，并非要否定自己，相反，他要表明自己在这个混浊的社会中是一个纯真的、诚挚的、追求自由的公民。在书中，卢梭的自画像非常生动真实："我有非常炽烈的激情，一旦它们使我激动起来，什么也比不上我的暴烈；我再也不知分寸、尊重、害怕、礼仪；我放肆、激烈、无耻、大胆；没有什么危险和羞怯拖住我。"他极其敏感，富有想象力，自觉地被幻觉牵着走。作品中的"我"是一个平民的形象，他生来具有"倔强、豪迈以及不肯受束缚、受奴役的性格"，不惜万死也要把暴君除掉的愤慨，"在巴黎成为专制君主政体的反对者和坚定的共和派"。他受到迫害时不肯屈服，仍然我行我素，表现出平民的本色。这样一个来自下层，取得了卓越成就的平民知识分子，是第三等级的杰出代表。他高傲、不安，头脑里总是被别人的阴谋所折磨，常常感到自尊心受伤害，别人很难同他相处，这些描写又刻画出了一个病态的天才。他相当彻底地暴露自己的灵魂，正是资产阶级要求个性解放最突出最形象的表现。

从1770年至1778年，卢梭四面受敌。为了争取同情，他甚至在街上散发为自己辩护的简介。1776年至1778年，卢梭写出《孤独漫步者的遐想》，叙述他被社会抛弃，在孤独的散步中遐想，进行精神和宗教思考；他回忆在圣彼得岛的生活，在采集植物中感受到自然的美；他表白自己是热爱孩子的，虽然他把他们一个个都送进了育婴堂；他还回想起同华伦夫人在一起的幸福日子。这部散文集是他晚年的重要作品，感伤情调浓重，"像一只衰老的、悲鸣的夜莺在寂寥的林中发出低低的哀鸣"（罗曼·罗兰语），但不屈不挠的精神仍然响彻全篇。1778年7月2日他逝世于埃姆农维尔古堡。1794年，他的遗体迁至先贤祠。

卢梭的思想在启蒙作家中是最激进的。他猛烈地抨击封建社会。他从人类的原始状态和大自然出发，认为自然状态优于社会状态：人的一切优点来自自然，而所有的恶来自社会。人本来是自由的，社会使他成为奴隶；人本来是品德高尚的，社会却使他变得丑恶；人本来是幸福的，社会却使他变得悲惨。文明的进步伴随着不平等和腐败，戏剧的创建也许是最明显的标志。他的敌人诬指他主张必须摧毁一切社会生活。他说：人类不会倒退；一旦远离，便决不会回到天真和平等的时代。他驳斥指责他想毁灭科学、艺术、剧院、科学院，要回到野蛮状态中的论调，认为有必要建立接近自然状态的社会秩序，让文明人的条件接近自然，这也许能改善社会状态。卢梭将上述观点运用到政治、教育、道德、宗教等方面。他认为，在自然状态中，人是自由和平等的，社会契约取消了天然的自由。在自然状态中，人按照自身的本能行动，这样就能避免以约束的办法培养孩子。在自然状态中，人在自身找到怜悯感，使他对别人做善事。人性本善，社会却败坏了它。在自然状态中，人不知道现有宗教的律条；天主存在于自然中，让我们瞻仰他的显灵，在全身心冲动时发现他。

卢梭的文艺创作，有如下的艺术特色：

第一，卢梭在"返回自然"的思想指导下，讴歌大自然，把千姿百态的自然景色写进作品，大大开阔了人们的审美视野。无论是日内瓦湖和瓦莱山区，还是蒙莫朗西森林和布洛涅树林的优美景色，都得到绘声绘色的描绘。大自然的美是同现实生活的丑恶相对照而出现的，因而具有理想美的特质。

第二，卢梭对人性作了深入挖掘，他认为古希腊神庙前"你要认识你自己"的箴言，应是哲学家和文学家首要关注的问题。他改变了自画像的写法，不是在列举人物的德行和恶习，而是从根源去阐明行动和情感。他特别喜欢在孤独中对人生进行思索，总结自己的生活经验，挖掘自我。卢梭的性格是复杂的，他不适应社会生活，有自然人的冲动，又有社会人的弱点，孤僻，喜爱离群独居。这是一个活生生的人。

第三，卢梭的作品充满激情，他像一个辩证学家那样将自己的思想融进议论之中。《孤独漫步者的遐想》插入对谎言加以尖锐批驳的篇页；《论科学与艺术》第二部分反驳流行的舆论，力图说明文明进步与风俗败坏之间的联系；《致达朗贝尔论戏剧的信》几乎是对戏剧的控诉书。他还致力于心理分析，像心理学家那样研究自己的心灵状态，如《孤独漫步者的遐想》描绘了昏迷醒来后和植物研究中连续发生的意念；《新爱洛依丝》往往将自己的心灵状态赋予他的人物。

第四，卢梭具有演说家的风格。他善于以定义的方式有力地表达自己的思想，如："因此我将合法施行行政权称为政府。"或者以警句来表达，如："对老人的研究在于学会死。"同时他的风格又往往具有笔战家的愤怒，如《论科学与艺术》中法布里西乌斯面对新罗马的混乱发出痛苦和羞愧的喊声："疯狂的人，你们干了些什么？你们，民族的主宰，你们把自己变成了战败的浅薄者的奴隶。"

第五，卢梭的文笔细腻准确，如他在《忏悔录》第三部中将他"思索的缓慢"与"感受的热烈"相对照，在《孤独漫步者的遐想》中分析心灵状态："遐想令我消除疲劳和快活，思索令我疲倦和忧愁。"卢梭的描绘朴实清新，如《忏悔录》中关于采摘樱桃和《孤独漫步者的遐想》中在布洛涅树林里遇到小姑娘的故事。这种文笔清新又富有诗意。卢梭开启了浪漫主义的先声。

二、《新爱洛依丝》

卢梭一生只写过一部小说《新爱洛依丝》，这部书信体小说被誉为 18 世纪最重要的小说。小说情节从 1732 年至 1745 年，由 172 封信组成。书名借自 12 世纪少女爱洛依丝和她的老师阿贝拉尔的爱情悲剧，小说的女主人公朱丽也与她的老师圣普乐相恋而未能如愿。这个书名正如卢梭所说，令人一看便知，这是一部描写爱情悲剧的小说。

故事发生在阿尔卑斯山脚下的小城克拉朗，平民圣普乐当了贵族小姐朱丽和她的表妹克莱尔的家庭教师。朱丽和圣普乐相爱了，但遭到她父亲的反对，他已经将她许给了俄国贵族沃尔玛。圣普乐甘愿自动消失。朱丽在父亲恳求下结了婚，成为贤妻良母，她把自己与圣普乐的关系坦诚地告诉了丈夫沃尔玛，得到沃尔玛的理解，他邀请圣普乐回到克拉朗。圣普乐周游了世界，6 年后重新见到朱丽，他虽然想同朱丽鸳梦重温，但朱丽没有越雷池一步。后来，朱丽因跳入湖中救落水的儿子，染病不起，临死时希望圣普乐照顾好她的孩子，并与克莱尔结婚。

《新爱洛依丝》的爱情描写有别于以前的爱情小说，这首先是由于它的反封建意义。这是一曲争取不到爱情自由，被封建门第观念葬送爱情理想的悲歌。在卢梭笔下，朱丽和圣普乐的爱情是纯洁和美好的，但是，朱丽出身贵族，而圣普乐出身平民。朱丽的父亲断然反对这门户不当的婚姻，而把她许配给救过他性命的俄国贵族德·沃尔玛。朱丽知道自己要遵从封建的婚姻观念，爱情从她口中吐出，就会名誉扫地；但是她感到爱情的甜蜜，认为爱情和纯洁无邪是可以一致的，爱情是人能感受到的最大乐趣。是她首先给了圣普乐一吻；面对父亲的勃然大怒，她做出了强烈的反抗：她直截了当地说，德·沃尔玛先生对她来说永远一文不值，她决心保持女儿身死去，父亲只是她生命的主宰，却支配不了她的心，什么也不能使她回心转意。看到女儿誓死不从，男爵泪如雨下，扑在朱丽脚下，要求她尊重他的苍苍白发，别让他像她的母亲一样痛苦地进入坟墓（她的母亲因认为女儿的行为不轨而得病死去）。父亲的眼泪使她手足无措，这时，她所受的教育起了作用，履行责任像枷锁一样压在她身上。她既为了履行责任，又为了不让父亲落下忘恩负义、背信弃义的恶名，只得嫁给了德·沃尔玛。但她对圣普乐的爱情之火并没有熄灭，所以当多年之后，圣普乐重新出现在她眼前时，还有她和圣普乐同游当年两人萌生爱情的旧地时，她冲动起来，几乎要重温旧情。她死前表示，她一生都没有爱过德·沃尔玛，她一生中唯一的爱情永远不会从她的心中排除出去。她的生命之花永远不会在她的记忆中凋谢。她要在天国等待圣普乐，到那时，把他们分开的人间的道德标准就不会成为障碍，她以自己的生命为代价，换取无罪地永远爱他的权利。朱丽的爱情悲剧是对封建门第观念和等级观念的有力控诉。

圣普乐的爱情和朱丽一样强烈和坚贞不渝。他在情人的要求下，离开了她的家，但他待在湖的对岸，从这里可以看到他们谈情说爱的地方。在朱丽结婚以后，他的希望破灭了，于是周游世界，但是，他一刻也摆脱不了朱丽的形象，他说："爱情使我们产生非常高尚的感情。"朱丽死前写信给他，要他娶爱着他的克莱尔。可是他仍然念念不忘朱丽，只愿意负起教育朱丽的两个孩子的责任，而不肯与克莱尔结合。在圣普乐的形象中，糅进了卢梭的身世和遭遇，不过作了相当大的改动。卢梭在写作《新爱洛依丝》的过程中，恋上了德·乌德托夫人。这是一次无望的爱情，问题倒不在于卢梭比她大十几岁，上流社会这样的男女关系司空见惯，而是因为卢梭出身平民，对方则是一个贵族妇女；即使卢梭已经成名，但阶级地位不同仍是阻止对方给他青睐的最大障碍。卢梭以前在贵妇沙龙中就不敢把追求贵妇当作成名的敲门砖，眼前这次经历更加证实了他的判断是正确的，于是加深了他对森严的等级观念给予人们思想束缚的感受。在塑造圣普乐这个形象时，他对这个平民出身的人物寄予了无限同情。他和朱丽一样，都是社会等级制度的牺牲品，卢梭对不公平的道德准则发出了愤怒的抗议。

卢梭在小说中对爱情的热烈讴歌，是以往的小说中未曾有过的。他赞扬激情，指出激情不可抗拒的特点，描绘出爱情的欢乐与痛苦。由于卢梭贯注了自己的感情，这种描写能深深感染读者。卢梭另一个革新之处在于，他将爱情和道德准则调和起来。在古典主义时期，爱情受到无情的道德责难。在《新爱洛依丝》中，爱情虽然是被禁止的，但它的火焰并未熄灭。卢梭甚至暗示激情和道德之间存在不可分割的联系：两者都是敏感的形式。唯独有激情的人才能真正看重道德：朱丽"生来是为了了解和尝试一切乐趣的，长久以来她非常珍惜道德本身，仅仅把它看作最温馨的精神上的满足"。男女主人公以道德的名义同自己的爱情作斗争，朱丽心里很明白，她这样分析自己的混乱："当我想到那些心里有通奸思想的人胆敢谈论德行时，我不禁战抖起来。你知道一个这样可尊敬而又世俗的字眼对我们意味着什么吗？……我们俩都被狂热的爱情燃烧着，正是它将冲动乔装成圣洁的热情，让我们感觉冲动更加宝贵，让我们更久地受愚弄。"于是她宁可死去，也不愿受到诱惑。激情不会在敏感的心灵中熄灭，但对道德和责任的尊重使她能够抵御自己的冲动。这样描写符合人物的身份，她不可能完全冲破传统思想的樊篱，但比起完全听从父母摆布的封建女子，已经大不相同了。

对大自然的赞颂是《新爱洛依丝》的又一个重要特点。卢梭在《忏悔录》第九卷中写道："为了让我的人物居住在一个合适的地方，我依次回想我旅行过的风光最为旖旎的地点。可我找不到阴凉的小树林和令我赏心悦目的风景……必须有一个湖，我终于选择了我的心流连忘返的那个湖泊。"这就是日内瓦湖和它旁边的瓦莱山。卢梭描绘了日内瓦湖迷人的湖光山色，瓦莱山陡峭的山岭，还有梅叶里的粗犷和幽静，收获葡萄的欢乐，冬天守夜的肃穆，田园生活的平静和乐趣。阿尔卑斯山怀抱下的湖面浩淼广阔，雪水形成的急流奔腾着混浊的水，山上是巨大的冰峰，覆盖着黑森森的枞树和橡树，而山脚下流淌着小溪，在绿树丛中形成水晶般的网状，一幅幅奇景令人心旷神怡。在瓦莱山上，倾斜的巨石高悬，瀑布以浓密的雾气令人浑身湿透。东面是春天的花卉，南面是秋天的果实，北部是冬天的冰雪，"大自然在同一时刻汇集了四季，在同一地点汇集了各种气候，在同一块地上汇集了相反的土壤，把平原的物产与阿尔卑斯山的物产协调一致，在任何别的地方真是见所未见。此外，还要加上视力的幻觉，被光怪陆离地照亮的峰峦，阳光与阴影交织的半明半暗，以及晨夕所产生的光的千变万化"。山景的奇妙描绘得令人神往。收获葡萄时节是欢乐的节日，人们享受着丰收的喜悦，酿造出各种葡萄酒，晚上，主人、仆人、日工都坐在一起。饭后打麻、守夜、唱歌，围绕着火堆跳跃、欢笑。农村生活的甜美达到了最高程度。朱丽开辟了一块"乐土"。这是一片果园，种上了各种各样的芳香花卉和树木，形成花丛和巨大的绿廊。人工水渠使水从四面八方冒出来，得到充分利用，毫不浪费。朱丽改造了此地的自然环境，使一片荒野成为人间乐园。

卢梭进而写出了大自然对人们心灵的影响。他指出："田园和乡村生活的简朴总有某些动人的东西。"主人公在瓦莱山区感到心境平静悠闲，摆脱了烦恼："人们忘却了这个世纪和同时代人。"卢梭赞颂大自然，是对丑恶的现实生活的否定。由于描绘大自然的成功，小说发表后，人们纷纷到瑞士旅行，寻找主人公生活的痕迹，一时之间到瑞士旅游成了时髦的乐趣。

卢梭把小说看成是对受到腐蚀的民众最根本的教育手段，他将《新爱洛依丝》写成一部哲理小说，它包含了卢梭的主要思想，无论是教育观点、文艺观点、农村经济观点、社会平等的理想、宗教观点，还是园艺、决斗、自杀，小说都有所触及，甚至进行长篇议论。卢梭在写作这部小说时，也同时写作《致达朗贝尔论戏剧的信》（文艺问题）、《爱弥儿》（教育和宗教问题）和《社会契约论》（政治问题）。他的各种观点在《新爱洛依丝》中杂然并存就不奇怪了。卢梭在小说中通过圣普乐对巴黎社会的观察，抨击了当时的恶浊风气："自然情感的全部次序在这里都被颠倒了……通奸决不使人愤慨，人们感到其中没有什么与礼仪相抵触：大家读来受教育的最得体的小说都充满通奸的描写，放荡只要同不忠结合，便不再受到指责……一个竟敢在这里约束妻子败德秽行的丈夫，比起我们那里忍受妻子公开放荡的丈夫，引起的不满指责要更多。至于妻子，对丈夫也并不严厉，还没有见到她们因丈夫仿效她们的不贞而让别人惩罚他们。"看到这一切，圣普乐回到家里时灰心丧气，内心感到人性在堕落，厌恶又难受。巴黎的景象和克拉朗的小社会形成鲜明对比。卢梭从社会、政治、经济等角度去丰富小说的内容，扩大了小说的容量。小说的中心内容——爱情描写便获得了赖以存在的社会背景，从而更深刻地揭露了封建意识的根深蒂固和它对人们精神的危害。

第四节 歌 德

一、生平与创作

约翰·沃尔夫冈·冯·歌德（1749—1832）是德国伟大的诗人、作家和思想家。他生于莱茵河畔的法兰克福。父亲是法学博士，曾得到皇家参议的头衔，母亲是市长的女儿。歌德从小精力旺盛，感情丰富敏感。他很小就学会了多种语言，除法语和英语外，还有拉丁语、希腊语、希伯来语等古代语言，喜欢阅读国内国外的各种书籍。1765 年去莱比锡大学攻读法律，1768 年因病辍学。1770 年进斯特拉斯堡大学继续学习，次年获法学博士学位。但他最大的兴趣在于文学和自然科学。其间受到荷兰哲学家斯宾诺莎带有唯物倾向的泛神论思想的影响。

1770 年，歌德结识了"狂飙突进"运动的理论家赫尔德尔以及其他青年朋友。在他们的影响下，开始学习莎士比亚戏剧和民间文学，从而使其对生活狂放不羁的激情转化成为早期创作的艺术冲动：讴歌激情，崇尚自由，反对思想和艺术上的束缚与桎梏。除一些诗歌外，他在 1773 年写了戏剧《铁手骑士葛兹·冯·伯里欣根》，蜚声德国文坛。这是一部通过戏剧的形式向一个叛逆者表示哀悼和敬意的杰作。1774 年发表了《青年维特之烦恼》①，在全欧引起轰动。

《青年维特之烦恼》是歌德根据本人亲身的爱情体验和友人的事件写成的。1772 年 5 月歌德在韦茨拉尔帝国高等法院实习时，在一次舞会上遇到了少女夏绿蒂·布甫。歌德对她非常爱慕，但她已经订婚，为此歌德十分苦恼。就在这时，歌德在莱比锡大学时的一个同学因恋爱而自杀。这些事件和个人的感受共同为他

---

① 最早的中文译本是 1922 年郭沫若以《少年维特之烦恼》为题的译本，当年即卖出 5 万册，后来再版 37 次，对当时的青年摆脱旧礼教束缚起到积极作用。

创作《青年维特之烦恼》提供了重要素材。

小说用书信体写成。主人公维特是个有才华、重感情、向往自由与平等的热血青年，因一个偶然的机会，他与美丽、纯洁善良的乡村姑娘绿蒂相识，并爱上了这迷人的女孩。但绿蒂已奉父母之命与他人订婚，维特只好痛苦地离开。之后，维特来到一个公使馆任职，想通过做实际工作充实自己的生活，摆脱爱情上的痛苦。但官场的腐败、贵族的傲慢，使他更加悲观，终于愤而辞职，重回乡下，再次来到绿蒂身边。但此时绿蒂已经结婚。尽管两人彼此相爱，却没勇气冲破封建樊篱。极度绝望中维特开枪自杀。小说通过维特和绿蒂的爱情悲剧，深刻表现了德国"狂飙突进"运动时期的时代精神和德国资产阶级的特点。主人公维特是一位觉醒了的新兴市民阶级青年知识分子形象，他虽然没有改造现实社会的雄心壮志，却有追求美好生活的理想，要求个性解放，幻想纯洁的爱情；他有才华，有能力，希望能够有所作为，但死气沉沉的环境却不容许他越雷池一步，还使他处处受到压抑和侮辱。在与环境的冲突中，他深刻体验到自己的软弱无力，看不到前途所在。维特的烦恼和自杀从根本上说是沉闷鄙陋的社会环境造成的。自杀的结局在一定意义上表明了青年歌德对改变当时德国现状的绝望心情。作者以震撼人心的激情表达了青年一代的精神苦闷和对令人窒息的时代的抗议。全书充满了"狂飙突进"的精神。小说情感充溢细腻，哀婉缠绵，写法上接近感伤主义，情景交融的优美文笔使作品吸引了众多的读者。主人公维特的思想和命运，曾引起当时具有反抗意识的年轻一代读者的强烈共鸣，一度形成了"维特热"：很多青年人穿着维特式的服装，模仿维特行事风格和举止，甚至在恋爱失败后也用自杀的方式寻求解脱。

歌德早年的生活与创作以追求个性自由、反对一切束缚为思想基础，以澎湃奔突的激情的抒发为创作标志。他的狂放激情和自由意识与当时死气沉沉、等级森严的德国社会形成了巨大的矛盾和冲突，因此，其作品具有强大的艺术冲击力。

1775 年秋，歌德应魏玛公爵邀请，来到魏玛公国作枢密顾问。魏玛是德国许多封建小邦中的一个，人口仅十万。但比起普鲁士、奥地利来，因其统治者比较开明，是德国当时的文化中心。初到魏玛的十年，他积极从事各项活动，热衷于改良时弊。他曾把自己从事实际工作看成是历练人生，但诗人歌德和身为枢密顾问的歌德之间产生了斗争。作为诗人，他厌恶周围环境的鄙陋，但作为枢密顾问，他又必须适应它，整天陷入无聊的事务工作，并不得不与来自宫廷的势力周旋甚至妥协。在这十年中，歌德只写了一些诗歌和为宫廷演出的剧本。他从政后期所写的作品已大大缩减了早期诗作的激情，流露出宁静、安详、克制的韵味。

1786 年，歌德终于不能再忍受令人窒息又浮嚣的宫廷生活，不辞而别，改名换姓独自去了意大利，这次意大利之行持续了一年零九个月。其间，他遍游意大利各地，研究古代和文艺复兴时期的文化遗迹，研究自然科学。意大利所独有的古代艺术、风光明媚的自然景色使歌德获得了新生。在这里他放弃了青年时期排斥客观、崇尚自我的个人激情，接受了当时著名的美学家温克尔曼的美学观点，认为古代艺术体现了纯朴、宁静、和谐之美，是真正的艺术理想。

1788年6月回到魏玛之后，他辞去行政职务，只担任了文化艺术总监的工作。此后直到1794年这段时间，他先后完成了一些剧本的写作。悲剧《哀格蒙特》（1775—1787）仍部分保留了"狂飙突进"时期的战斗激情，但主人公的反抗精神明显下降了。哀格蒙特主张以"勤恳工作，安分守己"的温和手段来实现人民的解放。《托夸多·塔索》（1789）进一步表现了通过自我克制和与现实妥协来解决社会问题的思想。在《伊菲革尼亚在陶里斯》（1775—1789）里，女主人公伊菲革尼亚成了歌德心目中"完美人性"的化身。这些剧作标志着歌德创作风格和思想意识的转变。此时他开始着手写作《浮士德》第一部，还进行了大量的科学研究工作。

此后是歌德思想矛盾最激烈的时期。法国大革命刚爆发时，他热烈欢呼，认为世界历史上一个新的时代开始了。但随着革命的深入，特别是革命暴力的使用，他转为否定革命和憎恨革命了。这是与他主张"合乎自然"、和平发展和进化的思想密切相关的。

1794年，歌德和席勒这两位德国文坛"巨人"建立了亲密的友谊，开始了密切合作的十年（1794—1805），形成了德国古典文学的繁荣时期。他们一起写诗，创办杂志，办魏玛歌剧院。两人的创作实践和艺术理论都以古代希腊罗马文艺为楷模，贯彻自由和人道主义精神，艺术上强调古典主义。他们互相帮助，完成了许多重要的作品。歌德这时期创作有长篇小说《威廉·迈斯特的学习时代》（1796）、叙事长诗《赫尔曼与窦绿苔》（1797）以及《浮士德》第一部（1805）等。

《赫尔曼与窦绿苔》被称为"市民牧歌"。该作可以看成歌德此时政治思想、生活理想和艺术理想的总结。作品通过法国大革命期间一对青年男女的爱情故事，表现了安定生活的可贵，表达了对革命所带来的混乱和灾难的痛恨。作品采用古典牧歌体写成，艺术上闲适、舒缓、平和的风格取代了早年创作中的澎湃激情。

1805年席勒的逝世标志着德国古典文学时代的结束。在此后的近30年中，歌德的创作进入了用艺术手段全面反思、总结和表现资产阶级思想体系的时期。此时他的眼界更加宽阔，思维更加深邃，心态更加沉静，哲思更为深远。他完成了小说《亲和力》（1809），诗集《西东合集》（1819），小说《威廉·迈斯特的漫游年代》（1829），自传性著作《诗与真》（1831），以及耗尽他毕生心血的巨著《浮士德》（第二部）等重要作品。

虽然相隔 30 年之久，但《威廉·迈斯特的学习时代》和《威廉·迈斯特的漫游时代》一般被合称为一部小说——《威廉·迈斯特》。整部小说表面情节较为松散，但内部却有着一种精神发展上的联系，它是仅次于《浮士德》的一部巨著。浮士德和迈斯特都是在不断追求中促使精神发展的形象，都是向往更广阔天地和更高理想境界的追求者。歌德在这部小说里通过迈斯特的教育和漫游经历，提出了塑造新人的思想。作家在小说中创造了一个乌托邦式的教育区，从而阐释了他的教育主张：在这里学习的儿童都要接受严格的训练，遵守一致的法则，以摆脱从各自家庭中带来的坏习惯。他们必须锻炼身体，熟悉农业。他们对于在上的天、周围的人、在下的一切生物，都要怀有敬畏的心。每个学生都要学习一种与自己天性相近的手艺，在掌握书本知识的同时，要从事实际工作。他认为纯良的手工艺和崇高的精神是相辅而行的。歌德要塑造新人的思想，其实正是对现实重大问题的回答。这期间，英法等国资本主义发展迅速，但工业革命的弊端也清楚暴露出来，社会贫富悬殊也日益加剧。歌德深受空想社会主义思潮的影响，开始认真思考社会问题的解决途径。例如，在《威廉·迈斯特的学习时代》里出现的秘密团体在"漫游时代"里已经成为一种世界性的组织。这个组织里的每个人都有一技之长而且有益于集体，各种不同职业的价值是相同的，没有贵贱之分。这是一个"我为人人，人人为我"的乌托邦社会，而这样的社会完全要靠新的人物来实现。

晚年的歌德面对 19 世纪欧洲和世界的重大变化，始终保持敏锐的思想，以极大的兴趣了解社会发展的新趋势和新思潮，研究欧洲空想社会主义和东方文化。他试图用文学艺术的方式来总结和建构新的资产阶级思想文化体系，并在历史上第一次提出了"世界文学的时代已快来临"的精辟论断。

1832 年 3 月 22 日，歌德因病在魏玛逝世。歌德的一生，对德国文化乃至世界文化的发展作出了巨大的贡献。他也是世界文学发展史上的一个高峰。但有意思的是，能够达到这样的高度，除了他经历了时代的很多大事件和个人的天才之外，也同他自身的进步与保守的矛盾分不开。对此，恩格斯在《诗歌和散文中的德国社会主义》一文中对歌德的矛盾曾作了这样精辟的分析："在他心中经常进行着天才诗人和法兰克福市议员的谨慎的儿子、可敬的魏玛的枢密顾问之间的斗争；前者厌恶周围环境的鄙俗气，而后者却不得不对这种鄙俗气妥协、迁就。因此，歌德有时非常伟大，有时极为渺小；有时是叛逆的、爱嘲笑的、鄙视世界的天才，有时则是谨小慎微、事事知足、胸襟狭隘的庸人。"① 可以说，歌德自身的这些矛

---

① 《马克思恩格斯全集》第 4 卷，人民出版社 1958 年版，第 256 页。

盾，并不完全是个人的，而恰恰是德国新兴的资产阶级知识分子，乃至欧洲新兴资产阶级先进分子的精神本质特征的时代体现。

二、《浮士德》

歌德的代表作诗剧《浮士德》取材于民间传说。从 15 世纪以来，就有魔术师浮士德把灵魂卖给魔鬼的故事在德国流传。1587 年出版于德国的约翰·施皮斯的《约翰·浮士德博士传》就描写了浮士德与魔鬼打赌以及魔鬼赌赢的传奇性故事。到了文艺复兴时期，英国戏剧家克里斯托弗·马洛又写了《浮士德博士的悲剧》，浮士德被刻画为具有强烈求知欲、奢望财富且为权势所迷的人物。而莱辛也写过悲剧《浮士德》，不过在他的笔下，浮士德已经成为一个封建制度的叛逆者。纵观歌德之前的这些故事改写，可以看出或者歌颂的是浮士德的冒险精神，或者展示的是浮士德身上所体现出的巨人风采，或者表现的是善战胜恶的道德说教，而歌德在利用以往历史题材的基础上，经过艺术加工与精心改造，赋予了浮士德这一故事以全新的意义。

该剧结构宏大而复杂，共分为两部，第一部不分幕，有 25 场；第二部共分 5 幕，也有 25 场。在"天上序幕"里，主要描写天帝与魔鬼靡非斯特发生了一场关于人的争论。争论的中心是关于人生意义的问题。天帝肯定人的理智，认为人在探索中虽不免会犯错误，但总会走向正途而找到真理。魔鬼则否定人生，否定人类历史的进步，认为像浮士德这样的人最终必将堕落，走入歧途。为此，他们打赌，由魔鬼去诱惑浮士德，看他是否会堕落。这样，就引出了浮士德追求探索的 5 个阶段的悲剧。

第一阶段是知识悲剧。首次出现的浮士德是年过半百的学者，他在阴暗的书斋里度过了大半生。虽博览群书，钻研了中世纪的各种学问，但到头来却发现这些书本知识毫无用处。他为此深感苦恼，甚至想自杀。但复活节的钟声打断了他求死的念头，把他引到城郊欣欣向荣的大自然和自由愉快的人群之中，从而坚定了他投身社会的决心。回到家，他打开《圣经》寻求启示，但书上"泰初有道"这句话和他的思想相抵触，便将之改为"泰初有为"。"我要纵身跳进时代的奔波，我要纵身跳进变革的车轮。苦痛、失败、成功我都不问，男儿的事业原本要昼夜不停。"因此，当魔鬼靡非斯特出现时，他们订立了契约。这就是魔鬼与浮士德的赌赛。浮士德的条件是："假如有那样一刹那，我对它说：'你真美呀，请停留一下！'那时候我的丧钟便算响了。"靡非斯特的条件是：他为活着的浮士德服务，要是浮士德满足而死，灵魂就归魔鬼所有。浮士德坚信自己在追求理想的道路上决不会满足，所以他毅然跟随魔鬼走出书斋，投身于社会的洪流。魔鬼先是把他带到一家酒馆，一群大学生正在这里吃喝玩乐，但浮士德对这种荒唐生活感到厌恶。魔鬼于是带他到魔女之厨，借魔女的药汤使浮士德一下子年轻了30岁，恢复了青春。这样，浮士德完成了从精神到肉体的新生。浮士德的这段生活史否定了陈腐的书本知识和死气沉沉的书斋生活，象征文艺复兴时期人文主义者摆脱中世纪书本教条投身社会、探索人生真理的战斗历程，表达了新兴资产阶级要求个性解放，渴望实践的强烈愿望。

第二阶段是爱情悲剧。魔鬼带着浮士德来到德国的一个小镇，并帮助他得到了少女玛甘泪的爱情。但这场爱情很快酿成悲剧，玛甘泪为了与浮士德幽会，无意中让母亲吃了过量的安眠药，毒死了母亲。哥哥也因反对她与浮士德的结合而死于浮士德的剑下。她自己未婚生子，因害怕社会舆论压力而溺死了自己的婴儿，被判死刑。玛甘泪因浮士德的爱情而陷入苦难，浮士德却在魔鬼的诱惑下沉溺于瓦普几斯之夜与魔女的欢会中。当他得知玛甘泪的遭遇，赶到监狱去搭救时，玛甘泪已精神失常，甘愿承受上天的惩罚而不肯越狱。这使浮士德认识到围绕个人生活的狭小圈子追求理想是不可能的，必须克服"小我"走向"大我"，向着更高的境界前进。这段描写实际上是对文艺复兴时期那种过分追求官能享受和个人主义泛滥的现实的否定。

第三阶段是政治悲剧。魔鬼把浮士德带到帝国的宫廷，使他有机会为皇帝服务。当时帝国里一片混乱，诸侯各霸一方，官吏贪赃枉法，士兵抢劫成风，百姓随时都可能揭竿而起，更严重的是国库里山穷水尽。浮士德在魔鬼建议下大量发行纸币，暂时解决了王朝的财政危机。皇帝仍懒于过问国事，只求寻欢作乐，竟异想天开地提出要见希腊古代美女海伦，浮士德只得在魔鬼帮助下设法召来海伦的幻影。但当浮士德看到海伦与帕里斯调情的场面时，不禁妒火中烧，拿起魔术钥匙击打帕里斯，结果引起爆炸，精灵们烟消云散，浮士德昏倒在地。从此结束了他的政治生活。这段描写反映了资产阶级企图依靠封建统治阶级改革社会的幻想的破灭，实际上也是歌德对自己在魏玛从政十年的反思。

第四阶段是对美的追求的悲剧。魔鬼背着昏迷不醒的浮士德回到书斋，浮士德的学生瓦格纳在实验室里造出了一个小人"荷蒙古鲁士"。荷蒙古鲁士看出昏迷中的浮士德对海伦仍念念不忘，遂引导他来到古希腊，让他与海伦结合。他们生下的儿子欧福良继承了浮士德永不满足、向往实际行动的性格，当他听到远方的人们为自由独立而斗争的消息时，也渴望参加战斗。但因跳跃太高被天火所击，殒落在父母的脚下。海伦悲痛欲绝，随即在浮士德的怀抱中消失，只留下白色的长袍和面纱。长袍化为白云，把浮士德托起，飞回北方。浮士德追求美的悲剧，说明企图用古代美来消除现代社会的丑恶是不可能的，从而否定了德国作家企图用艺术力量改造社会的幻想。

第五阶段是事业悲剧。从虚幻的世界重新回到现实中来的浮士德，因帮助皇帝镇压叛乱获得一片海滨封地后，便发动群众移山填海，征服大自然，企图创造一个人间乐园。这时的浮士德已是百岁老人，双目失明。"死灵"到来，为他挖掘墓穴。浮士德听到铁锹挖地的声音，以为一项造福人类的伟大事业正在进行，于是他恍然大悟："要每天每日去开拓生活和自由，然后才能够作自由与生活的享受。""我愿意看见这样熙熙攘攘的人群，在自由的土地上住着自由的国民。"对于这样的一刹那，他禁不住满意地说出："你真美呀，请停留一下！"按照契约，他倒地死去，但魔鬼并未能拘走他的灵魂，因为光明女神把他接到了天上。在天上，浮士德见到了已经成为圣女的玛甘泪。浮士德这一阶段的经历表现了资产阶级思想家对人类社会美好远景的向往以及对当时流行于欧洲的空想社会主义思想的呼应。

《浮士德》涉及的问题非常广泛，它可以被看成一部自文艺复兴以来300年间新兴资产阶级精神生活发展的历史。歌德通过浮士德一生的发展，概括了从文艺复兴到19世纪初期西欧资产阶级上升时期进步人士不断追求知识、探索真理的过程，展现了他们的精神面貌、内心矛盾以及他们对于人类远景的向往。

若从文化发展的深层意蕴上来说，歌德的《浮士德》又体现出了18世纪末19世纪初欧洲先进的资产阶级思想家构建新的思想文化体系的艺术努力。

首先，《浮士德》形象地展示了新的世界观和思想体系。歌德对原有的题材进行了巨大的改造。改造之一，是在作品的开头加上了"天上序幕"一场。这是歌德的首创，蕴含着歌德对世界的基本看法：天帝代表了宇宙中的"至善"。歌德在中世纪广泛流传的故事里，加进了这么一个情节，等于从作品一开始就告诉人们，在浩瀚的宇宙中，"至善"是至高无上的君主，是创造万物的本原。而与天帝相对立的"魔鬼"，则是"至恶"的化身。它与代表"至善"的天帝是对立的统一。二者相生相克、相辅相成。这样，天帝与魔鬼，亦即善与恶之间的矛盾和斗争，就构成了宇宙间最基本的矛盾关系。而代表人类的浮士德，则是天帝与魔鬼用来赌赛的人物，是善恶之争的对象。正是这三个形象的独特关系，构成了《浮士德》全剧最基本的精神结构形式：善恶冲突作用于人类，人类则在善与恶的规定下行动，以决定自己的归宿。但人类自身究竟会怎么样呢？通过魔鬼与浮士德的第二次赌赛，全剧的情节从天上转入人间，浮士德也在与魔鬼打赌后开始了自己探索真理的过程。

其次，《浮士德》也展示了作者对人的新理解。人的身上充满着矛盾，作为人类代表的浮士德本身就是一个矛盾体。他自己就说过："有两种精神盘踞在心中，这一个想和那一个离分。一个沉溺在强烈的爱欲当中，以固执的官能贴紧尘世；另一个则强要脱离尘世，向崇高的灵的境界飞升。"这种"灵"与"肉"的冲突，其实就是"天上序幕"中天帝与魔鬼冲突在具体事物上的反映。而这种性格的二重性使他既易受魔鬼的诱惑，也能从种种的诱惑之中超升出来，克服自己身上恶的因素，战胜诱惑。也可以说，正是他性格中的这种内在矛盾的相互作用和辩证发展，推动他不断前进。

仅仅指出浮士德身上的矛盾性是不够的，还要看到在一个矛盾体中存在着矛盾的主导方面。浮士德身上矛盾的主导方面是向善的，与"天帝"所代表的抽象的"善"有着本质的一致性。如果说天帝是至善，那么，他就是具体的善——"我是神性的写真"，"在精神上感受着至善至纯"。歌德汲取了基督教文化中上帝用泥土造人，但却给了人灵魂的思想，经过改造后运用到这里来了。浮士德身上的向善性，集中体现在"浮士德精神"上。所谓"浮士德精神"，就是不满现状、不断追求、积极进取、勇于探索，渴望和追求美好的理想，并不断地付之于行动的精神。由此出发，歌德实际上就在自己创造的新的思想体系中完成了对人的新理解：人，虽然存在着深刻的矛盾，但其本质就是追求至善至美的精神——"浮士德精神"的载体。这是一种积极的人生态度，反映的是启蒙运动之后欧洲先进思想家和知识分子对人认识的深化。

第三，歌德的《浮士德》把对辩证法的理解提升到了一个新的高度。在启蒙运动之前，欧洲人的思维方式基本上是"二元论"的，体现为或天国与地狱对立，或善与恶的对立。而经过启蒙运动的洗礼，人们的思维方式发生了重大的变化。一方面，人们看到"恶"是应该被否定的东西——《浮士德》中的魔鬼靡非斯特从总体上看就是被否定的对象。用靡非斯特自己的话说，他是"否定的精神"，"恶"是其本质。但另外一个方面，人们又发现，在一定的条件下，"恶"起到了推动事物发展的作用。强调了"恶"在社会历史发展过程中的作用，可以说这是《浮士德》对黑格尔所说的恶是历史发展动力的著名论断的文学阐释和美学表现。恩格斯也曾肯定了黑格尔对恶的历史作用的论述："在黑格尔那里，恶是历史发展的动力的表现形式。这里有双重意思，一方面，每一种新的进步都必然表现为对某一神圣事物的亵渎，表现为对陈旧的、日渐衰亡的、但为习惯所崇奉的秩序的叛逆；另一方面，自从阶级对立产生以来，正是人的恶劣的情欲——贪欲和权势欲成了历史发展的杠杆，关于这方面，例如封建制度的和资产阶级的历史就是一个独一无二的持续不断的证明。"[1] 在这里，诗人把"善"的完满看成是一个动态的过程，是一系列辩证的展开。正是在"否定"中，达到了"否定之否定"。在浮士德的发展中，没有反面力量（恶）的出现与推动，那么正面力量（善）也就始终处于静止或概念上的封闭状态，得不到进一步的展开。正是由于靡非斯特的参与，浮士德才能经历五个阶段的上下求索历程。靡非斯特的存在不但没有使浮士

---

[1] 《马克思恩格斯文集》第 4 卷，人民出版社 2009 年版，第 291 页。

德堕落并在堕落中毁灭，反而使浮士德不断趋向崇高与完善。其灵魂最终为上帝所救，这一象征性的胜利不是突然的宗教奇迹式的胜利，也不是简单的善对恶的胜利，而是辩证法的胜利。

应该指出的是，歌德的《浮士德》形象地展示了新的资产阶级思想体系和世界观，把文艺复兴以来出现的各种新思想、新观念体系化和系统化了。这是和此时的哲学家康德和黑格尔所做的工作目的一致的，《浮士德》中所展示的新的思想体系的基本构成也和他们的构想大体相似。但也要看到，与他们一样，歌德的《浮士德》中所创造的思想体系，也是本末倒置的。他把世界的"本原"的内涵换成了"至善"，把人世间的基本矛盾看成是善恶之间的斗争并规定着人类的思想和行为。尽管其中充满了深刻的辩证法思想，但也只能说在艺术领域达到了唯心史观与辩证法思想的统一。因此恩格斯才把歌德与康德、黑格尔等人并提，称他们都是奥林匹斯山上的宙斯。

歌德耗其毕生心血完成的这一文学巨著，具有如下艺术特征：

第一，形象性与哲理性的高度统一。歌德在《浮士德》中使用了象征的表现手法。这使歌德笔下《浮士德》的世界和人物，既是形象化的，又是富于哲理的。例如浮士德的苦闷、热恋、享受、追求等，无不具有现实生活中常人的情感特征。而学者书斋、下层酒寮、皇帝宫廷等场景，也富有鲜明具体的形象性。但作品中出现的人物，又不是现实生活中的人物，浮士德与魔鬼的赌赛、与海伦的结合等也是现实中不可能发生的情节。诗人正是通过这些形象化的场景和人物的活动，展示了人类精神的演进过程，表现了人生的哲理和生活的哲理。

第二，表现主观精神与反映客观现实的有机结合。在歌德看来，艺术作品必须做到主观性与客观性相统一，而这个客观又是经过主观过滤的客观。"一切健康的努力都是由内心世界转向外在世界，像你所看到的，一切伟大的时代都是努力前进的，都是具有客观性格的。"① 《浮士德》本来就是一部精神发展史，灵魂发展史，是诗人主观感受的产物，但歌德却将自己独特的生活体验和精神感受融汇到了大的时代背景之中，从"小我"的个人感受出发，运用古老的故事，通过象征性的情节和表现方式，展示了时代的"大我"，从而反映了文艺复兴 300 多年来欧洲，尤其是西欧新兴资产阶级精神发展的实践，达到了《浮士德》既是主观的、又是客观的，既是个人的、又是时代的艺术的辉煌境界。例如浮士德对德国死气沉沉的思想统治感到窒息的时候，人们不能不联想到中世纪封建神学思想对鲜活人性的禁锢；当看到浮士德主张依靠所谓"开明君主"来发展资本主义事业的时候，不能不想到歌德在魏玛公国屈从于小封建主的号令行为的荒唐可笑。

---

① ［德］爱克曼辑录：《歌德谈话录》，朱光潜译，人民文学出版社 1978 年版，第 97 页。

第三，艺术的传统性与现代性密切结合。歌德在《浮士德》中对传统的艺术方法内涵（即遵从生活本身的逻辑和作家主观情感的逻辑）的继承，已达到了出神入化的程度。但是，《浮士德》在艺术表现上又体现着明显的现代性。其一，时空颠倒、混淆。作为一个生活在 18 世纪末、19 世纪初的伟大诗人，歌德的美学思想基本上是主张现实主义的。但被 20 世纪现代主义作家所广泛使用的时空颠倒、场景混淆的表现手法，在《浮士德》中已显露端倪。作品中所出现的浮士德与靡非斯特的赌赛、浮士德喝魔汤变得年轻、浮士德穿过岁月回到几千年前的古希腊去寻找美女海伦等情节，显示出了他对时空顺序的有意颠倒与混淆。其二，形象的分身与变形。为了表现主观的内心冲突，20 世纪的现代主义作家常在其创作中，采用分身手法，将一个人剖为两个甚至几个人，以表现同一意识的不同侧面。不仅如此，为了表现作家的某种主观情绪，他们也常将笔下的人物变形，以适应其思想情绪的变化。在《浮士德》中，我们可以看到，歌德不仅在百余年前就已经采用了这种表现手法，而且是驾轻就熟的。如天帝和浮士德，都是歌德观念中"善"的载体。但天帝是"至善"，而浮士德则是"善"的具体化形式。歌德在这里采用的正是形象的分身法。至于靡非斯特由恶魔变成人，乃至变成狗；浮士德忽而为老年学士，忽而为壮硕的中年探索者，忽而又为白发苍苍的老人，变形手法的运用也随处可见。但需要指出的是，歌德对上述手法的运用，与现代主义作家主张以此来表现人物的潜意识的根本区别在于，他借此表现的是人的观念的辩证发展过程。

思考题：

1. 18 世纪启蒙文学的思想与艺术特征。
2. 菲尔丁的小说观念与创作。
3. 卢梭的社会思想与文学创作。
4. 《浮士德》的思想价值与艺术成就。

▶ 第五章拓展阅读

第六章 19世纪文学（上）

第一节 概 述

一、19世纪早期社会历史背景与文学思潮

19世纪早期欧美文学的主潮是浪漫主义，它于18世纪末、19世纪初在欧美流行，一直延续到19世纪末。但作为文学主流，它于1830年后让位于现实主义文学。欧美浪漫主义文学思潮的影响波及亚非国家。

浪漫主义文学思潮流行于封建制度衰落、资本主义上升这一新旧历史交替的时代。经过启蒙运动的思想大解放和法国大革命急风暴雨式的社会变革，欧洲社会进入了"现代性"阶段。这里所说的"现代性"，并不是通常史书上所说的资本主义制度的确立与巩固，而是指思想的自由化、多元化与人的个性发展的丰富性和多样性。浪漫主义文学以艺术的方式描摹了这一特定时代人的激荡、亢奋而敏感、纤弱的心灵世界，展现了有着强烈个性与扩张欲望的"自我"。

从社会政治形态的角度看，浪漫主义思潮是法国大革命的产物。1789年的法国大革命推翻了国内封建君主专制，随后建立了资产阶级共和国，同时也动摇了整个欧洲的封建统治，为资本主义在欧洲的发展打下了基础。这场革命吹响了个性自由与解放的号角。革命使自由成了此后人们普遍追求的人生与社会理想，新的秩序也把人从旧秩序的束缚中解放出来从而获得了相对的自由，自由的思潮一经广泛传播，它的种子即在人们的心灵里生根发芽。因此，法国大革命时代以及此后的欧洲生活，是一个自由观念空前深入人心的时代，是一个"自由主义"思想盛行的时代。正是这种自由主义的时代精神，催生了思想多元的浪漫主义文化思潮，而且这一思潮的本质特征就是崇尚与追求自由。浪漫主义文学正是这种自由主义政治和文化思潮的产儿，正如雨果所说，浪漫主义，其真正的定义不过是文学上的自由主义而已，在不久的将来，文学的自由主义一定和政治的自由主义一样能够普遍伸张，文学自由正是政治自由的新生儿。也正是在这种意义上，浪漫主义思潮是这一时代精神的晴雨表。

卢梭是浪漫主义文化思潮的精神代表。他提出的"返回自然"理论投合了18世纪末、19世纪初欧洲人对法国大革命及革命后的社会现实不满的普遍心理与情绪。当时，自由主义者觉得资本主义新秩序并没使人获得真正的自由与平等；保守主义者感到革命暴力使个人生命危若累卵，人的生命是渺小的，无自由可言；大革命催化了民族沙文主义，即使在法国大革命中，"启蒙哲学家们所提倡的世界主义和和平主义"也被"遗忘得一干二净"，从而滋长了"民族优越感

和种族仇恨观念"①，此后国与国的战争使西方世界陷于动乱不安之中，如此等等。各种思想情绪加上新旧文化价值体系交替时代人们产生的无依托感、无归属感，很自然地形成了对现有社会和文化与文明的怀疑、不满和抵触情绪。这种复杂的心态与卢梭的反文明、回归自然的理论一拍即合，或者说，卢梭的理论给此时的西方人摆脱空虚与恐慌、不满与反抗、追寻新的寄托提供了精神和思想的依据，让他们在一个动荡不安的现实存在中，有了生存的安全感、独立感和自由感。因此，在18世纪末、19世纪初，以各种不同的方式对抗现有文化与文明，寻找个人的精神寄托成了西方世界的一种普遍的社会思潮，也是浪漫主义运动的一个突出的精神文化特征。浪漫主义可谓是西方文化史上第一次大规模的人对文化与文明的自觉疏离与反思，这种疏离与反思在本质上是人对来自文化与文明之异化现象的反抗，是人对精神独立与精神自由的追寻。

浪漫主义文学的产生也和德国古典哲学、空想社会主义思想的影响分不开。当时，以康德、费希特、黑格尔和谢林为代表的德国古典哲学十分流行。这些哲学家反对启蒙理性，提出了唯心主义的原则，他们突出"自我"，强调天才与灵感，肯定主观作用，关注个人情感。这种哲学对浪漫主义文学强调主观抒情性和强烈的个人主义倾向产生了深刻影响。此外，圣西门、欧文、傅立叶的空想社会主义也十分投合浪漫主义者不满现实、追求理想的特殊心态，因而推动了浪漫主义思潮的形成与发展。

浪漫主义文学是在冲破古典主义束缚，继承英国的感伤主义文学、德国的"狂飙突进"文学和法国作家卢梭的创作的基础上发展起来的。社会心理的变化，也包含了审美心理的变化。这时，无论是作者还是读者，都对以理性为准则、与封建王权相妥协的古典主义文学失去兴趣，而对崇尚大自然、感情色彩浓郁的感伤主义以及富有神秘色彩的哥特式小说等文学作品十分青睐。感伤主义文学强调理性与感情并重，是主情和多愁善感的文学。它常常用理想化了的大自然的美来对照现实社会的丑，以农村纯朴、宁静的大自然来否定工业社会的弊病。它对浪漫主义文学的产生起了重要作用。就具体作品而言，像卢梭的《新爱洛依丝》、歌德的《青年维特之烦恼》，尤其是斯泰恩的《感伤的旅行》，都和浪漫主义文学思潮有着血缘联系。英国作家梅图林的《漫游者缪莫斯》是哥特式小说的代表，它的那种以怪诞形式反映现实生活，充满恐怖与神秘色彩的艺术风格，也为浪漫主义所继承。所以，浪漫主义文学思潮的产生，除了受外在因素作用外，也是文学内部自我调节的结果，有文学自身规律的作用。

---

① ［美］爱德华·麦克诺尔·伯恩斯等：《世界文明史》第3卷，罗经国等译，商务印书馆1987年版，第43页。

　　浪漫主义文学表现了对理性的不满与反思。在启蒙哲学家那里,理性是有其特定含义的,而在浪漫主义者心目中,"理性"代表的是同"自然"相对的文化与文明,因而与人的自然本性和感性能力相对应。文化与文明作为一种外在于人的客观存在,是人自己创造的——如科学与宗教等,因而,它在特定的条件下是合乎人的生命存在与发展之需要的,也就是合乎生命原则的。但是,人作为一种就其本源而言的"自然之子",其自然感性之欲望对文化与文明又有本能排斥之冲动,因为文化与文明在本质上是理性的,是对人的自然天性的一种限制。所以,在这种意义上,文化与文明又有背离人的生命和自然本性,与人的感性本质相冲突的一面,这就是文化与文明的悖论。浪漫主义对"理性"的反思与批判,实质上是对人的感性世界的解放和个性自由的呼唤。因此,由卢梭"返回自然"滥觞出来的浪漫主义文学思潮,热衷于发掘人的感性世界,既是对启蒙运动以来人的思想解放的一种传承,又是对启蒙运动理性主义思想的一种反叛。浪漫主义对进步与理性的批判促使了现代审美文化的诞生。

　　浪漫主义文学思潮在欧美流行很广,不同国家的浪漫主义文学有各自不同的倾向与特点。但作为一个文学流派,从总体上看又有以下一些共同的主要特征。

　　首先,浪漫主义文学崇尚自我,具有强烈的个人主义倾向。浪漫主义文学继文艺复兴的人文主义文学之后又一次推进与拓展了"人"的发现,而且在文化血脉上与文艺复兴运动的"人"的发现有相承与相通之处,在文化内核上主要是古希腊罗马原欲型人本传统的延续与发展。浪漫主义文学总体上对人的感性世界作了新的拓展,从而表现出对启蒙理性与传统文化和文明的反叛。浪漫主义文学在自由精神鼓舞下,张扬个性,塑造了充满扩张欲望的"自我",表达了现代人要求摆脱传统与文明束缚的强烈的个人主义愿望,使"人"的形象拥有了更丰富的内涵和鲜明的主体意识。

　　其次,浪漫主义文学强调感情的抒发,偏重理想的追求,有很强的主观性。古典主义文学崇尚理性和法则,反对个人感情的自由表达,浪漫主义则认为古典主义的理性原则对作家的创作是一种束缚,反对运用理性观念来认识和概括现实,主张从情感与想象等主观意志出发,追求创作的绝对自由。在浪漫主义者看来,文学作品实质上是把内在的情感与思想变为外在物象,是感情冲动时的一种外泄的结果,展示的是作者的知觉、情感的幻想,是表现而不是模仿与再现。浪漫主义文学把个人感情、主观世界诉之于海阔天空的想象。如雪莱的诗歌,理想色彩和抒情性都十分明显。正是由于浪漫主义者重理想、情感与想象,所以他们的作品往往热情奔放,抒情色彩浓厚,具有很强的主观性。这是浪漫主义文学思潮的本质特征。浪漫主义作家把抒情因素看作文学创作中压倒一切、支配一切的因素,这种文学的成就主要在抒情诗方面,但小说和戏剧也带有浓厚的抒情色彩。在作品里，内心的抒发往往超过对客观世界的反映，以爱情为主题的作品也特别多。长篇的诗歌多数有一个抒情的主人公。有些作家抒发的感情是豪放的、昂扬的，因此喜欢运用激昂的、气势磅礴的语言，描绘的人物都是热情奔放、朝气蓬勃的，如普希金的《酒神颂歌》；有些作家喜爱的是恬静的情调，如华兹华斯的《致布谷鸟》；还有些作家的情调是神秘莫测、虚无缥缈、扑朔迷离的，如俄国茹科夫斯基的《幻魔》。

第三，浪漫主义文学反对古典主义只注重描写历史题材和宫廷生活，而着力于表现自然景物和乡间的纯朴生活，歌颂和赞美大自然。浪漫主义作家往往对现实社会中的封建残余不满，也不肯接受限制个性自由的资本主义文明。他们认为，人类应有更好的生存方式，而那未经文明染指的原始的和自然的境界，是最能体现自由理想，最符合人性的，因此，他们接受卢梭"返回自然"的主张和泛神论思想，崇尚自然。对浪漫主义作家来说，雄伟的高山、辽阔的大海、人烟稀少的原始森林、恬淡宁静的田园风光和奇特的异国景色，都会使他们心醉神迷，诗兴大发，写下传世名篇。华兹华斯的《致布谷鸟》、济慈的《秋颂》、雪莱的《西风颂》、普希金的《致大海》等，都是在大自然的激发下唱出的对大自然的赞歌，表现了人与自然在情感上的共鸣。这些作家都用大自然的美来反衬现实世界的丑，表现他们与资本主义城市文明的对立，并借以寄托理想和抒发感情。在他们看来，在"自然"的境界里，一切物质的、理性的束缚都被解除，人性可以舒展自如，个体生命的价值可以得到充分的实现，人类"爱"的理想也在这种境界里实现了。因此，"自然"体现了浪漫主义文学的哲学内蕴和美学理想。但是有些作家笔下的"返归自然"则实际是逃避现实，抒发归隐遁世的思想，如茹科夫斯基 1815 年写的《夜》等。

第四，浪漫主义文学善用夸张手法，追求强烈的艺术效果。浪漫主义文学侧重描写的是理想世界和在理想世界中活动的人们，这些都是作家头脑中主观想象的产物，是对未来理想世界的构思，如雪莱笔下普罗米修斯解放后的社会，雨果《悲惨世界》中的滨海城市蒙猗特。在另一些作家笔下的主观想象中，世界则是远离现实社会的恬静田园，原始森林中的宗教天国，甚至是理想化了的封建宗法社会。浪漫主义作家笔下的人物，也是作家头脑中想象的、理想化了的人物。一些作家所描绘的人物总是抱着积极的、革命的态度，不满、否定和反抗资本主义社会秩序，要求实现新的社会理想。这些人物又常常带有个人主义色彩，给人以超然不群、高不可攀的感觉，拜伦式英雄就是这类典型。然而，在另一些作家的笔下，他们主观想象的人物总是怀恋宗教宣传的虚无缥缈的天国或世外桃源，如夏多布里昂笔下的阿达拉等。

第五，浪漫主义文学重视民间文学和民族传统。17 世纪古典主义文学排斥民间文学而推崇古希腊罗马文学，追求典雅崇高的艺术风格；浪漫主义则重视民族传统和民间文学，尤其是中世纪的民间文学。因为民间文学往往感情真挚，想象丰富，形式自由，语言不拘一格，这正符合浪漫主义力图摆脱古典主义清规戒律的束缚，追求创作自由的要求。实际上，欧洲的浪漫主义首先是在整理和发掘民间文学的基础上形成和发展起来的，浪漫主义在艺术上的创新，很大程度上也得力于他们对民间文学中优秀传统的继承和发展。对民间文学的重视，也表现出作家们民族意识的增强以及对民族独立与解放的追求。

总之，浪漫主义文学在自由精神的鼓舞下，张扬个性，肯定自我，揭示了人的丰富而纤弱的情感世界，塑造了充满扩张欲望的"自我"，表达了现代人要求摆脱传统文明束缚的强烈的个性主义愿望，对此后的西方文学与文化产生了深远的影响。

二、19 世纪早期各国文学概况

由于各国的政治、经济发展不平衡，文化、历史传统有差异，浪漫主义文学作为 19 世纪早期欧美文学主潮，在各国的发展及取得的成就也不相同。

（一）德国文学

浪漫主义文学首先在德国产生。德国在当时的西欧是非常落后、守旧的国家。严重的封建割据，使得全国四分五裂，封建势力十分强大，法国大革命的结果，使不少人对革命怀有疑虑和恐惧，形成了一种压抑沉闷的空气。当时的古典哲学对德国作家们则产生了直接影响，促使他们在不满现实的同时，向精神领域寻找寄托和探索实现理想的途径。不少作家沉醉于对民间文学的收集与整理，有的则用赞美中世纪和基督教来抵制现实。于是，一种带有浓厚的神秘色彩、悲观情调的浪漫主义就在德国形成。

德国早期浪漫主义的理论倡导者与奠基人是施莱格尔兄弟。他们于 1798 年创办了《雅典娜神殿》杂志（1798—1800），宣扬浪漫主义的理论主张，首先提出了"浪漫主义"的名称，创立了"耶拿派"诗论。"耶拿派"是 18 世纪末德国早期浪漫主义的代表。施莱格尔兄弟和诺瓦里斯（1772—1801）、路德维希·蒂克（1773—1853）等人集居耶拿，以《雅典娜神殿》杂志为喉舌，探讨文艺，发表创作，反对古典主义，故称"耶拿派"。他们宣称只有浪漫主义的诗才是"无限的和自由的"，否定一切客观规律和法则，主张打破文艺中的一切界限，强调创作的绝对自由和放纵主观幻想，鼓吹文学与宗教结合。他们把诗人的主观作用强调到了可以超越客观现实的地步。受这种理论的影响，德国早期浪漫主义充满了神秘虚幻和恐怖怪诞的色彩。最有代表性的是诺瓦里斯的《夜的颂歌》（1800）。作品以死亡与黑夜为主题。诗歌通过对已亡情人的怀念，歌颂了永恒的黑夜与死亡，同时也在颂扬死亡中表现了对个体生命的热爱与追求，在表层的悲观情绪中蕴含着对生命的执着。

德国后期浪漫主义文学重视民间文学。被称为"海德堡派"的诗人克莱门斯·布伦塔诺（1778—1842）和阿希姆·封·阿尔尼姆（1781—1831）在德国民间文学的整理方面作出了贡献，他们企图以此找回德国的民族自信心。他们也宣扬天主教和美化封建制度，思想上具有中世纪倾向。他们收集编撰的民歌集《儿童的号角》（1806—1808）是对德国民间文学的重大贡献，它对以后的德国诗歌产生过较大影响。霍夫曼（1776—1822）是德国浪漫主义文学中最具国际影响的作家。他的代表作品是短篇小说集《谢拉皮翁兄弟》（1819—1821），共四卷。他的小说具有神秘怪诞的色彩，人的命运往往受神秘莫测的力量的控制。霍夫曼的小说对爱伦·坡、波特莱尔等都有影响。雅可布·格林（1785—1863）和威廉·格林（1786—1859）是著名的童话作家，他俩合编的《儿童与家庭童话集》（1812—1815）突出表现了劳动者的优良品质和智慧，语言生动，富于幻想。亨利希·海涅是德国最著名的浪漫主义诗人，他的后期创作现实主义倾向十分明显。

德国浪漫主义是欧洲浪漫主义思潮的先导，它对欧洲乃至整个世界浪漫主义运动的兴起与流行，作出了重大贡献，也为德国民族文学的形成与繁荣奠定了基础。被勃兰兑斯称为"浪漫主义病院"① 的德国浪漫派，是一些内心敏感、善于体悟人的情绪与心理状态、热衷于描写离奇怪诞充满神秘色彩事物的作家。他们对人的感性自我的关注远远胜过对理性自我的张扬；他们热衷于表现的怪诞、梦幻、疯狂、神秘、恐怖，等等，恰恰是人的理性的触角所难以触及的感性内容。无论是诺瓦里斯还是霍夫曼，虽然他们与宗教、与神秘主义有着密切联系，但宗教与神秘主义使他们步入了启蒙作家与思想家所极少涉足的人的深层心理与感性世界。

（二）英国文学

18 世纪末 19 世纪初的英国是欧洲最大的工业国，资本主义的力量比较强大，作家的自由民主意识也较强，因此，英国浪漫主义文学更具有反封建精神，更注重对社会问题的探讨。英国浪漫主义文学明显分为两派，即"湖畔派"和"撒旦派"（又称"恶魔派"）。"湖畔派"指 19 世纪英国早期浪漫主义运动中的一个流派。主要代表有威廉·华兹华斯（1770—1850）、萨缪尔·柯尔律治（1772—1834）和罗伯特·骚塞（1774—1843）。他们同情法国大革命，对资本主义的工业文明和金钱关系感到不满，主张回到大自然，复兴宗法制。他们常常隐居于英国西部的昆布兰湖区，寄情于湖畔山水，歌颂大自然，缅怀中世纪，以表示他们对

---

① ［丹麦］勃兰兑斯：《十九世纪文学主流》第 2 分册，刘半九译，人民文学出版社 1981 年版，第 8 页。

现实社会的不满与憎恶，"湖畔派"也就因此而得名。"湖畔派"诗人中最出名的是华兹华斯，可视作领军人物。1798 年他和柯尔律治合作出版的《抒情歌谣集》曾引起当时英国文坛的轰动，其中有他的代表作长诗《丁登寺》。他在 1800 年为《抒情歌谣集》再版写的序言，是英国浪漫主义运动的宣言书。序言对诗歌的本质、题材、语言、功能等方面提出了不同于 18 世纪古典主义文学传统的新见解，直接推动了诗学和诗歌创作的发展，成为英国诗歌发展史上的一座里程碑。

华兹华斯认为，诗是人性和自然的形象，大自然的美和人的热情可以合二而一，强调人和自然的共鸣。他的诗歌也都以优雅恬静的自然景象作为描写对象，风格清新明朗，时而又有淡淡的哀怨，语言朴素，形式舒展自如。华兹华斯开创了以歌颂大自然、描写内心世界为主的浪漫派诗风。他始终是一位对大自然怀着深厚感情的"自然之子"。他热爱大自然，热爱大自然中的平凡的人。他认为大自然中有一种神秘的力量，能提高人的精神境界和道德情感，启迪人类的善良与博爱。他相信人类只有重返自然，才能洗掉一切精神上的烦忧和污垢，才能恢复纯朴的人际关系，人类社会也才能健康发展。因此，他把反映自然和人性中一切天然的东西作为诗歌创作的第一要义。他的诗学思想也从他的诗歌创作中表现出来，就是讴歌湖光山色、日月星辰、自然风貌，抒发出自内心的热爱和崇敬自然的真情实感。

柯尔律治是诗人也是文学理论家，他的诗歌常常把离奇怪诞的故事写成逼真的现实生活，具有神秘色彩，这在他的代表作《古舟子咏》中表现得十分明显。骚塞在思想上和前两位诗人差距较大。他早年欢迎法国大革命，态度是激进的，但后来成了"神圣同盟"的拥护者。他用诗歌赞美反动势力，因此被统治者封为"桂冠诗人"。他的长诗《审判的幻景》就是为暴君乔治三世歌功颂德的。

"撒旦派"诗人主要有拜伦、雪莱和济慈。1821 年，骚塞在《审判的幻景》一文中对拜伦、雪莱、济慈等进行猛烈攻击，把拜伦的作品说成是恐怖、嘲笑、下流、邪恶的荒谬结合。拜伦也以《审判的幻景》为题进行回击。由于此派诗人蔑视传统、敢于斗争，因而被英国绅士斥为"撒旦"（即魔鬼），所以，文学史上就称拜伦、雪莱、济慈等为"撒旦派"。在思想上，他们和"湖畔派"诗人有分歧；在艺术上，他们继承并发展了"湖畔派"开创的浪漫主义诗歌传统。

波西·比希·雪莱（1792—1822）是和拜伦齐名的杰出浪漫主义诗人。在英国诗歌史上，他是第一个表现出空想社会主义理想的诗人。他虽然出身贵族，但很早就倾向革命。雪莱一生写过多种体裁的诗歌，有抒情诗、长诗、诗剧。他的诗歌多以大自然为歌颂对象，气势磅礴、想象丰富、色彩瑰丽、象征性强。尤其是那些描写自然景物又具有政治抒情性的短诗，一直广为传颂，是英国文学中抒情诗的杰作。诗人借这些作品歌颂自然，歌颂爱情，歌唱理想，歌唱人生，表现对光明、自由、幸福和美好生活的热烈追求，给人以一种积极向上的力量和无尽的艺术享受。《西风颂》是雪莱的代表性作品之一。诗人用象征手法歌颂自然界的西风，气势宏伟，意境幽远，寓意深刻。除《西风颂》外，雪莱著名的抒情诗还有《云》《致云雀》等。雪莱的代表作是诗剧《解放了的普罗米修斯》（1819）。该剧取材于希腊神话和埃斯库罗斯的悲剧，但雪莱对埃斯库罗斯的悲剧进行了改造。他肯定了埃斯库罗斯剧本中对普罗米修斯前半段的描写，却不赞同后面普罗米修斯与宙斯的妥协。于是，和解的结局被他改为暴君宙斯被冥王推翻，普罗米修斯取得了完全的胜利，宇宙和人间出现了万象更新的局面。人间从此没有皇权，无拘无束，自由自在；人类从此一律平等，没有阶级、民族和国家之别，最后，整个宇宙欢呼新生和赞美春天的到来。诗剧反映了当时欧洲人民和资产阶级民主派以暴力推翻封建专制统治的斗争精神以及对未来"大同世界"的向往。普罗米修斯是一个象征着"解放"和"大同"的英雄形象。约翰·济慈（1795—1821）也是英国著名的浪漫主义诗人。他热爱古希腊艺术，追求艺术的美。他认为，现实是丑的，只有艺术才是美的，美就是真理。他短暂的一生，都在孜孜不倦地追求美，寻找美，大自然中微不足道的花草鸟虫，也能引发他的诗兴。他的著名作品有《秋颂》《夜莺颂》等。

瓦尔特·司各特（1771—1832）是英国浪漫主义小说家。他最初从事诗歌创作，后来转向小说创作，把历史的真实与大胆的想象有机地结合起来，从而形成了独具风格的"司各特式的小说"，为英国浪漫主义文学增添了一种新的文学样式。他的小说开了后世历史小说的先河，代表作为《艾凡赫》（1819）。

英国浪漫主义作家崇尚"自然"，表达的主要是人对自然纯真的人性的崇尚、对被理性与文明压制下的人的自然情感与欲望的追寻。华兹华斯总是怀着一颗纯真的童心，在超然于世俗、人与自然交融的境界中捕捉着纯然的人性之美。济慈则习惯于用敏感的诗心在自然中静观默察，体悟大自然生命纤维的律动，把握生命存在之真，捕捉在自然中隐藏的永恒的生命，进而歌颂纯真人性之美。雪莱的诗歌善于凭借奇特而丰富的想象去感受自然中的无穷力量，借以抒发人性自由的理想，凸显了一个充满激情、追求个性自由的"自我"。拜伦通过一系列"拜伦式英雄"形象，展示了充满感性欲望和自我扩张意识、与传统理性主义价值观相抗衡因而具有非道德化倾向的人文观念，其间延续着古希腊式的人本传统。总之，英国浪漫主义文学是欧洲浪漫主义文学运动中成就最大的。在这短短的四十多年中，英国文坛上群星灿烂，人才辈出，成为英国文学史上辉煌的一页。

（三）法国文学

在德国、英国浪漫主义文学思潮的影响下，法国浪漫主义文学也在19世纪初兴起，并在1830年前后进入高潮。法兰西民族是一个富有激情、极为浪漫的民族，而在 18 世纪，法国又是古典主义的大本营，加之在政治上革命与复辟的斗争异常激烈，因此，法国的浪漫主义具有强烈的政治色彩，它是在同古典主义反复较量后才得以在文坛上确立的。法国浪漫主义文学以 1830 年为界分为前后两个时期。法国最早的浪漫主义作家是弗朗索瓦-勒内·德·夏多布里昂（1768—1848）和斯达尔夫人（1766—1817）。1802 年，夏多布里昂的理论代表作《基督教真谛》发表，标志着法国浪漫主义的开始。他认为科学和文学都来自基督教，作家应该歌颂基督教。他的中篇小说《阿达拉》（1801）和《勒内》（1802）就体现了这种观点。《阿达拉》以异国风光为背景，描写一对宗教信仰不同的男女青年阿达拉和夏克达斯的爱情悲剧，歌颂了基督教的圣洁和教徒的献身精神。在艺术上，这部小说善于描写人物心理和异国风光，具有鲜明的浪漫主义色彩。《勒内》的主人公勒内，是欧洲文学中第一个表现出"世纪病"特征的浪漫主义形象。斯达尔夫人的文学理论代表作是《论文学》（完整标题是：《论文学与社会建制的关系》）（1800）和《论德意志》（1810），她从文学和宗教、民族、社会制度、自然环境的关系出发研究文学，提出了社会环境制约文学、社会造就文学的唯物主义文艺思想，还论证了浪漫主义文学存在的合理性，为法国浪漫主义文学的发展起了推动作用。斯达尔夫人的小说《苔尔芬》（1802）和《柯丽娜》（1807）都带有自传性，在文坛上产生过较大影响。

在夏多布里昂和斯达尔夫人的倡导和推动下，到了 20 年代，法国浪漫主义文学有了很大发展，文坛上出现了阿尔封斯·德·拉马丁（1790—1869）、阿尔弗雷·维尼（1797—1863）、维克多·雨果、阿尔弗雷·德·缪塞（1810—1857）等一批浪漫主义诗人，但此时法国古典主义的势力还十分强大，它的存在遏制了浪漫主义的进一步发展。而后，这两种文学经过反复较量，最终以 1830 年 2 月 25 日雨果的剧本《欧那尼》上演的成功为标志，浪漫主义战胜古典主义，取得了在文坛上的统治地位，雨果从此成了浪漫派的领袖，法国浪漫主义进入了繁荣阶段。

拉马丁的诗歌以咏唱缠绵悱恻的爱情和宗教思想为主，悲观色彩较浓。他的诗注重抒发内心的感受，诗风朦胧、飘逸，开浪漫派诗歌之新风。他的代表作是《沉思集》（1820）。维尼的诗歌则表现一种与社会相对抗的孤傲坚忍的精神，富于哲理性，善用象征的手法表达哲学思想。《命运集》（1864）是他的代表作。雨果是法国后期浪漫主义的代表作家，在与古典主义斗争的过程中，他是浪漫主义的旗手。乔治·桑（1804—1876）也是这一时期的重要作家。她从 30 年代开始创作，到 40 年代后写出了代表性的小说《安吉堡的磨工》（1845）、《魔沼》（1846）、《安东纳先生的罪孽》（1847）等。她的小说从空想社会主义理想出发，批判了资本主义社会的罪恶，所描写的主人公多为下层人民，表现这些人的生活和命运，欢乐和痛苦。她写得最好的作品是以她所熟悉的贝里乡村为背景的"田园小说"。她的作品中重复出现的主题是爱情超脱传统观念和阶级的障碍。她的作品描绘细腻，文字清丽流畅，风格委婉亲切，具有强烈的感染力。大仲马（1802—1870）是法国浪漫主义小说家和戏剧家。他的小说以历史为背景，但目的不在于重述历史，而在于渲染主人公的冒险奇遇，情节离奇曲折，在浪漫奇遇和真实背景相结合中表现法国社会风貌是他的历史小说的独特风格。他的代表作是《三个火枪手》（1844）、《基督山伯爵》（1844），后者情节曲折、对话生动、形象鲜明，是典范的浪漫主义通俗小说。此外，小仲马、欧仁·苏也是这一时期法国浪漫主义的重要作家。

法国浪漫主义在30年代战胜古典主义后，一直和现实主义并驾齐驱，到19世纪下半叶才逐渐衰退。法国浪漫主义文学既少有德国式的"颓废"，也缺乏英国式的回归自然的宁静与欢欣，而充溢着由剧烈的社会变革所致的自由与激情。夏多布里昂试图通过小说创作表达对基督教的赞美，但实际上，他的小说通过狂野的人性、狂放的原欲之爱与宗教的尖锐冲突，显示了潜藏于人们心底的不可抗拒的人性之爱的美，说明了自然人性原本就是美的。梅里美热衷于表现人的原始、赤裸的强力，他笔下的人物类似于反文明、非道德化倾向的"拜伦式英雄"，揭示了文明与人性的潜在矛盾，展现了狂放不羁的"自我"。乔治·桑因其对道德戒律的蔑视与反叛而被守旧贵族称为"魔女"，她的小说尽情地表达着人的狂放的激情。法国浪漫主义文学展现的是渴望自由、热情奔放、张扬"自我"、个性主义的人文观念。

（四）俄国文学

俄国浪漫主义文学出现得稍晚，它是在西欧浪漫主义传入后于19世纪初发展起来的。当时的俄国是沙皇专制和农奴制国家，政治经济非常落后。从拿破仑入侵到1825年的十二月党人起义，俄罗斯民族意识迅速高涨，俄国文学很快和西欧浪漫主义文学相结合，出现了具有俄罗斯民族特色的浪漫主义思潮。茹科夫斯基（1783—1852）是俄国浪漫主义诗歌的奠基人。他的诗歌受感伤主义的影响，善于描写人的内心感觉、梦幻世界和自然风光，也善于从俄罗斯民间文学中汲取养料。他的创作在抒情、创新和艺术形式的追求方面为后人树立了榜样，代表作有《柳德米拉》（1808）、《斯维特兰娜》（1813）、《十二睡美人》（1827）等。十二月党人中的诗人雷列耶夫（1795—1826）也是浪漫主义诗人，他有抒情诗《公民》（1824）和长诗《沃伊纳罗夫斯基》（1825）等，《伊凡·苏萨宁》（1823）是他的组诗《沉思》中最著名的一篇，诗歌依据史实，歌颂了关心祖国命运并在斗争中献身的爱国者。普希金是俄国浪漫主义文学最杰出的代表，同时也是俄国现实主义文学奠基人。莱蒙托夫（1814—1841）是普希金在文学上的继承人，在俄国浪漫主义文学运动中起着承前启后的作用。普希金被害后，莱蒙托夫写了《诗人之死》（1837）以示抗议，他因此被沙皇政府流放到高加索。重返彼得堡后，莱蒙托夫进入创作全盛期。两年后，他再度被流放，次年死于决斗。尽管他的创作生涯短暂，但给俄国文学留下了光辉的篇章。他的代表作有：抒情诗《帆》（1832）等，长诗《童僧》（1839—1840）和《恶魔》（1829—1841）等，以及长篇小说《当代英雄》（1840）。《当代英雄》由五个故事构成，以主人公毕巧林的活动为主线连成一体。毕巧林既有贵族的恶习，又不随波逐流，以批判的眼光看待周围的环境和自己；他渴望有意义的生活，又找不到生活的目标，内心充满矛盾与痛苦。他是俄国文学史上第二个"多余人"的形象。小说描绘了当时俄国社会的否定性图画，表现了反农奴制的思想，表达了作者对当代社会和那一代人的命运的看法。这是一部在社会内容和心理内容的描写上都十分出色的作品，它开了俄国小说心理描写的先河。

（五）东、南欧国家文学

18 世纪末 19 世纪初的东、南欧国家，大多处于外族的统治之下，民族解放斗争不断兴起。在这些国家，浪漫主义文学和民族解放运动紧密结合在一起，作家与诗人都借助文学作品来唤起人民的民族和自由的意识，鼓舞人们为民族的复兴与解放而斗争，表现的多为反对异族奴役，争取民族独立的主题。亚当·密茨凯维奇（1798—1855）是波兰异民族压迫时代的杰出诗人，他既是波兰民族解放运动的斗士，又是浪漫主义文学的杰出代表。他的《青春颂》曾广为流传，对广大青年投身于破坏旧世界、创立新生活的斗争起到了很大的鼓动作用。他的《先人祭》（1823—1830）第三部是浪漫主义诗剧，它把现实和梦幻、天上人间和地狱交织在一起，抨击沙俄侵略者的血腥屠杀，揭露波兰贵族卖国求荣的丑恶嘴脸，颂扬爱国志士的顽强斗志，热情奔放又哀怨沉郁。主人公康拉德的身上熔铸了诗人强烈的爱憎和坚定信念。他的长篇叙事诗《塔杜施先生》（1830）以波兰 1811 年和 1812 年的两个历史事件为背景，通过两家贵族的年青一代的恋爱事件，反映了旧社会的衰亡，抒发了反对沙俄入侵，争取祖国独立的意愿。长诗以饱满的情感描写波兰乡村的生活画面，被誉为波兰民族文学史上最伟大的长诗。裴多菲（1823—1849）是匈牙利伟大的爱国诗人，1849 年在抗击沙皇军队时壮烈牺牲，时年 26 岁。他的诗歌受拜伦的影响，具有鲜明的民族精神和强大的政治鼓动力。他的许多抒情诗为世人传颂，如《爱情与自由》（1846）："生命诚可贵，爱情价更高。若为自由故，两者皆可抛。"深受中国人民的喜爱。他的长篇叙事诗《雅诺什勇士》（1844）塑造了一个理想的英雄形象，反映了被压迫的匈牙利人民的希望和要求。长诗《使徒》（1848）表现了革命者的献身精神，寄托了作者对苦难生活中的人民的同情以及他的革命民主主义理想。他的《民族之歌》（1848）号召人民反抗奥匈帝国的统治，为争取自由而战斗。意大利浪漫主义的重要作家亚历山德罗·曼佐尼（1785—1873），他的诗歌集中表现了民族复兴的思想，其代表作是《约婚夫妇》（1821—1823）。贾科莫·莱奥帕尔迪（1798—1837）是意大利浪漫主义诗人的杰出代表。他的创作继承古希腊和意大利抒情诗传统，善于用鲜明的形象和丰富生动的物景来抒发复杂的心理活动，语言洗练朴素，格律自由多变。他的主要诗作有《致意大利》（1818）、《金雀花》（1836）等。

（六）美国文学

19 世纪浪漫主义思潮不仅席卷欧洲大陆，还波及美洲。美国文学史上真正可称为本民族文学的第一次繁荣的，就是浪漫主义文学，它是在欧洲浪漫主义思潮的影响下发展起来的。19 世纪初，美国自由资本主义正处于上升时期，欧洲的浪漫主义精神正合乎美国政治经济和文化独立与发展的历史要求，美国文学很自然地就接受了西欧文学的影响，汇入了浪漫主义的世界性潮流之中。

美国浪漫主义文学可分为前后两个时期。前期作家主要有华盛顿·欧文（1783—1859）、詹姆斯·费尼莫·库柏（1789—1851）、威廉·科林·布莱恩特（1794—1878）、埃德加·爱伦·坡（1809—1849）等。欧文和库柏是最先写出具有美国本民族风格作品的作家，因此被称为美国民族文学的先驱。他们的作品描写了美国自己的历史传统、风土人情和自然景色，以崭新的内容勾勒出了美国这一新兴国家的面貌。欧文的代表作是《见闻札记》（1820），它汇集了作者众多的散文杂感故事。这些故事具有美国本土的生活气息，浪漫主义的色彩很浓，开创了美国短篇小说创作的传统。库柏的代表作是《皮袜子故事集》，共五部，实际上是一部长篇小说。它所描写的是美国西部边疆的题材，故事曲折离奇，充满西部原始森林的恐怖气氛以及印第安人生活的神秘莫测的幻景，浪漫主义的成分很重。库柏是"美国的司各特"，他为美国长篇小说的创作开了先河。布莱恩特是美国 19 世纪浪漫主义诗歌的创始人，他的那些描写自然景色的抒情诗深受英国浪漫主义诗歌的影响，被称为"美国的华兹华斯"。诗人与小说家爱伦·坡的创作风格独树一帜，对 20 世纪现代派作家产生了重大影响。他的创作受英国浪漫派诗人柯尔律治的影响。他竭力反对文学的功利性，主张"为艺术而艺术"，提倡以艺术美引起审美的快感。他还提出了一套短篇小说创作理论，强调小说创作的艺术效果。他的诗歌既优美又神秘莫测，词藻华丽而又极富韵律感。他的诗论对法国象征主义诗歌产生了重要影响。诗集《乌鸦及其他诗篇》（1845）是他的诗歌代表作。作为小说家，爱伦·坡是美国哥特式小说和侦探小说的创始人。他的短篇小说集《述异集》（1840）描写超自然的恐怖、神秘和死亡、尸体与腐朽、残忍与罪恶、宿命，等等。在艺术上，他的小说故事情节富于戏剧性，注重细节描写，推理合乎逻辑。

美国后期浪漫主义作家主要有拉尔夫·华尔多·爱默生（1803—1882）、纳撒尼尔·霍桑（1804—1864）、赫尔曼·麦尔维尔（1819—1891）和沃尔特·惠特曼。爱默生是散文作家，也是诗人和演说家，他的许多名句成了体现美国社会思想的经典性言论。他的《论文集》（1844）和《诗集》（1846）影响广泛。尼采、柏格森和梅特林克等都曾受爱默生的影响。霍桑是19世纪影响最大的美国浪漫主义小说家。他的代表作《红字》（1850）通过对女主人公海丝特·白兰不幸遭遇的描写，揭露了资本主义社会人与人之间的金钱关系和宗教的虚伪，同时通过对"人性本质"和基督教"原罪说"的探讨，试图寻找社会罪恶的根源，其中也不乏宗教偏见。但总体而言，《红字》是具有深刻的社会批判意义的，它揭露了教会控制下社会的黑暗、宗教教义的不合理，闪耀着人性的光辉。在艺术上，小说善于用象征、暗示手法，尤其善于开掘人的深层心理内容。霍桑被称为美国浪漫主义小说和心理分析小说的创始人。惠特曼是美国19世纪最杰出的浪漫主义诗人和革命民主主义诗人。麦尔维尔是美国浪漫主义小说家，他的代表作《白鲸》（1851）描写捕鲸工人的悲惨命运，富有神秘色彩和象征意义。此外，诗人亨利·华兹华斯·朗费罗（1807—1882）的《海华沙之歌》（1855）描述印第安传说中的西风之子海华沙的业绩，塑造了一个血肉丰满的英雄形象。

亚非地区的浪漫主义文学受西方文学与文化的影响，是从"启蒙主义"文学中发展起来的，但在时间上要晚于欧美浪漫主义，一般都在19世纪后期和20世纪初开始流行。

第二节　海　涅

一、生平与创作

亨利希·海涅（1797—1856）是19世纪德国著名的抒情诗人、政治讽刺诗人，富有魅力的散文家，卓越的文化批评家和政论家。他的一生除创作了大量辉煌的诗篇外，还撰写了一系列关于政治、宗教、哲学、文学、绘画及音乐的评论。作为伟大歌手与民主斗士，海涅为世界文学乃至人类解放事业作出了杰出的贡献。

海涅出生于当时法属莱茵河畔杜塞尔多夫城的一个贫穷的犹太商人家庭。1819年赴波恩大学学习法律，深受民主思想的熏陶，与浪漫派倡导者威廉·施莱格尔过从甚密。1820年秋和1821年初，海涅相继转入哥廷根大学和柏林大学继续学习法律，但是兴趣主要在文学方面。他听了梵文权威波普与古典语言学者沃尔夫的课，为后来写作印度题材的诗歌和创作中引用神话传说打下了基础。他还听过黑格尔的哲学课，结识了著名的法恩哈根·冯·恩赛夫妇及作家沙米索、霍夫曼、富凯等人。他从犹太教皈依基督教也是在这个时期。1824年1月，海涅再入哥廷根大学，并于次年获得法学博士学位。1825—1830 年间，他进行了多次旅行，足迹遍布柏林、波茨坦、慕尼黑、黑尔戈兰等地，还去了英国和意大利。1831 年，海涅定居巴黎，除了两次短期回汉堡外，再也没有返回祖国。他在巴黎仍旧很关心祖国的命运和欧洲的革命形势。海涅在法国写了不少报道，介绍德国的情况。在巴黎生活的 20 多年间，海涅结识了一大批法国文豪，包括巴尔扎克、大仲马、乔治·桑、贝朗瑞等，并与波兰钢琴家肖邦、法国圣西门主义者交往甚密，接受了空想社会主义的影响。

1843 年，海涅与流亡巴黎的马克思相识，结下了深厚的友谊。与革命导师马克思的交往，对海涅后来的创作产生了很大的影响，他政治上最成熟的诗篇就是在这段时期完成的。

海涅晚年很不幸，从 1848 年到 1856 年逝世这 8 年间，他因瘫痪而一直过着"床褥墓穴"的生活。可是他在痛苦的疾病折磨下仍然顽强地坚持创作，不仅关心时事，写下了许多政治诗篇，还为后人留下了无比优美的抒情诗。

早期创作。1817 年至 1821 年，海涅创作了他的第一组抒情诗《青春的烦恼》，此后又陆续发表《抒情的插曲》（1822—1823）、《还乡集》（1823—1824）、《〈哈尔茨山游记〉组诗》（1824）和《北海集》（1825—1826）等组诗。1827 年，诗人把这些诗汇集在一起，以《诗歌集》为名出版。海涅自己曾说过，《诗歌集》里的所有诗篇，都被一个共同的主题联结在一起，这就是他对堂妹阿玛莉的爱情。的确，诗集中的大部分诗篇都抒发了主人公失恋的痛苦、迷惘和内心的苦闷、寂寞。当然诗中也有对美丽的大自然的描绘及对现实社会的讽刺，只不过这些内容不占主要地位。这些诗歌采用德国古老民歌的音调，清新自然，质朴可爱。《诗歌集》是德国浪漫主义诗歌中的瑰宝，在诗人生前就再版 13 次，先后被译成 20 多种语言，其中不少诗篇被一些著名作曲家谱曲，广为传唱。

除《诗歌集》外，海涅早期创作的重要成就还有《游记集》（1826—1831）。《游记集》包括四卷，第一卷《哈尔茨山游记》（1824）生动地描绘了旅途见闻和美丽的自然风光，同时辛辣地讽刺了德国封建统治的反动、腐朽及形形色色市侩们的唯利是图、鼠目寸光和奴颜媚骨。第二卷《北海集》的第三篇和《思想——勒·格朗集》（1827），对拿破仑和法国大革命予以歌颂，将矛头直指普鲁士统治者，所以一经出版即被查禁，作者本人也遭到德国军警的迫害。第三卷和第四卷是诗人游历意大利和英国之后所作的旅行札记，包括《从慕尼黑到热那亚的旅行》（1828）、《卢卡浴场》（1829）、《卢卡城》（1830）和《英国片断》（1827—1828），这些游记对宗教和贵族进行了批判，希望德国能结束政治复辟，进行彻底的社会变革。以上四部游记表明，海涅不仅是一位才华横溢的抒情诗人、政治讽刺诗人，而且是一位革命民主主义的思想家及斗士，此时他的创作已从个人抒情转向对现实生活的描写与批判，逐步形成了文艺与政治杂感交织的独特的散文风格。

中期创作。1831 年 5 月，海涅怀着对法国革命的向往，离开故国流亡到巴黎，从此开始他生活创作的一个新阶段。论文集《论浪漫派》（1833）和《论德国宗教和哲学的历史》（1834），便是他 30 年代初期研究德国文学和文化的重要成果。海涅将这两本书合二为一，取名《论德意志》，其目的是反驳法国作家斯达尔夫人的《论德意志》一书。斯达尔夫人受好友施莱格尔的影响，美化封建落后的德国。海涅则试图从文学、宗教、哲学等方面向法国人民介绍德国的情况。《论德国宗教和哲学的历史》旨在从宗教、哲学方面向法国人介绍德国的文化。全书共分三编，第一编论述基督教发展到天主教，进而又产生新教的演变过程，剖析了宗教的本质；第二编阐述德国古典哲学的来源，重点介绍了笛卡儿、斯宾诺莎、莱布尼兹对德国哲学的影响；第三编评述康德哲学的划时代意义及德国古典哲学从康德到黑格尔的发展。该书关于德国哲学革命的言论受到恩格斯的高度评价："不论政府或自由派都没有看到的东西，至少有一个人在 1833 年已经看到了，这个人就是亨利希·海涅。"[1]《论浪漫派》主要包含海涅的如下文艺思想和主张：首先，海涅在艺术反映生活的思想基础上提出，中世纪的浪漫主义已没有继承的必要。其次，海涅认为，德国浪漫派无视德国现实、一味缅怀中世纪，是没有出路的。当然，海涅在批评德国浪漫派的同时，也对其在文学上的具体功绩给予充分肯定，如搜集民歌、翻译世界名著等。再次，海涅在对歌德与席勒的评论中探讨德国文学的发展道路。海涅对歌德与席勒进行了比较研究，认为应继承和发扬两位天才艺术家的长处，将他们各自的优势结合起来，这实际上也是海涅为当时德国文学的发展所指出的方向。总之，《论浪漫派》的矛头所向是以"耶拿派"为代表的德国浪漫主义。海涅反对德国文学继承中世纪浪漫主义，主张沿着席勒、歌德开辟的道路前进。他的《论浪漫派》的发表，结束了浪漫主义在德国的统治地位。

40 年代，海涅的思想和创作都达到了高峰。他最优秀的政治诗篇均产生于这个时期，如《西里西亚的纺织工人》《等着吧》和长诗《德国—— 一个冬天的童话》等。

海涅出色的政治诗《西里西亚的纺织工人》，反映了德国工人阶级的觉醒和反抗。1844 年 6 月，德国西里西亚的纺织工人为反对资本家和封建势力的双重压迫，爆发了起义。海涅立即写下了这首著名的诗篇，以示对工人起义的声援。全诗只有 25 行，却充分地反映出工人不堪压榨、起而反抗的思想情感。诗歌通过织布劳动的场面，刻画了纺织工人的革命群像。他们是以旧社会掘墓人的姿态出现的。

———————————

① 《马克思恩格斯文集》第 4 卷，人民出版社 2009 年版，第 267—268 页。

他们忧郁的眼里没有眼泪，"咬牙切齿"地织着德意志的"尸布"，织进去三重诅咒——诅咒"那个上帝"，诅咒"阔人们的国王"，诅咒"虚假的祖国"。抒情主人公们最后激昂地宣告："老德意志，我们在织你的尸布。"这些诗句有力地表达了工人群众对反动统治阶级的强烈仇恨和推翻旧制度的战斗决心。这首诗以完美的形式表现深刻的内容，具有强烈的战斗性和艺术感染力。全诗五节，每节都以"我们织，我们织"一句作结，表达了饱满的战斗激情。整首诗形式整齐，前呼后应；节拍有力，声调铿锵；诗句简洁，反复咏唱，回环荡漾，表现了浓厚的民歌风格。《西里西亚的纺织工人》被收入《新诗集》之《时代的诗》中。《新诗集》于1844年出版，收有诗人在德国创作的和到巴黎后写作的大部分作品，其中包括《新春曲》《杂咏》《浪漫曲》及《时代的诗》。其中《时代的诗》主要是政治讽刺诗。这些诗以其鲜明的讽刺风格及蕴含的深邃的讽刺意义为《新诗集》注入了活力。

晚期创作。1845年后，海涅的健康状况恶化，但他仍以顽强的毅力与病魔抗争，创作了大量的诗歌作品。1851年出版的《罗曼采罗》收录诗人1845—1851年间写下的抒情独白。诗集由三个部分组成，即《冒险故事》《哀歌》和《希伯来曲》。其中《冒险故事》从不同地域，尤其从东方国家的某些事件和人物选取题材，表现出诗人对时代的深刻体会。《哀歌》中的部分诗作，在痛苦的基调中夹杂着个人哀怨和讽刺，反映诗人与命运的搏斗。《希伯来曲》则探索了宗教信仰问题，诗人把自己的烦恼同犹太人的痛苦连接起来，赞美超越时间的创造精神的伟大。

海涅最后阶段的诗作，收在《1853—1854年诗集》中。这部诗集中的抒情诗抒发了诗人苦闷、孤独、愤慨的心情，同时也表现了诗人与丑恶的现实毫不妥协的精神。

海涅的诗在世界各国拥有广泛的读者。在中国"五四"前后，鲁迅译过他的抒情诗，郭沫若对他的诗作过介绍。在抗日战争和解放战争时期，海涅的政治诗曾鼓舞过中国人民争取独立和解放的斗争。新中国成立后，海涅的诗歌、散文和论著被大量翻译和出版，关于海涅及其诗歌的研究，也不断向纵深发展。

二、《德国——一个冬天的童话》

讽刺叙事诗《德国——一个冬天的童话》抒写了海涅1843年由巴黎回德国时的见闻与观感。诗人回到阔别13年的祖国，看到黑暗的现实状况依然如故，不禁感慨丛生。几个月后返回巴黎，愤然提笔写下了这部著名的政治讽刺长诗。全诗分为27章，可以说是27首战歌。这些"歌"表达了诗人对停滞落后的德国社会、政治、经济和文化生活的评价，对光明和幸福的未来世界的向往。

诗人对普鲁士王国的反动政权及其统治的精神支柱——宗教与教会进行了无情的嘲讽。从普鲁士政府所倡导的"关税同盟"、书报检查制度到残暴的军警、伪善的宗教，都成为诗人批判的对象。第二章写诗人在边境受到检查时，他幽默地讽刺检查官说："我从旅途上偷运的违禁物品，只在我头脑里藏着"，"倘若打开了它，它就锥刺你们，推倒你们！"诗人在第三章对普鲁士封建势力的象征——国徽上的鹰发出了诅咒："一旦你落在我的手中，你这丑恶的凶鸟，我就揪去你的羽毛，还切断你的利爪。"他号召受过法国资产阶级革命思想影响的莱茵人民对准它射击。诗人还无情揭露了教会的虚伪，他在第四章中回顾了教会摧残理性、焚人烧书的罪恶，揭穿了宗教的实质，指出："它是精神的巴士底狱，狡狯的罗马信徒曾设想德国人的理性将要在这大监牢里凋丧！"他号召人们打破天堂的幻想，要在地上建立起人间天堂，表露了诗人的早期社会主义思想。

长诗对所谓反政府的自由主义派别及庸俗无聊、尔虞我诈的资产阶级市侩也予以了嘲笑和抨击。从第十四章到十七章，诗人描绘了梦中的红胡子皇帝以及皇帝的周围环境。红胡子皇帝是中世纪的封建帝王，关于他的幽灵的传说，在当时的德国广为流传。封建统治者利用这些传说美化封建君主制，小资产阶级自由主义激进派也梦想德国人民可以通过一个君主来获得统一和解放，把红胡子皇帝的觉醒作为祖国复兴的象征。海涅以尖锐的讽刺，戳破了这个梦幻的童话传说，使它露出君主复辟的反动内容，以此狠狠地抨击了德国社会中的倒退逆流。诗人宣告："我们根本用不着皇帝"，"没有你我们也将解放自己"。第二十一至二十六章，诗人描绘了不属于普鲁士统治范围的汉堡。"自由城"汉堡并不自由，这里充满了市侩习俗和中庸之道。汉堡守护女神汉莫尼亚就是市侩的代表，她的折中主义的说教体现了当时资产阶级对封建阶级的妥协性。诗人渴望建立统一的德国，十分厌恶封建德国四分五裂的现状。他把当时的 36 个封建领域称为"36 个粪坑"，认为只能运用革命的手段才能彻底清除这些粪坑，变革腐朽的现实。

诗人在讽刺、批判现实的同时，也歌颂爱国主义和革命精神，并预示了美好的理想世界的到来。诗人在字里行间流露了对祖国的深情："听到德国的语言，我有了奇异的感觉；我觉得我的心脏好像在舒适地溢血。""我渴望泥炭的气味和德国的烟草气息；我的脚因为焦急而颤动，要踏上德国的土地……"他还热烈地赞颂拿破仑，赞颂他反封建的革命精神。在第一章和第二十七章，诗人预见了美好的未来世界，指出旧时代正在"消亡"，新的时代正在"生长"，在这个新时代里，"全没有粉饰的罪恶，它带来了自由思想、自由空气，我要向它宣告一切"。长诗以赞美新理想开头，以宣告新时代的到来结束，从而体现了海涅变革现实的革命思想。但是，依靠什么力量建立"地上幸福生活"，诗人是不明确的，而美好的未来世界也不过是空想社会主义的图景。

长诗在艺术上具有鲜明的特色。诗人采用了多种多样的表现手法，把真实的生活图景和浪漫的幻想境界交织起来，让历史传统和时代精神作鲜明对比。诗人笔下的关税检查人员、亚琛的普鲁士军人、汉堡的市民以及他们生活的场所，都是逼真的、典型的，这显然是现实主义的笔墨。与此同时，诗人又描绘了许多象征性的图景，使长诗出现了想象的梦幻的世界与人物，如"地上天国"、"明登古堡"、"牧鹅王女"、"汉堡女神"、"听莱茵河呻吟"、"与红胡子大帝争论"，等等，这显然是浪漫主义的手法。诗人有意给封建的德国现实涂上"冬天的童话"的"冷色"。"冬天"象征着"严寒"、"冷酷"、"死气沉沉"的德国，"童话"指那些不应当存在而已经发生的荒诞故事。诗人看到的是"真实的现实"，同时也是一个"冬天的童话"。这些统一起来的图画，让人们看透封建德国畸形现实的虚伪本质，从而向往德国未来的真正美好的现实。诗人还使红胡子皇帝及汉莫尼亚女神形象与"狼"的形象形成鲜明的对照：红胡子皇帝代表过时的封建势力，汉莫尼亚女神作为资产阶级市侩的化身，都不符合时代的革命精神；只有那些象征肯定的革命者的"狼"，才是德国的救星。长诗将一幅一幅现实的、浪漫的图画串联起来，做到了整体与个别的奇妙结合。

长诗充分地表现了诗人的讽刺才能。诗人交替使用素描式的讽刺和漫画式的讽刺，这些讽刺都不曾离开生活的真实。素描式的讽刺通过不加夸饰的真实的描写来表现社会实质，如诗人对普鲁士"关税同盟"与书报检查制度的讽刺，尤其是诗人借一位旅客之口"表彰"反动事物，讽刺非常深刻。漫画式的讽刺通过夸张描写，表达诗人对丑恶事物的憎恶，如"过了时的童话人物"红胡子大帝和他的战士在山洞中沉睡，百年一醒，不知时代的变化，死守封建体制。还有汉堡市民的漫画像，讽刺得入木三分，令人看了作呕。长诗浓厚的战斗色彩，很大程度上得益于海涅的讽刺艺术。此外，长诗将叙事、对话和抒情巧妙地结合，语言生动机智，极具艺术魅力。

第三节 拜 伦

一、生平与创作

乔治·戈登·拜伦（1788—1824）出生于伦敦一个没落贵族家庭，祖父是海军中将，因其出海常遇暴风而被称为"暴风杰克"。父亲约翰·拜伦是英国陆军的近卫军官，因挥霍钱财和沉湎酒色而被人称为"疯子杰克"，曾同卡尔马瑟侯爵夫人生下一女，即拜伦的异母姊妹奥古丝达。拜伦的母亲凯瑟琳·戈登是苏格兰的大家闺秀，拥有 23000 镑的财产，但很快就被丈夫挥霍殆尽。拜伦天生跛足，曾因此受到讥讽而在其幼小的心灵里留下创伤。拜伦三岁丧父，由母亲抚养长大。十岁时，伯祖父去世，拜伦继承了家族的世袭爵位以及纽斯泰德的产业，成为拜伦第六世勋爵。

1801 年，拜伦进入贵族学校哈罗公学学习，喜欢阅读历史和传记。1805 年，拜伦进入剑桥大学三一学院学习。在大学期间，拜伦放荡不羁，喜好射击、打猎、游泳、拳击等活动，很少听课，但他广泛阅读了欧洲和英国的文学、哲学和历史著作。尤其是他通过阅读启蒙主义思想家伏尔泰、卢梭等人的著作，逐渐形成了资产阶级民主主义思想，并开始写作。1807 年，拜伦出版了第一部诗集《懒散的时刻》，表现出对现实的不满和对庸俗虚伪的上流社会的鄙视。这部诗集出版后受到《爱丁堡评论》的粗暴批评，拜伦写了长篇讽刺诗《英国诗人和苏格兰评论家》（1809）予以还击。这部诗集的出版，奠定了拜伦作为讽刺诗人在英国文学中的地位。

1809 年，拜伦大学毕业，承袭了上议院议员的席位。由于受到歧视，心情苦闷，拜伦到葡萄牙、西班牙、阿尔巴尼亚、希腊、土耳其等地旅行，于 1811 年冬天回国。他在旅行中耳闻目睹了西班牙人民抗击拿破仑侵略军的壮烈景象以及希腊人民在土耳其奴役下的痛苦生活，产生了创作的灵感，写成了震动欧洲诗坛的长诗《恰尔德·哈洛尔德游记》的第一、二章。1811—1812 年，英国中部和北部爆发了卢德派领导的纺织工人暴动，捣毁了许多工厂的机器。为了保护资本家的利益，1812 年 2 月，英国下议院通过了"严禁编织机破坏法案"，规定凡破坏机器者一律处死。在法案提交上议院审议时，拜伦出席国会发表了他的第一次国会演说，极力为破坏机器的卢德派工人辩护，尖锐抨击政府当局的血腥镇压政策。但是议会不顾拜伦的抗议，仍然通过了这个血腥法案。1812 年 3 月 2 日，拜伦在《纪事晨报》上发表愤怒的诗篇《"编织机法案"制定者颂》，辛辣讽刺英国社会资产阶级与无产阶级的矛盾。这一年，《恰尔德·哈洛尔德游记》第一、二章出版，震动了英国文坛，一时间拜伦名满欧洲。

1815 年 1 月，拜伦同安·密尔班克小姐结婚，婚后一年即开始分居，拜伦因此遭到英国贵族社会和教会的攻击，被迫于 1816 年 4 月离开英国，开始了在欧洲的流亡生活。在流亡期间，拜伦不仅创作了一系列抒情诗、叙事诗、诗剧，而且还在瑞士结识了雪莱，在意大利参加了烧炭党人的活动。拜伦为革命党人撰写传单和宣言，在起义前夕把自己的住宅提供给烧炭党人充当军火库，尽力支持革命。烧炭党人的活动失败后，拜伦又开始关注希腊的民族解放运动。1823 年夏天，拜伦乘坐自己出资装备的战斗舰"赫库利斯号"前往希腊，投身希腊人民的民族解放斗争，被授予总司令的称号。拜伦在军事上致力于独立军团的组织建设，捐献自己的财产购置军火和军需物资，他同士兵同甘共苦，深得部下爱戴。1824 年 4 月 9 日，拜伦淋雨后病倒了。19 日，拜伦终因病情恶化而永远离开了这个世界。

他在临终前这样宽慰自己："我不为生命的丧失而悲伤，正是为了结束我厌倦的存在，才来到希腊。我的财产，我的能力，我都献给了她的事业，哦，还有我的生命。"希腊独立政府宣布为拜伦举行国葬，全国哀悼三天。6 月 29 日，拜伦的灵柩运抵伦敦，于 7 月 16 日安葬于纽斯泰德附近的赫克诺尔，墓碑上刻着按照拜伦异母姊妹奥古丝达的意见起草的铭文："他在 1824 年 4 月 19 日死于希腊西部的迈索隆吉翁，当时他正在英勇奋斗，企图为希腊夺回她往日的自由和光荣。"

拜伦没有看见希腊最后的胜利，但他用自己的牺牲向世界发出了正义的号召，激励了欧洲各国人民，各方的捐助和志愿者纷纷从英国、法国、俄国汇集到希腊。三年以后，希腊人民赢得了胜利。希腊人民没有忘记拜伦，他们为拜伦修建了英雄花园，以纪念为希腊奉献了生命的英雄。

拜伦是最早被介绍到中国的英国诗人之一。早在清末民初，他的诗作就被翻译成中文发表。新中国成立后，拜伦的诗集被大量翻译成中文出版，同时也有一大批有关拜伦的研究成果问世。拜伦对中国作家及其创作产生了重要影响。中国"五四"以来最有成就的一批作家如梁启超、鲁迅、马君武、苏曼殊、胡适、梁实秋、徐志摩、王统照、沈雁冰、蒋光慈等人的作品，无论思想性还是艺术性，都明显地从拜伦的创作中汲取了营养。

拜伦的全部创作遗产证明，他是英国浪漫主义文学时期一个天才的抒情诗人。在他写作的一系列抒情诗里，无不流露出他的热情、想象以及对社会现实的关注。他把自己的现实观察、哲学思考、人生感悟等都写进了自己的作品：抒发心中爱情的萌动与渴望，如《悼玛格丽特表姊》《给 M. S. G》《为别人祝福的痴情祷告》《诀别词》；表达对友谊的回忆与珍视，如《赠一位早年朋友》《给赛沙》；表达对虚伪社会现实的评说与批判，如《"编织机法案"制定者颂》《卢德派之歌》；抒写敢于战斗的豪情，如《希腊战歌》《安恬之死》《扫罗王最后一战的战前之歌》《咏"荣誉军团"星章》；抒写对人生的理解与感悟，如《"传道者说：凡事都是虚空"》《当这副受苦的皮囊冷却》。在这些瑰丽的诗篇里，拜伦巧妙运用独特的诗歌技艺，把叙事、抒情、说理融为一体，充分展示了诗人的胆魄与才华。

在拜伦创作的一系列优秀诗篇里，他于 1813 至 1816 年间创作的一组以东方故事为题材的传奇作品，具有特殊的价值。这一组独具特色的诗歌被称为"东方叙事诗"，由《异教徒》《阿比道斯的新娘》《海盗》《莱拉》《柯林斯之围》和《巴里西纳》这六部长诗组成。在 19 世纪初，英国各界对东方世界感到强烈的好奇，对异国的神奇土地充满向往，拜伦也同样如此。早在 1809 年至 1811 年间，他的东方之行不仅极大地开阔了其眼界，也为他后来创作"东方叙事诗"积累了生活素材。他创作的这些长诗以西亚和南欧为背景，具有浓厚的异国情调。诗歌中拜伦塑造了一批著名的带有拜伦自身思想性格特征的英雄形象，即以作者命名的"拜伦式英雄"的形象。这些形象主要由海盗、异教徒、被放逐者组成，大都是高傲、孤独、倔强的叛逆者，如《异教徒》中的威尼斯人；有的是强者形象，如《海盗》中的康拉德和《阿比道斯的新娘》中的塞里姆；有的是社会的反叛者形象，如《莱拉》中的莱拉，《柯林斯之围》中的阿尔普。在这些人物身上，可以看到与拜伦同时代作家或此前作家笔下人物的不同特点。他们都是一些单枪匹马的复仇者，有着崇高的道德观和侠义心肠，爱好自由，忠于爱情。他们带有贵族血统，愤世嫉俗，高傲神秘。"拜伦式英雄"具有坚强的意志和强烈的反叛精神，叱咤风云的勇气和各种狂热而又浪漫的冒险经历。他们与其生活的社会格格不入，独自与命运抗争，追求自由解放。但是他们往往孤军奋战，最后总是以失败告终。这类人物表现出矛盾的思想和非凡的性格，他们热情似火，热爱生活，追求爱情，渴望幸福，与社会恶势力誓不两立，敢于蔑视现存制度，做一个社会的反叛者。但是，他们的思想基础是个人主义和自由主义，没有明确的政治目标和清晰的社会理想，往往傲世独立，行踪诡秘，好走极端，在斗争中单枪匹马，远离群众，因而注定了他们是以失败告终。

拜伦的"东方叙事诗"题材新颖，叙事抒情，意境深远，充满了浪漫情调。在拜伦的创作中，"东方叙事诗"为"拜伦式英雄"提供了一个尽情展示自我性格特点的舞台，发展了此前创作的浪漫诗篇《恰尔德·哈洛尔德游记》中的主人公形象，使拜伦式形象变得更丰满、更生动，也更有特点。在以后的诗剧《曼弗雷德》《该隐》等作品中，"拜伦式英雄"的性格又有新的发展。"拜伦式英雄"在欧洲各个阶层的读者中都引起广泛的共鸣。俄国诗人普希金在他创作的诗体小说《叶甫盖尼·奥涅金》中塑造的"多余人"，就明显有"拜伦式英雄"的影子。后来莱蒙托夫笔下的毕巧林、屠格涅夫笔下的罗亭等"多余人"形象，也明显带有"拜伦式英雄"的性格特征。

在拜伦的诗歌创作中，还有一系列艺术形式独特的作品，它们是诗剧《曼弗雷德》（1816）、《该隐》（1821）、《天与地》（1821）、《变形的畸形儿》（1821），悲剧《沃纳》（1822），历史剧《马里诺·法利埃罗》（1820）、《萨达纳巴勒斯》（1821）、《福斯卡利父子》（1821）。这些作品是拜伦诗歌遗产中的重要组成部分，不仅在拜伦的诗歌创作中，而且在整个英国文学遗产中都有着重要的地位。

在拜伦写作的所有诗剧中，《曼弗雷德》最为重要，可以看作拜伦诗剧创作中具有代表性的作品。早在 1924 年，我国《小说月报》第十五卷四号就刊出"拜伦专号"，其中就刊登了傅东华翻译的《曼弗雷德》。

拜伦在痛苦的流亡生活中，受到歌德《浮士德》的影响，开始酝酿一部伟大的诗剧《曼弗雷德》。在漫游阿尔卑斯山的旅程中，拜伦仅仅用了 12 天时间，就写出了诗剧的第一幕和第二幕的初稿。从 1816 年 9 月至次年 2 月，拜伦用了半年的时间完成了这部伟大的诗剧。

《曼弗雷德》是一出伦理悲剧。主人公曼弗雷德由于杀死了他深爱的继妹安丝塔蒂，背负上深沉的罪恶感，无法从中摆脱出来，陷入极大的精神痛苦中。他独居于阿尔卑斯山中，招来精灵帮助他忘掉自己，以为这样就可以忘掉痛苦。精灵们问他，所谓忘掉自己是不是指死，曼弗雷德回答说不是，因为死后灵魂不灭，并不能把自己真正忘掉。在戏剧的最后，不愿意屈服的曼弗雷德命令恶魔离开。魔鬼消失了，曼弗雷德说："老人啊，死亡并不是多么困难的事啊！"然后他倒地死去。

在大多数评论中，曼弗雷德被看作一个著名的"拜伦式英雄"的形象。虽然表面上看他性情忧郁，落落寡合，同"东方叙事诗"中那些被称为"拜伦式英雄"的叛逆者相似，但他在本质上同他们有着很大区别。曼弗雷德独居阿尔卑斯山中，埋头研究科学，从来没有停止追求真理。但无论如何努力，他始终无法从知识的学习中得到幸福，不能得到心情的宁静。那么，究竟是什么罪行让他如此痛苦？曼弗雷德在诗中坦承了自己的罪行："我有她的缺点——没有她的美德——/我爱过她，而且把她毁灭了。"在探寻真理这一点上他同歌德笔下的浮士德类似，不断发出诘问，始终从哲学和伦理的角度对自己进行反思，企图获取生活的答案。正如他所说："哲学与科学，和那些奇妙事物的/源泉，以及人世间的一切智慧，/我都探索过"，但是"知识之树"并不是"生命之树"，"苦恼就是知识；谁要是知道得最多，/那他对这不幸的真理，一定伤感得最深"。曼弗雷德实际上是从宗教、哲学和伦理上对自己所犯的罪进行反思。他在诗中引用《旧约·创世记》第三章中夏娃偷吃伊甸园中禁果的故事，就是为了表达曼弗雷德的伦理困惑、思想苦闷以及心中痛苦。曼弗雷德孤傲不羁，勇于探索，具有坚定的意志，表现出一种无所畏惧、蔑视一切权威的反抗精神，即使死亡，对他来说也是一种胜利。

在诗歌中，拜伦采用了莎士比亚写作《哈姆莱特》和歌德写作《浮士德》的技巧，通过曼弗雷德的内心独白，通过他同精灵、修道院长、羚羊猎者、阿尔卑斯山的魔女、涅米西斯等人物之间的对话，把曼弗雷德的心灵世界完全打开，让读者窥视其中的奥秘，去理解和同情他。因此，诗歌真正打动我们的是他因犯罪而产生的忧郁和痛苦，他敢于解剖自己的勇气，他的自省和诘问以及他探索真理的执着和坚毅。

二、长篇叙事诗

在拜伦给世界留下的一大笔宝贵遗产中，长篇叙事诗占据重要的位置，尤其是他的两部叙事长诗《恰尔德·哈洛尔德游记》和《唐璜》，堪称艺术杰作。

早在学生时代，拜伦即深受启蒙思想影响。大学毕业后，拜伦于1809至1811年间游历西班牙、希腊、土耳其等国。拜伦出国作东方旅行，不是一个上流社会纨绔子弟的探奇寻幽，也不是追求时尚的出游，而是一个多愁善感的青年诗人对动荡世界的考察，用拜伦自己的话说，是为了要"看看人类，而不是只在书本上读到他们"。旅途中，异国美好的风光景物使他陶醉，陌生的风俗习惯引他留恋，少年时代的挫折似乎淡忘了，忧郁的心情突然开朗了，一种诗人的激情油然而生。他要把旅途的见闻和感受写下来，于是开始写作《恰尔德·哈洛尔德游记》和其他诗篇，并在心中酝酿未来的"东方叙事诗"。《恰尔德·哈洛尔德游记》的第一、二章于1812年2月问世，轰动了整个英国文坛，使拜伦一跃成为伦敦社交界的明星。在这部作品中，孤傲、狂热、浪漫并充满反抗精神的恰尔德·哈洛尔德，是拜伦笔下第一次出现的"拜伦式英雄"的形象。

《恰尔德·哈洛尔德游记》中的哈洛尔德是一个贵族青年，出生于英格兰，由于厌倦了上流社会的生活，决定出国游历，希望投身于大自然的怀抱，到远离城市文明的人群中寻求自由和真诚的情感。诗歌的现实意义和政治意义是不言而喻的。拜伦以大自然的美好与社会现实的丑恶作对比，以辉煌的历史与屈辱的现实相对照，通过诗中的主人公哈洛尔德和自己的浪漫抒情，表现了对拿破仑的侵略、英国干涉民族独立运动等各种暴政的愤怒；对欧洲大自然景色如莱茵河、阿尔卑斯山以及人类文明如意大利建筑和雕刻的喜爱与欣赏；对欧洲文明史上的历史人物如卢梭、伏尔泰等人的尊敬；对反抗压迫、争取独立与自由的各国人民的赞美和鼓动以及对周围环境的厌恶和失望。

诗中的主人公哈洛尔德是一个虚构的人物，身上带有一层神秘色彩。长诗主要写他到南欧旅行的见闻。他多愁善感，曾一度沉湎于酒色，但他思想敏锐，见解深刻。在旅行中，南欧的自然风光曾给他安慰，各处的历史遗迹也曾引起他的深思，可一回到现实，他的忧郁和苦闷依然如故。外表上他似乎沉默寡言，但内心却激情似火。作为一个进步的贵族青年，他厌倦了锦衣玉食的生活，他漂泊于异国他乡，试图在大自然里去感受自然的纯洁质朴，寻找人间真情。日内瓦湖静谧的波光，莱茵河清澈的流水，阿尔卑斯山脉的巍峨，原始森林的苍莽沉寂，荆棘丛中的与世无争，古建筑的辉煌文明给他带来了惊喜，但仍不能抚平他心中的淡淡忧伤。哈洛尔德无法找到人生目标，无法真正理解生活的意义，因此他身上始终流露着一种忧郁。但是，他并未绝望和沉沦，通过游历，最后逐渐走出了贵族社会的生活，开始思考重大的社会问题并对未来充满渴望，让人们看到了一个处于发展和变化中的主人公形象。

显然，"拜伦式英雄"的特点在哈洛尔德身上最早得到体现。无论在思想感情上，还是在心理上，他都是一个叛逆的贵族青年。他对贵族社会现实感到不满，对生活感到悲观绝望，内心充满忧郁和孤独。他的命运和性格特征，反映了当时知识分子的普遍失望心理和反抗情绪。诗歌刻画了主人公性格上的高傲冷漠和放荡不羁，描写了他对上流社会的憎恶和鄙视。诗中的哈洛尔德百无聊赖，愤世嫉俗，逃避现实，忧郁悲伤，其实这不仅是虚构的哈洛尔德的形象，也是现实生活中的拜伦自己。《恰尔德·哈洛尔德游记》是拜伦最早开始写作的一部长诗，叙事与抒情水乳交融，在艺术上达到了很高的成就，因此它也被人称为抒情史诗，在拜伦的创作中具有重要价值。

拜伦还创作了另一部长诗《唐璜》（1819）。这部长诗描写了欧洲社会的人物百态、山水名城和社会风情，画面广阔，内容丰富，堪称一座艺术宝库。但是，《唐璜》是一部没有完成的长篇诗体小说。诗人花了六年时间进行创作，后因参加希腊革命而停顿。长诗写到第十七章的开头部分时，诗人就不幸病逝。尽管如此，这部长诗仍然充分显示了诗人的惊人才华，常被人高度赞扬，例如歌德称它是天才绝顶之作，雪莱说它"字字珠玑，永垂不朽"。

诗中主人公唐璜原是西班牙传说中一个家喻户晓的、专门寻花问柳的纨绔子弟，后来却成了许多艺术家创作的素材，法国戏剧家莫里哀、奥地利音乐家莫扎特、英国戏剧家萧伯纳等都曾借用唐璜的故事并以"唐璜"为题创作过艺术作品。但与以往文学作品中的唐璜所不同的是，拜伦笔下的唐璜一直扮演着被勾引者的角色，他已从一个风月场上勾引良家妇女的老手变成了一个容易受到引诱的涉世未深的普通贵族青年。他顺应自然而动，绝少虚伪做作。他同以前作品中专门勾引妇女的贵族有根本的不同，那就是他有自己的真实感情。在每次爱情奇遇中，他能够做到倾心相与，真心相爱。在他身上我们能够发现很多值得肯定的优点：海上遇险，他宁肯挨饿也不愿像别人一样干那种人吃人的残忍勾当；他并不怯懦，有时表现得十分英勇，如在战场上，别人退却他却前进。他的软弱主要在于他意志薄弱，尤其是遇到异性勾引，他经受不住诱惑。由此可见，唐璜是一个性格丰富的人物，是一个富有吸引力的形象，是一个有血有肉的活生生的人物形象。

长诗通过唐璜在西班牙、希腊、土耳其、俄国和英国等不同国家的生活经历，展现了 19 世纪初欧洲的现实生活，讽刺批判了"神圣同盟"和欧洲反动势力。唐璜的种种浪漫奇遇和爱情故事，揭示了 18 世纪末到 19 世纪初欧洲社会的广阔画面，涉及人类生活中的许多现象，长诗的思想内容具有很强的讽刺性，用作者自己的话说就是"要唐璜在欧洲旅行一遭……使我有可能指出各国社会的可笑的方面"。所以长诗对封建专制和金钱统治进行了强烈的讽刺和批判，对封建和宗教的虚伪道德规范表示了极大的蔑视。在诗中，拜伦描绘了西班牙贵族的腐败残酷，土耳其后宫里的奢侈荒淫和东方专制君主给人民带来的灾难，以及俄国女皇的暴虐和专横。当俄国军队对伊斯迈尔进行掠夺性战争时，"人类的生命到处被浪掷……最优秀的和最可爱的都已丧身，一片荒凉"。而这血腥罪行却带来了俄国女皇的喜悦，"这些东西暂时遏止了她野心的干渴"。当然，作品对英国的揭露与讽刺最为深刻，是长诗中批判最有力的部分。他写道：

> 过去受别人崇拜，
> 今天却成了背信的朋友；
> 过去把自由给人类，
> 今天却要奴役人类，
> 甚至人类的头脑。

诗中刻画了英国贵族的庸俗和空虚，以及资产阶级在欧洲的经济掠夺，把英国首相比作海盗，"甚至要大海的波涛也付给他们通行税"。诗人还讽刺了当时英国社会的婚姻道德以及上流社会夫妇之间的相互欺骗。

长诗除讽刺批判外，也充满了对正义事物的热爱，对失去自由的人的同情和对被压迫者的战斗号召。拜伦一贯热爱自由，为了自由，他主张斗争和革命，"如果可能，我要教会顽石，起来反抗人世的暴君"，自己也表示要以文字和行动来争取自由：

> 我随时准备去当个战士，
> 不仅靠文字，也靠行动，
> 为思想与自由而斗争，制造奴隶
> 最大的恶行难道我们会宽容？
> ……
> 一切压迫人类的东西，
> 永远在我身上找到它的死敌。

这些诗句，表现了拜伦可贵的革命思想和叛逆精神，也体现了当时人民反抗暴政的斗志。总之，作者在这部长诗里运用夹叙夹议的表现手法，深刻揭露和批判了封建专制社会和资本主义金钱社会的罪恶。长诗充满异国情调，情节离奇曲折，浪漫主义色彩浓郁。这部未完成的长篇诗体小说广泛反映了欧洲的社会生活，画面广阔，内容丰富，堪称一座绚丽的艺术宝库。

第四节 雨 果

一、生平与创作

雨果（1802—1885）是法国重要诗人、戏剧家和小说家，法国浪漫主义运动的领袖。他出生于贝尚松，父亲是个共和党人，从士兵擢升到将军。雨果幼年和少年时，父亲征战疆场，无暇顾及家庭。雨果在母亲身边度过，受信奉保王党的母亲影响，至1827年左右才转向。雨果15岁时获得法兰西学术院的诗歌比赛第一鼓励奖，不久又先后获得路易十八和查理十世的奖金。被名重一时的法国浪漫主义先驱夏多布里昂誉为"神童"。雨果则表示：要么成为夏多布里昂，要么一事无成。

20年代初他已出版诗集。1827年的《〈克伦威尔〉序言》是浪漫主义文学的宣言书，这篇洋洋洒洒的雄文在文学批评史上具有重要意义。此文提出了新的美学原则：对照。他认为：丑在美的旁边，畸形靠近优美，丑怪藏在崇高背后，美与恶并存，光明与黑暗相共。这条对照原则一直指导着雨果的创作。

三四十年代雨果发表了多部抒情诗集：《东方集》（1829）赞美希腊人民的民族解放斗争；《秋叶集》（1831）抒写家庭和个人生活；《晨夕集》（1835）抒发忧郁，憧憬未来；《心声集》（1837），回忆家庭生活，描绘大自然美景；《光与影集》（1840）记录他与朱丽叶的爱情。

他还写了不少剧本：《玛丽蓉·德洛尔姆》（1829）描写17世纪的名妓与一个青年的爱情，由于写的是波旁王朝统治下的事，遭到禁演。《欧那尼》（1830）是雨果的重要剧作之一，描写16世纪西班牙一个贵族出身的绿林首领欧那尼的爱情悲剧，演出时浪漫派与假古典派进行了艰苦的斗争，双方在剧场展开喝彩与喝倒彩的对抗，直到第四十三场，浪漫派终于取得胜利，确立了浪漫派的地位。《国王取乐》（1832）描写法国文艺复兴时期国王弗朗索瓦一世的轶事。《吕克莱斯·波基亚》（1833）描写女下毒犯。《玛丽·都铎》（1833）描写16世纪英国女王的爱情。《安日洛》（1835）描写16世纪意大利贵族的感情纠葛。这几个剧本中，下层人物的作用十分突出。《吕依·布拉斯》（1838）是雨果另一部重要剧作，这是他的戏剧创作的一个总结。剧本塑造了一个聪明能干的下层人物，他最后反抗并杀死了他的主人。《城堡卫戍官》（1843）未获成功。雨果确立了浪漫派戏剧的地位，他打破了悲剧与喜剧的界限，将崇高优美与滑稽丑怪结合起来；冲破"三一律"的藩篱；描写下层人物，批判贵族与宫廷。他是与高乃依、拉辛和莫里哀并列的法国四大戏剧家，他们的胸像被陈列在法兰西喜剧院的大厅中。

与此同时，雨果投身于政治，1845年成为贵族院议员。他为受压迫的波兰大声疾呼，为人民的贫困鸣不平，反对死刑。他是自由派，但不是共和派；是人道主义者，但不是社会主义者。1851年12月路易·波拿巴发动政变，雨果被迫流亡，1855年来到盖纳西岛，一直住到1870年拿破仑三世①垮台为止。他念念不忘

---

① 路易·波拿巴于1852年12月称帝，称拿破仑三世。

祖国，从他的房间可以遥望到法国海岸。

流亡期间，雨果才思大发，写出了一系列杰作。诗集《惩罚集》（1853）抨击拿破仑三世的倒行逆施，预言第二帝国必将崩溃，表示要战斗到底。雨果度过了19年的流亡生活，直到1870年9月，第二帝国覆灭，第三共和国成立，他才返回祖国。《静观集》（1856）咏叹童年、爱情，抒发失女的悲痛和哲理沉思，这是雨果抒情诗的高峰；《历代传奇》（1859—1883）是部小型史诗集，诗人从《圣经》、神话、历史的日常生活中撷取素材，试图写出一部"人类史"，诗人发挥想象，对人类的前景充满信心。其中既有长诗，又有短诗，不拘一格，由此创造了新型的史诗，堪称19世纪最有表现力和最丰富的诗集之一。《凶年集》（1872）描写普法战争期间巴黎的被围、饥馑、巴黎公社的诞生、街垒战、当局的镇压，反映了雨果的爱国主义激情和人道主义精神。直至70年代末和80年代初，雨果仍有诗集问世，如《祖父乐》（1877）、《精神四风集》（1881）。雨果拓展了诗歌领域，在抒情、讽刺、咏史等三方面都写出了优秀诗篇。他的想象力丰富，海洋风暴中的惊涛骇浪、阳光的千变万化、伊甸园的瑰丽、东方之夜的辉煌，都写得五光十色，绚丽多彩；风格豪放阔大，诗句有时如长河滔滔，不可遏止，有时则短小精悍，笔力凝重，气度恢宏。他善用同位语隐喻，将抽象概念与具体意象并列，构成一个词组，这种修辞手段适用于哲理诗、政治讽刺诗。他将对照手法运用于诗中，效果突出。体裁多种多样，韵律丰富，手法灵活多变，诗节形形色色，以牧歌写情诗，以颂歌写哲理沉思，以轻灵的诗句写风流趣事。雨果不愧是法国最重要的诗人之一。

从20年代起，雨果已经开始写小说。1831年发表《巴黎圣母院》。但直到流亡期间才发表第二部长篇《悲惨世界》（1862），小说序言指出："在文明鼎盛时期，只要还存在社会压迫，只要依仗法律和习俗人为地把人间变成地狱，给人类的神圣命运制造苦难；只要本世纪的三个问题：贫穷使男子沉沦，饥饿使妇女堕落，黑暗使儿童羸弱，还得不到解决；只要在一些地区还可能产生社会压制，换句话说，同时也是从更广泛的意义来说，只要世界上还有愚昧和困苦，那么，这一类作品就不会是无益的。"小说通过冉阿让、芳汀、柯赛特的遭遇给这一段话作了形象的诠释，深刻地反映了下层人民的悲惨命运。冉阿让是贯穿全书的人物，他为了7个嗷嗷待哺的外甥，打破橱窗想偷面包，被判5年苦役；由于一再越狱，坐了19年的监牢。他受到福来主教的启迪以后，改恶从善，越狱后改名换姓，办起企业，获得成功。因为不愿别人顶替他受刑，经过艰苦的思想斗争，出庭承认自己的苦役犯身份，重新入狱，再次落入黑暗的深渊。最后他尽管安然地度过余生，但他一生的悲苦反映了社会对穷人的压迫达到极其残酷的地步。女工芳汀失身怀孕，之后灾祸纷至沓来，她被工厂解雇，不得已当了妓女，10法郎卖掉秀发，40法郎出售了两颗门牙，最后贫病而死。她的女儿柯赛特5岁便要干杂事，打扫房间、院子和街道，洗杯盘碗盏，搬运重物，黑夜到森林去打水。童年的柯赛特比童话中的灰姑娘还要可怜。小说通过警官沙威的所作所为，抨击了法律的不合理；而通过福来主教的劝恶从善，宣扬人道主义精神。另外，小说歌颂了1832年6月5日共和派的英勇起义和英雄群像：起义领袖是罗伯斯比尔的信徒，坚定沉着，临危不惧；八旬老翁马伯夫在街垒的红旗被击倒时，视死如归，攀登到街垒的最高处，把红旗牢牢竖起，壮烈牺牲；巴黎流浪儿加弗罗什是"世上最好的孩子"，对比他小的流浪儿慷慨解囊，关怀保护，他参加过1830年的"七月革命"，如今又一马当先，跑出街垒去搜集子弹，一面还唱起调侃的小曲，嘲弄政府军，不幸饮弹而亡。在他们身上，体现了新时代的曙光，寄托了雨果的共和思想。小说后半部出现的人物马里于斯从保王派转变到共和派的过程很有点作者自身的影子，反映了青年一代的思想转变。全书既有对战役、起义的全景式描绘，雄奇浩瀚，也有对家庭生活、风俗场景的工笔写照，色彩斑斓，还有细致的心理描写，丝丝入扣。场面宏大，情节曲折，将现实主义和浪漫主义相结合，具有震撼人心的力量。

《海上劳工》（1866）描写人同自然的搏斗，是对人和劳动的颂歌。《笑面人》（1869）批判了17—18世纪之间的英国贵族，站在共和主义的高度对贵族特权和丑恶的宫廷阴谋作了披露，颂扬了下层人物的善良，哀叹其不幸命运。《九三年》以法国大革命斗争最激烈年代的风云变幻的政治形势为背景，描写革命与反革命斗争的残酷性，力图阐述人道主义原则，批判了只讲暴力，不讲人道，只知盲目执行，不会灵活处置的革命者。小说写得十分紧凑。

雨果是世界文学史上最杰出的浪漫派小说家，他的小说集浪漫主义手法的大成，将对照手法运用到极致。他善于刻画下层人物的形象，通过大起大落的情节，将传奇与写实相交织，浪漫手法与现实描绘结合在一起，塑造出震撼人心的人物形象。雨果是运用心理描写较多的一个浪漫派作家，手法多种多样。他以史诗的气魄和规模去再现社会和历史：《悲惨世界》是一幅历史壁画，《海上劳工》是人与大自然搏斗的史诗，《九三年》是再现法国大革命的史诗。

雨果是一个精力旺盛、才思过人的作家。他一生著作等身，在各个方面（包括散文，如《莱茵河游记》《风闻录》）成果累累。就多才多艺而言，在法国作家中，他是无与伦比的。作为社会活动家，雨果也获得崇高声誉。他与拿破仑三世斗争的坚忍和传奇般的经历，更使他的形象显得高大。1885年5月22日，他因患肺充血，不治逝世。在昏迷状态中，他吟出一个佳句："人生便是白昼与黑夜的斗争。"这句话概括了他作为斗士的一生。6月1日，法国政府为他举行国葬，有200万人参与。他的灵柩在先贤祠安葬。

二、《巴黎圣母院》

《巴黎圣母院》是浪漫派小说的典范作品。这是一曲反封建的悲歌，凸显出作家的人道主义思想和浪漫主义创作原则。

故事发生在 1482 年，爱丝梅拉达是靠卖艺为生的吉卜赛女郎，她被巴黎圣母院的副主教克洛德看中。愚人节那天，克洛德指使敲钟人加西莫多抢劫少女，幸亏弓箭队队长菲比斯赶到，解救了她。她来到乞丐的聚居地"奇迹王朝"，解救了诗人格兰古瓦。第二天，加西莫多在广场上受鞭刑，只有爱丝梅拉达把水送到他嘴边。爱丝梅拉达看中菲比斯，他却是逢场作戏。正当两人幽会时，克洛德刺伤了菲比斯。宗教法庭咬定爱丝梅拉达是女巫，驱使黑衣魔鬼杀害菲比斯。她屈打成招，被法庭判处绞刑。当夜，克洛德来到监狱，要带少女逃走，被她拒绝。第二天行刑时，加西莫多劫持法场，把爱丝梅拉达抱进圣母院。法庭扬言要捉拿少女，乞丐们闻讯后，前来营救。国王得知暴动的真正目的后，下令镇压，圣母院门前尸横遍地。克洛德本想胁迫爱丝梅拉达就范，无奈她宁死不从。他把她交给女隐士，而女隐士恰是她失散多年的母亲；母女相认，但母亲最终因救女儿而身亡。克洛德正得意地观看处死爱丝梅拉达时，被加西莫多从塔楼推了下去。后来，人们在墓窟里发现了两具尸体，一具是吉卜赛女郎，另一具是个畸形人。

《巴黎圣母院》的中心人物是爱丝梅拉达。雨果采用了多角恋爱的描写方式：克洛德副主教和敲钟人加西莫多都爱上了这个吉卜赛女郎，弓箭队队长菲比斯也对她颇感兴趣，诗人格兰古瓦一心想成为她名副其实的丈夫。小说的几个主要人物都围绕着这个圆心旋转。但实际上，爱情描写在小说中只起着穿针引线的作用。小说描写爱丝梅拉达的经历和悲剧则是主线。她是一个无比善良、纯洁的少女。诗人格兰古瓦误入乞丐巢穴，就要被送上绞架，她出于同情，愿与他结为夫妻，根据这里的"法律"，他才免于一死。加西莫多曾经遵循克洛德的指使，企图劫走她。但他在广场上遭受鞭刑，口渴难熬时，又是她出于恻隐之心，走上前去给他水喝。她被菲比斯的漂亮外表所迷惑，对他一往情深，而对自己所厌恶的克洛德坚拒不从，为此种下了祸根，受到接二连三的迫害。她因菲比斯被克洛德刺伤而下狱，忍受不了穿"铁靴"的酷刑，作了假招供。克洛德对她的迫害，表现了教会上层人物为了满足兽欲而不惜施展恶毒阴谋。法庭只靠酷刑来审问，千古奇冤层出不穷，她的受刑反映了封建统治的阴森可怖、腐败黑暗。爱丝梅拉达屈打成招被判死刑后，还要付给官府三个金币作为招认费，这点睛之笔把封建官吏贪赃枉法的面目揭露无遗。教会和法院联合追捕爱丝梅拉达，将一个无辜的下层社会少女置于走投无路的绝境。更不幸的是，爱丝梅拉达失散多年的母亲虽然终于找到了自己的亲骨肉，但重逢的欢乐眨眼间又变为悲痛欲绝的诀别。封建制度种种不合理现象，通过这一连串情节，逐层加深地显现出来。

雨果有意暴露教会同官府的勾结，描写封建统治者以愚昧迷信控制人民的精神。克洛德是教会势力的代表。他道貌岸然，过着清苦刻板的生活。实际上，他抵挡不住美色，不惜施展恶毒阴谋。他派遣自己的义子加西莫多去绑架吉卜赛女郎；他遭到爱丝梅拉达拒绝后，又煽起宗教狂热，散布对波希米亚人的偏见，诬陷爱丝梅拉达是"以巫术害人的女巫"。他经常制造这一类"巫术案"。而实际上，他在自己的房间里大搞"炼金术"，以这种巫术去骗人。他集巫师和黑袍教士于一身，是个卑鄙、诡诈、毒似蛇蝎的人物。他多次威逼爱丝梅拉达屈从自己的淫欲，愿望落空后，立即通知官府捉拿她，并暗中操纵法庭，把她判处死刑。他站在巴黎圣母院的高处，得意地观看处死爱丝梅拉达的场面，露出难以觉察的奸笑。雨果正因为突破了传统的观点，才塑造出一个有血有肉的形象，写出中世纪教会作为王权支柱的重要作用。

巴黎圣母院的敲钟人加西莫多是个奇特的角色，也是使这部长篇小说具有浪漫色彩的重要人物。他外貌奇丑无比，是个弃儿，平日遭人笑骂，乐趣只在于抱住圣母院的大钟不停地撞击，似乎根本没有常人的一般感情。然而，在小说里，唯有他内心燃烧着对爱丝梅拉达纯真的爱情之火。他无法用言语表达自己对她的爱慕，只能以行动表现出来：他从绞刑架上将爱丝梅拉达救下，藏在圣母院之内。当时，圣母院是个圣地，凡是住在里面的人，法律奈何不得。自从发现副主教对她有不轨的行为以后，他索性睡在她的门口保护她。乞丐们攻打圣母院，用意是保护他们的姐妹，不让她被绞死在广场上。加西莫多不愿她离开自己，独自奋战在圣母院的塔楼上。他的行动堪与中世纪的骑士为了自己的美人冲杀在原野上相比。最后，他瞥见副主教站在那里观看爱丝梅拉达上绞刑，露出一丝魔鬼的微笑。副主教的卑劣和残忍激起了他正义的愤恨，他毅然地将副主教从高处推了下去，他的行动反映了他对爱丝梅拉达的爱情超过一切，这是小说最震动人心的情节之一。

小说还描绘了当时大量存在的流民阶层。在雨果的描绘中，"乞丐宫廷"是一个国中之国。这些流浪人和乞丐却有着真正善良的同情心，为了救出自己的一员，他们全部行动起来，声势浩大。国王路易十一一旦知道这是攻打圣母院，冒犯国王权威时，他便勃然大怒，狂呼"凡捕获者格杀勿论"。有两个佛兰德尔的使者提醒他，象征封建主义的巴士底狱将"轰然倒塌"，国王会很快听到敲响了平民时代的钟声。这是对封建主义行将崩溃的预言。小说故事发生在 1482 年，路易十一是在 1483 年逝世的。雨果将故事放在路易十一统治的末年，意味深长。路易十一的去世预示了中世纪的结束，30 多年后继位的弗朗索瓦一世是法国文艺复兴时代的第一位国王，也就是说，1482 年正是中世纪即将过去，新时代的曙光开始透露出来的交替时刻，正如 1830 年"七月革命"前夕社会动荡，封建制度摇摇欲坠时的处境。雨果将自己生活时代的社会变迁融会到小说中，既恰如其分地写出 15 世纪末的社会状况，又表达了自己对"七月革命"后出现的新局面的认识和喜悦心情。

菲比斯的形象与爱丝梅拉达、加西莫多和克洛德相比较而言，显得不是那么丰富多彩。这是一个寻花问柳、喜新厌旧的花花公子。他本来已有未婚妻，遇见活泼多情、窈窕俏丽的爱丝梅拉达，便想逢场作戏。爱丝梅拉达出身低微，他不可能娶她为妻。他的表妹出身名门，又有一笔诱人的嫁妆，这才是他追求的对象。为了骗取爱丝梅拉达的爱情，他把在许多相似情景下说过多少遍的"我爱你，我除了你没有爱过别的人"的情话背诵出来。但爱丝梅拉达因为他被刺而被判死刑之时，他却根本不愿出庭证明她无罪。他的卑劣面目昭然若揭。

再现中世纪的世俗民情是浪漫派的一个重大特点。《巴黎圣母院》在这方面也有出色的描写。雨果要复活这个时代，他说："这是 15 世纪巴黎的一幅图画，是关于巴黎的 15 世纪的一幅图画。路易十一在其中一章中露面。正是他决定了结局。这部小说没有任何历史意图，只不过想科学地、认真地、但仅仅作为鸟瞰式和片断地描画 15 世纪的风俗、信仰、法律、艺术，还有文明的状况。"在小说中，中世纪的民间节日、上演神秘剧和推选丑人之王的古风得到细致的描绘，特殊的流浪人社会、在街头和广场耸立的绞架、阴森恐怖的巴士底狱、巫术和炼金术的流行、宗教享有的特权、国王隐蔽和行踪不定的生活，都一一得到再现。雨果曾赞扬英国小说家司各特把历史所具有的伟大灿烂、小说所具有的趣味和编年史所具有的那种严格的精确结合了起来，他要将《巴黎圣母院》也写成这样的历史小说。

从艺术上看，《巴黎圣母院》有很多奇思异想，如爱丝梅拉达母女的重逢，加西莫多在圣母院塔楼上与千百个乞丐奋战，他与爱丝梅拉达相抱的尸骨一被分开，就化为灰尘，等等，都是浪漫想象开放出来的奇葩。雨果在小说中运用的浪漫主义手法还有两大特点。

一是将巍然壮观的巴黎圣母院拟人化。这座象征着中世纪文明的大教堂，既是一座建筑，又是一个世界，同时还是巴黎，扩而言之，是中世纪的聚集点："这座可敬历史性建筑物的每一侧面，每块石头，都不仅是我国历史的一页，并且也是科学史和艺术史的一页。"这座建筑是神奇的，里面有多少雕塑、多少艺术品啊！"不如说是人民劳动的结晶；它是一个民族留下的沉淀，是各个世纪形成的堆积，是人类社会相继升华而产生的结晶"，雨果怀着无比热爱与赞赏的心情称呼这是"巨大的石头交响乐"。更进一步，这座石头建筑和加西莫多结成一体，他对教堂像有磁性相吸那样的密切关系，他附着于教堂就像乌龟附着于龟壳一样：大教堂确实好像是对他百依百顺的生物；他意志所至，它就立刻发出洪亮的呐喊；加西莫多宛如一个形影不离的精灵依附于它身上，也充溢在整个教堂里。仿佛是他使这宏大的建筑物呼吸起来。他确实无处不在，化作无数的加西莫多，遍布于教堂的每个角落。有时，人们惊恐地看到钟楼最高处有一个异样侏儒攀登、爬行，手脚并用地攀爬，从外面降下深渊，又从一个凸角跳到另一个凸角，在鬼怪雕像的肚腹里掏摸，这是加西莫多在掏乌鸦巢；有时，人们在教堂的幽暗角落里碰到一个怪物，皱眉蹙额像活鬼似的，这是加西莫多在沉思；有时，人们瞥见在钟楼下，有一个大脑袋和一团畸形的躯体，吊在绳端，发狂地摆荡，这是加西莫多在敲晚祷的钟声……埃及人把他奉为这座教堂的神祇，中世纪的人以为他是个魔鬼，他却是这座教堂的灵魂。

按常理说，一个畸形人连行动都不方便，而加西莫多却能在圣母院高耸峭拔的塔楼爬上爬下，在凸出于建筑物之外的古怪雕像之间跳来跳去，胜过杂技团的小丑，这是浪漫主义的夸张笔法使然。巴黎圣母院在加西莫多手下仿佛有了生命，散布着神秘的气息，它窥测和吞吐着人群，用钟声召唤人们来做祈祷，守护着它的石兽不时发出嗥叫；这个庞然大物，俯视着历代生活和眼前的悲剧，作为历史和当代生活的见证人，它并非无动于衷，而是与它的主人——加西莫多——共呼吸；它是人民智慧的结晶和法兰西文明的代表。将一座古建筑描绘得如此多姿多彩，在文学史上还不多见。

二是《巴黎圣母院》将对照原则运用得出神入化。小说可分为情节场面的对照和人物的对照。雨果安排了两个王朝、两个国王、两个法庭、两种审判的对比。一个是路易十一的封建王朝，另一个是乞丐王朝。巨大的巴士底狱成了国王处理国事的地方。路易十一毕生竭力维护中央集权，又是一个狡猾狠毒的政治家。而乞丐王国则是一个松散的组织，并没有等级森严的官阶，"国王"仅仅是首领而已，他靠江湖义气来号召大伙儿。封建王朝的法庭随心所欲，栽赃陷害，草菅人命。法庭明知菲比斯活着，客店老板关于银币变枯叶的证词并不可信，但仍诬陷爱丝梅拉达为女巫；对加西莫多的审讯也是这样，法官是聋子，加西莫多也是聋子，聋子审问聋子，弄得满堂哄笑。而"奇迹宫廷"的法律是由乞丐、流民自己制定的，目的是为了维护这个区域，不让其他阶层的人擅自闯入。此外，宗教节日的嘈杂纷乱、狂欢的场面与广场上万头攒动、争看处决犯人的对比；巴黎圣母院平日肃静庄严的气氛与乞丐们奋力攻打、乱成一片以及加西莫多全力守卫的对比，都造成色彩缤纷、摄人心魄的效果。

人物的对照是小说对照艺术的精髓。同为正面人物，爱丝梅拉达和加西莫多都有心灵美，但爱丝梅拉达的爱情是盲目的，不能分辨美丑，而加西莫多爱憎分明；在形体上，他们是美与丑的对照，爱丝梅拉达美若天仙，而加西莫多是丑人之王，除了畸形，眼睛上还长了个瘤，因为长年打钟，成了个聋子。反面人物的克洛德和菲比斯则有不同的心灵丑，克洛德奸诈狠毒，不能满足自己的私欲，便置对方于死地，而菲比斯快活风流，看重钱财，只关心自己的利益。爱丝梅拉达与克洛德又是一对矛盾，纯洁与阴毒是他们的相互对照特征；爱丝梅拉达与菲比斯是另一对矛盾，那是纯真与虚假的比照。加西莫多和克洛德实际上是一仆一主，一个看来头脑简单，只知道服从；另一个威严，一味发号施令。其实，一个善良，富有同情心，在紧要关头敢作敢为；另一个恶毒，暗地里制造阴谋诡计。加西莫多和菲比斯在形体上是一丑一美，加西莫多形体丑而心灵美，菲比斯外貌美而心灵丑。人物之间的相互对照使得形象特点鲜明。人物之间的关系像有无形的纽带联系起来。

雨果的人物对照还应用到人物本身之中。爱丝梅拉达天生丽质，热烈单纯，表里一致，是外在美和内在美的结合。加西莫多外貌奇丑，而心灵崇高，形成美丑对照。雨果曾指出，这样描写能使渺小变成伟大，畸形变成美好。加西莫多在一首曲子中提出了人的美的价值标准："不要看脸，姑娘，要看心。英俊少年的心往往是畸形的，有些人的心中爱情并不长存。姑娘，柏树不好看，不如杨柳那么美，可是松柏岁寒还长青。"这首歌正是加西莫多这个形象的写照和意义所在。克洛德外表严峻冷漠，内心凶残歹毒，嘴上标榜禁欲主义，心里欲火炎炎。菲比斯仪表堂堂，像太阳神一样俊美，可是行为轻浮，灵魂空虚，是所谓愚蠢的美。人物的自我对照突出了心灵美的价值：内在美与外在美统一固然好，然而最重要的是内在美，即心灵美。心灵美是决定一个人好坏的唯一标准。人物的相互对照与自我对照互为补充，并联合以爱丝梅拉达为中心的诸多对照，从而形成多层次对照网，这显然是雨果塑造人物的独特方法及其艺术魅力所在。

第五节 普 希 金

一、生平与创作

亚历山大·谢尔盖耶维奇·普希金（1799—1837）是 19 世纪气势恢弘的俄罗斯文学的源头。他以自己的诗歌、小说和戏剧等作品开创了俄国文学的新时代，因而被称为"俄国文学之父"。在俄国作家中，他的名字最早出现在中国的报刊上；在俄国文学名著中，他的小说《上尉的女儿》最早被译成中文单行本。在中国，他拥有众多的知音。

1799 年 6 月 6 日，普希金出生在莫斯科的一个世袭贵族家庭。父亲和伯父爱好文学，藏书颇丰，与文学圈内的名作家多有往来。母亲是彼得大帝来自喀麦隆的养子汉尼拔的孙女，因此，普希金与非洲有着血缘联系，与普希金一生关系密切的米哈伊洛夫斯科耶村就是当年伊丽莎白女皇赐给汉尼拔的领地。童年的普希金受到的是法国式的贵族家庭教育。个人的天赋、家庭的文学氛围，以及受到擅长讲述民间故事的外婆和奶妈的影响，这一切使普希金很早就对文学产生了兴趣，并尝试写诗。

1811 年秋天至 1817 年初夏，普希金在彼得堡皇村学校就读。皇村学校是沙皇政府开办的培养高级文官的贵族子弟学校，学校戒律严苛。1812 年卫国战争后出现的反对专制政体的社会思潮，校内进步教师的自由言论，以及与具有民主思想的普欣和丘赫尔别凯等同学好友的交往，对普希金的成长产生了积极影响。在皇村学校，普希金开始显露诗歌才华。从现存的爱情诗《致娜塔莉亚》（1813）算起，在校期间，普希金创作了 130 首左右风格各异的抒情诗。1814 年，普希金在《欧罗巴通报》上首次公开发表诗篇《致诗友》。1815 年，他在一次考试时朗诵了自己的诗作《皇村回忆》，老诗人杰尔查文对他的诗才倍加赞赏。此时的普希金已经显露出清新优美的浪漫诗风。

从皇村学校毕业后，普希金进入外交部任职。其后数年，年轻诗人风流倜傥，交游甚广，对当时兴盛的舞台艺术也情有独钟。与此同时，他参加了一些进步社团，如"阿尔扎马斯社"和"绿灯社"的活动，并接受了法国自由主义思想家邦·贡斯当等人的影响，思想逐步走向成熟。期间，普希金致力于叙事诗《鲁斯兰与柳德米拉》的创作。历时三年，于 1820 年初完成，引起俄国诗坛震动。该诗篇成功运用民间文学中的象征、魔幻等手法和俚俗词汇，冲破了俄国诗坛的古典主义戒律，惩恶扬善，欢快明朗，是一部充满俄罗斯风情的浪漫主义杰作。1817 年至 1819 年间，普希金还写出了《自由颂》《致恰达耶夫》和《乡村》等讴歌自由，抨击沙皇专制政体的政治抒情诗，以及《童话·圣诞歌》《你和我》《讥阿列克切耶夫》和《讥 A. H. 戈里岑》等讽刺诗篇。普希金的这些诗歌以手抄本形式广为传播，激怒了沙俄政府。亚历山大一世称：应该把普希金流放到西伯利亚去，他使俄国充满煽动性的诗歌。后经卡拉姆津和茹科夫斯基等人的斡旋，沙皇决定将普希金放逐到俄国南方，由南俄总督英佐夫将军监管。

1820 年春天，普希金来到南俄的叶卡捷琳诺斯拉夫。英佐夫待普希金不错，不久即让其随拉耶夫斯基将军前往高加索和克里米亚旅行。三个月的游历对他的创作产生了影响。南俄风光绮丽，风情独特，激发了普希金的诗情，当年 9 月，普希金随英佐夫来到基希尼奥夫，并在那里度过了将近三年的时光。在这座有着异域特色的小城中，活跃着秘密组织南社的一些成员，普希金与他们有往来。其间，普希金还到过南俄的卡敏卡、多尔纳和阿卡尔曼等地，访问过茨冈人的营地，此行为他正在进行的浪漫主义叙事诗的创作提供了素材。1821 年，他撰写的《短剑》一诗曾在南社成员中流传。之后他完成了叙事诗《高加索的俘虏》（1821）和《强盗兄弟》（1822），并开始了诗体小说《叶甫盖尼·奥涅金》的创作。1823 年 7 月，普希金被调到沃龙佐夫总督手下任职，来到敖德萨。敖德萨是一个滨海的有着欧洲风情的城市，普希金在那里的创作也颇有收获，写出了叙事诗《巴赫切萨拉伊的泪泉》（1823）、《茨冈》（1824）和抒情诗《致大海》（1824）等名篇。但是，沃龙佐夫不能容忍普希金的自由思想，更不满普希金和他的妻子的关系，冲突爆发。沃龙佐夫向外交部状告普希金，此时警方又在普希金的一封私人信件中发现他有无神论思想。沙皇决定开除普希金公职，将其发配至米哈伊洛夫斯科耶村接受监管，不得随意离开。1824 年 8 月，普希金离开敖德萨。

米哈伊洛夫斯科耶村位于普斯科夫省，环境优美，但位置偏僻。在孤寂的幽禁生活中，陪伴着他的只有当年的奶妈，普希金在《冬天的晚上》（1825）中感谢奶妈陪伴着他"度过这贫困的青春岁月"。1825 年初，普欣的来访也给诗人带来了心灵的慰藉。作为皇村学校的同学和好友，普欣给普希金带来了格里鲍耶多夫的喜剧《智慧的痛苦》的手抄本，带来了秘密组织领导人雷列耶夫的信，带来了朋友的问候和酝酿中的民主运动的消息。同年初夏，普希金在邻村三山村与凯恩重逢，尽管只有一个月的时间，却给诗人带来了极大的精神力量，他为此写下了名篇《致凯恩》（1825）。在幽禁的岁月中，普希金研究历史，收集民间故事和传说，创作了不少优秀作品。他完成了表现"民众公意"主题的历史悲剧《鲍利斯·戈都诺夫》（1825），完成了诗体小说《叶甫盖尼·奥涅金》第三至第六章，以及叙事诗《努林伯爵》（1825）和几十首抒情诗的创作。

尼古拉一世上台后，普希金的心情是矛盾的。虽然他的内心深处没有改变初衷，但他对新沙皇仍抱有幻想。1826 年秋，新沙皇将普希金召回莫斯科。在面见沙皇时，普希金没有掩饰他对十二月党人的同情与好感。回到莫斯科后不久，普希金写过《斯坦司》（1826）和《致友人》（1828）这样的赞美新沙皇勤政和赞颂俄国对外扩张的诗篇，同时也写出了《在西伯利亚矿山的深处》（1827）和《阿里昂》（1827）这样的赞扬革命者崇高志向和表达自己信念的诗歌。在 1826 年底至 1831 年初这段日子里，普希金常常往返于莫斯科、彼得堡和普斯科夫等地。沙俄当局依然监视普希金，他不能随意远行，不能随意发表作品，还曾因早年写的诗篇《安德烈·谢尼耶》和《加伯列颂》而受到当局传讯。其间，普希金仍致力于《叶甫盖尼·奥涅金》的写作，并完成了叙事诗《波尔塔瓦》（1829）等作品。1829 年年中，普希金获准随俄国军队去了俄土战争的前线，他会见了不少友人，撰写了《夜色笼罩着格鲁吉亚的山冈》（1829）和《卡兹别克山上的修道院》（1829）等抒情诗，以及长篇游记《1829 年远征时的埃尔祖鲁姆之行》（发表于 1836 年）。

1830 年秋天，为了筹办与冈察罗娃的婚事，普希金去波尔金诺处理财产分割之事，因当地发生霍乱疫情，他被迫滞留。在那里的三个月，普希金埋头创作，才思喷涌："我忘记了世界——在甜蜜的宁静中/我的幻想使我如痴如梦"，"刹那间，诗章恰似流泉涌"。在那里，他完成了《叶甫盖尼·奥涅金》的最后三章，《别尔金小说集》（内含《棺材匠》《驿站长》《射击》《暴风雪》《村姑小姐》），小型悲剧《吝啬的骑士》《莫扎特和沙莱里》《石客》和《瘟疫流行时的宴会》，包括叙事诗、抒情诗和童话诗等体裁的诗篇 30 多首，以及十多篇评论文章。他这时创作的小说作品，以及后来创作的中长篇小说奠定了普希金在俄国小说史上的地位。其中，《驿站长》以简洁生动的文笔描写了乡间驿站的十四等文官维林的不幸遭遇。小说饱含人道主义的情感，是俄国文学中第一部成功地描写小人物的作品。后人将普希金的这一创作激情迸发的时期称为"波尔金诺之秋"。

1831 年冬末，普希金与冈察罗娃结婚，定居彼得堡。普希金将更多的精力投入小说创作之中，先后完成了中篇小说《杜勃罗夫斯基》（1832）和《黑桃皇后》（1833）、长篇小说《上尉的女儿》（1833—1836）等作品。《上尉的女儿》是普希金长期关注普加乔夫及其领导的农民起义的产物。小说的主线描写了赴边地服役的青年贵族格里尼约夫与要塞司令的女儿玛丽娅之间的感情纠葛，以及与军官士伐勃林的矛盾冲突，但小说中塑造得最生动、最成功、最富诗意的是普加乔夫形象，作者对这一人物给予了深切的同情与赞美。作为农民起义的领袖，普加乔夫有才智，重情义，嫉恶如仇，壮怀激烈。他表示："宁愿像苍鹰一样畅饮一次鲜血而死，也不愿像乌鸦那样吃腐尸苟活三百年。"普加乔夫是俄罗斯人民精神力量的代表，体现了俄罗斯民族的优秀的性格特征。

19 世纪 30 年代，普希金诗歌创作也卓有成就。他完成了叙事诗《铜骑士》（1833）、童话诗《渔夫和金鱼的故事》（1833）、抒情诗《我又重新访问》（1835）和《纪念碑》（1836）等诸多优秀作品。但同时，普希金也写下了《给俄罗斯的诽谤者》（1831）、《波罗金诺纪念日》（1831）和《给 M》（1834）等赞美沙皇政府镇压波兰华沙起义的诗篇。

在生命的最后几年，普希金的生活是焦躁不安的。在沙俄政府的高压下，进步运动处于低潮，普希金与进步人士失去了联系。他时时受到警方的监视，连他写给妻子的信也被人拆阅。1833 年，沙皇任命普希金为宫廷侍从，这是为了约束普希金，并把他的美貌的妻子留在宫廷。对于这种带有侮辱性质的任命，普希金极为不满，而被迫与宫廷的接近，也降低了他在读者中的影响。普希金感到痛苦，提出辞职，但未获准。1835 年，他撰写的《普加乔夫暴动史》出版，进一步加深了他与沙俄政府的矛盾。普希金的经济负担也越来越重，孩子的相继出生和妻子的社交开支，使他入不敷出。而流亡俄国的法国青年丹特士对他的妻子的追求，更激怒了普希金。1837 年 2 月 8 日，普希金与丹特士决斗，身受重伤，两天后去世，葬于米哈伊洛夫斯科耶村。

二、普希金的诗歌创作

普希金的创作生涯仅 23 年，涉及的体裁有诗歌、小说、戏剧、散文、历史著作和文学批评等，其中成就最高的是诗歌。他是一位天才的浪漫主义诗人。

1. 抒情诗

普希金的抒情诗在他的全部创作中占有重要分量。他一生共创作抒情诗880首，形式多样，包括颂诗、赠答诗、寓言诗、书信诗、哀歌、警句等。他的抒情诗清新、凝练、感情真挚。从内容上看，大体可以分为两类：一为公民诗歌，一为个人抒怀诗歌。这两类诗有交叉，内涵丰富、题材广泛。

普希金的公民诗歌关注现实黑暗，讴歌自由民主，抒发痛苦与理念。他在《乡村》一诗中抨击了社会不公，表达了对底层百姓苦难和不幸的深切同情。诗人指责乡村地主野蛮、冷酷、无法无天，"生来就是为了残害人民"，那些骨瘦如柴的农奴则忍受着皮鞭的抽打，在地主的田地里"牛马般地服役"。他在《自由颂》和《短剑》中抨击专制，讴歌自由。诗人憎恨那些暴戾的君王和专制的魔王，激励"沉沦在痛苦中的奴隶"起来反抗。他称惩罚的短剑是自由的秘密卫士，是雪耻的最高的法官，它将会对着恶人的眼睛闪亮。诗人"要为世人歌唱自由"，并"翘望那神圣的自由的时代"的来到。他在《致恰达耶夫》和《在西伯利亚矿山的深处》中抒发了实现理想的激情，歌颂了为自由而献身的革命者。诗人希望身陷牢狱的革命者保持坚韧的精神，他们辛劳的汗水不会白流；诗人谛听着祖国的召唤，俄罗斯将会从沉睡中惊醒；诗人坚信专制制度必将变成废墟，人们将铭记前行者的姓名。他在《致大海》和《奔腾的波浪啊！是谁阻遏了你》等诗歌中表达了内心的痛苦和不屈的意志。诗人当时面对的是一个令人压抑的世界，社会的专制、西欧民族民主运动的失败，以及个人生活的不自由，使他内心充满了痛苦。他抒发自己对大海的喜爱，因为它是自由的象征；他追忆拿破仑和拜伦，因为他们是挑战保守世界的英雄。如今，英雄已经逝去，世界已经空虚，但诗人相信镣铐锁不住大海雄健的步履，大海的自由也将化为诗人的灵魂。他在《纪念碑》一诗中更是充满了自信："我为自己竖立起一座非人工的纪念碑，在人民走向那里的小径上青草不会生长。"诗人昂起的不屈服的头颅将高过亚历山大石柱，他的诗歌将比他的骨灰活得更久长，他讴歌过自由的诗魂将会永远为人们所喜爱。尽管普希金的公民诗歌数量不多，但这些诗篇或深沉，或昂奋，充满激情，具有极强的感染力量，影响深远。

普希金更多的是咏叹爱情、歌颂友谊、赞美自然，以及表达生活态度和文学主张的抒怀之作。普希金有过众多女友和丰富的感情生活，爱情是普希金诗歌的重要主题。他传世的第一首诗《致娜塔莉亚》和最后一首诗《昨天晚上》都是爱情诗，诗人的大部分诗篇都与他的情感生活有着联系。《致凯恩》是他的名篇。诗人难忘五年前"那美妙的一瞬"，如今他钟情的凯恩在他面前又飘然出现，"宛如纯真的美的化身，宛如瞬息即逝的梦幻"。在苦闷的幽禁岁月里，凯恩带来的不仅是爱的柔情，还激发起诗人创作的灵感和生命的激情："萌生了灵感，萌生了眼泪、生命，萌生了爱情"。甜蜜的回忆、无望的苦恼、索居的忧伤、突发的激情，一首短诗中包含了丰富的情感层次。他在《夜》《曾经我爱过您》《致希腊女郎》《我的名字对你有何意义》《焚烧的情书》和《那忧伤的格鲁吉亚歌曲》等诗篇中，表达了不同的情感内容，但其中流露的深沉而又缠绵的情怀却是相似的，这些爱情诗篇一唱三叹，真挚而又细腻。普希金也格外重视友情。他有许多赞美友情的诗篇。他在《十月十九日》诗中，将挚友间的情谊比作"像灵魂不可分割"，坚如磐石，充满了欢乐。他的《致伊·伊·普欣》一诗是赞颂友谊的名篇。此诗写于他在米哈伊洛夫斯科耶村幽禁期间，1825 年初普欣的来访给他带来心灵的慰藉和激动，次年因十二月党人起义失败，普欣被流放西伯利亚。在起义一周年之际，普希金写下此诗，称普欣是他"最宝贵的朋友"，他不会忘记当年普欣来到积满白雪的寂寞庭院看望他的情景，希望自己的诗歌能飞进普欣黑暗的牢房，给他的心灵带来"同样的慰藉"。他的《小花》《阿里昂》和《冬天的黄昏》等诗篇同样情真意切，朴素感人。普希金还有各种题材的抒发个人情怀的诗篇，如反映人生哲理的《假如生活欺骗了你》，劝告人们在愁苦的日子要保持平和的心态，相信快乐的日子终将来临；如表达自己的文学主张的《书商与诗人的谈话》，坚称不可能拿天赋去"做可耻的买卖"。他还有很多写景的诗篇，在诗人的笔下，春夏秋冬，大自然气象万千，自然世界与情感世界有机交融，极具感染力。普希金的这些抒情诗在艺术上不拘一格，多有创新，风格凝练，层次丰富。

2. 叙事诗

普希金的叙事诗有 12 首，著名的有：《鲁斯兰与柳德米拉》《高加索的俘虏》《强盗兄弟》《巴赫切萨拉伊的泪泉》《茨冈》《努林伯爵》《波尔塔瓦》《铜骑士》和《渔夫和金鱼的故事》等。《铜骑士》堪称普希金深刻思想与高超艺术完美结合的力作，诗歌既赞美了成就伟业的彼得，也对不幸的民众表示了同情，有力地表现了国家发展与百姓利益相协调的主题。童话诗《渔夫和金鱼的故事》直接采用民间文学中的素材写成，优美、生动，富有哲理。

《茨冈》是普希金浪漫主义叙事诗的代表作。诗中的男主人公亚历克是个贵族青年，因为与上流社会发生激烈冲突，"衙门里正在把他追捕"。他遇到了茨冈人的流浪群体，为了逃避城市中"群俗疯狂的迫害与诋诬"，他毫不犹豫地加入了这个群体，并将重获自由与幸福寄托在与茨冈姑娘真菲拉的相爱中。两年过去了，亚历克的畸形的爱反倒成了真菲拉的负担："他的爱已经使我厌烦。/我感到寂寞，心儿要求自由。"真菲拉移情别恋，亚历克最终残忍地杀死了正在幽会的真菲拉与她的情人。诗歌中有两组冲突：追求自由的亚历克与上流社会的冲突，代表城市文明的亚历克与作为"自然之子"的茨冈人的冲突。前者是伏笔，后者是作者想要凸显的主线。亚历克追求的自由是自私的自由,真菲拉成了他的私有财产,她必须为他失去幸福而付出生命的代价。如茨冈老人所说:"你要的只是自己的自由。"而"自然之子"茨冈人所要的自由是顺应自然,尊重选择。亚历克无法真正融入纯朴的茨冈人的生活。作者否定了亚历克的作为,但也清醒地指出,在严酷的社会现实面前,浪迹天涯的"自然之子"也无法获得真正的自由与幸福。《茨冈》生动地表现了两种自由的主题。诗篇融入了异域风情。

3. 诗体小说

《叶甫盖尼·奥涅金》是普希金的一部长篇诗体小说。这部作品真实地反映了19世纪20年代俄国的社会生活,表现了那一时代俄国青年的苦闷、探求和觉醒,提出了许多重要的社会问题。

作品的中心主人公是贵族青年叶甫盖尼·奥涅金。奥涅金有过和一般的贵族青年相似的奢靡的生活道路,但是当时的时代气氛和进步的启蒙思想、亚当·斯密的《国富论》和卢梭的《社会契约论》、拜伦颂扬自由和个性解放的诗歌,对他产生了影响,使他对现实的态度发生了变化。他开始厌倦上流社会空虚无聊的生活,抱着对新的生活的渴望来到乡村,并试图从事农事改革。但是,华而不实的贵族教育没有给予他实际工作的能力,好逸恶劳的习性又在他身上打下了深深的烙印,加之周围地主的非难,奥涅金处于无所事事、苦闷和彷徨的境地。作品通过奥涅金与达吉雅娜和连斯基的关系,进一步显示了主人公身上的深刻矛盾。如果说奥涅金最初误解和拒绝达吉雅娜对他的真挚表白是出于对上流社会庸俗习气的厌恶,那么他为了维护个人荣誉而轻率地与连斯基进行的决斗则暴露了唯我主义的灵魂。奥涅金后来对已成为贵夫人的达吉雅娜的追求虽不乏真情,但其中已掺杂了更多的虚荣成分。作品留给奥涅金的依然是迷惘的前程和一事无成的悲哀。作者在奥涅金身上准确地概括了当时一部分受到进步思想影响但最终又未能脱离其生活轨迹的贵族知识分子的思想面貌和悲剧命运,这类知识分子有天赋,有改变的愿望,但往往自视甚高,远离民众,思考多于行动,在生活中难以找到自己的位置。作品成功地塑造出了俄国文学中的第一个"多余人"形象。

主要人物达吉雅娜被作者称为"我的亲爱的理想",普希金在她身上寄托了自己的诸多情感。达吉雅娜在乡村长大,少女时的她爱听奶妈讲述民间故事和传说,爱日出前的晨曦和冬日的雪原,在爱情萌发时敢于大胆表白;婚后成了贵夫人的达吉雅娜虽然更加成熟,但依然纯朴如一,思念乡村,挚爱自然,厌恶灯红酒绿的生活,她把爱深埋心底,保持着精神上的纯真。尽管达吉雅娜和奥涅金都与自己生活的环境格格不入,但是在奥涅金身上深刻地显示了贵族知识分子与人民的脱离,而在达吉雅娜身上可以看到更多的与人民、与大自然的联系。作者由衷地赞美达吉雅娜身上的俄罗斯民族特有的气质,赞美了这个"灵魂上的俄罗斯人"。

达吉雅娜的品格赢得了众多读者的喜爱，而她的不幸遭遇也博得了人们的同情。

《叶甫盖尼·奥涅金》在艺术上颇有特色。作品人物形象鲜明，内心刻画细致。如达吉雅娜主动写信给奥涅金这一段的描写，包含着达吉雅娜对奥涅金的信任和真挚的爱（尽管奥涅金在她的心目中被理想化了），包含着达吉雅娜敢于大胆表白爱情的决心与勇气，也包含着达吉雅娜的羞愧、渴望、痛苦和恐惧（怕被奥涅金鄙视和拒绝）。作者通过这些矛盾复杂的情感交织，极为细腻地写出了一个情窦初开的少女的心境和达吉雅娜的性格特征。作品注意对自然的描摹与对民间风俗的描写，真切自然，并有浓郁的抒情色彩和生活气息。作品语言优美，体裁独特，广泛运用的抒情插笔，意蕴深刻，别具一格。全篇用诗体写成，兼有诗和小说的特点，客观的描写和主观的抒情有机交融。独创的"奥涅金诗节"（每节14行，根据固定排列的韵脚连接）使作品环环相扣，洗练流畅。

第六节 惠 特 曼

一、生平与创作

沃尔特·惠特曼（1819—1892）是美国19世纪最杰出的浪漫主义诗人。他的诗作显露出一种个性分明的美国特征，反映了时代精神。惠特曼出生于长岛亨廷顿市西山，在全家九名子女中排行第二。1823年，惠特曼一家自西山搬迁至纽约布鲁克林。由于家境贫寒，惠特曼从小过着颠沛流离的生活。他只上过六年学，之后未再接受正规的学校教育，11岁起就加入劳动者的行列。为了生计，他打过零工，当过学徒，后来在不同的印刷厂工作。

1835年，惠特曼返回长岛，在一所乡村学校执教。1838—1839年间，他创办了报纸《长岛人》。著名进步思想家托马斯·潘恩曾是惠特曼家里的常客，这个富有感召力的社会活动家给惠特曼的家庭带来了民主自由的气氛。潘恩的思想和作品对惠特曼的成长影响很大，惠特曼受其影响很早就积极参与政治活动，是杰克逊的追随者。惠特曼后期的不少诗作带有强烈的社论性与雄辩口气，都与他早年的经历有关。1841年惠特曼在纽约当了一名记者，在一些主流杂志上担任自由撰稿人，或发表政治演讲。惠特曼的政治演讲引起了坦慕尼协会的注意，他们让他担任一些报纸的编辑。1842年惠特曼发表中篇小说《富兰克林·埃文斯》。该作幼稚粗糙，缺乏生活气息，艺术手法也平淡无奇。之后，惠特曼开始大量阅读古希腊罗马文学经典以及许多英美重要作家的作品，尤其喜爱司各特的创作。

1846年惠特曼在《布鲁克林鹰报》做编辑工作。其间，他广泛阅读了英美出版的报纸杂志，深入研究国内重大政治问题。惠特曼因为反对蓄奴制而同报社的民主党领袖人物发生冲突，最终于 1848 年被报社解雇。同年，他与民主党决裂，加入了代表农民和城市劳动者利益的自由土地派，并着手筹办刊物，但没有成功。于是，他到新奥尔良做了一次十分有意义的旅行，这次历时数月的旅行使他获得了新生。这时，惠特曼开始创作诗歌。

在 40 年代末以前，惠特曼作为一个新闻编辑撰写了大量的散文，文笔清晰、流畅而通俗。后来他专心从事诗歌创作，散文写得少了，文风变得深奥、隐晦而艰涩起来，与前期形成鲜明的对照。因此他赢得了一个"风格古怪的散文家"的称号。与此同时，他也留下了不少重要论著，其中最精彩的是一系列关于诗歌的散文，如 1855 年的《草叶集》序言，1866 年的致爱默生公开信和三篇《草叶集》评介，1872 年的《像一只自由飞翔的大鸟》序言，1876 年的《双溪集》序言，1888 年的《过去历程的回顾》等。此外，作为专辑出版的《民主展望》（1871）和《典型日子》（1882）更是代表性的散文著作。

《草叶集》初版序言是一篇长达近两万字的辩论性文章，它作为美国文学宣告独立的时代标志，有着重要的历史意义。在这篇序言中，惠特曼立足于 19 世纪中叶的美国，满怀爱国主义和激进民主主义的豪情，阐述了关于诗歌的一整套主张，包括诗与哲学、伦理、政治、自然、科学、宗教等方面的关系，以及诗歌艺术、语言、美学等问题，从而反映了新时代的精神和人民的理想。《民主展望》是由《民主论》《个人人格至上论》和《文学论》这三个部分组成的论著，表面上看带有浓厚的政论色彩，实际上仍以诗人对"伟大文学"的呼吁为主。《典型日子》是 1882 年问世的散文集，基本上由三个部分组成：第一部分带有自传性质，对于了解惠特曼的成长过程颇有帮助。第二部分主要是诗人于 1862—1865 年在华盛顿和弗吉尼亚战地写的随笔，颇有史料价值。第三部分主要描写诗人在亭北川的那段田园牧歌式的生活，以及 1879—1880 年的西部、北部之行。

惠特曼的哲学思想较复杂，深受黑格尔、超验主义哲学以及印度哲学中神秘主义思想的影响。其文艺思想也相当庞杂，主要观点包括：第一，人民性，这是惠特曼文艺思想的核心。惠特曼把人民性当作评价文学作品的重要标准。第二，在人与自然的关系上，惠特曼一方面继承了卢梭"返回自然"的理论，歌颂人的自然状态，另一方面像超验主义者那样，认为自然本身是美的，等待着艺术家去发现，同时也强调想象的重要性。第三，惠特曼在批判继承浪漫主义"表现论"的同时，强调艺术与客观现实的联系。

惠特曼于 1892 年 3 月 26 日病逝，被安葬在哈利公墓。在他逝世之前，《草叶集》全集出版。

二、《草叶集》

惠特曼的《草叶集》标志着美国 19 世纪浪漫主义文学的最高成就。这部作品被视为美国自由体诗歌的代表，同时被打上了深刻的时代烙印。诗集题名中的"草叶"具有多重象征意义。作为一种最普通、最富有生命力的植物，草叶不仅代表着诗人自己的形象，同时也是当时正在发展中的美国的象征，更是惠特曼心中的民主和自由理想的体现。每片叶子独自成形，放在一起就组成了一个和谐的整体。诗人曾表示，他要通过自我个性的抒发来表现时代和环境。惠特曼并非从一开始就有着如此明确的创作目的，他的创作思想直到1881年《草叶集》第七版才定型。诗作的诞生、发展到最终成型，经历了一个奇特而复杂的过程。

一般认为，《草叶集》的结构体现了诗人的"有机"理论。惠特曼将这部诗集当作自己的生命，把它精心塑造成了一个"有机体"。他不断将旧作新篇混在一起重新安排次序，反复调整，确立名目，直到第七版才形成这样的结构。《铭文》标出全诗的主旨，起到提纲挈领的作用；《亚当的子孙》和《芦笛》以爱情和友情象征生命的发展和联系；《候鸟》《海流》和《在路边》显示生命的变迁；《鼓声哒哒》和《纪念林肯总统》反映个人生活经历以及时代精神；《秋天的溪流》《神圣的死亡的低语》和《从正午到星光灿烂的夜晚》象征从中年到老年的各个阶段；最后以《离别之歌》向人生告别。在这些组诗之间是一些有独立主题的较长诗篇，它们既起到了承上启下的作用，同时又可连缀成另一个有机的结合。如《从鲍玛诺克开始》代表诗人的出现；从《向世界致敬！》到《青年，白天，老年和夜》一系列散篇，展示诗人的宇宙意识、社会意识、个人抱负以及人生感慨，都有其内在的联系。特别是那些置于《芦笛》之后和《候鸟》之前的"歌"大都气势宏伟，生气蓬勃，足以代表青壮年的精神面貌，很有现实意义。

美国学者詹姆斯·埃·密勒对《草叶集》的结构做了新的分析。他把《铭文》和《从鲍玛诺克开始》看成作者的开场白，它向读者介绍诗集中的主题、形象和观念，其中第一首《我歌唱"自己"》更是诗集中心主旨的简要说明。密勒把诗集主体分为三个部分：第一部分主要是"我赞美我自己"，歌颂物质、肉体和客观现实，依次包括从《我自己的歌》《亚当的子孙》《芦笛》到《在路边》等组诗。第二部分称为"民主的阵痛"，反映客观历史和世态人情，包括《鼓声哒哒》《纪念林肯总统》《在蓝色的安大略湖畔》和《秋天的溪流》。第三部分命名为"从生命到死亡的道路"，反映精神领域，包括《风暴的豪迈音乐》《向着印度行进》《哥伦布的祈祷》《睡觉的人们》《想想时间》和组诗《神圣的死亡的低语》。第四部分称作"我临走前的歌唱"，包括《你，母亲，和你那些完全平等的儿女》和《一幅鲍玛诺克图画》，以及《从正午到星光灿烂的夜晚》和《离别之歌》两个组诗，其中《一幅鲍玛诺克图画》与第一部分开头的《从鲍玛诺克开始》相呼应，表示诗人又回到了他的故乡。最后是尾声，包括所有那些"附录"（《七十生涯》《再见吧，我的想象力》和《老年人的回声》）。密勒提出的这个结构由大到小呈金字塔形状，这不但暗示着各个部分的相互关联，而且也意味着"现代人"各个方面的均衡状态。总而言之，密勒认为，《草叶集》的三个部分涵盖诗人所探索的物质、历史和精神这三个方面，也就是他所歌唱的"现代人"从诞生、发展到死亡的这三个阶段。①

《我自己的歌》是惠特曼的重要代表作，蕴含着《草叶集》的基本主题。诗中"我"的身份具有多重性、复杂性、变化性。第一重意义是诗人自己，惠特曼本人在诗中有种种自白，谈到自己的情况和经历。第二重意义是作为个体的人，"我"可以代替各种各样的人发言、感受、行动。第三，在某些情况下"我"是宇宙精神的化身，体现了泛神论生命力的人格化。惠特曼创作的年代是美国资本主义蓬勃发展的上升时期。当时的美国政治上独立，经济上发展迅速，然而在文化和文学上却没有摆脱英国古典文学的影响，蓬勃向上的民族精神的表达受到了限制。正是在这种历史背景下，惠特曼勇敢地走出来，决心成为民族和时代的代言人。这样，"我"便成了时代、民族和大众的化身。正如他在《草叶集》开篇第一首诗《我歌唱"自己"》中所说："我歌唱'自己'，一个单一的、脱离的人，／然而也说出'民主'这个词，'全体'这个词。"总之，这首诗里的"我"既是具体的又是抽象的，既是个别的又是普通的，既是具象的又是象征的。

全诗共 52 节。第一至五节描述诗人进入神秘状态。诗人在邀请他的灵魂"观察一片夏天的草叶"时，突然陷入神情恍惚之中。他让自己摆脱一切人间羁绊，走向树林，开始他的神秘之旅。第六至十六节，诗人开始自我觉醒，他将自我认同延伸得愈来愈广，直到好像拥抱了整个人类。第十七至三十二节，诗人从广泛的认同转向普遍的万物平等。第三十三至三十七节讲述诗人像传统的神秘主义者那样通过净化得到了启发，他从物质束缚中获得解放，并短暂地超越时空。第三十八至四十三节表现信仰和爱，这时诗人已完成顿悟。第四十四至四十九节着重于知觉。第五十至五十二节描写诗人从神秘的恍惚状态中走出，逐渐恢复意识，回到现实世界，可是他无法用言语说明他所学到的东西，只能暗示其意义。而读者只要凭着对夏天草叶的观察并开始自己的神秘主义旅程，便能重新发现诗人。

除了长诗《我自己的歌》之外，一般认为《草叶集》中的杰作还包括《一路摆过布鲁克林渡口》（1856）、《来自不停摆动着的摇篮那里》（1860）、《最近紫丁香在前院开放的时候》（1865）和《向着印度行进》（1871）。这几首诗分别代表诗人创作中的不同主题思想和艺术特色。《一路摆过布鲁克林渡口》主要表现了主、客观各种事物之间的巧妙的对照与平衡，如远处的天空与近处的水，曼哈顿高耸如林的桅杆与布鲁克林秀美的小山；生与死、过去与将来、灵魂与肉体，等

---

① James E. Miller, JR., *Walt Whitman*, New York: Twayne Publishers, 1962.

等。《来自不停摆动着的摇篮那里》描写波光月色恍惚迷离的景致，往昔旧梦与现实境况的交融，鸟的哀鸣与诗人的渴望相呼应，以反复咏叹之调，抒缠绵悱恻之情，这首诗标志着惠特曼在艺术上有了新的突破，历来被许多批评家称为诗人一生中最佳诗作之一。此外，从那些朴素自然的咏叹中，可以看出惠特曼受到了印第安民歌的影响。《最近紫丁香在前院开放的时候》是惠特曼为悼念林肯总统而写的三首挽诗中最成功的一首。这首诗融会着作者深邃的哀思、亲切的回忆和广泛的联想，以恢弘的视野、哲理性的概括和梦幻般的色调，达到了意象瑰奇、情思绵邈和气氛静穆的境界。全诗通篇采用象征手法，通过紫丁香、金星和画眉鸟三者来写诗人和人民对林肯的敬爱和悼念。紫丁香是时令的象征，由于悲剧发生时正当它到处盛开的季节，便成了诗人和人民对死者的爱和怀念的见证。金星代表死者，是诗人哀悼歌颂的对象。画眉鸟是诗人在困惑和哀伤中寻求启示的对象，也是生死矛盾之谜的解答者。在这里它召唤诗人从对死者的哀悼中回到生之欢乐，使诗人重新恢复精神上的宁静。

《草叶集》中有不少反复出现的意象，它们不但与诗集的主旨有关，而且具有多重象征意义。首先是草，"草"在惠特曼诗集中最为常见，有着各种象征意义。其次是海，海象征着生命与死亡，惠特曼将海作为生命归宿（死亡），但他同时认为死即是生，是一次再生。海既是诞生诗人和赋予他灵感的"永远摇荡着的摇篮"，又是作为生命的象征，将诗人像"漂流物"般冲上海滩。《来自不停摆动着的摇篮那里》把大海当作他的"母亲"，同时又将她与"死亡"联系起来，暗示死亡不只是生命的终结，也是生命的开端。一般说来，《草叶集》中的海的形象都与灵魂和精神世界密不可分，在惠特曼的哲学思想中，海洋代表精神。《在蓝色的安大略湖畔》中，"在各方的风吹拂着而海浪向我成群涌来时，/我悚然感到了力量的脉搏，和我的题材的魅力，/直到拘束我的那些组织解开了我身上的羁绊。/我看到了诗人们的自由灵魂"。这说明了海与诗人有着内在的精神上的联系。在晚年的力作《向着印度行进》中，诗人充分发挥了海洋的象征意义。这首诗体现着诗人有感于现代科学技术的威力，为了人类社会的前途向宗教去寻求保证的思想，其中心意旨是恳求他的灵魂在这次海航中勇敢地前行。这样，惠特曼又将大海与人生的目的和归宿连接在一起了。此外，地球、太阳、月亮、星星等各种天体，都是《草叶集》里那些有关天象的诗中常见的形象。

惠特曼是诗歌艺术发展史上一位大胆的革新者，他的诗作取得了杰出的成就。

其一，诗歌展示了诗人激进的爱国热情和民主精神。无论是在步入诗坛时的中年还是在功成名就的晚年，惠特曼对于新生事物总是饱含激情，对自己的祖国始终保持着最炽热的爱。勒絮尔对惠特曼做了恰如其分的评价："他表达了对于这块土地的爱、对于男女同胞的爱、对于儿童的爱、对于群集生活的爱、对于群众不幸的同情、对于社会和政治叛乱的关心，而最重要的是，主张与欧洲文化、老化现象、异化现象和等级制度坚决大胆地宣告决裂，这种精神在现有的文化之中是闻所未闻的。"① 正因为如此，惠特曼描写美国这块充满无限生机的新大陆时，把当时社会最新的科技成果写进诗歌中，这是史无前例的独创。在《草叶集》里，出现了原子、实证科学、机械设备、蒸汽机、煤气表、轮船、石油、电缆、打谷机、舂米机、铸造厂等各种与科学技术有关的名词。很多评论家认为，惠特曼如此无节制陈列的结果是诗意的沦丧。然而，惠特曼认为追随并表现时代精神才是诗人的职责。所以，他没有采用哲理性叙述，而是怀着炽热的情感加以歌颂和倾诉。他在诗行中用来赞美新大陆、新生活、新气象的感叹号之多，也许到了空前绝后的程度。《从鲍玛诺克开始》的第十四节第三段前 19 行用于歌颂美国的感叹号竟有 42 个之多。

其二，诗作开创了全新的自由诗体形式，构建了新的诗歌美学。在诗歌传统上，它打破了以爱伦·坡为代表的形式主义的垄断地位，冲破了美国诗歌因袭的形式，为美国诗歌的发展奠定了重要基础。惠特曼创造的这种新的艺术形式，建立在他对传统文化和文学的批判吸收上。如果说他早期出于感性的认识力图创作出有别于英国文学传统的新诗的话，那么他在晚年则清醒地意识到建立美国民族文学的重要性和迫切性。可以认为，惠特曼的诗歌美学是以美国精神为核心的美学，顺应了美国历史的发展潮流，同时也体现出难能可贵的创新意识。

惠特曼完全扬弃了传统英语诗歌中固定的音步、重音和韵脚，因此，每一诗行内部的节奏要比传统的韵律更为重要。诗的节奏只能从内部产生，诗人通过对诗歌内部结构的调整，使诗作产生韵律。在惠特曼看来，工整的韵律和均匀的形式并不重要，但这并不意味着他不寻求韵律，而是他所追求的韵律从内部自然形成。文艺理论家们称之为"思想韵律"或"有机韵律"。所谓"思想韵律"，指的是一种平行结构，由重复、对偶和排比组成。② 它不仅能给诗行提供一个基本框架，使每一行都自行独立，而且会产生一种有节奏的音响效果。值得注意的是，作为平行结构的一种特别形式，重复在惠特曼诗作中占有重要地位。在这类句子的句首、句中或句尾处反复出现同一个词、同一个短语或者后缀相同的词语，这样，整首诗读起来便朗朗上口，产生一种极强的韵律感。例如《啊，船长，我的船长！》几乎是惠特曼所有诗作中最为工整的一首诗。该诗共有三个诗节，每节四长行四短行，前四行为双韵体，后四行为比较工整的歌谣体，最后一句为叠句。第五行和第七行由四个音步构成，第六行和第八行为三个音步，韵式为 aabbcded。

---

① ［美］梅丽德尔·勒絮尔：《果冻卷饼》，李野光编：《惠特曼研究》，漓江出版社 1988 年版，第 460 页。

② 参见李野光：《惠特曼研究》，上海外语教育出版社 2003 年版，第 84 页。

"啊，船长，我的船长！"在诗中反复再现，"心"一词在同一诗行中重复三次。"o"一词的发音拟状哭泣时张大的嘴巴。诗人别具匠心地使这个词在诗中多次出现，贯彻始终，有力地表现了诗人的悲痛之情。此外，诗中的比喻和象征俯拾皆是。惠特曼在此诗中把人生比作一次航行，内战中的美国被比喻为在海上行驶的航船，而这次战争的领袖林肯则是这只航船的舵手。林肯引领这条船穿过险滩暗礁，经历惊涛骇浪，战胜了敌人，迎来了最终的胜利，然而伟大的舵手却倒下了。诗人不仅展现了自己悲痛万分的心境，而且有力地表现出对林肯的无限爱戴。又如在《向世界致敬！》中，以"我听见"开头的诗行连续出现了 18 行，以"你"打头的诗行出现了 24 次，但读起来并没有厌烦的感觉。这样的表现手法，在一些较长的抒情诗中有助于形成一种强劲而雄浑的节奏感，它随着诗人汹涌澎湃的诗情、肆意驰骋的想象和纵横风发的议论而形成一种深宏壮阔的旋律。

很多评论家指出，惠特曼的自由诗体存在着不足之处，其中最明显的就是单调，这主要表现在那些繁琐冗长、枯燥乏味的列举上。例如《职业之歌》第五段罗列各行各业以及作业程序、劳动场所等多达上百个名目，其中有的极为生僻，令人难以卒读。

其三，诗作常常运用近乎口语化的语言和散文化的句法，诗中的口语和俚语词汇举不胜举。他扬弃了高雅的贵族语言和传统英诗中的修饰语，常用短句作为诗的基本单位。他的诗行长短不一，但长诗行居多，每个诗行往往自成一体，构成一个独立的单位。他十分注重安排每一诗行中重音的位置，使诗歌音律铿锵，形成一种强劲而又雄浑的节奏。

100 多年来，《草叶集》先后被译成多种文字，受到世界各国人民的喜爱。惠特曼的诗对于一些现代派诗人影响深远，艾兹拉·庞德视他为"精神之父"，威廉·卡洛斯·威廉斯是惠特曼诗歌传统最重要的继承者，此外还有哈特·克莱恩、艾伦·金斯堡、罗伯特·罗威尔、查尔斯·奥尔森等人。而惠特曼与中国现代文学之间也有着非常密切的关联。许多著名诗人如郭沫若、艾青、田汉、闻一多、冯至、何其芳、卞之琳等人，也都曾从惠特曼的作品里汲取过精神力量。

思考题：

1. 浪漫主义文学思潮产生的原因及基本特征。

2. 讽刺叙事诗《德国——一个冬天的童话》的思想与艺术。

3. 拜伦长篇叙事诗的思想价值和浪漫主义艺术手法。

4.《巴黎圣母院》的思想内涵和艺术手法。

5. 从奥涅金看俄国文学中的"多余人"形象。

6. 《草叶集》如何体现惠特曼对诗歌艺术的革新?

▶ 第六章拓展阅读

第七章　19 世纪文学（中）

第一节　概　　述

一、19 世纪中期社会历史背景与文学思潮

资本主义的产生是人类历史上的一场变革，它改变了人的生存处境，带来了西方文化价值观念的新旧嬗变以及社会心态的变化。资本主义的确立破坏了传统的社会结构，把个人从各种封建的束缚中解放出来，人的自我意识得到了强化。资本主义给人的个性带来了自由与解放，但在自由竞争观念驱使下，人的群体关系恶化，人际关系基于物质利益之上。在新的社会现实面前，欧美社会的人们不仅怀疑资本主义的合理性，还萌生了反抗情绪，对自文艺复兴以来的人本主义—基督教文化价值体系也产生了怀疑，心灵深处产生了悲观情绪和危机意识。

1830 年法国爆发"七月革命"，从此，法国资产阶级取得了统治地位；1832 年英国实行了第一次议会改革，英国资产阶级的统治地位得到了进一步巩固。这两大政治事件是西欧资本主义制度确立的标志。欧洲各国在英、法资本主义势力的影响下，相继经历了从封建制度向资本主义制度的历史性过渡。工业革命的成果既推动了封建主义向资本主义的过渡，又改变着社会的结构形态和人的价值观念与生存方式。这种特定的社会政治经济形势直接影响着文学，成为现实主义文学形成与发展的决定性因素。随着社会政治经济结构形态的剧变，人与人之间的关系恶化，人的道德观念和文化价值观念也发生了深刻的变化。现实告诉人们：启蒙主义者的"民主"、"自由"、"平等"与"博爱"并不存在，他们描绘的"理性王国"只不过是肥皂泡而已；浪漫主义者那脱离现实的"理想"也不过是画饼充饥。人们不得不用冷静的眼光来看现实的社会和思考人的命运，从更现实的角度去寻求改善人的生存处境的方法。于是，讲究务实、追求客观冷静地分析与解剖现实的社会心理和风气随之形成。正是在这种心理和风气的影响下，一种写实性与批判性很强的现实主义文学思潮应运而生。

与此同时，19 世纪欧洲的自然科学也催生了现实主义文学思潮的写实精神。19 世纪欧洲的科学取得了比 18 世纪更辉煌的成就；或者说，18 世纪的理性启蒙之花在 19 世纪结出了科学的丰硕之果。"同以往所有的时期相比较，1830 至 1914 年这段时期标志着科学发展的顶峰。"[①] 而且，科学与技术相结合加速了财富的创造，

---

① ［美］爱德华·麦克诺尔·伯恩斯等：《世界文明史》第 3 卷，罗经国等译，商务印书馆 1987 年版，第 282 页。

给人们带来了生存实惠。所以，科学成了人们心目中给人以力量的新的上帝，理性也自然被认为是人之为人、人之高贵强大的根本属性。较之 18 世纪，对理性的崇尚有增无已，甚至达到了"理性崇拜"的地步。正是理性崇拜之风，使人们对科学的追求不仅仅限于科学本身，而且将科学的方法运用到其他领域。19 世纪的欧洲出现了一种前所未有的普遍风气：自然科学之外的其他学科，也唯有运用科学的方法才令人信服。正如赫尔姆霍茨所说：绝对地、无条件地尊重事实，抱着忠诚的态度来搜集事实，对表面现象表示相当的怀疑，在一切情况下都努力探讨因果关系并假定其存在，这一切都是本世纪与以前几个世纪不同的地方。不仅如此，19 世纪的许多人还对借助理性思维和科学方法，建立一门科学并相应有一整套严密的概念、定理、范式予以支持，这被认为是一种非常荣耀的事，为此，人们称这是一个"思想体系的时代"①。相比于 18 世纪，19 世纪更是科学主义空前兴盛的时代，此时的人们有三个坚定的信念：人是理性的动物；人凭借科学与理性可以把握自然与世界的秩序；人可以征服自然，改造社会。正是这样一种区别于以前世纪的精神文化风气影响着文学的发展，熏陶出了一批具有写实主义倾向的作家，他们创作中的写实原则无不与科学理性精神血脉相连。从文化史的角度看，崇尚写实的 19 世纪现实主义文学正是这种科学主义思潮的产物。与浪漫主义文学相反，现实主义作家延续着启蒙哲学的理性主义思想，并接纳与借用自然科学的方法与理念进行文学创作，形成了普遍遵循的"真实"、"写实"原则。正是这种"写实"原则，促使现实主义作家在客观"再现"与"反映"生活的过程中，普遍展开了对人的灵魂的空前真实、细致的剖析，从而改变着欧美文学"人"的观念。特别值得重视的是，"科学对 19 世纪现实主义文学的影响，表现在更深层次上，是它驱逐了上帝之后带来的人文震撼"。②

科学驱逐了神学意义上的上帝，张扬了人智意义上的人的理性，改变了人们的世界观，使西方人在探索、把握和征服自然的进程中节节胜利。他们看到了为人所主宰的世界的美好前景，他们感到人自己就是上帝。由此，他们又觉得，人类社会的事务也可以由自己凭借理性来安排，在自然和社会面前，人就是上帝。然而，神学的人格化的上帝被驱逐后，人获得的解放不只是智性能力，还有感性意义上的原欲。既然上帝已离人类而去，既然他设计的天堂与地狱并不存在——那已被科学证明是子虚乌有，那么，张扬人的个性、追求世俗幸福吧，这不是一个自由竞争的时代吗？人人无须为上帝而活着，无须有天堂与地狱的禁忌，而只需为自己而活着，为当下的幸福而活着，这就是个性的解放与自由。更大的解放

---

① ［美］阿金编著：《思想体系的时代》，王国良等译，光明日报出版社 1989 年版，第 1 页。
② 蒋承勇：《西方文学"人"的母题研究》，人民出版社 2005 年版，第 329 页。

与自由还在于：上帝对人的尘世行为之善恶的"监控"撤离了，人可以"想干什么就干什么"；人的心灵的善恶只有人自己知道，人的行为的善恶只有他人知道。就人的生物性而言，强力或强权就是公理。当一种社会制度——特别是自由资本主义制度——对强者和强权者缺乏必要的和有力的制约时，"自由"的人将陷入弱肉强食的无休止的争斗之中，传统的善与恶的观念将被混淆。所以，在神学意义上的上帝退隐的时代，人除了需要理性地重构社会制度之外，还需要道德理性的规约。正因为处在这样一个上帝退隐的时代，19世纪现实主义作家们在看到了现实中人的动物性——原始情欲——空前张扬恣肆时，一方面在寻找着制度的规约，另一方面则是探寻着道德的规约。他们觉得人需要一个道德的"上帝"，它就是博爱；人的灵魂里没这个"上帝"时，人性就走向了邪恶。19世纪现实主义作家总是通过他们的创作追寻着这个"上帝"，并无休止地质问人类的灵魂：接纳"上帝"，还是接纳邪恶？他们在严肃地审视与批判现实社会中描述着现实中的人。

19世纪现实主义文学思潮是在特定的社会历史背景和精神文化条件下产生的，因此，尽管各国现实主义受不同历史发展、文学传统和外来文学的影响，具有不同的面貌和个性，甚至表现社会现实的手法、反映生活的形式与技艺都各不相同，但是，19世纪现实主义仍存在着相对统一的风格特征，一般具有认知、揭示、分析和探究现实矛盾的倾向性特点。

第一，19世纪现实主义文学以人道主义为武器，对社会现象作了广阔的描写和深刻的批判，同情下层人民的苦难，具有强烈的批判性。同时，它还深刻地展示出资本主义条件下人与物、人与社会的矛盾关系，表现了人的异化现象，寻求人的心灵自由，表现出深度意义上的人道主义精神。资本主义的确立与发展推动了西方社会的文明进程，但资本主义条件下的经济关系和物质文明使人走向"物化"。现实主义作家对这种现象普遍表现出反抗意识。他们力图通过文学创作细致地展示物化的现实，深入地解剖物欲驱动下人的心灵世界的千奇百怪，从而警告人们：不可沉湎于物质的追求中而忘却人的精神本质。在这方面，现实主义文学反映了西方资本主义文明的历史进程中出现的种种反人性的弊病，集中探讨的是关于人的自由与解放的问题。虽然这种探讨并没有达到马克思主义的思想高度，而且还常常陷入悲观主义和厌世主义的境地，但作为文学艺术，却因此拥有了深层意蕴和深远的警世意义，从而显示了现实主义在反映和发掘人的心灵世界上的深刻性。

第二，19世纪现实主义文学追求艺术的真实模式，强调客观真实地反映生活。受科学主义思潮的影响，现实主义作家把文学作为研究社会的手段，且要描写社会的风俗史，因而，他们就格外重视艺术描写的客观真实性，认为作家应该按照生活本来的样子去反映生活，使作品的文本内容与现实生活内容具有同构性，从而使文学具有科学的精确性。浪漫主义小说家乔治·桑对巴尔扎克说："你有愿望，也有能力，把你亲眼目睹的人物描绘出来……而我呢……不得不把人物描绘成我希望于他的那样。"① 显然，强调客观写实的现实主义和追求主观想象的浪漫主义在艺术思维方式上有着明显的分野。为了使创作达到真实的艺术效果，现实主义作家反对在作品中显示"自我"，而要让作者的思想与情感在具体的情节描写与人物塑造中自然而然地流露出来，让文学对生活表现出镜子般的忠实。如福楼拜说："艺术家不该在他的作品里面露面，就像上帝不该在自然里面露面一样。"② 为了真实地描写生活，现实主义作家十分注重细节的真实，而为了达到细节的真实，他们常常作实地考察，收集大量准确无误的事实材料。巴尔扎克和福楼拜在这方面都是十分典型的代表。

第三，19 世纪现实主义文学重视人与社会环境的关系的描写，塑造典型环境中的典型性格。现实主义作家接受自然科学和唯物主义哲学的影响，认为人是社会环境的产物。在创作中，他们主张从人物所处的社会历史环境中刻画人物性格，真实地揭示人物和事件的内在联系与本质特征及发展趋势，通过对典型环境中的典型性格形成过程的描写，全面真实地展示现实生活及其本质特征，反映整个时代的风貌。所以，恩格斯说，现实主义"除细节的真实外，还要真实地再现典型环境中的典型人物"③。这正是现实主义真实观在人物塑造上的具体表现。在这种人物塑造原则的指导下，现实主义文学中的人物形象通常都十分贴近生活，具有很强的概括性，他们常常是某种时代精神的体现者，在他们身上显示了社会历史的盛衰。他们的思想、性格、情感、心理也往往与生活中的人一样丰富而复杂。如巴尔扎克的《人间喜剧》通过塑造各种各样的典型人物，揭示了资产阶级的发家史和贵族阶级的没落史，还揭示了金钱控制下人的灵魂的千奇百怪与骚动不安。因此，现实主义文学在人物塑造方面大大超越了以前的西方文学，为世界文学史创造了一系列不朽的典型形象。

第四，19 世纪现实主义以叙事文学为主，小说创作特别是长篇小说走向了成熟与繁荣。在科学主义兴盛的 19 世纪，现实主义作家都企图通过文学创作去研究和分析社会，社会也要求文学真实地反映生活，回答时代和生活提出的一系列问题。在这种精神文化氛围中，叙事性的小说比抒情性的诗歌更具有显著的生存与发展优势。现实主义的长篇小说通常都是广泛概括和分析现实生活的社会小说，

---

① ［丹麦］勃兰兑斯：《十九世纪文学主流》第 5 分册，李宗杰译，人民文学出版社 1997 年版，第 157 页。

② 《福楼拜致乔治·桑》，《外国文学教学参考资料》第 3 册，福建人民出版社 1980 年版，第 346 页。

③ 《马克思恩格斯文集》第 10 卷，人民出版社 2009 年版，第 570 页。

它往往在科学意识和历史意识指导下，综合地反映整个时代、社会各阶层的生活风俗，真实地展现错综复杂的历史事件和社会历史画面。巴尔扎克、托尔斯泰、狄更斯的小说就是这方面的典范。在作家们的共同努力下，19世纪现实主义小说在叙事艺术、情节结构和人物描写方面都比以往的小说更成熟，它以前所未有的辉煌成就成为这一时期文坛最重要的文学样式。

二、19世纪中期各国文学概况

19世纪现实主义文学思潮具有世界性影响，但是由于世界范围内的区域社会政治、经济和文化的差异，其产生与发展的时间有很大的差异，尤其是在亚非地区，19世纪中期除了现实主义文学思潮之外，还有其他各种不同类型的文学现象存在。

在欧洲，现实主义文学思潮形成于19世纪30年代，它的出现是对浪漫主义的反拨，但并不是对浪漫主义的彻底否定。它最初是打着浪漫主义的旗号登上文坛的，许多现实主义作家都是从浪漫主义转向现实主义的，直到19世纪50年代初，"现实主义"这个名词才在欧洲开始盛行，现实主义才成为一个自觉的流派。此前的斯丹达尔（又译作"司汤达"）、巴尔扎克等也就被人们追认为现实主义的典范作家。在欧美范围内，现实主义文学思潮的发展总体上可分为前后两个时期。19世纪30年代到60年代为前期，其中心在法、英等国；19世纪70年代到20世纪初为后期，其中心在俄国、北欧和美国等地。

（一）法国文学

法国是欧洲19世纪现实主义文学思潮的发源地。19世纪三四十年代，法国现实主义文学以描写封建贵族与新兴资产阶级的矛盾以及资产阶级内部矛盾为主，在表现出对现实强烈的批判性和揭露性的同时，也流露了对封建时代的依恋之情。斯丹达尔和巴尔扎克是19世纪法国现实主义文学思潮的奠基人。1823—1825年，斯丹达尔陆续发表文学评论集《拉辛与莎士比亚》中的论文，提出了文学反映现实，为现代人服务的创作原则，成为19世纪现实主义文学思潮的第一部宣言书。1830年，他的长篇小说《红与黑》实践了现实主义创作原则，它的发表标志着19世纪现实主义文学思潮的形成。巴尔扎克的《人间喜剧》使19世纪欧洲现实主义文学从理论到创作都臻于完善，它代表了西欧现实主义文学思潮的最高成就。普罗斯佩尔·梅里美（1803—1870）是一位具有浪漫主义艺术品格的现实主义作家，他创作诗歌、戏剧和历史小说，但主要以中短篇小说赢得文学史上的地位。他喜欢写异国题材，塑造纯朴真诚而又剽悍粗犷的人物，表现反现代道德文明的主题。他的小说在冷峻的叙述中蕴含着激情。比较著名的作品有《达芒戈》（1829）、《高龙巴》（1840）和《嘉尔曼》（1845）。其中，代表作《嘉尔曼》塑造了个性鲜明的女性形象嘉尔曼。她真诚坦率又放荡不羁，蔑视任何法律和道德的规范，表现出对个性自由的绝对追求。小说以女主人公的"绝对自由"否定了资本主义文明，但"绝对自由"也毁灭了嘉尔曼自己。

从 50 年代起，法国现实主义文学强调科学精神，表现出客观冷峻的风格，早期现实主义的社会批判精神有所削弱。这种创作风格的倡导者和代表人物是居斯塔夫·福楼拜（1821—1880），他是 19 世纪中期法国重要的现实主义作家。他继承了 19 世纪前期现实主义文学传统，又为 19 世纪后期现实主义作家所师承，起着承前启后的重要作用。使福楼拜取得重大成就的作品是长篇小说《包法利夫人》《情感教育》，历史小说《萨朗波》《圣·安东的诱惑》和短篇小说集《三故事》等。《包法利夫人》（1856）是福楼拜的代表作。主人公爱玛是一个为社会所毁灭的小资产阶级女性形象。通过她的悲剧，福楼拜揭去了资本主义文明的华丽薄纱，让其露出了可怖的狰狞面目——爱玛死后留下恶名，而那些诱使她堕落、怂恿和逼迫她跳火坑的人，包括她的情夫和高利贷者们，不仅逍遥法外，而且位高誉满。《包法利夫人》在平静的叙述中揭示人物的灵魂，强调人物性格的形成和发展与社会环境的紧密联系。福楼拜主张客观的、科学的、冷静的现实主义创作方法，表现在这部小说中，就是它没有尖锐的戏剧冲突和紧张的斗争。语言精确而优美，大量采用比喻的修辞手法，也是小说重要的艺术特征。《情感教育》（1869）通过主人公弗烈德里克·毛诺这一形象的塑造，暴露了那个时代社会的卑污恶浊，真实而深刻地反映了七月王朝中后期尖锐的阶级矛盾和深刻的社会危机。《萨朗波》（1862）描绘了公元前 3 世纪迦太基奴隶主政权镇压它的雇佣兵哗变的悲剧故事。小说展现了迦太基统治者政治上的腐败残暴，经济上的掠夺成性以及这个政权对人民的深刻敌意，从而揭示了迦太基的没落原因。《圣·安东的诱惑》（1874）类似歌德笔下的浮士德故事。小说通过圣·安东与魔鬼的诱惑作斗争的描写，揭示了社会贪欲的丑恶以及人克服自身本能欲望的艰难。

福楼拜小说在典型人物的塑造上颇具特色。他笔下的许多人物都栩栩如生，能给读者留下深刻的印象，都称得上是某一方面的典型。福楼拜提出，描写人物时，要"用形象化的手法描绘出他们的包藏着道德本性的身体外貌"①。福楼拜善于用最精练的语言，勾勒人物的外貌，描写事物的细节，揭示人物的本质特征。

福楼拜小说客观、冷峻的叙述风格具有现代意义。他主张客观地描写生活，要求作家自己不直接在作品中出现，不抒发个人的情感和指手画脚地发表议论。他强调作家"退出小说"，实际上是要求作家隐身于小说。这种把作家的"自我"在作品中淡化的过程，使小说所呈现的社会与人显得更为自然，更合乎生活的原

---

① ［法］莫泊桑：《"小说"》，柳鸣九译，《文艺理论译丛》1958 年第 3 期，第 175—176 页。

本形态。福楼拜小说的叙述风格，明显不同于此前的小说。他是通过冷峻的叙述去追求无我之境，从而达到客观地呈现自然的目的。"他的小说通常都从人物的视角叙述故事和描写事件，在对世界的洞察能力和观察视野方面，叙述者与小说中的人物是平起平坐的，而且，作者对人物和事件从不作任何抛头露面的直接评议，一切都按生活本身的样子'如眼所见'地呈示出来。"[1] 因此，他的小说中，似乎并不存在一个讲故事的人，故事就像一条自然流淌着的河，也像摄影机拍下的生活实景，一幅幅、一幕幕地展现在读者眼前。叙述者始终如一地做到看见什么就诉说什么，像医生那样冷静客观。在涉及人物心理活动时，福楼拜也不像斯丹达尔和托尔斯泰那样作推己及人的揣摩式归纳，因为在他看来，人是无法直接看到并把握他人的内心活动的。他摒弃了那种全知全能式的直接心理活动描写，而往往通过客观地描写人物的特定心理氛围中的特定语言和外在行为方式，外化出人物的心境和情感。从叙述学的角度看，福楼拜小说的这种客观的呈示和冷峻的叙述，虽然没完全超出全知全能的叙述范畴，却已表现出与他之前的现实主义作家的明显分野。他把全知全能的叙述视角加以限制和缩小，这是 20 世纪的现代小说普遍采用的，所以，福楼拜在小说叙述技巧方面处于传统与现代的交接点上，由此也显示了他的创作具有现代意义。

阿尔封斯·都德（1840—1897）是法国 19 世纪后期的一位带有自然主义倾向的现实主义小说家。他富于同情心，善于忠实地描写物质现象和人物的心灵世界，在他的作品中，真实与幻想、无情的揭露与诗情画意、严肃与幽默、讽刺与同情等因素往往和谐地结合在一起。《小东西》（1868）是他的长篇小说代表作，在这部带有自传性的作品中，作者描写了孤独的少年爱洒特在冷酷自私的环境中饱受欺凌的不幸遭遇，在冷静的叙述中隐藏着含蓄的讽刺与批判，对人物的内心感受表现得十分细致。都德的短篇小说享有更高的声誉。以描写普法战争为主的短篇小说集《月曜日的故事》（1872）中，就有《最后一课》和《柏林之围》这样的世界性名篇。这两个短篇小说强烈地反映了法国人民的爱国主义情感，情节委婉曲折，富有暗示性，具有动人心弦的艺术魅力。《最后一课》短小精悍、以小见大，在短短 3000 余字的篇幅里，表达了感人至深的爱国主义情感。小说从一个平时读书不太用功的孩子的视角去叙述故事，让读者跟着他的观察与心理变化，去感受真实的情感，体验动人的氛围。小说选择了很好的叙述切入口：入侵者的到来，学校被强制停学法语，祖国的文字即将被取消，这意味着法兰西人民将成为亡国奴。所以，从老师到学生，从年迈的长者到文化水平低下的农民，都倍加珍惜这最后讲授祖国语言的一课。在这特殊的课堂里，有的后悔以前不用功读书，

---

① 蒋承勇：《十九世纪现实主义文学的现代阐释》，中国社会科学出版社 2010 年版，第 186 页。

如今格外用心听老师讲课，有的不顾年龄大记忆力差，反复诵读课文，每个人都以不同的方式表现出深深的爱国之心。小说的气氛由轻松到紧张，中午 12 点钟声一响，宣告"最后一课结束"，小说的情节进入了高潮：老师满怀激情而又饱含悲愤地在黑板上写下了"法兰西万岁"几个大字，作家的悲愤之情和爱国主义情感表达得淋漓尽致。小说亲切而感人，是一曲悲壮的爱国主义颂歌，它已载入法兰西人民的爱国史册。

（二）英国文学

19 世纪英国现实主义文学思潮于 30 年代产生，到四五十年代达到繁荣。英国是欧洲资本主义发展最早最快的国家，因而，19 世纪英国现实主义文学较多地表现了劳资矛盾以及"小人物"的悲惨命运和苦难生活，人道主义和改良主义色彩特别浓。在这一阶段里，英国文坛上出现了马克思所称赞的"一派出色的小说家"，他们是狄更斯、萨克雷、夏洛蒂·勃朗特、盖斯凯尔夫人等。

狄更斯是英国现实主义文学思潮的杰出代表，他的作品描写了 19 世纪上半期英国社会的广阔图景，是当时拥有广泛读者的著名小说家。威廉·梅克皮斯·萨克雷（1811—1863）是一位讽刺作家，他认为道德训诫是作家的重要职责。他善于描写社会中、上等阶层人与人之间风雅而又虚伪的关系。他的作品忠实于生活，细腻地刻画人的情绪状态，并以生动风趣的叙述、描写、对话及评论吸引读者，情节丰富而生动。他的代表作《名利场》（1848）以 19 世纪 20 年代的英国社会为背景，主要描写两个生活态度截然不同的妇女的命运，一个是穷画匠的女儿蓓基·夏泼，另一个是有钱人家的小姐爱米丽亚。小说着重描写的是不择手段的女冒险家蓓基·夏泼的形象。她冷酷而自私，利用一切关系往上爬，迎合上流社会的道德标准，为达目的不择手段，是一个十足的野心家。小说通过这个人物写出了资本主义金钱社会是一个冷酷自私、趋炎附势、尔虞我诈、弱肉强食的名利场，写出了上层社会那些貌似风雅的绅士们伪善、卑劣的精神世界。小说的副标题"没有主人公的小说"，正好说明了在这个被金钱权势挤压下的名利场中正面人物的丧失，金钱才是真正的主人公。小说夹叙夹议，风格幽默而哀婉。《纽克姆一家》也是萨克雷的重要作品。

勃朗特姐妹的小说在当时英国文坛引人注目。夏洛蒂·勃朗特（1816—1855）的《简·爱》塑造了简·爱这个追求心灵自由和人格独立，具有反抗精神的知识妇女形象。如果说蓓基·夏泼对金钱世界表现为顺向接受的话，那么，简·爱则表现为逆向反抗。简·爱出身低微，长得也不漂亮，但她聪明、倔强，特别是她有纯洁的心灵、高尚的人格和丰富的内心世界。她那不肯依附于金钱和权势的独立精神，和当时追逐金钱权势的社会风气形成鲜明对照。《简·爱》故事情节曲折动人，有流浪汉小说的特点；男女主人公充满激情的爱和描写的抒情性，有浪漫主义小说的特点；桑费尔德庄园的神秘色彩，有哥特式小说的特点。不过，总体上讲，小说的故事叙述和情节描写是现实主义的，尤其是，小说塑造了简·爱这个引人注目的女性形象。夏洛蒂·勃朗特的小说顽强地表现出了女性独立与自由的呼声，在英国文学史上她是表现这一主题的第一人，她的作品被视为"现代女性小说"的楷模。爱米莉·勃朗特（1818—1848）的《呼啸山庄》（1847）描写18世纪末英国北部约克郡偏僻地区弃儿出身的希斯克利夫被恩肖家收养后的辛酸生活。他倾心爱着恩肖之女嘉瑟琳，但遭到了家庭的排斥和歧视。嘉瑟琳以后嫁给了阔少爷林顿，希斯克利夫蓄意对这两个家庭施行报复，并一直延续到第二代。小说情节离奇，富有戏剧性，对人物的压抑情感与心理描写得淋漓尽致。盖斯凯尔夫人是与勃朗特姐妹同时代的女作家，她的代表作《玛丽·巴顿》（1848）是欧洲文学史上最早接触劳资矛盾的小说。它从侧面反映了英国的宪章运动。书中描写了经济萧条时期工人与资本家的矛盾冲突，作者同情工人的不幸，但又用基督教的方式解决劳资双方的冲突：在各自都悔悟了之后互相宽恕，互相谅解，重新合作。

从19世纪70年代开始，英国逐步进入垄断资本主义阶段。英国后期现实主义文学中代表性的作家有哈代、萧伯纳、高尔斯华绥，其中后两位作家主要属于20世纪作家。

（三）德国文学

德国是西欧资本主义发展较晚的国家，因此，19世纪德国现实主义文学思潮也产生得相对晚一些。德国早期现实主义文学以批判封建君主专制和诸侯割据为主，同时也批判自由资本主义时期社会的弊病。普法战争结束后，德国实现了统一，资本主义发展迅速，现实主义文学思潮才得以走向繁荣。海涅（1797—1856）是德国早期现实主义诗人。格奥尔格·毕希纳（1813—1837）是德国早期现实主义文学思潮的重要作家，他的创作以戏剧为主。毕希纳于1834年组建了地下革命组织"人权协会"，同年7月发表了社会主义战斗檄文《黑森信使》，这是马克思和恩格斯的《共产党宣言》诞生之前19世纪欧洲最具革命性的宣言。四幕历史剧《丹东之死》是毕希纳的代表作，该剧以法国大革命为背景，描写罗伯斯比尔和丹东之间的矛盾冲突。丹东希望罗伯斯比尔关心民众生活，放弃恐怖屠杀；罗伯斯比尔则批评指责丹东腐化堕落，背叛革命。丹东最后走上断头台，而罗伯斯比尔也最终脱离民众、孤立无援。毕希纳借两位历史人物的矛盾冲突和结局引发关于革命的思考。

1848年马克思和恩格斯的《共产党宣言》的诞生，不仅为劳苦大众指明了革命的方向，也阐述了文学艺术与现实之间的关系，对革命文学的发展产生了重要影响。19世纪40年代是德国历史上工人革命运动高涨时期，革命斗争中出现了许多工人诗人，格奥尔格·韦尔特（1822—1856）是德国工人运动中涌现出来的工人诗人代表，恩格斯称他为"德国无产阶级第一个和最重要的诗人"①。韦尔特深受马克思和恩格斯思想的影响，他的诗歌饱含着对无产阶级的苦难和不幸的深切同情，传达了劳动人民的心声，并号召他们起来斗争，展望光明的未来。他的诗有民歌风格，幽默、讽刺、夸张等手法交替使用，通俗易懂，富有感染力。《刚十八岁》（1845—1846）、《铸炮者》（1845）和《我愿做一名警察总监》（1848）等都是他的著名作品。组诗《兰卡郡之歌》以七首诗歌揭露资本家的残酷剥削，歌颂了工人阶级争取解放的革命斗争。韦尔特除了创作诗歌之外还写了《社会生活和政治生活速写》（1843—1848）、《著名骑士施纳普汉斯基的生平事迹》（1849）等。

（四）俄国文学

19世纪俄国现实主义文学思潮形成于19世纪30年代，五六十年代不断发展，世纪末达到鼎盛阶段，20世纪初逐渐发生转向。俄国的资本主义发展大大落后于西欧，19世纪上半期，当西欧资本主义已巩固并继续发展的时候，俄国还处在沙皇专制统治下的封建农奴制社会，资本主义还处于萌芽阶段。在这种社会背景下产生的俄国现实主义文学，就始终和蓬勃开展的俄国人民解放运动紧密联系，俄国现实主义文学的批判锋芒直指封建农奴制及其残余，并表现出推翻封建制度的政治要求，直到后期，对资本主义的批判才逐渐加强。因此，俄国现实主义文学具有很强的批判性、战斗性和民主倾向。此外，俄国现实主义文学思潮形成与发展始终得到了文学批评和美学理论的有力支持，文学理论与文学创作互相辉映，相得益彰。

40年代，尼古拉·瓦西里耶维奇·果戈理继承并发展了普希金和莱蒙托夫开创的现实主义传统，确立了俄国文学史上的"自然派"——俄国现实主义文学思潮。果戈理的"自然派"小说真实地描写和批判了俄国农奴制社会的黑暗与腐朽，表达了劳动人民要求变革社会的愿望，具有真实性、典型性、人民性和独创性特点。文艺批评家维萨里昂·格里戈里耶维奇·别林斯基（1811—1848）在果戈理受到攻击时，挺身而出，从革命民主主义的观点出发，在理论上阐发和捍卫了果戈理的现实主义传统。别林斯基主张艺术是生活现象的再现，是在其全部真实性上的对现实的复制，同时认为这种再现能高于生活本身。他的文学批评活动有力地支持了俄国现实主义文学的创立。他的《文学的幻想》（1834）、《1846年俄国文学一瞥》（1847）、《1847年俄国文学一瞥》（1848）等长篇文学论文，论述了俄国"自然派"文学的起源、发展及其艺术成就和历史意义。经过别林斯基的论证，由普希金开创的俄国现实主义文学传统才得以确立，以后俄国的进步作家都沿着这个传统进行创作，从而迎来了现实主义文学更辉煌的时代。

① 《马克思恩格斯全集》第21卷，人民出版社1965年版，第7页。

五六十年代俄国现实主义文学思潮大踏步向前发展，出现了一大批卓有成就的作家。亚历山大罗维奇·冈察洛夫（1812—1891）是重要的现实主义作家，他的小说反映了这一时期俄国社会的变化。他的代表作《奥勃洛摩夫》（1859）塑造了俄国文学史上最后一个"多余人"奥勃洛摩夫形象。奥勃洛摩夫是一个受过良好教育、头脑聪明的贵族青年，但他优柔寡断，好空想而懒惰成性，没有从事实际活动的能力。他总是整天躺在床上或沙发里昏睡，甚至做梦也在睡觉，最后在睡梦中死去。这个人物身上表现出来的懒惰、优柔寡断、好空想的特点，被称为"奥勃洛摩夫性格"。这个形象概括了 19 世纪俄国社会的停滞、落后和腐朽，说明贵族知识分子在 50 年代后的俄国已丧失了进步性，预示了俄国文学中"新人"的形象将取代"多余人"的形象。伊凡·谢尔盖耶维奇·屠格涅夫（1818—1883）在 60 年代创作的小说《父与子》等作品中塑造了带有"新人"形象特征的平民知识分子的形象，这些形象表现了"多余人"向"新人"的转变过程，却不是典型的"新人"形象。屠格涅夫是俄国优秀的现实主义作家。他观察生活敏锐而细致，善于把握瞬息变化的内心世界和自然景色；他的小说通常以爱情故事来构建情节的主体，结构严谨，引人入胜。他在 50—70 年代创作的《罗亭》（1856）、《贵族之家》（1859）、《前夜》（1860）、《父与子》（1862）、《烟》（1867）和《处女地》（1877）等，被称为俄国生活的"艺术编年史"。代表作《父与子》通过父子两代人的冲突，表现了民主主义对贵族自由主义的胜利。主人公巴扎洛夫是一个勇于否定旧制度而又对新生活缺乏了解的平民知识分子形象，具有"新人"的特点。小说的语言简洁、朴实、清新而富有抒情性。

尼古拉·加夫里洛维奇·车尔尼雪夫斯基（1828—1889）是革命民主主义者、文学批评家和作家。他的长篇小说《怎么办？》（1863）是一部社会政治小说，副标题为"新人的故事"。正是这部小说塑造了拉赫美托夫等"新人"的形象。他们崇尚理性，道德高尚，信仰坚定，意志顽强，有献身精神。他们反抗封建农奴制，摒弃贵族阶级的道德观念，在精神上和人民群众息息相通。他们中最突出的是拉赫美托夫。作者借"新人"形象表达了革命民主主义者反农奴制的政治主张。小说具有强烈的政论色彩，对当时的俄国解放运动特别是青年一代产生了重大影响。车尔尼雪夫斯基还写了《艺术对现实的审美关系》（1855）等一系列美学和文学评论文章，阐述了他的唯物主义美学思想。在这方面，杜勃罗留波夫的贡献也是卓越的，他的著名论文有《什么是奥勃洛摩夫性格》（1859）、《黑暗王国中的一线光明》（1860）以及《真正的白天何时到来》（1860）等。车尔尼雪夫斯基和杜勃罗留波夫的这些富有战斗性、思想犀利的美学和文学论文，维护了普希金、果戈理和别林斯基开创的现实主义传统，推动了俄国现实主义文学的蓬勃发展。

亚历山大·尼古拉耶维奇·奥斯特洛夫斯基（1823—1886）是俄国戏剧家，被称为"俄罗斯民族戏剧之父"。他的著名戏剧《大雷雨》（1860）塑造了卡杰琳娜这一俄罗斯文学中十分动人的妇女形象。她热爱自由、勇敢争取生活权利的性格，与黑暗的封建宗法制社会的道德观念形成了尖锐的矛盾冲突，她的悲剧是对"黑暗王国"的控诉与抗议。尼古拉·阿列克塞耶维奇·涅克拉索夫（1821—1878）是 19 世纪中期俄国革命民主主义诗人，长诗《在俄罗斯谁能过好日子》（1866—1876）以童话的形式真实地反映了农奴制改革后俄国农村的贫穷与落后，揭露了农奴制改革的欺骗性，号召人民起来为幸福的未来而斗争。长诗大量吸取了民歌表现手法。

19 世纪末，俄国现实主义文学达到了鼎盛时期。陀思妥耶夫斯基在这一时期完成了《群魔》（1871）、《少年》（1875）和总结性的《卡拉马佐夫兄弟》（1879—1880）等作品。他是俄国现实主义文学思潮的重要代表。谢德林是米哈伊尔·叶夫格拉福维奇·萨尔蒂科夫（1826—1889）的笔名，他是 19 世纪继果戈理之后俄国著名的讽刺作家，他的小说以"伊索式"的语言和多样的讽刺笔法抨击反动统治者，揭示俄国社会本质。他的代表作《戈洛夫略夫一家》（1875—1880）通过描写地主戈洛夫略夫一家三代人的生活，真实反映了地主阶级的腐化堕落及其必然灭亡的命运。小说成功地塑造了奸诈、凶恶、伪善、贪婪的地主犹杜什卡形象。而列夫·托尔斯泰则在这一时期把俄国现实主义文学思潮推向了高峰。契诃夫于 80 年代登上文坛，他在中短篇小说和戏剧创作上取得了重大成就，是 19 世纪后期俄国现实主义文学思潮的代表作家之一。

第二节 斯丹达尔

一、生平与创作

斯丹达尔（1783—1842）原名亨利·贝尔，是 19 世纪法国现实主义文学的奠基作家之一。他生于格勒诺布尔，父亲是律师，母亲在他不到 8 岁时去世。斯丹达尔喜欢外祖父，而老人信奉伏尔泰。他在《亨利·布吕拉的生平》中描绘过自己的童年生活："我最大的不幸是不能和别的孩子玩耍……我憎恨神父，我憎恨我的父亲，他是神父的权力的源泉，我更加憎恨宗教，他正是以宗教的名义对我实行专政。"这种态度成了他一生的思想倾向。他本想进入巴黎的综合工科学校，但来到巴黎后却改变了主意，进了陆军部。1800 年 5 月，他来到米兰前线，当了龙骑兵少尉；1809 年参加奥地利战役；1812 年作为信使追赶拿破仑大军，见到了火烧莫斯科的场面。1814 年波旁王朝复辟后他侨居米兰，受到警察监视。1831 年任法国驻西维塔-维西亚的领事。他的身体一向不好，常常头痛、昏眩，患痛风症、肾结石。从1840年起他时常患失语症，记不起最常用的字。1841年5月，由于脊椎充血而导致面部局部无知觉。1842年3月22日，他突然中风，倒在巴黎大街上，几小时后去世。

他在1813年就发表了《意大利游记》，随后又发表了《海顿、莫扎特和梅塔斯塔兹传》（1814）、《意大利绘画史》（1817）、《罗马、那不勒斯和佛罗伦萨》（1817）、《论爱情》（1822）、《罗西尼传》（1823）、《拉辛与莎士比亚》（1823—1825）。从游记《罗马、那不勒斯和佛罗伦萨》开始，他开始正式使用"斯丹达尔"的笔名。他撰写的《拉辛与莎士比亚》是一部重要的文艺论著，抨击守旧的古典主义，推崇浪漫主义："浪漫主义是能给人民提供这样的文学作品的艺术：它符合当前人民的习惯和信仰，能给人民以最大的愉快。恰恰相反，古典主义给人民提供这样的文学：它能给曾祖辈以最大的愉快。"他反对时间和地点的整一律，主张用散文来写悲剧和喜剧。斯丹达尔是在为浪漫主义，也是为现实主义鸣锣开道。1827年发表《阿尔芒丝》，小说描写一对情侣的悲剧，刻画染上了世纪病的贵族青年。1829年发表日记体游记《罗马漫步》。1830年11月问世的《红与黑》是现实主义的奠基作。

小说《吕西安·娄万》和《亨利·布吕拉的生平》均未完成。1838年末，斯丹达尔以口授方式完成《帕尔马修道院》。小说以18世纪末至19世纪的意大利为背景，帕尔马公国是欧洲封建国家的缩影，艾尔纳斯特四世是专制君主的写照，他缺乏才能，靠莫斯卡伯爵管理政务。主人公法布利斯的姑妈吉娜与莫斯卡伯爵相恋，不能结合，嫁给了一个公爵。法布利斯因杀人被判12年监禁，在狱中看上了监狱长的女儿克莱莉亚。他先是越狱成功，为了重见克莱莉亚，又回到监狱。大公以占有吉娜为条件才允许释放法布利斯。几年过去，法布利斯当上了副主教，而克莱莉亚做了侯爵夫人，但两人终于得以幽会。他们的孩子夭折，克莱莉亚悲痛而死，法布利斯隐居到帕尔马修道院，一年后去世。这部小说，尤其是开卷对滑铁卢战场的描写，受到巴尔扎克、托尔斯泰的高度赞赏，是描写战争的名篇。

《意大利遗事》收入了他的八个中短篇，于1855年发表。其中，《瓦妮娜·瓦尼尼》塑造了一个不择手段追求爱情的女性形象。瓦妮娜是亲王之女，她不顾门第观念，爱上了烧炭党人彼埃特罗；她为了自私的爱，出卖了烧炭党人。而彼埃特罗出于对事业的忠诚和对祖国的爱，毅然与她分手。中篇《卡斯特罗女修道院院长》描写贵族少女的爱情悲剧，她因无法与当了强盗的情人结合而遁入修道院，却被好色的主教看上而屈从了他。她的情人返回后，她无比悲哀，以自杀了结人生。这个爱情悲剧是对封建婚姻观念和教会上层人士的淫乱所作的批判。遗作还有《爱好自我分析者回忆录》。

斯丹达尔是一个热情奔放的人。他的热情传达到笔下的人物身上，他的主人公都是富有激情和毅力的。从热情产生的敏感性也表现在艺术批评中：他喜欢莫扎特的音乐，在出色的绘画或雕塑面前会战栗。他的思想深受18世纪启蒙思想家的影响，特别信服爱尔维修。他主张建立自由的君主立宪制，憎恨旧制度、极端保王派、教会和资产阶级暴发户。他赞赏起义的纺织工人，被傅立叶宣扬的理想社会组织所吸引，但他对革命的态度是有保留的。他对拿破仑从略有指责发展到推崇。追求幸福是他的伦理观的原则和评判事物的出发点。他推崇爱尔维修，强调自制力和毅力，为达目的，可以采取策略，哪怕是虚伪的，因为生活是一场斗争，能够这样做到的只是一小部分人，这就是所谓的"贝尔主义"。

斯丹达尔擅长从政治斗争和不同势力集团之间的斗争，去反映某一历史时期的本质。如《帕尔马修道院》通过意大利一个小公国上层的争权夺利、统治者的专制无能、拿破仑败北以后自由精神的丧失，反映了欧洲封建势力的黑暗统治。《吕西安·娄万》展现了七月王朝时期银行家主宰一切的现实以及政府内部的斗争。其次，斯丹达尔同巴尔扎克一样，是一个现实的描绘者，一个性格的刻画者，一个时代风俗的观察家和素描家，一个对政治和经济问题十分敏感的作家。第三，他对意大利题材情有独钟，他的墓碑上就写有"米兰人"的字样。

在艺术上，斯丹达尔富有独创性。首先，他是世界上第一个自觉地运用心理分析的作家。他的心理分析可以称为心理独白。有时人物作连续的思索，有时人物突然下个决心，有时是短暂的激动，有时则是想象联翩，他以科学的态度去分析人物心灵，表现人物的内心斗争、面对社会环境生出的态度，等等。其次，他采取客观的叙述方法，如对滑铁卢战场只描写部分情景，只通过主人公的目光去观察，令人有亲临其境之感。第三，文笔简洁，几乎不写景，不写室内布置，也很少描绘肖像，但行文舒卷自如。第四，他笔下的主人公都是强者，性格坚强，激情满怀，毅力过人；次要人物也写得十分生动。

二、《红与黑》

《红与黑》是根据真人真事经过艺术加工而写成的。1827年末，斯丹达尔在《法院公报》上看到安托万·贝尔泰的案件。贝尔泰是格勒诺布尔的神学院学生，他先后有两个情妇。他本是马蹄铁匠的儿子，20岁时当了公证人米舒家的家庭教师，成了女主人的情人。随后他进了贝莱的神学院，又来到德·科尔东家，与后者的女儿产生恋情，但他和米舒太太仍然通信，并指责她换了一个情人，后来发展到在教堂枪击她。

斯丹达尔保留了贝尔泰与两个女人爱情关系的基本线索。《红与黑》的故事发生在1825年弗朗什-孔泰省的维里耶尔小城。市长德·雷纳尔挑选了锯木厂老板的儿子于连·索雷尔当家庭教师。于连获得市长夫人的好感，她没有享受过爱情，逐渐爱上了这个漂亮的小伙子，成了他的情妇。他们的关系终于隐瞒不住。在西朗神父的安排下，于连来到贝藏松的神学院，很快获得院长彼拉尔神父的信任。院长为他谋得德·拉莫尔侯爵秘书的职务。他的高傲唤起了侯爵女儿玛蒂尔德的好奇心，他设法把她勾引到手。侯爵似乎无路可走，给了他称号、军阶并应允他和自己女儿的婚事。这时，德·雷纳尔夫人在教士的唆使下揭露了于连。于连愤怒之极，回到维里耶尔，开枪打伤了她。于连被捕之后，万念俱灰，在法庭上怒斥统治阶级，被判处上了断头台。三天后，德·雷纳尔夫人也离开了人世。

《红与黑》的第一个层面表现为爱情小说。斯丹达尔从批判封建婚姻的角度去描写于连的两次爱情。德·雷纳尔夫人是个纯朴、真诚、不会做作的女子，她与市长之间并无爱情。德·雷纳尔先生是个大男子主义者，在他眼里只有金钱、贵族门第，妻子是丈夫的附属品。他和妻子没有感情交流。德·雷纳尔夫人在于连身上发现了平民阶级的优异品质：具有进取心、自尊心强、不愿屈服于贵族之下。她爱上于连是对封建婚姻的反叛。玛蒂尔德的情况有所不同，玛蒂尔德是一个蔑视贵族婚姻观点的侯门小姐，她看不起有身份、有财产的贵族青年。别人越是对她低声下气，她越是不屑一顾。她欣赏于连之处，正是他没有奴颜媚骨，受到 19 世纪启蒙思想的熏陶而表现出自由思想，又有才识胆略。不可否认，她愿意放弃贵族门第与于连结合，不顾自己的名誉跑到维里耶尔活动，为搭救于连而不遗余力，即使她的行动中有着矫情的成分，但她的表现是违反贵族阶级的道德准则和行为规范的。至于于连，斯丹达尔描写了他的平民反抗意识。他把自己的行动看作"战斗"，以报复市长对他的蔑视。他受到德·雷纳尔夫人热烈纯真爱情的感染，产生了相应的爱情。他的平等意识非常强烈："在爱情上必须讲平等，没有平等就没有爱情。"因此，他十分警惕她的贵族意识的流露。于连对玛蒂尔德的爱情羼杂了较多的理智成分和目的，他企图对那些贵族青年挑战，并通过玛蒂尔德向上爬。他的内心对玛蒂尔德缺乏真正的爱情，因为他并不喜欢她的性格，他的野心支配了他的行动。

《红与黑》不是一部单纯的爱情小说，它从头至尾是一部政治小说，是最强烈的现实小说。对于《红与黑》书名的含义，一向众说纷纭。红色最有可能是军服的象征，即对第一帝国的向往，而黑色代表教士黑袍，即教会及复辟时期的反动统治。于连就在这两种职业中作选择。当然还有别的解释。

《红与黑》确实是一部具有强烈政治倾向的小说，表现在三个方面。首先，作者揭露了复辟王朝时期的腐败、黑暗以及贵族和平民之间的尖锐矛盾。德·雷纳尔市长这个新贵族是外省贵族的代表，兼有贵族的狂妄和资产者的贪婪。他因镇压革命有功，当上了市长，他极端仇视平民。对神学院的描写是小说最有揭露性的篇章之一。于连是院长的宠儿，因此受到院长死对头的打击，考试中了圈套，居然落到第 198 名。学生之间勾心斗角，信奉金钱第一。他们知道教士有宽裕的收入，被培养成维护政权的工具。于连看到 40 岁的主教有 10 万年薪，相当于拿破仑的著名将领的 3 倍收入。在这样的社会背景下，贵族与平民的矛盾异常尖锐。贵族总是害怕罗伯斯比尔会卷土重来，这种可能性主要出现在像于连这样的下层阶级人物身上。连德·雷纳尔夫人都觉得，如果发生革命，所有贵族都会被平民绞死。于连在法庭上慷慨陈词："在你们眼里，我不过是一个出身卑贱而敢于起来抗争的乡下人。"于连的死表现了贵族阶级与平民的尖锐对立。

其次，《红与黑》描绘了复辟王朝时期激烈的政治斗争。当时，党派斗争剑拔弩张：极端保王党不满君主立宪，妄想把法国拉回到绝对君主时代；自由党中不少人成为百万富翁，渴望着权力；君主立宪派遭到来自各方的攻击；教会各派联合各个党派，兴风作浪。在维里耶尔，德·雷纳尔、瓦勒诺和马斯隆形成三角势力，主宰着政治。瓦勒诺与德·雷纳尔明争暗斗，最后终于取得了胜利，德·拉莫尔是个狡猾的政治家，与各派都保持着良好关系。圣会在波旁王朝复辟过程中起过重要作用，它暗中支持右翼极端分子，德·雷纳尔夫人的信就是在圣会的唆使下写出来的。1830 年初，查理十世到博莱-勒奥，向圣徒遗物祈祷，以扩大宗教影响。小说在《国王亲临维里耶尔》中描绘了这个浩大场面，对国王朝圣隐含辛辣的讽刺。统治者把有关拿破仑的一切视作洪水猛兽，连他的回忆录也不许阅读。德·拉莫尔侯爵的沙龙是一个典范的贵族聚会场所，敌视自由思想，生怕出现罗伯斯比尔和拿破仑式的人物。这一幅幅复杂的政治斗争的图景，形象地反映了形势的混乱，预示了山雨欲来风满楼的局势。

第三，《红与黑》对现实抨击最尖锐的描写，是在第 21 至 23 章中对贵族政权企图依靠外国势力干预政局的揭露。《秘密记录》是对 1818 年"秘密备忘录"事件的影射。当局感到局面难以控制，便想向国外求援，考虑由英国出钱，召集外国军队入侵。极端保王党人商议，要求列强对路易十八政府施加压力，特别是反对通过宪章。1818 年夏天，极端保王党策划"水边阴谋"，目的在于迫使国王改变内阁成员，或者强迫国王让位给阿尔都瓦伯爵——未来的查理十世。斯丹达尔改变日期，放到 1830 年，使暴露的矛头更为尖锐。当时的内阁首相波利涅克在小说中成为与会者内瓦尔。他们提出用暗杀或大屠杀的手段来维持政权。最后他们一致同意让"神圣同盟"进行军事干预。与会者面目可憎，矛盾重重，勾心斗角。这几章将复辟王朝狗急跳墙的卖国企图暴露无遗。

斯丹达尔通过人物说出政治内容在小说中的重要性："如果您作品的人物不谈政治，他们就不是 1830 年的法国人了，您的书也就不像您希望的那样成为一面镜子了。""小说是人们在路边来回移动的一面镜子。"这个定义有三层意思：既是镜子，人物和他们所生活、在其中成长的社会便得到毋庸置疑的真实反映；"来回移动"表明作者不断的活动，为的是表现得鲜明，感觉要敏锐；"路边"表明视野宽广，作者并不局限在室内，而是接触社会的实际活动，不管好与坏。"镜子说"是斯丹达尔反映政治内容的依据。

《红与黑》还是一部风俗小说。小说故事发生在三个地方：汝拉山区的小城维里耶尔、贝藏松的神学院和巴黎的德·拉莫尔侯爵府。这三个地方概括了当时法国的风貌。维里耶尔是外省城市的写照。随着工业兴起，唯利是图也就成了人们的行动准则。乞丐收容所这个福利机构却成了瓦勒诺发财致富的工具。神学院是社会的另一个缩影。它像监狱一样阴森可怖，行李要经过仔细搜查，信件往往被扣压。神父、学生都互相倾轧，虚伪做作笼罩着一切。由于院长和副院长有矛盾，选择谁做自己的忏悔神父就成了重要抉择，关系到依附哪一派。德·拉莫尔侯爵府是上层社会的写照，巴黎上流社会的活动中心之一，也是"阴谋和伪善的中心"。侯爵是个精明干练的政治家，复辟王朝的红人。这个贵族府第在灯烛辉煌的外表下，不免露出了衰败的征兆。《红与黑》的风俗描写广泛而深入，提供了复辟王朝时期的一幅真实画卷。

《红与黑》的突出成就也表现在塑造了于连这个形象。这个个人奋斗者是世界文学中一个不朽的艺术典型。于连的性格是多元多层次的。强烈的自我意识是他性格中的核心成分；自我意识在环境的作用下，产生出平等观念、反抗意识和个人野心。于连个性刚强，充满激情，富有毅力。他虽然表面显得柔弱，但是"隐藏着一股百折不挠、宁冒万死也要出人头地的决心"。外表和内心的强烈反差，是于连形象的一大特点。但有毅力，敢于行动，是他的主导方面。他具有强烈的平民意识，对贵族的趾高气扬怀着深深的抵触情绪。他父亲让他到市长家当家庭教师时，他回答："如果要降低身份，和仆人一起吃饭……我宁愿死。"当市长把他当仆人一样训斥时，于连眼里露出复仇的目光，愤然回答说："先生，没有你我也能活。"为了报复市长，他在夜晚乘凉时，握住了市长夫人的手。他占有市长夫人以及后来要征服玛蒂尔德的行动也有着这种报复和反抗意识。在于连看来，这是他应负的"责任"，这种"责任"意识正是复辟王朝时期小资产阶级青年受到压制后不满情绪的流露。他看到主教的丰厚收入，便想到当教士，于是背诵《圣经》，愿到神学院去，忍气吞声地想适应那里的生活。他看到侯爵能让他改变平民的命运，便甘心为他效劳，不再反抗。个人野心支配着他的一切行动。直到他发现贵族阶级对平民存在根本的敌视以后，才又恢复了反抗精神，宁死也不肯妥协。于连的多变是复辟王朝时期谋求个人奋斗的平民青年受环境影响的结果。于连往往被看作一个野心家，他没有什么政治准则，"一向把虚伪和无情视为一般的生存之道"。为达目的，他可以给极端保王派充当秘密信使，与自己所反对的贵族阶级同流合污。于连是一个具有双重人格的人物：他既有反抗精神，又很容易屈服；他既憎恨贵族的卑劣，又不惮玷污自己的双手；他既看重别人的善良正直，又信奉虚伪的道德观；他既崇拜拿破仑，又能随意改变信念，走一条截然相反的道路；他既热衷于向上爬，又愤然选择了死亡，不肯向卑污的现实让步。这种双重性构成了于连性格和思想的复杂性。这个形象的丰富性标志着斯丹达尔的小说艺术所达到的高度成就。

《红与黑》的心理描写开创了现实主义内倾性的方向。斯丹达尔的心理描写通常十分简短，却是多种多样的。有时作者是以客观的态度表现人物对环境压迫的直接反应。如于连受到市长的侮辱，德·雷纳尔夫人为了安慰他，对他特别照顾，他却想："有钱人就是这样，他们侮辱你，然后装腔作势一番，以为这样便万事大吉。"于连的思索反映了他对贵族产生本能的反感。有时是作者的分析，如于连捏住德·雷纳尔夫人的手以后，小说这样写道："但这种感受只是快乐而并非爱情。"因为于连当时心中并没有产生爱情。有时人物在代表作者说话。如玛蒂尔德听到于连对彼拉尔神父说，他同侯爵一家吃饭实在难受，宁愿在一家小饭馆吃饭，她便对于连产生一点敬意，心想，这个人不是跪着求生的，像这个老神父那样。这句话其实是作者的看法。有时作者干脆现身说法，如小说这样写道："'虚伪'这个词使您感到意外吗？须知，这个年轻农民琢磨了很长时间才想出这个招数。"这是对于连内心的一种分析。又如于连同德·雷纳尔夫人初次见面时，他的内心活动与作者的议论交叉进行。小说一面描写于连想吻市长夫人的手，不想当懦夫，一面又分析他知道自己是个漂亮的小伙子，感到气足胆壮起来。这样既深入人物内心，又始终待在他们身边，是斯丹达尔最拿手的笔法。它显示出惊人的客观性，与浪漫派作家强烈的主观性截然不同。左拉正确地指出："必须看到他是从一个想法出发，然后指出一系列想法的充分发展，这些想法一组接一组产生，变得复杂化，互相纠结在一起。没有什么比这种连续不断的分析更精细、更深邃、更意料不到的了……没有人掌握这样程度的心灵机理。"① 斯丹达尔既不是全能的叙述者，也不是无动于衷的观察家。他与人物的眼睛一起观看，与人物一起感觉，尽可能表现出人物的思路发展过程。《红与黑》塑造了众多的人物形象。除了于连，德·雷纳尔夫人和玛蒂尔德小姐是一组相对照的女性形象。前者纯洁，热烈而不矫饰，虽充满母爱，又保存着少女般的天真，在产生爱情之后有过一番挣扎，但终究受到宗教的束缚而听人摆布；后者也敢于冲破门当户对的婚姻观念，但她的性格喜欢标新立异，与众不同，既不能容忍别人驾驭，反复无常，又拜倒在"英雄"的

① ［法］左拉：《斯丹达尔》，《法国六文豪传》，郑克鲁译，安徽文艺出版社2011年版，第32页。

脚下，是一个新型的贵族少女。此外，市长、瓦勒诺、老索雷尔同是拜金主义者，市侩气十足，但市长多一分高傲和愚蠢，瓦勒诺多一点飞扬跋扈，老索雷尔更显狡黠和锱铢必较。同类人物的个性显出不同，表现了斯丹达尔的艺术功力不同寻常。

第三节 巴尔扎克

一、生平与创作

奥诺雷·德·巴尔扎克（1799—1850），法国小说家，欧洲现实主义文学的奠基人之一。1799 年 5 月生于法国工商业名城图尔，父亲出身农民，后当过军需处长、副区长等。母亲出身于富裕的资产阶级家庭。巴尔扎克从小进寄宿学校读书，很少与家人见面。1814 年，巴尔扎克随全家迁往巴黎，他仍然进寄宿学校读书。长期离开亲人的生活，培养了他独立思考和工作的习惯，哪怕环境再艰苦，也不能动摇他坚忍不拔的信心，使他能夜以继日地写作。他先后进过诉讼代理人和公证人事务所当见习生，还在法律系攻读过。在他的坚持下，他得以进行文学创作，在一间阁楼里节衣缩食，但他毫不在乎，正如《驴皮记》中所写的："一个预感有美好前途的人，当他在艰苦的人生大道上前进时，就像一个无辜的囚徒走向刑场，一点也不用羞愧。"但写出的第一部作品诗剧《克伦威尔》失败了。巴尔扎克并不泄气，在十年间写出近十部神怪小说，因未能成功，他一头扎进出版莫里哀和拉封丹的作品集、办印刷厂、浇铸铅字之中，结果债台高筑。他重新投入写作。他室内的拿破仑石膏像的佩剑剑鞘上写着他的豪言壮语："这把长剑所没有完成的，我要用笔来完成。"

1829 年发表的《舒安党人》揭开了《人间喜剧》（1829—1848）的序幕。小说以 1799 年保王党人在旺岱发动的叛乱为背景，巴尔扎克曾到当地去调查，小说显示出写实的风格和笔触。至 1835 年左右是他创作的第一阶段，重要作品有：刻画吝啬鬼的《高布赛克》（1830），描写外省两派神父斗争的《图尔的本堂神父》（1832），以帮工会为背景的《十三人故事》（1833—1834），展示乌托邦图景的《乡村医生》（1833），反映夫妻冷酷关系的《夏倍上校》（1835）；哲理小说有描绘父子金钱关系的《长寿药水》（1830），阐述现实主义艺术观点的《不为人知的杰作》（1831），描写贪欲的《驴皮记》（1831），描写科学研究癖的《绝对的探求》（1834）。最重要的作品是《欧仁妮·葛朗台》（1833）和《高老头》（1834—1835）。前者是巴尔扎克"最完美的绘写之一"。小说塑造了一个吝啬鬼的典型，将资产阶级嗜钱如命的本质揭露得入木三分。葛朗台是世界文学史上塑造得最成功的吝啬鬼形象之一。小说通过细节的积累来描写他的吝啬,如楼梯坏了也不修理,女儿生日也只点一支蜡烛,大厅里黑黝黝的,让佃户去打乌鸦来熬汤以招待远来的亲戚,自己管理食品,限量食用,等等。小说特别描写了葛朗台对黄金的嗜癖:他发现女儿将金币给了查理,大发雷霆,把女儿囚禁起来,只让她吃面包和水,演出了一场"没有毒药、没有匕首、没有流血的市民惨剧";他风瘫之后,让女儿将金币铺在桌上,他长时间盯着,心里感到暖和,等等。葛朗台是资产阶级金钱拜物教的生动写照。作品还写出了法国大革命以后资产阶级暴发户的发家过程,并揭示了新的历史条件下资产阶级聚敛财富的特点:他懂得商品流通和投机买卖的诀窍,深谙公债投机和资金周转的重要性,精通如何利用债务关系和商业信用提供的机会。他既是大土地所有者,又是一个金融资本家。他的得势反映了复辟王朝时期土地、金融资产阶级主宰一切的社会现实。

至此,巴尔扎克已写出大大小小 30 多部作品,他开始考虑将自己的创作组成一座文学大厦。1835 年至 1842 年左右是他创作的第二阶段,重要作品有:描写贵族败在资产者手下的《古物陈列室》(1836—1839),描写小老板破产的《赛查·比罗图盛衰记》(1837),反映资产者暴发过程的《纽沁根银行》(1838),描写争夺遗产的《于絮尔·弥罗埃》(1841)和《搅水女人》(1841)。中期最重要的作品是《幻灭》(1837—1843)。小说主人公吕西安因对安古兰末的贵族头面人物巴日东太太动情,而被迫离去,来到巴黎谋生,却因公开了同女演员高拉莉的姘居关系,又加入了保王党,遭到共和党报纸攻击,向上爬的欲望碰了壁,最后重回家乡。他以前的同学大卫遭到大资产者戈安得兄弟的暗算,失去了印刷厂。吕西安助纣为虐,自感有罪,想投湖自尽,却遇到了乔装的伏脱冷,他把吕西安又带回巴黎。这个故事除了揭露新闻界和文坛黑幕,再现了资本主义自由竞争中大鱼吃小鱼的惊心动魄的一幕以外,还塑造了一个共和主义英雄克雷斯蒂安。

后期的重要作品有:描写青年野心家毁灭的《烟花女荣枯记》(1843—1847),描写夺取收藏家遗产的《邦斯舅舅》(1847),以及《贝姨》(1846)、遗著《农民》(1844—1853)。《贝姨》描写于洛男爵沉湎酒色,家道败落,他看上了荡妇华莱丽,贝姨给他穿针引线。五年前,贝姨救活了一个穷青年文赛斯拉,出钱让他学雕塑,把他当作自己的情人,不料文赛斯拉后来却与于洛的女儿奥当斯结婚了。华莱丽把这个秘密告诉了贝姨,贝姨一气之下,把文赛斯拉送进了债务监狱,又串通华莱丽演出捉奸丑剧,让于洛身败名裂。于洛从家里溜走,却和一个小姑娘姘居。于洛的妻子把丈夫找回来,气死了贝姨。一天夜里,于洛的妻子发现丈夫在追求胖厨娘。妻子死后,于洛离开了家,过了 11 个月,年近八旬的于洛同厨娘结了婚。小说揭露了七月王朝时期资产阶级的荒淫无耻和道德堕落。《农民》的故事发生在复辟王朝时期。蒙戈奈伯爵买下艾格庄,原来的管家高贝丹同他作对,让森林看守人抓住 100 多个小偷，蒙戈奈反而要付出 1000 多法郎的诉讼费和赏金。农民剥去树皮，造成树木枯死，并打死猎犬，制造事端。伯爵请侦探追查凶手，毫无线索。有个农民叫他知趣离开，否则性命难保。代表资产者的三巨头里谷、高贝丹和苏德利买下田庄，分成小块租给农民。农民赶走了地主，却迎来了更狡猾的剥削者。小说反映了资产者在农村取代贵族的过程。

巴尔扎克长年累月地辛勤写作，往往一天工作 18 小时，"工作！总是工作！灯火通明的夜晚紧接着灯火通明的夜晚，思考的白天紧接着思考的白天！"《贝姨》中的一段话用来描述他自身的创作体验是最恰当不过了："艺术家不能因创作生活的磨难而灰心，还得把这些磨难制成生动的杰作……如果艺术家不是没头没脑地埋藏在他的工作里，……那么，作品将无法完成……艺术家唯有眼看自己的天才夭折。"这是他的甘苦之谈。法国传记家莫洛亚把他比作为人类盗取天火，带来了人间幸福而自身却在受苦的普罗米修斯，这是很精辟的。

1850 年初，巴尔扎克拖着病体，来到乌克兰同韩斯卡夫人结婚。当年返回巴黎后，他四肢肿胀，腿部患了坏疽，最终于 8 月 19 日辞世。

1841 年，巴尔扎克给自己的一大套作品最后定名为《人间喜剧》，分为《风俗研究》《哲理研究》和《分析研究》三大部分。《风俗研究》又分为《私人生活场景》《巴黎生活场景》《外省生活场景》《政治生活场景》《军旅生活场景》和《乡村生活场景》，共有约 90 部（篇）小说。巴尔扎克宣称："法国社会将要做历史学家，我只能当它的书记。"他要描写"构成这个社会通史"的全部风俗，而这部风俗史正是"许多历史学家忘记了写的那部历史"。他要把全部作品联结起来组成一部"包罗万象的社会史"。恩格斯精辟地论述过《人间喜剧》的深刻意义。他认为，巴尔扎克"在《人间喜剧》里给我们提供了一部法国'社会'，特别是巴黎'上流社会'的卓越的现实主义历史"，又说："他汇集了法国社会的全部历史。"[①]

首先，《人间喜剧》描写了从大革命到七月王朝半个多世纪的法国社会的变迁，集中表现了资产阶级取代贵族的罪恶发家史，亦即"用编年史的方式几乎逐年地把上升的资产阶级在 1816—1848 年这一时期对贵族社会日甚一日的冲击描写出来"[②]。巴尔扎克看到，在大革命和拿破仑时期发了横财的大资产阶级，复辟时期经济实力不但没有削弱，反而以更快的速度增长财富。如《老姑娘》（1836）描写外省阿朗松地区资产阶级头面人物杜布斯吉埃战胜旧贵族，娶了当地最有钱的老处女，完全控制了这个城市。《图尔的本堂神父》中，依附贵族的比罗图神父被与资产阶级有密切关系的特鲁贝神父赶出了图尔城。《公务员》（1838）描写金

---

① 《马克思恩格斯选集》第 4 卷，人民出版社 1995 年版，第 683—684 页。
② 《马克思恩格斯文集》第 10 卷，人民出版社 2009 年版，第 570 页。

融资产阶级能左右高级官员的任命，政权已落入他们的手中。复辟时期外省的葛朗台们、巴黎的纽沁根们、高布赛克们、农村的里谷们主宰一切，七月王朝时期他们更是大发横财。《人间喜剧》鲜明地再现了资产阶级上升发展，逐渐代替贵族阶级的整个过程。其次，《人间喜剧》反映了贵族阶级的没落衰亡史，描写了"这个在他看来是模范社会的最后残余怎样在庸俗的、满身铜臭的暴发户的逼攻下逐渐屈服，或者被这种暴发户所腐蚀"①。《幽谷百合》（1836）描写莫尔索夫伯爵夫人即使想改革土地管理和租佃制度，也难以挽救贵族的没落命运。《古物陈列室》中的埃斯格里荣侯爵和《老姑娘》中的瓦鲁亚骑士在婚姻问题上都败在资产者手下。明智的贵族则与资产者联姻，《苏镇舞会》（1830）中的德·封丹纳伯爵就是这样的"识时务"者。在《人间喜剧》中，贵族阶级的败落衰亡和被资产阶级融化的社会现象，得到了真实的、生动的反映。第三，《人间喜剧》描写了争夺金钱的一幕幕惨剧。《高布赛克》写到母亲为了剥夺女儿的财产，烧毁丈夫的遗嘱。《夏倍上校》中，妻子为了吞没丈夫的财产，企图把他关进监狱。《长寿药水》描写儿子为了夺得家产，不惜杀死父亲。《改邪归正的梅莫特》（1835）叙述将灵魂卖给魔鬼以获得无限权力。《禁治产》（1836）的埃斯巴侯爵要把家产归还新教徒的后代，他的妻子宣布他是白痴，诉诸法律。《幻灭》描写金钱操纵报纸，父与子只有金钱关系，彼此好像互不相识的买卖人或激烈争夺的对手。《搅水女人》中，寡廉鲜耻的菲利普气死舅外婆，独占了舅舅的财产。《于絮尔·弥罗埃》写出"金钱是这个新社会的轴心"。《烟花女荣枯记》指出："今日，金钱已经成了社会通行的证书了。"在以几十部作品描绘这部金钱统治一切的社会风俗史时，巴尔扎克一再声称："小说家自以为虚构出来的丑史秽行，都在这事实之下。"第四，《人间喜剧》深刻反映了当时的经济状况，同时表达了对共和党人的赞赏和对下层人民的关注。

巴尔扎克的思想虽然复杂，但他主要是一个唯物论者，唯灵论处于次要地位。他是个自由贸易的鼓吹者，重视经济问题。他幻想建立君主立宪制，不是地道的正统主义者。他鼓吹宗教是出于改良主义的立场，他深谙宗教可以作为统治阶级的工具，幻想以宗教来克服社会弊端。他的思想反映了当时汪洋大海似的农民和小资产阶级的要求和弱点。

巴尔扎克有一套自己的小说美学。他认为世界是一个统一体，存在多样性，各方面彼此相连，因此，他要求反映整个时代；他认为艺术的任务在于再现自然，但生活素材需要加工，应把观念纳入形象，要揭露社会黑暗和人的头脑中的卑劣思想；艺术必须创造典型，抓住人物的"情欲"即个性，通过众多的典型反映整

---

① 《马克思恩格斯文集》第 10 卷，人民出版社 2009 年版，第 570—571 页。

个社会面貌；他看到环境对人物能起决定性影响，主张塑造典型环境中的典型人物；他不仅是个缜密的观察家，而且是一个热烈的幻想家，他认为自己有第二视觉，即想象力；他也十分注意滑稽丑怪的人物和社会现象，要"编制恶习和德行的清单"，描写吝啬、嫉妒、野心、好色、科学研究癖，等等。从这样的美学思想出发，他塑造出各色各样的典型，而且同一类型避免雷同。例如吝啬鬼形象，高布赛克、葛朗台、纽沁根、柯内留斯、赛夏、奥松、拉博德雷、里谷等都各有特点；野心家中的拉斯蒂涅、吕西安、玛赛、伏脱冷也各有特征。为了将自己的所有作品联结成一个整体，他创造了人物再现手法，即在不同作品中描写同一个人物的各个发展阶段，将自己的作品组成一个小社会，互相勾连。

二、《高老头》

《高老头》的故事发生在 1819 年末至 1820 年初的巴黎。在偏僻街区的伏盖公寓，聚集了各种人物。落魄的高老头为两个女儿还债而被榨干了。穷大学生拉斯蒂涅羡慕上流社会的奢侈生活，一心想往上爬。苦役监逃犯伏脱冷企图利用泰伊番小姐的婚姻大赚一笔，他的秘密被老小姐米旭诺和波阿莱使计探知，由警察逮捕归案。此时拉斯蒂涅的表姐鲍赛昂子爵夫人情场失意，举行了告别上流社会的盛大舞会。高老头受到女儿的催逼而中风，在痛苦中死去，只有拉斯蒂涅为他料理后事。

首先，《高老头》淋漓尽致地揭露了金钱的统治作用和拜金主义的种种罪恶。这在高老头和他的两个女儿的故事中得到集中的表现。高老头是个靠饥荒牟取暴利而后发家的面条商，他把自己的全部感情都放在女儿身上。大女儿仰慕贵族，他让她成了雷斯托伯爵夫人；小女儿喜欢金钱，他让她当了银行家纽沁根的太太。最初他在女儿家里受到上宾待遇，随着他的钱财日益减少，他的地位也就每况愈下，最后竟被闭门不纳。他的遭遇表现了社会的世态炎凉。社会教育和社会风气败坏了高老头两个女儿的心灵，他有钱的时候，她们喊他好爸爸；他没有多少钱了，她们便怕别人看出父女关系；等到榨干了他的钱袋，他便像被挤干了汁水的柠檬一样被她们扔掉。高老头临终时渴望见到女儿们一面，她们却托辞不来。高老头终于明白，她们爱的只是他的钱。他悲愤地喊出："钱能买到一切，甚至买到女儿。"高老头是拜金主义的牺牲品。巴尔扎克以高老头的父爱，衬托出金钱败坏人心到了触目惊心的地步。他死前的长篇独白是一份深沉有力的控诉书："如果把父亲踩在脚下，国家就要灭亡。"这是对现实社会赤裸裸的金钱关系发出的愤怒谴责。

金钱还腐蚀了大大小小的人物。整个社会从上到下都以不同的方式向金钱顶礼膜拜。伏盖太太看中高老头的钱财，做起黄金梦；她连死人也不放过，高老头入殓时，她狠狠地敲了拉斯蒂涅一笔竹杠。这个人物就像她经营的包饭公寓一样，浑身散发出庸俗酸腐的臭气。米旭诺和波阿莱为了得到3000法郎的赏金，当了官方密探的走狗。银行家泰伊番为了使自己的产业世代相传，不认他的亲生女儿，怕她带走一笔陪嫁，把她赶出家门。雷斯托伯爵设下圈套，让妻子为情人还债，卖掉钻石项链，然后限制她的行动，逼迫她把全部财产交给他。纽沁根则借口经营地产，要挪用妻子的陪嫁，最后占有了这笔财产。高老头死后，两个女婿不闻不问，只派出两辆有爵徽的空车跟随枢车到公墓。对此，作家深有感慨地说：没有哪一个讽刺作家"能写尽隐藏在金银珠宝底下的丑恶"。

其次，《高老头》从不同角度写出政治野心家的成长过程，揭露了统治阶层的卑鄙丑恶，抨击了资产阶级的道德原则，从而揭示了人欲横流的社会现实。拉斯蒂涅是复辟时期青年野心家的典型。他是外省小贵族的子弟，不愿埋头读书，更不愿意顺着社会阶梯一步步攀登，而是羡慕挥金如土的生活。他在鲍赛昂子爵夫人那里接受了社会教育的第一课："你越是心地冷酷，精于盘算，越是能往前发展。要无情地打击，人家就会怕你。要把男男女女当作驿马，到每一站便把它们累趴下，这样你就会达到欲望的顶峰。"她还指点他要把自己的真实感情隐藏起来，以追求一个贵妇作为踏入上流社会的钥匙。伏脱冷给他上了第二课："要发财致富，就要大刀阔斧地干……如果想干坏事，就必须弄脏手；只不过要懂得摆脱出来：我们时代的全部道德在这里。"伏脱冷的邪恶说教在他心里留下难以磨灭的印象，涉世不深的拉斯蒂涅经过伏脱冷的启发，又往社会这个名利场的泥坑深陷了一步。鲍赛昂子爵夫人退出上流社会，使他看到上流社会根本不讲什么感情，只讲金钱和个人利益。高老头之死完成了他的社会教育。他看到女儿女婿的无情无义和这个社会的寡廉鲜耻的真实面貌。在埋葬高老头的同时，他把剩下的一点神圣感情也一起埋葬了，欲火炎炎地投入社会的罪恶深渊，踏上了野心家的道路。在《人间喜剧》的其他作品中，他多次出场：他靠纽沁根夫人爬了上去，娶了她的女儿，被封为伯爵，成为贵族院议员、副国务秘书，大搞投机买卖。他信奉的是极端利己主义。

伏脱冷的身份是苦役监逃犯，实际上是政客和野心家的另一种典型。他深谙这个社会的黑暗内幕，用愤愤不平的语言揭露出来："腐化堕落比比皆是"；"凡是沾上污泥却坐在车上的人，都是正人君子；凡是沾上污泥在步行的人，都是坏蛋。你不幸随便拿走什么东西，就要像古玩一样被拉到法院广场去示众；偷上一百万，交际场中就说你大贤大德。你们花三千万养着宪兵队和司法人员，以便维持这种道德……妙极了！"这种抨击确也一针见血，道出了真相，但这种愤愤不平不是站在反对社会黑暗的立场上的，而是一个不得意的野心家发自怨恨的言辞。他千方百计要爬上去，他研究法网上哪儿有漏洞可钻，利用自己对这个社会政治经济关系的了解，干的是大买卖。他馋涎欲滴地羡慕那些心狠手毒的奴隶贩子，幻想十年之内能挣到三四百万。他信奉的是不择手段向上爬的原则。他的哲学体现了占统治地位的恶的观念；这个恶魔般的人物的道德观和他所使用的无耻手段，同当权者并无二致。他在《幻灭》和《烟花女荣枯记》中扮演了同样的恶的教唆者角色。后来他同当局作了一笔肮脏交易，先后当上了巴黎警察厅的副处长和处长。

第三，《高老头》反映了巴尔扎克对现实关系的深刻了解。小说通过对鲍赛昂子爵夫人情场失意的描写，显示了复辟时期贵族被资产阶级取代的历史进程。鲍赛昂子爵夫人是"贵族社会的一个领袖"。她的客厅是资产阶级妇女梦寐以求的地方，能够在那里露面，其他地方都可以通行无阻。然而，她的情夫阿瞿达侯爵为了娶上暴发户的女儿，得到 20 万法郎利息的陪嫁，竟然抛弃了她。这个意味深长的结局说明了资产阶级暴发户终于打败了世代簪缨的贵族。

《高老头》在艺术上取得了很高成就。为了塑造人物，巴尔扎克先描写下层人物的活动舞台——伏盖公寓。它坐落在偏僻角落，外表恶俗不堪，屋内陈设和周围氛围阴森逼人，各层居室分出等级，如同一个小社会。这些环境描写属于风俗描写的一部分，是巴黎下层生活的缩影，它与小说人物的生活、思想、行动有着密切的联系。

小说的几个主要人物性格鲜明。伏脱冷是《人间喜剧》中最有性格魅力的人物之一。这个人物根据大盗维多克的原型塑造而成，他具有强盗首领的那种蛮横、气势逼人和坚强的毅力。小说中的一段肖像描写栩栩如生：

在这两个房客和其他房客之间，伏脱冷是个四十岁的汉子，颊髯染色，起着过渡的作用。他是这样一种人，老百姓的评语是："真是条汉子！"他虎背熊腰，胸部发达，肌肉突出，双手厚实、方阔，指节生着一簇簇火红色的浓毛，十分显眼。他的脸早生皱纹，显出冷酷的标记，而他灵活与随和的举止又与此不符。他的男低中音嗓子和他的开怀大笑十分和谐，绝不令人讨厌。他待人殷勤，满面笑容。如果有什么锁坏了，他马上拆下来，马马虎虎地修一修，上油，锉好，装配起来，一面说："我熟悉这一套。"再说，他什么都知道，帆船、大海、法国、外国、买卖、人和事、法律、旅馆和监狱。

"四十岁"和"颊髯染色"的特殊细节引人好奇：他是不是想显得更年轻，不让人认出？"真是条汉子"的感叹令人回味。对他身体细节的描写给人健壮和粗野的印象。由此可以想到老百姓的感叹是对他大力士的体格出自本能的赞赏。指节的浓毛给了他一种野性和可怕的特点。随后的描写由生理特点转向人物的灵魂，画出一个令人不安的人物。早生的皱纹怎么会出现在这个达观的力士身上呢？这不像是病或忧郁引起的，说不定他有心事或者生活动荡。他的脸有冷酷的标志，却又满面笑容且待人殷勤，看来这个人物擅长使用危险的手段，要用殷勤和笑容去引诱人。男低中音嗓子与开怀大笑相配合，说明了为什么他是饭桌上引人快乐的人。他为何对人殷勤和堆着笑脸呢？接下去的描写透露了他是个神秘人物。他会拆锁，是为了献殷勤吗？后面的一组动词似乎在模仿这个人物的匆忙、灵活和富有社会经验。"我熟悉这一套"含有深意，让人琢磨。最后一个句子透露了他丰富的阅历：他游历过许多地方，无所不知，既有实际知识，又是一个善于观察的人。他怎么会懂法律？他是个警察还是个强盗？他既然了解旅馆，大约是个隐姓埋名、躲躲藏藏的人，再联想到他颊髯染色，又了解监狱，更使人心生疑窦：莫非他是大盗或杀人犯？这段描写非常简洁准确，将伏脱冷的性格内涵写了出来。他确实是个胆大包天的"鬼上当"。伏脱冷在其他小说中一再改头换面，以不同的角色出现，但他解剖社会黑幕的犀利言辞能使读者一下子便认出他来。

对拉斯蒂涅这个典型的刻画方法与伏脱冷不同，巴尔扎克写的是他作为野心家的形成过程，运用了心理描写。他同社会接触的过程中，接受的是罪恶的教育。高老头的悲剧命运是对他的第一次冲击。他认识到他所欣赏的贵族妇女都隶属于金钱关系。她们或者受到丈夫的算计，或者受到债务的催逼，或者情人被人夺走。于是他迈出了第一步，夺去了他姑母和妹妹们的积蓄。拉斯蒂涅一开始企图抗拒伏脱冷的引诱，感到"他用钢爪撕碎我的心"。他受到高老头无私奉献的爱的影响，不齿于伏脱冷和这个非人道的社会。他内心作着斗争："想变得杰出和有钱，难道是决心要说谎、弯腰曲背、在地上爬、再挺起身来、逢迎拍马、对人隐瞒吗？要做他们的同谋，先要为他们效劳。噢，不！我想高尚地、圣洁地工作；我想日夜努力，只靠自己的辛苦去发财致富。"伏脱冷的被捕使他的幻想暂时占据上风。他无私地照顾垂危的高老头。但在埋葬高老头的路上，死者女儿女婿的无情无义使他变得冷静了，他终于向社会发出挑战。巴尔扎克不断描绘这个从外省来到巴黎的青年与新环境接触时的所思所想，以精细的心理描写刻画了这个年轻野心家的心理变化。

塑造高老头的手法又有不同。巴尔扎克用倒叙的方法介绍了他的发家史。用倒叙来刻画人物能全面地表现人物的整体面貌，这是巴尔扎克塑造人物的重要方法。高老头从做面条工人开始，靠大革命发家，做些粮食生意。妻子的死使他把感情转移到两个女儿身上。在高老头身上有着不择手段牟取暴利的一面；然而，他并没有认识到自己成功的奥秘，直到临终前他才领悟到金钱在维系家庭关系上的重要作用。因此，这个形象存在两重性。高老头的故事令人想起莎士比亚的《李尔王》，巴尔扎克无疑借鉴了李尔王对两个女儿的深情和她们对父亲的无情无义；两人都年老体弱，后来都呼天抢地咒骂女儿。所不同的是，李尔王的形象是悲惨的帝王，而高老头是愚蠢的资产者。相比之下，巴尔扎克更为强调金钱的罪恶。

这部作品的次要人物也写得跃然纸上：伏盖太太的见钱眼开和猥琐浅薄，米旭诺的阴险和鬼鬼祟祟，写得都很生动。全书通过高里奥、拉斯蒂涅、伏脱冷和鲍赛昂子爵夫人这四条线索的交叉穿插来组织情节，其中拉斯蒂涅起着穿针引线的作用，全书跌宕起伏，一气呵成，十分紧凑。另外，这部小说第一次运用了人物再现手法，这是《人间喜剧》的一个重要艺术手段，能起到将整套小说联结在一起的作用，后来对左拉、罗曼·罗兰等人的小说创作产生影响。

第四节 狄 更 斯

一、生平与创作

查尔斯·狄更斯（1812—1870）是英国现实主义文学成就最高的作家，他被马克思归入"现代英国的一批杰出的小说家"，认为"他们在自己卓越的、描写生动的书籍中向世界揭示的政治和社会真理，比一切职业政客、政论家和道德家加在一起所揭示的还要多"[1]。他的作品雅俗共赏，广泛而生动地反映了19世纪英国资本主义社会的状况，描绘了维多利亚时代的变迁和精神面貌。

狄更斯于1812年2月7日出生在朴次茅斯市海港附近的一个中产阶级家庭，在八个孩子中排行第二。他的父亲约翰·狄更斯是英国海军军需发饷处的小职员，母亲则是家庭主妇。狄更斯从小由母亲启蒙，在父亲的鼓励下，表现出朗诵和戏剧表演的天分，在戏院看过莎剧《麦克白》《理查三世》等。等到正式上学后，又阅读了父亲在阁楼的藏书，如《鲁滨逊漂流记》《堂吉诃德》《天方夜谭》等，菲尔丁和斯摩莱特的小说尤其开拓了他的日常体验和想象的空间，对他后来的创作影响很大。

由于父亲的职业关系，狄更斯一家不得不四处搬迁。1822年搬到大都市伦敦后，家庭经济状况更加糟糕，入不敷出，狄更斯不得不辍学在家，刚刚度过12岁生日就被送到一家鞋油作坊去做工，以获得一周六七先令的报酬来补贴家用；在这里他曾被主人放在橱窗里作活动广告招徕顾客。不久，狄更斯的父亲又因无力还债被投入负债人监狱。为了节省房租，家人也随之迁入监狱。直到1824年5月底，因为父亲继承了一小笔遗产，全家才得以清偿债务，摆脱囹圄之苦，狄更斯也在附近的一所威林顿私人学校里继续自己的学业。这一段经历的时间虽然不长，

---

[1] 《马克思恩格斯全集》第10卷，人民出版社1962年版，第686页。

却使得狄更斯早熟、敏感的心灵遭受了屈辱的折磨，以至于他在以后相当长的一段时间里都不愿披露这段往事，也使得他在创作中格外关注那些来自贫困阶层的儿童形象。

1827 年 3 月，狄更斯在律师事务所当了缮写员，一年多后又改行成为报社记者。迅速、准确的采访报道使他在新闻界崭露头角；但精力充沛的狄更斯并不满足于此，他想当演员，因病错过试镜机会后便想成为作家。1833 年 12 月，他的一个喜剧小故事在《月刊》上发表，狄更斯大受鼓舞，从此走上了文学创作的道路。他在报纸杂志上发表了多篇随笔。这些随笔起初都不署名，直到 1834 年才用了个"博兹"的笔名。狄更斯的创作才华迅速显露出来，到了 1835 年，他已经开始接受约稿，逐渐走上了职业作家的道路。

1836 年 2 月 8 日，狄更斯发表在报刊上的描写伦敦各种市井风俗人物的文章汇编成《博兹特写集》出版，这是他出版的第一部文学作品。1836 年 3 月 31 日，狄更斯与画家罗伯特·塞依默合作发表了《匹克威克外传》第一期。正当狄更斯构思第二期时，罗伯特·塞依默突然自杀，狄更斯写作的篇幅因此大大增加。他顶着压力，与新的合作者哈勃洛特·布朗完成了这部分期出版的插图小说。《匹克威克外传》获得了巨大的成功，主人公的名字在英国广为流传、妇孺皆知，狄更斯也因此一跃成为英国文坛上众目所瞩的明星。他从此放弃了新闻记者的职业，专心从事文学创作和编辑工作。

19 世纪 30 年代，狄更斯陆续完成了《奥列佛·推斯特》《老古玩店》等一系列小说。1842 年 1—6 月，狄更斯偕家人赴美国、加拿大各地访问。除了最后一个月待在加拿大之外，他们主要游历参观了美国的波士顿、纽约、费城、巴尔的摩、华盛顿等城市。在美国的见闻与英国"饥馑的 40 年代"的社会现实促使狄更斯深入思考社会问题的本质，创作了特写集《游美札记》和长篇小说《马丁·朱什尔维特》等。而从 1843 年到 1848 年，他创作了一系列"圣诞故事"（后结集为《圣诞故事集》），这些作品宣扬了博爱、仁慈、宽容的"圣诞精神"，受到读者的持续欢迎。

从 1844 年起，狄更斯经常侨居欧陆。1844—1845 年间他主要待在意大利；1845 年冬到 1846 年初，狄更斯曾任《日常新闻》报纸编辑，但不久后辞去职务，举家赴瑞士，1847 年 11 月底又去了法国。这段时间里，他主要创作了长篇小说《董贝父子》。1847 年 2 月底，狄更斯返回英国，更多地参与慈善活动等社会活动。除了文学创作外，他还参与主办周刊《家常话》《一年四季》，组织业余剧团。

1849—1850 年间，狄更斯发表了《大卫·科波菲尔》，之后又接连写了几部长篇小说：《荒凉山庄》《艰难时世》《小杜丽》《双城记》和《远大前程》。从 1853 年以来，狄更斯就经常登台朗诵自己的作品片段，乐此不疲；1858 年还与广告商签订合同，开始了长达十年的巡回演出，赴美国等地朗诵。这些演出虽然给狄更斯带来了更大的声望和丰厚的收入，但是也严重影响了他的健康。1869年，狄更斯分期刊载他的最后一部小说《德鲁德疑案》，只完成了6期就因脑溢血去世。在遗嘱中，他写道："我恳请我的朋友们不要为我建造纪念碑、撰写悼念文章。我的书会让人们记得我的——对我来说，这就足够了……"

在30多年的创作生涯中，狄更斯一共写了14部完整的长篇小说、一部随笔、两部长篇游记和一些中短篇小说。狄更斯有着和莎士比亚一脉相承的人道主义精神和悲悯情怀，他的创作历程也和莎翁类似，随着思想的深入，体现了越来越深刻的社会批判意识。一般说来，狄更斯创作的发展变化可大致分为以下三个时期。

创作早期（1833—1842）正值英国议会改革和宪章运动兴起并达到高潮。狄更斯的主要作品有《匹克威克外传》（1836—1837）、《奥列佛·推斯特》（1837—1838）、《老古玩店》（1840—1841）等。《匹克威克外传》是狄更斯的成名作，也被誉为英国现实主义的第一部杰作。作品采用流浪汉小说的结构，描写老绅士匹克威克先生带领以他本人命名的俱乐部的其他三位成员在四处漫游的经历，展开了一幅明朗轻松的社会风俗画卷。匹克威克是个英国的堂吉诃德式的人物。这个善良的胖绅士戴着眼镜，腆着肚子，穿着紧身裤和燕尾服，言谈举止十分可笑，但天真憨拙，有一副侠义心肠。他总是脱离复杂的实际生活，一厢情愿地按自己单纯的、幼稚的想法去行事，结果吃亏、受骗、上当，惹出许多笑话。这部小说广泛地反映了18世纪末、19世纪初英国城乡的生活面貌，颂扬了小人物的正直、善良，也批判了当时社会上种种不合理的、荒唐可笑的现象，被誉为英国文学中最杰出的滑稽史诗。

《奥列佛·推斯特》（又译《雾都孤儿》）讲述孤儿奥列佛忍受不了济贫院的非人生活，逃到伦敦，流落街头。他一度误入贼窝，后来得到一个好心人的帮助，脱离了盗窃集团，最后身世大白，善恶得报，奥列佛也得以过上安定的生活。小说通过孤儿奥列佛的坎坷经历形象地展现了英国城市下层社会的悲惨景象，第一次广泛而真实地描写了外省贫民收容所和伦敦贫民窟的地狱般的生活。特别是借主人公童年时的悲惨遭遇辛辣地讽刺和揭露了资产阶级慈善机构的虚伪性和残酷性。

创作中期（1842—1850）经历了宪章运动的暂时复兴、1848年到1849年的欧洲剧变，而结束于1850年。主要作品有《游美札记》（1842）、《马丁·朱什尔维特》（1843—1845）、《董贝父子》（1846—1848）、《大卫·科波菲尔》（1849—1850）。《董贝父子》是狄更斯小说艺术成熟的标志。伦敦大商行董贝父子公司的老板董贝先生为人傲慢，冷酷自负，把人与人之间的关系都变成金钱关系、商业关系。他不看重女儿，因为对公司没有用；他希望儿子保罗成为自己事业的继承人，从小就灌输"金钱可以买到一切"的思想，扼杀他的正常天性，结果儿子夭折。儿子死后，他借金钱势力续娶了美丽的贵族少妇爱狄丝，想再生一个继承人。后妻不堪忍受他的冷酷，和他的助手私奔。董贝深受刺激，公司也在商业竞争中宣告破产。他感到绝望，决心自杀。幸亏被他驱逐的女儿爱洛伦丝带着周岁的儿子回到伦敦，主动向父亲表示挚爱。父女和解，生活在一起。在这部小说中，作者成功地塑造了董贝这个资产家的形象，讽刺了有产者的傲慢自大、冷酷无情、唯利是图的丑态。小说还真实地反映了19世纪三四十年代英国工业资本主义发展后社会生活的变化，如铁路的发达、城镇面貌的改变等。

《大卫·科波菲尔》描写主人公科波菲尔自幼丧父，母亲改嫁后因受到后父的虐待而死去。大卫被送到寄宿学校住读，备受摧残，后又被送到工厂当学徒。因为不堪忍受屈辱的地位，他离开工厂到姨婆家，由姨婆抚养，学习法律，后来成了作家，和心爱的女友结婚。这是一部带有自传性质的长篇小说，其中融汇了狄更斯早年的童工生涯和在学堂的经历，以及后来旅行欧洲大陆和成为名作家的大致线索。狄更斯在这部小说中倾注了一种特别深厚的感情，因此称《大卫·科波菲尔》是他最喜爱的一本书。小说通过大卫·科波菲尔的经历揭露了惨无人道的童工生活、寄宿学校以及腐败的司法制度；也写出了正直的小资产阶级知识分子在艰难的社会环境中如何通过艰苦努力、个人奋斗取得了事业上的成功、生活上的幸福，集中体现了狄更斯的道德理想。

创作晚期（1850—1870）也是狄更斯创作最繁荣的时期，主要作品有《荒凉山庄》（1853）、《艰难时世》（1854）、《小杜丽》（1855—1857）、《双城记》（1859）、《远大前程》（1860—1861）等。《荒凉山庄》集中抨击了资产阶级法律制度和司法制度的黑暗，以及贵族的昏庸没落。小说情节复杂，人物众多，主要线索是贾迪斯家的后代为继承遗产争执不休，告到专门承办遗产契约纠纷的大法官庭。官司打了好几代，仍然得不到解决。当时遗产案涉及的继承人主要有约翰·贾迪斯和受他监护的一对年轻人理查德和婀达。他们居住在荒凉山庄，等待大法官庭的宣判。后来，理查德在废纸堆里找到了一份遗嘱，拖了几十年的贾迪斯案终于结案。然而全部遗产已被诉讼费消耗一空，理查德成了继承人，却分文未得，气得吐血而死。与贾迪斯案件有牵连的德洛克夫人，从律师图金霍恩手里看到一份诉讼文件的抄本，从中认出了过去情人的笔迹。她通过一个扫街的穷孩子找到了刚刚死去的情人的墓地，后来还找到了自己的私生女埃丝特。她得知有人要利用这个秘密对自己进行敲诈要挟，为了避免当众受辱，便深夜出走，倒毙在情人墓前。通过贾迪斯案的实例，作者愤怒地揭露了以大法官庭为代表的英国司法制度和烦琐的法律程序的腐朽性和危害性。书中还有一个靠近大法官庭的废品回收商店，专门收购大法官庭的废纸和发霉的法律文件。人们也戏谑地称它为

"大法官庭"，而它的老板被称为"大法官"，最后这个废品商店发生自燃，烧成灰烬，预示着现实的大法官庭也会遭到同样的下场。狄更斯小说中展现的司法图景一向是狄更斯研究者关注的热点之一，其对于庭审、诉讼等的真实生动的细节描绘，也给法律史学研究提供了正规史料中无法找到的材料，初步复原出19世纪英国的"法律世界"。

《艰难时世》是一部以劳资矛盾为主要内容的重要作品。宪章运动在40年代末被镇压下去以后，资产阶级和工人阶级的矛盾更趋尖锐，小说以一个虚构的、具有工业中心城市特点的焦煤镇为背景。国会议员兼教育家葛雷硬和纺织厂厂主庞得贝在这里控制着全镇居民的命运。他们都信守只讲实利、不讲信义的功利主义生活原则。葛雷硬把年轻的女儿嫁给老头庞得贝，使她受尽痛苦。儿子在他的功利主义理论的教育下成了盗窃犯。庞得贝吹嘘自己劳动起家，诬蔑工人想过奢侈生活，因而有不满情绪。在收买工人斯蒂芬失败后，又诬蔑斯蒂芬盗窃公款，造成这个善良工人的死亡。小说主要展示了工业资本家对工人的残酷剥削和压迫，描写了工人阶级的团结斗争，并批判了为资本家剥削辩护的自由竞争原则和功利主义学说。在艺术上，大量采用漫画式的夸张手法，使用富于性格特征的语言来讽刺、勾勒人物形象，小说的夹叙夹议加深了主题，突出了人物性格，但有些地方也过于繁琐，影响了作品的艺术感染力。

《远大前程》（又译《孤星血泪》）的主人公匹普从小父母双亡，靠姐姐和做铁匠的姐夫抚养长大。他在老小姐郝薇香家里一见钟情地爱上了她的养女，美丽而又骄傲的艾丝黛拉。一天，律师贾格斯说是受一个富翁的委托，把匹普送到伦敦去接受上等人的教育。匹普喜出望外，误以为是郝薇香小姐有意栽培他，以后可以与艾丝黛拉结婚。后来却发现不过是匹普童年时掩护过的逃犯马格维契在国外发了财，出于报恩要将他培养成上等人。而艾丝黛拉对他的挑逗是郝薇香唆使的，在匹普受尽精神折磨后她又把艾丝黛拉嫁给了一个二流子。匹普想当上等人的"伟大的期望"完全破灭，但却使他完全褪尽了原来的骄傲和做作。他尽力张罗，想把回来探望他的马格维契送上去美洲的轮船，避免仇人寻仇和牢狱之灾，但是没能成功。但他仍尽心尽力陪伴在马格维契身边直到他去世，然后去了海外谋生。十多年后，匹普回国来探望姐夫，在已死去的郝薇香的庄园里偶然碰见已成为寡妇的艾丝黛拉。两个饱经沧桑的情人言归于好，离开了这个吞噬他们两人幸福的废墟。这个被狄更斯更改过的结尾给读者带来一丝希望。作品以匹普"绅士梦"的幻灭说明了虚荣、伪善的金钱文化对人们的人生观、价值观的影响，并对人性弱点进行了探索。

狄更斯的作品很早就被介绍到中国来。从1908年起，林纾和魏易合作，陆续翻译了《块肉余生述》（即《大卫·科波菲尔》）、《贼史》（即《奥列佛·推斯特》)、《孝女耐儿传》（即《老古玩店》）等作品。狄更斯小说的人道主义精神和艺术技巧，对中国现代小说家，如老舍、张天翼等有很大的影响。与19世纪其他英国作家相比，狄更斯的创作面广阔丰富，从多方面反映了他所处的英国社会和维多利亚时代精神；同时他也是一位具有独特个人艺术风格的作家，文笔挥洒自如，伴有强烈的感情倾向；他的作品也以特有的幽默风趣、富有教益影响着19世纪的英国社会。总的来说，狄更斯往往站在人道主义立场上同情小人物，揭露慈善机构的伪善，批判教育制度的黑暗、野蛮，讽刺选举制度和法院的腐败等；他擅长写富有特征的人物和个性化的对话，善于抓住人物性格的某一特点加以夸张，使性格突出、形象鲜明；结构一般采用流浪汉小说的形式，大小故事交错，松散而又有一定的联系。在风格上基本形成了幽默讽刺的艺术特色，但在后期创作中，其严肃、悲愤的批判性有所加强。

二、《双城记》

狄更斯一生创作丰厚，很多作品都别具一格，深受读者和批评家喜爱。究竟哪部小说代表了狄更斯的最高创作成就，大家争论不一。比如有人推崇《匹克威克外传》中的生机勃勃，有人偏爱《艰难时世》厚重的批判意识，《荒凉山庄》的结构和多义性则引起了新批评家们的兴趣，而狄更斯则说《大卫·科波菲尔》是自己"得宠的孩子"。一般来说，狄更斯后期的作品更加成熟也更有代表性，特别是《双城记》，因其反映出的时代精神和人道主义思想，一直被中国读者视为他的代表作。

《双城记》创作于19世纪50年代，正值狄更斯创作的高峰期，也是英国资本主义经济迅速发展的时期。资本主义发展带来的种种罪恶和劳动人民生活的贫困化，使英国社会处于爆发一场社会大革命的边缘。狄更斯有感于印度大起义和国内日益高涨的扩大选举权的呼声，决定创作一部以法国大革命为背景的小说，用以针砭英国的社会现实，为同时代的英国人提供借鉴。这部小说从1859年4月起连载于周刊《一年四季》上，虚构了梅尼特医生的个人经历作为情节发展的主要线索，将之穿插于18世纪末的社会变迁中，真实再现了法国大革命时期英法社会的复杂图景。

顾名思义，《双城记》讲述的是发生在巴黎和伦敦两个城市的故事。小说分为三部，第一部《复活》，第二部《金线》，第三部《暴风雨的踪迹》，共计45章，每章各附标题。狄更斯主要从卡莱尔的《法国革命史》中借鉴了小说主题，尽管其主要情节和人物都是虚构的，狄更斯还是称之为"历史记录"。小说第一部第一章《时代》用精练的语言概括了英法两国在革命爆发前动荡不安的时代风貌，充分显示出狄更斯描摹历史风云、刻画时代巨变的创作雄心。从第一部第二章起，小说的故事情节才正式展开。1757年，巴黎著名的外科医生梅尼特目睹了厄弗里蒙地侯爵兄弟将一对农家兄妹迫害致死的罪行，向朝廷写信告发，结果未经审判就被关入巴士底狱。其女路茜由医生的朋友劳雷先生送往英国。18年后，路茜、劳雷接医生出狱后返回伦敦。几年后，路茜与法国青年代尔那相爱。医生虽已察觉代尔那就是厄弗里蒙地侯爵的侄子，但仍同意他们结婚。1789年法国大革命爆发，侯爵一家受惩。代尔那虽在此前早已放弃了财产和贵族头衔，但为营救管家，仍于1792年冒险前往巴黎，被捕入狱。革命者得伐石太太就是当年被厄弗里蒙地侯爵兄弟谋害的农民家庭的幸存者，她立誓复仇，将代尔那送上断头台。1793年，巴黎法庭公开审判代尔那。在法庭上，得伐石夫妇出示了梅尼特医生在巴士底狱所写的血书。代尔那被判死刑。就在陷入绝境之时，单恋路茜又貌似代尔那的英国青年卡尔登，混入狱中救出代尔那，从容赴死。医生一家逃往英国。

《双城记》以对法国大革命的出色描绘而著称于世。小说以18世纪法国大革命前后的英、法两国社会生活为背景，具体地描写了封建贵族生活上的奢华、政治上的滥施淫威、经济上的残酷压榨，真实地展现了城市贫民和广大农民的悲惨图景。小说既揭露了贵族统治在政治、经济、道德上的罪恶，也写出了由于阶级尖锐对立所引起的革命的必然性，深切关怀和同情下层人民的命运。同时，由于狄更斯思想立场的矛盾性，也描绘了革命爆发后下层平民狂热地镇压贵族所造成的"恐怖"、"混乱"情景，将得伐石太太描摹为复仇女神的化身，她不仅要把厄弗里蒙地一家斩草除根，而且连梅尼特医生和路茜也不放过。这些复杂深刻的描写，实则反映了狄更斯力图以法国大革命的历史威力来影射当时的英国社会现实，警告英国统治者要吸取教训，实行社会改良的主观意图。

狄更斯本着资产阶级人道主义的立场出发，反对一切形式的暴力，宣扬基督博爱精神。当小说写到卡尔登从容就义时，反复引用《新约·约翰福音》中的一段话："主说：复活在我，生命也在我；信我的人，虽然死了，也必复活；凡活着信我的人，必永远不死。"狄更斯将救世良方寄托于基督博爱精神，力图通过爱消灭恨，消解阶级对立和阶级矛盾。路茜虽然柔弱，却是书中的灵魂人物，她的温情和爱感染了身边的每一个人，不仅使梅尼特医生"复活"，带给身居异邦的代尔那幸福，还能使粗犷不驯的普洛斯柔和，使放荡不羁的卡尔登献身。狄更斯从"爱"出发，强调对小人物和弱者的同情，同样，他的"爱"也不可避免地粉饰了当时严酷的社会现实。

《双城记》秉承了狄更斯人物塑造类型化的一贯特点。书中有梅尼特医生、代尔那、路茜等理想的正面人物形象，也有厄弗里蒙地侯爵兄弟、巴尔塞那样的贵族和资产阶级的反面形象；有以卡尔登、普洛斯为代表自我牺牲的圣人形象，还有革命人民的代表，如得伐石夫妇。这些类型化的人物形象鲜明却并不浅薄。狄更斯出于对生活的潜心、细致和敏锐的观察，十分注意通过语言和行为的点染来刻画人物主要的性格特征。那些富于个性的语言和行为往往也能够反映这个人物的身份、阶级等本质特征。所以，不仅小说的主要人物真实生动，次要人物也能给人留下深刻印象。如泰尔森银行的劳雷先生句句不离他的"业务"，不谈人情，实际上却一直关心梅尼特医生一家的遭遇，是他们忠诚的朋友。狄更斯通过这样貌似矛盾的言行描绘，反映了劳雷先生性格温和、富于同情心，同时又信奉谨小慎微的小资产阶级生活哲学的特点。爱·莫·福斯特在《小说面面观》中将狄更斯笔下的人物概括为"扁形人物"，并中肯地评价道："狄更斯作品中的每个人物都可以用一句话概括，但却使人奇妙地感觉到了人的深度。"①

作为一部史诗性小说，《双城记》在叙事艺术上也颇有特色。首先，《双城记》的叙事结构十分精妙。尽管故事时间跨度很长，人物关系也较为复杂，但狄更斯却善于制造悬念和安插伏笔，主要运用倒叙和追叙的叙事手法，从梅尼特医生出狱开始讲起。小说开篇对梅尼特医生为何失踪十八年，又因何痴呆等问题均秘而不宣。随着社会局势和革命形势的紧张和白热化，以前隐藏的矛盾冲突逐步显露，往日复杂的线索也渐次清晰。特别到了代尔那再次被捕受审，得伐石太太拿出梅尼特医生当年在巴士底狱北塔 105 号囚室写的控诉书予以公布时，小说人物的所有关系才完全明朗，隐藏于岁月中的秘密才被娓娓道出。情节紧张生动，扣人心弦。

其次，小说采用了作者叙事角度和小说人物劳雷的叙事角度的复合方式，意在提供史实借鉴，劝说社会改良。作者叙事角度便于揭露出贵族的罪恶和人民的困苦；劳雷的叙事角度便于表现英国人眼中的法国革命。通过他显现出英国的金融机构，甚至是英国民族的某些特征：虽然"保守"但中正、稳重，可以信托；也显现出作家以英国的国家制度、人文精神为内在尺度对法国革命、法国民族性格所作的评价。

再次，小说多次使用象征、呼应、对比等手法，增强了作品的内在整体性，也拓宽了其内涵和深度。如狄更斯以圣安东区流淌成河的红葡萄酒象征革命爆发后流淌的人血，小个子锯木工的嚓嚓锯木象征吉洛汀的砍头动作；而"雅克一号"到"雅克两万五千号"群众口号的此起彼落，仿佛汇集了法兰西所有革命者的声音和行动，成功地渲染了沸腾热烈的革命气氛。作品开篇评述时代——"这是最好的时代，这是最坏的时代……"，结束时则用卡尔登的自白："我现在已做的远比我所做过的一切都美好；我将获得的休息远比我所知道的一切都甜蜜。"语言最高级与比较级的前后呼应，既精妙地回顾总结了这段复杂的历史，也表达了对未来积极乐观的信念。得伐石太太不停编织手中的毛线，以示无忘"复仇"，路茜温

---

① 　[英] 爱·莫·福斯特：《小说面面观》，罗经国译，罗经国编选：《狄更斯评论集》，上海译文出版社 1981 年版，第 102 页。

情和爱的"金线"使身边的人物聚集在一起，终于迎来重生，这两个重要的女性人物也由此形成了呼应和对比关系。此外，《双城记》还使用了不少对比手法来刻画人物和描写环境，以加强故事的真实性和艺术感染力。如厄弗里蒙地侯爵兄弟的邪恶、残忍与梅尼特医生的善良、宽容，贫民窟的饥饿寒酸和贵族爵爷喝早茶的奢华排场，等等。

当然，狄更斯小说的缺陷也是比较明显的。由于受杂志分期连载这种发表方式的约束，不免带有文笔拖沓、人物形象断裂等缺点；有些段落过于渲染感伤的情调，甚至有故弄玄虚之嫌。但是，从总体而言，仍体现了狄更斯对重大历史题材娴熟的驾驭能力和调配读者情感的能力，不愧为一部批判现实主义的力著。

第五节　果　戈　理

一、生平与创作

尼古拉·瓦西里耶维奇·果戈理（1809—1852）是19世纪中期俄国著名的小说家和戏剧家，他以犀利的文笔深刻地审视人类的庸俗。果戈理早为中国读者所熟悉，他的小说《死魂灵》在20世纪30年代就由鲁迅译成中文，鲁迅称果戈理是"写实派的开山祖师"；剧作《钦差大臣》、小说《狂人日记》和《外套》等也对中国文学产生过深刻影响。

1809年4月1日，果戈理出生在乌克兰波尔塔瓦省米尔格拉德县的一个地主家庭。家乡环境优美，民风淳朴。爱好戏剧的父亲、笃信宗教的母亲，以及丰富多彩的民间文化，在他的早年生活中留下了印记。1821年果戈理进入涅任高级中学就读，求学期间俄国民主意识逐步高涨，对他自由思想的形成产生了积极影响。其间，果戈理开始尝试文学创作。

1828年，果戈理怀着对未来的憧憬来到彼得堡。此后一年多，他在彼得堡面临的是失业和贫困。后在一个机构找到地位和收入均十分低微的文书职位，这段小公务员的生活经历对果戈理来说刻骨铭心，为他后来创造此类形象提供了素材。

果戈理在彼得堡最初的文学活动不太顺利，1829年自费出版的长诗《汉斯·古谢加顿》遭到冷遇，为此他愤而撤回存书，付之一炬。但是，挫折并没有使果戈理放下自己的笔，他将当年浸润在乌克兰民间文化中所获取的养料化作了多彩的文字。1830年初，他的小说《圣诞节前夜》在《祖国纪事》刊出，获得好评。1831年5月，他与普希金相识，这鼓舞了他的创作热情。不久，他的小说集《狄康卡近郊夜话》第一部问世，次年3月又出版了第二部。

《狄康卡近郊夜话》第一、二部分别收入了《索罗奇集市》《伊万·库巴尔日的前夕》《五月之夜》《不翼而飞的信》和《圣诞节前夜》《可怕的报复》《伊万·费多罗维奇·什蓬卡和他的姨妈》《中了邪的地方》等八篇中短篇小说。这些小说运用民间文学的表现手法，将取材于乌克兰乡村平民生活和民间传说的故事生动地呈现在读者面前，历史与当下相交替，传说与现实相交融，乌克兰的神韵与俄国的特色相交织，激情、鲜活、充盈、迷人，并具有惩恶扬善的道德力量。如《圣诞节前夜》描写一位年轻的铁匠瓦库拉爱上了漂亮的姑娘奥克莎娜，小鬼试图破坏两人的幸福，但机智勇敢的铁匠制服了魔鬼，并借助于小鬼的魔法，解开了姑娘的难题，赢得了姑娘的爱情。小说赞美爱情的执着，歌颂青春的欢乐，色彩绚丽，幽默明快。《狄康卡近郊夜话》浓郁的乡土色彩和浪漫笔法吸引了广大读者，普希金读完小说，赞叹不已。别林斯基称赞这部作品是"充满着生命和诱惑的素描。大自然所能有的一切美好的东西，平民乡村生活所能有的一切诱人的东西，民族所能有的一切独创的典型的东西，都以虹彩一样的颜色，闪耀在果戈理君初期的诗情幻想里面"[①]。果戈理从此蜚声俄国文坛。

1831 年春天，果戈理曾在彼得堡的一所女子学校任历史教员。1834 年，他又受聘担任圣彼得堡大学历史系副教授。1835 年底，果戈理辞去教职，从此埋头于文学创作。自《狄康卡近郊夜话》问世以后，果戈理交游日广，结识了作家德米特里耶夫、克雷洛夫、阿克萨科夫兄弟和演员谢普金等人，有的还成了终身的朋友。其间，果戈理曾回故乡生活过一段时间，为创作收集素材。尽管在创作上有过困惑，但他始终笔耕不辍。1835 年是果戈理收获的年份。这一年，他出版了小说集《小品文集》和《米尔格拉德》，完成了多幕喜剧《钦差大臣》，并开始了长篇小说《死魂灵》的创作。

《米尔格拉德》收入了四篇小说。《旧式地主》用平实但略带感伤的笔调描写了一对老年地主夫妇庸俗空虚的灰色人生。《伊凡·伊凡诺维奇和伊凡·尼基福罗维奇吵架的故事》（或译《两个伊凡吵架的故事》）辛辣地讽刺了为一件小事打了十年官司的两个乡村地主的卑微的精神世界。《维》是一部立足于现实的悲剧抗争又具有浓郁的魔幻色彩的作品。中篇小说《塔拉斯·布利巴》将乌克兰人民反对外族入侵的史实作为故事的背景，以充沛的浪漫激情和史诗般的宏大格局，浓墨重彩地刻画了老布利巴等哥萨克英雄的形象。威武、刚毅、睿智、忠诚，构成了小说主人公老布利巴最具光彩的一面。

《小品文集》收入了小说《涅瓦大街》《肖像》《狂人日记》和一些文章。与果戈理以前创作的"乌克兰故事"相比照，评论家将上述三篇小说和果戈理后来

---

① ［俄］别林斯基：《论俄国中篇小说和果戈理君的中篇小说》，满涛译，《别林斯基选集》第一卷，上海文艺出版社 1963 年版，第 198 页。

创作的《鼻子》（1836）、《马车》（1836）、《外套》（1842）、《罗马》（1842）等主要反映旧俄京城生活的一组中短篇小说称为"彼得堡故事"。《涅瓦大街》描写了繁华都市中两个年轻人逐"美"的故事，正直的皮斯卡廖夫理想幻灭，粗俗的皮罗戈夫如鱼得水，在这美丑对照中蕴含着深刻的悲剧性。《肖像》写的是青年画家恰尔特科夫受金钱诱惑而自毁艺术人生的故事。《鼻子》用荒诞的手法讽刺了俄国官场中的钻营逐利之风。《狂人日记》和《外套》是反映小人物命运的名篇。《狂人日记》借助于对主人公波普里辛病态心理的刻画，让他道出"小人物"的心声："世界上一切好的东西，都让侍从官或者将军霸占了。""为什么人要分成许多等级？""妈妈呀，救救你可怜的孩子吧！……这个世界上没有他立足的地方！"小说有力地揭示了等级森严的专制制度的本质。鲁迅的《狂人日记》在思想内容和艺术形式上都受到它的影响。《外套》同样表达了作者对小人物的深切同情，主人公阿卡基·阿卡基耶维奇在某机关当一名卑微的文书抄写员，孤独、贫困，受人凌辱时忍气吞声，贫乏的精神生活毁掉了他仅有的才能，他已将抄写公文作为生活的唯一乐趣。为了御寒，他节衣缩食添置了一件新外套，可是不久就被歹徒抢走。他申诉无门，黯然离世。小说结尾出现主人公幽灵剥"大人物"外套的情景，这虚幻的一幕表达了作者对社会不公的愤懑。果戈理"含泪的笑"的特色在这部作品中有清晰的体现。

在写作小说的同时，果戈理先后创作了《婚事》《能干人的早晨》《赌徒们》《官司》《仆人屋》和《新喜剧演出后散场记》等多部剧作，但最重要的无疑是五幕讽刺喜剧《钦差大臣》。喜剧的基本素材是普希金提供的，果戈理在此基础上作了出色的艺术加工。《钦差大臣》的剧情似乎是基于一场误会：俄国外省某小城的官吏一贯为非作歹、鱼肉百姓，他们误将一个从京城来的因钱财挥霍一空而被迫滞留的纨绔子弟当作了微服私访的钦差大臣，因恐惧劣迹败露，竞相向其献媚和行贿。市长庆幸躲过一劫，并指望借嫁女而飞黄腾达。纨绔子弟胡乱吹嘘后携财开溜，而此时真的钦差大臣来到，众官吏吓呆。作品以哑剧收尾。果戈理打算在这部喜剧中将"俄罗斯的一切丑恶，集成一堆"，"集中地嘲笑"。因此，在这看似偶然的"误会"中包含着必然。以市长安东·安东诺维奇为代表的官僚集团和以赫列斯达科夫为代表的纨绔子弟是"俄罗斯丑恶"的集中体现者。作者的讽刺犀利、辛辣。喜剧中潜在的正面形象是"笑"，作者赋予这种"笑"以抨击丑恶的深刻的社会内容，取得了极佳的艺术效果。演出轰动一时，但作者却遭到贵族社会的攻击，被迫离开祖国。

1836 年初夏，果戈理启程，先后在德国的法兰克福、瑞士的韦维、法国的巴黎等地逗留。1837 年 3 月来到意大利的罗马，从此罗马成了他在国外的主要居住地，他在那里潜心创作长篇小说《死魂灵》。1841 年，《死魂灵》第一部完成。9

月，他回到祖国。在费尽周折后，《死魂灵》于 1842 年 5 月出版，随即震撼整个俄国社会。它不仅成为果戈理创作的高峰，而且推动了俄国现实主义文学波澜壮阔的主潮的出现。同年 6 月，果戈理再次出国，在罗马继续写《死魂灵》第二部，他想在其中塑造出正面的地主形象。1845 年夏天，第二部初稿完成，但作者不满意自己的作品，因为在他看来初稿不能为读者"指出通向崇高和美的途径"。不久，他焚毁了五年劳作的全部成果。

身在国外的果戈理渴望更直接地与读者进行心灵沟通，更有效地参与变革社会的进程，他决定选择书简的形式来表达自己对社会和人生的思考。1847 年 1 月，包括了 32 篇书简的《与友人书简选》在彼得堡出版。书简内容丰富，有对时弊的针砭、对人性的剖析、对社会改革的渴望、对道德问题的思考，也有关于文学、艺术、宗教、历史和语言等诸多方面的见解，充分显示了果戈理的清醒、深刻、矛盾和迷惘。由于这部作品本身的宗教乌托邦色彩比较浓厚，加上初版发表时遭到检察机关的大幅删改，以致面目全非，别林斯基等人对这部作品予以了根本的否定。别林斯基对果戈理思想中的消极和保守的成分的尖锐批判无疑是正确的，但也存在着某些误解。从果戈理晚年的这部重要作品中可以把握他的思想脉络，从而能全面了解他的政治观、宗教观和文艺观。

1848 年 4 月，果戈理回到祖国，贫病交加，思想痛苦。1852 年 3 月 4 日，在焚毁自己重新撰写的《死魂灵》第二部手稿十天后，果戈理在莫斯科去世。

二、《死魂灵》

长篇小说在 19 世纪的俄国得到了举世瞩目的发展，《死魂灵》（第一部）是为其拉开序幕的具有里程碑意义的不朽作品。鲁迅称赞这部作品"创作出来的脚色，可真是生动极了，直到现在，纵使时代不同，国度不同，也还使我们像是遇见了有些熟识的人物"①。

《死魂灵》书名的本意是指死去的农奴，但也暗指虽生犹死的地主。小说以骗子乞乞科夫为连缀人物，巧妙地引出了五个乡村地主的形象。衣冠楚楚、自称是六等文官的乞乞科夫来到 N 市后，拜会官吏、交结名流，但他的真正目的是想利用俄国制度和法律的漏洞，到偏僻乡村收购死去的农奴的户籍，在新的人口调查开始之前，将这些农奴抵押给政府，从中牟取暴利。乞乞科夫为此四处奔走，分别走访了玛尼罗夫、科罗潘契加、罗士特莱夫、索巴凯维奇和泼留希金等地主，在他们的庄园里购得近 400 名"死魂灵"。在乞乞科夫得意之际，他被人揭穿，匆匆逃离。小说虽然以偏僻的乡村为主要背景，却相当广阔地反映了农奴制俄国的

① 鲁迅：《几乎无事的悲剧》，《鲁迅全集》第 6 卷，人民文学出版社 2005 年版，第 382 页。

真实生活，深刻地批判了唯利是图的新兴资产者、腐朽没落的官僚阶层，以及作为农奴制度支柱的宗法制地主。在层层展示这幅"群丑图"时，作者显示出高度的艺术概括力量，其中地主群像的塑造尤为人称道。

《死魂灵》中出现的第一个地主形象是玛尼罗夫。此人谈吐高雅，慷慨好客，初接触还能让人产生几分好感，可是用不了多久，他就会让人难以忍受，那甜腻腻的微笑中透露出来的是极度的空虚和装腔作势。他的性格游移不定，既无主见，又无理财的本领，整天沉溺于不着边际的沉思冥想之中。这是一个丧失了实际生活的能力、被惰性和幻想吞噬了灵魂的活尸型的地主形象。

科罗潘契加与玛尼罗夫不同，她是个终日为农务操劳的乡村小地主。"科罗潘契加"一词意为"小匣子"，这个女地主如她的姓所寓意的那样，耳目闭塞、性情迟钝。她不关心外界发生的事情，一心扑在自己的庄园里。她善于积聚小钱，讲求实利，但极为浅薄，唯一的生活乐趣就是把得到的每一个戈比"一个一个地放进她藏在柜子的抽屉里的那个花麻袋钱包里去"。她在听了乞乞科夫吹嘘后以为有利可图，马上露出一副殷勤相。作为愚昧闭塞、务实浅薄的俄国乡村小地主形象，科罗潘契加十分典型。

罗士特莱夫是另一种类型的地主形象。表面上的豪爽掩盖不了他吃喝嫖赌，以放荡为人生嗜好的本性。无聊的生活和无赖的性格使他终日耽于寻欢作乐，只要哪里"有集会，有舞会，有庆典，即使在十五俄里之外，他的鼻子也会嗅出来，刹那间就赶到了那里"。农奴的血汗换来的财富使他得以挥金如土，他"是一个狂热的赌徒"，在赌场上毫不在乎地抛出大笔钱财。出于自身的劣根性，罗士特莱夫热衷于搅乱秩序，散布谣言，拆散婚姻，破坏交易，"然而他并不认为对人做了坏事"。这是一个厚颜无耻的流氓加恶棍式的地主，在当时俄国的土地上到处滋生着这一类人物。

索巴凯维奇的形象在小说中占据着重要位置。这是一个大地主，他不仅有着像熊一般笨拙的外形，而且有着像熊一样冷酷的动物性。他讨厌一切文明行为，更不能接受任何新事物。他以固执的目光怀疑地扫视着人与人之间的一切关系。他没有精神需求，有的只是熊一般的巨大食欲，并以此为最高的享受。他的整个生活方式都是畸形的。索巴凯维奇在钱财问题上从来不含糊，他会老练地耍弄手腕，以至连工于算计的骗子乞乞科夫也不得不甘拜下风。更多的时候，索巴凯维奇的钱财是靠蛮横的手段强取豪夺来的。索巴凯维奇之流是俄国地主阶级中最顽固、最凶狠的一部分，是沙俄赖以生存的社会支柱。

最后出场的地主泼留希金是个守财奴。他拥有巨额的资产、广袤的土地和1000多个农奴。然而，他极端吝啬。庄园里道路高低不平，房屋陈旧不堪，教堂关闭，菜园荒芜。他本人衣着褴褛，像个乞丐。贪欲使他失掉了对物品价值的起码认识，一方面他让库房里堆积如山的粮食、布匹、木器、皮货等霉烂变质，另一方面他又在路上捡拾着一块破布、一片碎瓦、一个铁钉。贪欲也使他丧失了人的感情，他不仅让上百个农奴活活饿死，甚至连自己的亲生儿女亦可抛弃。这个极度卑琐贪婪的吝啬鬼正是俄国地主阶层日趋没落的写照。

果戈理以其对生活现象的深刻的洞察力和高度的艺术概括力，塑造出了这么一批个性鲜明的艺术形象。这些地主生活在乡村狭窄的圈子里，但作者始终将他们放在广阔的社会历史背景上加以展示。正因为这样，这些在言谈举止、嗜好秉性、处世心态等方面各不相同的人物，都成了具有很高的艺术价值的典型形象。他们不仅代表了俄国地主的不同类型，而且从各个侧面互为补充地反映了这一阶层共有的寄生和卑劣的特征，显示了滋生这些"死魂灵"的专制农奴制度的腐朽。果戈理认为，作家应该用不倦的雕刀将人物的性格有力地刻画出来。他的"雕刀"就是他卓越的典型化手法。

平实逼真的细节描写是果戈理塑造人物形象的最常用的一个手法。那个甜腻腻的地主玛尼罗夫的性格就是靠着一系列的典型细节给凸现出来的。乞乞科夫来到玛尼罗夫家的客厅门前，两人都不肯先走进门去。经过长时间的谦让之后，两人终于侧着身子，相互稍稍挤了一下，并排跨进了客厅。于是，在这过了头的客套后面，露出了俗不可耐的虚伪和做作。小说描写玛尼罗夫的书房里，"总放着一本书，在第十四页间总夹着玛尼罗夫的一条书签；这一本书他还是在两年以前看起的"。他的客厅陈设华丽，可是两把未完工的靠手椅，四年来始终"只绷着麻布"。他常常呆坐，冥思苦想种种计划，但这些计划全是空想。作者没有直写玛尼罗夫的空虚和无能，而是靠着诸多传神的细节使其跃然纸上。

果戈理描摹人物肖像的手法也十分高明。在他的笔下，五个地主的肖像无不令人叫绝。索巴凯维奇外形像头笨熊，面容出奇地粗糙拙劣，造化似乎不必在他的脸上多费心机，"只要简单地劈几斧就成。一下——鼻子有了，两下——嘴唇已在适当之处，再用大锥子在眼睛的地方钻两个洞，这家伙就完全成功。也无须再把他刨平，磨光，就说道'他活着哩'，送到世上去"。这样入木三分的肖像描写不仅使索巴凯维奇形象立时凸现出来，而且也成了揭示人物性格的一面镜子。同样，当作者用寥寥数笔勾出泼留希金那对小老鼠般的骨碌碌转动的小眼睛时，人物内在的卑琐也就随之纤毫毕现了。

小说中人物的语言也很有特色，且与其个性相吻合。如果说玛尼罗夫的语言矫饰空泛、索巴凯维奇的语言率直粗俗的话，那么罗士特莱夫的语言则是冲动、蛮横和缺乏逻辑的。小说中，同样是请乞乞科夫进屋，玛尼罗夫说了一大堆废话，而索巴凯维奇"只简短地道了一声'请'，就引他到里面去了"。而罗士特莱夫则用不容商量的口吻"请"来乞乞科夫，并用"无聊家伙"、"懒虫"和"废料"这一类词汇侮辱他请来的朋友。从这些极富个性的语言中，人们不难体会到人物的性格特征。

"含泪的笑"是果戈理创作的一大特色。如果说他的前期创作中更多的是一种含着忧郁和感动之泪的笑的话，那么我们在《死魂灵》中看到的则是饱含讥讽与愤怒之泪的笑。可以说，小说中的丑类无一能逃脱作者辛辣的讽刺锋芒。果戈理采用了多种多样的讽刺手法，或明讽、暗讽，或采用反语、夸大语，等等，造成了强烈的讽刺效果。作者没有故意去制造什么笑料，他的讽刺的基石是形象的真实。放荡的罗士特莱夫在豢养的狗群中俨然"像家庭里的父亲一般"走动，笨拙的索巴凯维奇家里的家具也件件结实粗糙，仿佛都在说"我也是一个索巴凯维奇"。作者无情嘲笑和鞭笞俄罗斯的丑恶，而在这种"分明的笑，和谁也不知道的不分明的泪"中，饱含着作者对祖国命运深切的忧虑和关注。

第六节　陀思妥耶夫斯基

一、生平与创作

费多尔·米哈伊洛维奇·陀思妥耶夫斯基（1821—1881），俄国小说家，一生命运多舛，思想复杂矛盾。对他的创作的评价历来众说纷纭：有人从中看到了人道主义思想，有人则看到了不必要的残酷；有人称赞他的作品充满对黑暗社会的批判激情，有人则谴责他对革命运动的攻击；有人欣赏他小说中表现出来的宗教神秘主义倾向，有人则肯定他对上帝及其所创造的世界的怀疑……造成这种现象的原因除了评价者不同的观念以外，作家及其作品本身的独特性和复杂性无疑是重要因素。

1821 年秋天，陀思妥耶夫斯基出生在莫斯科，父亲是玛丽英济贫医院的医生，作家最深的童年印象是疾病和贫困。1838 年初，他进入彼得堡军事工程学校学习，1843 年毕业后在军事工程局绘图处干了一年，开始尝试小说创作。1846 年初，中篇小说《穷人》问世。小说用书信体写成，通篇充满了沉重的抒情氛围和细腻的心理描摹。主人公杰符什金是一个卑微的小公务员，纯洁、善良，他把孤苦伶仃的少女瓦莲卡从女地主手里救了出来。为了帮助瓦莲卡，他节衣缩食，对瓦莲卡的爱使他感到自己还是一个有用的人。尽管杰符什金不可能改变瓦莲卡和自身的悲剧命运，但这个人物显示出了一个天赋极其有限的人的天性中美好、高尚与神圣的东西。小说成功地发掘出了小人物未被泯灭的人性：同情心、人格意识、自我牺牲精神、对爱情和幸福的渴望。同年，中篇小说《两重人格》刊出。主人公高略德金的形象是作家后来塑造的双重人格形象的先驱。在作者无情的剖析下，可以清晰地看到高略德金恐惧、孤独、矛盾，乃至分裂的内心世界。小说中幻觉、梦魇等情景的描写占据了突出的地位，主人公的双重人格是在他与幻觉中的同貌人的冲突中被揭示出来的。作家用写实手法写近乎荒诞的无意识行为的独特才能已经显露。由于文艺观的分歧，别林斯基在肯定这部作品有无穷的智慧和真实的同时，指责了其中的幻想色彩，这种指责更激烈地表现在对作家的另一部小说《女房东》（1847）的评论中。这里的所谓"幻想色彩"主要是指作者运用幻觉、梦幻和下意识等手段，对人物的病态心理进行的剖析。

19世纪40年代后期，陀思妥耶夫斯基创作了《别人的妻子》《脆弱的心》《波尔宗科夫》《诚实的小偷》《圣诞树和婚礼》《白夜》和《涅托奇卡·涅兹瓦洛娃》（未完成）等多部小说。中篇小说《白夜》（1848）是其中最出色的一部。小说的主人公是彼得堡的知识分子，性格孤僻，过着双重生活。作为小公务员，他只能住在贫民窟里，物质生活贫乏，精神也备受压抑。不过，面对现实生活的庸俗，主人公"拥有自己不寻常的丰富的生活"，在他那个终日不见阳光的角落里，他的想象在燃烧。与娜斯晶卡的相遇，使"幻想家"感受到了生活中美妙的一面，并使他重新审视生活和认识自我。就其精神发展的水平而言，主人公已远远高出于前几部作品中的小人物形象。这是一类善于思考和过着紧张的精神生活的"幻想家"形象，与后来作家所塑造的知识分子型的主人公形象有着内在联系。

1849年4月，陀思妥耶夫斯基因参与以进步知识分子为主体的彼得拉舍夫斯基小组的活动而被捕。经过长达半年多时间的审讯和一场假死刑的闹剧之后，他开始了西伯利亚"死屋十年"的生活。在四年苦役和六年流放生活中，他受尽精神和肉体的折磨，思想逐步发生变化。陀思妥耶夫斯基第一次真切地意识到自己与人民的距离。他觉得自己过去并不真正了解人民。下层人民对出身贵族的政治犯的敌视态度，先是使陀思妥耶夫斯基感到震惊，进而又引起了他对自己走过的人生道路的反思。他在流放归来后曾撰文表达这样的思考：当前俄罗斯最重要的是农民问题，它的解决应该成为巨大的和平变革的开端；彼得大帝的改革是历史的必然，但这种改革又造成了有文化的阶层同人民之间的鸿沟；俄国知识界脱离了人民这个"根基"，知识分子应该回到祖国的"根基"上去；知识界要向民众传授知识，更要学习民众的坚毅精神、道德理想和宗教感情；俄国人民有自己独特的民族性，俄国思想有可能成为欧洲各民族思想的综合体。有人把这些见解称为"'根基主义'的宣言书"。

1859年底，陀思妥耶夫斯基获准返回彼得堡后重新开始创作，最先发表的作品是中篇小说《舅舅的梦》（1859）和《斯捷潘奇科沃村及其居民》（1859），作品分别讽刺了外省上流社会的庸俗，以及地主庄园中食客的病态。《被欺凌与被侮辱的》（1861）是作家完成的第一部长篇小说。小说描写了两个家庭的悲剧，而悲剧的制造者都是瓦尔科夫斯基公爵，一个典型的"吸人血的大蜘蛛"。《死屋手记》（1861—1862）产生了较大的影响。作品以叙事者戈梁奇科夫"手记"的形式，再现了沙俄苦役犯监狱中非人的生活。在形形色色的犯人中，有心狠手辣的歹徒和精神上的"加西莫多"，也有因不堪地主或军官的虐待铤而走险的农奴和士兵，因抗击沙俄政府的民族歧视而入狱的山民，以及其他一些无辜者。作家喜爱的是那些善良温顺、笃信宗教的人物。小说中艺术虚构和特写手法有机结合，既有艺术魅力又有文献价值。

60年代，陀思妥耶夫斯基办过刊物《时报》和《时代》，也曾出国旅行，写过《冬天记的夏日印象》等谈西方文明的作品。中篇小说《地下室手记》（1864）是其创作社会哲理小说的初步尝试。小说第一部分由主人公"我"近似病态的大段内心独白构成，写出了"我"对社会和人生的一些看法；第二部分写"我"经历的几个故事，如"我"受有钱有势者凌辱和"我"凌辱一个可怜的妓女的故事等。这个"我"爱作"过度的思考"，随着岁月的流逝，由一个向往"美和崇高"的"幻想家"变成了人格分裂的"地下人"，成了一个失去信仰和否定一切道德原则的自我中心主义者。从"幻想家"到"地下人"，这是作者对俄国农奴制改革前后一部分知识分子悲剧性的心路历程的概括，"地下人"是时代精神蜕化的典型。这部小说是最早表现出陀思妥耶夫斯基复调小说特征的作品。

60年代中期，陀思妥耶夫斯基遭遇了一系列人生悲剧：亲人去世、债主紧逼、疾病缠身、孤独贫困。1866年，速记员安娜·斯尼特金娜的出现对他的生活产生了积极的影响。这一年，他完成了长篇小说《罪与罚》。1867年春天，他与安娜结婚后出国，开始了长达4年多的欧洲漂泊岁月。1868年，长篇小说《白痴》问世。小说的情节基础主要由娜斯塔西娅·菲里波芙娜形象的悲剧命运构成。娜斯塔西娅出身于小贵族，父母早亡。地主托茨基发现她是个"美人胚子"而收养了她，并在她16岁时占有了她。后来，托茨基为了另谋新欢，出75000卢布将她推给叶潘钦将军的秘书甘尼亚。见钱如命的甘尼亚求之不得，叶潘钦也竭力促成此事，他希望日后从屈从于他的甘尼亚处得到美貌的娜斯塔西娅，将她作为自己的情妇。这是一笔罪恶的交易。早就迷恋于娜斯塔西娅的商人罗果静出高价与甘尼亚之流竞争，并以10万卢布的代价得到了娜斯塔西娅。这场交易的最终结局是娜斯塔西娅惨死于罗果静之手。作者通过娜斯塔西娅不幸的遭遇，淋漓尽致地揭露了金钱社会的黑暗和罪恶，深刻表现了美被金钱世界毁灭的悲剧。在作者笔下，娜斯塔西娅是一个性格刚烈、情感丰富、内心充满矛盾和痛苦的形象。小说中的正面形象梅什金则有点苍白。梅什金自幼父母双亡，因病被送往瑞士治疗，从小在偏僻的乡村中长大，具有孩童般淳朴的性格，回国后在贵族社会中间显得格格不入；他没有欲念，尤其没有对金钱的欲望；他极富同情心，对别人的痛苦异常敏感，并愿意为之做出自我牺牲。在这个金钱社会中，梅什金仿佛是基督降临人间，大声宣布："美拯救世界！"面对黑暗的现实，梅什金所宣传的顺从、宽恕的理论显得极为无力，他不仅无法拯救别人，甚至连自身也被吞噬。陀思妥耶夫斯基力图在他身上寄寓自身的理想，但是作家还是不由自主地写出了梅什金无法避免的悲剧。小说对人生哲理的思考和人性内涵的发掘十分深刻，对生活在暗无天日的社会中的人们的疯狂和绝望的变态心理的刻画更是入木三分。小说情节的展开充满了内在的紧张感。

1871 年初，《俄国导报》开始刊出长篇小说《群魔》。同年夏天，陀思妥耶夫斯基回到了祖国。《群魔》的主人公斯塔夫罗金出身贵族，风度翩翩，有着过人的智慧和才能，然而他致命的弱点是脱离了祖国和人民，他的精神世界被僵化的抽象观念所吞没，他从无政府主义的立场否定了现存社会虚伪的道德，同时又因此而丧失了任何道德原则。为了填补内心的空虚，他病态地干了许多堕落的丑事，可偏偏他在这样做时内心对善恶界限又十分明了。斯塔夫罗金内心的矛盾日益尖锐，并最终导致了他的自杀。斯捷潘·韦尔霍文斯基是典型的理想主义者，这个形象身上带有俄国的堂吉诃德的特征。他的儿子彼得·韦尔霍文斯基则是无耻之徒，一个"借革命而发迹"的政治骗子。他以轻蔑的态度对待父亲的充满幻想的宏论，与他的同伙恣意妄为，大搞阴谋恐怖活动。小说发表后，评论者多将其视作时事政治小说，因而指责作者丑化了革命者，但严格说来，将它看作一部预言性的悲剧小说可能更准确。这是因为随着作者思考的深入，小说越来越有力地表现出作者对俄罗斯，乃至对整个人类未来的深沉忧思：错误的理论一旦掌握了人，就能把人变成魔鬼。作者似乎成了人类精神悲剧的揭示者和预言家。

陀思妥耶夫斯基晚年的重要作品有：《作家日记》（1873—1881）、长篇小说《少年》（1875）和《卡拉马佐夫兄弟》（1879—1880）。《作家日记》形式自由，其中时事政论和艺术性的政论占据了主要的位置，此外还包括回忆录、特写、文艺评论和若干篇小说。这部作品不仅使读者充分领略了作为政论家和文艺评论家的陀思妥耶夫斯基的独特风采，而且能更直观地了解作家内心的思考和一生的探索。《卡拉马佐夫兄弟》只完成了第一部。小说的情节在外省某县城的一个"偶合家庭"中展开。父亲老卡拉马佐夫原是一个小地主，好色淫逸，冷酷狠毒。长子德米特里生活放荡，性情暴烈，因与父亲争夺母亲的遗产和一个风流女人而闹得不可开交，但他又是个集善恶于一身的人物，后来成了被道德唤醒的殉教者。次子伊凡是个大学生，无神论者，同情人类的苦难，力求理解生活的意义，但又对世界持悲观态度，摒弃道德原则。小儿子阿辽沙纯洁善良，为了寻求"爱的理想"而当了见习修士。私生子斯麦尔佳科夫依据伊凡"人可以为所欲为"的原则，杀害了父亲。事发后，德米特里被当作凶手判服苦役，斯麦尔佳科夫畏罪自杀，伊凡发疯。阿辽沙离开修道院，走向尘世生活。卡拉马佐夫一家的悲剧是"偶合家庭"的极端表现，"卡拉马佐夫气质"是专制俄国的精神产物，而构成整部小说基调的则是人类的苦难。德米特里的梦境是这种苦难的最具象征性的画面。作者在小说中提出了一系列社会的和哲学的问题，其中不少问题是通过阿辽沙、伊凡和佐西马长老的形象得以体现的。《卡拉马佐夫兄弟》充分体现了作家的艺术风格。就小说结构而言，它围绕着"偶合家庭"的命运展开了多条情节线索，构成结构中心的是伊凡及其尖锐交锋的两重人格。在作品的形象体系中，伊凡比他的父兄更全面地体现了"卡拉马佐夫气质"，支撑他生活的精神支柱就是卡拉马佐夫式的卑鄙；同时，伊凡又比阿辽沙更充分体现了作者的人道主义思想，小说中纯洁的阿辽沙和无耻的斯麦尔佳科夫在某种程度上正是伊凡分裂的人格中善恶两极的外化。小说的情节发展和哲理内涵均受到伊凡两重人格冲突的内在制约。伊凡的灵魂搏斗制约着整部小说的发展。作家正是用独特的对位法结构形态深刻和真实地反映了导致人格分裂和精神变态的时代悲剧。

1881 年 1 月，陀思妥耶夫斯基在彼得堡去世。

二、《罪与罚》

在《罪与罚》发表前一年，陀思妥耶夫斯基曾向《俄国导报》的发行人卡特科夫描述过这部作品的基本构思和框架："这是一次犯罪的心理报告。故事发生在当代，在今年。一个年轻的大学生，被校方开除，他出身于小市民，生活极度贫苦，由于轻浮和思想不稳定，接受了存在于社会情绪中的某些奇怪的'尚未成熟的'思想影响，决定一举摆脱自己十分困难的处境。他下决心杀死九等文官的妻子，一个放高利贷的老太婆……使生活在小县城的母亲幸福，让他在地主家里作家庭教师的妹妹摆脱能致她以死命的、地主家长的淫欲，以便自己能完成学业，出国，以后一辈子都做一个正直的人，坚定而不动摇地履行'对人类的人道主义的义务'，这一切当然能'抵销罪行'，如果对待老太婆的行为可以算得上一桩罪行的话……他在凶杀之后到最终的悲惨结局，几乎有一个月平安无事。对他没有，也不可能有任何怀疑。正在这时候才展开了犯罪的整个心理过程。无法解决的问题在凶手的面前出现了，难以想象和出人意外的感情折磨着他的心。上帝的真理和人间的准则取得了胜利，结果他不得不去自首。他不得不这样做，哪怕是死在牢房里，因为他又能和人们交往；他在犯罪之后马上感觉到的与人类隔绝和分离的感情使他万分痛苦。真理的法则和人的本性占了上风……罪犯决定以承受痛苦来赎自己的罪……此外，我的小说还暗示一种思想，即法律所规定的对犯罪的惩罚对于犯人的威慑作用要比立法者所设想的轻得多，部分原因是他本人在道义上要求惩罚。"①

陀思妥耶夫斯基早就试图通过对个人犯罪心理的分析来剖析当代的社会问题。当年《时代》杂志上还连载过研究法学的法国青年拉谢涅夫的犯罪材料,他因杀害一个老年妇女而入狱。拉谢涅夫在狱中申诉,认为自己不是一般意义上的谋财害命之徒,而是社会不公的抗议者和受难者,引导他走上这条道路的是那个时代的革命气氛和空想社会主义的学说。陀思妥耶夫斯基为这份材料加了前言,认为这份材料揭露了人类心灵阴暗的方面。显然,引起作家兴趣的是材料中所反映的与当代社会密切相关的犯罪心理。这份材料与作家后来写成的那份"犯罪的心理报告"——《罪与罚》,自然有着内在的联系。

《罪与罚》的成书与作家的构思基本一致。故事发生于彼得堡的贫民区,在一座公寓五层的斗室里住着一个穷大学生拉斯柯尔尼科夫。他正经历着一场痛苦而激烈的思想斗争——他要确定自己是属于"不平凡的人"还是属于"平凡的人"。他原在法律系就读,因交不起学费而辍学,靠母亲和妹妹从拮据的生活费中节省下来的钱维持生活,已经很久没交房租了。这时他遇见了因失业而陷入绝境的马尔美拉多夫,马尔美拉多夫的长女索尼娅被迫当了街头妓女。拉斯柯尔尼科夫不愿这样让人宰割,他决定用"试验"来证明自己是一个"不平凡的人",他杀死了放高利贷的老太婆,慌乱中又杀了老太婆的妹妹。事发后,他病倒了,几天不省人事,后病情有所好转,但内心却处于更痛苦的矛盾冲突中。马尔美拉多夫遭车祸身亡,拉斯柯尔尼科夫将身边仅有的钱接济孤儿寡母。律师卢仁因骗娶拉斯柯尔尼科夫的妹妹未成而怀恨在心,企图以诬陷索尼娅偷他的钱来证明拉斯柯尔尼科夫的行为不端——将母亲的血汗钱送给坏女人。拉斯柯尔尼科夫当众揭穿了卢仁的无耻行为,索尼娅十分感激他。杀人事件尽管没露痕迹,但是拉斯柯尔尼科夫却无法摆脱内心的恐惧,他感到自己原先的一切美好的感情都随之泯灭了。他怀着痛苦的心情找到索尼娅,在她的宗教思想的感召下,向警方自首。拉斯柯尔尼科夫被判八年苦役,索尼娅也来到西伯利亚与他相聚。他们决定以忏悔的心情承受一切苦难,获得精神上的新生。

小说的主题是深刻的。凸显在小说前景中的是人道主义作家为被欺凌与被侮辱的人们所作的愤怒申辩。在这部作品中,陀思妥耶夫斯基真实地展示了19世纪中叶俄国城市贫民的悲惨境遇。作者笔下的京城彼得堡是一派暗无天日的景象:市场上聚集着眼睛被打得发青的妓女,污浊的河水中挣扎着投河自尽的女工,穷困潦倒的小公务员被马车撞倒在街头,发疯的女人带着孩子沿街乞讨……与此同时,高利贷老太

---

① [俄] 费多尔·米哈伊洛维奇·陀思妥耶夫斯基:《给米·尼·卡特科夫》(1865年9月上半月),《陀思妥耶夫斯基论艺术》,冯增义、徐振亚译,漓江出版社1988年版,第320—321页。

婆瞪大着凶狠的眼睛，要榨干穷人的最后一滴血；满身铜臭的市侩不惜用诱骗诬陷的手段残害小人物，以达到自己不可告人的目的；而荒淫无耻的贵族地主为满足自己的兽欲，不断干出令人发指的勾当……作者怀着满腔的激愤和巨大的同情，将俄国可怕的社会贫困和穷人走投无路的状况无情地展现在了读者面前。

小说触及了更深层次的东西。在作者笔下，主人公拉斯柯尔尼科夫是一个具有双重人格的人物形象。他的人格的两面是如此的不可调和：他既是个心地善良、乐于助人的穷大学生，一个有天赋的、有正义感的青年；同时他的性格又病态地孤僻，"有时甚至冷漠无情、麻木不仁到了毫无人性的地步"，为了证明自己是一个"不平凡的人"，竟然可以去行凶杀人。"在他身上似乎有两种截然不同的性格在交替变化。"拉斯柯尔尼科夫根据自己对现实的观察和思考，创造了这样一种"理论"：人可以分为两类，即"不平凡的人"和"平凡的人"。前者能"推动这个世界"，这种人为了达到自己的目的，可以不择手段，为所欲为，甚至杀人犯罪；后者是平庸的芸芸众生，不过是"繁殖同类的材料"和前者的工具。拉斯柯尔尼科夫决定通过犯罪来测试一下，自己是否属于"不平凡的人"之列。然而，小说真实地揭示了拉斯柯尔尼科夫的"理论"的内核，这种理论尽管也是对社会不公的一种抗议，却是无政府主义的抗议。它不仅不能使主人公获得梦寐以求的穷人的生存权，反而肯定了少数人奴役和掠夺他人的权利。小说深刻地写出了这种"理论"的必然破产，指出了它的极端个人主义的实质。作者还试图通过主人公的悲剧强调，一个人如果无视传统和社会准则，那么就会导致道德的堕落和精神的崩溃。最高的审判不是法庭，而是道德的审判；最严厉的惩罚不是苦役，而是良心的惩罚。不过，作者对这一"理论"的批判始终停留在伦理道德和宗教思想的基点上，并把拉斯柯尔尼科夫的犯罪行为归结为主人公抛弃了对上帝的信仰。作者为他安排的一条"新生"之路，实际上就是与黑暗现实妥协的道路，也就是"索尼娅的道路"。作者把索尼娅看作人类苦难的象征，并在她身上体现了虔信上帝、承受不幸、通过苦难净化灵魂的思想。作为一个黑暗社会的牺牲品，索尼娅的形象有着不可低估的意义，但是作为一个理想人物，她却显得苍白。显然，"用宗教复活人"的思想与整部作品所显示的强大的批判力量是不相协调的。

《罪与罚》的完成标志着陀思妥耶夫斯基艺术风格的成熟。这部作品汇集了作家创作长篇小说的所有特点，尤其是充分显示了他刻画人的心灵深处的"奥秘"的巨大才华。陀思妥耶夫斯基在去世前不久曾经这样说过："人们称我为心理学家，不对：我只是最高意义上的现实主义者，即刻画人的心灵深处的全部奥秘。"[1]

---

[1] ［俄］费多尔·米哈伊洛维奇·陀思妥耶夫斯基：《我》，《陀思妥耶夫斯基论艺术》，冯增义、徐振亚译，漓江出版社1988年版，第390页。

刻画人的心灵深处的全部奥秘，特别是通过人物的自身感受和内心分析，无情剖析人格分裂的主人公的病态心理，正是其作品最显著的艺术特色之一。占据小说画面中心的是主人公双重人格围绕着实践他的"理论"而展开的尖锐冲突，而这里由主人公双重人格构成的"心理对位体"结构中心对总体布局起了重要的制约作用。拉斯柯尔尼科夫不断地动摇在对自己的"理论"的肯定与否定之间。犯罪前，前者渐占上风；犯罪后，两者呈紧张的相持状态；在残酷的现实和道德惩罚面前，主人公终于否定了自己的"理论"。"心理对位体"的几个发展阶段大体决定了小说的布局。由于作家着力于拓宽人物内在的心理结构，小说的情节结构相对处在了从属的地位。就情节主线而言，马尔美拉多夫情节线和拉斯柯尔尼科夫情节线曾经分别属于作者计划写的两部长篇小说。经过作家重新构思，《罪与罚》将两条情节线交融了。尽管马尔美拉多夫一家的遭遇令人同情，小说的凶杀事件扣人心弦，可它们都只是"一份犯罪的心理报告"的附属部分。例如，小说一开始，作者立即将主人公双重人格的激烈冲突推向了前景，拉斯柯尔尼科夫的整个身心都被得不到结论的心灵搏斗占据了，而不管是母亲的来信、军官和大学生的对话、毒打黑鬃马的噩梦，还是马尔美拉多夫悲愤的倾诉和贫民窟的凄惨景象，它们都只是作为主人公心灵冲突的催化剂和推动力出现的，它们既受制于"心理对位体"，又在它的天平上直接或间接地添加砝码。杀害老太婆的情节正是这种心灵冲突自然发展的结果。主人公的"心理对位体"对整部小说的形象体系也起着制约作用。对于拉斯柯尔尼科夫来说，如果甘愿做逆来顺受的"平凡的人"，那么等待他的是马尔美拉多夫的悲惨结局；如果去做一个不顾一切道德准则的"人类主宰者"，那就会与为非作歹的卑鄙之徒卢仁和斯维德里加依洛夫同流合污。他的人格中的主导面终于在白热化的搏斗中渐占优势，并推动他最后否定自己的"理论"，向索尼娅靠拢。此外，这一"心理对位体"与小说中的哲学和伦理道德问题（如罪与罚、善与恶、强者与弱者等）的探索，与"无路可走"的苦难基调的形成都有着内在的联系。正是在"心理对位体"结构中心的制约下，整部小说的各个艺术要素才融为一个密不可分的有机整体，主人公的内心世界也以前所未有的幅度和深度展现在读者面前。

《罪与罚》的艺术成就是多方面的。小说跌宕起伏，极具戏剧性。它给人的突出印象是场面转换快，场景推移迅速。作品主要情节的进程只用了 12 天时间。作者还十分注重场景的选择，在浓缩的时空中通过一组组场面把主人公的心理态势写足写透，而作者巧设的悬念又使场面的转换带有一定的内在的紧张性，如警长波尔菲里与拉斯柯尔尼科夫的三次对话就说明了这一点。作者力图通过组接内心动作丰富的场面来完整地显示人物心灵搏斗的历程。此外，作品中主人公拉斯柯尔尼科夫的自我意识大大加强，这就使在一般小说中由作者叙述的客观现象更多地转入了主人公的视野，使通常的作者叙述成为主人公的叙述和对话的内容，由此，作为创作主体的作者意识相对地变成了客体，而以往的客体则在某种程度上成了有独立意识的主体。这种艺术上的创新具有深远的意义。

思考题：

1. 现实主义文学思潮产生的原因与主要特征。

2.《红与黑》的人物形象与心理描写。

3.《人间喜剧》的思想内容和艺术成就。

4.《高老头》在人物形象塑造方面的成就。

5. 狄更斯小说中的人道主义思想及其艺术表现。

6. 果戈理《死魂灵》中的地主群像。

7.《罪与罚》的主题与人物塑造。

▶ 第七章拓展阅读

郑重声明

高等教育出版社依法对本书享有专有出版权。任何未经许可的复制、销售行为均违反《中华人民共和国著作权法》,其行为人将承担相应的民事责任和行政责任;构成犯罪的,将被依法追究刑事责任。为了维护市场秩序,保护读者的合法权益,避免读者误用盗版书造成不良后果,我社将配合行政执法部门和司法机关对违法犯罪的单位和个人进行严厉打击。社会各界人士如发现上述侵权行为,希望及时举报,我社将奖励举报有功人员。

反盗版举报电话　(010)58581999　58582371
反盗版举报邮箱　dd@hep.com.cn
通信地址　北京市西城区德外大街4号
　　　　　高等教育出版社法律事务部
邮政编码　100120

读者意见反馈

为收集对教材的意见建议,进一步完善教材编写并做好服务工作,读者可将对本教材的意见建议通过如下渠道反馈至我社。

咨询电话　400-810-0598
反馈邮箱　gjdzfwb@pub.hep.cn
通信地址　北京市朝阳区惠新东街4号富盛大厦1座
　　　　　高等教育出版社总编辑办公室
邮政编码　100029

防伪查询说明

用户购书后刮开封底防伪涂层,使用手机微信等软件扫描二维码,会跳转至防伪查询网页,获得所购图书详细信息。

防伪客服电话　(010)58582300